백년보다 긴 하루

백년보다 긴 하루

И дольше века длится день

친기즈 아이뜨마또프 장편소설   황보석 옮김

I DOL'SHE VEKA DLITSIA DEN'
by CHINGIZ AITMATOV (1981)

이 책은 실로 꿰매어 제본하는 정통적인 사철 방식으로 만들어졌습니다.
사철 방식으로 제본된 책은 오랫동안 보관해도 손상되지 않습니다.

이 책은 나의 육신이고,
이 말은 나의 영혼이다.

그리고르 나레까찌
『슬픔의 책』
10세기

백년보다 긴 하루

9

지은이의 말

515

친기즈 아이뜨마또프의 『백년보다 긴 하루』· 카테리나 클라크

521

역자 해설
겨울 계곡 목초지로부터의 유목민적 이주

535

친기즈 아이뜨마또프 연보

547

1

 그 허기진 암여우는 말라붙은 도랑들이며 헐벗은 계곡들 사이에서 먹이를 찾는 동안 참을성이 있어야 했다. 굴속에 사는 조그만 짐승들의, 이리저리 얽히고 눈을 핑핑 돌게 할 만큼 어지러운 흔적을 따라가면서 — 때로는 마르모트의 굴을 맹렬히 파헤치고, 때로는 지하 통로에 숨어 있던 조그만 날쥐가 금방 해치울 수 있게 빈터로 튀어나오기를 기다리며 — 그 여우는 멀리 떨어진 철길을 향해 천천히 끈기 있게, 생쥐처럼 조용히 옮아가고 있었다.
 검고 곧은 선로가 스텝 저 멀리까지 뻗어 있는 이 철길이 이 여우는 마음에 끌리기도 했고 무섭기도 했다. 덜컹대는 열차들이 처음엔 이쪽 방향으로, 그리고 다음엔 저쪽 방향으로 천둥 치듯 지나가며 주위의 온 대지를 흔들고 그 뒤로 연기와 열기와 바람결을 타고 그 여우에게까지 전해져 오는 강렬하고 고약한 냄새를 남기는 그 철길이.
 땅거미가 질 무렵, 그 여우는 전선 매설구 바닥에 빽빽이 웃자란 마른 팽이밥 덤불 속에서 전선 옆으로 나란히 누워 있었다. 씨가 맺힌 진갈색 줄기들 밑에다 제 몸을 붉은색이 도는 노란 공처럼 오그라뜨리고 참을성 있게 밤이 오기를 기다리면서, 그리고 흔들거리는 마른 풀잎에 휙휙 스쳐가는 바람 소리를 듣느라 끊임없이 불안스럽게 귀를 쭈뼛하면서. 전선과 전주들이 둔중하게 웅웅거리는 소리를 냈지만 그런 소리는 무서울 게 없었다. 적어도 그 기둥들은 언제까지고 있던 자리에 그대로 있을 것이며 자기를 뒤쫓아올 수는 없을 것이다.

그러나 열차들이 울려 대는 그 귀가 멀 듯한 소음이 치가 떨리게 무서워서 여우는 기차들이 지나갈 때마다 더더욱 몸을 움츠려야 했다. 발밑의 땅이 천둥 치듯 울릴 때면 그 여우는 제 가냘픈 몸의 근육 한 올 한 올에서 경련이 이는 것을 느꼈고 무지막지한 요동과 이상한 냄새가 두렵고 역겨워서 오싹해졌다. 그런데도 여우는 전선 매설구를 떠나지 않고 어둠이 내리기를, 철길이 얼마쯤은 조용해지기를 기다리고 있었다. 이 여우가 그곳까지 오는 일은 어쩌다 한 번씩, 허기질 때뿐이었으므로.

열차들이 지나가는 사이사이, 절벽에서 커다란 돌들이 떨어져 내린 후처럼 느닷없는 고요가 스텝에 내려앉았고 그 온전한 적막 속에서 여우는 허공으로부터 들려오는, 당장에 자기를 잔뜩 도사리게 한, 이상스럽게 높은 어떤 소리를 감지했다. 그 소리는 밤중에도 불빛이 훤한 스텝 저편에서 오는 것으로, 거의 들리지는 않았지만 사람이나 동물의 소리는 분명 아니었다. 어쩌면 그 소리는 기류의 장난이거나 아니면 기후에 어떤 급박한 변화가 닥쳐오리라는 조짐일 수도 있었다.

본능적으로 그 소리를 감지하고, 여우는 이 분명한 위험의 전조에 대해 속으로는 캥캥대며 짖고 싶었으면서도 얼어붙은 듯 선로에 가만히 멈춰 섰다. 그러나 허기가 자연으로부터 오는 그 경고까지도 무색케 해버렸다. 달리고 난 끝에 지쳐서 발가락 사이를 핥으며, 그제야 여우는 소리를 죽여 슬픈 듯 낑낑거렸다.

가을이 성큼 다가선 그때쯤은 저녁이면 벌써 추웠고 새벽녘이면 밤사이 금방 차가워진 땅에 닿기만 하면 곧 사라져 버리는 소금 결정과도 같은 흰 서리가 덮였다. 스텝에서 사는 동물들에게 곤궁한 시기, 우울한 계절이 다가오고 있었다. 여름철에 들판을 싸돌아다니던 숱한 짐승들은 이미 어디론가 따뜻한 곳으로 떠났거나 겨울을 나려고 모래땅에 판 굴속에 틀어박혔다. 이제 한 마리 한 마리의 여우는, 마치 그 족속이 지구 표면에서 사라져 버리기라도 한 것처럼, 제각기 먹이를 사냥하고 있었다. 그해에 태어난 새끼들은 다 커서 흩어졌고 짝짓는 시기 — 사방에서 모여든 여우들이 함께 뛰어 돌아다니기 시작하고 숫여우들은 태곳적부터 지니고 있던 그 똑같은 난폭성을 드러내 싸우는 한겨울의 그 시기 — 는 아직도 한참이나 멀었다.

밤이 내리자 여우는 도랑 밖으로 나왔다. 그러고는 귀를 바짝 세우고 멈춰 섰다가 철길 쪽으로 살금살금 다가가서 선로 이쪽저쪽을 소리 없이 건너뛰면서 승객들이 열차 창문으로 내던진 음식들을 찾기 시작했다. 때로는 고약한 악취를 풍기기도 하는 온갖 물건들의 냄새를 맡으며 철둑을 따라 저 아래까지 내려간 뒤에 여우는 마침내 먹을 만한 것을 찾아냈다. 철길 주변에는 온통 찢어진 종지쪽이며 둘둘 말린 신문이며 깨진 병이며 담배꽁초며 찌그러진 깡통이며 다른 쓰레기들이 어지러이 널려 있었다. 깨지지 않은 병에서 풍겨 나는 알싸한 냄새는 특히 고약했다. 한 번인가 두 번 그 냄새를 맡고 어질어질해졌던 후로 그 여우는 알코올 증기 속에서는 숨을 쉬지 않으려 했고, 이번에도 기침을 해대고는 잽싸게 그

11

병이 있는 곳으로부터 도망쳐 버렸다.
 하지만 그 여우가 찾으려고 기대하는 것, 두려움을 참고서 오랫동안 기다려 온 것이 있을 법한 조짐은 보이지 않았다. 그런데도 여우는 무엇이든 좀 더 먹을 것을 찾아낼 수 있으리라는 희망으로 선로 이쪽저쪽을 왔다 갔다 하면서 부지런히 철길을 따라 내려갔다.
 갑자기 그 암여우는 경계를 하려는 듯 한쪽 앞발을 들어올리고 한번 더 선로에 꼿꼿이 섰다. 그러고는 높은 곳으로부터 비치는 희미한 빛, 안개로 흐려진 달빛 속에서 유령처럼 서 있었다. 그 여우에게 경계심을 일으킨 먼 울림소리가 다시 들렸지만 그 소리는 아직 멀리서 오고 있었다. 여우는 발을 바꿔 딛고 꼬리를 꼿꼿이 편 채 어느 순간에라도 달아날 채비를 차렸다. 그러나 도망을 치는 대신 그 여우는 뭔가 먹을 만한 것이 눈에 띄기를 기대하며 부지런히 침목 위를 걷기 시작했다.
 이제 가쁜 숨을 토해 내는 기관차의 무자비하고 위협적인 굉음과 수백 개의 바퀴들에서 울려 나오는 천둥소리가 점점 더 가까워 오고 있었다. 여우는 한순간 멈춰 섰다 — 달아날 태세를 취하기엔 그 정도로도 충분했다. 별안간 철길이 굽은 곳 근처에서 앞뒤로 나란히 연결된 두 기관차들의 가깝고 먼 전조등 불빛들이 불시에 닥쳐 들었다. 그 강력하고 눈이 멀 듯한 빛으로 스텝을 하얗게 비추고 죽은 듯 바짝 마른 대지를 가차 없이 드러내면서……. 덜컹대는 굉음과 타는 냄새와 숨 막히는 먼지로 대기를 채우며 기차가 돌진해 오고 있었다.
 여우는 겁에 질려 땅에 바짝 움츠렸다. 그리고 이따금씩 어깨 너머로 뒤쪽을 돌아다보며 도망쳤다. 그 괴물이, 타오르는 불빛들이 질주해 지나갔고 그 뒤로 한참 동안 덜컹대며 우르릉거리는 소리가 저 멀리로 사라져 갔다. 바퀴들은 여전히 같은 리듬을 두드리고 있었다.

여우는 펄쩍 뛰어올랐다가 전속력으로 달아났다. 그러고는 잠시 숨을 돌리고 나서 허기를 달래 볼 심산으로 한 번 더 철길 쪽으로 돌아왔다. 그러나 이번에도 다시 불빛들이, 한 쌍의 기관차들이 다가오고 있었다. 기다랗게 짐 실은 화물 열차를 끌고서…….

그 암여우는 커다랗게 곡선을 그리며 스텝 쪽으로 달아났다. 열차가 지나가 버리고 나면 그 여우는 다시 돌아올 것이다.

여기서 기차들은 동쪽에서 서쪽으로, 서쪽에서 동쪽으로 지나간다…….

철길 양편에는 널따랗게 펼쳐진 광대한 불모지 — 중앙아시아의 노란 스텝 지대, 사리-오제끼가 놓여 있다.

여기서는 모든 거리가 철도로 재어진다. 그리니치 본초자오선으로부터 경도(經度)가 정해지듯…….

그리고 기차들은 동쪽에서 서쪽으로, 서쪽에서 동쪽으로 지나간다…….

한밤중에 그는 누군가가 결연히 바람을 헤치고 신호 초소에 있는 그를 향해 오고 있는 것을 보았다. 그 형체는 처음엔 철길 가까이 있었지만 열차가 접근하자 철둑 아래로 내려가서 눈보라를 만났을 때처럼, 빠르게 지나가는 화물 열차가 일으킨 바람과 먼지의 돌풍을 피하려고 손으로 얼굴을 가렸다. (이번 열차는 특이한 글자가 박힌, 어느 역이건 그대로 통과하는 특별 열차로 신호 초소를 지난 다음에는 언덕 아래로 내려가 사리-오제끼-I의 제한 구역으로 들어가는데 거기에다 그들은 자기네들의 특별 통제 직원들을 두고 있었다. 분명히 그 열차는 로켓 발사 기지로 가는 중이었고 화물들은 모두 타르 칠을 한 방수포로 씌워져 있었다. 그리고 무개화차마다 무장한 군인들이 경비를 서고 있었다.)

예지게이는 그 형체가 아내의 모습이라는 것을 알아차렸고 그녀가 서둘러 오고 있다는 것도 알 수 있었다. 그녀는 남편에게 특별히 알려야 할 어떤 기별 — 어떤 중요한 전갈 — 을 가져오고 있음이 분명했다. 그러나 예지게이는 덮개 없는 승강단에 무장 경비병이 서 있는 마지막 화차가 지나갈 때까지는 자리를 뜰 수 없었다. 그와 경비병은 노선에 이상이 없다는 것을 확인하기 위해 손에 들고 있던 램프로 신호를 교환했다. 그러고 나서 예지게이는 소음으로 귀가 먹먹해진 채, 서둘러 다가오고 있는 그의 아내에게로 고개를 돌렸다.

「거기서 뭐 하고 있어?」

그의 아내가 걱정스러운 얼굴로 그를 쳐다보았고 그녀의 입술이 움직였다. 예지게이는 아내가 뭐라고 하는지 알아들을 수는 없었지만 무슨 말인지는 알 수 있었다 — 아니면 알 수 있다고 생각했거나.

「바람 맞지 말고 어서 들어와.」 그가 아내를 초소 안으로 이끌었다.

그러나 아내의 입을 통해서 그 자신이 진작부터 예상하고 있던 말을 듣기도 전에, 예지게이는 한순간 아내에 대한 연민으로 가슴이 찡해졌다. 그녀는 달려오느라 숨이 찼고 힘에 부쳐서 목이 쉬었고, 가슴에서는 색색거리는 소리가 들렸으며 어깨는 계속 오르락내리락하고 있었다. 하얀 칠을 한 비좁은 신호 초소의 강한 전등 불빛이 갑자기 우꾸발라의 푸르죽죽하고 거무스름한 뺨에 — 예전엔 그녀의 얼굴은 혈색 좋은 누런빛이었고 그녀의 눈은 언제나 반짝였었다 — 그가 전에는 알아보지 못했던 주름살들을 드러냈다. 그리고 다음에는 이가 다 빠져 버린 그녀의 입이……. 여자는 늙어 가면서 이 빠진 모습이 되어서는 안 된다. 그는 벌써 오래전에 아내를 도시로 데려가서 금속제 의치를 맞춰 줬어야 했다. 이제는 젊은이건 늙은이건 모두들 금속제 의치를 해넣고 있었다. 거기에다 그녀의 흰 머리칼은 얼굴 위로 어수선하게 늘어져 있었다. 한마디로, 아내의 모습이 그의 가슴을 도려냈던 것이었다. (아아, 여보, 당신도 참으로 늙었구려…….)

연민으로 가슴이 저며 오는 사이 그는 모두가 자기 탓이라는 생각에 뼈아픈 죄책감을 느꼈다. 그러나 동시에 다른 한편으로는 잔잔하게 고맙다는 생각이 떠오르기도 했다. 그들 부부가 그토록 오랫동안 함께 살아올 수 있도록 해준 모든 것들에 대해 감사하는 마음이, 특히 한밤중에 그녀가 남편을 존중하는 마음에서, 남편에 대한 의무감으로 — 그녀는 예지게이에게 그 일이 얼마나 중요한지를 알고 있었으므로 — 철길을 따라 간이역의 가장 먼 곳까지 달려왔다는 생각에 그는 가슴이 뭉클했다. 그의 아내는 그에게 불행한 까잔갑의 죽음을, 진흙으로 벽을 바른 텅 빈 오두막에서 외로이 죽어 간 그 노인의 사망 소식을 알리러 달려온 것이었다. 그녀는 이 세상에서 예지게이만이 다른 사람들 모두에게서 버림받은 이 노인의 죽음을 진정으로 받아들일 유일한 — 비록 고인이 그의 형제도, 아버지도 아니었지만 — 사람이라는 것을 알고 있었다.

「앉아서 숨부터 좀 돌리구려.」 그들이 초소 안으로 들어선 뒤 예지게이가 먼저 입을 열었다.

「당신도 앉으세요.」

그들은 같이 앉았다.
「무슨 일이 생겼어?」
「까잔갑 영감님이 돌아가셨어요.」
「언제?」
「그러니까 그게, 영감님이 어떠신가 해서 들여다봤더니요, 뭐 필요하신 게 없나 해서요. 방엘 들어가 보니까 불이 켜져 있었고 영감님은 침대에 누워 계셨는데, 어쩐 일인지 턱수염이 비쭉 솟아 있데요. 그래 좀 더 가까이 가서〈까자께, 까자께, 차 좀 드실래요〉하고 불러 봤지만 그분은 벌써……..」

그녀의 목소리가 갈라졌다. 흐느끼는 소리와 함께 그녀의 벌겋게 부어오르고 축 늘어진 눈꺼풀 밑에서 눈물이 솟았다. 우꾸발라가 소리를 죽여 울기 시작했다.

「그러니까 그게 마지막이었어요. 그렇게도 좋은 분이셨는데! 그런데도 눈 감겨 줄 사람 하나 없이 돌아가셨어요. 누군들 생각이나 했겠어요. 사람이 그렇게 죽을 줄……. 그렇게…….」

그녀는 길가에 버려진 개처럼이라는 말을 할 뻔했지만 입을 다물었다. 그 이상 말을 한댔자 아무 소용이 없었다. 그러지 않아도 사정은 빤했다.

부란니 예지게이 — 그는 전쟁터에서 돌아온 뒤로 줄곧 보란리-부란니 간이역에서 일해 왔기 때문에 그렇게 불렸다 — 는 그 커다랗고 나뭇가지처럼 옹이가 진 손을 무릎에 올려놓은 채 우울한 침묵에 잠겨 벤치에 앉아 있었다. 기름때가 잔뜩 밴 철도원 모자챙이 그의 눈을 가리고 있었다. 그는 무슨 생각을 하고 있었을까?

「이제부터 어떻게 해야 하지요?」 그의 아내가 물었다.

예지게이가 고개를 들었다. 그리고 아내를 쳐다보며 쓴웃음을 지었다. 「이제부터 어떻게 해야 되냐고? 사람들이 늘

하는 대로! 그 양반을 묻어야지.」 그는 마음을 확실히 정한 듯 벌떡 일어섰다. 「여보, 당신은 — 당신은 되도록이면 빨리 집으로 가는 게 좋겠어. 하지만 먼저 내 말부터 들어.」

「뭔데요?」

「오스빤을 깨워. 그 사람이 여기 책임자건 뭐건 그런 덴 신경 쓸 거 없어. 죽음이 찾아왔을 때는 누구나 다 똑같은 거니까. 그 친구한테 까잔갑 영감이 죽었다고 그래. 그 양반은 여기 한군데서만 40년 넘게 일했어. 오스빤은 까잔갑이 여기서 일을 하기 시작했을 땐 태어나지도 않았을 거고, 게다가 그 시절엔 이 사로제끄로 망나니도 한 놈[1] 끌어올 수 없었어. 그 양반이 여기 있는 동안 얼마나 많은 기차들이 지나갔는지를 생각해 봐. 머리카락을 갖고 센대도 그걸 다 셀 수는 없어. 그 친구한테 그걸 생각해 보라고 해. 그리고 할 게 좀 더 있어.」

「듣고 있어요.」

「사람들을 모두 깨워. 집집마다 창문을 두드리라고. 모두해서 여덟 집이렷다, 죄다 깨워 봐. 그런 양반이 죽은 오늘 같은 날은 아무도 잠을 자선 안 돼. 사람들을 죄다 깨워!」

「그 사람들이 나한테 욕을 하거나 하면 어떡하고요?」

「우린 모두에게 알리기만 하면 돼. 욕을 하건 말건 내버려둬. 그 사람들보고 내가 깨우랬다고 그래. 사람이면 양심이 있어야지. 기다려!」

「또 뭔데요?」

「당직 근무자한테 가봐. 샤이메르젠이 오늘 당직자니까 그 친구한테 무슨 일이 생겼는지 얘기하고 어떻게 할 건지 결정하라고 해. 이번엔 그 친구가 내 대신 근무할 사람을 알아봐

---

[1] 〈개새끼 한 마리도〉라는 뜻으로도 될 수 있음. 언외의 의미는 간이역에서 일하려는 사람이 없었다는 뜻임.

줄 수 있을 거야. 그래 줄 수 있으려면 필요한 조치를 취해야 겠지만. 내 말 분명히 알아들었지? 그럼 가서 사람들한테 얘기해.」

「그러겠어요, 얘기하겠어요.」 우꾸발라가 대답했다. 그러고는 깜빡 잊고 있던 아주 중요한 일이 별안간 떠오르기라도 한 것처럼 머뭇거렸다.

「그 양반 애들한테는 어쩌지요? 망할 것들! 그래도 맨 먼저 그 애들한테 알려야 — 그래야 되잖겠어요? 그 애들 아버지가 돌아가신 거니까…….」

예지게이가 눈살을 찌푸렸다. 그는 더더욱 심각해 보였지만 뭐라고는 하지 않았다.

「걔들이 어떻건 간에 그 양반 자식들인 건 분명하잖아요.」 우꾸발라가 변명하듯 한마디 덧붙였다. 예지게이가 그런 말을 듣기 언짢아한다는 것을 알기 때문이었다.

「그래, 나도 알아.」 그가 손을 저었다. 「당신은 내가 이해를 못한다고 생각하나? 그 애들이 오는 걸 막을 순 없겠지. 그렇지만 내 맘대로만 할 수 있다면 난 그 애들이 이 근처에 얼씬대지도 못하게 하겠어.」

「예지게이, 그건 우리 일이 아녜요. 걔들이 와서 영감님을 묻게 하세요. 얘기는 나중에라도 할 수 있으니까요. 당신은 그러지 않을 수…….」

「내가 언제 그러지 말라고 했어? 그 애들 오라고 그래.」

「하지만 아들애가 그 도시에서 여기까지 제때에 올 수 있을까요?」

「제 녀석이 오려고만 하면 올 테지……. 그저께 역에 나갔다가 그 녀석한테 아버지가 곧 돌아가실 것 같다고 전보를 쳤으니까. 그 이상 내가 뭘 더 어쩔 수 있겠어? 그 녀석은 제가 그렇게 대단한 놈인 줄 알고 있으니까 제 할 도리가 뭔지도 알 테지.」

「그렇다면, 당신이 그러셨다면 됐어요.」 그녀는 예지게이의 말 뒤에 숨은 뜻이 무엇인지를 당장에 알아차렸다. 그런데도 어딘지 좀 미심쩍은 구석이 있었다. 「하지만 그 애 처도 같이 오면 좋을 텐데요. 누가 뭐래도 돌아가신 분은 걔 시아버진데…….」

「그건 걔네들이 결정하게 내버려 둬. 그걸 가지고 우리가 뭘 어쩔 수 있겠어? 걔들이 어린애들도 아닌데.」

「알았어요, 알았어요.」 하지만 우꾸발랴는 아직도 마음을 정하지 못했다.

그들 사이에 잠시 대화가 끊겼다.

「자, 그러니까, 그게 그거야. 더 기다리지 말고 — 얼른 가봐.」 예지게이가 잘라 말했다.

그의 아내는, 그러나 뭔가 할 말이 좀 더 있었다.

「……그리고 딸아이도 있는데요. 아이자다, 그 불쌍한 것, 그 왜 역에서 게으르기만 하고 아무짝에도 쓸데없는 남편하고 애들이랑 같이 사는……. 그 애도 와야 돼요.」

예지게이가 미소를 지으면서 아내의 어깨를 가볍게 두드렸다.

「그러니까 당신이라지, 누구든 죄다 걱정을 해주고. 그 애가 사는 덴 멀지 않으니까 걱정 마. 아침에 틀림없이 누군가가 역으로 갈 거니까 그때 기별을 해주라고 하면 돼. 물론 그 애도 와야지. 하지만 이건 알아 둬. 아이자다건 사비찬이건, 그 녀석이 제아무리 아들이고 이제는 어른이라고 해도, 기대할 게 별로 없다는 거 말이야. 당신도 알 테지만 — 그 애들 오긴 와도 손가락 하나 꿈쩍하지 않으려고 들 거야. 저네들이 무슨 손님이나 되는 것처럼 그저 앉아만 있겠지. 우리가 일을 다 도맡아서 하는 동안에도. 그렇게 될 게 안 봐도 뻔해. 자, 이제 얼른 돌아가서 내가 시킨 대로 해.」

그의 아내가 몇 발짝 걸음을 떼었다가 아무래도 미심쩍은 듯이 멈춰 서더니 다시 돌아왔다. 그러나 예지게이가 먼저 선수를 쳤다. 「내 말 잊지 마. 우선 당직인 샤이메르젠을 찾아가서 그 친구한테 여기서 내 대신 근무할 사람을 누구든 좀 보내 달라고 그래. 나중에 내가 갚아 줄 거라고 말이야. 돌아가신 양반이 빈집에 혼자 누워 있어. 그래선 안 된다고. 그 친구한테 그렇게 말해.」

그의 아내가 고개를 끄덕이고 물러갔다. 그러는 사이 멀리 있는 신호대에서 기적 소리가 들렸고 빨간 불이 깜빡거렸다. 다른 열차가 보란리-부란니 간이역으로 들어오고 있었다. 그 열차는 당직 신호수의 지시에 따라, 간이역의 다른 쪽 끝에서 대기하고 있던 열차가 통과하도록 측선으로 선로를 바꾸어야 했다. 그것이 정상적인 과정이었다. 열차들이 각각의 선로를 따라 움직여 가는 동안 예지게이는 이따금씩 철길 가장자리로 걸어가는 우꾸발라를 바라다보았다. 그는 마치 무슨 말인가를 잊어버리고 못한 것 같은 기분이었다. 물론 할 말은 얼마든지 많았고 장례식 전에 할 일도 많겠지만 그런 것들을 모두 한꺼번에 떠올릴 수는 없었다. 그의 눈길이 아내를 쫓는 데는 다른 이유가 한 가지 또 있었다. 자기 아내가 얼마나 늙었는지를 다시 한 번 보자는 것이었다. 그의 아내는 요사이 와서 등이 굽기까지 했는데 철로를 비추는 등불의 노랗고 뿌연 빛 아래에서 보니 그것이 더욱 두드러져 보였다.

〈노령이 벌써 우리를 덮친 모양이군.〉 그는 생각했다. 〈그러니까 이게 여태껏 살아온 우리의 모습이란 말이지 — 영

감쟁이와 할망구.〉

 그러나 신은 그를 가혹하게 대하지 않았다 — 적어도 건강에서만큼은. 그는 아직도 힘이 좋았다. 그럼에도 불구하고 그의 삶에서 꽤 많은 세월이 지나갔다. 60년 — 아니, 이제 61년.

「돌아다볼 시간은 별로 없었지만, 그래도 2, 3년 뒤에는 정년퇴직을 하게 되겠지.」 예지게이는 거의 자조하듯 혼자 중얼거렸다.

 하지만 그는 자기가 그렇게 일찍 물러나지는 않으리라는 것도 알고 있었다. 그의 상급자들로서는 이 근방에서 그를 대신할 사람을 찾기가 쉽지 않을 것이었다 — 그는 선로 감시원이면서 수리공이었고 다른 사람들이 아프거나 휴가를 받았을 때는 가끔씩 전철기를 조작하기도 했다. 그의 상급자들이 사로제끄에서의 지독하게 격리되고 고립된 삶을 살아가는 대가로 가외의 임금을 받으려는 신참자들을 구할 수 있을까? 그럴 것 같지는 않았다. 요즘 젊은이들은 그런 삶을 견디지 못할 것이다.

 사로제끄의 간이역들에서 살아가려면 의지가 있어야 한다. 그렇지 않고는 파멸한다. 스텝은 광대하고 인간은 비소(卑小)하다. 스텝은 어느 누구의 편도 들지 않으며 누군가가 곤란에 처해 있건 사정이 두루 다 좋건 그런 데는 상관하지 않는다. 스텝이란 결국 있는 그대로 받아들여야 하는 것이다. 그러나 인간은 그를 둘러싸고 있는 자연에 언제까지고 무심할 수가 없다. 그는 자기가 어딘가 다른 곳에서라면 더 행복할 터인데도 다만 운명의 장난으로 거기까지 오게 되었다는 생각에 불안해하고 괴로워한다. 그리고 이 때문에 그는 거대하고 가차 없는 스텝 앞에서 좀 더 진득하게 참질 못하고 의지를 잃는다. 마치 샤이메르젠의 삼륜차 배터리가 전압을 잃어 가듯이, 그 차 주인은 차를 손질하기는 해도 그 차를 타거나 다른 사람들에게 빌려주지는 않는다. 그래서 그 차는 마냥 세워져 있을 뿐이고, 얼마 안 있으면 배터리가 다 닳아 시동이 걸리지 않을 것이다. 사로제끄의 어느 간이역에 있는 사람도 마찬가지다. 그는 자기의 할 일을 해나가지도, 스텝에 뿌리를 박지도, 환경에 적응하지도 못하고, 그다음에는 자기가 정착할 수 없다는 사실을 알아차린다. 여행객들은 지나가는 열차의 창밖을 내다보며 고개를 설레설레 젓는다. 그러고는 이렇게 말한다.

「맙소사! 이런 데서 어떻게 사람이 산다지? 스텝과 낙타들뿐이잖아!」

그러나 참을성이 꽤 많은 사람들이라면 여기서도 살 수 있다. 억지로 한 3년이나 4년 동안은……. 그러나 다음엔 그들은 짐을 꾸려 가지고 갈 수 있는 한 멀리까지 떠나 버린다. 단 두 사람 — 까잔갑과 부란니 예지게이 — 만이 보란리-부란니에서 정말로 뿌리를 내렸다. 그들 외에 얼마나 많은 사람들이 왔다가 가버렸던가! 그러나 예지게이는 절대로 포기할 줄을 모르는 사내였고 까잔갑 역시 이곳에서 44년 동안 일했다 — 그것은 물론 그가 다른 사람들보다 더 우둔해서는 절대로 아니었다. 예지게이는 까잔갑을 어느 누구와도 바꾸려 들지 않을 것이었다. 그런데 이제 그가 가버린 것이다…….

기차들은 갈라졌다 — 하나는 동쪽으로, 또 하나는 서쪽으로, 한동안 보란리-부란니 간이역에는 인적 하나 없었다. 별안간 온 천지가 맑게 개며 별들은 하늘에서 더 밝게 빛나는 듯 보였고 바람은 철둑을 따라, 그리고 미약하게 울리며 덜컹대는 레일 사이의 자갈들 위로 더욱 세차게 불어 댔다.

예지게이는 초소 문을 떠나지 않았다. 그는 기둥에 등을 기대고서 깊은 생각에 잠겨 있었다. 철길 너머로 저 멀리 들판에서 풀을 뜯는 낙타들의 희미한 윤곽이 눈에 들어왔다. 낙타들은 거기서 밤을 보내며 달빛 아래 고요히 서 있었다. 예지게이는 그 낙타들 중에서 자기의 박뜨리안, 커다란 머리에 쌍봉인 수놈 낙타 — 사로제꼬에서 가장 힘이 세고 또 가장 빠른 — 를 알아보았다. 그놈은 제 주인 이름을 따서 부란니 까라나르라고 불렸는데 예지게이는 이 드물게 힘센 낙타가, 다루기는 비록 수월치 않아도, 무척이나 자랑스러웠다. 까라나르는 혈기 왕성한 수놈인 채로 남아 있었다. 예지게이는 그놈이 어렸을 때 거세를 하지 않았고, 나중에도 손을 대지 않고 그대로 놓아두었다.

예지게이는 다음 날 해야 할 자질구레한 일들 중에서 아침에 맨 먼저 해야 할 일이 무엇인지를 떠올렸다. 그것은 까라나르를 집으로 몰아와 안장을 얹는 일일 것이었다. 장지(葬地)까지 가려면 그놈이 있어야 했다. 다음에 그는 해야 할 다른 일들을 떠올렸다.

그 간이역에서, 사람들은 아직 평화롭게 잠들어 있었다. 선로 한쪽 옆으로는 역에 딸린 조그만 직원 주택들 — 철도 당국에서 지어 준 표준적인 맞배지붕에 슬레이트를 인 여섯 채의 조립식 가옥들 — 과 예지게이가 손수 지은 그의 집, 그리고 죽은 까잔갑의 진흙벽 집이 늘어서 있었다. 또 그 외에도 갖가지 창고들과 헛간, 그리고 가축을 먹이거나 다른 용도로 쓰이는, 갈대로 지붕을 인 마구간들이 있었고 그 한복판에는 몇 년 전에 설치한, 풍차로 돌아가는 다기능 전기 펌프와 비상시에 대비할 수동 펌프가 박혀 있었다. 그것이 보란리-부란니 간이역의 총자산이었다.

대철도에서라면 으레 그렇듯이, 사리-오제끼 스텝 한옆의 이 간이역은 다른 간이역들과 정거장들과 도시들로 구성되어 핏줄처럼 이리저리 얽힌 거대한 네트워크의 한 부분을 이루고 있었다. 그리고 특히 사로제끄 폭풍이 휘몰아쳐 불린 눈이 집집마다 창문까지 쌓이고, 얼어붙은 눈 더미로 선로가 덮여 버리는 겨울이면 온 마을이 하늘로부터 불어 닥치는 바람에 그대로 드러났다. 스텝 한가운데에 있는 이 간이역의 이름은 거기서부터 유래했다. 즉 까자흐어 〈보란리〉와 러시아어 〈부란니〉가 합쳐져서 〈보란리-부란니〉 또는 〈눈보라〉라는 이름이 된 것이다.

예지게이는 제설기 — 총탄처럼 퍼부어지는 분류(奔流)로 눈을 불어 내고 커다란 칼날과 다른 장치들을 써서 불어 낸 눈을 양옆으로 밀어내는 기계 — 가 오기 전, 그와 까잔갑이 선로에 쌓인 눈을 치우기 위해 죽기 살기로 대들어 싸웠던 때의 일을 떠올렸다. 그 일은 사실 그리 오래전의 일도 아니었다. 1951년에서 1952년으로 넘어가는 겨울 동안 지독한 폭설이 내렸다. 누군가가 단번에 목숨이 날아가 버릴 수도 있는 어떤 일 — 탱크로 돌진해서 그 밑에다 수류탄을 까 넣는다든가 하는 — 을 해야 한다면 그것은 오직 군대에서나 통하는 얘기일까? 아니, 여기서도 사정은 마찬가지였다. 한 가지 다른 게 있다면 그건 다른 사람들 손에 죽는 게 아니라 그 과정에서 자기 스스로를 죽이는 거였다. 얼마나 많은 폭설에 대항하여 그들은 삽으로 눈을 긁어 모아 자루에다 퍼담기까지 하면서 맨손으로 싸웠던가! 그것은 선로가 깎아낸 길을 지나 아래쪽으로 달리는 7킬로미터 지점에서의 일이었다. 그러나 예지게이에게는 그때마다 이번 싸움이 마지막일 것처럼 보였고, 그런 이유로 일을 그만두겠다든가 하는 문제에 대해서는 단 한 번도 심각하게 생각해 본 적이 없었다. 그가 원했던 것은 다만 기관차들이 스텝으로 울려 퍼지는 기적 소리를 멈추고 통과해 가는 것뿐이었다.

그러나 눈은 녹았고 기차들은 지나갔고 세월은 흘러갔다…….
이제는 누구도 그런 시기를 생각하려 들지 않는다. 어쩌면 그 일은 일어났을 수도, 그러지 않았을 수도 있었다. 요즘은 눈이 오면 통제조와 수리조에서 나온 기술자들 ─ 한때는 사정이 어땠는지를 믿거나 이해하거나 심지어는 상상조차 못하는 시끄러운 친구들 ─ 이 단기간 파견된다. 사로제끄의 그 눈 더미! ─ 게다가 몇 안 되는 사람들이 삽만 가지고 그걸 치웠다니!

「굉장합니다!」 그들 중 몇몇은 그저 속 넓게 웃었다. 「뭣 하러 그렇게 영감님들 스스로를 괴롭혀야 했지요?」
어떤 사람들은 그렇게 물었다.
「우리 같으면 그처럼 뼈 빠지게 일하진 않았을 겁니다. 목숨을 내걸다니요, 미쳤습니까? 만일 누가 우리더러 그런 일을 하라고 시킨다면 우리는 그딴 일 당장에 때려치우고 말 겁니다. 그자들에게 지옥으로나 꺼지라고 하고 나서 다른 일거릴 찾을 겁니다 ─ 최소한 공사장이나 아니면 조건이 제대로 된 다른 일자리를 찾을 수 있겠죠. 그렇게 일을 시켜 먹으려면 그만큼 돈도 많이 줘야 됩니다. 또 만일 긴급한 일이 생겨서 어쩔 수가 없다면 회의를 열어 시간 외 수당을 줘야지요. 그 사람들은 영감님들을 바보로 알았고 영감님들은 바보로 죽었을 겁니다.」

그런 오만불손한 말을 들었을 때도 까잔갑은 별다른 반응을 보이지 않았고 자기는 그 이상의 어떤 것, 이 젊은이들이 알지 못할 뿐인 어떤 것을 알고 있기라도 한 듯 그저 무심하게 웃어넘겼다. 그러나 예지게이는 참고 넘어가지를 못했다. 그는 말싸움을 벌였고 그런 다음에는 고작 속이 뒤집히고 기분을 망쳤을 뿐이었다.

까잔갑과 그는 늘 예전의 그 시절 — 똑똑하고 젊은 철도 기술자들이 모두 반바지 차림으로 뛰어 돌아다니던 — 을 이야기하곤 했었다. 그 시절, 그들은 틈이 나기만 하면, 그리고 나중에는 시간이 허용하는 한 내내 인생을 논의했었다. 그러나 이제 1945년의 그날들은 오래전에 가버렸다. 그들은 많은 일들을 상의했고, 특히 까잔갑이 연금을 받게 된 뒤로는 더더욱 그랬다. 하지만 까잔갑에게는 일이 잘 풀리지가 않았다. 그는 아들을 따라 도시로 살러 나갔지만 석 달 뒤에는 다시 돌아왔다. 그리고 그 뒤로 상의할 일들이 더욱 많아졌다.

까잔갑은 현명하면서도 단순한 사내였다. 그에 대해서는 기억할 것들이 너무나도 많았다…….

불현듯 예지게이는 오싹하리만큼 명확하고도 슬픈 한 가지 사실을 알아차렸다. 이제는 자기만이 까잔갑에 대한 기억을 간직하고 있다는…….

무선 송수신기가 작동되면서 잡음이 들리기 시작하자 예지게이는 서둘러 초소 안으로 들어갔다. 그 멍청한 기계는 언제나 목소리가 흘러나오기 전에 쐐애 하는 바람 소리와 눈보라가 칠 때처럼 휙휙거리는 소리를 냈다.

「예지께,[2] 여보세요, 예지께.」 당직자인 샤이메르젠의 목소리가 빽빽 울려 나왔다. 「제 말 들립니까? 대답하세요!」

「들려, 듣고 있다고.」

「알아들을 수 있겠습니까?」

[2] 예지게이.

「알아들을 만해. 그래, 알아듣겠어.」
「제 말소리가 어떻게 들립니까?」
「다른 세상에서 오는 소리 같아.」
「그게 무슨 말이죠? 다른 세상에서라니요?」
「그냥 그렇게 들려.」
「아……, 바로 까잔갑 영감님 목소리 같겠군요.」
「그게 무슨 소리지?」

「글쎄요, 그분 돌아가셨지 않습니까?」 샤이메르젠은 뭔가 적당한 말을 찾아내려는 모양이었다. 「이거, 뭐라고 해야 되지? 그분은 그러니까, 제 말은 그분이 삶의 여행을 마치셨다는 겁니다.」

「그래.」 예지게이가 짤막하게 대답했다. 그러나 속으로 그는 이런 생각을 하고 있었다. 〈대가리가 텅텅 빈 녀석 같으니라고. 부음을 들었을 때 무슨 말을 해야 하는 건지도 모르다니.〉

샤이메르젠은 한동안 잠잠했다. 송수신기가 점점 더 지글거리고 찍찍거리며 씩씩대는 소리를 내기 시작했다. 무겁게 숨을 몰아쉬는 소리였다. 곧이어 샤이메르젠의 목소리가 끽끽 울렸다. 「예지게이 영감님, 저를 이런 식으로 바보로 보지 마십쇼. 그분이 돌아가셨다고 해서 그걸 우리가 어쩌겠습니까? 남아도는 사람이 하나도 없어요. 영감님은 어째서 꼭 그분 옆에 앉아 있어야 한다는 겁니까? 그런다고 시신이 다시 일어나지도 않을 텐데요.」

예지게이는 화가 뻗쳤다. 「자네가 뭘 안다고 그래! 자넬 바보로 보지 말라니, 그게 무슨 소리지? 자넨 여기 온 지 2년도 안 됐지만 그 양반하고 나는 30년 이상을 같이 일했어. 그걸 생각해 봐! 우리들 중에 한 사람이 돌아가셨어. 고인을 텅 빈 집에다 외롭게 혼자 놔둔다면 그건 옳은 처사가 못 돼.」

「그분이 외로운지 아닌지 어떻게 아시죠?」

「우린 알아!」

「좋습니다. 그렇게 고함을 지르실 건 없잖습니까, 영감님.」

「내 설명하지…….」

「설명하셔도 소용없습니다. 남아도는 사람이 없으니까요. 또 영감님도 뭘 어쩌실 수 있겠습니까? 지금은 밤입니다.」

「기도를 할 걸세. 고인의 입관 준비를 할 거고, 난 기도문을 욀 걸세.」

「기도를 한다고요? 영감님이요, 부란니 예지게이?」

「그래, 내가. 난 기도문이라면 죄다 알고 있어.」

「아니, 그러니까 지금, 뭐냐, 소비에뜨 법률이 60년이나 시행된 뒤에 말입니까?」

「소비에뜨 법률이 이 일하고 무슨 상관이지? 사람들은 수백 년 동안 죽은 사람을 위해 기도해 왔어. 죽은 건 사람이지 짐승이 아냐.」

「글쎄요, 꼭 그래야 하시겠다면 가서 기도하십쇼. 하지만 그렇게 법석은 떨지 마시고요. 에질리바이를 보내 드리죠. 그 사람이 좋다고 하면 그리로 보낼 거고, 에 — 또, 영감님 일을 떠맡을 겁니다. 하지만, 지금은 일을 계속 보세요. 117호가 들어오고 있으니까 준비를 해두십쇼. 그 열차가 2번 측선으로 들어가도록요…….」

그것으로 샤이메르젠은 통화를 끝냈고 스위치가 딸깍 꺼졌다.

예지게이는 서둘러 신호 구간으로 돌아갔다. 그리고 일을 계속하면서 에질리바이가 오겠다고 승낙할지 어떨지를 생각해 보았다. 그는 이제 불이 환하게 밝혀진 몇몇 집들의 창문을 바라보면서 사람들에게 정말로 양심이 있었으면 하고 바라기 시작했다. 개들도 짖고 있었다. 그것으로 보아 그의 아내는 분명히 보란리의 사람들에게 부음을 알리고 그들을 침대에서 내려오게 하느라 바쁠 것이었다.

그러는 사이 117호 열차는 측선으로 들어갔고 간이역의 다른 쪽 끝에서는 유조 탱크 열차가 들어오고 있었다. 그 두 열차들은 서로 지나쳐 하나는 동쪽으로, 다른 하나는 서쪽으로 갈라졌다.

이미 새벽 2시였다. 밤하늘에서 별들은 제자리를 드러내며 밝게 빛났고 달은 더 밝고 훤한 빛으로 사로제끄를 비추고 있었다. 달빛 아래로는 사로제끄 사막이 저 멀리까지 펼쳐져 있었고, 철길 양쪽으로는 다만 낙타들의 형체 — 그 가운데는 커다란 쌍봉낙타 부라니 까라나르도 있었다 — 와 가장 가까이 있는 정거장 건물들의 희미한 윤곽만 눈에 띨 뿐, 나머지 모든 것들은 끝없는 밤 속으로 묻혀 들었다. 바람은 자지 않고 끊임없이 불어 대며 어수선하게 늘어진 쓰레기들 사이에서 버스럭거렸다.

예지게이는 신호 초소를 들락거리며 철길을 따라오는 에질리바이의 모습이 나타나기를 기다리고 있었다. 그러다 그는 선로 한쪽에서 어떤 짐승을 보게 되었다. 그것은 암여우였는데, 푸르스름하게 불이 켜진 눈을 깜빡이면서 가까이 오려고도, 도망치려고도 하지 않고서 전신주 아래에 멍청히 서 있었다.

「너 거기서 뭐 하냐?」 예지게이가 장난을 걸듯 여우에게 손을 저으면서 중얼거렸다. 여우는 놀라지 않았다. 「조심해라, 내 너를 잡을 테니까!」 그러면서 그는 발로 땅을 긁었다. 여우는 펄쩍 뒤로 물러나 조금 달아나다가 다시 주저앉았다. 그러고는 조용히, 거의 슬픈 듯이 그를, 아니, 어쩌면 그의 옆에 있는 뭔가 다른 것을 지켜보고 있었다. 무엇이 그 여우를 끌었을까? 무엇이 그 여우를 여기까지 오게 했을까? 그 짐승의 행동이 예지게이에게는 이상해 보였다. 어쩌면 빛이, 아니면 허기가 여우를 유혹했는지도 모른다. 저 여우를 돌로 때리려고 한대서 안 될 게 뭐람? 그 여우는 제 발로 찾아온 표적이었다. 예지게이는 땅에서 큼직한 돌멩이를 하나 집어 들고 던질 듯이 여우를 겨냥했지만 그냥 발치에다 떨어뜨렸다. 그러고는 땀을 흘리기 시작했다. 때로는 사람들의 머릿속으로 얼마나 이상한 생각이 떠오르는 것일까! 그는 전에 누군가에게서 들었던 이야기를 기억해 냈다. 그런데 그게 누구였을까? 어떤 방문객이거나 그와 함께 신에 대한 이야기를 나누었던 사진사? 아니면 다른 누구? 아니, 그건 사비찬이었다. 그 녀석 귀신이나 물어 가라지! 사비찬은 언제나 이상야릇한 일들을 파헤쳐 떠벌렸고 그래서 사람들은 그를 주시하거나 아니면 그의 얘기에 어리둥절해하곤 했는데, 예지게이가 들었던 얘기는 죽음 뒤에 영혼이 어디로 옮아가느냐 하는 것이었다. 그래, 사비찬, 까잔갑의 아들놈, 그러니까 그가 그 얘기를 들었던 것은 아무짝에도 쓸모없는 그 떠버리에게서였다. 사비찬은 첫눈에 보면 아주 멀쩡해 보였다. 그는 이런 것들을 다 알고 저런 것들을 다 들었지만 한 가지 문제는 자기가 알고 들은 것을 과시할 대상이 거의 없다는 것이었다. 그는 기숙 학교에서 교육을 받았고 대학에도 다녔다. 그런데도 그에게는, 여느 하찮은 사람들이나 꼭 마찬가지로, 특별한 점이 아무것도 없었다. 그는 허풍떨기와 술 마시기를 즐겼고 공수표를 날리는 데는 솜씨가 그만이었지만, 그 밖에는 쓸 만한 구석이 한군데도 없었다. 한마디로, 그는 천박했다. 비록 그가 학위를 가졌다 할지라도, 까잔갑에 비하면 그는 너무도 형편없었다. 아니, 그는 성공한 사람도 못 되었고, 그의 아버지와도 전혀 딴판이었다. 어쨌거나, 신이 그와 함께 하시길. 더 할 말은 아무것도 없었다. 그게 바로 그가 생겨 먹은 방식이었으니까.

언젠가 사비찬은 이런 말을 떠벌려 댔었다. 〈인도에서는 사람이 죽으면 그 영혼은 뭐든 다른 동물 — 어떤 동물이건, 심지어는 개미에게까지도 — 에게 옮겨 간다고 생각하지요. 또 인도 사람들은 누구건 태어나기 전에는 한때 새였거나 다른 어떤 동물이었거나 아니면 곤충이었던 것으로 믿습니다. 그래서 그들은 살아 있는 생물을, 심지어는 뱀까지도, 죽이는 것이 죄악이라고 생각하기 때문에 그런 생물을 만나게 되면 그것을 건드리지 않고 그저 고개를 숙이고 지나가지요.〉

세상엔 참 놀랄 일도 가지가지라고 예지게이는 생각했다. 하지만 그게 모두 사실인지 아닌지 어떻게 알아? 세상은 넓고 넓지만 사람은 뭐든 죄다 알지는 못하니까. 이런 것이 그가 암여우에게 돌을 던지려고 했을 때 그의 머릿속으로 떠오른 생각이었다. 만일 그 여우에게 까잔갑의 영혼이 들어가 있었다면? 까잔갑이 그의 오두막에 혼자 있기가 너무도 외롭고 적막해서 그 여우의 몸속으로 들어가서 친구를 보러 왔다면?

「저 굽은 곳 근처를 깨끗이 치워야겠어.」 예지게이는 부끄러워서 혼자 그렇게 중얼거렸다. 어떻게 그런 생각이 잠시라도 떠오를 수 있었을까? 「제기랄! 이 나이에 벌써 정신이 왔다 갔다 하다니.」 그러면서도 그는 조심스럽게 여우에게로 가까이 가서 그 여우가 자기의 말을 알아듣기라도 하는 것처럼 말을 걸었다.

「저리 가! 여기 있으면 안 돼. 스텝으로 돌아가! 내 말 들었지? 가라, 가! 아니, 그쪽이 아니고 — 거긴 개들이 있어. 신이 계시는 스텝으로 돌아가.」

그 여우는 고개를 돌려 한두 번쯤 주위를 둘러보고는 어둠 속으로 사라졌다.

그러는 사이 다음 열차가 간이역에 도착했다. 그 열차는 처음엔 돌진해 들어왔지만, 다음엔 따라서 움직이는 구름 — 화차들 위로 날아 오른 먼지 — 을 몰아오면서 천천히 속도를 늦췄다. 열차가 멈춰 서자 기관사가 기관실 밖으로 머리를 내밀었다. 엔진이 느리게 길들며 증기를 뿜어내고 있었다.

「어이, 예지끄 부란니, 앗살람 알레이꿈!」[3]

「알레이꿈 앗살람!」

예지게이는 기관사가 누군지 보려고 고개를 내밀었다. 이 노선에서는 모두들 서로를 알고 있었다. 이번 기관사는 그의 친구였다. 예지게이는 그에게 아이자다가 살고 있는, 철도가 갈라지는 역인 꿈벨리 역 사람들에게 보낼 전갈을 맡기면서 아이자다에게 아버지의 사망 소식을 알려 달라고 부탁했다. 기관사는 까잔갑을 추모하는 마음에서 — 그리고 또 꿈벨리 역에서 기관사들이 교대하기도 해서 — 선선히 그래 주겠다고 했다. 그는 또 자기가 다시 돌아올 때쯤 아이자다가 여행할 채비를 하고 있으면 그녀와 가족들을 데려다 주겠다고도 약속했다.

그 기관사는 믿을 만한 사람이었으므로 예지게이는 꽤나 안심이 되었다. 이제 적어도 한 가지 일에는 손을 써둔 것이었다. 열차는 몇 분 뒤에 떠났는데 예지게이는 기관사에게 작별 인사를 하려다가 철길 옆으로 키가 훌쩍하게 큰 모습이 그를 향해 오고 있는 것을 보았다. 에질리바이였다.

3 회교도들이 만났을 때 하는 인사.

예지게이가 에질리바이에게 일거리를 넘겨주고 그와 함께 까잔갑에 대해 이야기를 하면서 그를 회상하고 한숨을 쉬고 하는 동안 다른 한 쌍의 열차들이 보란리-부란니 역에 도착했다가 떠났다. 그리고 나서 임무 교대가 끝났고 예지게이는 집으로 향했다.

돌아오는 길에 그는 아내에게 떠올려 주고 싶었던 것, 아니 그보다는 아내와 상의하고 싶었던 것이 무엇이었는지를 기억해 냈다. 바로 자기네의 딸과 사위들에게 까잔갑의 사망 소식을 어떤 식으로 알릴 것인가 하는 문제였다. 예지게이의 시집간 두 딸은 맞은편 쪽, 그러니까 끄질-오르다 쪽에서 살고 있었는데, 큰딸은 쌀을 재배하는 국영 농장에서 일했고 남편은 그곳 트랙터 운전사였다. 그리고 작은딸은 처음엔 까잘린스끄 부근의 어느 간이역에서 살다가 다음에는 언니가 있는 곳 가까이에서, 같은 국영 농장에서 일하려고 가족들과 함께 그리로 이사 갔고 남편은 거기서 운전사로 있었다. 비록 까잔갑이 혈족은 아니라고 해도, 그래서 그 두 딸이 까잔갑의 장례식에 와야 할 의무는 없다고 해도, 예지게이는 그 딸들에겐 까잔갑이 어느 친척보다도 더 소중하다는 것을 알고 있었다. 그의 두 딸은 보란리-부란니에서 태어났고 거기서 자랐기에 까잔갑을 잘 알았다. 그리고 나중에 그들이 꿈벨리에 있는 철도 기숙 학교에 다닐 때에도 방학이면 그들을 집으로 데려오고 했던 것은 언제나 예지게이 아니면 까잔갑이었다. 그는 작은딸을 앞에, 큰딸을 뒤에 걸터앉힌 채 낙타로 했던 여행들을 회상하며 딸들을 생각했다. 까라나르가 힘차게 걸어서 보란리-부란니로부터 꿈벨리까지 가는 데는 세 시간이 걸렸고 겨울철에는 조금 더 오래 걸렸다. 예지게이가 여행을 할 수 없을 때면 까잔갑이 그들을 데려오곤 했었다.

그들에겐 그가 아버지나 마찬가지였다. 예지게이는 날이 밝는 대로 두 딸에게 전보를 치고 어떻게 할 것인지의 결정은 그들에게 맡겨 두기로 했다. 적어도 그들은 이것 한 가지만은 알아야 했다. 이제는 까잔갑 노인이 이 세상에 없다는 것을…….

집을 향해 걸어가면서 그는 아침에 맨 먼저 해야 할 일이 까라나르를 방목장에서 집으로 몰아 오는 일일 거라고 생각했다 — 그 낙타가 상당히 필요할 것이었다. 죽는 것도 간단하지는 않지만 이승에서의 격식을 제대로 갖춰서 명예롭게 한 사람을 묻는다는 것 또한 절대로 쉬운 일은 아니었다. 장례를 치르려면 언제나 이런저런 물건들이 부족하기 마련인데다 수의에서부터 밤샘을 할 때 쓸 땔감에 이르기까지 모든 것들이 급하게 마련되어야 했으므로.

예지게이가 하늘에서 무엇이 움직인다는 것을 알아차린 건 바로 그때였다. 그것은 그에게 전쟁터에서의 나날들, 발밑에서 지축을 흔드는 강력한 폭발의 먼 충격파를 떠올리게 해주었다. 하늘을 올려다보다가 그는 오른편 앞쪽으로, 스텝 저 멀리 사로제끄 인공위성 기지가 있는 곳에서 무엇인가가, 뒤에다 점점 더 커지는 분수 같은 꼬리를 달고, 말 그대로 불을 뿜으며 하늘로 솟아오르는 것을 본 것이었다. 그 광경에 그는 넋을 잃었다. 그것은 우주로 떠오르는 거대한 로켓이었다. 그는 전엔 한 번도 그런 광경을 본 적이 없었다.

사로제끄에서 사는 사람들이면 다 그렇듯이, 그는 거기서 약 40킬로미터쯤 떨어진 곳에 우주선 발사 기지 사리-오제끼-I이 있다는 것을 알고 있었고 또한 또그레끄-땀 간이역으로부터 그리로 통하는 지선 철도가 있다는 것도 알고 있었다. 사람들 말로는 그쪽으로 스텝 한가운데에 커다란 상점들까지 있는 완전한 도시가 하나 건설되었다는 것이었다. 예지게이는 늘 라디오에서, 사람들의 이야기에서, 그리고 신문에서 인공위성이니 우주 비행이니 하는 것들을 듣고 보았다. 또 사비찬이 살고 있는 지방 도시 — 그런데 이 도시는 훨씬 더 멀어서 기차로 대략 하루 반 정도는 걸렸다 — 에서 열린 아마추어 음악회에서는 어린이 합창단이 저네들 나라에서는 우주 비행사 아저씨들이 우주로 올라가니까 저희들은 이 세상에서도 제일 행복한 어린이들이니 어쩌고 하는 노래를 불렀었다. 예지게이가 알기로는 그런 일들이 모두 어딘가 가까운 곳에서 일어난 것이었다. 그러나 우주선 발사 기지와 그 주변은 바로 근처에서 사는 사람들에게까지도 출입 금지 구역으로 선포되었기 때문에 그는 무슨 일에 대해서건 간접적으로 아는 정도로 만족해 왔었다. 그랬으므로, 그가 세차고 응집된 불꽃 속에서 그 무시무시하고 놀라운 빛으로 주위의 모든 것들을 밝히며 별이 반짝이는 어두운 하늘 속으로 떠오르는 우주 로켓을 자기 눈으로 직접 본 것은 그때가 처음이었다.

예지게이는 기절할 것 같은 기분이었다. 저 불꽃 한가운데 정말로 사람이 앉아 있을까? 하나? 아니, 어쩌면 둘? 그런데 어째서 그는 우주선 기지 근방에서 그렇게 오랫동안 살아왔는데도 전에는 발사 순간을 보았던 적이 한 번도 없었을까? 게다가 이제는 우주 공간으로 로켓들이 너무 자주 발사되기 때문에 발사 횟수가 얼마나 되는지도 제대로 알 수 없는데, 어쩌면 다른 경우에는 낮 동안에 발사를 했었을까? 햇빛 속에서는 그 정도 먼 거리에서라면 로켓이 떠오르는 것을 분명히 알아볼 수 없을 것이다. 하지만 어째서 이번 것은 밤중에 떠올랐을까? 아마도 서둘러야 할 이유가 있었을 테지. 아니

어쩌면 저 로켓은 암흑 속에서 떠오르지만 곧장 햇빛 속으로 나가지 않을까? 사비찬은 언젠가, 마치 자기가 실제로 갔다 오기라도 한 것처럼, 우주에서는 반 시간마다 낮과 밤이 바뀐다느니 하는 말을 했었다. 그는 거기에 대해서 사비찬에게 물어봤어야 했다. 사비찬은 무엇이든 다 알고 있으니까. 그는 자기가 어떤 일이건 다 아는 중요한 인물이기를 그렇게도 원했었다.

어쨌건 사비찬은 지방 도시에서 일자리를 얻었다. 그리고 자기가 하는 일을 비밀로 하지도 않았다 — 그가 무엇 때문에 그 일을 비밀로 해야 할까? 자기가 하는 일로 사람값이 매겨지지 않는가. 「저는 거기서 어떤 중요한 인물, 그러니까 저 유명한 사람하고 같이 있었습니다.」 사비찬은 그렇게 말하곤 했다. 「저는 이러이러한 사람에게 중요한 제안을 했습니다…….」 그러나 꺽다리 에질리바이는 언젠가 사비찬이 직장에서 다른 사람들의 등 뒤로 뛰어 돌아다니는 것을 본 적이 있다고 했다. 「알겠습니다. 알자빠르 까하르마노비치! 물론입니다, 알자빠르 까하르마노비치! 곧 시행하겠습니다. 알자빠르 까하르마노비치!」 사비찬은 그렇게 대답하곤 했지만 그의 상급자는, 에질리바이의 말에 따르자면, 여러 개의 손잡이가 달린 장치로 주위의 모든 사물과 사람들을 감독하면서 자리에 앉아 있었다고 했다. 그들이 제대로 이야기를 하고 어쩌고 할 틈 같은 건 없었다는 것이었다.

〈그러니까 그게 보란리 출신의 우리 이웃인 그 애가 하는 일이군.〉 예지게이는 생각했다. 〈신이 그 애와 함께하시길. 그 애는 그 애니까……. 그렇지만 까잔갑 영감에겐 안된 일이었어. 그 양반은 아들을 위해서 할 만큼 해줬고 많은 걸 희생했는데. 사는 마지막 날까지 그 양반은 아들 욕은 한마디도 안

했었지. 아들 며느리하고 같이 살려고 도시로 옮겨 가기까지 했었잖은가. 아들 부부가 오라고 했고 또 데려가니까 갔던 거였지만, 한데 그게 제대로 되질 않았어. 하지만 그건 또 다른 얘기고…….〉

예지게이가 그 깊은 밤 눈길을 여전히 우주 로켓에 고정시킨 채 일터로부터 집으로 돌아오며 했던 생각은 그런 것이었다. 오랫동안 그는, 마침내 불을 뿜는 배[4]가 점점 더 작아져서 조그맣고 흐릿한 점으로 바뀌어 하늘의 검은 심연 속으로 사라질 때까지, 그것을 지켜보았다. 예지게이는 머리를 흔들고 나서 이상하고 상반된 감정을 느끼며, 가던 길을 계속 갔다. 그는 자기 눈으로 그 로켓을 직접 본 것이 기뻤지만 그래도 그것은 경이와 두려움을 동시에 불러일으키는, 그의 시야 밖에 있는 어떤 것이었다. 갑자기 그는 철길까지 찾아왔던 그 암여우를 떠올렸다. 그 여우는 하늘의 이 불꽃이 텅 빈 초원에 나가 있는 저를 놀라게 했을 때 어떻게 반응했을까? 아마도 틀림없이 어느 쪽으로 도망쳐야 할지를 몰랐을 것이다.

그날 밤 로켓이 우주 공간으로 날아오르는 것을 목격한 증인인 부란니 예지게이는 그 우주선과 거기에 탄 비행사가 발사 전 의식도, 신문 기자들도, 특별 보고도 없이 특별한 용무로 긴급히 발사되었으며 그 발사가 미·소 우주 계획의 일환으로 이미 1년 반 동안이나 〈트램펄린〉[5]이라고 명명된 특별 궤도에 떠 있던 〈패리티〉[6] 우주 정거장에서 일어난 일련의 예외적인 사건들과 관계가 있다는 것을 어렴풋이도 알지 못했고 또 사실상 알 수도 없었다. 예지게이는 이 사건이 그에

---

4 우주선.
5 신발에 용수철을 달아 튀어 오르게 하는 놀이 기구.
6 대등하다는 뜻임.

게 직접 영향을 미치리라고는 — 단지 그와 나머지 인류 사이의 뗄 수 없는 관계 때문이 아니라 가장 구체적이고 직접적인 방식으로 — 생각조차 하지 못했다. 그는 또 사리-오제끼에서 우주선이 발사된 지 얼마 뒤에 지구의 다른 편인 네 바다의 한 우주선 기지로부터 똑같은 임무를 띤, 즉 접근하는 방향만 서로 다를 뿐 똑같은 트램펄린 궤도의 똑같은 패리티 정거장으로 가기 위해 미국의 우주선이 솟아오르리라는 것도 알지 못했다.

그 두 우주선은 〈데미우르고스〉[7] 계획을 주관하는 미·소 공동 통제 센터의 해상 기지인 과학 탐사 항공모함 컨벤션호로부터 온 긴급 명령에 따라 발사되었다. 항공모함 컨벤션호는 알류샨 열도 남쪽, 블라지보스또끄와 샌프란시스코로부터 정확히 등거리인 태평양상의 고정 위치에 정박해 있었다. 공동 통제 센터 〈옵뜨세누쁘르〉는 두 우주선이 트램펄린 궤도로 진입하는 과정을 주의 깊게 뒤쫓는 중이었다. 지금까지는 모든 일이 순조롭게 이루어지고 있었다. 이제 막 패리티 복합 위성과의 도킹을 위한 방향 조정이 시작될 참이었다. 그 작업은 두 우주선의 도킹이 적당한 시간 간격을 두고 연속적으로 이루어지는 것이 아니라 각기 다른 방향으로부터 동시에 이루어져야 하기 때문에 지극히 복잡했다.

패리티는 지금까지 열두 시간 이상 컨벤션호의 공동 통제 센터에서 보낸 신호에 답신을 보내오지 않았고 그곳에 접근 중인 두 우주선에서 보낸 신호에도 반응을 보이지 않고 있었다. 그들은 패리티 우주 정거장의 승무원들에게 어떤 일이 있어났는지를 알아내야만 했다.

---

7 플라톤이 명명한 우주 창조자의 이름.

2

　여기서 기차들은 동쪽에서 서쪽으로, 서쪽에서 동쪽으로 지나간다.
　철길 양편에는 널따랗게 펼쳐진 광대한 불모지 — 중앙아시아의 노란 스텝 지대, 사리-오제끼가 놓여 있다.
　여기서는 모든 거리가 철도로 재어진다. 그리니치 본초 자오선으로부터 경도가 정해지듯…….
　그리고 기차들은 동쪽에서 서쪽으로, 서쪽에서 동쪽으로 지나간다.

　보란리-부란니 간이역으로부터 나이만 부족의 아나-베이뜨 묘지까지는 철길로부터 재서 — 그것도 사로제끄를 가로질러 똑바로 갈 경우에만 — 적어도 30킬로미터는 되었다. 만일 그 스텝에서 길을 잃고 싶지 않다면 철도와 나란히 달리는 길을 따라가는 편이 더 낫지만 그렇게 되면 묘지까지 가는 거리는 훨씬 더 멀었다. 즉, 한쪽 노정으로 대략 30킬로미터 그리고 다른 쪽 노정으로도 대략 그 정도가 되었다.
　예지게이를 제외하고는 현재 보란리에서 사는 거주자들은 아무도, 비록 그들 모두가 고대의 베이뜨에 대해 들어 왔고 또 그곳에 관하여 어떤 것은 사실이고 어떤 것은 전설인 많은 이야기들이 알려져 있다고는 해도, 어떻게 거기로 가야 할지를 짐작조차 하지 못했다. 그들 중 누구도 그곳에 가본 적이 없었을 뿐더러 또 가야 할 필요도 없었던 것이, 철로 변에 여덟 가구가 모여 사는 보란리-부란니에서는 사람이 죽어 장례식을 치러야 할 경우가 오랫동안 생기지 않았기 때문이었다. 몇 해 전에 조그만 여자 애 하나가 기관지 폐렴으로 한 시간 만에 죽은 적이 있었지만 그때 그 아이의 부모는 딸아이의 시체를 우랄 지방에 있는 고향집으로 가져갔고, 까잔갑의 아내인 부께이 할멈이 몇 년 전 꿈벨리의 어느 병원에서 죽었을 때는 그녀의 시신을 그곳에 있는 교회 묘지에다 묻기로 결정했었다. 사실 그녀의 시신을 보란리-부란니로 다시 모셔 올 이유라고는 없었다. 꿈벨리는 사리-오제끼에서 가장 큰 역이었고 게다가 그녀의 딸 아이자다가 남편 ─ 비록 그가 아무짝에도 쓸모없는 작자에다 고주망태라고는 해도 그는 가족의 일원이었다 ─ 과 함께 살고 있어서, 그들이 무덤을 돌볼 것이었다. 하지만 그때는 까잔갑이 살아 있었고 어떻게 하는 것이 가장 나을지도 그가 결정했었다. 그러나 이제는 그들이 까잔갑을 위해 어떻게 해야 할지를 생각하고 숙고해야 되었다.

예지게이는 아주 단호했다.

「그런 얘기가 어디 지지뜨[8]에게 어울리기나 할 법한 소린가.」 그는 정착지의 젊은 남자들에게 그렇게 말했다. 「우린 그 양반을 조상들이 누워 계신, 더구나 그 양반 입으로 직접 묻어 달라고 그랬던 아나-베이뜨에다 묻을 걸세. 자, 이제 얘긴 그만 하고 일이나 계속하라고. 내일 아침에 우린 될 수

---

8 돌진하는 젊은 기수로서 모든 고상한 미덕들의 화신.

있는 대로 일찍 떠나야 돼. 꽤 먼 길을 가야 하니까…….」

모두들 그의 말에 수긍했다. 예지게이에게는 결정을 내릴 권리가 있었고 그 점에 대해서는 모두들 같은 생각이었다. 사비찬은 분명히 다른 안을 내놓으려고 했지만, 그는 장례식 바로 전날 지나가는 화물 열차를 얻어 타고 — 여객 열차는 보란리에서는 서지 않는다 — 서둘러 그곳으로 왔었다. 그러나 예지게이는 사비찬이 아버지의 장례식에 왔다는 사실만으로도, 비록 그가 출발했을 때는 아버지가 죽었는지 어땠는지를 확실히 알지 못했겠지만, 벌써 감동을 받았고 기쁘기까지 했다. 예지게이는 자신의 반응에 놀랐다. 사비찬을 부여안고 울면서 그는 감정을 억제할 수 없었고 눈물범벅이 된 채로 이렇게 말했다. 「네가 와줘서 다행이구나, 이렇게 와줬으니 정말 다행이야.」 — 마치 사비찬이 온 것만으로도 까잔갑을 소생시킬 수 있기라도 한 것처럼.

예지게이는 자기가 왜 그처럼 울었는지를 도무지 이해할 수 없었다. 그는 전엔 한 번도 그렇게 울어 본 적이 없었다. 이제는 주인 없는 까잔갑의 토담집 문 앞마당에서 그들은 한참을 같이 울었다. 무엇인가가 예지게이를 감동시켰던 것이다. 그는 사비찬이 제 아버지의 사랑을 독차지했던 어린 소년이었을 때 그 아이가 자기의 눈앞에서 어떻게 자라났으며 그와 까잔갑이 꿈벨리에 있는 철도 직원 자녀를 위한 기숙 학교로 그 애를 어떻게 데려갔는지 떠올렸다. 여가 시간이 날 때면 그들은 지나가는 기차를 잡아타거나 아니면 낙타를 타고서 사비찬이 학교에서 어떻게 하고 있는지를 알아보고 또 그 아이가 다른 아이들을 괴롭히거나 규칙을 깨는 것이 아니라 열심히 공부하고 있다는 것을 확인하기 위해, 그리고 선생님들이 그 아이를 어떻게 생각하는지도 알아내기 위해,

그 아이를 보러 가곤 했었다. 또 방학이 끝날 무렵이면 그 아이가 신학기에 학교로 늦게 돌아가지 않도록 그들은 서리와 눈발을 뚫고 때론 그 아이를 코트로 감싼 채, 낙타를 타고서 사로제끄를 가로질렀었다.

아, 이제 어느 누가 그 시절을 되돌릴 수 있을까! 그 일들은 모두 꿈결처럼 사라져 가버렸고 이제 여기, 그의 앞에는 크게 뜬 눈으로 미소 짓던, 오래전에 가버린 그 옛날의 아이 적 모습을 희미하게만 알아볼 수 있는 어른이 된 남자가 하나 서 있었다. 이제 그는 안경을 걸쳤고 회색빛 모자를 썼고 넥타이를 맸으며 지방 도시에서 일했고 자기가 중요하고 주목받는 일꾼으로 여겨지기를 갈망하고 있었다. 그러나 삶이란 믿을 수 없는 농담이었다. 자기의 실력을 최대한으로 발휘하기란, 사비찬이 자주 불평했듯이, 강력한 후원자나 친구들 또는 영향력 있는 친척들이 없이는 쉽지가 않았다. 그런데 그는 어땠을까? — 고작 보란리-부란니 출신인 까잔갑의 아들이었다. 그래서 지금 그는 불행했다. 그리고 이제는 그 아버지마저 — 중요하지는 않은 인물이었어도 살아 있을 때에는 어떤 유명한 고인보다도 천 배는 더 나았던 — 세상을 떠났다. 이제 그는 이 세상 사람이 아니었다.

마침내 눈물이 다 말라 버리자 그들은 이야기를 나누며 할 일을 상의하기 시작했다. 그러나 얼마 안 가서 곧 예지게이는 이렇게 정성을 다해 키운 아들이 옛날 그대로 무엇이든 다 아는 체하는 속물일 뿐이며 그가 거기로 온 것도 아버지의 장례식을 훌륭하게 치르기 위해서가 아니라 단지 그 일을 후딱 해치워 버리기 위해서, 아버지를 어디에든 대강 파묻어 버리고 될 수 있는 대로 빨리 떠나기 위해서였다는 것을 알아차렸다. 사비찬은 그런 생각을 입 밖에 내기 시작했다. 무슨 이유로 자기 아버지를 스텝 한복판의 아나-베이뜨로, 사방 어디를 둘러보아도 텅 빈 사리-오제끼 스텝 외에는 아무 것도 없는 황무지로 데려가느냐? 이 근처 어딘가 멀지 않은 곳에다, 철길에서 가까운 나지막한 언덕에다 묘를 써도 되지 않느냐? 그러면 자기 아버지는 거기에 누워서 평생 동안 일해 왔던 철도로 기차들이 오가는 소리를 들을 수 있지 않느냐? 심지어 그는 되도록 빨리 고인을 파묻어야 한다는 옛 속담까지 들먹였다. 어째서 슬픔을 질질 끄느냐? 그래서 좋을 게 뭐 있겠느냐? 고인에게는 그가 어디에 묻히건 똑같은 게 아니냐? 그리고 분명히 더 빠르면 빠를수록 좋지 않느냐?

그런 식으로 사비찬은 자기의 주장을 펴 나갔다. 사무실에서 긴급하고도 중요한 문제들이 자기를 기다리고 있다는 말로 변명을 늘어놓으면서, 자기에게 시간이 귀한 것도 귀한 거지만 책임자인 사람들 입장에서는 장지가 멀건 가깝건 그런 게 무슨 상관이겠느냐? ─ 자기는 어떤 날짜, 어떤 시간까지는 사무실로 돌아가야 하고 그걸로 얘긴 끝이다. 상관들은 상관들이고 명령은 명령이다…….

예지게이는 늙어 빠진 머저리라고 자신을 욕했다. 그는 자기가 너무도 쉽게 눈물을 보였고 사비찬에게 속은 것이 부끄러웠다. 아무리 그가 죽은 까잔갑의 아들이라고는 해도. 그는 자리에서 ─ 거기에는 한쪽 벽에다 의자 모양으로 놓아둔, 낡아서 못 쓰게 된 몇 개의 침목에 다섯 명이 앉아 있었다 ─ 일어났다. 그리고 장례식 바로 전날에 다른 사람들이 있는 앞에서 감정을 상하게 하거나 모욕적인 말이 입 밖으로 튀어나오지 않도록 하려고 무진 애를 써야 했다. 다만 그는 까잔갑을 추모하려는 마음에서 이렇게만 말했다.「물론 이 근처에도 네가 묘를 쓰자고 할 만한 곳은 얼마든지 있어. 그건 바로 사람들이 소중해하는 사람을 아무 데나 묻지 않으니까 그런 게야. 물론 그럴 만한 이유가 다 있어서지만. 조그만 땅 한 뙈기쯤 쓴다고 해서 누구도 뭐라고 하지는 않을 게다.」 그가 말을 멈췄다. 그리고 보란리 사람들은 조용히 듣고 있었다. 「그러니 결정해라, 잘 생각해서! 그사이 나는 바깥일이 어떻게 되어 가는지 보러 갈 테니까.」

그가 밖으로 나갔다. 그의 얼굴은 거친 말을 하고 싶은 유혹을 뿌리치기 위해 어둡게 일그러졌고 눈썹은 화가 나서 치켜 올려져 있었다. 그는 완고하고 격정적인 남자였다 — 그에게 부란나라는 별명이 붙은 또 한 가지 이유는 그의 성격이 폭풍처럼 격렬했기 때문이었다. 만일 그가 사비찬과 단둘이서만 있었더라면 그는 사비찬의 낯 두꺼운 얼굴에다 대고 들어 마땅한 — 그리고 살아 있는 동안 내내 기억에서 지워지지 않을 — 그런 꾸지람을 있는 대로 퍼부어 댔을 것이었다. 그러나 그러면서도 그는 여자들의 험담에 휩쓸리고 싶지가 않았다. 그들은 서로 귓속말을 나누면서 몹시들 화가 나서 이런 말을 하고 있었다. 저것 좀 보라니까, 아들이라는 게 그냥 어쩌다 찾아온 것처럼 달랑 빈손으로 제 아비를 묻으러 왔어. 게다가 손은 호주머니에다 척 찌르고. 기껏 차 봉지밖에 가져오지 않았다니까! 거기다 그 여편네는 어떻고. 그 도시 년이라는 계집 말이야. 그런 게 며느리라니! 제가 며느리라면 하다못해 그저 풍속 구경하는 셈 치고라도 같이 와서 좀 울고 슬퍼하는 시늉이라도 했어야지. 그 계집은 부끄러운 것도 모르고 양심도 없어. 저 영감님이 살아 계시고 형편이 좋았을 때는 — 그러니까 젖을 짜는 낙타가 두 필에다 양하고 새끼들을 합쳐서 열댓 마리씩 됐을 때는 — 저치도 좋은 아들이었지. 그땐 계집도 같이 와서 영감님 재산이 다 팔렸다는 걸 확인할 때까지 눌러 있었어. 그러고 나서 그 계집은 영감님을 저네들 집으로 데려갔는데 그때 가구도 좀 들여놓았고 차도 한 대 사들였다지, 아마? 하지만 나중엔 저 영감님이 거치적거렸던 모양이야……. 그런데 이제 그 계집은 장례식에 코빼기도 보이려고 하지 않다니.

여자들은 한바탕 소란을 피우려고 했지만 예지게이는 여자들이 입을 열지 못하도록 막았다. 이 일은 당신네들 일이 아니다, 그러니까 걔들이 알아서 하게 놓아두라고 했다. 그러고 나서 그는 낙타 우리로 나갔다. 거기에는 방목장으로부터 끌려온 바람에 화가 나서 이따금씩 으르렁대는 부란니 까라나르가 서 있었다. 까라나르는 일주일에 두 번씩 나머지 무리들과 함께 우물로 물을 마시러 오는 때를 제외하고는 거의 일주일 내내 낮이건 밤이건 제멋대로 돌아다녔다. 그 낙타는 좀처럼 길들여지지 않았고 성질이 사나웠다. 그리고 지금은 이빨을 드러내고 간간이 으르렁거림으로써 불만을 표시하고 있었다. 그것은 다시 붙들어 매어지면 자유의 상실에 익숙해져야 한다는 옛말 그대로였다.

예지게이는 낙타에게로 가까이 다가갔다. 그는 속이 뒤집힐 대로 뒤집혀 있었고 진작부터 꼭 그런 얘기가 오가리라는 것을 알고는 있었어도 사비찬과 이야기를 하고 나서는 기분이 몹시 상해 있었다. 사비찬은 자기 아버지의 장례식에 온 것으로 그들에게 경의를 표했다고 생각하는 것처럼 보였다. 그러나 동시에 그는 자식으로서의 의무를, 거기서부터 되도록 일찍 빠져나가고 싶은 굴레로 보고 있었다. 하다못해 이웃 사람들마저 한가로이 구경만 하지는 않았는데도. 철도에 당직이 아닌 사람들은 모두들 내일 있을 장례식과 그 뒤에 따를 밤샘을 준비하는 데 한몫씩 거들었다. 여자들은 접시를 모으며 돌아다녔고 사모바르를 반짝반짝하게 닦았고 패스트리⁹를 만들기 위해 재료를 준비했으며 한쪽에서는 벌써 빵이 구워지기 시작하고 있었다. 또 남자들은 물을 길어 오고 비축해 두었던 낡은 침목들을 쪼개 불 피울 장작 — 헐벗은 스텝에서는 항상 땔감이 물과 더불어 첫 번째 필수품이었다 — 을 마련했다. 사비찬 한 사람만이 일하는 사람들의 주의를 흐트러뜨리고 이런 얘기, 저런 얘기를 떠벌리며 — 그 지방에서 누가 어떤 자리에 앉았다느니 누가 있던 자리에서 떨려났고 누가 승진되었다느니 하는 — 거치적거렸다. 그에게는 자기 아내가 시아버지의 장례식에 오지 않았다는 사실이 조금도 거리낄 게 없는 모양이었다. 그의 아내는 몇몇 외국인들도 참석할 예정인 회의에 나가야 했다는 것이었다. 까잔갑의 손자들에 대해서도 아무런 얘기가 없었다 — 그 아이들은 대학에 들어갈 때 가장 괜찮은 추천서를 얻을 수 있도록 더 나은 성적과 출석률을 올리기 위해 그대로 머물러 있었다.

「저 애들은 도대체 어떤 것들이기에 저렇게들 구나?」 예지게이는 소리 내어 물었다. 그는 심사가 몹시 뒤틀려 있었다. 〈저 애들에게는 세상일이 죄다 중요할 테니까, 죽음만 빼놓고는.〉 하지만 그런 생각도 그에게 평온을 가져다주지는 못했다. 〈만일 저 애들에게 죽음이 아무것도 아니라면 저 애들한테는 삶도 아무런 가치가 없다는 얘긴데……. 저 애들이 살아가는 목적이 뭘까? 저 애들은 뭘 위해서 어떻게 살아가는 걸까?〉

홧김에 예지게이는 까라나르에게까지 소리를 질러 댔다. 「넌 또 왜 이렇게 소란을 떨고 야단이냐, 이 악어 놈아! 하늘

---
9 밀가루 반죽으로 만든 과자.

에다 대고 그렇게 으르렁거리면 어쩌겠다는 거냐? 신이 네놈 불평을 들어줄 성싶기라도 하냐?」

예지게이는 단지 기분이 극도로 나쁠 경우에만, 이미 자제력을 잃었을 때만 그의 낙타를 〈악어 놈〉이라고 불렀다. 그 별명은 부란니 까라나르를 보러 왔던 사람들이 붙여 준 것으로 이빨을 드러낸 입과 고약한 성질 때문에 붙여진 별명이었다.

「나한테다 대고 으르렁거리기만 해봐라, 이 악어 놈. 이빨을 몽땅 부러뜨릴 테니까!」

이제 낙타에다 안장을 얹어야 했으므로 그는 준비를 하기 시작했다. 그리고 마음이 좀 가라앉자 뒤로 물러서서 흡족한 듯 그 짐승을 바라보았다. 부란니 까라나르는 아름답고 힘센, 그리고 키도 큰 ― 예지게이는 키가 꽤 큰 편이었지만 그로서도 까라나르의 머리에는 손이 닿지 않을 정도였다 ― 낙타였다. 그래서 예지게이는 수를 써야 했다. 그는 낙타의 목을 누르고서 겁을 주려고 야단을 쳐대며 채찍 손잡이로 툭 튀어나온 무릎을 후려쳤다. 까라나르는 요란스럽게 반항했지만 그러면서도 주인 말에 따랐고 마침내는 다리를 꺾어 가슴을 땅에 대고 앉았다. 그 낙타 역시 이제는 얼마쯤 진정이 된 것 같았다. 예지게이는 그가 할 일 중에서 가장 중요한 일을 하기 시작했다.

안장을 제대로 얹기란 절대로 간단한 일이 아니다. 그것은 마치 집을 한 채 짓는 것과도 같다. 안장을 들어 올려 얹어야 하고 그때마다 위치를 조정해야 한다. 그것은 기술뿐 아니라 힘도 요구되는 일이다. 특히 낙타가 까라나르처럼 엄청나게 클 경우에는.

까라나르는 〈검은 황소〉라는 뜻이었는데 어째서 그런 이름이 붙여졌는지는 쉽게 알 수 있다. 그 낙타는 머리에 검고 긴 털이 나 있었고 머리에서 어깨뼈 사이의 툭 튀어나온 부분까지도 검은 털이 무성했다. 그리고 목에는 무릎까지 늘어져 내린 빽빽하고 억센 털이 검은 실타래 모양의 화환처럼 걸려 있었다. 또 등에는 수놈 낙타의 자랑이자 기쁨인 혹 — 등뼈 위로 검은 탑처럼 솟아오른 한 쌍의 튼튼한 혹 — 이 우람했고, 꼬리의 검은 끝부분은 모양을 제대로 갖추기 위해 잘려 있었다. 그러나 나머지 부분에 난 털들, 즉 턱, 가슴, 옆구리, 배에 난 털들은 모두 대조적으로 옅은 밤색이 도는 갈색이어서 그 뚜렷이 대조를 이룬 털 빛깔과 늘씬한 키로 부란니 까라나르는 첫눈에도 멋져 보였고 또 지금이 한창 전성기였다.

낙타들은 오래 산다. 그리고 아마도 틀림없이 그 때문에 암놈 낙타들은 다섯 살이 되기까지는 새끼를 낳지 않고 그 뒤로도 해마다 낳는 것이 아니라 2년마다 낳으며 새끼들은 다른 어떤 동물들보다도 더 오래 — 열두 달 동안 — 젖을 먹을 것이다. 생후 처음 열두 달에서 열여덟 달 동안은 어린 낙타들이 감기에 걸리지 않도록, 스텝의 매서운 바람을 맞지 않도록 보호해 주어야 되지만 그 시기가 지나면 어린 동물들은 하루가 다르게 부쩍부쩍 자라고 그 이후로는 어느 것도 낙타를 괴롭힐 수 없다. 감기도, 열기도, 가뭄도.

예지게이는 낙타에 대해서라면 뭐든 다 알았고 그래서 항상 부란니 까라나르에게 최상의 컨디션을 유지시켰다. 건강하고 힘이 있다는 가장 확실한 조짐은 검은 혹으로 알 수 있는데 까라나르의 혹은 마치 강철로 빚은 것처럼 보였다. 오래전 예지게이가 전쟁터에서 돌아와 보란리-부란니 간이역에 처음 정착했던 시절, 까잔갑은 그에게 아직 젖을 빠는 오리 새끼처럼 배내털이 보송보송한 새끼 낙타를 한 마리 주었다. 그때는 예지게이도 젊었었지만, 그는 자기가 늙은이로 변할 때까지 여기에 남아 있으리라고는 상상도 못했다. 때때로 그 시절의 오래된 사진들을 들여다볼 때면 지금 그의 모습은 얼마나 형편없이 달라져 있는가! 그는 반백의 노인으로 변했고 이제는 눈썹까지도 하얗게 세었다. 그의 얼굴 모습 역시 변했다. 하지만 그는 다른 사람들이 흔히 그렇듯 체중이 불지는 않았다. 그 기간을 죽 지나오면서 처음엔 그는 구레나룻을 길렀었다. 그리고 다음에는 턱수염을 길렀지만 이제는 말끔히 면도를 해버린 탓에 얼굴이 휑해 보였다. 어떤 사람들은 이렇게 말할지도 모른다. 그 시절로부터 한 시기의 모든 역사가 다 지나가 버렸다고.

이제 그는 땅에 앉아 있는 까라나르에 안장을 얹느라 온 정신을 쏟고 있었다. 그 낙타가 기다란 목에 얹힌 어수선한 머리를 홰홰 저으며 이빨을 드러내거나 사자처럼 으르렁거릴 때면 손을 저어 나지막한 소리로 낙타를 안심시키곤 했다. 그 일을 하는 동안 예지게이는 이따금씩 먼 옛날로 생각을 돌이키곤 했다. 그러는 것이 그의 마음을 평온하게 해주었다.

그는 마구를 고정시켰다가 다시 고쳐 채우고 하면서 오랫동안 일했다. 그리고 다음에는 안장을 최종적인 자리에 놓기 전에 까라나르에게 가장 좋은 여행 의상, 그러니까 갖가지 색의 기다란 장식 술들이 달리고 카펫 무늬가 들어간 구식 세공품을 입혔다. 그는 자기가 언제 그 낙타에다 우꾸발라가 보관해 온 이 진기한 마구를 마지막으로 얹었는지 기억할 수가 없었다. 그러나 이번만큼은 그 마구가 사용되어야 할 바로 그 경우였다.

까라나르에게 안장을 얹고 나서 예지게이는 낙타를 일으켜 세웠다. 그리고 자기 눈에 비친 낙타의 모습에 아주 흡족해했다. 그는 자기가 해낸 일이 참으로 자랑스러웠다. 장식술이 달린 마의(馬衣)와 두 혹 사이에 솜씨 있게 놓인 안장으로 치장된 까라나르는 당당하고 위엄 있어 보였다. 젊은 애들이, 특히 사비찬이 이놈을 보고 감탄하게 만들어야지. 젊은 애들에게 값진 삶을 살았던 사람의 장례식은 그저 힘들고 귀찮은 일이 아니라 슬프기는 해도 훌륭한 행사라는 걸 알게 해야지. 그리고 이 기회에 각별하고 적절한 경의가 바쳐져야 한다는 것도. 어떤 나라에서는 사람들이 음악을 연주하고 깃발을 들고 간다지, 아마? 또 어떤 나라에서는 하늘에다 대고 총을 쏜다던가? 그리고 어떤 나라에선 꽃을 던지고 화환을 나르기도 하고…….

그러나 그는, 부란니 예지게이는 내일 아침 마의와 장식술로 치장한 까라나르에 올라 행렬을 이끌게 될 것이다. 그는 마지막 안식처로 가는 까잔갑을 모시고 아나-베이뜨로 가는 길을 인도할 것이며 거대한 사로제끄 사막을 가로질러 거기까지 가는 동안 내내 그를 생각할 것이다. 그리고 친구에 대한 추억을 간직한 채 전에 약조했던 대로 그를 조상들이 묻힌 묘지의 땅으로 돌려보낼 것이다. 그의 묘지가 가깝건 멀건, 아무도, 심지어는 고인의 아들까지도, 예지게이를 달리 설득할 수는 없을 것이었다. 까잔갑이 직접 표현했던 바람을 이루어 주도록 하는 것 외에는…….

이제 그는 사람들 모두에게 일이 그렇게 되어야 한다는 것을 보여줄 참이었다 — 까라나르에게 안장을 얹고 가장 좋은 마의를 입힌 것도 바로 그 때문이었다. 다들 보라고 해야지.

예지게이는 까잔갑의 오두막집 옆에다 까라나르를 매어 두기에 앞서 그 낙타를 우리에서 끌어내 가지고 집집마다 돌아다닐 생각이었다. 다들 보라고 해야지. 그는, 부란니 예지게이는, 약속을 안 지키고는 못 배기는 성미였다.

그러나 공교롭게도 예지게이는 그렇게까지 할 필요가 없었다. 예지게이가 낙타에다 안장을 얹고 마구를 채우느라 바쁠 때 마침 껑다리 에질리바이가 사비찬과 조용히 얘기를 나누려고 그를 한쪽으로 데리고 나왔기 때문이었다.

그들은 잠시 이야기를 나누었다. 에질리바이는 설득을 하는 대신 단도직입적으로 요점을 꼬집었다.

「사비찬, 당신은 아버님 친구 중에 부라니 예지게이 같은 분이 있다는 걸 신께 감사해야 됩니다. 우리가 아버님을 마땅히 묻어야 할 곳에 묻지 못하게 방해하지 마십쇼. 당신이 급히 돌아가야 한다면 우린 붙들지 않겠습니다. 당신 대신 내가 무덤에다 흙을 한 줌 더 던져 줄 테니까요.」

「그분은 내 아버님입니다. 그리고 나는 내가 누군질 아니까……」

「그래요, 그분은 당신 아버님이시지요. 당신은 그걸 잊어버렸으면 하지만.」

「그게 무슨 소립니까?」 사비찬이 반박을 하려다 말았다. 「좋습니다. 말다툼은 그만둡시다. 아나-베이뜨로 가기로 하죠. 하지만 그게 무슨 상관입니까? 그래서 달라질 게 뭡니까? 나는 단지 거기까지 가려면 너무 멀다고 생각했던 것뿐입니다.」

그 대목에서 대화가 끊기자 예지게이는 모두가 다 볼 수 있도록 까라나르를 치장시키고 돌아서서 보란리 사람들에게 선포했다. 「지지뜨에게 안 어울리는 말은 이제 그만들 둬. 우린 그분을 아나-베이뜨에다 묻을 거니까.」

누구도 그 말에 이의를 달 수 없었다. 모두들 잠자코 그 말에 따를 밖에는.

사람들은 모두 고인의 집 앞마당에서 저녁과 밤 시간을 같이 보냈다. 다행히도 날씨는 사납지 않았다. 낮 동안의 더위가 가시자 사막의 싸늘한 초가을 냉기가 내려앉았고 거대한 황혼이 가라앉은 온 주위에 고요가 내렸다. 밤샘에 쓰려고 잡은 새끼 양에 칠 양념이 어둠 속에서도 벌써 다 만들어졌고 더운 김을 뿜는 사모바르 옆에 둘러앉아 차를 마시는 사람들 사이에서 이야기는 온갖 화제들 주위를 맴돌았다. 이제 장례식 준비는 끝났고 남은 일은 아나-베이뜨로 떠날 시간이 오기를 기다리는 것뿐이었다. 밤 시간은 조용히, 평화롭게 흘러갔다. 아주 나이 많은 사람이 죽었고 슬퍼하기가 괴로울 때면 마땅히 그래야 하듯이.

그리고 보라리-부란니 간이역에서는 여느 때나 마찬가지로 기차들이 들어왔다 나가곤 했다. 동쪽과 서쪽에서 만났다가 동쪽과 서쪽으로 갈라지며…….

그런 것이 말하자면 아나-베이뜨로 떠나기 전날 밤의 정경이었는데, 만일 불행한 사건이 한 가지 벌어지지만 않았더라면 일이 모두 순조롭게 되어 갔을 것이었다. 사건의 발단은 아이자다와 그녀의 남편이 까잔갑의 장례식에 참례하러 지나가는 열차를 얻어 타고 도착하면서부터 시작되었다. 아이자다는 큰 소리로 울면서 도착을 알렸고, 그러자 곧 여자들이 그녀를 둘러싸고 곡성의 합창이 시작되었다. 우꾸발라는 특히 감정이 격해져서 아이자다를 붙들고 같이 대성통곡을 하며 애통해했다. 그녀가 불쌍해서였다. 예지게이는 〈이제 와서 어쩔 수 있겠느냐? 그렇다고 돌아가신 분을 따라 죽을 수는 없는 일 아니냐? 운명이라 생각하고 진정하거라〉는 말로 아이자다를 위로하려 했지만 소용이 없었다.

장례식 때면 흔히 있는 일이지만 아이자다는 아버지의 죽음을 빌미로 삼아 모든 사람들 앞에서 그녀의 영혼을 드러낼 — 그녀의 내부에서 말로 표현되지 못한 채 그처럼 오랫동안 막혀 있던 모든 응어리를 토해 낼 — 것처럼 눈물보를 터뜨렸다. 그녀는 엉망으로 흐트러진 채 울고불고하면서 여자들이 늘 그렇듯 신세 한탄을 늘어놓았다. 그녀의 죽은 아버지에게다 대고 아무도 자기를 이해해 주거나 고맙게 여기지 않는다는 둥, 자기는 어렸을 적부터 불행했다는 둥, 남편은 주정뱅이인 데다 애들은 아침부터 저녁까지 저희들 멋대로 고삐 풀린 망아지 새끼들처럼 역 근처의 길거리를 싸돌아다닌다는 둥, 그 애들은 결국 깡패가 될 거고 얼마 안 있으면 강도로 변해서 기차를 털 거라는 둥 불평을 늘어놓았다. 그녀의 큰아들은 벌써 술을 마시기 시작했고 경찰은 그녀를 불러 이대로 나가다가는 얼마 안 가서 곧 법정에 설 일이 생길 거라고 그녀에게 경고했었다. 그녀 혼자서 어떻게 여섯 명이나 되는 애들을 건사할 수 있을까? 혹시 그 애들 아버지가 뭐라도 하려 들면 또 몰라도…….

정말로, 그녀의 남편은 손가락 하나 까딱 않고 앉아서 혼란스럽고 슬픈 표정으로 그 자신만의 생각에 잠겨 있었다. 그러나 적어도 그는, 비록 그가 한 일이 고작 말없이 앉아서 냄새 고약한 싸구려 담배를 피워 대는 일뿐이었다고 해도, 장인의 장례식에는 온 것이었다. 그가 이런 난리판을 보았던 것은 이번이 처음이 아니었다. 그는 일이 어떻게 되어 갈지를 훤히 알고 있었다 — 이 여편네는 울고불고 소리를 질러 대다가 결국은 제풀에 지칠 것이었다.

그러나 불행히도 이번에는 사비찬이 끼어들고 말았다. 사비찬은 그의 누이를 꾸짖기 시작했다. 이게 도대체 무슨 돼먹지 못한 짓이냐? 여기로 아버지를 묻으러 온 거냐, 아니면 망신을 당하러 온 거냐? 이게 까자흐인의 딸이 아버지의 죽음을 애도하는 법이냐? 수백 년 동안 까자흐 여인의 지고한 슬픔은 전설을 일깨워 주고 자손들을 위해 노래를 불러 주는 일이 아니었느냐? 그런 일이 고인을 다시 일어나게는 못하겠지만 적어도 경의를 표할 수는 있지 않느냐? 애도란 고인에게 찬사를 바치고 그의 모든 미덕과 업적들을 하늘에 고하려는 것이다, 그게 바로 옛 여인들이 눈물을 보였던 뜻이었다, 그런데 너는? 고작 자기 신세가 고달프다느니 세상 살아가기가 끔찍하다느니 하면서 고아가 세상을 원망하듯 넋두리나 늘어놓았을 뿐이잖느냐.

아이자다는 그런 반박, 또는 그 비슷한 어떤 말이 나오기를 벼르고 있었다. 그녀는 기운과 분노가 한꺼번에 되살아난 듯 소리를 질러 대기 시작했다. 「그래, 너는 똑똑하고 배웠다 이거지, 단물은 네놈이 다 빨아 처먹고. 하지만 먼저 네 여편네부터 가르치려고 했어야지! 그따위 훈계는 네 여편네한테나 대고 해! 어째서 그년은 이 슬프고도 슬픈 일에 코빼기도 안 내밀었지? 제 년이 우리 아버지를 시아버지로 안다면 오기라도 했어야 될 게 아냐? 그런데도 그 싸가지 없는 년은 ─ 너도 그년 발뒤꿈치에 붙어 다니는 버러지나 마찬가지지만 ─ 아버지 걸 죄다 뺏고도 모자라서 그 노인네한테서 실 한 오라기까지 다 훔쳐 갔어! 우리 남편은 술주정뱅일지는 모르지만 그래도 여기에는 왔지 않냐, 그런데 네 그 잘나 빠진 여편네는 어디 있지?」

사비찬은 아이자다의 남편에게 저 헛소리 좀 그만두게 하라면서 소리를 지르기 시작했다. 그러나 아이자다의 남편은 느닷없이 벌컥 화를 내며 튀어 오르더니 그에게로 홱 달려들었다. 사비찬의 목을 조르려고 하면서…….

보란리 사람들이 가까스로 그 처남 매부 간의 싸움을 뜯어 말렸다. 사람들 모두가 불편하고 창피스러운 기분이 되었다. 예지게이는 그중에서도 가장 마음이 산란했다. 그는 이 사람들이 사람값 못하는 사람들이라는 것은 알고 있었지만 그렇더라도 그 정도로까지 망신스러운 장면은 생각지도 못했었다. 그래서 노기를 띠고 엄하게 그들을 꾸짖었다. 「너희들이 서로를 존중하건 말건 그건 내 상관할 바 아니다. 하지만 적어도 너희 아버지의 기억을 욕되게는 하지 마라. 그렇지 않으면 너희들이 그냥 여기 있게 놔두진 않을 테니까. 난 이런 일 못 참는다. 그리고 너희들은 어떤 욕을 먹어도 싸⋯⋯.」

그것이 장례식 전날 밤에 벌어졌던 불행한 사건이었다.

예지게이는 몹시 울적했다. 그의 이마에 한 번 더 근심스럽게 이랑이 졌고 똑같은 의문이 그를 성가시게 하기 시작했다. 쟤들하고 쟤네 애들은 도대체 어디서 생겨났을까? 또 쟤들은 어쩌다 이렇게 되었을까? 고작 그것이 까잔갑과 그가 꿈벨리의 기숙 학교까지 그들을 데려다 주기 위해 험한 날씨를 뚫고 헤쳐 갈 때 꿈꾸었던 것일까? 그들이 뭐라도 더 배우도록, 그래서 자란 뒤에는 사로제끄의 어느 뚝 떨어진 간이역에 처박혀 부모가 자기들에게 조금도 마음을 써주지 않았다고 불평하는 일이 없도록 해주려고? 그러나 이제 만사는 그들이 바랐던 것과는 정반대로 되어 버렸다. 어째서일까? 무엇이 그들을 어디에 내놓아도 부끄럽지 않은 사람들로 자라나지 못하도록 했을까?

껑다리 에질리바이가 예지게이의 심정을 헤아리고서 그를 어려운 처지에서 구해 내고자 한 번 더 발 벗고 나섰다. 그는 이 난장판이 예지게이에게는 얼마나 민망스러운 것인지를 이해하고 있었다. 그도 그럴 것이, 고인의 자녀들은 언제나 장례식에서 가장 중요한 사람들이기 마련이므로 그들이 아무리 부끄럼 모르고 쓸모없는 사람들이라 할지라도 그들을 어찌해 볼 도리라고는 없었고 또 어디로 피해 갈 수도 없는 노릇인 것이다. 그래서 에질리바이는 까잔갑의 집을 찾아왔던 모든 사람들을 우울하게 한 남매간의 그 소동을 가라앉히기 위해 남자들을 모두 자기 집으로 불렀다. 「우리 여기서 별이나 세고 앉아 있을 게 아니라 차라도 좀 마시고 우리끼리 둘러앉아……」

꺽다리 에질리바이의 집에서 예지게이는 다른 세상에 와 있는 것 같았다. 그는 전에도 이웃으로서 그의 집을 찾아가곤 했는데 그럴 때마다 그는 만족감을 느꼈고 에질리바이의 가족들을 대하면 왠지 모르게 흐뭇한 기분이 되었다. 그날 예지게이는 거기서 되도록 오래 머물러 있고 싶었다. 그러고 싶은 욕구가 너무도 컸다 — 마치 그 집에서 잃어버렸던 힘을 되찾을 수 있기라도 한 것처럼.

꺽다리 에질리바이 역시 다른 사람들처럼 선로 노무자였고 똑같은 보수를 받으며 누구나와 마찬가지로 방 두 개에 부엌 하나로 된 여섯 채의 조립식 널빤지 주택들 중의 한 곳에서 살고 있었다. 그러나 이 집에서의 살아가는 방식은 아주 달랐다 — 그곳은 우선 깨끗하고 안락하고 밝았다. 그래서 예지게이에게는 비록 에질리바이가 다른 사람들이 내는 것과 똑같은 차를 내오더라도, 거기에서 내온 차는 벌집에서 금방 떠온 꿀처럼 맑아 보였다. 에질리바이의 아내는 단정하게 생긴 여자로 보기 드물게 훌륭한 아내였고 그 자녀들은 사랑스러웠다. 예지게이는 그들이 되도록이면 오래 여기 사로제끄 사막에서 살았으면 좋겠다고 생각했다. 그러나 그들이 떠나는 날이 슬픈 날이 될 것이기는 해도 틀림없이 그들은 결국 어디론가 다른 곳으로 떠날 것이었다.

현관에 신발을 벗어던지고 예지게이는 안방으로 들어가서 책상다리를 하고 앉았다. 그러고는 그날 처음으로 피로와 허기를 느끼며 벽판에 등을 기대고 앉아 잠자코 있었다. 얼마 안 가서 곧 나머지 손님들이 낮고 둥근 테이블 주위로 모여 앉았고 이런저런 이야기들이 조용히 오가기 시작했다.

주된 이야기는 나중에 시작되었다 — 어쩌면 그것은 이상한 논의였지만, 예지게이는 벌써 그 전날 밤 보았던 우주선에 대해서는 까맣게 잊고 있었다. 그런데 이제 알고 있는 사람들이 그것에 대해 이러쿵저러쿵 이야기를 하는 것이었다. 그는 전날 밤의 일을 다시 떠올리기 시작했다. 예지게이는 그것에 대해 스스로는 아무런 결론도 끌어낼 수 없었지만 다른 사람들이 그런 일을 잘 알고 있다는 것과 자기는 아무것도 알지 못한다는 사실에 놀랐다. 그러나 물론 그는 자기의 무지가 부끄러웠던 것은 결코 아니었다. 다른 사람들이 그렇게도 관심을 두는 이 우주 비행이니 뭐니 하는 것들이 자기와는 아주 동떨어진, 거의 요술 같고 전혀 경험해 보지 못한 일일 뿐이었다. 또 그런 것들에 대한 그의 태도 역시, 그로서는 거의 생각해 본 적이 없는 어떤 형체 없고 강력한 영체(靈體)를 대할 때처럼 조심스럽고 존경스러웠다. 그러나 우주로 올라가는 그 로켓을 보았던 일은 그의 마음을 뒤흔들었고 상상력을 사로잡았다. 꺽다리 에질리바이의 집에서 오간 얘기들은 대체로 그런 것들이었다.

그러나 처음엔 그들은 슈바뜨 — 낙타 젖으로 빚은 약한 술 — 를 마시며 앉아 있었다. 그 슈바뜨는 차갑고 거품이 이는 데다 약간 톡 쏘기까지 해서 맛이 그만이었고 — 그 간이역으로 파견 나온 통제원들과 수리공들은 그 술을 사로제끄 맥주라면서 꽤나 마셔 대곤 했었다 — 또 뜨거운 짜꾸스끼[10]에 어울리는 보드까도 나왔다. 여느 때 같으면 예지게이는 비록 그가 술을 마시는 것이 다른 사람들의 기분을 돋워 주기 위해서일 뿐이라고는 해도, 술을 사양하지 않았을 것이었다. 그러나 이번에는 어떤 술도 입에 대지 않았다. 그러는 게 옳지 않다고 생각해서였다 — 그래서 그는 다른 사람들을 설득하려고도 했다. 내일은 힘든 날이 될 것이었고 그들은 긴 여행을 목전에 두고 있었다. 그는 다른 사람들, 특히 사비찬이 거기에 눌러앉아 보드까와 슈바뜨를 마셔 댈까 봐 걱정스러웠다. 그 두 가지 술은 분명히 쌍두마차를 끄는 두 마리 훌륭한 말처럼 잘 어울렸고 사람의 기분을 돋우는 데는 그만이었다. 그렇지만 이게 잘하는 짓일까? 예지게이는 한숨을 쉬었다. 클 대로 다 큰 사람들에게 술을 마시지 말라고 설득하기란 여간 어려운 일이 아니다. 그 친구들은 당연히 자기네들의 주량을 알고 있으니까. 그렇지만 적어도 아이자다의 남편이 그때까지 보드까에 손대지 않고 있는 것만큼은 안심되는 일이었다. 그는 술로 기분을 풀어야 하긴 했지만, 만일 두 가지 술을 다 마신다면 가랑잎에 불붙듯 폭발해 버릴 것이었다. 그러나 다행히도 그는 슈바뜨만 마시고 있었다. 분명히 그는 장인의 장례식에서 술에 취한다면 도리가 아니라는 것을 알고 있었다. 얼마나 오랫동안 유혹을 참아낼 수 있을지는 신만이 알 일이었지만.

그렇게 그들은 이런저런 이야기를 나누며 앉아 있었다. 에질리바이는 슈바뜨로 손님들을 대접하느라 손이 바빴고 그의 팔은 테이블을 가로질러 포클레인의 굴착삽처럼 뻗쳤다 굽어들었다 했다. 그러다 느닷없이, 테이블 맞은편의 예지게

10 러시아식 오르되브르.

이에게 잔을 건네주다가 그는 전날 밤의 일을 기억해 냈다.

「예지께, 어젯밤 제가 영감님하고 근무 교댈 했을 때 얘긴데요, 영감님이 떠나시자마자 뭔가 온 천지를 흔드는 것 같더군요. 저는 놀라서 펄쩍 뛰었지요. 뭔가 해서 밖을 내다봤더니 우주선 발사 기지에서 하늘로 로켓이 솟아오르고 있지 뭡니까! 굉장했어요! 거대한 기둥이 뻗치는 것 같더라니까요! 그거 보셨습니까?」

「그럼, 보구말구! 놀라서 눈이 다 튀어나올 뻔한걸. 그 힘이라니! 거 온통 불이 붙어서 올라가고 올라가고 하는데, 어디까지 올라가는지 끝이 없더구먼. 그걸 보고 이상한 기분이 들었어. 내가 여기서 이렇게 오래 살았지만 전에는 한 번도 그런 걸 본 적이 없었거든.」

「예 — 저도 그걸 본 건 이번이 처음이었어요. 정말 장관이더군요.」 에질리바이가 맞장구를 쳤다.

「그런 걸 본 게 처음이라면 우리 여기 있는 사람들은 그런 걸 한 번 더 보려면 한참 기다려야겠군요.」 사비찬은 에질리바이가 한참 기분이 좋을 때 농담을 걸려고 한 모양이었다.

껑다리 에질리바이는 재치 있게 살짝 가해진 공격을 그저 웃어넘겼다.

「아, 그럼요.」 그가 말을 슬쩍 비켜 갔다. 「전 그걸 보면서도 제 눈을 믿을 수가 없었지요. 꼭 거대한 불덩이가 우르릉거리면서 하늘로 올라가는 것 같았으니까요. 글쎄요, 뭐랄까, 전 이런 생각을 했었죠. 저기서 누가 우주로 떠나는구나! 저 사람한테 행운이 있기를! 하고 말입니다. 그러고 나서 재빨리 트랜지스터라디오를 켰지요 — 전 그걸 항상 갖고 다니거든요. 자, 이제 분명히 라디오에서 뭔가 발표를 하겠지 하는 생각을 하면서요. 대개는 발사가 있고 나서 곧 기지로부터 보도가 있거든요. 그럴 때면 아나운서는 언제나 모임에 나오기라도 한 것처럼 신이 나서 떠들어 대잖습니까. 그건 등줄기에 소름이 오싹 끼치는 일이죠. 저는 그래서요, 예지께, 제가 하늘로 올라가는 걸 이 눈으로 직접 본 그 사람이 누군지 알고 싶었어요. 하지만 저는 라디오에서 아무 보도도 듣지 못했거든요.」

「그렇지만 어째서죠?」 다른 사람들이 뭐라고 입을 열기도 전에 사비찬이 의아하다는 듯 눈썹을 치켜 올렸다. 그는 이미 술에 취해서 땀을 흘리고 있었고 얼굴이 벌겠다.

「전 모르겠습니다. 아무튼 아무 얘기도 못 들었어요. 나는 다이얼을 계속 〈마야ㄲ〉 방송국에 맞춰 두고 있었지만 아무 발표도 없었습니다.」

「그럴 리가요! 당신 분명히 잘못 안 걸 겁니다.」 사비찬은 믿어지지 않는다는 투였고 시비조였다. 그는 재빨리 자기 잔에다 보드까와 슈바뜨를 한 잔씩 더 따랐다. 「우주 비행은 그 하나하나가 세계를 흔드는 사건이란 말이오, 알겠습니까? 우리의 과학적, 정치적 위신이 걸려 있는 문제란 말입니다.」

「난 잘은 모릅니다. 하지만 나는 최근의 뉴스 보도를 특히 주의 깊게 들었고 또 신문 발췌도……」

「으흠.」 사비찬이 고개를 저었다. 「만일 내가 거기에, 그러니까 우리 사무실에 있었더라면 물론 알았을 겁니다. 얼마나 창피한 노릇입니까. 하지만 어쩌면 뭐가 잘못됐을지도 모르겠는데?」

「건 모르지요. 하지만 어쨌건.」 꺽다리 에질리바이는 말을 받았다. 「나한테는 그 사람이 바로 내 우주 비행삽니다. 바로 내 이 눈앞에서 하늘로 떠올랐으니 말입니다. 어쩌면 그 사람은 우리 지방 출신 청년들 중에 한 사람일지도 모르지요.

그렇다면 정말 굉장한 일 아니겠습니까? 어느 날 갑자기 나는 그 사람을 만나게 될 겁니다. 그거 얼마나 멋지겠습니까!」

사비찬은 새로운 생각이 번쩍 떠오르자 성급하게 그의 말을 잘랐다.

「아, 어떻게 된 건지 알겠습니다. 조종사가 없는 우주선을 발사시킨 거지요. 틀림없이 그건 시험 발사였을 겁니다.」

「어떻게 그럴 수가 있지요?」 에질리바이가 물었다.

「그러니까, 만일 그게 실험용으로 개조된 거라면 아시다시피 시험삼아 띄운 거지요. 아마도 그건 어떤 우주 정거장에 도킹을 하기 위해서나 아니면 그 자체의 궤도로 들어가는 무인 우주선이었을 겁니다. 그리고 지금까지는 일이 어떻게 될지 알 수가 없는 거지요. 만약 일이 모두 잘된다면 그다음엔 라디오와 신문에 모두 발표가 있을 겁니다. 하지만 일이 제대로 되지 않으면 그저 실험 한번 해본 것으로 간주되겠지요.」

「하지만 내 생각으로는, 살아 있는 사람이 우주로 발사된 것 같은데요……」 에질리바이가 거칠게 이마를 문질렀다.

모두들 사비찬의 이론에 약간 얼떨떨해져서 잠자코들 있었다. 만일 그때 예지게이가 새로 빌미를 주지만 않았더라도 그 얘기는 거기서 끝났을 것이었다.

「그렇다면 내가 알기론 사람이 타지 않은 로켓이 우주로 떠났다 이건데, 그렇다면 누가 그 로켓을 조종하지?」

「누가 하냐고요?」 사비찬이 놀랐다는 듯이 손을 젓고는 무식쟁이 예지게이를 의기양양하게 쳐다보았다. 「저기서는요, 예지께, 모든 일이 라디오로, 그러니까 지구로부터, 통제 센터에서 보내는 명령에 따라 수행되지요. 그 사람들은 무엇이든지 라디오로 조종합니다. 아시겠습니까? 그리고 만일 우주선에 비행사가 타고 있더라도 비행은 여전히 라디오로 조종되지요. 우주 비행사는 행동을 취하려면 명령을 받아야 합니다. 보세요, 아저씨, 그건 까라나르를 타고 사로제끄 사막을 가로지르는 것과는 달라요 ─ 저기서는 일이 훨씬 더 복잡합니다.」

「그렇겠지, 얘길 좀 더 해보지그래.」 예지게이가 얼버무렸다.

부란니 예지게이는 라디오 컨트롤이 뭔지 그 기본 원칙조차 알지 못했다. 그가 알기로는 〈라디오〉란 멀리 떨어진 곳으로부터 하늘로 발사되는 말과 소리였다. 대관절 어떻게 그런 식으로 생명이 없는 물체를 조종할 수 있을까? 만일 그 물체에 사람이 타고 있다면 또 몰라도 ─ 그는 하라는 대로 이렇게 또는 저렇게 명령을 수행할 테니까. 예지게이는 거기에 대해서 좀 더 물어보고 싶었지만 그럴 가치가 없다고 생각했다. 그는 마음이 거기에 가 있지 않았고 그래서 내내 잠자코 있었다. 그러나 사비찬은 벌써 크게 선심이라도 쓰듯 자기의 지식을 내보이고 있었다. 이런 말까지 곁들이면서. 「아저씨는 뭘 모르고 계십니다. 아저씨는 제가 쓸모없는 놈이라고 생각하시겠죠. 내 이 매부가, 이 가망 없는 주정뱅이가 내 목을 조르려고까지 했습니다. 하지만 사실 나는 이런 문제에 대해서라면 여러분들보다 아는 게 더 많지요.」

〈신이 너와 함께하시길.〉 예지게이는 속으로 생각했다. 〈우리는 너를 교육시킨 사람들이니까 정말 너는 우리같이 무식한 사람들보다는 아는 게 더 많아야겠지.〉 그러고 나서 그는 잠시 더 생각했다. 〈하지만 너 같은 사람이 권력을 쥐게 된다면 어떻게 될까. 너는 누구든 억압하고 네 밑에 있는 사람들을 뭐든 다 아는 척하는 사람들로 바꿔 버리겠지. 너는 무슨 일에건 참을성이라고는 없으니까. 지금은 네가 심부름이나 하고 다니는 사무실 직원이지만, 너는 사람들 모두가 널 우

러러보길 얼마나 바라고 있는지. 하다못해 사로제끄 사막 한 구석에 있는 이 외딴 오지에서까지도……〉

사비찬은 정말로 보란리 사람들을 놀라게 하고 압도하기 위해 열심이었다. 그리고 어떻게 해서든 자기가 누이, 매부와 같이 벌였던 그 창피스러운 꼴을 본 사람들 앞에서 다시 위신을 세워 보려고 했다. 그는 이야기를 하는 동안 내내 보드까를 글라스로 마시고 다음엔 슈바쯔를 마시고 하면서 보란리 사람들에게 전혀 있을 법하지도 않은 이상한 일이라든가 과학이 이루어 낸 업적 따위를 끝없이 떠벌려 대고 있었다. 자기가 꺼낸 주제로 달아오르자 그는 가련한 보란리 사람들이 믿어야 할지 말아야 할지 갈피를 잡을 수 없게 이상하기 짝이 없는 이야기들을 늘어놓기 시작했다.

「여러분 스스로도 판단할 수 있을 겁니다.」 그가 말했다. 그의 안경알이 번쩍거렸고 그 안경알 뒤에는 홀리는 듯한 눈길이 이야기를 듣고 있는 사람들 한 사람 한 사람의 얼굴을 훑고 지나갔다. 「그걸 생각한다면 우리는 인류 역사상 가장 운이 좋은 사람들입니다. 예지께 아저씨, 아저씨는 지금 우리 중에서 제일 연세가 많으십니다. 그래서 말씀인데, 아저씨도 아시겠지만, 옛날엔 사정이 어땠고 오늘날엔 사는 게 어떻습니까? 그건 아저씨도 잘 아실 겁니다. 제가 말하려는 게 바로 그거예요. 옛날 사람들은 신을 믿고 살았습니다. 고대 그리스 사람들은 신들이 올림포스 산에서 산다고 그랬지요. 하지만 그게 도대체 어떤 신들이었습니까? 말짱 헛소리예요! 그 신들이 뭘 할 수 있었습니까? 자기네들끼리도 의견을 일치시킬 수 없었는데 말입니다 ─ 그저 자기네들끼리 싸움질이나 했던 걸로 유명하지요! 그 신들은 사람들의 생활양식을 바꾸지도 못했고 또 그럴 생각도 안 했습니다. 사실 그 신이라는 것들은 존재하지도 않았어요. 그것들에 관한 얘기는 한 편의 신화, 아니 동화지요. 하지만 우리의 신들은 바로 우리 곁에, 여기에, 우리 사로제끄 땅의 우주선 발사 기지에서 살고 있습니다 — 그리고 우리는 그 사실을 자랑스러워하고 세상에 널리 알리지요. 물론 우리 중에 누구도 그 신들을 보거나 알지는 못하고 또 그러도록 허용이 되어 있지도 않지만요……. 사실 이 사람 저 사람 할 것 없이 누구나 그 신들에게 손을 내밀면서 〈어이, 이봐, 어떻게 지내?〉 하고 인사를 건넬 수는 없지 않습니까? 하지만 그들은 정말로 신이지요! 예지께 아저씨는 그들이 라디오로 우주선을 조종한다는 말을 듣고 놀라셨지만 그건 단지 어린애 장난, 벌써 다 이루어진 단계에 불과합니다. 이제 장비와 기계들은 프로그램에 따라 작동되고 있습니다. 그리고 언젠가 때가 되면 다른 어떤 자동화된 시스템들이나 똑같이 라디오로 사람들을 직접 조종하는 일이 가능해질 겁니다, 아시겠습니까? 가장 비천한 사람에서 가장 고매한 사람까지 모두 다 라디오로 조종한다 이겁니다. 지금도 벌써 그런 일을 내기 위한 과학적인 방법들이 있지요 — 가장 이익이 되도록 말입니다.」

「잠깐만……, 그런데 느닷없이 가장 이익이 되게라니요?」 꺽다리 에질리바이가 끼어들었다. 「당신은 방금 전에 내가 도무지 이해할 수 없는 얘기를 하나 했습니다. 당신 말은 우리가 제각기 명령을 받기 위해서 라디오 수신기, 그러니까 트랜지스터라디오 같은 거 말입니다, 그런 걸 항상 가지고 다녀야 한다는 얘깁니까? 그건 벌써 어디에서든 쓰이고 있는데요.」

「아니, 내 말은 그게 아닙니다. 그런 건 간단한 거지요. 역시 어린애 장난 같죠. 아무도 뭘 가지고 다닐 필요는 없습니다. 원한다면 벌거벗고 돌아다닐 수도 있죠. 아니, 내가 말하려는 건 보이지 않는 파동, 그러니까 소위 생체 전류라는 걸로 사람의 의식에 직접 작용하는 겁니다. 그렇게 되면 어디로 도망갈 수가 있겠습니까?」

「그게 그런 겁니까?」

「틀림없다니까요! 개개인은 언제나 무슨 일이든 중앙의 프로그램에 따라 하게 될 겁니다. 그에게는 자기가 그 자신의 의지대로 행동하면서 산다고 여겨지겠지만 사실은 위로부터 지시를 받게 되는 거지요. 그리고 매사가 다 정확해질 겁니다. 가령 당신이 노래를 불러야 한다면 그렇게 하라고 신호가 올 거고 그러면 당신은 노래를 부르게 되겠지요. 만일 당신이 춤을 춰야 한다면 — 신호 — 그리고 당신은 춤을 출 겁니다. 또 당신이 일을 해야 한다면 당신은 신호를 받게 되고 일을 하게 되……뭐 그런 등등이지요. 도둑질, 망나니짓, 범죄 따위는 모두 잊히고 그런 것들은 역사책에서나 읽게 될 겁니다. 인간의 행동에 관한 모든 것들, 그러니까 모든 행동과 모든 생각, 그리고 모든 욕구를 미리 알 수 있게 되는 거죠. 예를 들자면 현재 우리는 소위 인구 폭발이라는 문제를 안고 있습니다. 사람들이 아이들을 너무 많이 낳는 바람에 누구에게나 골고루 돌아갈 양식이 충분치가 못한 거지요. 그걸 어떻게 해야겠습니까? 출산율을 줄여야지요. 그러자면 당신은 그들이 사회에 이익이 되도록 그러라고 신호를 보낼 때에만 당신 아내와 그 짓을 할 수 있어야 합니다.」

「더 이익이 되도록.」 에질리바이가 비꼬는 기색 없이 말을 고쳤다. 「당연히 그렇지요. 국가의 이익은 모든 이익 중에서도 가장 고귀한 거니까요.」

「하지만 그런 이익 같은 거 따지지 않고, 가령 내가 아내하고 그 짓을 하기로 했다 칩시다 — 아니면 어떤 다른 여자하고라도 말입니다.」

「이 양반 별 걱정 다 하시는군. 그런 일은 생기지도 않을 겁니다. 당신 머리에 그런 생각이 떠오르지가 않을 테니까요. 당신 앞에 이제껏 본 중에서 가장 기막힌 여자가 나타난대도 당신은 눈 하나 꿈쩍하지 않을 겁니다. 생체 전류가 그런 생각을 차단해 버리기 때문이지요. 그러니까 당신의 그쪽 성생활은 얌전히 통제하에 있게 될 겁니다. 당신이 믿고 안심할 수 있는 완전한 질서가 잡히는 거지요. 아니면 군대를 예로 들어 봅시다. 그 경우에도 모든 행동이 이런 신호에 따라 행해질 겁니다. 만일 당신이 불 밑을 통과해야 한다면 당신은 그렇게 할 겁니다. 또 만일 당신이 낙하산을 타고 뛰어내려야 한다면 그것도 문제없습니다. 설령 당신이 어떤 탱크 밑에다 폭탄을 까 넣어야 하는데 그러다 목숨이 날아가 버리게 될지 모른대도 당신은 그 일을 해낼 겁니다. 어떻게 그럴 수가 있느냐고요? 두려움을 잊게 하는 생체 전류를 보내면 그렇게 됩니다. 아무것도 두려워하지 않게 되니까요. 그래서 그렇게 되는 겁니다.」

「아니, 당신 너무 비약하고 있잖습니까! 남까지 끌어넣으면서! 당신이 지금까지 쭉 배워 온 게 그런 겁니까?」 에질리바이는 정말로 두 손 번쩍 들었다.

둘러앉아 있던 사람들이 웃고 자리를 고쳐 앉고 고개를 끄덕였다. 여기 이 친구는 말도 안 되는 소리를 늘어놓고 있었지만 그래도 사람들은 마냥 앉아서 그의 얘기를 듣고 있었다. 물론 그는 말재간이 굉장했고 어떤 이야기는 전에 한 번도 들어본 적이 없는 것들이었다.

그러나 모두들 그가 꽤나, 그리고 정말로 할 일 없는 친구라는 것은 알고 있었다. 보드까를 그처럼 마셔 대고 거기에다 연거푸 슈바뜨를 마시고 하는 걸 보면 그게 별로 놀랄 일은 아니었지만. 제멋대로 실컷 떠들게 내버려 두자. 저 친구는 아마도 전에 어디선가 들었던 얘기를 다시 떠벌려 대고 있는 것일 테니까 — 정말로 걱정할 건 아무것도 없어.

사실 그랬다. 그러나 예지게이는 그 떠버리가 계속 지껄여 대는 동안 느닷없이 점점 더 불안해지기 시작했다. 그 모든 이야기 뒤에는 분명히 무엇인가가 있을 것 같아서였다. 정말로 그런 걸 발명해 가지고 신처럼 우리를 조종하려고 드는 사람들이, 그것도 보통 사람이 아니라 과학자들이 정말로 있다면 그때는…….

사비찬은 거침없이 떠벌려 댔다. 관심을 한 몸에 집중시키고서 그는 벌써 눈동자가 뿌옇게 흐려진 안경알 뒤에서 어둠 속의 고양이 눈처럼 부풀었는데도 연달아 보드까를 홀짝이고 슈바뜨를 마셨다. 그러고는 손짓을 해대며 선박과 비행기들이 수수께끼처럼 흔적도 없이 사라져 버리는 버뮤다 삼각지에 대해서 이야기를 늘어놓고 있었다.

「우리 지방에서 어떤 사람이 마침내 외국 여행 허가를 얻어 냈습니다. 그때 기분이 어땠을지는 여러분도 다들 아실 테고, 어쨌든 그 사람은 떠났습니다. 그런데 끝이 좋지가 못했어요. 같이 갔던 다른 사람들하고 떨어져서 우루과인가 파라과인가로 바다를 건너 날아가다가 그렇게 된 겁니다. 버뮤다 삼각지 상공에서 그 사람이 탔던 비행기가 실종되었는데 그 사람도 비행기와 함께 사라져 버린 거죠. 하지만 우린 버뮤다 삼각지가 없어도 잘 살아갈 수 있습니다. 우리 땅에서 건강한 삶을 살아가도록 건배! 우리의 건강을 위해 마십시다!」

「잘들 놀아나는군.」 예지게이가 한숨을 쉬며 중얼거렸다.

「이제 저 녀석 좋을 파티 같은 꼴이 되어 버렸어! 참고 있으려니 이게 무슨 고역인지. 저 녀석은 술만 들어갔다 하면 자제력을 모두 잃어버리고 마니…….」

일은 사실 그렇게 되어 버렸다.

「우리의 건강을 위해 마십시다!」 사비찬이 흐릿하고 흔들거리는 눈길로 함께 둘러앉아 있던 사람들을 하나하나 쳐다보면서 같은 말을 되풀이했다. 그러나 그의 얼굴에는 여전히 의미심장하고 잰 체하는 표정이 그대로 남아 있었다. 「우리의 건강은 국가의 보배니까 말입니다. 우리의 건강은 나라의 가장 큰 재산 아니겠습니까? 바로 그거예요. 우리는 그저 얼간이들이 아니라 우리나라를 구성하는 국민들이라 이겁니다. 그래서 내가 한마디 더 하고 싶은 것은…….」

부란니 예지게이는 서둘러 일어섰다. 건배가 끝나기 전에 자리를 뜨고 싶은 생각에서였다. 그는 밖으로 나왔다. 그리고 어두운 현관에서 비틀대다가 빈 양동이에 발이 걸렸지만 이제 탁 트인 대기 속에서 머리를 식히면서 어쨌든 샌들을 찾아 신고 자기 집으로 향했다. 그러나 마음은 여전히 울적했다.

「아아, 불쌍한 까잔갑!」 그가 콧수염을 씹으며 신음하듯 토해 냈다. 「어쩌다 이렇게 되었지? 저 녀석에겐 죽음은 죽음이 아니고 슬픔도 슬픔이 아냐. 그러니까 제가 무슨 파티에라도 온 것처럼 죽치고 앉아서 술이나 퍼마셔 대고 있지. 제 아버지의 죽음엔 아랑곳도 않고. 그 빌어먹을 〈국가의 건강〉이니 어쩌고 하는 소리 ─ 그놈의 얘긴 안 빠지는 때가 없어! 어쨌건 일이 순조롭게 되어 간다면 내일은 격식을 제대로 다 갖춰서 모든 장례 절차를 엄수하고 매장을 하고 그런 다음엔 밤샘을 하게 되렷다. 그리고 나서 저 녀석은 집으로 돌아갈 테고 그러면 다시는 저 녀석 꼴을 안 보겠지. 여기서 저 녀석을 아쉬워할 사람이 누구고 또 저 녀석도 누굴 아쉬워하겠어?」

예지게이는 사로제끄 사막의 서늘한 밤공기를 가슴 깊이 들이마셨다. 내일 날씨는 분명히 여느 때나 마찬가지로 맑고 건조하고 따가울 것이었다. 그 무렵의 날씨는 언제나 그렇듯 낮이면 덥고 밤이면 꽤 추울 정도로 쌀쌀했다. 이 때문에 그 주위의 스텝은 식물들이 살아가기가 어려운 곳이었다. 낮이면 그 식물들은 태양을 향해 팔을 뻗치고 몸을 활짝 열어 습기를 갈망하지만 밤이면 한기가 그것들을 습격한다. 그래서 적응할 수 있는 것들만이 살아남는데 대개는 향쑥과 여러 가지 모양을 한 가시 식물들이 그런 것들이고 계곡 가장자리에는 다발로 매달려 있어서 베어 내 건초로 쓸 수 있는 다른 식물들이 자란다. 부라니 예지게이의 오랜 친구인 지질학자 옐리자로프는 늘 여기가 한때는 풀이 무척 많은 장소였으며 강우량도 현재보다 세 배는 더 되는, 아주 다른 기후였다고 이야길 하곤 했었다. 또 그때는 여기에서의 삶도 지금과는 전혀 달라서 말 떼와 양 떼들이 이리저리 거닐었다는 것이었다. 하지만 그것은 오래전의 — 어쩌면 이야기로 전해 내려오는 그 흉포한 사람들, 츄안츄안족이 여기로 오기 이전일지도 모르는 — 이야기였다. 그 모든 흔적들은 오래전에 사라져 버렸고 이제는 다만 전설만이 남아 있다. 그렇지만 어떻게 사로제끄에서 그 많은 사람들이 생활하며 먹고살 수가 있었을까? 썩 그럴 법하게 옐리자로프는 이렇게 대답했다. 「사로제끄는 스텝의 잊힌 역사책입니다.」 그는 또 아나-베이뜨 묘지의 전설이 그의 이론과 맞는다고도 생각했다. 물론 어떤 사람들은 종이 위에 쓰인 것만을 진짜 역사로 보겠지만, 그러나 만일 그 시기에 아무 책도 쓰이지 않았다면? 그렇다면 어떻게 사실이 확인될 수 있을까?

간이역을 통과해 지나가는 열차 소리를 들으면서 예지게이는 어쩐 일인지 모르게 그가 태어났고 전쟁이 나기 전까지 살았던 아랄 해의 폭풍우를 떠올렸다. 까잔갑 역시 원래는 아랄 지방의 까자흐였다. 그리고 이 때문에 그들은 서로 더욱 가까워졌지만 때로는 선로에서 일을 하다가도 바다가 그리워서 찡하는 아픔을 느끼기도 했었다. 까잔갑이 죽기 얼마 전, 그해 봄에 그들은 같이 아랄 해를 찾아갔었다. 그 노인이 바다를 찾아가 거기에 작별을 고하고 싶어 해서였다. 그러나 차라리 가지 않는 편이 더 나았을 것이었다. 그 여행이 노인의 속을 뒤집어 놓았기 때문이었다. 아랄 해는 멀찍감치 뒤로 물러나 있었다. 그 바다는 점점 물이 줄면서 사라져 가는 중이었다. 그들은 물가에 닿기 위해 한때는 바다 밑이었던 데서부터 10킬로미터는 걸어야 했다. 거기서 까잔갑은 말했다. 「이 땅에 얼마나 많은 비용이 들었다는 말인가? 그게 모두 아랄 해를 희생시킨 대가였다니. 이 바다는 말라 가고 있어. 인간의 삶도 매한가지겠지.」 그가 이런 말을 했던 것도 그때였다. 「나를 아나-베이뜨에다 묻어 주게, 예지게이. 내가 이 바다를 보는 건 이번이 마지막일세.」

그때의 일이 떠오르자 부란니 예지게이는 소매로 눈물을 훔쳐 냈다. 그러고는 꽉 막힌 목을 트려고 헛기침을 하고 나서 아이자다와 우꾸발라와 다른 여자들이 밤샘을 하고 있는 까잔갑의 집으로 향했다. 보란리의 여자들은 함께 모여 있기 위해, 그리고 어떻게든 일손을 거들어 주기 위해 틈이 나는 대로 차례차례 그곳으로 와 있었다.

그곳으로 가는 길에 예지게이는 까라나르가 매여 있는, 땅을 파고 묻은 기둥 옆에서 잠시 멈춰 섰다. 그 낙타는 장식술이 달린 마의에 안장을 얹고 준비가 되어 거기에 서 있었다. 달빛 아래에서 보니 그놈은 코끼리처럼 거대하고 힘 있고 확고부동해 보였다. 예지게이는 까라나르의 옆구리를 두드려 주지 않을 수 없었다.

「넌 멋지고 튼튼한 놈이야!」

무슨 이유에서인지는 몰라도 문 옆에서 예지게이는 그 전날 밤의 일을 또다시 떠올렸다. 어떻게 스텝에서 사는 여우가 철길까지 왔었을까? 어째서 그는 여우에게 차마 돌을 던지지 못했을까? 그리고 어째서 나중에 그가 집으로 걸음을 옮기고 있을 때 저 멀리 있는 우주선 발사 기지로부터 불을 뿜으며 우주 로켓이 떠올랐을까? 하늘의 검은 심연 속으로······.

3

 그 무렵 태평양의 북쪽 해역은 이미 오전 8시가 다 되어 가고 있었다. 고요히 반짝이는 대양의 끝없는 물결 위로 밝은 아침 햇살이 무한한 빛을 던지는 망망대해, 거기에서는 눈길이 끝닿는 곳까지 바다와 하늘 외엔 아무것도 보이지 않았다. 그러나 항공모함 컨벤션호 선상에서는, 그 선박 외부의 누구에게도 알려지지 않은 채, 전 세계적인 규모로 한 편의 드라마가 연출되고 있었다. 이 드라마는 미국과 소련이 공동으로 쏘아 올린 궤도 정거장 패리티에서 일어났던, 우주 역사상 전대미문의 어떤 사건으로 인해 촉발된 것이었다.

 미·소 공동 행성 계획 데미우르고스를 추진시키기 위한 공동 통제 센터 옵뜨세누쁘르의 과학·전략 참모 사령부인 항공모함 컨벤션호는 재빨리 외부 세계와의 통신을 두절시켰다. 그러나 항공모함자체는 블라지보스또끄와 샌프란시스코에서 항로로 정확히 등거리를 유지하며 태평양 상의 알류샨 열도 남쪽 고정 위치에 그대로 정박해 있었다.

 그 탐사선에서는 여러 가지 변화들이 일어났다. 그리고 패리티에서 벌어진 예외적인 사건에 대한 정보를 수신하고 있던, 하나는 소련인이고 하나는 미국인인 당직 무선사들은 발생했던 사건에 대한 정보가 만에 하나라도 새어 나가는 일이 없도록, 그 계획을 책임진 미·소 공동 지휘자의 명령에 따라 당분간 엄중히 격리되어 있었다.

항공모함의 승무원들에게는 만반의 준비를 갖추라는 특별 명령이 하달되었다 — 비록 그 선박이 절대로 군함은 아니었다 하더라도. 사실 그 배에는 무기가 전혀 실려 있지 않았고 국제 연합에 의해 무장이 되어 있지 않음을 국제적으로 특별히 인정받고 있었다. 그 배는 전 세계에서 단 하나뿐인 민간 항공모함이었다.

11시에는 중대한 임무를 띤 두 위원이 5분 간격으로 컨벤션호에 도착하기로 되어 있었다. 그들은 특별한 결정을 내리고 미·소 양국과 전 세계의 안전에 유리하다고 생각되는 특별 조치를 취하기 위해 완전한 자유재량을 갖게 될 것이었다.

그 항공모함의 위치는 결코 우연히 결정된 게 아니었다. 데미우르고스 프로그램을 계획하고 안출(案出)하기 시작했던 맨 처음부터 명확성과 기민함과 예지가 엿보였다. 심지어는 행성 탐사를 위한 공동 계획이 수행될 그 선박의 위치를 정하는 일에까지도 이 유례없는 과학적·기술적 협력에 의해 채택된 완전 평등의 원칙이 반영되었던 것이다.

항공모함 컨벤션호는 그 모든 장비와 동력과 물자가 양편에 똑같이 속해 있었으며 따라서 지분을 가진 국가들에 공동으로 소유된 협력 선박이었다. 그 배는 네바다와 사로제끄에 있는 우주선 발사 기지들과 동시에 직접 교신할 수 있는 음성 및 영상 무선 통신 장비들을 갖추고 있었다. 그리고 갑판에는 여덟 대의 제트기들 — 각국에 대해 네 대씩 — 이 본토와 매일 접촉하기 위한 그 공동 통제 센터의 온갖 운송 필요를 충족시킬 수 있도록 대기 중이었다. 또 컨벤션호에는 동일한 권한을 지닌 소련인과 미국인 책임자, 즉 패리티 캡틴 1-2와 패리티 캡틴 2-1이 승선해 있었고 그 둘이서 교대로 당직 근무를 하며 모든 사항을 책임졌다. 전 승무원들 역시 대등한 부관, 항해사, 기관사, 통신사, 갑판원, 요리사 등으로 둘씩 짝을 이루고 있었다. 그리고 통제 센터의 과학자와 기술자들도 같은 식으로 편제되었다. 즉, 그 계획의 총책임자들로부터 시작하여 계획을 주관하는 대등한 행성학자와 그 밖의 모든 과학자, 전문가들이 똑같이 짝을 이루고 있었다. 그리고 이와 유사하게, 지구로부터 멀리 떨어진 트램펄린 궤도의 우주 정거장 패리티 — 러시아어로 〈빠리떼뜨 Paritet〉 — 에서도 지구에서 시행되는 협력 정책을 그대로 따랐다.

이 모든 일들은 양국의 과학자와 외교관, 행정가들이 방대하고도 다양한 사전 작업을 벌인 끝에 시작되었다. 즉, 몇 해에 걸친 작업 뒤에야 양측이 데미우르고스 계획을 포함하는 일반적이고도 상세한 문제점들에 관하여 합의를 도출해 냈던 것이다.

데미우르고스 계획은 우주 탐험을 위한 금세기의 가장 거창한 작업 — 행성 엑스의 연구 탐사 — 인 셈이었는데 그 목적은 지구의 기준으로 따져서 어마어마한 에너지 자원을 지닌 그 행성의 광물 자원을 개발하자는 것이었다. 행성 엑스의 표면에는 사실상 거저 가져오기만 하면 되는 광물질이 널려 있었는데 그 물질은 적절한 과정을 거치고 나서 전기와 열로 환산된다면 불과 수백 톤의 양으로 전 유럽이 한 해 동안 내내 쓰고도 남을 만큼의 충분한 에너지를 공급해 줄 수 있었다.

수십억 년에 걸쳐 은하계의 특별한 조건에서 형성된 행성 엑스가 지닌 에너지 자원의 내용은 그러했다. 그리고 이 사실은 우주선들이 행성 엑스의 표면에서 몇 차례 지구로 날아온 토양 샘플들에 의해 알려졌고 우리 태양계에 있는 이 근사한 별로의 단기 탐사 여행들을 통해 확인되었다.

행성 엑스를 개발하기로 결정하는 데 가장 중요한 역할을 했던 요인은, 이제껏 알려진 대로라면, 그 별이 물을 함유하고 있는 유일한 천체라는 점이었다. 행성 엑스에 물이 분명히 존재한다는 사실은 보링으로 확증되었는데, 과학자들의 말에 따르면 행성 엑스의 표층 아래에는 그 밑에 있는 차가운 암반 덕분에 고체 상태로 보존된 수 킬로미터 두께의 수맥(水脈)층이 존재할 수 있다는 것이었다. 결국 그 거창한 데미우르고스 계획을 존속시킬 수 있게 해준 것은 행성 엑스에 그처럼 많은 양의 물이 존재한다는 사실이었다. 왜냐하면 이 경우 물은 증기를 만들어 내는 원천일 뿐 아니라 다른 행성에서 생존과 인체 기관의 정상적인 기능을 유지시켜 주는 데 필요한 다른 요소들 — 무엇보다도 먼저 숨을 쉴 공기 — 을 합성하기 위한 원초적인 물질이기 때문이다. 더구나 생산이라는 관점에서 볼 때에도 물은 제안된 기법 — 엑스의 천연 광석을 우주선으로 실어 나르기 전에 부유 선광시키자는 — 에서 중요한 역할을 할 것이었다.

또 행성 엑스의 광물을 나중에 정지 궤도에서 지구로 전송하기 위해 우주의 궤도 정거장에서 에너지를 추출할 것이냐 또는 그 물질을 직접 지구로 보낼 것이냐 하는 문제도 연구 중이었다. 그러나 아직 결론에는 이르지 못하고 있었다.

일단의 굴착 전문가들과 수문학자(水文學者)들의 장기 체류를 포함하는 대규모 탐사 계획 역시 벌써 전부터 수립되어 있었는데 그들의 임무는 파이프 시스템을 통해 반암(盤巖)으로부터 자동 조절된 물의 흐름이 영구히 지속될 수 있도록 하는 일이었다. 패리티 궤도 정거장은 이미 필요한 구조적 형태를 갖추고 있었다. 왜냐하면 패리티는 등산가들의 용어로 하자면 행성 엑스로 향하는 길에 설치한 메인 베이스캠프였기 때문이다. 그러한 형체는 도킹뿐 아니라 행성 엑스와 패리티 사이를 오가게 될 〈화물〉의 적하와 적재를 허용해 줄 것이다. 그리고 조만간 패리티 정거장에는 다른 부속 건물들이 더 세워질 것이고 그렇게 되면 백 명도 넘는 사람들이 지구의 텔레비전 방송을 계획 수신하는 등 매우 안락한 환경에서 살아가게 될 것이다.

이 거대한 우주 과업에서 행성 엑스의 물을 추출하고 분해하는 일은 인간이 그들 자신의 행성 외에서 착수한 최초의 생산 활동이 될 것이었다.

사로제끄와 네바다의 우주선 발사 기지에서는 행성 엑스에서의 수문학적인 작업을 위한 마지막 준비가 이루어지고 있었다. 그리고 트램펄린 궤도의 패리티 우주 정거장에서는 우주의 처녀지를 열기 위해 제1진으로 출발하는 일단의 연구원들을 받아들여 행성 엑스로 보낼 준비가 되어 있었다. 이제 바야흐로 최초의 외계 문명에 주춧돌을 놓으려는 참이었다.

그런데 바로 그때, 이 제1진 수문학자들을 행성 엑스로 보내려는 계획이 실행에 옮겨지기 바로 전날, 트램펄린 궤도의 패리티 정거장에서는 두 명의 우주 비행사들이 별안간 흔적도 없이 사라져 버렸다.

아무런 예고도 없이 그들은 어떤 신호에 대해서도 — 또 규정된 보고 시간에는 물론 다른 어떤 시간에도 — 교신을 중단해 버렸다. 끊임없이 그 정거장의 좌표를 알리는 센서와 움직임을 수정하는 회로에서 송출되는 신호를 제외하고는 모든 음성 및 영상 시스템이 끊긴 것이었다.

시간이 흘렀지만 패리티 정거장에서는 여전히 지구로부터 송신된 어떤 신호에 대해서도 아무런 응답을 보내지 않고 있었다. 컨벤션호에서는 불안이 점점 더 증대되었고 온갖 추측과 가정들이 제시되었다. 패리티 정거장의 우주 비행사들에게 무슨 일이 생긴 것일까? 어째서 그들은 응답을 않고 있을까? 만일 그들이 병에 걸렸거나 식중독을 일으키기라도 했다면? 그들은 아직 살아 있을까?

마침내 위험을 무릅쓴 조치가 취해졌다. 우주 정거장의 전 구역에 화재 경보를 발하도록 명령하는 신호를 보낸 것이다. 그러나 이번에도 아무 반응이 없었다. 컨벤션호 선상의 옵뜨세누쁘르는 최후로, 이 상황을 알아보기 위해서는 방법이 단 한 가지밖에 없다는 결정을 내려야 했다. 그리고 패리티 정거장에서의 동시 도킹을 위해 네바다와 사로제끄의 우주선 발사 기지로부터 두 대의 우주선에 탑승한 두 명의 우주 비행사가 쏘아 올려졌다.

규정에 따라 동시 도킹 — 그 자체로서는 절대로 위업이 아닌 — 이 이루어졌고 패리티 정거장의 모든 구역과 실험실, 그리고 도킹 장소들을 샅샅이 뒤졌건만 우주 비행사들을 찾지 못했다는 것이었다. 그들은 살았건 죽었건 거기에 없었다.

그것은 생각지도 못한 사태였다. 누구도 그들에게 무슨 일이 일어났는지를 짐작조차 할 수 없었다. 얼마 전까지만 해도 그 우주 정거장에는 거기서 두 달 이상을 보냈고 한 치도 틀림없이 지시 사항을 따랐던 두 승무원이 타고 있었다. 그런데 이제 와서 갑자기 어디로 가버린 것일까? 그들이 증발해 버릴 리는 없었다. 어쩌면 그들은 우주 산책이라도 나간 것이 아닐까?

패리티 정거장의 수색은 컨벤션호의 음성 및 영상 통신 장비와 직접 연결되어 양측의 공동 총책임자 — 주된 역할을 수행하는 대등한 행성학자들 — 가 모두 지켜보는 가운데 이루어졌다. 공동 통제 센터의 여러 스크린에는 두 우주 비행사들이 무게가 없는 것처럼 떠다니면서 어디로 갈 것인지를 논의하고 정거장 이곳저곳을 돌아다니고 모든 구역과 부대시설을 조사하는 모습이 비쳤다. 그들은 보고를 계속하면서 차례차례 정거장을 수색했고 그들의 대화는 테이프에 녹음되었다.

패리티 보이는가? 아무도 타고 있지 않다. 우리는 아무도 찾을 수 없다.
컨벤션 거기에 부서진 물체들이라든가 또는 우주 정거장이 파괴되거나 손상된 흔적도 없는가?
패리티 없다. 아무것도 손상되지 않았고 질서 정연하게 보인다. 모든 것들이 다 제자리에 있다.
컨벤션 핏자국도 없나?
패리티 어디에도 없다.
컨벤션 타고 있던 비행사들의 개인 소지품 상태는 어떤가?
패리티 모두 정돈되어 있는 것으로 보인다. 바로 얼마 전까지도 그들이 여기 있었던 것 같다. 책, 시계, 레코드 플레이어 그리고 다른 것들도 모두 여기에 다 있다.
컨벤션 좋다, 그 주위에 보고서 같은 건 없나? 벽에 핀으로 꽂힌 서류는 없나?
패리티 그런 건 보이지 않는다. 하지만……. 잠깐 기다려라. 일지가 길게 쓰인 부분 첫머리에서 펼쳐져 있다. 떠다니지 않도록 아래쪽을 무겁게 해두었고 이 부분이 펼쳐져 있도록 페이지를 클립으로 고정시켜 놓았다.

컨벤션 뭐라고 쓰여 있는지 읽어 보라.

패리티 그러겠다. 사본이 나란히 두 권 놓여 있다. 하나는 영어로 쓰여 있고 하나는 러시아어로……

컨벤션 읽어 보라. 뭘 망설이는가?

패리티 〈서두 — 지구인들에게 보내는 메시지〉 그리고 까치발 속에 〈탐험〉이라는 말이 들어 있다.

컨벤션 그만! 읽지 마라. 교신을 끊어야겠다. 잠시 후에 다시 부를 때까지 기다려라. 하지만 이쪽 말은 계속 듣고 있어라.

패리티 알겠다, 로저.

그러고 나서 바로 궤도 정거장과 옵뜨세누쁘르 간의 교신이 중단되었다. 데미우르고스 계획의 공동 총책임자들은 잠시 의논을 한 뒤에 대등한 두 당직 통신사들만 제외하고 나머지 사람들 모두에게 우주 통신 구역 밖으로 나갈 것을 요구했다. 그런 다음에야 송수신이 재개되었다. 트램펄린 궤도의 패리티 정거장에 있던 두 우주 비행사가 남긴 사본의 내용은 이러했다.

친애하는 동료들에게

우리가 예외적인 상황하에서, 어쩌면 아주 장기간에 걸칠지도 모르는 확정되지 않은 기간 동안 — 모든 상황이 우리의 전례 없는 행동과 관련된 다수의 요인들에 달려 있습니다만 — 패리티 궤도 정거장을 떠나는 이상 우리는 떠나게 된 동기를 설명하는 것이 도리라고 생각합니다.

우리는 이런 행동이 예기치 않은 일이 되리라는 것, 그래서 단순한 원칙의 견지에서 본다면 당연히 결코 허용할 수 없는 행동이 되리라는 것을 잘 알고 있습니다. 그러나 우리가 이 우주의 궤도 정거장에 있는 동안 겪게 되었던 예외적인 — 인류의 전 역사를 통틀어 전에는 한 번도 맞닥뜨리지 못했던 — 상황들이 우리에게 적어도 어느 정도의 이해를 기대할 수 있게 해주었습니다.

얼마 전 우리는 외계로부터, 그러나 대부분은 지구의 전리층으로부터 발산되는 잡음과 방해 전파로 가득 찬 무수히 많은 전파 신호들 가운데서, 아주 낮은 주파수대에 있는 — 이 때문에 주파수를 맞추기가 훨씬 용이했습니다 — 편향된 전파 신호를 잡기 시작했습니다. 그 신호는 언제나 똑같은 시간대에, 똑같은 간격을 두고 잡혔습니다. 처음엔 우리는 그 전파에 특별한 주의를 기울이지 않았습니다만 그 전파가 분명히 우주 공간의 어느 정확한 점으로부터 발사된다는 사실이 계속 우리의 호기심을 자극했습니다. 더구나 그 전파는 곧바로 우리의 정거장을 향해 발사되는 것처럼 보였습니다.

이제 우리는 이 인위적인 조작된 전파 신호들이 우리의 이 3차 탐사가 있기 오래전부터 우주 공간 속으로 발사되어 왔다는 것을 분명히 알게 되었습니다. 왜냐하면 패리티 정거장은 지금까지 벌써 18개월 이상 이 깊은 우주의 트램펄린 궤도에 머물러 있었기 때문입니다. 우주 저편 어디론가부터 오는 이 신호에 어째서 우리가 처음으로 흥미를 갖게 되었는지 그 이유를 정확히 설명하기란 어렵습니다만 중요한 것은 우리가 그 현상의 본질을 관찰하고 규정하고 연구하기 시작했다는 사실입니다. 그리고 점차로 우리는 그 신호가 인공적으로 발생되었다는 생각을 더욱 굳히게 되었습니다.

그러나 우리가 곧장 이 결론에 도달한 것은 아닙니다. 지금 이 시간까지도 우리는 일말의 의심을 갖고 있습니다. 우리가 의지할 수 있는 것이라고는 고작, 우리가 생각했듯이, 우주 깊은 곳으로부터 오는 인공적으로 발생된 신호가 있다는 한 가지 사실뿐인데, 우리가 어떻게 또 다른 문명이 존재한다고 확신할 수 있겠습니까? 우리는 가장 가까운 행성에서 가장 하찮고, 가장 단순한 생명의 흔적이라도 발견하려는 거듭된 과학적 시도들이, 잘 알려진 바와 같이 아무런 성과도 거두지 못했다는 사실을 떠올리고 망설였습니다. 지구 이외의 행성에 이성을 갖춘 생명체가 존재한다는 가정은 현재 일반적으로 개연성이 없는, 비현실적인 것으로 간주되고 있습니다. 또 외계의 생명체를 찾으려는 시도 역시, 특히 우주에 대한 탐사가 새롭게 진척될 때마다 그 기회가 이론적으로 점점 더 줄어든 이래, 비록 전혀 무가치하지는 않더라도 무의미한 것으로 간주되어 왔습니다. 그래서 우리는 감히 우리의 견해를 보고할 수 없었던 것입니다. 우리는 지구상의 생명체가 우주의 어느 곳에서도 결코 반복되지 않은 단 하나뿐인 생명 현상이라는, 전 세계적으로 받아들인 견해를 뒤엎을 생각이 없었습니다. 또 우리는 지금까지 우리가 알아낸 사항들을 알려야 한다고도 생각하지 않았습니다. 그러한 것들을 관찰하는 일은 궤도 정거장에서의 임무와 활동 계획에 들어 있지 않기 때문입니다. 그리고 솔직히 말해서 — 지금까지 말한 이유는 별도로 치고 말입니다 — 우리는 우주 공간에서 소 우는 소리를 들을 수 있다고 상상했던, 그리고 나중에

는 〈목동 우주 비행사〉라고 알려지게 될 그런 인물이 되고 싶지는 않았습니다.[11]

그런데 얼마 안 가서 우주 어딘가에 지성을 갖춘 생물이 존재한다는, 좀 더 확실한 증거가 보태지는 사건이 일어났습니다. 그러나 우리로서는 때가 너무 늦었습니다. 왜냐하면 우리는 이미 도약판에서 비약하듯, 갑자기 많은 것을 깨달았다는 느낌이 들었고, 우주에 대한 이해에 심대한 변화를 겪었기 때문입니다. 별안간 우리는 전혀 다른 방식으로 생각이 바뀌게 되었습니다. 우주의 구조에 대한 완전히 새로운 이해, 인간이 사는 새로운 장소와 강력한 이성을 지닌 또 다른 생명체의 발견이 우리로 하여금, 우리가 이곳에서 알아낸 사실을 지구 상의 사람들에게는 한동안 알리지 말아야 한다는 결론에 이르게 했던 것입니다. 우리는 지구의 운명에 대하여 새로 알아차리게 된 불안을 느꼈습니다. 그래서 우리는 현대 사회에 가장 이익이 되도록, 위의 결론에 이르렀던 것입니다.

이제 다시 사실로 돌아가겠습니다. 이 일은 정확히 어떻게 해서 일어났겠습니까? 우리는 다만 호기심을 충족시키기 위해 어느 날 우리의 흥미를 끄는 규칙적인 전파 신호가 온다고 여겨지는 우주의 그 점을 향해 거의 비슷한 파장으로, 응답 무선 신호를 보내기로 결정했습니다. 그런데 기적이 일어났습니다! 우리 쪽에서 보낸 신호가 신속하게 잡혔던 것입니다! 그 신호가 받아들여져 이해되었습니다. 그리고 응답으로 우리의 수신 주파수대에서는 다른 신호, 그리고 또 다른 신호가 계속 잡혔습니다 — 3인조 합창단이 우리를 맞이하고 있었습니다. 몇 시간 동안이나 동시에

---

11 외계 문명을 최초로 발견한 사람으로 알려지고 싶지 않았다는 뜻임.

흘러나오는 세 신호가 승리의 행진곡처럼 은하계 밖 아주 먼 곳에 같은 존재와 접촉할 능력을 지닌 생각하는 존재가 있다는 가슴 설레는 뉴스를 우리에게 전해 왔습니다. 그리고 그것이 우주 생물학에 대한 우리의 관념, 시간과 우주와 공간에 대한 우리의 지식을 완전히 바꾸어 놓았던 것입니다……. 우리는 실로 외로운 존재가 아니었으며 우주라는 황량한 영원 속에서 우리 종족의 유일한 대표자들도 아니었습니다

우리는 그것이 정말로 외계 문명의 발견인지를 확인해 보기 위해 무선으로 지구, 즉 우리의 삶이 발생했고 존재하는 그 지구의 질량에 관한 공식을 보냈습니다. 그러자 응답으로 그들은 자기네 행성의 질량을 나타내는 비슷한 공식을 보냈는데 그것으로부터 우리는 이 새로 발견된, 인간이 사는 행성의 체적이 꽤 크고 중력도 상당하다는 결론을 내렸습니다.

그렇게 해서 우리는 물리학 법칙들의 기초 지식을 교환했고 그럼으로써 역사상 최초로 외계의 지성을 갖춘 존재들과 접촉하게 되었던 것입니다.

이 다른 행성 사람들은 적극적인 상대역들로 밝혀졌으며 그동안 내내 우리와의 접촉을 점점 더 깊게, 밀접하게 해왔습니다. 아울러 그들의 노력으로 우리의 교류가 신속히 발전되고 새로운 정보의 교환으로 향상되자 우리는 곧 그들에게 광속도로 비행할 수 있는 장비가 있다는 것도 알게 되었습니다. 이 사실과 다른 정보들은 우리가 수학 및 화학 공식을 이용하여 처음으로 알아낸 것입니다. 다음에 그들은 우리에게 언어로도 의사소통이 가능하다는 점을 이해시켰습니다. 지구인들이 중력을 극복하고 외계로 나

가서 살기 시작한 이래로 오랫동안 이 사람들은 은하계 깊은 곳에서의 소리를 들을 수 있는 강력한 음성 천문학적 기구의 도움으로 우리의 언어를 연구해 왔던 것입니다. 그들은 우주와 지구 사이의 체계적인 무선 교신을 도청하여 비교하고 유추함으로써 우리가 사용하는 말과 문장의 의미를, 그들 자신이 사용하기 위해 확정하고 풀어낼 수 있었습니다. 우리는 그들이 영어와 러시아어로 말을 걸어왔을 때 이 사실을 알게 되었는데 우리로서는 그것이 또 다른 불가사의이기는 해도 놀라운 발견이었습니다.

이제 문제의 핵심을 이야기하겠습니다. 마침내 우리는 레스나야 그루지(문자 그대로는 〈숲이 우거진 가슴〉 — 그들의 행성 이름을 직역한 것입니다)라는 이 유쾌한 별에의 여행을 생각해 볼 수 있을 만큼 충분한 용기를 얻었습니다. 레스나야 그루지인들이 그들의 행성으로 우리를 초대했는데, 이것은 그들의 생각이었습니다. 우리는 많은 생각을 해본 끝에 가기로 결정했습니다. 그들은 자기네들의 광속도로 나는 우주선을 이용하여 우리의 궤도 정거장에 이르는 데는 26시간 내지 27시간이 걸릴 것이라고 설명했습니다. 그리고 아울러 같은 시간 내에 — 하지만 단지 우리가 그렇게 해달라고 원할 경우에 한해서입니다 — 우리를 다시 데려다 주겠다고도 약속했습니다. 그들은 또 도킹에 관한 우리의 질문에 대해서도 아무런 문제가 없다고 설명했습니다. 레스나야 그루지인들의 우주선은 어느 물체나 어떤 구조물에도 기압을 정상적으로 유지하며 부착되는 기능이 있기 때문이라는 것인데, 이는 아마도 일종의 전자기 부착 장치인 듯합니다. 우리는 그들의 장비가 우주 유영용으로 사용되는 해치에 도킹하는 편이 가장 좋을 것이라고 결정했고 그 출구를 통하여 그들의 우주선에 합류할 것입니다. 그리고 레스나야 그루지의 여행이 성공적으로 이루어질 경우 귀환도 같은 방법으로 할 것입니다.

그들의 우주선을 기다리는 사이 우리는 패리티 우주 정거장에 이 메시지, 또는 여러분들이 좋다면 설명 노트나 공개서한 내지는 선언을 남기려 합니다. 우리는 이제부터 우리가 하려는 일과 우리들 스스로 떠맡은 책임과 의무를 충분히 이해하고 있습니다. 우리는 이 일이 우리에게 가장 놀라운 기회를 제공하고 인류에게 위대한 기여를 할 드문 기회라고 알고 있으며 우리로서는 그보다 더 고매한 일을 찾을 수 없을 것입니다.

그러나 우리로서는 가장 곤란했던 것이 의무감과 갈등, 책임감, 그리고 마지막으로는 원칙 — 전통과 법률과 사회의 정상적인 윤리적 조망에 의해 우리에게 주입된 모든 것들 — 을 극복하는 일이었습니다. 우리는 여러분에게, 옵뜨세누쁘르의 책임자들인 여러분에게 미리 알리지도 않고서 패리티를 떠나려 합니다. 정말로 이 일은 아무에게도 알려지지는 않았지만, 그러나 이것은 우리가 지구의 행동 규범들을 조금이라도 경멸하거나 경시해서가 아닙니다. 우리로서는 이 일이 대체로 인간의 마음을 탐구하는 문제였습니다. 우리는 다양한 감정들과 모순들과 정치적인 힘들 — 하키 게임에서 추가점을 올릴 때마다 그것을 정치적 승리로, 그리고 어느 한 국가 제도가 다른 국가 제도에 비해 우월하다고 보는 그런 힘들 — 이 행동을 개시하자마자 불러일으키게 된 열정들을 너무도 쉽게 예견할 수 있었기에 이처럼 행동하려는 것입니다. 아아, 슬프게도 우리는 지구에서 이 일이 어떻게 전개되어 갈지를 너무도 잘 알고 있습니다. 외계 문명과의 접촉 가능성이 서로를 파멸시키게만 될 뿐인 또 다른 이유가 되지 않으리라고 누가 확신할 수 있겠습니까?

지구에서는 정치적 분쟁으로부터 벗어나기가 어렵거나 또는 거의 불가능합니다. 그러나 지구가 자동차 바퀴보다 더 커 보이지 않는 이 외계에서 몇 날 몇 주일씩 오랜 시간을 보내고 난 뒤에, 우리는 지구의 현 상황을 생각하며 고통과 어쩔 수 없는 부끄러움을 느끼지 않을 수 없었습니다. 사람들을 분노케 하고 절망케 하고 원자탄을 쓰고 싶게 하는 현재의 에너지 위기만 보더라도, 그것은 사실상 모든 국가들이 그 문제에 대해서 서로 상의하려고만 한다면 풀 수 있는, 방대한 기술적 문제일 뿐입니다.

인류에게 벌써부터 위험한 현재의 상황을 더 악화시키고 복잡하게 할지도 모른다는 우려 때문에 우리는 다른 사람들, 즉 외계 문명의 소유자들 앞에서 우리의 신념과 양심에 따라 전 인류의 대변인 역할을 수행할 전례 없는 책임을 감히 스스로 떠맡았습니다. 우리는 이 자발적인 임무가 훌륭하게 완수되리라는 내적인 신념을 기대합니다.

마지막으로 한 가지만 더 적겠습니다. 우리는 숙고하고 의심하고 망설이면서 두 나라가 오랜 기간의 상호 불신 뒤에 그토록 많은 어려움을 겪고 이룩한, 인류의 우주 개발 역사에서 위대한 첫걸음인 이 데미우르고스 계획에 해를 끼치게 될지도 모른다는 생각으로 적지 않게 걱정이 되었습니다. 다행히, 결국에는 양식(良識)이 승리를 거두었고 우리는 능력과 재주가 닿는 한 최대한으로 우리의 공동 임무를 양심적으로 수행하고 있습니다. 그러나 우리는 한 가지 임무를 다른 임무와 비교해 본 뒤에, 그리고 데미우르고스 계획에 해를 끼치고 싶지 않은 바람에서, 우리들 자신의 길을 선택했습니다. 즉, 우리는 여행을 마치고 귀환해서 우리의 자리를 다시 떠맡고 임무를 계속 수행하기 위해 일시적으로 패러티를 떠나려는 것입니다.

만일 우리가 영원히 사라지거나 또는 책임을 맡고 계신 분들의 생각으로 우리가 패러티에서 일을 계속하는 것이 부적당하다고 여겨진다면 그때는 우리를 대체하기가 어렵지 않을 것입니다. 필요하다면 언제나 우리 못지않게 일할 사람들을 구할 수 있을 것이기 때문입니다.

우리는 미지의 우주로 떠납니다. 우리는 지식에 대한 갈망으로, 그리고 인류와 지성을 함께할 다른 세계의 다른 지성적인 존재들을 발견하려는 예로부터의 꿈으로 그곳에 이끌렸습니다. 그러나 이 새로 발견된 문명에서 어떤 경험이 우리를 기다리고 있을지는 아무도 모릅니다. 그 문명이 인류에게 이익을 가져다줄지 재앙을 가져다줄지도 알지 못합니다. 그러나 우리는 판단을 내리는 데 있어 객관적이 되려고 노력할 것입니다. 만일 우리의 임무가 지구에 대해 조금이라도 위협적이거나 파괴적이라고 느낀다면 그때는 곧 그 임무를 포기하겠다고 맹세합니다. 우리는 결코 지구에 해가 미치도록 행동하지는 않을 것입니다.

우리는 작별을 고합니다. 관측창 밖으로 우주의 검은 바다에서 휘황한 다이아몬드처럼 빛나는 지구가 보입니다. 지구는 아름답습니다. 다른 어느 곳에서도 볼 수 없는 신비한 푸름과 어린아이의 머리처럼 섬세한 모습을 띠고 있습니다. 여기 이곳에서는 지구에서 사는 모든 사람들이, 그들 모두가 우리의 형제자매인 것처럼 여겨집니다. 그래서 우리는 그들을 생각하지 않고는 감히 우리 자신을 생각할 수 없습니다……. 비록 우리가 지구에서는 사정이 그와는 한참 거리가 멀다는 것을 알고 있기는 해도 말입니다.

우리는 지구에 작별을 고합니다. 몇 시간만 있으면 우리는 트램펄린 궤도를 떠날 것이고 지구는 우리의 시야에서 사라질 것입니다. 이미 레스나야 그루지 사람들이 그들의 행성으로부터 이곳을 향해 떠났습니다. 그들은 몇 시간 이내로 도착할 것입니다. 이제 시간이 얼마 남지 않았습니다. 그러는 사이에 우리는 기다리고 있습니다.

부탁이 한 가지 있습니다. 가족들에게 보낼 편지를 남겨 두겠습니다. 이 편지들을 적혀진 주소로 배달해 주시기 바랍니다.

추신. 패리티에서 우리를 대신할 분들에게.

우리가 이 다른 행성 사람들과 교신했던 송수신 채널과 주파수대를 일지에 적어 놓았습니다. 필요할 경우 우리는 이 채널로 당신들과 교신하고 보고할 것입니다. 우리가 레스나야 그루지 사람들과 했던 교신으로부터 알아낸 바로는 가장 효과적인 교신 방법은 궤도 정거장의 선내 통신 시스템을 이용하는 것입니다. 그렇게 하면 우주로부터 오는 무선 신호가 지구의 대기를 둘러싸고 있는 강력한 전리층을 뚫고 지구 표면에 도달하지 않을 것입니다.

우리가 남기는 메시지의 동일한 사본들은 영어와 러시아어로 제출되었습니다.

패리티 우주 비행사 1-2
패리티 우주 비행사 2-1
패리티 우주 정거장에서
제3차 관측 94일차

정확히 약속된 시간에, 즉 극동 시간으로 11시에 두 대의 제트기들이 차례로 미국과 소련 측으로부터 특별히 임명된 전권 위원들과 감독관들을 태우고 항공모함 컨벤션호의 갑판에 착륙했다.

위원회의 구성원들은 엄격히 의정 사항에 따라 만났고 그 즉시로 점심시간은 30분이 될 것이라고 통보받았다. 식사가 끝난 직후 위원회의 구성원들은 패리티 궤도 정거장에서 발생한 예외적인 상황을 논의하기 위해 주회의실에서 비공개로 만날 예정이었다.

그러나 회의는 시작되기가 무섭게 예기치 못했던 사정으로 연기되었다. 바로 그때 패리티의 교체 우주 비행사들이 컨벤션호의 옵뜨세누쁘르로 행성 레스나야 그루지에 가 있는 리티 우주 비행사 1-2와 2-1로부터 받은 첫 번째 메시지를 송신했기 때문이었다.

4

 여기서 기차들은 동쪽에서 서쪽으로, 서쪽에서 동쪽으로 지나간다…….
 철길 양편에는 널따랗게 펼쳐진 광대한 불모지 — 중앙 아시아의 노란 스텝 지대, 사리-오제끼가 놓여 있다.
 여기서는 모든 거리가 철도로 재어진다. 그리니치 본초 자오선으로부터 경도가 정해지듯…….
 그리고 기차들은 동쪽에서 서쪽으로, 서쪽에서 동쪽으로 지나간다…….

누가 뭐라고 해도, 아나-베이뜨의 나이만 부족 묘지까지는 절대로 가까운 길이 아니었다. 그 거리는 30킬로미터였는데 그것도 사로제끄 사막을 질러서 곧장 갈 경우에만 그랬다.
 그날 아침 부란니 예지게이는 일찍 일어났다. 그는 잠을 충분히 잘 수 없었고 새벽까지는 눈 한번 붙이지 못했다. 하지만 그전에는 까잔갑의 시신을 염하고 수의를 입히느라 바빴었다. 보통 그 일은 장례식날에 고인의 집에서 시체를 밖으로 내오기 바로 전에, 그러니까 참회 기도 또는 〈자나자〉를 올리기 전에 이루어졌다. 그러나 이번 경우에는 모든 일이 매장 전날 밤 동안에 마무리되어야 했다. 그래야 이른 아침에 지체 없이 길을 떠날 수 있기 때문이었다.

예지게이는 꺽다리 에질리바이에게 시신을 닦을 더운물을 떠오도록 한 것만 빼놓고는 그 일을 모두 자기 손으로 해냈다. 에질리바이는 약간 겁이 난 듯했고 시체에 가까이 오려고 하질 않았다. 물론 그로서는 꺼림칙한 생각이 들었을 것이다.

예지게이는 그에게 즉석에서 생각나는 대로 말했다. 「내가 지금 하는 일을 잘 봐둬야 하네, 에질리바이. 이런 일을 어떻게 하는지 알아두면 살아가는 데 큰 도움이 될 수 있거든. 사람들이 태어난다는 건 또 우리가 그들을 묻어야 한다는 얘기도 되는 거니까.」

「예, 그건 저도 압니다.」 에질리바이가 좀 어정쩡하게 대답했다.

「가령 내가 당장 내일이라도 죽는다고 해보게. 누가 나를 묻어 주겠나? 아마도 바로 자네가 어느 구덩이에든 나를 묻어야 할 걸세.」

「설마요!」 에질리바이가 호롱불을 들고 서 있다가 움찔 놀랐다. 그는 아직도 시체 가까이에 있다는 생각으로 마음이 놓이지 않는 모양이었다. 「영감님이 안 계신다면 세상 살아가는 재미가 없을 겁니다. 영감님 같은 분은 오래오래 사셔야지요……. 구덩이보고는 좀 더 기다리라고 하고요.」

시신을 염하는 데는 한 시간 반이나 걸렸지만 일을 다 마치고 나서 보니 만족스러웠다. 그는 시신을 깨끗하게 닦았고 팔과 다리를 똑바로 펴서 가지런히 놓았고 하얀 염습포를 마련하여 그것으로 까잔갑을 싸맸다. 모든 일이 다 제대로 이행된 것이다. 예지게이는 재료를 아끼는 법 없이 시신을 염했고 그 일을 하는 동안 에질리바이에게 수의 꿰매는 법을 보여 주었다. 그리고 다음에는 자신의 매무새를 가다듬었다. 그는 말끔히 면도를 하고 구레나룻 — 그의 구레나룻은 눈썹처럼 빽빽했지만 허연 터럭이 좀 적었다 — 을 짧게 쳐냈다. 그리고 다음 날을 대비하여 웃옷에 미리 달아 두었던 훈장과 노동 영웅 배지를 반짝반짝하게 닦았다.

밤은 그렇게 지나갔다. 예지게이는 자기가 그 일을 다 해냈다는 것이 스스로도 놀라웠다. 그는 자기가 그런 애사(哀事)를 제대로 치러 내리라고는 믿어 본 적이 없었다. 그런데 이제 와서 보니 그는 까잔갑을 묻을 사람으로 미리 정해져 있었던 모양이었다. 그와 까잔갑이 꿈벨리 역에서 처음 만났던 이래 그의 운명에 이 일을 할 의무도 들어 있었다니! 그것은 생각만 해도 이상스러운 일이었다. 예지게이는 그때 44군에서 제대한 뒤 전쟁 신경증으로 고통을 겪고 있었다. 물론 겉으로 보기엔 그는 아주 멀쩡했다. 사지가 온전했고 어깨 위에 머리도 그대로 붙어 있었다. 그러나 마음대로 할 수 없는 것이 머리였다. 그의 귀에서는 계속 바람 소리 같은 소음이 들렸고 몇 걸음만 걸으면 어지러워서 머리가 핑핑 돌고 구역질이 났다. 그리고 다음에는 전신에 한기를 느꼈다 싶으면 바로 더운 땀이 솟는 것이었다. 혀도 제대로 움직이지 않았다 — 단 한마디 하는 데도 힘이 들 정도로. 전선으로 투입되었다가 그놈의 독일제 폭탄이 터지는 바람에 일어난 여파로 심한 충격을 받았던 것인데, 죽지는 않았지만 어떻게 해서 살아났는지는 도무지 모를 일이었다. 그 당시 예지게이는 정말로 곤란한 지경에 있었다. 비록 젊고 건강해 보이기는 했어도, 그가 아랄 해의 바닷가에 있는 집으로 돌아왔을 때 도대체 무슨 일을 제대로 할 수 있었을까? 다행히도 그는 훌륭한 의사를 만나 보살핌을 받았는데 그 의사는 크게 특별한 치료를 해주지는 않았지만 그를 검진하고 청진하고 모든 증세를 철저히 체크했었다. 이제 돌이켜 생각하니 그 의사는 하얀 가운에 하얀 모자를 쓰고 명석한 눈에 콧날이 우뚝했던, 머리칼이 붉은 사내였다. 그는 예지게이의 어깨를 철썩 때리고 껄껄 웃었다.

「자네도 알 테지만 말이야.」 그는 이렇게 말했었다. 「전쟁은 곧 끝날 걸세. 그렇더라도 나는 얼마쯤 뒤에 자넬 전선으로 되돌려 보낼 수 있고 그러면 자네는 다시 싸워야겠지. 하지만 우리가 승리를 거둘 때까지 다른 전우들이 자네 없이 전쟁을 치를 수 있게 된다면 그게 더 나을 걸세. 1년쯤만 지나면 아니, 어쩌면 그렇게까지 안 가서도 자네는 병이 다 나아서 황소처럼 건강해질 테니까. 나중에 가보면 내가 방금 전에 한 말이 옳았다는 걸 알게 될 걸세. 그러니 전쟁이 끝날 때까지 짐을 챙겨서 고향으로 가 있게. 자네 스스로를 딱하게 여길 필요는 없네. 자네 같은 사람들은 백년은 사니까……」

병세는 그 빨간 머리 의사가 예언했던 대로 꼭 그렇게 호전되어 갔다. 물론 1년이란 기간은 입에 올리기는 쉬워도 긴 시간이었지만, 어쨌든 예지게이는 쭈글쭈글 주름이 잡힌 군복에 짐 꾸러미를 둘러메고 필요할 경우에 쓸 지팡이까지 챙겨 들고서 병원을 나섰다. 그는 마치 깊은 숲 속을 헤매는 기분이었다. 머릿속에서는 그 이상한 소리들이 맴돌았고 다리는 후들거렸고 눈도 제대로 보이지가 않았다. 하지만 그에게 마음을 써줄 사람이 누구였을까? 정거장들이며 열차 안이며 할 것 없이 사람들로 우글거렸고 힘센 사람들은 다른 사람들을 옆으로 밀어젖혔다. 그렇지만 어떻게든 그는 열차에 기어올랐다. 그리고 한 달을 이리저리 돌아다닌 끝에 그 기차는 어느 날 밤 아랄리스끄에 멎었다. 제57열차, 불렸던 대로 하자면 〈행복한 제57열차〉였다. 신이시여, 그가 다시는 그런 기차로 여행하는 일이 없도록 해주시길…….

그러나 당시에는 그런 열차라도 탈 수 있었던 것이 다행이었다. 그는 어둠 속에서 마치 산록을 타고 내리듯 그 화차로부터 기어 내려왔다. 그러고는 어떻게 해야 할지를 모르고 멈춰 섰다. 주위는 온통, 멀리서 보이는 몇 개의 정거장 불빛들을 제외하고는, 칠흑 같은 어둠이었다. 바람이 불고 있었다. 하지만 그 바람은 그를 맞으러 불어오는, 그가 사랑하는 아랄 해의 바람이었다. 그 바다…… 그는 바다의 냄새도 맡을 수 있었다. 그 바다는 여전히 거기서, 철길 바로 밑에서 철썩이고 있었다. 오늘날에는 그 역에서 바다를 보려면 쌍안경을 가지고서야 겨우 볼 수 있지만.

그는 숨을 멈췄다. 스텝으로부터 최초의 희미한 향쑥 냄새가, 아랄 해 저 너머로 넓게 트인 공간에서 봄을 일깨우는 전령인 향쑥 냄새가 풍겨 왔다. 그는 다시 고향으로 돌아온 것이었다.

예지게이는 그곳을, 구부러진 길이 바닷가로 이끌리는 정거장 옆의 그 마을을 잘 알고 있었다. 장화에 진흙이 들러붙고 있었다. 그는 동이 틀 때까지 밤을 보내려고 친구 집을 찾아가는 중이었고 아침이 되면 꽤 멀리 떨어져 있는 그 자신의 어촌 마을 잔겔리지를 향해 떠날 참이었다. 그러나 자기도 모르는 사이에 그는 길을 따라 걷다가 마을을 지나쳐서 바닷가까지 오게 되었다. 그러고는 철썩이는 물가의 모래밭에 멈춰 섰다. 어둠이 덮인 바다는 밀려올 때면 하얗게 부서졌다가 물러날 때면 다시 사라져 버리곤 하는 파도의 희미한 번쩍임으로 알아볼 수 있었다. 새벽달이 빛을 잃어 가고 있었다. 높은 구름 위에 떠 있는 희미한 점처럼, 그렇게 그들,

그 바다와 그는 다시 만났다. 「오랜만이야, 아랄!」 예지게이가 속삭였다. 그러고는 조그만 바위에 걸터앉아 담배를 피워 물었다. 의사는 그에게 전쟁 신경증에는 담배가 몹시 해롭다고 충고했었지만, 그리고 또 나중에 가서는 스스로 알아서 담배를 끊었지만, 그때만큼은 생각 내키는 대로 하고 싶은 기분이었다 — 담배를 피우는 것쯤 무슨 상관이 있을까?

그의 앞일이 어떻게 되어 갈지는 아직 확실치가 않았다. 바닷가로 돌아가려면 억센 손과 튼튼한 육체, 그리고 무엇보다도 배가 요동쳐도 멀미를 하지 않는 강한 머리가 있어야 했다. 전쟁 전에는 그도 어부로 일했지만, 그러나 지금은 무슨 쓸모가 있을까? 이제 그는 일종의 불구자였다. 완전히 무능력자는 아니더라도 쓸모없기는 마찬가지였다. 그의 흔들리는 머리로는 고기를 잡을 수 없었다. 그것은 분명했다.

예지게이가 막 일어서려고 했을 때 어디선가 하얀 개 한 마리가 물가를 따라 쫄랑거리며 나타났다. 그놈은 이따금씩 모래밭에 멈춰 서서 열심히 냄새를 맡곤 했다. 그러다 예지게이가 부르자 경계하는 기색도 없이 그에게로 다가왔다. 그리고 꼬리를 흔들면서 가까이에 멈춰 섰다. 예지게이가 털이 북슬북슬한 목을 쓰다듬었다.

「너 어디서 왔니? 어디서 도망쳐 온 거니? 이름이 뭐지? 아르스딴?[12] 졸바르스?[13] 보리바사르?[14] 아, 그래 알았다. 너 바닷가로 떠밀려 온 물고기를 찾으러 왔구나. 그래, 잘됐다. 하지만 바다가 언제나 네 바로 앞에다 고기를 밀어내 주진 않지. 그러니까 때로는 바닷가를 따라 돌아다녀야 될 거야.

---

12 사자.
13 호랑이.
14 이리사냥개.

네가 그렇게 여윈 것도 그래서일 테고. 나? 나는 쾨니히스베르크 근처에서 집으로 돌아가는 길이야. 내가 거기로 가자마자 바로 옆에서 폭탄이 터졌는데, 하지만 간신히 살아남았지. 지금 나는 이제부터 뭘 해야 할지 마음을 정하려는 중이었어. 넌 내게서 뭘 원하고 있지? 내게 너한테 줄 게 아무것도 없어. 가진 거라곤 명령서와 훈장뿐이거든. 지금은 전시야. 어딜 둘러봐도 다 배가 고픈……. 이건 좋지 않아. 안 그러냐? 하지만 기다려 봐라……. 여기 우리 아들놈에게 줄 사탕이 좀 있으니까. 그 녀석 틀림없이 지금쯤은 뛰어 돌아다니고 있겠지…….」

예지게이는 지체 없이 반쯤 빈 더플백을 풀었다. 그 속에는 신문 쪼가리로 싸서 배배 꼰 사탕 한 줌과 철로변의 어느 기차역에서 아내에게 주려고 산 스카프 한 장, 암거래상에게서 구한 비누 두 개, 그리고 여분의 군복 한 벌과 혁대, 모자, 셔츠, 바지도 각각 하나씩 들어 있었다. 그것이 그가 가진 소지품의 전부였다.

그 개는 꼬리를 흔들면서 그의 손바닥에 놓인 사탕을 핥다가 깨물어 먹었다. 그러는 동안 내내 밝고 기대에 찬 눈으로 주의 깊게 그를 쳐다보았다.

「이제 그만이다. 자, 안녕.」

예지게이는 일어서서 물가를 따라 좀 더 걸었다. 그는 이미 정거장 근처에서 사는 친구에게 폐를 끼치지 않기로 작정한 뒤였다. 이제 얼마 안 있으면 동이 틀 것이고 그는 고향마을 잔겔리지로 걸음을 재촉해야 했다.

그가 내내 물가를 따라 걸어서 잔겔리지에 도착한 것은 한낮이 지나서였다. 전쟁 신경증에 걸리기 전 같으면 그만한 거리를 걷는 데 단 두 시간이면 족했을 것이었지만. 집에 당도하자마자 그는 끔찍한 소식부터 들어야 했다. 그의 어린 아들이 벌써 오래전에 죽었다는 것이었다. 예지게이가 징집되었을 때 그 아이는 겨우 생후 여섯 달밖에 안 되었었는데 불행히도 열한 달째에……. 풍진과 홍역을 한꺼번에 앓다가 열을 이겨 내지 못하고 죽은 것이었다. 그러나 누구도 그가 전쟁터에 나가 있는 동안 아이가 죽었다는 얘기는 비치지도 않았다. 그 사람이 살아 온다면 집으로 돌아온 뒤에 알려도 돼. 슬프고 고통스럽기야 하겠지만 이겨 낼 거야. 그것이 우꾸발라가 친구들에게서 들었던 충고였다. 「새댁은 젊어. 전쟁은 끝날 거고 신께서 도와주신다면 새댁은 다시 아이를 낳게 되겠지. 가지가 잘려 나갔지만 그건 비극이 아냐. 줄기는 온전하니까.」 그리고 또 입 밖에 내지는 않았지만 알아차릴 수 있었던 속생각은 이런 것이었다. 만일 — 전쟁은 전쟁이니까 — 총탄이 그 사람 이름을 앗아 간대도 살아 있는 마지막 순간까지 희망을 가지고 죽을 수 있어. 적어도 이렇게는 생각할 테니까. 아이가 집에 살아 있고 그래서 핏줄이 끊기지는 않았다고…….

그러나 우꾸발라는 아이가 죽은 일로 자책감에 빠져 있었다. 그녀는 돌아온 남편을 부둥켜안고 울음을 터뜨렸다. 희망을 가지고 이날을 기다리며 살아왔지만 그 누그러뜨릴 수 없는 아픔은 긴긴 기다림의 시간들로 얼마나 더 고통스러웠던가! 그녀는 눈물을 펑펑 쏟으면서 있었던 일을 그대로 다 얘기했다. 나이 든 여자들이 그녀에게 주의를 줬다고. 「이 아이 홍역에 걸렸어. 방심할 수 없는 병이지. 낙타털 담요로 애를 꼭 싸서 캄캄한 곳에 둬야 돼. 그리고 찬물을 먹여 봐. 신의 뜻이 그러시다면 살아날 거야.」 하지만 그녀는 마을 노파들의 말을 듣지 않고 이웃 사람에게 마차를 내달래서 아이를 역으로, 의사에게로 데려갔다. 그리고 흔들리는 낡은 마차로 아랄리스끄에 도착했을 때 아이는 이미 죽어 있었다. 무섭게 치오른 열이 그 아이를 태웠고 그 와중에서 아이가 죽은 것이었다. 의사는 그녀에게 욕설을 퍼부어 대고는 이렇게 말했다. 「그 나이 든 여자들 말을 들어야 했단 말이요……」

그것이 예지게이가 집에 도착하자마자, 집으로 발을 들여놓자마자 맞은 소식이었다. 그는 뻣뻣하게 굳어 들었고 슬픔으로 까맣게 질렸다. 그것은 생각도 못해 본 일이었다. 그 어린아이를, 몇 번 안아 보지도 못한 첫아이를 그렇게 잃어버리다니! 이도 나지 않은 입에 번졌던 그 천진하고 해맑았던 웃음. 그가 어떻게 그 미소를 잊을 수 있을까? 떠올리기엔 찢어질 듯 가슴이 아프더라도…….

그 이후로 모든 것이 바뀌기 시작했다. 그는 갑자기 그 〈아울(정착지)〉이, 한때는 바닷가의 이 언덕에 쉰 가구의 집이 있었고 사람들은 아랄 해에서 고기를 잡았던, 그러나 이제는 절벽 밑에 흙으로 지은 10여 채의 오두막들만이 남아 있는 그곳이 못 견디게 싫어졌다. 성한 남자는 한 사람도 남아 있지 않았다 — 전쟁이 그들 모두를 휩쓸어 갔고 늙은이들과 어린아이들만 남겨 놓은 것이었다. 게다가 그들마저도 수가 많지 않았다. 많은 사람들이 굶어 죽지 않으려고 목동 노릇을 하러 집단 농장의 정착지로 떠났기 때문이었다. 이제 그곳에는 바다로 나갈 사람이 아무도 없었고 마을은 죽어 가고 있었다.

우꾸발라 역시 그녀의 고향 — 그녀는 스텝 지방 출신이었다 — 으로 돌아갈 수도 있었다. 그녀의 친척들이 그녀를 보러 왔다가 돌아가는 길에 같이 데려가려고 했던 것이다. 「우리하고 같이 가서 살자. 우린 그래도 형편이 괜찮아. 예지게이가 전쟁터에서 돌아오기만 하면 그때 가서는 얼마든지 잔곌리지로 돌아갈 수도 있고 말이다.」

그러나 우꾸발라는 딱 잘라 거절했다. 「저는 여기서 남편을 기다리겠어요. 아들을 잃은 마당에 남편이 돌아오면 아내라도 집에 있다는 걸 알려야 되니까요. 여기에 우리 친척은 없지만 노인들과 아이들이 있어요. 저는 그들을 도우면서 어떻게든 그들과 함께 버텨 나가겠어요.」

그녀가 내린 결정은 옳았다. 그러나 예지게이는 돌아온 첫날부터 자기는 바닷가에서 살 수도, 일을 할 수도 없다고 했다. 그 역시 옳았다. 우꾸발라의 친척들이 예지게이를 찾아와서 그들이 사는 곳으로 함께 가자고 설득했다. 「자네 우리 있는 데서 같이 살기로 하세. 스텝에서 양 떼를 돌보며 말일세. 거기서라면 자넨 건강을 회복할 거고 뭐든 일거리도 구할 수 있어. 자네는 짐승들을 돌보는 법도 알고 하니까……」

예지게이는 고마웠지만 그들의 청을 거절했다. 그러기가 어려우리라는 것을 알고 있었기 때문이었다. 아내의 친척들이 사는 곳에서 하루 이틀 손님으로 머물 수는 있겠지만 그 다음에는……. 만일 그가 일을 할 수 없다면 누가 근처에서 어정거리는 것을 보고 싶어 할까?

그래서 우꾸발라와 그는 행운을 잡아 보기로 했다. 그들은 철도 일을 하러 갈 작정이었다. 예지게이는 거기서 어떤 적당한 일자리 — 제동수나 경비원으로서 — 를 얻거나 건널목의 차단기라도 내리고 올릴 수 있으리라고 확신했다. 분명히 철도 당국에서는 상이군인을 도와주려고 하지 않을까? 그렇게 결정이 내려지자 그해 봄 그들은 떠났다. 그들은 젊었고 거치적거릴 것도 없었다. 처음에 그들은 여러 기차역에서 밤을 보냈지만 알맞은 일자리를 찾는 데는 운이 없었다.

살아가기가 어려웠다. 그들은 철도에서 어쩌다 거둬들이는 갖가지 일을 하면서 그저 발길 닿는 대로 아무 데서나 살았다. 우꾸발라가 도움이 되었다 — 그녀는 건강했고 젊었고 거의 모든 일을 다 해냈다. 짐을 싣고 내리는 이런저런 일을 떠맡는 쪽은 겉으로 보기엔 멀쩡한 예지게이였지만 대부분의 힘든 일을 하는 것은 우꾸발라였다.

그런 과정을 거쳐서 그들이 갈아타는 큰 역 꿈벨리에 나타났을 때는 벌써 봄이 한창이었다. 그곳에서는 석탄을 실은 화차들이 비축 창고의 뒷문 바로 옆 측선에 대어졌는데 예지게이와 그의 아내는 되도록 빨리 화차들을 비우기 위해 우선 석탄을 땅으로 퍼 내렸고 그다음에는 밀차를 써서 석탄을 경사로 위로 밀고 올라가 이제는 집채만큼이나 높이 쌓인 석탄 더미 위로 쏟아 부어야 했다. 1년 내내 쓸 석탄이 거기에 비축되어 있었다. 그 일은 참으로 힘들고 석탄 먼지에 뒤덮여 더러웠지만 그들은 살아야 했다. 예지게이가 밀차에 석탄을 퍼 담으면 우꾸발라가 그것을 널빤지 위로 밀고 올라가 쏟아 붓고 나서 내려온다. 예지게이는 다시 밀차를 세우고 우꾸발라는 또다시 헉헉 숨을 몰아쉬며 마지막 남은 힘까지 다 짜내어 그 무거운 짐을 널빤지 꼭대기까지 밀어 올린다. 날씨가 더워질수록 그들은 점점 더 심하게 더위를 먹었다. 그리고 마침내는 예지게이가 더위와 날아오르는 석탄 먼지에 못 이겨 구역질을 해댔다. 그는 마치 온몸의 기력이 다 빠져나간 듯한 느낌이었다. 석탄 더미 어디에든 드러누워 다시는 일어나고 싶지 않았다. 그러나 무엇보다도 더 그를 괴롭혔던 것은 마땅히 그가 해야 할 그 힘든 일을 아내가 하고 있다는 사실이었다. 그는 미안해서 아내를 쳐다볼 수도 없었다. 그녀는 머리에서 발끝까지 검은 석탄 먼지로 뒤덮여 있었고 단지 눈의 흰자위와 이만이 드러나 보였다. 그리고 땀으로 흠뻑 젖은 얼굴에서는 석탄 먼지로 시커메진 땀이 목으로 가슴으로 등으로 뗏물처럼 흘러내렸다. 그가 만일 예전의 힘을 회복할 수만 있다면! 그는 단지 아내가 고통받는 모습을 보지 않기 위해서라도 이 저주받을 놈의 석탄을 화차 몇십 대 분이라도 옮겼을 것이었다.

그들이 예지게이가 상이군인으로서 적당한 일자리를 얻을 수 있으리라는 기대를 가지고 잔겔리지의 황폐한 어촌 마을을 떠났을 때, 그들은 한 가지 사실 — 어디에나 상이군인들이 들끓고 있으며 그들 하나하나가 다시 한 번 정상적인 삶에 적응하려고 안간힘을 쓰고 있다는 — 을 간과했었다. 적어도 예지게이에게는 아직 팔다리가 온전히 붙어 있었다. 얼마나 많은 불구자들 — 다리가 없고 팔이 없고 목발을 짚고 인공 수족을 한 사람들 — 이 철도 주변을 서성거리고 있었던가! 그들이 혼잡하고 고약한 냄새 풍기는 정거장 한 모퉁이에 앉아 날이 새기를 기다리곤 했던 그 긴긴 밤들 동안 우꾸발라는 처음엔 신에게 용서를 빌었고 다음엔 조용히 감사했다. 그녀의 남편이 곁에 있고 그가 전쟁 통에 죽지 않았고 그들의 미래에 일말의 희망이나마 남아 있다고. 그녀가 정거장에서 보았던 광경은 그녀에게 두려움과 고통을 안겨 주었다. 다리가 잘려 나간 사람, 팔이 없는 사람, 낡아 빠진 제복이나 넝마를 걸치고 작은 손수레에 앉아 있거나 목발을 짚은 부서지고 깨어진 사람들, 남의 손에 이끌려 가는 장님, 열차의 정거장 주위를 배회하거나 술에 취해 고함을 지르고 으르렁대며 식당과 술집을 습격하는, 집도 없고 부끄러움도 없는 사람들……. 미래는 그들을 위해 무엇을 쥐고 있었을까? 어떻게 그들은 이제껏 겪어 온 일과 현재 겪고 있는 고통을 보상받을 수 있을까?

우꾸발라가 그토록 고된 노역을 참아 낼 수 있었던 것은 잔인한 운명이 그녀를 스쳐 가긴 했지만, 그녀의 남편이 전쟁 신경증 환자로 돌아왔을 뿐 병신은 아니었기 때문이었다. 그녀는 불평을 하지도 포기하지도, 아니 고통스러운 기색조차 보이지 않았다. 심지어는 걸음을 떼어 놓을 수도 없을 만큼 모든 힘이 다 빠져나간 것 같은 때에도.

하지만 그것이 예지게이의 마음을 조금도 편하게 해주진 못했다. 달리 방도를 찾아내야만 했다. 어떻게든 그들은 삶에서 좀 더 확실한 자리를 찾아내야만 했다. 언제까지고 이렇게 방황할 수만은 없었다. 점점 더 자주 이런 생각이 그에게 떠올랐다. 〈내가 《따우바껠!(자, 간다!)》 하고 나서 우리가 도시로 옮겨 갔다면 — 거기에서는 형편이 어떻게 되었을까?〉 만일 그의 건강이 회복되기만 한다면, 만일 그가 이 저주받은 전쟁 신경증의 영향에서 벗어나기만 한다면, 그렇게만 된다면 그는 안간힘을 써서라도 그 자신의 힘으로 버틸 수 있을 텐데…….

도시에서라면 사정이 얼마든지 바뀔 수 있었다. 어쩌면 그들은 숱하게 많은 다른 사람들처럼 정착하여 도시 거주자가 될 수도 있었다. 그러나 운명은 다른 판결을 내렸다. 그랬다. 운명 — 아니면 뭐라고 불러도 상관없지만 — 이 끼어들었다.

그것은 그들이 꿈벨리에서 화차에 실려 온 석탄들을 산더미처럼 쌓아 올리며 그토록 비참한 삶을 살아가고 있을 때의 일이었다. 느닷없이 석탄 작업장에 낙타를 탄 까자흐인이 한 사람 나타났다. 틀림없이 스텝에서 볼일이 있어 온 사람이었다. 적어도 첫눈엔 그렇게 보였다. 어쨌든 그 사람은 낙타의 두 다리를 한데 묶고는 근처에서 풀을 뜯게 놓아두었다. 그러고 나서 곤란한 표정으로 주위를 둘러보더니 예지게이에게로 다가왔다. 그는 팔 밑에 빈 자루를 끼고 있었다. 「어이, 여보쇼.」 그가 지나가다가 예지게이에게 말을 걸었다. 「저 애들이 장난질을 못하도록 좀 봐주슈. 여기 애들은 짐승을 못살게 굴고 때리고 하는 아주 고약한 버릇이 있거든. 어떤 때는 장난삼아 묶은 끈을 풀어 놓기도 한다니까. 오래 걸리진 않을 거요.」

「지켜봐 드리죠. 걱정 말고 볼일 보러 가십쇼.」 예지게이가 땀에 잔뜩 절고 거무죽죽해진 헝겊 쪼가리로 땀을 닦으면서 약속했다.

그의 얼굴에서는 끊임없이 땀이 솟았다. 예지게이는 석탄더미 근처에서 밀차에 석탄을 퍼 담느라 거의 내내 바빴기 때문에 가끔씩 그곳의 장난꾸러기들이 낙타를 괴롭히지 않나 감시하려고 눈을 돌리는 일은 휴식이 되었다. 언젠가 그는 아이들이 어떤 짐승을 몹시 괴롭힌 바람에 그 짐승이 화가 나서 소리를 지르고 침을 뱉고 그 애들을 쫓아가려고 하는 것을 본 적이 있었다. 그것이 바로 아이들이 찾던 즐거움이었다. 선사 시대의 사냥꾼들처럼 그 애들은 소리를 지르고 막대기와 돌멩이를 던지면서 그 짐승을 둘러쌌다. 그리고 재수 없게 걸려든 그 짐승은 주인이 올 때까지 굉장한 시달림을 받아야 했다.

이번에도 약속이나 한 것처럼 한 떼의 망나니들이 축구공을 차면서 나타났다. 그러더니 다리가 묶인 낙타에게 있는 힘껏 공을 차대기 시작했다. 그 낙타는 비켜서려고 했지만 애들은 계속해서 점점 더 세게, 점점 더 정확히 공을 차댔다. 그리고 어느 한 아이가 낙타를 맞힐 때마다 골을 넣기라도 한 것처럼 환호성이 일었다.

「저리 가! 너희들끼리 놀아. 짐승 못살게 굴지 말고!」 예지게이가 아이들에게 삽을 휘둘렀다. 「안 그러면 혼내 줄 테다!」

아이들은 하던 짓을 그만두었다. 아마도 그 아이들은 그가 낙타 주인일 거라고 생각했거나 아니면 석탄으로 시커메진 그의 무서운 모습에 겁을 먹었을 것이다. 어쩌면 그가 술에 취했고 그래서 거기 있다가는 봉변을 당할지도 모른다는 생각을 했을지도 모르고, 어쨌건 아이들은 공을 차며 도망쳐 버렸다. 그 아이들이 낙타를 실컷 괴롭히지 못한 것은 그때가 처음일 것이었다. 그러나 예지게이는 삽으로 아이들을 무섭게 할 수는 있었겠지만, 기력이 너무 쇠진해서 그 아이들을 쫓아가고 싶었더라도 그럴 수가 없었을 것이다. 밀차에 한 삽 한 삽 석탄을 퍼 담는 일에만도 그는 엄청나게 힘을 들여야 했다. 힘이 없다는 게 그처럼 무섭고 그처럼 모욕적일 줄이야! 그것은 생각조차도 못해 본 일이었다. 그는 기운이 하나도 없었고 자기가 아무 쓸모도 없다는 느낌이 들었다. 게다가 언제나 머리가 어지러웠다. 그 일이 그를 고갈시키고 있었다. 그는 기력이 다 소진되었고 검은 석탄 먼지와 답답하게 가슴을 틀어막는 뻑뻑하고 시커먼 가래 때문에 숨을 쉬는 데도 힘이 들었다. 때로는 우꾸발라가 시간을 내서 좀 더 힘든 일을 대신 떠맡기도 했는데 그러면 예지게이는 아내가 자기 손으로 밀차에다 직접 석탄을 퍼 담아 그것을 석탄 더미 꼭대기까지 밀어 올리는 동안 한옆에 앉아서 잠시 쉴 수가 있었다. 그러나 아내가 마지막 힘까지 다 짜내는 동안 한가히 지켜볼 수만은 없었다. 그는 곧 다시 비틀거리며 일어나서 한 번 더 일에 달려들곤 했다.

그에게 낙타를 지켜봐 달라고 했던 사람은 등짐을 지고서 곧 돌아왔다. 그러고는 낙타에 짐을 묶고 갈 채비를 차린 뒤에 예지게이에게로 다가왔다. 그들은 다정하게 이야기를 나누기 시작했다. 이 남자는 보란리-부란니 간이역에서 온 까잔갑이라는 사내였는데 알고 보니 그는 예지게이와 같은 지방 출신이었다. 그리고 이 때문에 그들에게는 갑자기 공통된 화제가 생겼다.

그때까지만 해도 예지게이와 우꾸발라는 이 만남이 그들 앞에 놓인 나머지 삶의 행로를 결정하리라고는 알 수가 없었다. 다만 까잔갑은 그들 두 사람에게 자기와 같이 보란리-부란니 간이역으로 가서 거기서 함께 살며 일하자고 그들을 설득했다. 세상에는 처음 알게 되자마자 마음이 끌리는 그런 사람이 있는 법이다. 까잔갑에게 특별한 점은 아무것도 없었지만 다른 한편으로는 그의 소박한 모습에서 그가 어렵게 지혜를 터득한 사람이라는 것을 알 수 있었다. 겉모습으로만 본다면 그는 자기 몸에 어울리도록 모양이 바뀌어 버린 낡고 빛바랜 옷을 걸친 아주 평범한 까자흐인이었다. 햇빛에 바랜 그의 염소 가죽 바지는 그저 보기에만 낡은 것이 아니라 낙타를 타기에도 편하게 되어 있었다. 그러나 그는 물건들의 가치도 알았다. 그의 커다란 머리를 장식한 꽤 새것인 선로원 모자는 특별한 때에 쓸 수 있도록 잘 보존되어 있었고 벌써 여러 해 동안 신은 송아지 가죽 통부츠는 여러 군데가 두꺼운 실로 조심스럽게 기워지고 꿰매어져 있었다. 그는 분명히 스텝 지방 사람이었으며 그가 열심히 일하는 노동자라는 사실은 억세고 근육이 툭툭 불거진 손뿐 아니라 작열하는 태양과 끊임없는 바람에 그을린 갈색 얼굴을 보아도 분명했다. 그는 힘든 일을 한 탓으로 때 이르게 등이 굽었고 억센 양어깨가 아래로 처져 있었는데 그 때문에 중키였음에도 불구하고 그의 목은 거위의 목처럼 길게 뻗친 것처럼 보였다. 그러나 그는 햇빛을 보고 눈을 깜박여서 눈가에 주름이 잡힌, 이해력 있고 주의 깊고 웃음기를 띤 회색의 멋진 눈을 갖고 있었다.

까잔갑은 아직 마흔 전이었다. 아마도 그가 삶의 경험이 풍부한 듯한 인상을 풍겼던 것은 짧게 깎은 구레나룻과 짧은 턱수염 때문이었을 것이다. 그러나 무엇보다도 그는 진지한 말투로 신뢰감을 불러일으켰다. 우꾸발라는 곧 그에게 존경심을 느꼈다. 그의 말은 한마디 한마디가 이치에 맞았고 조리가 있었다. 그는 예지게이에게 이렇게 말했다. 「보아하니 폭탄 충격을 받은 것 같은데 그게 아직까지도 당신을 괴롭히고 있군. 어째서 당신은 이토록 자신을 혹사시키는 거요? 난 대번에 알았소, 예지게이. 당신이 하고 있는 이 일이 당신에겐 너무 과중하다는 걸 말이오. 당신은 기력을 충분히 회복하지 못해서 걸음도 제대로 떼어 놓을 수가 없소. 그러니 당신으로선 공기 맑고 진한 낙타 젖도 얼마든지 마실 수 있는 곳으로 간다면 그게 훨씬 더 나을 거요. 우린 간이역에선 철도 일을 할 사람을 열심히 찾고 있소. 새로 온 우리 책임자는 나만 봤다 하면 이런 말을 하지. 〈당신이 이곳에서 오래 살아 왔으니 여기서 일할 만한 사람들을 좀 붙들어 오시오〉라고 말이오. 하지만 그런 사람들이 어디 있겠소? 모두들 전쟁터에 나가 있으니. 또 징집되지 않은 사람들은 어디에서든 일자리를 구할 수 있고. 물론 우리가 살고 있는 곳이 장미꽃밭은 절대로 아니오. 사방으로 메마르고 물도 없고 사람 하나 살지 않는 사로제끄 사막이 펼쳐져 있는 곳이니 말이오. 물은 일주일에 한 번씩 탱크차로 날라져 오지. 어떤 때는 그나마 안 올 때도 있고. 그러면 우리는 멀리 사막으로 우물이 있는 데까지 낙타를 타고 나가서 가죽 부대에다 물을 길어 오는데 아침에 출발해도 저녁이 지나서야 돌아올 수 있소. 하지만 그래도…….」 까잔갑이 말을 이었다. 「지금 당신이 하는 것처럼 여기저기서 임시로 머물면서 떠돌아다니는 것보다는 사로제끄에서 자릴 잡는 편이 더 나을 거요. 적어도 당신 머리 위에는 하늘을 가릴 지붕이 있을 거고 고정적인 일자리가 있으니까. 우린 당신에게 일을 가르쳐 줄 거고, 그러면 당신은 가정을 꾸려 나갈 수 있소. 그건 모두 당신이 얼마나 열심히 일을 하느냐에 달린 거지만. 당신들 둘이서 같이 일한다면 살기에 충분할 만큼은 쉽게 벌 수 있소. 그리고 시간이 지나면 당신 건강도 회복될 거요. 만일 당신이 거길 좋아하지 않는다면 언제든 다른 곳을 찾아 떠날 수도 있고…….」

그것이 그가 했던 말이었다. 예지게이는 한참 동안 그 제안에 대해서 생각을 해본 뒤에 그러기로 동의했다. 그리고 바로 그날, 그들은 까잔갑과 함께 사로제끄로, 보란리-부란니 간이역으로 떠났다. 다행히 예지게이와 우꾸발라가 소지품을 모두 꾸리는 데는 시간이 걸리지 않았다. 하기는 그들에게 꾸리고 말고 할 것이 있기나 했을까?

예지게이는 사막을 지나 꿈벨리에서 보란리-부란니로 왔던 그 여행을 평생 동안 잊지 않았다. 처음에 그들은 철길을 따라 걸었다. 그러나 얼마 뒤에는 점점 더 철길에서 멀리 벗어났는데 까잔갑은 그들이 대략 10킬로미터쯤 질러 간다고 설명을 해주었다. 거기서는 철도가 거대한 따끼르를 빙 돌아가기 때문이라는 것이었다. 따끼르란 한때는 염호(鹽湖)였다가 나중에 물이 말라 버린 곳으로 해마다 봄이 되면 소금기 밴 저지에 물이 솟아나서 무르고 건너기 어려운 습지로 변한다. 그리고 여름이 되면 딱딱한 소금층으로 덮여 강철처럼 단단해지는데 그 상태가 이듬해 봄까지 그대로 지속된다. 까잔갑은 자기가 사로제끄를 연구했던 지리학자의 말을 들었기 때문에 그 넓은 염호에 대해서라면 뭐든지 안다고 설명했다. 그 지리학자는 엘리자로프라는 사람이었는데 그는 나중에 예지게이와 아주 친한 사이가 되었다. 그는 현명한 사람이었다.

예지게이 — 아직은 부란니 예지게이가 아니라 단지 아랄 출신의 한 까자흐인이자 삶이 산산이 부서진 상이군인이었던 — 는 까잔갑의 말을 믿고 아내와 함께 일자리를 찾아, 머리를 덮어 줄 지붕을 찾아 그 알지 못하는 보란리-부란니 간이역으로 떠났다. 그러나 자기가 거기서 나머지 일생을 다 보내게 되리라고는 생각도 하지 못했다.

끝없이 펼쳐진 사로제끄의 광대한 불모지 — 봄의 짧은 한때만 초록색을 띠는 — 는 예지게이에게 깊은 인상을 주었다. 아랄 해 주위에도 스텝 지대들과 평평한 대지 — 예를 들면 우스찌우르뜨 고원 — 가 많이 있었지만 그런 사막을 보았던 것은 그때가 처음이었다. 나중에 예지게이는 고요한 사로제끄를 마주 보고 설 수 있는 사람만이 그 사막의 광대함에 대항하여 자기 영혼의 강도를 진정으로 측정할 수 있다는 것을 이해했다. 그랬다. 사로제끄는 광대했다. 그러나 인간이라는 살아 있는 이성은 이 사막까지도 내포할 수 있었다. 그런데 엘리자로프는 현명하게도 그런 것들을 설명할 수 있었고 인간의 시야를 흐리는 어림짐작을 제거했다.

예지게이와 우꾸발라는 만일 그들 곁에 고삐 끈을 쥐고 낙타를 이끌면서 자신만만하게 나아가는 까잔갑이 함께 있지 않았더라면, 사로제끄 사막으로 점점 더 깊숙이 들어갈수록 떠나올 때와는 아주 다른 감정을 느꼈을 것이다. 예지게이는 그들의 온갖 살림살이에 둘러싸인 채 낙타 등에 높이 걸터앉아 있었다. 물론 낙타를 탈 사람은 그가 아니라 우꾸발라였지만 까잔갑과 우꾸발라는 예지게이에게 낙타를 타라고 간청 — 아니, 사실은 강제였다 — 했다. 「우린 건강한 사람들이지만 당신은 한동안 기력을 아껴야 할 거요. 그러니 아무 소리 말고 하라는 대로 하시오. 우리 앞에는 먼 길이 놓여 있소.」

그 낙타는 아직 어려서 무거운 짐을 실을 수 있을 만큼 강하지가 못했으므로 두 사람은 옆에서 나란히 걸어야 했고 한 사람만이 탈 수 있었다. 현재 예지게이의 까라나르라면 세 사람을 쉽게 태우고도 훨씬 더 빨리, 그러니까 세 시간 반이나 네 시간이면 거리를 주파할 수 있겠지만. 그날, 그들은 밤늦게야 보란리-부란니에 도착했다.

그러나 함께 이야기를 나누고 처음 본 풍경을 바라보고 하면서 했던 그 여행은 꽤나 즐거웠다. 까잔갑은 그들과 나란히 걷고 있는 동안 보란리-부란니 간이역의 생활 조건에 대해서 설명을 해주었고 자기가 어떻게 해서 거기 사로제끄로, 그 철도로 오게 되었는지도 이야기했다. 그는 본시 아랄 지방의 까자흐였는데 베샤가치에 있는 그의 마을은 예지게이가 태어난 잔겔리지 마을로부터 해변가를 따라 30킬로미터쯤 떨어져 있었다. 그러나 까잔갑은 아주 오래전에 거기를 떠났고 그 뒤로는 한 번도 다시 찾아가 본 적이 없었다. 그 이유는 이랬다. 그의 아버지는 지주 계급 일소 정책의 일환으로 유배되었다가 나중에 사실은 〈꿀락(소지주)〉이 아니었다는 사실이 밝혀진 뒤 유형지에서 돌아오는 길에 죽은 모양이었다. 누군가가 그를 무고했고 당국은 쓸데없이, 또는 좀 더 정확히 말하자면 실수로, 그를 중간 계층의 자본 소유자로 취급했던 것이다. 그러나 당국에서 특사를 내렸을 때는 이미 때가 너무 늦어 있었다. 그사이에 가족들은 갈 수 있는 한 멀리 뿔뿔이 흩어졌고 지구 표면에서 사라져 버렸다. 호전적인 행동주의자들은 그 당시 어린 소년이었던 까잔갑에게 사람들이 모인 곳에서 연설을 하라는 둥, 사람들 앞에서 그의 아버지를 비판하라는 둥, 그의 아버지가 사회에 이질적인 요소로서 비난받아 마땅했다는 견해에 전적으로 찬동한다고 말하라고 하는 둥 끊임없이 그를 볶아 대려 하고 있었다. 그는 마땅히 그런 아버지와의 관계를 끊어야 하고 그의 아버지와 같은 계급의 적은 지구 상에서 설 자리가 없으며 어디에서라도 멸망해야 된다는 것이었다.

까잔갑은 그런 부끄러운 짓을 하지 않으려고 도망쳤다. 그러고는 6년을 꼬박 인부가 몹시 달렸던 사마르깐뜨 근처에 있는 중앙아시아 초원의 베뜨빡-달에서 일했다. 그곳에서는 몇백 년 동안이나 경작되지 않고 있던 땅을 목화 농장으로 바꾸기 시작했고 그 때문에 사람들이 많이 필요했던 것이다. 그들은 바라끄 막사에서 기거하며 관개 수로를 건설했다. 까잔갑은 처음엔 수로를 팠지만 다음엔 트랙터를 몰다가 나중에는 작업조를 하나 맡게 되었고 열심히 일한 대가로 공로 표창까지 받았다. 그러고 나서 그는 결혼했다. 그 당시는 사방에서 많은 사람들이 일자리를 찾아 중앙아시아 초원으로 몰려왔었는데 까라깔빠끄 처녀인 부께이도 히바 가까운 곳으로부터 오빠의 가족들과 함께 베뜨빡-달로 와 있었다. 그리고 운명이 그녀와 까잔갑을 한데 묶었던 것이다. 그들은 베뜨빡-달에서 결혼식을 올린 뒤 아랄 해 근처에 있는 까잔갑의 집으로, 그 자신의 친척들이 사는 땅으로 돌아가기로 했다. 그러나 그들은 어떤 사정을 간과했다. 그들은 〈막시미〉라는 별명이 붙은 대규모 임시 열차로 몇 번씩 갈아타면서 오랫동안 여행했다. 그러다 열차를 갈아타야 했던 어느 한 역에서 까잔갑은 우연히 그와 안면이 있는 아랄 출신의 몇몇 사람들을 만나게 되었는데, 그들과 이야기를 나누던 중에 그는 베샤가치로 돌아가서는 안 된다는 것을 깨달았다. 그의 아버지 이름에 먹칠을 했던 그 사람들이 아직도 그곳 책임자로 있는 모양이었다. 까잔갑은 고향 마을로 돌아가지 않기로 했다. 그들이 두려워서가 아니라 — 이제 그는 우즈베끼스딴 당국으로부터 받은 신분 증명서를 갖고 있었으므로 — 그자들이 여전히 의기양양해하면서 조소하는 꼴을 보고 싶지 않았기 때문이었다. 그런 일을 당하고 나서도 그가 어떻게 그들을 다시 만날 수 있었을까? 까잔갑은 그 모든 일을 기억하고 싶지 않았고, 또 자기는 그렇다고 치더라도, 사람들 모두가 그 시절의 일을 벌써 오래전에 잊어버렸다는 것이 이해가 되지 않았다. 그가 사로제끄에 정착한 후 긴긴 세월이 지나는 동안 그런 기억들이 되살아났던 것은 꼭 두 번뿐이었다. 한 번은 그의 아들이 마음을 몹시 상하게 했을 때였고 두 번째는 예지게이가 눈치 없는 농담으로 쓰라린 상처를 건드렸을 때였다.

언젠가 사비찬이 집으로 돌아왔을 때 그들은 함께 앉아 이야기를 나누고 도시로부터 가져온 소식을 듣고 하면서 차를 마시고 있었다. 이런저런 이야기를 하던 중에 사비찬이 우습다는 투로 집단화 시대에 조국을 떠나 중국의 신장(新疆)으로 갔던 까자흐인들과 끼르기즈인들이 이제 와서는 어떻게 돌아오고 있는지를 죽 늘어놓았다. 중국인들이 그들을 수용소로 몰아넣었는데, 거기에서 그들은 집 안에서 식사를 하는 것이 금지되어 있고 하루에 세 번씩 젊은이건 늙은이건 밥그릇을 들고 급식소 밖에서 줄을 서야 한다는 것이었다. 그리고 중국인들이 그들을 너무 가혹하게 다루는 바람에 재산을 모두 남겨 놓은 채 도망을 쳐와서는 무릎을 꿇고서 돌아올 수 있게 해달라고 애원을 하고 있다는 것이다.

「너 그게 무슨 얘기지?」 까잔갑의 얼굴에 구름이 끼었고 그의 입술이 분노로 떨렸다. 그가 그런 태도를 보이는 경우는 아주 드물었다. 더구나 그가 사랑했고 가르쳤고 무슨 말이든 다 들어주었던, 장차 세상에서 훌륭한 인물이 되리라고 믿어 의심치 않는 그의 아들을 그런 식으로 대했던 적은 거의 없었다. 「넌 어째서 그걸 비웃고 있지? 그건 인류의 비극이야.」

「제가 뭐라고 했는데요?」 사비찬이 대꾸했다. 「전 단지 있는 그대로를 얘기했을 뿐인데요.」

까잔갑은 아무 말도 하지 않았지만 찻잔을 한옆으로 밀어놓았다. 사비찬은 그의 침묵을 견딜 수 없었다.

「제가 뭘 어쨌다고 그러시죠?」 사비찬이 어깨를 으쓱하며 다시 입을 열었다. 「전 이해가 가지 않습니다. 다시 얘기하지만 — 누굴 비난할 수 있겠어요? 시간요? 절대로 아닙니다. 그리고 아버지에겐 정부를 비난할 권리는 없어요.」

「사비찬 너도 내 일이 — 내가 어떻게 할 수 있는 것들 말이다 — 그게 내 관심사라는 걸 알고 있지 않느냐? 난 다른 일에 쓸데없는 간섭은 하지 않아. 하지만 말이다, 난 네가 좀 더 지각이 있었으면 한다. 누구도 신을 화나게 할 순 없어. 만일 신이 죽음을 보내신다면 그건 삶이 그 과정을 다 살았기 때문일 게다. 태어나는 것도 바로 그 때문이고. 그렇지만 이 세상에서 일어나는 일에는 어느 것에나 이유가 있기 마련이야.」

까잔갑은 아무도 쳐다보지 않고 벌떡 일어섰다. 그러고는 화가 나서 아무 말도 없이 나가 버렸다.

두 번째 경우는 예지게이와 그의 아내가 꿈벨리를 떠나온 지 몇 년 뒤의 일로, 그들이 보란리-부란니에서 뿌리를 내렸고 아이들도 꽤 자랐을 때였다. 그들이 가축들을 몰아오고 있던 어느 봄날 저녁, 예지게이는 새끼 양들과 함께 있는 양떼를 바라보다가 농담을 한마디 던졌다. 「이제 우리 부자요, 까자께. 우리도 지주처럼 대우받을 때가 된 겁니다!」

까잔갑이 그를 날카롭게 쏘아보았다. 그의 짙은 눈썹이 한데로 모였다. 「한 번 말한 걸로 됐으니까 다시는 그런 소리 입 밖에 내지 마!」

「왜 그럽니까? 농담으로 받아들이면 될 걸 가지고.」

「그건 농담으로 할 얘기가 아냐.」

「관둡시다, 까자께. 벌써 백년은 지났을 겁니다.」

「자네 그게 무슨 소리지? 강도를 만나 털린대도 모든 걸 다 잃지는 않아. 그건 복구할 수가 있어. 하지만 영혼이 짓밟혔다면 그걸 다시는 원래대로 되돌릴 수는 없어.」

그러나 그 첫날 예지게이와 까잔갑과 우꾸발라는 꿈벨리로부터 보란리-부란니까지 사로제끄 사막을 가로질러 가고 있었다. 그런 말들이 오가게 된 것은 한참 뒤의 일이었고, 그때까지는 보란리-부란니 간이역으로 온 뒤의 일이 어떻게 풀려 나갈지를 알 수 없었다. 그들은 거기에서 얼마나 오랫동안 머물게 될까?

그들은 거기에 정착하게 될까? 아니면 그곳을 떠나 세상을 좀 더 방황하게 될까? 그들은 단지 삶에 대해서만 이야기를 나누었지만 대화가 오가는 중에 예지게이는 까잔갑이 어떻게 해서 전쟁터로 나가지 않게 되었는지를 알고 싶었다. 어쩌면 그는 무슨 병에라도 걸렸던 것일까?

「아니, 절대로 그런 건 아니었소. 난 건강하고 사지도 멀쩡

하니까.」 까잔갑이 대답했다. 「나는 병이라곤 앓아 본 적이 없었고 또 누구 못지않게 잘 싸웠을 것이오. 하지만 사정이 아주 달라져 버렸지.」

베샤가치로는 돌아가지 않겠다고 작정한 뒤에 까잔갑은 꿈벨리에 틀어박혔고 거기서 발이 묶였다. 초원 지대로 다시 돌아간다는 것은 너무도 긴 여행을 해야 된다는 얘기였다. 그리고 또 어쨌든 떠나야 할 필요도 없는데 그럴 이유가 어디 있었을까? 그들은 아랄을 등지기로 작정했었다. 그런데 그곳 역장 — 그는 심성이 착한 사람이었다 — 이 그들 부부가 정직한 사람들이라는 것을 알아보고서 어디서 와서 어디로 가느냐고 물었다. 그러고는 보란리-부란니 간이역으로 가는 화물 열차에 그들을 태워 주었다. 그의 말로는 거기에서는 사람들이 몹시 필요하니까 아주 대환영을 받게 되리라는 것이었다. 뿐만 아니라 그는 간이역 책임자에게 추천서까지도 한 통 써주었다.

중앙아시아 초원에서의 삶은 어렵긴 했어도 거기에는 많은 사람들과 충분한 일거리가 있었다. 그랬기에 메마른 사로제끄가 그들에게는 낯설어 보일 수밖에 없었다. 그러나 차차로 그들은 사막에 익숙해졌고 그곳에 정착하여 새로운 삶을 시작했다. 그것은 빈곤하고 이상한 삶이었지만 그들에게는 딸린 식구가 없었다. 그들은 모두 본선(本線)의 선로 노무자로 받아들여졌다. 그들 역시 간이역 내에서의 모든 업무를 수행할 수 있어야 했지만.

그렇게 하여 보란리-부란니라는 사로제끄의 외딴 간이역에서 까잔갑과 그의 젊은 아내 부께이의 새로운 삶이 시작되었다. 사실 그 몇 해 동안 그들은 얼마간의 돈을 모은 뒤 정거장 가까운 곳으로든 도시로든 어딘가 다른 곳으로 미련 없이 옮겨 가려 했던 적도 한두 번 있었다. 그러나 그들이 이주를 생각하고 있을 때 전쟁이 터졌다.

이제 보란리-부란니에서 서쪽으로 가는 열차들은 군인들을 실어 날랐고 동쪽으로 가는 열차들은 피난민을 나르고 있었다. 또 서쪽으로 가는 열차에는 옥수수가 실려 있었고 동쪽으로 가는 열차는 부상병들을 싣고 있었다. 심지어는 보란리-부란니 같은 벽지에서도 삶이 얼마나 심하게 바뀌었는지를 당장에 알 수 있었다.

기차들이 연이어 신호가 바뀌기를 기다리며 그 간이역에서 기적을 울려 댔고 다른 방향으로부터도 똑같이 여러 번의 기적 소리가 울려왔다. 철도는 하중을 이길 수 없어서 구부러졌고 더 빨리 닳았고 짐을 너무 많이 실은 화차들의 무게에 눌려 뒤틀렸으며 어느 한쪽으로 뻗친 노선이 수리되기가 무섭게 다른 쪽이 또 수리되어야 했다.

그런 상황은 끝이 없었다. 열차마다 가득가득 찬, 셀 수도 없이 많은 사람들의 무리가 낮이고 밤이고 몇 주일씩, 몇 달씩, 그리고 다음에는 몇 년씩 전선으로 떠났다. 모든 것들이 두 세계가 살기 위해서가 아니라 죽기 위해 싸우는 서쪽으로 가고 있었다.

얼마 후에 까잔갑의 차례가 돌아왔다. 꿈벨리 역으로부터 그에게 모병소로 출두하라는 영장을 보내온 것이었다. 간이역 책임자는 그 소식에 머리를 싸매고 신음을 토해 냈다. 그들은 가장 유능한 선로 노무자를 앗아 가려 하고 있었다. 게다가 보란리-부란니에는 그런 노무자들이 단 여섯 명밖에 없는데도! 그가 무엇을 어떻게 할 수 있을까? 이제 누가 간이역에서는 대처를 할 수 없다고 불평하는 그의 말을 들어주려고 할까? 그들은 만일 여분의 측선이 하나 더 필요하다는 말을 듣는다면 코웃음을 치고 말 것이다. 그들이 거기에 대해서 뭘 어떻게 해줄 수 있을까? 적들이 모스끄바의 문턱까지 와 있는 이 판국에.

이미 전쟁 첫해의 겨울이 다가왔고 한 해가 저물어 가면서 흐릿한 겨울이 추위 속으로 빨려 들고 있었다. 까잔갑이 떠나기 바로 전날, 눈이 내리기 시작했다. 처음엔 싸락눈이, 그리고 다음엔 사정없이 쏟아지는 함박눈이 밤새도록 내렸다. 사로제끄의 거대한 적막 사이로 끝없이 펼쳐진 계곡과 경사지와 골짜기들이 순백의 두꺼운 옷으로 덮여 갔고 곧이어 아직 굳지 않은 눈 위를 장난스럽게 휩쓸며 사로제끄의 바람이 몰아치기 시작했다. 바람은 처음엔 이따금씩 가볍게 불어왔지만 나중에는 회오리바람으로 소용돌이쳤고 그다음엔 정말로 굉장한 눈보라가 시작되었다. 이제 관자놀이의 실핏줄처럼 중동 지방의 거대하고 누런 스텝 한쪽 끝에서 다른 한 끝까지를 가로지르는 가느다란 실과도 같은 그 철도에 어떤 일이 일어났을까? 그러나 아직은 그 핏줄이 고동을 멈추지 않았고 기차들은 계속 오가고 있었다.

까잔갑이 전쟁터로 떠나던 날 아침은 그렇게 눈이 내렸다. 그는 혼자 떠났다. 아무도 그를 전송하지 않았다. 그들이 집을 나섰을 때 부께이가 멈춰 서더니 눈이 목까지 차오른다고 했다. 까잔갑이 그녀에게서 단단히 꾸려 싼 아이 — 그때쯤 아이자다가 태어났다 — 를 받아 들었다. 그러고 나서 그들은 눈 위에 어쩌면 마지막일지도 모르는 발자국을 남기며 함께 걸었다. 그러나 그의 아내는 까잔갑을 전송하지 못할 것이었다 — 남편은 지나가는 꿈벨리행 화물 열차를 얻어 타기 전에 아내를 신호 초소까지밖에 데려다 줄 수 없었다. 남편 대신 부께이가 신호수 노릇을 해야 되었기 때문이었다. 그들은 작별 인사를 나누었다. 해야 할 말은 다 말했고 우는 일은 그 전날 밤에 끝났다. 기관차가 증기를 뿜으면서 기다리고 있었다. 갈 길이 급한 기관사는 얼른 발판에 올라타라며 성화를 대고 있었고 까잔갑이 겨우 발판에 올라서자마자 기관차는 길게 기적을 울리고 전철기 위로, 건널목 위로 덜컹대며 천천히 속도를 붙였다. 부께이는 건널목에서 스카프로 단단히 머리를 여미고 벨트로 허리를 조이고 남자용 장화를 신고서 있었다. 한 손에는 깃발을 들고 다른 한 손으로는 아이를 안은 채 그들은 마지막으로 서로에게 손을 흔들었다. 그녀의 얼굴이 휙 스쳐 지나갔다. 그녀의 표정이, 흔드는 손이, 신호기가…….

이제 기차는 벌써 제 속도가 붙었고 온통 주위에서는 사방으로 소리 없이 내리는 눈이 두꺼운 담요처럼 사로제끄를 덮고 있었다. 맞바람이 불어와 화통에서 뜨겁게 불타오른 재의 냄새에 신선하고 깨끗한 스텝의 눈 냄새를 더했다. 까잔갑은 되도록 오랫동안 콧속에다 이 신선한 사로제끄의 공기를 담아 두고 싶었다. 그때서야 그는 이 땅이 얼마나 소중한지를 깨달았던 것이다.

꿈벨리 역에서는 징집된 사람들이 가야 할 곳으로 보내지고 있었다. 그들은 몇 줄로 늘어서서 점호를 받은 다음 타고 갈 화차에 배정되었다. 그런데 바로 그때 이상한 일이 벌어졌다. 까잔갑이 그의 일행들과 함께 화차 쪽으로 가고 있을 때 지휘관의 부관 중 하나가 그를 불러 세운 것이었다.

「아잔바이예프 까잔갑! 너희들 중에 누가 아잔바이예프 까잔갑이지? 대열에서 이탈해서 나를 따라와.」

그들이 정거장 사무실로 들어서자 그 부관이 다시 입을 열었다. 「아잔바이예프, 자네는 귀향이다, 귀향이야! 알겠나?」

「알겠습니다.」 까잔갑은 정말 도무지 이해가 되지 않았지만 그렇게 대답했다.

「어슬렁거리지 말고 바로 떠나. 자, 이젠 가봐도 돼.」

까잔갑은 떠나는 사람들과 그들을 전송하러 나온 사람들로 붐비는 군중들 사이에 서 있다가 뭐가 뭔지 하나도 모르게 어리둥절해졌다. 물론 처음엔 그는 일이 그렇게 뒤바뀐 것이 몹시도 기뻤다. 그러나 다음 순간 그는 마음속 깊은 곳에서 끓어오른 어떤 생각으로 잔뜩 화가 치밀어 올랐다. 그러니까 바로 그렇게 됐던 거구나! 그는 밀려가는 사람들 틈을 뚫고 책임자를 만나러 문 쪽으로 헤쳐 나가기 시작했다.

「당신 뭐 하는 거요. 왜 이렇게 밀고 야단이야!」 책임자를 만나려고 기다리던 다른 사람들이 외쳤다.

「급해요! 내가 타고 갈 열차가 막 떠나려는 참입니다. 급하다고요!」

그는 사람들을 밀치고 들어섰다. 푸르스름한 담배 연기가 자욱한 그 방에는 목쉰 소리를 내는 초로의 남자가 서류와 사람들로 둘러싸인 채 전화기 옆에 앉아 있었다. 까잔갑이 다가서자 그가 찌푸린 얼굴을 들었다.

「뭣 하러 왔지? 무슨 일이야?」

「항의합니다!」

「뭘?」

「제 아버님은 사면됐습니다. 그분은 절대로 지주가 아닙니다! 서류를 다시 한 번 봐주십시오. 그분은 중농으로 복권되었습니다.」

「잠깐! 그게 모두 무슨 얘기지?」

「만일 제 아버님 때문에 저를 누락시켰다면 그건 잘못된 겁니다!」

「내 말 들어, 말도 안 되는 소리 그만 하고. 지주니 중농이니 — 지금 그런 걸 따질 사람이 누구지? 자네 어디서 왔지? 그리고 대체 누구야?」

「보란리-부란니 간이역에서 온 아잔바이예풉니다.」

그 관리가 서류를 훑어보았다.

「그렇다면 진작 그 말을 했어야지. 죄다 엉망이 되어 버렸지 않나! 중농이다, 가난하다, 지주다, 기가 막혀서! 자네는 특별히 면제된 거라고. 실수로 소환된 거였어. 스딸린 동지께서 직접 명령을 내리셨네. 철도 노동자들은 그대로 두라고, 모두 자기 자리를 지키게 하라고 말이야. 이제 그만 거치적거리고 자네가 있던 간이역으로 돌아가. 우리도 일을 계속해야 되니까…….」

까잔갑과 예지게이와 그의 아내는 해 질 녘에도 여전히 길을 가고 있었지만 보란리-부란니에서 멀지는 않았다. 이제 그들은 다시 철길에 가까워지는 중이었고 벌써부터 양쪽 방향으로 오가는 기관차들의 기적 소리와 화차들의 윤곽을 듣고 볼 수 있었다. 멀리 사로제끼에서 보자니 그 열차들은 장난감처럼 보였다. 해는 이미 지평선 가까이로 떨어져 주위의 계곡과 언덕들을 비추는 동시에 어둡게도 하고 있었다. 그리고 땅거미가 기어들수록, 아직은 겨울의 습기를 얼마쯤 머금은 그 땅의 서늘한 봄 냄새로 대기를 푸르스름하게 물들이면서, 날이 점점 더 어두워져 갔다.

「저기가 우리 보란리요!」 까잔갑이 가리켰다. 그러고는 고개를 돌려 낙타에 탄 예지게이와 서둘러 옆으로 다가오는 우꾸발라를 돌아다보았다. 「이제 조금만 더 가면 돼요. 우린 곧 저기에 닿을 거고, 그러면 쉴 수 있을 거요.」

앞쪽으로 철길이 약간 구부러진 텅 빈 고지대 위에 서너 채의 집들이 보였고 측선에는 지나가는 열차가 출발 신호를 기다리고 있었다.

그리고 좀 더 멀리로는 탁 트인 벌판과 완만한 경사지가 사방으로 펼쳐져 있었다 — 그 적막하고 끝없이 펼쳐진 스텝이, 그리고 또 너머로 스텝이…….

예지게이는 가슴이 덜컥 내려앉았다. 그는 바닷가의 스텝지방 출신이어서 아랄 사막에 익숙해 있었지만 그런 사막일 줄은 예상을 못했었다. 끊임없이 변화하는 그 해안으로부터, 그가 자라났던 바닷가의 푸름으로부터 물 한 방울 보이지 않는 이 죽은 지역으로 오게 되다니! 그가 여기서 어떻게 살 수 있을까?

곁에서 걷고 있던 우꾸발라가 그의 허벅지에 손을 얹고서 그대로 몇 걸음을 더 걸었다. 그는 아내의 생각을 알아차렸다. 「걱정하지 말아요.」 그녀는 그렇게 말하고 있었다. 「중요한 건 당신이 회복하는 거예요. 그런 다음에 기다리면서 알아봐도 돼요.」

그렇게 해서 그들은, 나중에 가서 알게 되었듯이, 오랜 세월 — 그들의 나머지 모든 생애 — 을 보내도록 운명 지어진 곳으로 오게 되었다. 곧이어 해가 떨어졌고 어둠이 내렸다. 사로제끄의 밤하늘에서는 무수히 많은 별들이 밝게 빛나고 있었다. 그들은 보란리-부란니에 도착했다.

며칠 동안 그들은 까잔갑과 함께 살았다. 그러고 나서 선로 노무자들에게 배당된 바라끄 가옥에 방을 하나 얻어 나갔다. 새로운 환경에서 그들의 삶이 시작된 것이었다.

그 모든 어려움과 시련의 와중에서도 그 텅 빈 사로제끄 사막이, 특히 처음에는, 예지게이에게 아주 중요한 두 가지 선물을 주었다. 그곳의 맑은 공기와 낙타 젖이었다. 공기는 티끌 한 점 없이 맑았고 — 그런 곳을 다시 찾아내기란 어려울 것이었다 — 낙타 젖은 까잔갑이 두 마리의 젊은 암낙타들 중 그들에게 빌려준 한 마리에게서 얻었다.

「내 아내하고 나는 이러기로 했네. 우린 낙타 젖이 충분하니까, 저 하얀 머리는 자네가 쓰도록 하게. 두 배째 새끼가 딸린 저 암낙타 말일세. 저걸로 젖을 짜도록 하게. 하지만 새끼 낙타에게 젖이 부족하지 않도록 해야 되네. 저놈은 자네 거니까. 내 아내하고 내가 그렇게 결정했어. 저놈은 자네 몫일세, 예지게이. 내가 자네에게 기르라고 주는 선물이야. 저놈을 잘 키워 보게. 그러면 자네는 곧 저놈에게서 태어난 새끼들도 갖게 될 걸세. 또 만일 자네가 여길 떠나기로 작정한다면 저놈을 팔아도 되고. 아마도 꽤 많은 돈이 되어 줄 걸세.」

하얀 머리의 새끼 낙타는 열흘 전에 태어난, 머리가 검고 조그만 혹이 달린 작은 짐승이었다. 그놈은 귀여웠고 어린애같은 상냥함과 호기심으로 빛나는 아주 커다랗고 촉촉한 눈을 갖고 있었는데 때로는 제 어미 주위를 껑충껑충 뛰어 돌아다니면서 익살맞게 달렸고 울타리가 쳐진 목초지에서 어미 뒤로 처질 때면 아기 울음과도 흡사한 소리로 제 어미를 불렀다. 나중에 이놈이 조만간 때가 되면 그 지방에서 가장 유명한 낙타, 이 지칠 줄 모르는 힘센 짐승 부란니 까라나르가 되리라고 누가 상상이나 할 수 있었을까? 까라나르는 예지게이의 삶 속으로 깊숙이 파고들게 될 것이었다. 그러나 아직은 그 젖먹이 새끼를 끊임없이 보살펴 주어야 했다. 예지게이는 그 새끼 낙타에게 마음이 몹시 끌리게 되었고 거의 모든 여가 시간을 그 짐승과 함께 보냈다. 그는 전에 아랄 해 근처에서 살았을 때 동물들을 키워 본 경험이 있었는데 이제는 그것이 아주 가치 있는 경험이 되었다. 겨울이 되기 전까지 그 조그만 짐승은 눈에 띄게 많이 자랐다. 그리고 추위가 닥쳐오자 그들은 낙타에게 배 밑에서 끈을 묶도록 된 따뜻한 옷을 만들어 주었는데, 그 옷을 입혀 놓으니까 까라나르는 머리와 목과 다리와 두 개의 작은 혹들만이 밖으로 나온 아주 우스꽝스러운 모습이 되었다. 그러나 어쨌든 까라나르는 그 옷을 입은 채 겨울을 났고 봄이 시작되자 온 낮과 밤들을 탁 트인 하늘 아래 스텝에서 보냈다.

그해 겨울이 시작될 무렵, 예지게이는 차차로 건강이 회복되어 가는 것을 느꼈다. 그는 언제부터 머리가 어지러워지지 않았는지도, 또 귀에서 끊임없이 들리던 소음이 언제 사라졌는지도 알아차리지 못했다. 그러나 이제는 일을 할 때 땀을 흘리지 않게 되었고 한겨울이 되어 선로에 엄청난 눈이 쌓였을 때도 다른 사람들과 똑같이 긴급 제설 작업에 대처할 수가 있었다. 그리고 나중에는 불과 얼마 전, 다른 사람들 앞에서 걸음을 떼어 놓기도 어려웠던 때의 형편이 얼마나 어려웠는지조차 잊어버릴 정도로 — 그는 물론 아직 젊었고 날 때부터 힘이 좋았다 — 건강이 회복되었다.

기분이 좋을 때면 예지게이는 어린 낙타를 쓰다듬고 껴안고 하면서 이런 농담을 던지곤 했다.

「우린 꼭 한 젖을 먹고 자란 형제들 같아. 너는 하얀 머리의 젖으로 자랐고 나는 그 젖으로 전쟁 신경증에서 회복됐으니까. 언제까지고 이랬으면 좋겠구나. 너하고 내가 다른 건 너는 젖꼭지에서 젖을 빨았지만 나는 젖을 짜서 만든 슈바뜨를 마신 거지……」

여러 해가 지난 뒤 부란늬 까라나르가 사로제끄에서 명성을 떨치게 되자 몇몇 사람들이 그 낙타의 사진을 찍으러 찾아왔었다. 물론 그 일은 전쟁이 잊히고 아이들이 학교에서 수업을 받기 바쁠 때의 얘기였지만. 이제 그 마을에는 물펌프가 박혀 있었고 그래서 물 공급 문제는 마침내 해결되었다. 그리고 예지게이도 그때쯤엔 골진 함석집을 가지고 있었다. 한마디로, 숱한 어려움을 겪은 뒤에 삶이 정상적으로 적절한 흐름 속으로 들어갔던 것이다. 예지게이가 그 이후로 오랫동안 기억했던 일화가 생겨났던 것은 그때쯤이었다.

자기네들 말로 신문사 사진 기자라는 그 세 사람이 찾아왔던 일은 보란리-부란니에서 전무후무하지는 않더라도 흔치 않은 사건이었다. 몸놀림이 잽싸고 수다스러운 그 손님들은 부란니 까라나르와 그 낙타의 주인을 온갖 신문 잡지에 잔뜩 실어 주겠다면서 별별 약속을 다 늘어놓았다. 그러나 까라나르로서는 저를 둘러싸고 벌어지는 소란과 법석이 달갑지 않았고 그래서 이빨을 갈고 손이 닿지 않게 머리를 높이 쳐들고 저를 좀 조용히 내버려 두라며 귀찮아서 비명을 질렀다. 방문객들은 끊임없이 예지게이에게 낙타를 진정시켜라, 이쪽을 보게 해라, 저쪽을 보게 해라 하면서 주문을 해댔는데 그렇게 해주는 대가로 예지게이는 자기뿐 아니라 누구든 모두 사진에 찍힐 수 있도록 — 그러는 게 더 나을 것이라고 생각해서였다 — 어린아이들과 까잔갑을 불러들였다. 사진사들은 그런 일을 너그럽게 참아 넘기고서 각종 카메라를 찰칵찰칵 눌렀다. 절정은 그 낙타가 힘이 얼마나 센지를 과시하기 위해 어린아이들 모두가 부란니의 등에 — 둘은 목에, 다섯은 등에 그리고 예지게이는 한가운데에 — 올라탔을 때였다. 그리고 또 그 밖에도 소란스럽고 재미있는 일이 많았지만 나중에 가서 사진사들은 자기네들로서는 사람은 말고 낙타만 찍힌 사진이 가장 중요하다고 털어놓았다. 좋아, 좋다고!

그들은 옆에서, 앞에서, 가까이에서 그리고 물러서서 자기네들 좋은 대로 부란니 까라나르의 사진을 더 신나게 찍어 대기 시작했다. 그러고는 예지게이와 까잔갑의 도움을 받아 낙타의 어깨 높이와 가슴, 발목, 몸길이 등등을 재고 그것들 모두를 적어 넣었다.

「굉장한 박뜨리안이야! 이건 유전자들이 가장 훌륭한 결과를 이뤄 낸 예라고! 전형적인 박뜨리안이야! 이 강한 가슴, 얼마나 멋진 체격인가!」

예지게이로서는 물론 그런 칭찬을 듣는 게 기분 좋았지만 귀에 낯선 그 말들 — 박뜨리안과 같은 — 의 의미에 대해서는 물어보지 않을 수가 없었다. 알고 보니 그 말은 과학자들이 쌍봉낙타의 옛 종족을 지칭할 때 쓰는 이름이라는 것이었다.

「그럼 이놈이 박뜨리안이란 말입니까?」

「보기 드문 순종입니다. 순종 중에서도 순종이지요.」

「키나 길이 같은 건 뭣 하러 잽 겁니까?」

「과학적인 자료로 쓰려고요.」

물론 그 손님들은 신문과 잡지에다 내주겠다는 말로 보란리 사람들을 속이고 있었다 — 그 말은 단지 그들에게 깊은 인상을 심어 주기 위한 것일 뿐이었다. 그렇지만 여섯 달 뒤에 그들은 정말로 동물학부 학생들이 쓰도록 제작된 낙타 사육 교과서가 든 소포를 보냈는데 그 책 표지에 전형적인 박뜨리안 — 바로 부란니 까라나르 — 의 사진이 박혀 있었다. 그들은 또 몇 장의 컬러 사진이 포함된 사진들도 한 무더기 보냈다. 그 사진들에서 우리는 그때가 보란리 사람들에게는 기쁘고 즐거운 시간이었다는 것을 분명히 알아볼 수 있었다. 전쟁 직후의 시련은 벌써 지나갔고 아이들은 아직 자라지 않았으며 어른들은 활기차고 건강했다. 그리고 예지게이는 아직도 젊었다.

그날 예지게이는 손님들을 접대하려고 새끼 양 한 마리를 죽였고 보라리 사람들 모두를 위해 멋진 잔치를 벌였다. 슈바뜨와 보드까는 얼마든지 있었고 다른 호사스러운 술들도 있었다. 그 당시는 노동자 구매 조합에서 나온 이동 상점이 그들이 필요로 하는 온갖 물건들, 그러니까 게, 검은 캐비아와 붉은 캐비아, 갖가지 생선 통조림, 코냑, 소시지, 사탕 따위를 싣고 그 간이역에 들르곤 했던 때였으니까. 그래서 무슨 물건이든 다 구할 수 있을 것 같았지만 보라리 사람들은 대개 많이 사는 편이 아니었다. 그런 물건들을 사들일 이유가 없었기 때문이었다. 어쨌건, 이제 그 이동 상점은 오래전에 사라져 버렸다.

그들은 더없이 즐거운 시간을 보냈고 부란니 까라나르의 건강을 위해 축배까지 들었다. 이야기를 하던 중에 그 세 손님은 까라나르에 대한 이야기를 실은 옐리자로프에게서 들었다고 털어놓았다. 바로 옐리자로프가 그들에게 사로제끄 사막 한가운데서 사는 친구 부란니 예지게이가 이 세상에서 가장 멋진 낙타를 한 마리 키운다고 알려 준 것이었다. 옐리자로프, 옐리자로프! 사로제끄에 대해서 방대한 지식을 가진 멋진 남자, 과학자……. 옐리자로프가 보라리-부란니에 오면 그들 셋은 늘 까잔갑의 집에 모여 앉아 밤새도록 이야기를 나누곤 했었다.

사진사들을 위한 잔치에서 까잔갑과 예지게이는 서로 어느 하나가 했던 말을 잇거나 더 멋지게 꾸미고 하면서 그 손님들에게 사로제끄에서 이어져 내려온 그 낙타 종족의 기원인 저 유명한 하얀 머리 낙타 아끄마야와 아나-베이뜨의 옛 묘지에 묻힌 그 낙타 못지않게 유명한 나이만-아나의 전설을 얘기해 주었다. 그리고 물론 부란니 까라나르 역시 그 혈통으로부터 태어났다는 말도 곁들였다.

보라리 사람들은 그들이 이 옛이야기를 신문에 실어 줄 것이라고 기대했지만 손님들은 흥미 있게 듣기는 했어도 그 이야기는 단지 어느 지방에서 전해 내려오는 전설에 불과하다고 생각하는 눈치였다. 그러나 옐리자로프는 다르게 생각했었다. 그는 아끄마야에 관한 그 전설이 역사적 사실들을 정확히 반영한다고 생각했다. 정말로, 그가 말했던 것처럼 그것은 역사적 사실이었다. 그는 그런 이야기를 듣기 좋아했고 그 스스로도 스텝 지방의 전설들을 적지 않게 알고 있었다.

손님들은 저녁 무렵에 떠났다. 예지게이는 만족스럽고 자랑스러웠다. 하지만 나중에 그는 미리 생각도 해보지 않고 어떤 말을 불쑥 꺼내게 되었다.

「그런데 말입니다, 까자께.」 그가 까잔갑에게 물었다. 「까라나르가 젖먹이 새끼였을 때 그걸 나한테 준 게 후회되지 않습니까?」

까잔갑이 그를 보고 빙긋이 웃었다. 그것은 전혀 뜻밖의 질문이었다. 그가 잠시 생각을 하고 나서 대답했다. 「우린 모두 인간일세. 하지만 자네도 우리 조상들이 정한 이런 법칙이 있다는 것쯤은 알고 있지 않나? 짐승의 주인은 신이 내려 주신다는 것 말일세. 이건 신이 하신 일이야. 이렇게 되도록 정해져 있던 거지. 까라나르는 자네 것이 될 운명이었고 자넨 그놈 주인이 되어야 했던 걸세. 만일 그놈이 다른 사람 손에 넘어갔더라면 어떻게 되었을지 누가 알겠나? 어쩌면 그놈은 자라지도 못하고 죽었거나 — 다른 불상사가 생겼을 수도 있겠지. 어쩌면 절벽 아래로 떨어졌을지도 모르고. 그놈은 자네 것일 수밖에 없네. 나도 전에 낙타를 갖고 있었지만 —

역시 꽤 쓸 만한 놈들이었고 까라나르를 낳은 하얀 머리에게서 태어난 거였지. 하지만 그놈은 자네에게 갈 선물로 태어난 거야. 일이 제대로 된다면 그놈은 자넬 백년 동안은 섬길 걸세. 내가 그놈을 자네한테 줬다고 해서 후회할 거니 어쩌니 하는 생각은 하지도 말게.」

「미안하게 됐습니다. 까자께, 내 사과하지요.」 예지게이는 부끄러웠다. 또 그런 어리석은 질문을 불쑥 던졌던 것이 후회스럽기도 했다.

예지게이와 이야기를 계속하면서 까잔갑은 자기가 알고 있는 것들을 상세히 설명해 주었다. 전설에 따르면, 그 고귀한 어머니 낙타 아끄마야는 새끼를 일곱 마리 — 수놈 네 마리에 암놈 세 마리 — 낳았는데 그때부터 그 혈통의 암놈들은 모두 머리가 밝은 흰색이었고 수놈들은 검은 털이 난 머리에 몸체는 밤색이었다고 한다. 그러므로 까라나르도 이 혈통으로부터 나온, 머리가 하얀 어미에게서 태어난 검은 머리의 수놈이었다. 아끄마야로부터 얼마나 오랜 세월이 흘렀을까? 2백 년? 3백 년? 5백 년? 아니면 그보다 더 오래? 그러나 사로제끄에서는 아끄마야로부터 내려온 그 혈통이 아직도 이어졌고 때로는 부란니 까라나르와 같은 놀라운 낙타, 〈베르블리우드시르딴〉이 태어나기도 했다. 예지게이는 참으로 행복했다. 까라나르가 태어난 것이 그에겐 기쁨이었고 그놈을 손에 넣은 것이 커다란 행운이었다.

마침내 까라나르에게 어떻게든 손을 써야 할 — 불알을 까거나 두 다리를 묶어 두거나 — 시기가 되었다. 그놈은 이제 몹시 거칠어지기 시작했고 누구도 제게 가까이 오지 못하게 했다. 그리고 한번 달아나 버리면 며칠씩 계속해서 사라져 버리는 것이었다.

예지게이가 어떻게 했으면 좋겠느냐고 물었을 때 까잔갑은 이렇게 대답했다.「그건 자네가 알아서 할 일이야. 조용히 살고 싶다면 가서 불알을 까버리고 진정으로 영예를 원한다면 손대지 말고 놔두게. 하지만 그대로 놔두려면 큰 책임을 떠맡아야 할 걸세. 힘과 끈기가 있어야 하니까. 그놈은 한 3년 동안은 거칠겠지만 그 뒤로는 순순히 자네 뒤를 따라올 걸세.」

예지게이는 부란니 까라나르를 건드리지 않았다. 그는 낙타에게 손을 댈 수 없었다. 그는 까라나르를 혈기 왕성한 수놈으로 남겨 두었다. 나중에 그가 피눈물을 흘리게 되는 순간들이 올 것이기는 해도…….

5

 여기서 기차들은 동쪽에서 서쪽으로, 서쪽에서 동쪽으로 지나간다.
 이곳의 철길 양편에는 널따랗게 펼쳐진 광대한 불모지 — 중앙아시아의 노란 스텝 지대, 사리-오제끼가 놓여 있다.
 여기서는 모든 거리가 철도로 재어진다. 그리니치 본초자오선으로부터 경도가 정해지듯.
 그리고 기차들은 동쪽에서 서쪽으로, 서쪽에서 동쪽으로 지나간다.

 아침 일찍 모든 채비가 다 차려졌다. 튼튼한 천으로 단단하게 싸맨 까잔갑의 시신은 겉에 털실 노끈이 둘리고 머리 부분은 보자기로 덮인 채, 미리 바닥에다 톱밥과 대팻밥과 깨끗한 건초를 깔아 둔 트랙터 트레일러에 실려 있었다. 장지로부터 오후 5시나 6시까지 돌아오려면 허비할 시간이라고는 없었다. 오가는 길이 각각 30킬로미터씩은 되는 데다 땅을 파야 하고 장례 의식도 치러야 하기 때문이었다. 어쨌든 밤샘을 하고 장례 음식을 대접하려면 늦어도 6시까지는 돌아와야 했다.

이제 준비는 다 끝났다. 부란니 예지게이는 그 전날부터 채비를 시켜 두었던, 마구가 얹히고 마의를 입힌 까라나르의 고삐 끈을 잡고서 수선스럽게 돌아다니지 말고 빨리빨리 서두르라면서 같이 갈 일행들을 채근하고 있었다. 간밤에 잠을 못 잤는데도 그는 생기가 있어 보였고 정신도 맑은 것 같았다. 그러나 얼굴은 초췌했다. 말끔하게 면도는 했어도 회색빛 구레나룻에 눈썹까지도 희끗희끗한 예지게이는 가장 훌륭한 차림 — 송아지 가죽 통부츠에 벨벳 반바지, 그리고 하얀 셔츠에 검은 재킷 — 으로 성장을 했고 머리에는 제일 좋은 선로원 모자가 얹혀 있었다. 그리고 가슴에는 그가 받았던 모든 훈장들과 갖가지 5개년 계획에서 받은 노동 영웅 배지들이 번쩍거렸다. 이 모든 차림새가 그에게 어울렸고 당당한 인상을 풍기게 해주었다. 그것은 물론 까잔갑의 장례식에서 부란니 예지게이가 마땅히 보여야 할 모습이었지만.

 보란리 사람들은 어린아이에서부터 노인들까지 그들을 전송하러 나와 트레일러 주위에 모여 서 있었다. 그리고 여자들은 떠날 때를 기다리는 사이에도 끊임없이 울고 있었다. 부란니 예지게이는 그들에게 몇 마디 하기로 작정했다.

 「이제부터 우리는 사로제끄에서 가장 이름 높고 유서 깊은 묘지 아나-베이뜨로 떠날 것이오. 돌아가신 까잔갑-아따는 거기에 묻히실 자격이 충분히 있습니다. 또 나한테 거기에다 묻어 달라는 부탁도 했었고……」 예지게이는 다음에 할 말을 생각해 내려고 잠시 말을 끊었다가 다시 이었다. 「고인이 태어날 때 받았던 물과 소금이 다 소진된 지금까지 이분은 44년 동안 거의 평생을 다 바쳐서 우리 간이역에서 일했습니다. 그분이 여기서 일을 시작했을 때는 하다못해 물 푸는 펌프도 하나 없었어요. 물은 일주일에 한 번씩 탱크차로 날라져 왔었지요. 그때는 또 우리가 지금 가지고 있는 것 같은 제설기나 다른 기계들도 없었어요. 우리가 이분을 매장지로 모셔 가는데 쓰게 될 이런 트랙터도 하나 없었다 이겁니다. 하지만 그때도 지금이나 마찬가지로 기차들은 지나갔고 철도는 항상 기차가 지나갈 수 있게 정비가 되어 있어야 했지요. 평생 동안 이분은 우리 보란리-부란니 역에서 명예롭게 일했습니다. 여러분도 다들 알다시피 고인은 훌륭한 분이셨지요. 이제 우리는 떠날 겁니다. 여기 있는 사람들 모두가 다 함께 갔으면 좋겠지만 우리로선 그럴 방법이 없어요. 또 만일 있다손 치더라도 철도에 사람을 남겨 두지 않을 수 없습니다. 해서 우리 여섯 사람이 갈 거고 우리가 필요한 일을 다 할 겁니다. 그러니 여러분들은 여기 남아 우리를 기다리면서 준빌 해두도록 하십시오. 우리가 돌아오는 즉시로 여러분들 모두 장례 음식을 먹으러 와야 하니까. 나는 그분의 자식들 이름으로 여러분들을 초대하고 부를 것이오. 여기에 그들이 있습니다. 그분의 아들과 딸이…….」

예지게이는 일이 그렇게 되리라고는 생각하지 않았지만 그 자리는 정말로 조촐한 장례식 모임이 되었다. 그러고 나서 그들은 떠났다. 보란리 사람들은 얼마쯤 트레일러를 따라오다가 집들이 모여 있는 곳을 좀 지나서 멈춰 섰다. 한동안 대성통곡을 하는 소리가 들렸다 — 아이자다와 우꾸발라가 우는 소리였다. 얼마 후에 울음소리가 멎었고 그들 여섯 사람은 철길을 벗어나 사막 깊숙한 곳으로 향했다. 부란니 예지게이는 안도의 한숨을 내쉬었다. 이제는 그들 일행뿐이었다. 그리고 예지게이는 해야 할 일이 무엇인지를 알고 있었다.

태양은 이미 지평선 위로 떠올라 너그럽고 안락한 빛으로 사로제끄를 채워 가고 있었다. 스텝에서는 아직까지 날씨가 서늘했고 그들의 앞길을 가로막거나 방해하는 것은 없었다. 다만 그들의 머리 위로 솔개 두 마리가 높이 떠 있었고 이따금씩 그들의 발소리에 놀란 종달새들이 불안스럽게 짹짹거리면서 땅으로부터 솟아올라 날개를 퍼덕이고 돌아가 버렸다.

〈이제 곧 저 새들도 떠날 테지.〉 예지게이는 생각했다. 〈첫눈이 내리기만 하면 떼를 지어 날아가겠지.〉 그는 잠시 흩날리는 눈발과 그 사이로 날아가는 조그만 새들을 그려 보았다. 그러자 느닷없이 이틀 전날 밤에 보았던, 철길 쪽으로 달려온 암여우가 떠올랐다. 그는 혹시 그 여우가 따라오지나 않나 해서 한쪽을 둘러보기까지 했다. 다음에는 그날 밤 사로제끄 사막에서 우주 공간 속으로 떠올랐던 그 불을 뿜는 로켓이 생각났고……. 그러다 그는 자기가 하고 있던 생각에 깜짝 놀라 그 생각들을 지워 버리려고 했다. 지금은 그런 것들을 생각할 시간이 아니었다. 비록 이 여행이 길고 지루하다 할지라도.

부란니 예지게이는 까라나르의 등에 올라앉아 맨 앞에서 아나-베이뜨로 가는 길을 인도했다. 까라나르는 점점 더 박자를 맞추어 가며 능숙하고 대담한 속도로 걷고 있었다. 낙타를 아는 사람들에게는 까라나르의 그런 동작과 걸음걸이가 각별히 아름다웠을 것이다. 자랑스럽게 굽은 목에 얹힌 그 낙타의 머리는 파도를 타고 헤엄쳐 나가는 듯 보이면서도 실제로는 움직임이 없었던 반면, 그 기다란 다리들은 자로 잰 듯이 정확하게 발을 내뻗으며 지칠 줄 모르고 바람을 갈랐다. 예지게이는 두 혹 사이에 안정되고 편안하게 앉아 있었다. 그는 까라나르를 재촉할 필요가 없다는 것이 만족스러웠다. 그 낙타는 순순히 정확하게 주인의 지시를 따라 움직여 가고 있었다. 그리고 낙타가 걸음을 옮기는 동안 내내 예지게이의 가슴에서는 훈장과 메달들이 짤랑거리며 부딪치고 햇빛을 받아 번쩍였지만 그것이 그의 주의를 흐트러뜨리지는 않았다.

낙타 뒤로는 트레일러를 매단 벨라루시 굴착기가 따랐다. 운전석에는 젊은 트랙터 운전사 깔리벡 외에도 사비찬이 같이 타고 있었다. 그 전날 밤 그는 술을 양껏 퍼마셔 대면서 무선으로 조종되는 사람들 얘기며 그 밖의 온갖 얘깃거리들로 보란리 사람들을 즐겁게 해주었었다. 그러나 이제는 말을 잃고 꾸벅꾸벅 졸고 있었는데 고개가 이쪽저쪽으로 흔들리는 바람에 예지게이는 그가 안경을 깨지나 않을까 걱정이 되었다. 트레일러에는 까잔갑의 시신 옆에 아이자다의 남편이 침울한 얼굴을 하고 앉아 있었다. 그는 햇빛에 눈이 부신지 연방 눈을 깜박였고 이따금씩 주위를 둘러보았다. 오늘 이 쓸모없는 주정뱅이는 처신이 아주 그만이었다. 그는 술을 한 방울도 입에 대지 않았고 어떻게든 도움이 되려고 애를 썼다. 그리고 시신을 나를 때도 오른쪽 어깨를 떠받치는 등 각별히 적극적이었다. 또 예지게이가 낙타에 같이 타자고 권했을 때도 이렇게 사양을 했다.「아닙니다. 저는 장인어른을 모시겠습니다. 이 여행이 끝날 때까지 장인어른 곁에 있겠습니다.」

보란리 사람들이 다 그랬듯이 예지게이는 그 말을 높이 샀다. 더구나 그는 장지로 갈 일행이 떠나오는 동안에도 고인의 시신을 싸맨 펠트 천을 붙들고 트레일러에 앉아 있다가 누구보다도 더 큰 소리로 울지 않았던가.〈이제부터라도 저 친구가 정신을 차리고 술을 끊는다면 더 바랄 게 없을 텐데.〉예지게이는 생각했다.〈그렇게만 되면 아이자다와 그 애들이 얼마나 기뻐할까!〉그는 어쩌면 일이 정말로 그렇게 될지도 모른다는 일말의 기대까지도 갖기 시작했다.

황량한 스텝을 가로지르는 이 조그맣고 이상한 행렬의 후미에는 바퀴로 움직이는 벨라루시 굴착기가 따라붙었다. 그 땅 파는 기계의 운전석에는 에질리바이와 쭈마갈리가 타고 있었다. 운전은 석탄처럼 새까맣고 다부진 쭈마갈리 — 그는 보란리-부란니 역으로 온 지가 얼마 되지 않았고 거기에서 얼마나 오래 있을 것인지도 결정하지 않았다 — 가 하고 있었는데 그는 보통 그 기계를 여러 가지 철로 일에 사용했다. 쭈마갈리 옆에 앉은 에질리바이는 그보다 머리 하나는 실히 더 컸다. 그들은 내내 쾌활하게 이야기를 나누고 있었다.

간이역 책임자 오스빤은 예상외로 똑똑한 친구였다. 그는 장례식에 간이역에서 내줄 수 있는 모든 특수 장비들을 할당해 주었는데 그 젊은 책임자는 썩 훌륭한 결정을 내린 것이었다 — 만일 그들이 먼 길을 간 다음에 손으로 무덤을 파야 한다면 저녁때까지 돌아오기가 어려울 것이었다. 왜냐하면 그들은 회교 전통에 따라 측면이 움푹 들어간 아주 깊은 구덩이를 파야 할 것이기 때문이었다.

부란니 예지게이는 처음엔 그 뜻밖의 제안에 기분이 좀 상했었다. 삽 이외의 다른 것으로 무덤을 파다니! 그로서는 생각도 못해 본 일이었다. 더더구나 굴착기를 쓴다는 것은. 오스빤과 마주 앉아서 이야기를 하고 있다가, 무슨 말도 안 되는 소리냐는 듯 그의 이마에 주름이 잡혔다. 그러나 오스빤은 그 노인을 설득할 방법을 찾아냈다.

「예지께, 제가 헛소리를 하자는 게 아닙니다. 영감님 심기가 상하지 않도록 처음엔 손으로 파기 시작하십쇼. 그러니까 우선 몇 삽 정도 떠내면 되겠죠. 그다음엔 굴착기가 눈 깜짝할 새에 힘든 일을 대신 해줄 겁니다. 사로제끄의 땅은 바짝 말랐어요 — 잘 아시겠지만 그곳은 땅이 돌덩이처럼 딱딱합니다. 그러니까 기계로 필요한 만큼 깊게 파고 나서 마지막으로 일을 마무리하실 때만 손으로 끝내시면 됩니다. 영감님은 시간을 버실 거고 그러면서도 전통적인 계율을 지키는 게 됩니다……」

이제 사로제끄 외딴 곳으로 멀리 떠나온 지금, 예지게이는 오스빤의 제안이 전적으로 이치에 맞고 받아들일 만하다는 것을 알게 되었다. 그는 자기가 그런 제안을 조금이라도 의심했던 것이 놀랍기까지 했다. 그랬다. 그들은 신의 뜻에 따라 아나-베이뜨에 도착하면 그렇게 할 것이었다. 그들은 고인의 머리가 메카의 영원한 카바를 마주 보도록 묘지에서 알맞은 장소를 고를 것이다. 그리고 트레일러에 실어 간 삽과 가래로 일을 시작할 것이다. 다음에는 굴착기가 밑바닥까지 구덩이를 파내고 나서 한쪽 옆으로 움푹 파인 자리, 즉 〈까자나끄〉도 파줄 것이고, 그러면 마지막으로 그들은 시신이 쉴 곳을 손으로 마무리할 것이다. 그러는 편이 더 쉽고 더 확실할 것이었다.

그런 생각을 갖고서 그들은 사로제끄를 가로질러 나아가고 있었다. 언덕 마루에 나타났다가는 깊숙한 계곡으로 사라지고 다음엔 또다시 평탄한 곳으로 나왔다가 하면서, 예지게이는 여전히 맨 앞에서 행렬을 이끌었고 그 뒤에는 바퀴 달린 트랙터와 트레일러가, 그리고 트랙터 뒤로는 어찌 보면 풍뎅이처럼 보이는 각진 벨라루시 굴착기가 불도저 삽날을 앞으로 하고 굴착삽을 뒤로 한 채 뒤쪽을 가리키며 따라왔다.

예지게이가 녹슨 빛깔을 한 개 졸바르스를 알아채고 깜짝 놀랐던 것은 간이역 쪽을 향해 마지막으로 눈길을 던졌을 때였다. 그놈은 마치 중요한 볼일이라도 있는 것처럼 트랙터 옆에서 타박거리며 쫓아오고 있었다. 저놈이 언제 행렬에 끼어들었을까? 이게 대체 어쩐 일이지? 그들 일행이 보란리-부란니를 떠나올 때는 아무도 그 개가 근처에서 얼씬거리는 낌새를 채지 못했었다. 그는 졸바르스가 그런 식으로 일을 벌이리라는 것쯤 미리 알아차리고 그놈을 묶어 두든지 했어야 했다. 저 요사스러운 짐승! 그 개는 예지게이가 까라나르에 올라타고 어디론가 떠나려 한다는 눈치를 챌 때마다 항상 뒤에 따라붙곤 했다. 그리고 이번에도 마치 요술을 부린 것처럼 어디선지 모르게 불쑥 나타난 것이었다. 내버려 두자. 예지게이는 그렇게 작정했다. 저놈을 쫓아 버리거나 집으로 돌려보내기엔 때가 너무 늦었어. 개를 가지고 시간을 허비할 이유는 없는 거니까 — 그냥 따라오도록 내버려 두자.

주인의 마음을 읽기라도 한 듯 졸바르스가 트랙터를 앞질러 좀 더 앞으로 뛰어나와 까라나르의 한옆으로 따라붙었다. 예지게이는 채찍으로 겁을 주려는 척했지만 그 개는 눈도 꿈쩍하지 않았다. 그놈은 예지게이가 저를 위협하기엔 때가 너무 늦었다는 것을 알고 있었다. 또 어쨌건 그놈이 행렬에 끼여서는 안 될 이유가 어디 있을까? 넓은 가슴에 털이 북슬북슬한 목, 끝이 잘린 귀, 그리고 영리하고 침착한 표정에 녹슨 빛깔을 한 개 졸바르스는 그 나름대로 잘생겼고 칭찬받을 만했다.

아나-베이뜨로 가는 동안 예지게이의 마음속에서는 갖가지 생각이 떠올랐다. 그는 태양이 지평선 위로 얼마나 솟아 있는지를 보고 시간의 경과를 가늠했다. 그러고는 생각을 다시 옛날로 돌이켜 까잔갑과 그가 아직 젊었고 한창때였던 시절을 회상했다. 그때 그들은 간이역에서 가장 중요한 상근 직원들이었다. 다른 사람들은 보란리-부란니에서 오래 머물지를 않았다. 그들은 왔다가 곧 가버리는 것이었다. 그 덕에 까잔갑과 그는 제대로 쉴 틈 한 번 없었지만 아무것도 믿을 수가 없었고 그래서 해야 할 온갖 일들을 다 해야 되었기 때문이었다. 이제는 그 시절을 회상하기도 어렵다. 젊은이들은 이렇게 그들을 비웃었다. 「어리석은 양반들 같으니라고, 당신네들은 당신의 삶을 망친 겁니다. 그런데 뭘 위해서였죠?」 하지만 분명히 어떤 목적은 있었다.

한번은 눈보라가 몰아치는 동안 선로에서 눈을 치우기 위해 이틀 동안 쉬지 않고 일에 매달렸던 적도 있었다. 밤 동안에는 일하는 곳을 비추기 위해 헤드라이트가 여러 개 부착된 기관차가 그곳으로 보내졌었다. 그러나 눈이 계속 내리는 데다 바람이 불고 있어서 한쪽 눈을 치우기가 무섭게 다른 쪽에 새로운 눈 더미가 쌓였다. 게다가 날씨마저 혹독하게 추웠다 — 그저 보통 춥다고 하는 정도가 아니라 얼굴과 손이 부풀어 오르는 그런 추위였다. 그런데도 그들은 몸을 좀 녹이기 위해 기관차의 발판에 올라섰다가도 5분 뒤에는 또다시 그 끔찍한 일에 대들곤 했다. 기관차는 이미 바퀴까지 눈 더미에 묻혀 있었다. 그날 저녁 무렵, 새로 온 사람 셋이 정나미가 뚝 떨어져서 일손을 놓아 버렸다. 욕이라는 욕을 있는 대로 다 끌어내 가지고 사로제끄에서의 삶을 호되게 저주하면서. 「우린 짐승이 아니라고!」 그들이 악을 썼다. 「감옥에서도 잠은 자게 해준단 말이요!」 말을 마치자 그들은 일어나 가버렸다. 그리고 다음 날 아침 기차가 굴러가기 시작하자마자 작별 인사 대신 휘파람을 불면서 외쳐 댔다. 「이 바보 같은 양반들아! 언제까지고 그 일이나 해먹으시라고!」

까잔갑과 그가 치고받고 하는 일까지 벌어졌던 것도 바로 그 눈보라가 치고 있던 동안이었다. 그날 밤 일을 하기란 불가능했다. 그때까지도 눈이 계속 내리고 있었는데 눈발이 좀 덜해졌다고는 해도 바람은 여전히 사방에서 불어 닥치며 살을 물어뜯고 뼛속까지 파고들었다. 그 바람을 피할 도리라고는 없었다. 더구나 기관차에서 뿜어내는 증기로 안개가 서리는 바람에 헤드라이트들도 거의 빛을 발하지 못했다. 일손을 거들어 줄 사람 셋이 가버린 뒤에도 까잔갑과 그는 계속 남아서 두 필의 낙타가 끄는 조그만 수레로 눈을 치웠다. 그러나 짐승들이 움직이려고 들지를 않았다. 뼛속까지 추위를 느낀 데다 휘몰아치는 눈과 바람에 넌더리가 난 것이었다. 한쪽에서는 눈이 가슴까지 차올랐다. 까잔갑은 낙타들이 억지로라도 자기 뒤를 따라오도록 그 낙타들의 주둥이를 잡아끌었고 예지게이는 수레에 올라타고서 채찍으로 낙타들을 갈겨 댔다. 그들은 한밤중까지 그렇게 일을 계속했다. 그러나 마침내는 낙타들이 눈밭에 주저앉고 말았다. 마치 때리든 말든 마음대로 해봐라, 우린 더 못하겠다라는 식이었다. 그들은 완전히 녹초가 되었다. 이런 상태로 무슨 일을 더 할 수 있을까? 이렇게 된 바에야 날씨가 좀 풀릴 때까지 일을 그만둬야 하지 않을까? 그들은 바람을 피해 기관차 가까이에 서 있었다.

「이제 그만 합시다, 까자께. 기관차 위로 올라가서 날씨가 어떻게 되어 돌아가는지나 봅시다.」 예지게이가 언 장갑을 탁탁 두들기면서 말했다.

「날씨는 봐온 대로고 앞으로도 그럴 거야. 우리 일은 철로를 치우는 거니까 삽으로라도 하자구. 우리에겐 이렇게 서성거릴 권리가 없어.」

「우린 사람이 아닙니까?」

「사람이 아니라 바보들이지. 늑대들까지도 굴속에 숨어 버렸으니까.」

「이 돼지 같은!」 예지게이는 머리끝까지 화가 뻗쳤다. 「여기서 죽어 버리쇼! 당신은 틀림없이 그걸 바랄 테니까.」 그러고 나서 그는 까잔갑의 얼굴을 후려쳤다.

그들은 한데 뒤엉켰고 두 사람 모두 입술이 터졌다. 화부가 기관차에서 뛰어 내려와 그들을 떼어 놓은 게 다행이었다. 그 일이 떠오르자 예지게이는 미소를 지었다. 그 일화는 까잔갑이 어떤 사람이었는지를 보여 주는 것이었다. 이제 사람들은 더 이상 그렇게 되려고 하질 않아. 요즘에는 아무리 둘러봐도 까잔갑 같은 사람들이 없어. 우린 지금 그와 같은 마지막 사람을 무덤으로 나르는 거야. 이제 그를 땅 밑에 감추고 몇 마디 작별의 말을 하는 일만 남았어. 그리고 그것으로 〈아멘〉이겠지.

그런 생각을 하면서 부란늬 예지게이는 자기 스스로에게 말의 올바른 순서를 일깨워 주기 위해, 마음속으로 생각, 아니 신에 대한 호소문의 정확한 순서를 짜 맞추기 위해 반쯤은 잊힌 기도문을 몇 번씩 외웠다 — 오직 신만이, 알 수도 없고 볼 수도 없는 신만이, 인간의 의식 속에서 삶의 시작과 끝과 죽음이라는 조화시킬 수 없는 것들을 조화시킬 수 있으므로. 기도문들이 만들어졌던 것은 그런 목적을 위해서였다. 신에게 〈어째서 사람들이 태어나고 죽도록 그렇게 해놨습니까?〉라고 외칠 수만은 없는 것이다. 인간은 세상이 시작된 이래 태어나고 죽도록 살아왔으며 — 우리는 그것을 기꺼이 받아들일 수는 없더라도 그것을 체념할 수는 있다 — 그때부터 기도문들은 변하지 않았고 기도문의 모든 내용 또한 그대로 유지되었다. 그러므로 우리는 공연히 기도문을 웅얼대는 것이 아니라 마음이 평온해지기 위해서 그러는 것이다. 이 말들은, 수천 년의 세월에 걸쳐 금괴처럼 갈고닦인 기도문은, 산 사람이 죽은 사람에 대해 해주어야 할 마지막 말이었다. 그것이 관습이었다.

신이 정말로 있느냐 없느냐 하는 문제를 다 제쳐 놓더라도, 인간은 대개 마음속으로 그렇게 믿고 싶을 때는 신을 기억한다. 비록 그것이 신을 믿는 올바른 방법일 수는 없어도, 신을 믿지 않는 사람들은 머리가 아프기 전까지는 신을 기억하지 않는다는 말도 틀림없이 그 때문에 생겨났을 것이다. 그러나 어찌 되었건 간에 기도문은 알아 두어야 한다.

트랙터를 타고 뒤따라오는 젊은 일행들을 돌아다보며 예지게이는 그들 중에 기도문을 단 한 구절이라도 아는 사람이 없다는 생각에 진정으로 마음이 괴롭고 슬펐다. 기도문 한 줄 모르는 사람들이 어떻게 서로를 묻을 수 있을까? 어떤 말로 그들은 사람의 시작부터 마지막까지 걸치는 시기를 포괄하면서 미지의 존재 없는 세계로 들어가는 고인의 출발을 요약할 것인가? 〈잘 가시오, 동무, 우리는 당신을 기억할 것이오〉라고? 아니면 다른 어떤 말도 안 되는 소리들로?

언젠가 그는 종교 중심 도시에서 벌어진 장례식에 참석했다가 아연실색했던 적이 있었다. 묘지에서 보고 있자니 그는 꼭 자기가 어떤 모임에 와 있는 듯한 느낌이었다. 연사들이 종이쪽지에 쓰인 글을 읽어 내려갔는데 그들 모두가 하나같이 관 속에 누워 있는 고인에 대해 똑같은 말 — 그의 직업이 무엇이었고 그가 무슨 일을 어떻게 했고 누구 밑에서 어떻게 일을 했고 하는 등등 — 을 되풀이하는 것이었다. 그러고 나서 악대가 음악을 연주했고 사람들은 무덤을 꽃으로 덮었다. 누구도 기도하는 사람들이 늘 그래 왔듯이, 생과 사의 연속을 과거로부터 통합시키는 애도의 말을 할 시간을 내지 못했다. 마치 그때까지는 아무도 죽지 않았고 그 이후로도 죽을 사람이라고는 없는 것처럼. 불행한 사람들 — 그들은 죽음을 몰랐다! 그들은 모든 반대 증거에도 불구하고 〈인간은 영원불멸하게 되었다〉고 떠들어 댔다.

예지게이는 그들이 지나가고 있는 곳을 잘 알고 있었다. 게다가 부란니 까라나르의 등에 높이 앉아 있었기 때문에 사방이 멀리까지 잘 보였다. 그는 트랙터와 트레일러가 평탄하지 못한 곳들을 쉽게 지날 수 있도록 하기 위해서만 우회를 했을 뿐 사로제끄를 가로질러 아나-베이뜨까지 되도록 똑바른 진로를 유지하려고 애썼다.

모든 일이 그가 계획했던 대로 되어 가고 있었다. 그들은 서두르지도, 빠르지도 늦지도 않게 꾸준히 이 여정의 3분의 1을 지났다. 부란니 까라나르는 여전히 제 주인의 뜻에 따라 지칠 줄 모르는 속보로 정확히 걷고 있었다. 낙타 뒤에서는 끊임없이 덜컹대며 트레일러를 단 트랙터가 따랐고 트레일러 뒤로는 벨라루시 굴착기가 따라왔다.

그러나 예기치 못했던 일이 그들을 기다리고 있었다. 그 일은, 놀랍게 보일지도 모르지만, 사리-오제끼 우주선 발사기지에서 일어나고 있는 사건과 어떤 관련이 있었다.

바로 그 시각, 항공모함 컨벤션호는 태평양의 알류샨 열도 남쪽, 블라지보스또끄와 샌프란시스코에서 항로로 정확히 등거리인 해상에 정박 중이었다.

대양의 날씨는 그대로였고 오전 내내 그 눈이 멀 듯한 똑같은 태양이 끝없이 반짝이는 수면을 비추고 있었다. 수평선에는 기상의 변화를 알리는 어떤 조짐도 보이지 않았다.

항공모함 선상에서는 모든 부서의 근무자들이 대기 중이었다. 그리고 여기에는, 비록 그렇게 경계 태세를 취할 뚜렷

한 이유가 없었어도, 비행단과 내부 안전 요원들까지 포함되었다. 그 이유는 은하계의 경계 바깥쪽에 있었다.

행성 레스나야 그루지로부터 패리티의 우주 비행사들에 의해 중계되어 컨벤션호로 전해진 메시지들은 옵뜨세누쁘르의 책임자들과 전권을 위임받은 특별 위원회 위원들을 완전한 혼란 속으로 몰아넣었다. 그것은 너무도 당황스러운 사태여서 양측은 우선, 무엇보다도 먼저 그 상황을 자국의 이익이라는 관점에서 고찰하기 위해, 개별적인 회의를 열기로 결정했다. 그 회의가 있은 뒤에야 비로소 양측이 만나서 그 일을 협의하게 될 것이었다.

세상에서는 아직 행성 레스나야 그루지에 외계 문명이 존재한다는 전례 없는 발견에 대해 아무것도 모르고 있었다. 심지어는 엄중히 비밀이 지켜지는 가운데 그 사건에 관한 보고를 받았던 두 당사국 정부까지도 그 이후로 더 상세한 보고를 받지 못한 채 권한을 위임받은 위원회의 결정을 기다리는 중이었다. 항공모함에서는 엄격한 통제가 가해지고 있었다. 즉, 비행단원을 포함한 어느 누구도 항공모함을 떠날 수 없었고 다른 어떤 선박도 그 항공모함이 있는 곳에서 반경 50킬로미터 이내로의 접근이 허용되지 않았다. 또 그 해역을 날고 있던 항공기들은 항공모함이 정박해 있는 곳에서 3백 킬로미터 이내로 들어오지 않도록 항로가 변경되었다.

이제 총회는 연기되었고 각 위원들은 그 각각의 공동 지휘자와 함께 패리티 우주 비행사 1-2와 2-1이 행성 레스나야 그루지로부터 전송한 보고들을 숙의하고 있었다.

그들의 보고는 상상할 수도 없을 만큼 멀리 떨어진 우주로부터 온 것이었다.

알립니다, 알립니다! 은하계 간 통신으로 지구에 알립니다! 레스나야 그루지에는 지구에서 이름 붙일 수 없는 것들이 많기 때문에 모든 것을 다 설명하기란 불가능합니다. 그렇지만 공통된 것도 많이 있습니다. 이곳 거주자들은 인간 비슷한 생물들로서 우리와 아주 유사합니다! 이곳에서도 진화가 우주의 원칙에 입각하여 인류와 비슷한 모델을 탄생시킨 것입니다! 이들은 다른 행성에서 생겨난 인류와 꼭 닮은 아름다운 종족으로 연푸른색 머리칼에 피부색이 짙고 눈은 연보라색이나 초록색인데 속눈썹이 뻣뻣하고 하얗습니다.

우리는 그들이 우리 궤도 정거장에 도킹할 때 투명한 우주복을 입은 모습을 처음 보았습니다. 그들은 자기네들의 우주선 뒤쪽에서 미소를 짓고 우리에게 타라고 권했습니다.

그리고 우리는 한 문명으로부터 다른 문명으로 발을 들여놓게 되었습니다.

그들은 나사 모양으로 생긴 우주선을 분리시켰고 광속도로 — 우주선 안에서는 그것을 조금도 느낄 수 없었습니다만 — 시간의 경과를 극복하며 우주 공간 속으로 떠났습니다. 우리가 맨 처음으로 알아차린, 그리고 우리에게 예기치 않은 위안이 되었던 것은 무중력감이 없다는 사실이었습니다. 하지만 그들이 어떻게 해서 무중력감을 없앨 수 있는지 우리로서는 아직 설명할 수가 없습니다.

그들은 러시아어와 영어가 섞인 말로 우리에게 〈우리의 은하계로 잘 오셨습니다!〉라고 첫마디 말을 건네었습니다. 그러고 나서 우리는 약간만 연습을 하면 서로 생각을 교환할 수 있다는 것을 알게 되었습니다. 이 사람들은 대략 2미터 정도로 키가 컸고 모두 해서 네 사람, 아니, 여자

하나까지 포함해서 다섯이었습니다. 여자는 키로 구별되는 것이 아니라 여자다운 모습과 옅은 피부색으로 구별되었습니다. 밝은 푸른색 머리칼을 한 레스냐야 그루지 사람들은 모두 북부 아랍 인들 비슷하게 피부색이 짙었는데 우리는 처음부터 그들에게 본능적인 신뢰감을 느꼈습니다.

그들 중 셋은 우주선의 비행사들이었으며 나머지 한 남자와 여자를 포함해서 모두 지구의 언어를 알고 있었습니다. 그들은 특수한 교육을 받았고 우주 공간에서 영어와 러시아어로 된 무슨 메시지를 도청해서 체계화함으로써 어휘를 형성한 것입니다. 우리가 그들을 만났을 때 그들이 사용하는 어휘는 단어와 용어를 합쳐 2천5백 개 이상에 달했습니다. 그리고 이 언어학적인 자원의 도움으로 우리의 의사소통이 시작되었습니다. 그들은 자기네들끼리는 우리가 알아들을 수 없는 말로 이야기를 했는데 그 말은 스페인 말과 비슷하게 들렸습니다.

패리티를 떠나서 열한 시간이 지난 뒤에 우리는 태양계의 경계선을 넘었습니다. 한 태양계로부터 다른 태양계로의 이 이동은 아무런 특별한 느낌 없이 이루어졌습니다. 우주의 물질은 어느 곳에서나 같기 때문입니다. 그러나 우리들 앞쪽에서(물론 다른 태양계에 속한 천체들의 위치와 상태로 따져서 그렇습니다만) 점차로 밝게 빛나는 것이 나타났는데, 이 밝게 빛나는 것은 무한한 우주 공간 속 멀리에서 점점 더 커지면서 움직이고 있었습니다. 그리고 나서 우리는 지나는 길에 한쪽은 어둡고 한쪽은 빛을 받는 몇 개의 행성들과 여러 개의 태양 및 달들을 지나쳤습니다.

우리는 마치 밤으로부터 낮으로 들어가는 것 같았습니다. 왜냐하면 그때 갑자기, 이제껏 알려지지 않은 하늘의 거대하고 강력한 태양으로부터 오는, 눈이 멀 듯한 밝고 무한한 빛 속으로 들어갔기 때문입니다.

「우리 태양계에 다 왔습니다! 저것은 우리의 제르자쩰리(지지자)로부터 오는 빛입니다. 이제 곧 레스나야 그루지가 보일 것입니다.」 여자 언어학자가 우리에게 그렇게 알려 주었습니다.

우리는 빛의 강도와 크기로 보아 제르자쩰리는 우리의 태양보다 더 크다는 것을 알았습니다. 그리고 한마디 더 하자면 레스나야 그루지에서는 태양이 더 크고 하루가 스물여덟 시간 지속된다는 사실 때문에 우리의 세계와 그들의 세계 사이에는 현격한 지리 — 생물학적 차이점들이 있습니다.

우리는 다음번에 또는 우리가 패리티로 귀환한 뒤에 이에 관해서 좀 더 많은 것들을 이야기하려 합니다. 하지만 지금으로서는 다만 몇 가지 중요한 사항들만을 알려야 할 것 같습니다. 하늘 높이에서 내려다본 행성 레스나야 그루지는 우리의 지구와 비슷했으며 그 행성을 둘러싸고 있는 대기층의 구름들도 비슷했습니다. 그리고 좀 더 접근해서, 대략 5백에서 6백 킬로미터 높이에서 보니까 — 레스나야 그루지 사람들이 우리에게 그들의 행성 표면 위로 특별 비행을 시켜 주었습니다 — 그 행성은 밝은 초록색의 산맥과 언덕과 구릉들 그리고 그 사이로 보이는 강과 바다의 호수들로 전례 없이 아름다운 장관을 이루고 있었습니다. 그러나 행성의 어느 부분에서는 — 주로 외떨어진 극지역 — 먼지 폭풍이 이는 생명 없는 사막이 광대하게 펼쳐져 있었습니다. 레스나야 그루지의 자연 경관 사이사이에 있는 이 빌딩군들은 대도시화가 매우 고도로 진행되었다는 것을 보여 주었습니다. 맨해튼도 이 행성의 거주자들에 의해 건설된 도시들과는 비교가 될 수 없습니다.

레스나야 그루지 사람들은 우리가 생각하기로는 이성적인 존재들 중에서도 독특한 종족인 듯합니다. 그들의 수유(授乳) 기간은 레스나야 그루지 시간으로 쳐서 열한 달입니다. 그리고 수명은, 비록 그들 스스로 가장 주된 사회 문제가 이 수명의 연장이라고 생각하기는 해도, 매우 길어서 평균 130년에서 150년 정도이고 어떤 경우에는 2백 년까지도 삽니다. 이 행성의 인구는 1백억 명입니다.

지금으로서는 이 밝은 푸른색 머리칼을 한 사람들의 생활양식과 그들이 이루어 낸 문명에 관해 체계적으로 보고할 여건이 갖추어지지 않았습니다. 그러므로 우리는 가장 깊은 인상을 받았던 것들에 관해서만 단편적으로 보고하려 합니다.

그들은 태양, 아니 그보다는 제르자쩰리로부터 에너지를 얻어 그 에너지를 높은 효율로 — 우리의 수력 발전 방식보다 훨씬 더 효율적으로 — 열과 전력으로 바꾸는 법을 알고 있습니다. 그들은 또한 — 이것은 예외적으로 유용한 업적입니다 — 낮과 밤의 온도 차로부터 에너지를 합성할 수 있을 뿐 아니라 그 행성의 기후를 조절할 수도 있게 되었습니다.

우리가 그 행성 표면 위로 관측 비행을 하고 있을 때 우리가 타고 가던 우주선은 방사선을 이용하여 구름과 빽빽이 모인 안개를 흩어 버렸습니다. 우리는 이 사람들이 기단은 물론 바다와 대양에서의 해류의 움직임에도 영향을 미칠 수 있다는 것 또한 알고 있습니다. 이러한 수단을 이용하여 그들은 자기네들의 행성 표면에도 습도와 온도를 조절합니다.

 그러나 우리가 아는 한 그들에게는 지구인들이 겪어 보지 못한 한 가지 중대한 문젯거리가 있습니다. 물론 그들은 기후를 조절할 수 있기 때문에 가뭄을 겪지 않고 따라서 식량 생산이 부족한 경우는 전혀 없습니다 — 더구나 지구의 두 배에 달하는 인구를 부양하기에도 말입니다. 하지만 그들의 행성에서 넓은 지역이 점차 사람이 살 수 없는 곳으로 바뀌어 가고 있습니다. 이러한 지역에서는 어떤 생물도 살지 못하는데 이 현상을 그들은 〈내부적 고갈〉이라고 부릅니다. 비행을 하면서 우리는 레스나야 그루지의 남동부에서 먼지 폭풍이 이는 것을 보았습니다. 그런 지역은 이 행성의 내부 깊은 곳에서 발생한 어떤 반작용의 결과로 — 아마도 화산의 진행과 유사한 어떤 현상, 아니 그보다도 좀 더 비슷하게는 어떤 형태로 방사선이 천천히 방출되는 현상인 듯합니다만 — 그 위쪽의 표층이 갈라져 지력을 잃어 가는 과정에서 부식토를 만들어 내는 토양 조직이 불타 버리기 때문에 생기는 것입니다. 해마다 레스나야 그루지의 남동부에서는 사하라 사막의 크기에 해당하는 불모지가 이 행성의 밝은 푸른색 머리칼을 한 사람들이 살아가는 공간을 잠식합니다. 이것이 그들에게는 가장 큰 걱정거리입니다. 그러나 아직까지 그들은 행성 안쪽 깊은 곳에서 진행되는 이 과정을 통제할 방법을 찾아내지 못했습니다. 그럼에도 불구하고 그들은 행성 내부가 고갈되어 가는 이 위협에 대비하여 과학적이고 구체적인 방대한 자원들을 전개했습니다. 그들은 자기네들의 태양계 내에 단 하나의 달도 갖고 있지 않지만 우리의 달에 대해서 알고 있으며 또 실제로 그곳을 방문하기도 했습니다. 그들은 우리의 달도 비슷한 과정을 거쳤으리라고 생각합니다. 그들이 달을 방문했다는 이야기를 듣고 우리는 이런 생각을 해봤습니다. 〈달에서부터 지구까진 멀지 않아. 우리는 이 사람들과 만날 준비가 되어 있을까? 이 결과는 어떻게 될까? 이제 우리가 갈등과 불신을 버리고 우주에 있는 우리의 이웃에게서 배울 준비를 해야 할 때가 아닐까?〉라고 말입니다.

현재 레스냐야 그루지에서는 행성의 내부가 고갈되어 가는 원인과 그 재난을 멈추게 할 방법을 알아내기 위해 노력을 들여야 할 것인가, — 또는 그들의 생활 조건에 알맞은 새로운 행성을 찾아내어 그들의 문명을 수출하고 거기에 새로운 문명을 건설할 의도로 사람들을 그 행성에 대규모로 이주시키기 시작할 것인가에 관해서 행성 전체에 걸쳐 토의가 진행 중입니다. 그들이 생각하고 있는 새로운 행성이 무엇인지는 아직 명확하지 않습니다만, 현재로서는 그들이 살고 있는 행성에서 앞으로도 몇백만 년은 더 살 수 있습니다. 그래서 우리는 그들이 아득히 먼 미래에나 생겨날 일에 대해 벌써부터 생각을 해왔고 마치 그 문제가 현 세대에 영향을 미치기라도 하는 것처럼, 그 일에 대해 똑같은 정열과 적극성을 보인다는 것이 놀라웠습니다. 분명히 많은 사람들의 마음속에 〈우리가 세상을 떴을 때 풀이 자라지 않으면 어쩌나?〉 하는 생각이 떠올랐던 것입니다. 우리는 이 행성의 총생산 가운데 상당 부분이 행성의 지하 깊은 곳에서 진행되는 〈내부적 고갈〉을 방지하기 위한 계획 — 여기에는 사막화가 진행되는 전 경계선을 따라 대단히 깊은 보링 구멍을 파고, 그들이 생각하기로는, 내부의 독소가 행성 안쪽에서 일으키는 반작용을 멈추게 해줄, 장기적인 중화 물질을 암반에 주입함으로써 수천 킬로미터에 걸친 장벽을 설치하는 일이 포함됩니다 — 에 충당된다는 말을 듣고 지구에서는 그런 것을 전혀 생각해 보지도 않았다는 사실이 부끄러웠습니다.

물론 필연적으로, 이 행성에도 항상 근심을 불러일으키고 무거운 부담이 되는 사회적인 문제점들 — 행동적, 윤리적 및 지적인 문제점들 — 이 있습니다. 1백억 명의 사람들이 함께 살다 보면 그들이 어떤 수준의 문명을 성취했건 간에 분쟁이 있기 마련인 것은 지극히 명백합니다. 그러나 놀라운 일은 이곳 사람들이 그러한 상태를 알지 못한다는 것입니다. 이들은 무기에 대해서는 조금도 알지 못하며 심지어는 전쟁이 무엇인지도 모릅니다. 어쩌면 이들에게는 먼 과거에는 전쟁이 벌어졌었고 분리된 국가들이 있었고 금전이 유통되고 또 우리와 유사한 성격의 모든 사회적 요인들이 존재했었는지, 우리로서는 그것을 알 수 없습니다만, 현재로서는 이들은 국가와 같은 힘을 지닌 기관이나 제도, 또는 전쟁과 같은 그런 투쟁의 형태를 전혀 모르고 있습니다. 만일 우리가 이 사람들에게 지구에서는 끊임없이 전쟁이 벌어지고 있다는 사실을 설명해야 한다면, 이들에게는 그것이 생각조차 할 수 없는 일로 여겨지지 않을까요? 그것은 또한 문제를 해결하는 야만적인 방법으로 보이지 않을까요?

이들의 생활은 우리로서는 완전히 이해할 수 없는, 그리고 또 우리의 진부하고 지구에 매인 사고방식으로는 결코 도달할 수 없는 전혀 다른 기초 위에 조직되어 있습니다.

이들은 투쟁 수단으로서 전쟁을 단호히 배제하는, 공동체로서의 행성이라는 의식 수준에 도달해 있으며, 이들의 문명은 아마도 우주의 모든 이성적인 존재들 중에서 가장 진보된 형태의 문명인 듯합니다. 이들은 또 어느 날엔가는 시간과 공간의 인간화가 이성적인 인간들의 주된 목적이 되도록 함으로써 우주가 더 높고 새롭게 영원한 페이스로 진보할 수 있도록 해줄 과학적 발전의 단계를 성취한 것 같습니다.

우리는 비교될 수 없는 사항들은 비교할 생각은 없습니다. 조만간 때가 되면 지구인들도 분명히 커다란 발전을 이룩할 것이며 또 지금 현재로서도 우리는 자랑할 만한 것이 많이 있습니다. 그러나 그럼에도 불구하고, 한 가지 걱정스러운 생각이 우리를 떠나지 않습니다. 지구인들은 현재의 비극적으로 잘못된 상태를 그대로 지속시킬 것인가 하는 의문이 바로 그것입니다. 모든 역사가 전쟁의 역사이어야만 할까요? 전쟁이란 인류에게 치명적인 종말이 되지 않을까요? 우리는 어디로 가고 있으며 이 모든 상황으로 인해 어디로 이끌리게 될까요? 인류는 그 철저한 변란을 피할 용기를 찾아낼 수 있을까요? 우리가 외계 문명에 접할 최초의 인간이 되도록 운명 지어진 이래, 우리는 복잡한 감정들 — 지구인의 미래에 대한 두려움과 일말의 희망 — 을 겪었습니다. 적어도 우리는 전쟁에서 해결될 갈등의 상태 바깥쪽에 펼쳐진 폭넓은 자치 생활과 진보적인 움직임의 예를 발견했기에 말입니다······.

레스냐야 그루지 사람들은 우주의 극단적인 경계에 놓인 지구의 존재를 알고 있습니다. 그들은 자연적인 호기심에서뿐만 아니라, 그들의 생각대로라면, 무엇보다도 먼저 인간 지성의 승리를 위해, 경험을 교환하고 문명을 비교할 기회를 얻기 위해, 그리고 전 우주의 지성을 갖춘 사람들이 생각과 정신을 발전시킬 새로운 시대를 열기 위해 지구인들과 접촉할 수 있기를 바라고 있습니다.

이러한 모든 이유로, 그들은 생각될 수 있는 것보다 더 많은 가능성을 예견합니다. 지구인들에 대한 그들의 관심은 지성적으로 행동하는 이 두 세계의 힘을 결합시킴으로써 자연계에서 생명을 무한히 영속시킬 수 있는 근본적인 방법을 찾으려는 것입니다. 그들은 모든 생명이 필연적으로 멸망하여 어느 행성이건 결국은 파괴될 운명이라는 것을 알고 있습니다……. 그들은 현재 수십억 년 뒤에나 오게 될 〈세계의 종말〉이라는 문제에 관심을 가지고 있으며, 지금 이 순간에도 우주의 모든 생물들 사이에서 교류가 이루어질 수 있도록 새로운 기초를 마련하기 위해 범우주적인 작업을 진행시키고 있습니다.

광속도로 나는 우주선을 이용하여 그들은 이미 오래전에, 지구를 방문할 수도 있었습니다. 그러나 그들은 지구인들의 승낙과 초대가 없는 그런 방문을 원치 않습니다. 그들은 초대받지 않은 손님으로서 지구를 찾고 싶어 하지 않는 것입니다. 그 점을 분명히 하기 위해, 그들은 자기네들이 오랫동안 우리와 알게 될 방법을 찾아왔다고 했습니다. 우리의 우주 정거장들이 궤도에서 얼마쯤 머무르기 시작한 이래로, 그들은 서로를 만날 수 있는 시간이 가까워 오고 있으며 어느 정도까지는 자기네들이 주체가 되어야 한다는 것을 분명히 알게 되었습니다. 그 이후로 그들은 적당한 기회를 기다리면서 면밀하게 준비를 해왔고 그렇게 해서 우리는 궤도 정거장에서 중개자의 입장으로 개입하게 된 것입니다…….

충분히 이해할 수 있는 일이지만, 우리의 도착은 그들의 행성에서 일대 센세이션을 일으켰습니다. 특별한 경우를 위해 예비로 남겨 두었던, 행성 전체를 커버하는 영상 통신 시스템이 사용되었고 우리는 주위의 밝은 대기 속에서 실제로는 수천 킬로미터나 떨어져 있는 사람과 사물들 — 그런데도 우리는 그들이 바로 우리 앞에 있는 것처럼 의사를 교환하고 서로의 얼굴을 쳐다보고 미소 짓고 그들과 악수하고 즐겁게 이야기를 나누고 떠들썩하게 환호할 수 있었습니다 — 을 보았습니다. 레스냐야 그루지의 사람들은 매우 아름다웠습니다. 그들의 머리칼 색은 진푸른색에서 감청색까지 가지가지입니다만, 나이가 들면 우리 지구의 노인들처럼 머리칼이 희끗희끗해집니다. 그리고 인종의 유형도 다양해서 몇 가지 다른 인종 집단이 존재합니다.

우리는 패리티나 지구로 돌아가면 이 일과 이에 못지않게 괄목할 만한 다른 여러 가지 사항들을 알리겠습니다. 그러나 지금은 가장 중요한 점에 관해서만 알리고자 합니다. 이곳 사람들은 우리에게 패리티의 중계 시스템을 경유하여 지구인들이 편리한 때에 지구를 방문하고 싶다는 그들의 바람을 전해 달라고 부탁했습니다. 그리고 이에 앞서, 처음에는 회합 장소로 사용되다가 나중에는 상호 탐사 작업을 위한 영구적인 중간 기지로 쓰이게 될 은하계 간의 정류장을 하나 건설하자고도 제안했는데 우리는 그 제안에 대해 우리의 동료 지구 거주자들이 관심을 갖도록 하겠다고 약속했습니다. 그러나 우리는 지금 이와 관련하여 몇 가지 걱정되는 것이 있습니다. 우리 지구인들이 그런 은하계 간의 만남을 위한 준비가 되어 있을 것인가? 우리가 생각하는 존재로서, 이 일을 해낼 수 있을 만큼 충분히 발전되었을까? 다양한 사회 제도와 현존하는 갈등을 지닌 우리가 전 인류의 사절로서 지구를 대표하여 한목소리로 말할 수 있을까 하는 의문들이 그것입니다. 우리는 지구에서 새로운 패권 경쟁과 주도권 다툼이 벌어지지 않기를, 그리고 이 문제에 대한 최종 결정은 국제 연합에 넘기기를 간절히 원합니다. 그리고 이 문제에 거부권이 남용되지 않기를 바랍니다. 실로, 어쩌면 이 경우에는, 그 권리가 일시 정지될 수 있을 것입니다. 물론 우리로서는, 우리 은하계의 경계선 밖에 있으면서까지 이런 문제를 생각한다는 것이 슬프고 괴롭습니다만, 우리는 지구인들이기에, 우리 행성의 사정이 어떤지를 잘 알고 있습니다.

마지막으로 우리들 자신에 대해서, 우리가 이제껏 한 일에 대해서 말씀드리겠습니다. 우리는 궤도 정거장으로부터 우리가 잠적해 버린 사건으로 인해 어떤 혼란이 일어나고 어떤 예외적인 조치가 취해질지를 알고 있습니다. 또 그런 문젯거리를 야기한 점에 대해 깊이 후회하고도 있습니다. 그러나 이번 사건은 전 세계가 지금까지 겪어 온 경험 중에서도 가장 특이한 것이었기에 우리는 이 일을, 우리의 삶에서 가장 중요한 행위를 거절할 수도, 거절할 권리를 가질 수도 없었습니다. 그리고 직접 통제에 길든 우리들로서는 그런 목적을 이루기 위해 〈규정과 상반된〉 행동을 취해야만 했습니다.

이번 일은 우리의 양심에 따라 한 것이므로, 필요하다면 어떤 처벌이라도 달게 받겠습니다. 하지만 당분간은 그 문제를 잊어 주시기 바랍니다. 우리는 외계로부터 여러분에게 보고를 드렸습니다. 그리고 지금은 이제까지 알려지지 않았던, 지지자라는 뜻을 가진 제르자쩰리 은하계에서 연락을 취하고 있습니다. 레스나야 그루지의 밝은 푸른색 머리칼을 지닌 이 사람들은 가장 고도로 발전된 현대 문명의 창조자들이며 그들과의 만남은 우리의 삶에, 전 인류의 삶에 심대한 변화를 일으키게 될 것입니다. 그러나 우리에게, 무엇보다도 먼저 지구의 이익을 고려한다면 이 일을 할 수 있을 만큼 충분한 용기가 있을까요?

이 사람들은 우리를 두렵게 하지 않습니다. 적어도 우리에게는 그렇게 보입니다. 하지만 우리는 그들의 경험으로부터 막대한 이익을 얻을 수 있습니다. 즉, 우리는 주변에 있는 물질로부터 에너지를 얻는 방법과 무기와 군비와 전쟁이 없이 살아가는 방법을 배움으로써 우리의 생활양식을 바꿀 수 있습니다. 물론 여러분들에게는 무기와 군비와 전쟁 없이 살아갈 수 있다는 생각이 너무 심하게 비약된 공상이라고 여겨질 것입니다만, 우리는 레스나야 그루지에서 사는 이 지성적인 존재들의 삶이 바로 그렇게 이루어져 있다는 것을 엄숙하게 알려 드립니다. 그들은 지구와 거의 비슷한 환경에 살면서도 그처럼 고귀한 상태를 이루어 낸 것입니다. 범우주적이고 고도로 문명화된 사고 과정의 소유자들인 그들은 이미 동류의 지성적인 존재들, 곧 지구인들과 양측 모두에게 이익이 되는 그런 방식으로 공개적인 접촉을 벌일 준비가 되어 있습니다.

비록 우리가 외계 문명의 발전에 매혹되고 놀라워하지만 그럼에도 불구하고 우리는 지구인들에게, 우리가 이 먼 은하계에 와 있는 동안 본 것들을 알리기 위해 되도록 빨리 돌아갈 수 있기를 갈망합니다.

우리는 스물여덟 시간 뒤에, 즉 지금부터 하루 뒤에 패리티로 돌아갈 생각입니다. 그리고 도착하는 즉시로 옵뜨세누쁘르의 처분을 그대로 따를 것입니다. 그동안 안녕히 계십시오. 태양계를 향해 떠나기 전에 패리티에로의 도착

예정 시간을 알리겠습니다. 이것으로 행성 레스나야 그루지로부터의 첫 번째 보고를 마칩니다. 우리의 가족들에게 우리에 대해서 걱정하지 말라고 전해 주시기 바랍니다.
패리티 우주 비행사 1-2
패리티 우주 비행사 2-1

패리티 궤도 정거장에서 벌어진 예외적인 사건들을 조사하고 있던 항공모함 컨벤션호에서는 연기되었다가 따로따로 열린 전권 위원들의 회의에서 양측 위원들이 상급자들과 협의를 하기 위해 각자 자기 나라로 돌아간다는 결정이 내려졌다. 한 대의 비행기가 샌프란시스코를 향해 항공모함의 갑판으로부터 이륙했고 몇 분 뒤에는 다른 비행기가 블라지보스또끄를 향해 떠났다.

항공모함 컨벤션호는 태평양의 알류샨 열도 남쪽 고정 위치에 그대로 정박해 있었다. 선상에서는 엄격한 통제가 가해졌고 모든 승무원들은 각자 맡은 일을 하기에 바빴다. 그리고 모두들 침묵을 지켰다.

여기서 기차들은 동쪽에서 서쪽으로, 서쪽에서 동쪽으로 지나간다.
이곳의 철길 양편에는 널따랗게 펼쳐진 광대한 불모지 — 중앙아시아의 노란 스텝 지대, 사리-오제끼가 놓여 있다.

아나-베이뜨로 가는 여정의 3분의 1은 벌써 뒤로 지나갔다. 처음에는 지평선 위로 빨리 솟아올랐던 해가 이제는 사로제끄 상공에서 제자리에 머물러 있는 것같이 보였다. 아침은 한낮으로 바뀌었고, 그 일대는 여느 때나 마찬가지로 온통 타는 듯이 뜨거웠다.

먼저 시계를 보고 다음엔 해를 쳐다보고 그다음엔 눈앞으로 펼쳐진 스텝을 바라보면서 부란니 예지게이는 여행이 예정대로 되어 간다고 생각했다. 그는 맨 앞에서 낙타에 올라 있었고 그의 뒤로는 트레일러를 매단 트랙터가, 또 그 뒤로는 바퀴 달린 벨라루시 굴착기가 따라왔다. 그리고 한옆에서는 녹슨 빛깔을 한 개 졸바르스가 쫓아왔다. 〈사람은 잠시라도 생각을 멈출 수 없는 것 같아. 좋건 싫건 한 생각에 이어 다른 생각이 떠오르고 그런 식으로 끝이 없으니 죽기 전까지는 필경 이런 식으로 생각이 계속되겠지.〉 예지게이는 자기가 여행을 하는 동안 내내 무엇이건 떠올리고 있었다는 데에 생각이 미쳤다. 생각은 생각에 연이어 떠올랐다. 마치 바다에서 차례차례 밀려오는 파도처럼. 어렸을 적에 그는 바람 부는 날 하얗게 달리는 파도가 멀리서 나타났다가 어떻게 끓어오르는 하얀 말들이 되어 다가오며 또 어떻게 한 파도가 다른 파도에 생명을 주는지를 지켜보았다. 한순간 생겨났다가 부서지고 다시 일었다가 가라앉는 바다의 그 살아 있는 육체를. 그때 소년이었던 그는 그 거대한 파도의 일생을 알아보기 위해 갈매기가 되어 파도 위로, 번쩍이는 철썩임 위로 날아가기를 갈망했었다.

텅 빈 경치와 낙타의 고른 발소리에 부란니 예지게이의 생각은 이내 다시 방황하기 시작했지만 그는 생각이 자유롭게 배회하도록 놓아두었다. 다행히 갈 길은 한참이나 남았고 길을 재촉해야 할 이유도 없었다. 까라나르는 긴 여행을 할 때면 언제나 그렇듯이 한참 걸어가는 사이에 몸이 더워져서 갈기와 목으로부터 사향 냄새 비슷한 강한 체취를 풍기기 시작했다. 「어허 그놈 참.」 예지게이가 만족스러워서 속으로 쿡 쿡 웃었다. 「너 벌써 땀이 잔뜩 났구나! 이 녀석 수놈이라고 냄새를 피우고! 고얀 놈, 고얀 놈!」

예지게이는 까잔갑이 아직 젊고 건강했던 옛날을 회상했다. 그리고 연달아 떠오르는 생각들로부터 예기치 않게도 그에게 오랫동안 참담한 슬픔을 안겨 주었던 일이 떠올랐다. 끊임없이 되돌아오는 괴로운 상념을 몰아내려고 그는 몇 번씩이나 기도문을 소리 내어 중얼거렸지만 그것도 소용이 없었다. 그는 자신의 영혼을 평온하게 가라앉힐 수 없었다. 부란니 예지게이는 마음이 울적해져서 이따금씩 하릴없이, 열심히 걷고 있는 낙타의 옆구리를 때리곤 했다. 그러고는 모자챙을 눈썹 아래까지 끌어당기고 트랙터가 뒤따라오는지조차도 돌아다보지 않았다. 저 친구들 낙타를 따라 쫓아올 테지. 저 새파랗게 젊은 애들이 걱정할 게 뭐가 있겠어?

그가 회상하는 그 일은 벌써 오래전의 일이었는데, 그와 그의 아내는 거기에 대해서 다시는 이야기를 하지 않았지만 까잔갑은 그때도 언제나 그랬듯이 현명하고 솔직하게 귀뜸을 해주었었다. 오직 그만이 예지게이에게 그런 언질을 줄 수 있었다. 만일 다른 사람들 누군가가 그런 말을 했더라면 예지게이는 벌써 오래전에 보란리-부란니 간이역에서 일을 그만두었을 것이었다.

1951년 말, 한 가족이 그 간이역으로 찾아들었다. 남편과 아내, 그리고 두 남자 아이들로 큰아이 다울은 다섯 살이었고 작은아이 에르메끄는 세 살이었다. 예지게이와 동갑인 아부딸리쁘는 전쟁이 일어나기 전, 젊은이였을 적에는 어떤 〈아울〉에서 교사로 있다가 1941년 여름에 징집되어 전선으로 보내졌다. 그리고 전쟁이 끝날 무렵, 또는 전쟁이 끝난 바로 뒤에 자리빠와 결혼했는데 자리빠 역시 그들이 간이역으로 오기 전에는 저학년 아동들을 가르치는 교사였다. 그러나 운명은 그들을 사로제끄로, 보란리-부란니로 그들의 등을 떠밀었다.

그들이 편한 삶을 살아오지 못했다는 것은 첫눈에도 분명했다. 그렇지 않았더라면 그들이 사로제끄의 오지로까지 찾아들 이유가 없었다. 아부딸리쁘와 자리빠 같은 사람들이라면 어디에서라도 쉽게 일자리를 얻을 수 있었을 것이었다. 하지만 나중에 알고 보니 사정은 그렇지가 못했다. 그들은 아무런 선택도 할 수 없었다. 보란리 사람들은 처음엔 그들이 오래 머물지 않을 것이며 얼마 안 가서 떠날 수 있는 한 멀리 떠날 것이라고 생각했다. 그러나 이들은 보란리-부란니로 찾아왔다가 떠나 버리곤 하는 그런 부류의 사람들이 아니었다. 또 그것이 예지게이와 까잔갑의 생각이기도 했다. 그러나 어찌 되었건, 아부딸리쁘 가족과 그들의 관계는 조속히 생겨난 존경의 토대 위에서 성립되었다. 그들은 예절 바르고 교양 있는 사람들이었으며 곤란을 겪고 있었다. 그리고 다른 누구나와 마찬가지로 아내와 남편 모두가 일을 해야 했다. 그들은 침목을 옮기느라 안간힘을 썼고 눈보라 속에서 얼어붙었다. 한마디로, 그들은 선로 노무자의 일을 하고 있었다. 그러나 이 선량하고 유쾌하고 친절한 가족은 불행했다. 그것은 아부딸리쁘가 한때 독일군에 잡혔던 전쟁 포로였기 때문이었다. 물론 그때쯤엔 전쟁 기간의 열정이 가라앉았고 사람들은 이제 옛날 전쟁 포로들을 더 이상 반역자나 인민의 적으로 보지는 않았다. 더더구나 보란리-부란니 사람들로서는 그런 것을 가지고 따질 계제가 아니었다. 그들은 다만 전쟁이 승리로 끝났으며 모든 사람들이 그 끔찍한 세계 대전의 와중에서 고통받았다는 것만을 알 뿐이었다. 어떤 사람들은 그때까지도 정처 없이 세상을 떠돌아다니고 있었다. 전쟁의 망령이 여전히 상존했던 것이다. 그랬으므로, 보란리 사람들은 그 간이역으로 찾아든 사람들에게 너무 많은 질문을 던지지 않았다. 무슨 이유로 인생의 쓴맛을 다 본 것이 분명한 사람들을 더더욱 비참하게 몰아가야 할까?

시간이 지나면서 예지게이는 아부딸리쁘와 친구가 되었다. 아부딸리쁘는 현명한 남자였다. 그리고 예지게이는 불행한 역경 속에서도 낙심하지 않는 그에게 마음이 끌렸다. 그는 행동거지가 존경할 만했으며 운명을 탓하지도 않았다. 그리고 세상 돌아가는 형편대로 달게 받으며 자신의 곤경을 주어진 운명으로 받아들였다. 그와 그의 아내 자리빠는 모든 의무감에 차 있었고 자기네들이 치르고 있는, 어쩔 수 없이 치러야 할 희생을 평온하게 치르면서 서로에 대한 보기 드문 애정과 친밀함 속에서 삶의 의미를 찾았다. 예지게이는 나중에 이것이, 한데 뭉쳐 서로를 보호하고 지키며 그럼으로써 그 시절의 사나운 바람으로부터 그들 자신과 가족을 지키는 것이 그들의 살아가는 방식이라는 것을 알게 되었다.

아부딸리쁘는 단 하루라도 아내나 아이들과 떨어져 있으려고 하지 않았다. 그에게는 두 아들이 무엇보다도 더 소중했고 모든 여가 시간은 그 아이들과 함께 보냈다. 그는 아이들에게 문법을 가르쳤고 이야기를 해주었으며, 수수께끼를 내주었고 아이들을 위해 놀이를 궁리했다. 그와 그의 아내는 일을 하러 나갈 때, 처음에는 아이들을 썰렁한 바라끄 집에 저희들끼리만 남겨 두었다. 그러나 우꾸발라는 그런 일이 생기는 것을 그저 방관할 수만은 없었다. 그녀는 아이들을 자기 집으로 데려오기 시작했다. 적어도 그들의 집은 방 안 공기라도 따뜻했고 새로 온 사람들의 바라끄 집보다는 더 안락했다. 그것이 두 집안을 하나로 묶어 주었다. 또 예지게이의 두 딸들 역시 커가는 중이었고 아부딸리쁘의 아들들과 같은 나이였다.

어느 날 예지게이가 일을 마친 뒤에 아이들을 불러 모으려고 들르자 아부딸리쁘가 이런 제안을 했다.

「이러면 어떻겠습니까, 예지게이? 내가 당신 딸들도 같이 가르치면 말입니다. 난 어차피 우리 애들을 가르쳐야 하거든요. 그런데 이제 그 아이들 넷이 모두 친구가 되어서 함께 노니까 낮 동안에는 당신 집에서 같이 있게 하고 저녁에는 딸아이들이 우리 집으로 건너오고 하면 되겠지요. 여기서는 삶이 좀 공허하기 때문에 아이들에게 더 많은 시간을 내줘야 되는 겁니다. 요즘은 어렸을 때부터 지식을 불어넣어 주어야 해요. 요즘 아이들은 옛날 청년들만큼이나 뭘 알아 두어야 하거든요. 그렇지 않으면 충분한 교육을 받을 수 없을 겁니다.」

부란니 예지게이는 나중에 재난이 닥쳐왔을 때에야 아부딸리쁘가 어째서 그렇게 서둘렀었는지를 완전히 알게 되었다. 그제야 아부딸리쁘로서는 아이들을 가르치는 일이 보란리의 주어진 상황에서 자식들에게 해줄 수 있었던 전부였다는 것을 깨달았던 것이다. 그는 자기의 능력이 닿는 한 많은 것들을 아이들에게 남겨 주려고 조바심을 내는 것 같았다. 마치 그런 식으로 아이들의 기억 속에 심어져서 그들을 통해 다시 살 수 있기를 바라기라도 하는 것처럼······.

그렇게 해서 아부딸리쁘와 자리빠는 저녁에 일을 마치고 돌아오면 그들과 예지게이의 아이들을 위해 유치원 비슷한 일을 시작했다. 아이들은 알파벳과 놀이를 배웠고, 그림을 그렸고, 누가 제일 잘하나 보려고 겨뤘다. 그리고 부모가 책을 읽어 주는 동안 듣기도 하고, 모두 함께 여러 가지 노래들을 배우기도 했다. 그런 것들 모두가 너무도 재미있었다. 그래서 예지게이까지도 관심을 갖기 시작했고 일이 다 잘되어 가는지를 보러 가기도 했다. 우꾸발라 역시 무슨 볼일이라도 있는 것처럼 자주 들르곤 했지만, 실은 그저 배우는 아이들을 지켜보는 것이 고작이었다. 예지게이는 배우고 가르치는 모습에서 가슴 깊은 곳까지 와 닿는 감명을 받았다. 배운 사람들, 선생님들이란 바로 그런 사람들이었다! 그들이 아이들을 얼마나 잘 가르치는지, 또 그들이 어떻게 아이들의 세계에 뛰어들어 어른임을 잊을 수 있는지, 그것은 보기만 해도 즐거운 일이었다. 그래서 예지게이는 그런 저녁이면 방해가 되지 않으려고 구석에 조용히 앉아 있곤 했지만 들어설 때만큼은 모자를 벗고 문간에서 〈안녕하세요. 다섯 번째 학생이 왔습니다〉 하고 인사를 건네었다.

아이들은 그가 보고 있어도 겸연쩍어 하지 않았다. 오히려 그의 딸들은 저희들 아버지가 와 있으면 더 즐거워했고 더 잘하려고 열심이었다. 그리고 예지게이와 우꾸발라는 아이들이 모여 있는 바라끄 집이 따뜻하고 안락하도록 번갈아 가며 난로에 땔감을 넣었다.

그렇게 해서 꾸찌바예프 가족은 그해에 보라리-부라니에 정착했다. 그렇지만 이상하게도 그런 사람들은 대체로 행복하지가 못했다. 아부딸리쁘 꾸찌바예프의 문제점은 단지 그가 독일군에게 붙들렸던 전쟁 포로였다는 것만이 아니라 행인지 불행인지 1943년에 한패의 다른 포로들과 함께 남독일의 포로수용소를 탈출하여 유고슬라비아 빨치산의 일원이 된 이후로 전쟁이 끝날 때까지 유고슬라비아 해방군으로 싸웠다는 데 있었다. 그는 거기서 부상을 입었다가 회복되었고 유고슬라비아 무공 훈장도 받았다. 또 그곳의 빨치산 신문들이 그에 대한 기사와 함께 사진을 싣기도 했으므로 그의 빨치산 경력은 1945년에 그가 조국으로 돌아와 사정(查定) 위원회의 조사를 받게 되었을 때 많은 도움이 되었다. 포로수용소를 탈출했던 열두 명 중에서 살아남은 사람은 넷뿐이었지만 그들 네 사람은 모두 운이 좋았던 셈이었다. 소비에트 사정 위원회가 유고슬라비아 군의 단위 부대들과 직접 협의해서 그 일을 처리했을 때 유고슬라비아의 사령관들이 전쟁 포로였던 이 네 소련인들의 무훈과 사람됨을 적은 보고서에서 그들이 파시스트들과 대항하여 빨치산 전쟁에서 수행했던 역할을 높이 평가했기 때문이었다.

그렇게 두 달 동안 숱한 조사와 심문과 대질 심문, 대기, 그리고 희망과 좌절을 겪은 뒤에 아부딸리쁘 꾸찌바예프는 고향인 까자흐스딴으로 돌아왔다. 그는 공민권을 박탈당하지는 않았지만 그렇다고 징집된 군인들이 대개는 부여받았던 특권을 얻은 것도 아니었다. 어쨌건 아부딸리쁘 꾸찌바예프는 개의치 않고서 전쟁 전에 몸담았던 지리 선생으로 복직했다. 그리고 지방 도시의 어느 학교에서 젊은 초급반 선생이었던 자리빠를 만났다 — 그렇게 행복을 나누는 예가 아주 흔하지는 않더라도 분명히 있기는 있다. 그런 일이 없다면 살아가는 재미가 별로 많지 않을 것이다.

그러는 사이 승전 뒤의 첫해가 지나갔고 승리와 환희 뒤에 냉전이 전 세계에 어두운 그림자를 던지기 시작했다. 그리고 세계 곳곳의 분쟁 지역에서 사건들이 위험한 양상을 띠어 갔다.

아부딸리쁘에게는 그 위기가 어느 지리 수업 시간 중에 찾아왔는데, 사실 그 일은 조만간 닥쳐올 수밖에 없었고 또 그에게 닥치지 않았더라도 그와 같은 처지의 다른 누구에게건 닥쳤을 일이었다. 8학년 아이들에게 유럽에 대하여 설명을 해주고 있다가 아부딸리쁘는 몇 해 전 그와 그의 동료들이 남바이에른 알프스의 포로수용소에서 어느 채석장으로 이송되었을 때, 그들이 어떻게 경비병에게서 무기를 빼앗아 가지고 유고슬라비아 빨치산에 합류할 수 있었는지를 이야기해 주었다. 그리고 전쟁 기간 동안 유럽의 절반을 가로지른 이야기며 아드리아 해와 지중해 연안에는 어떻게 가보았는지, 또 자기가 그곳의 경치를 얼마나 잘 알고 있으며 그 지역 사람들의 생활이 어떤지 하는 등등을 이야기해 준 뒤에 그 이야기는 모두 교과서에 실릴 수 없는 것이라고 덧붙였다. 그는 자기가 직접 목격한 것들을 그런 식으로 설명해 줌으로써 그 과목을 더 충실하게 가르칠 수 있다고 생각했던 것이다.

그의 지시봉이, 그때까지도 꿈속에서 보이는 — 그가 몇 해 여름과 겨울 동안 매일같이 싸웠던 — 그런 곳들을 여기저기 짚어 가면서, 칠판에 걸려 있는 유럽 지도의 파란색, 초록색, 갈색 부분 위로 움직이다가 고지대와 평야들을 가리켰다가 강들을 따라 내려갔다. 어쩌면 그의 지시봉은 측면에서 쏘아 댄 적의 자동 소총 탄환이 그의 몸을 찢었을 때 그에게서 흘러내린 피가 풀잎과 돌멩이들을 붉게 물들이며 그의 몸이 산허리에서 천천히 쓰러졌던 바로 그 조그만 점을 짚었을지도 몰랐다 — 그때 땅을 적셨던 선혈은 지도 전체를 뒤덮을 수도 있었지만 한동안 그는 피가 다시, 이번에는 지도 위에서 흐르는 것을 보는 듯한 기분으로 그 순간을 되살리면서 자기가 어떻게 어질어질해졌고 눈앞이 어떻게 캄캄해졌었는지를 떠올렸다. 눈앞이 가물가물해져서 산들도 같이 넘어지는 것처럼 보이던 그 순간, 그는 한 해 전 바이에른의 채석장에서 같이 탈주했던 폴란드인 동료에게 도와 달라고 소리쳤었다. 「까지미르! 까지미르!」 그러나 까지미르는 그가 부르는 소리를 듣지 못했다. 아부딸리쁘는 자기가 목청껏 외친다고 생각했지만 실제로 그는 아무 소리도 낼 수 없었고 정신이 다시 든 것은 빨치산 병원에서 수혈을 받은 뒤였다.

학생들에게 유럽에 대한 이야기를 해주면서, 그는 자기가 그 모든 일을 직접 겪은 뒤에도 초등학교 지리와 관련된 그 지역을 그처럼 무미건조하게 초연한 투로 이야기할 수 있다는 사실이 놀라웠다.

바로 그때 갑자기 앞줄에서 손이 하나 번쩍 올라갔다.

「선생님은 그러면 전쟁 포로였나요?」 그 아이의 가차 없는 눈길이 싸늘하게 그를 쳐다보고 있었다. 그 아이는 고개를 약간 젖히고서 차려 자세를 취하고 있었는데 무슨 이유에서인지 아부딸리쁘는 늘 그 아이의 이 — 아랫니가 튀어나와 윗니를 덮은 — 를 기억했다.

「그래, 그랬었지……」

「그렇다면 왜 자살하지 않았나요?」

「내가 왜 자살을 하지? 그때 난 부상당했었는데.」

「포로가 되었을 때 굴복해서는 안 되니까요. 그게 명령이었잖아요.」

「누구 명령?」

「높은 데서 내려온 명령요.」

「네가 그걸 어떻게 알지?」

「그런 거라면 다 알아요. 여기서 사는 사람들 중에도 알마-아따나 모스끄바에서까지도 온 사람들이 있으니까요. 그러니까 선생님은 높은 데서 온 명령에 복종하지 않은 거지요?」

「네 아버님이 전선에 계셨었니?」

「아뇨, 우리 아버지는 동원 업무를 맡았었지요.」

「그렇다면 네 아버님은 모르실 거다. 내가 할 수 있는 말은 다른 방법이 없었다는 것뿐이야.」

「그래도 마찬가지예요. 선생님은 그 명령에 복종해야 했어요.」

「너 지금 무슨 얘길 하는 거니?」 다른 학생이 일어섰다. 「우리 선생님은 유고슬라비아 빨치산들과 나란히 싸우셨어. 그런데도 뭘 더 알고 싶은 거니?」

「그래도 마찬가지야! 선생님은 그 명령에 복종해야 했어.」 첫 번째 아이는 완강했다.

학급 전체가 웅성거리기 시작했고, 정상적인 평온이 깨어졌다. 「선생님은 그래야 됐어.」 「안 그래도 됐어.」 「그랬어야 옳아.」 「난 안 그래.」

선생님이 주먹으로 책상을 두드렸다. 「조용히들 해라! 지금은 지리 시간이야. 내가 어떻게 싸웠고 무슨 일이 있었는지는 알아야 할 사람들에게 다 알려져 있어. 자, 이제 다시 지도를 보도록.」

수업은 다시 진행되었지만 반 아이들 중에 누구도 지도에서 빗발치듯 자동 소총 탄환이 날아왔던 그 조그맣고 거의 보이지 않는 점을 알아볼 수 없었을 것이다. 또 이제 지도 옆에서 지시봉을 들고 서 있는 그들의 선생님이 유럽의 파란색, 초록색, 갈색 지도를 피로 물들이면서 산허리에서 어떻게 서서히 쓰러졌었는지도……

며칠 뒤에 그는 지역 인민 교육부로 호출되었다. 그리고 거기서 단 몇 마디 말로 〈본인의 원에 의해〉 교직을 떠나야 한다고 통보받았다. 전쟁 포로였던 그에게는 자라나는 세대를 가르칠 도덕적인 권리가 없다는 것이었다.

아부딸리쁘 꾸찌바예프와 자리빠는 그들의 첫아이를 데

리고 그 지방 도시에서 멀리 떨어진 다른 지역으로 옮겨 가야 했다. 그러나 다행히도 아부딸리쁘가 어느 정착지 학교에서 일자리를 얻은 덕분에 그들은 정착하여 살아갈 곳을 찾게 되었고 자리빠 역시 젊고 능력 있는 교사였으므로 일자리를 얻을 수 있었다. 그러나 얼마 안 가서 1948년에 유고슬라비아와 관련된 그 사건[15]이 터졌다. 이제 아부딸리쁘 꾸찌바예프는 단순히 전쟁 포로였던 사람이 아니라 유고슬라비아와 오랜 교분을 가졌던 수상쩍은 인물이었다. 물론 그는 자기가 했던 일이 다만 유고슬라비아의 빨치산 동무들과 함께 군 복무를 했던 것뿐이라는 사실을 밝힐 수 있었다. 하지만 그런 사실에 관심을 두는 사람은 아무도 없었다. 모두들 그를 이해했고 그를 동정하기까지 했지만 누구도 그 문제에 조금이라도 책임을 지려고 하지 않았다. 그는 또다시 지역 인민 교육부로 소환되었고 〈본인의 원에 의해〉 교직을 박탈당했다.

어쩔 수 없이 이곳저곳을 떠돌아다니던 끝에 1951년 말 한겨울, 아부딸리쁘 꾸찌바예프 가족은 마침내 사로제끄에, 보란리-부란니의 그 간이역에 나타났다.

1952년 여름은 어느 해 여름보다도 더 더웠다. 땅이 바짝 마르고 몹시 뜨거워져서 사로제끄의 도마뱀들마저도 사람을 무서워할 줄 모르고 어떻게든 땡볕으로부터 피할 곳을 찾아 입을 쩍 벌린 채 목을 발발 떨면서 문턱에 앉아 있을 정도로, 어떻게 해야 할지 갈피를 잡지 못했다. 그리고 솔개들은 맨눈으로는 거의 볼 수 없을 만큼 높은 곳까지 떠올라 몸을 식히려 하면서 가끔 가다 한 번씩 짧은 울음소리를 내고는 흔들거리는 신기루가 비친 뜨거운 공기 속으로 다시 잠잠해

---

15 유고슬라비아 공산당이 소련 공산당과 대립하여 민족주의적 편향을 이유로 코민포름에서 제명된 사건.

지곤 했다.

그러나 할 일은 여전히 해야만 되었다. 기차들은 계속 동쪽으로부터 서쪽으로, 서쪽으로부터 동쪽으로 오갔고, 그중 많은 것들이 보라리-부란니를 거쳐 갔다. 그렇게 중요한 간선 철도에서 기차들의 운행이 중단되게 했다가는 더위에 시달리는 것보다도 더 큰 일을 당하게 될 것이었다.

작업은 여느 때나 마찬가지로 계속되었다. 그러나 그들은 쇠로 된 물체는 말할 것도 없고 돌이라도 만지려면 너무 뜨거워서 장갑을 껴야만 했다. 태양은 가마솥 같은 열기로 뜨겁게 내리쬐며 바로 머리 위에 떠 있었고, 탱크차로 날라져 오는 물은 햇볕을 받는 동안 거의 비등점에 이를 정도로 뜨거워졌다. 그리고 옷은 이틀만 입고 다니면 어깨 부분이 하얗게 탈색되었다. 사로제끄에서는 아무리 모진 추위를 겪더라도 겨울에 일을 하는 편이 그런 여름 더위 속에서 일하기보다는 더 쉬웠다.

부란니 예지게이는 어떻게든 아부딸리쁘의 기운을 돋워 주려고 했다.

「이곳 여름이 해마다 이런 건 아니오. 당신이 하필이면 안 좋은 해를 고른 겁니다.」 그는 날씨가 뜨거운 것이 자기 잘못이기라도 한 것처럼 변명을 하고 있었다. 「한 보름쯤, 기껏 길어야 20일쯤만 지나면 이 더위가 좀 수그러져서 견딜 만해질 겁니다. 빌어먹을! 무슨 놈의 날씨가 이렇게 사람을 괴롭히나! 하지만 여기 사로제끄에서는 여름이 끝나 갈 무렵이면 으레 날씨가 확 바뀌지요. 그리고 나서 겨울이 올 때까지는 가을 내내 기후가 썩 좋아요. 날씨는 서늘하고 짐승들은 살이 찌고⋯⋯. 내가 보기엔 그럴 기미가 있어요. 올해에는 날씨가 확 바뀌게 될 겁니다. 그러니 참아요. 이번 가을은 지내기가 좋을 겁니다.」

「그거 장담할 수 있습니까?」 아부딸리쁘가 알 듯하다는 미소를 지었다.

「거의 장담할 수 있다고 해둡시다.」

「아무튼 말이라도 그렇게 해주니 고맙군요. 지금 나는 증기탕에 들어 있는 것 같은 기분입니다. 하지만 마음이 몹시 무거워요. 자리빠와 나는 어떻게든 견딜 수 있습니다. 우린 참을 줄 알게 됐으니까요. 그렇지만 아이들을 생각하면 마음이 아파서……. 그 애들을 쳐다보지도 못하겠어요.」

가엾게도 보란리의 아이들은 얼굴을 찡그리고서 축 늘어져 있었다. 하지만 그 숨 막히고 정신 차릴 수 없는 더위로부터 피할 곳이라고는 아무 데도 없었고 사방 어디를 둘러보아도, 아이들의 세계에서는 꼭 있어야 할 것들인 나무 한 그루, 개울 한줄기 보이지 않았다. 사로제끄가 되살아나서 계곡과 정거장 주변이 한동안 푸릇푸릇했던 봄철에는 아이들이 저희들끼리 즐거웠었다. 그때 아이들은 공놀이며 숨바꼭질을 하거나 스텝으로 달려 나가 마르모트를 쫓았고, 멀리서 울려 퍼지는 아이들의 목소리는 듣기만 해도 즐거웠다.

그러나 여름은 모든 것을 앗아가 버렸다. 게다가 그해에는 유례없는 더위가 아이들의 지칠 줄 모르는 정신까지도 고갈시켰고, 그 때문에 아이들은 집 옆의 그늘에서 더위를 피하며 기차들이 지나갈 때나 고개를 내밀었다. 한쪽 방향으로 얼마나 많은 열차들이 지나가고 또 다른 쪽 방향으로는 몇 번이나 지나가는지, 객차가 몇 량이나 매달렸고 화차가 얼마나 되는지를 세는 것이 그들의 놀이였다. 그리고 때때로 여객 열차가 간이역을 통과하기 위해 속도를 늦추기만 해도 아이들에게는 그 열차가 설 것처럼 보이는지, 어쩌면 더위를 막아

보겠다는 헛된 희망으로 팔을 들어 올려 햇빛을 가리고, 숨을 헐떡이면서 열차를 쫓아 달려갔다. 그러나 열차는 덜컹대며 그대로 지나가 버렸고 그럴 때면 조그만 보라리 아이들의 부러움 담긴, 어린아이답지 않은 슬픔은 차마 눈 뜨고 보기가 민망했다. 창문과 출입문을 활짝 열어젖힌 객차에 탄 승객들 역시 숨 막히는 더위와 냄새와 파리 떼들로 정신을 차릴 수 없기는 마찬가지였지만, 적어도 그들에게는 이틀쯤만 지나면 시원한 강물과 푸른 숲에서 기력을 회복할 수 있으리라는 희망이 있었다.

그해 여름에는 어머니들이건 아버지들이건 어른이라면 누구나 아이들을 걱정했지만 아부딸리쁘가 얼마나 고통스러워하는지는 예지게이와 자리빠만이 알 수 있었다. 그 무렵 자리빠와 예지게이는 아이들 문제에 대하여 처음으로 이야기를 나누었는데 그 이야기를 하던 중에 이 두 사람의 운명에 관한 좀 더 많은 것이 드러났다. 그날 그들은 자갈을 새로 깔고 레일이 진동으로 변형되지 않도록 철둑을 보강하기 위해 침목과 철길 밑의 틈서리에다 쇄석을 뿌려 고르고 하면서 선로에서 일을 하고 있었다. 내리쬐는 땡볕 아래서 열차들이 지나가는 사이를 틈타 해야 되는 그 일은 정말로 지겹고 넌더리 나는 노릇이었다. 정오가 다 되어 갈 때쯤 해서 아부딸리쁘가 빈 깡통을 집어 들더니 뜨거운 물이라도 좀 더 가져와야겠다며 측선에 놓인 탱크차 쪽으로 걸어갔다. 그러나 동시에 그는 아이들이 어떻게 지내고 있는지를 알아보고 싶었던 것이다.

뜨거운 열기에도 불구하고 그는 선로를 따라 급히 걸어갔는데 아이들을 빨리 보려고 마음이 급해서 자기 자신에 대해서는 생각을 않고 있었다. 뼈가 불거진 어깨 위에 빛바랜 윗

도리를 걸친 그의 머리에는 지저분한 밀짚모자가 얹혀 있었고 바지는 여윈 몸에 헐렁하게 걸려 있었다. 그리고 발에는 끈 없는 작업화가 있었다. 그는 아무것에도 주의를 돌리지 않고 침목 위를 잰걸음으로 걷고 있었다. 그의 뒤쪽에서 열차가 다가왔을 때도 그는 돌아다보지도 않았다.

「이봐요, 아부딸리쁘, 선로에서 벗어나요! 당신 귀먹었소?」예지게이가 소리쳤다. 그러나 그는 듣지 못했다. 기관차가 기적을 울렸을 때에야 그는 철둑 아래로 내려갔는데 그러고 나서도 기관차를 돌아다보지 않았고, 기관사가 그에게 주먹을 휘두르는 것도 보지 못했다.

전쟁 기간 동안, 포로 시절에도 그는 머리칼이 희끗희끗해지지 않았었다 — 물론 그때에는 나이가 더 젊었었지만, 그는 19세 때 소위로 전선에 배치되었었다. 그러나 그해 여름, 그는 정말로 머리가 세었다. 사로제끄의 백발이었다. 말의 갈기처럼 헝클어지고 숱 많은 그의 머리칼 여기저기에 희끗희끗한 터럭이 보이기 시작하더니 다음에는 그것이 관자놀이로까지 퍼져 내려갔다. 형편이 좋았던 시절엔 그는 잘생기고 호감 가는 사내였을 것이다. 넓은 이마에 매부리코, 돌출한 결후(結喉), 든든한 입, 그리고 거기다 큼지막한 눈······. 그래서 자리빠는 쓸쓸하게 농담을 던지곤 했다. 「당신은 운이 없어요, 아부. 당신은 무대에서 오셀로 역을 했어야 옳아요.」 그러면 아부딸리쁘는 웃으며 이렇게 받아넘겼다. 「그렇다면 내가 당신 목을 졸라야 하는데 당신은 그걸 좋아하지 않을 거라고!」

뒤에서 열차가 다가오는데도 얼른 비켜서지 않는 아부딸리쁘의 행동 때문에 예지게이는 정말로 걱정이 되었다. 「바깥양반한테 뭐라고 좀 해줘야 할 겁니다. 그 사람 도대체 무슨 생각을 하고 있는지나 한번 물어봐요!」예지게이가 반쯤은 꾸짖는 투로 자리빠에게 말했다. 「기관사에겐 책임이 있을 수 없습니다. 선로 위를 걷는 건 금지돼 있으니까요. 그 사람 어째서 그런 위험한 짓을 하지요?」

자리빠가 깊은 한숨을 내쉬고는 소맷자락으로 햇볕에 검게 탄 얼굴에서 땀을 훔쳐 냈다. 「나도 저이 때문에 두려워요.」

「뭐가 말입니까!」

「저는 두려워요, 예지게. 댁한테 숨길 게 뭐가 있겠어요! 저이는 아이들과 나 대신 벌을 받고 있어요. 우리가 결혼을 하기로 했을 때 나는 식구들의 말을 듣지 않았었죠. 그러자 우리 오빠는 화가 나서 내게 이랬어요. 〈너 이 일을 두고 백 년은 후회할 거다, 이 바보야! 너는 결혼을 하려는 게 아니라 네 불행을 찾고 있어. 그리고 아직 태어나지도 않은 네 애들과 그 애들에게서 난 애들의 불행까지도! 너희들은 벌써 비참해지도록 선고를 받은 거야. 만일 네가 좋아한다는 그놈이 머리가 제대로 된 놈이라면 가정을 꾸리려고 할 게 아니라 목을 매달았어야지! 그러는 게 그놈에게는 제일 나아!〉라고 말예요. 하지만 우리는 고집을 굽히지 않았죠. 우린 전쟁이 끝났으니까 포로로 살아남은 사람이니 전사자니 하는 걸 더 이상 따지지 않을 거라고 기대했어요. 그러다 보니 저이 식구들이건 우리 식구들이건 모두에게서 다 멀어졌지만요. 이걸 생각해 보세요. 얼마 전에 우리 오빠가 내게 편지를 보냈는데 거기서 오빠는 우리가 결혼을 하지 못하도록 경고를 했었다면서, 덧붙이기를 자기는 나하고 아무 상관도 없으며 아부딸리쁘 꾸찌바예프처럼 유고슬라비아에서 오랜 기간을 보낸 사람하고는 더더구나 상관이 없다는 거였어요! 어쨌든 그 일이 있고 나서 모든 것이 다시 시작되었죠. 우린 어딜 가든 거기서 쫓겨났어요. 그래서 여기까지 와 있는데 이젠 더 이상 어디로 갈 데도 없어요.」

그녀가 말을 끊고 침목 밑에 낀 자갈을 난폭하게 긁어냈다. 앞쪽에서 열차가 다가오고 있었다. 그들은 삽과 밀차를 챙겨 가지고 선로에서 벗어나 물러섰다.

예지게이는 그런 처지에 있는 사람들을 어떻게든 도와주어야 한다고 느꼈다. 그러나 그는 아무것도 바꿀 수가 없었다. 그 곤경의 원인은 그가 살아가는 세계인 사로제끄의 경계선 밖 저 멀리에 놓여 있었다.

「우린 여기서 여러 해 동안 살아왔지요.」 그가 대답했다. 「아주머니도 이곳에 길이 들어서 정착하게 될 겁니다. 어떻게든 살아야 해요.」

그녀의 얼굴을 똑바로 쳐다보면서 그는 생각했다. 〈그래, 이 사로제끄에서는 빵을 벌기가 여간 어렵지 않아. 이 사람들이 겨울에 여기로 왔을 때만 해도 저 여자는 얼굴이 창백했지만 지금은 땅 빛깔 그대로야. 아부딸리쁘는 저런 모습을 보기가 슬프겠지. 자기 눈앞에서 아내의 아름다움이 시들어 가는 걸 보기가 애처롭겠지. 하지만 그래도 머리칼은 아직 멋져 보여. 탈색이 되기는 했어도, 심지어 눈썹까지 햇볕에 그을렸어도, 이 여자는 정말로 어려운 시기를 헤쳐 가고 있어. 입술이 다 갈라져서 피가 나고……. 이런 삶을 견뎌 내기가 너무도 힘이 들겠지. 하지만 이 여자는 여기에 남을 거고, 도망치려고는 하지 않을 거야. 또 도망을 치려고 해도 어디로 갈 수 있겠어? 애가 둘씩이나 딸렸는데. 어쨌건 이 여자는 멋지고 용감한 사람이야.〉

그런 생각을 하고 있는 사이, 열차가 뜨겁고 바람 한 점 없는 공기를 휘저으며 마치 자동 소총을 난사하듯 요란스러운 소리를 내며 지나갔다. 그들은 다시 연장을 집어 들고 선로로 돌아와 하던 일을 계속했다.

「들어 봐요, 자리빠.」예지게이가 그녀의 힘을 돋워 줄 생각으로, 그녀에게 현실을 파악시켜 주기 위해 입을 열었다. 「물론 아이들로서는 여기서 살기가 몹시 힘들지요. 그걸 부정하지는 않겠습니다. 나도 내 아이들을 볼 때면 마음이 아파요. 하지만 이런 더위가 오래가지는 않을 겁니다. 수그러들 거예요. 그리고 또 이걸 한번 생각해 봐요. 이 사로제끄에서 아주머니 혼자만 사시는 게 아닙니다. 주위에 다른 사람들이 있어요. 적어도 우리가 있잖습니까! 그러니 아주머니가 살아오는 동안 일어났던 일들로 낙담하지 마십쇼.」

「그게 바로 제가 그이에게 하는 말이에요. 예지께. 하지만 저는 필요 없는 말은 하지 않으려고 해요. 그이의 심정이 어떤지를 알 수 있으니까요.」

「그러시다면 지금 하는 그대로 행동하십쇼. 하지만 이 말은 하고 싶군요, 자리빠. 나는 이렇게 이야기할 기회를 기다리고 있었어요. 이제는 아셨을 겁니다. 용서하십쇼.」

「물론 때로는 절망할 때도 있어요. 그럴 때면 저 자신이 불쌍하고 그이가 안됐고, 아니 그보다도 애들이 더 애처로워요. 우릴 여기로 데려온 게 그이 잘못은 아니지만 그인 그게 자기 잘못이라고 생각해요. 하지만 그이가 뭘 어쩔 수 있겠어요? 물론 우린 고향인 알라-따우에는 산과 강들이 있어서 살아가는 형편이 여기와는 전혀 다르죠. 기후도 그렇고요. 애들을 여름 한 철만이라도 거기서 보내게 해줄 수 있다면. 하지만 누구에게로요? 우리가 아는 나이 든 분들이 하나도 없는데요, 오래전에 다 돌아가셨으니까요. 형제, 자매, 친척들이 있다고는 해도 — 아니, 그들을 탓하기는 어려워요. 그들을 나무랄 수는 없어요. 그들은 전에도 우리를 피했지만 지금은 아주 포기해 버렸거든요. 무슨 이유로 그 사람들이 우리 애들을 걱정하겠어요? 그래서 우리는 괴로워하고 있어요. 입 밖에 내지는 않아도, 온 생애를 여기에 처박힌 채 보내지나 않을까 두려워하면서요. 하지만 저는 그이의 심정이 어떤지를 알아요. 우리 앞에 무엇이 놓여 있을지는 신만이 아실 일이죠.」

그러고 나서 무거운 침묵이 흘렀다. 그들은 다시 그 이야기로 돌아가지 않았고, 기차를 통과시키기 위해 멈췄다가 다시 시작했다 하면서 일을 계속했다.

그들이 무엇을 어떻게 할 수 있었을까? 또 그가 어떻게 그들을 위로하고 도울 수 있었을까? 이 사람들은 거지가 아니라고 예지게이는 생각했다. 그들은 두 사람이 버는 것으로 살아갈 수 있었고, 아무도 그들을 가두지 않았다. 그러나 여전히 그들은 이곳을 벗어날 수 없었다 — 내일도 또 모레도.

예지게이는 그 자신에게, 그가 이 가족을 대신해서, 마치 그들의 문제가 자신의 문제이기라도 한 것처럼, 느끼는 분노와 쓰라림에 놀랐다. 그들이 과연 그에게 누구였을까? 그러나 그는 자신에게 〈이건 내 일이 아냐. 그게 나하고 무슨 상관이지?〉라고는 할 수 없었다. 그는 자기와 상관없는 일에 판단을 내리거나 편을 들려는 그런 부류의 사람이었을까? 열심히 일하는 노동자, 스텝 지방의 사내 — 세상에는 그런 사람들이 셀 수도 없이 많았다. 그런데 어째서 그가 속이 뒤집혀야 했을까? 어째서 그가 세상일이 옳거나 옳지 못하다는 문제로 그의 양심을 괴롭혀야 했을까? 분명히, 아부딸리쁘의 곤경에 책임이 있는 사람들은 그보다, 부란니 예지게이보다 천 배는 더 잘 알 것이다. 그들은 사로제끄에 뚝 떨어져 있는 그보다 사리를 더 명확히 알 수 있었다. 더구나, 그것이 그의 일도 아니지 않은가? 그런데도 그는 평온해질 수가 없었다. 그리고 어떤 이유에서인지, 그는 자리빠가 가장 염려스러웠다. 그녀의 성실함, 그녀의 자제심, 역경에 맞서 싸우는 그녀의 용기가 그를 놀라게 하고 압도했는데도, 그녀는 여린 날개를 펴서 제 둥지를 폭풍우로부터 지키려는 작은 새와 같았다. 다른 사람들이라면 누구라도 비명을 지르고 가족을 포기하고 친척들의 말을 따랐을 것이었다. 그러나 그녀는 지난 세월의, 그 전쟁 기간 동안의 대가를 남편과 똑같이 치르고 있었다. 그리고 예지게이가 걱정스러웠던 것은 무엇보다도, 그가 그녀와 그녀의 아이들과 그녀의 남편을 보호해 줄 방법이 없다는 사실이었다.

나중에, 예지게이에게는 그들 가족을 보란리-부란니에 정착하도록 이끈 운명을 몹시 저주했던 순간들이 있었다. 하지만 무엇 때문에 그가 그렇게 걱정을 했었을까? 그는 예전처럼 그런 일에 마음을 닫고 평온하게 살아갈 수가 있었는데도.

6

 오후로 접어들면서 태평양의 알류샨 열도 남쪽에서는 파도가 일기 시작했다. 아메리카 대륙의 저위도 지방으로부터 불어오는 동남풍이 점점 더 거세어지면서 바람의 방향이 일정하게 잡힌 때문이었다. 광대하게 탁 트인 수면에서 큰 파도가 천천히 일었다 부서지기 시작하더니 다음에는 몇 줄로 늘어선 파도가 차례차례 연속적으로 밀려왔다. 그것은 폭풍의 시작은 아닐지라도 어쨌든 불안정한 날씨가 장시간 계속되리라는 조짐이었다.
 탁 트인 대양에서의 그 정도 파도는 항공모함 컨벤션호에 아무런 위험이 되지 못했다. 그랬으므로 다른 여느 때 같았다면 그 배의 위치는 고정불변이었을 것이다. 그러나 지금은 특별 전권 위원들이 상급자들과의 협의를 마치고 언제 돌아올지 몰랐으므로 항공모함은 롤링을 줄이기 위해 바람이 불어오는 쪽으로 나아가고 있었다. 그리고 모든 일이 정상적으로 진행되었다. 먼저 샌프란시스코로부터 날아온 비행기가, 그리고 다음엔 블라지보스또끄에서 온 비행기가 안전하게 착륙했다.
 위원들은 전권을 위임받아 가지고 돌아왔지만 말을 잃은

채 생각에 몰두해 있었다. 착륙한 지 15분 뒤에 그들은 벌써 테이블에 둘러 앉아 비공개 회의를 여는 중이었고 회의를 시작한 지 5분 뒤에는 제르자쩰리 은하계에 가 있는 패러티 우주 비행사 1-2와, 2-1에게 번역해서 보낼 암호로 된 메시지가 패러티 궤도 정거장을 향해 우주로 보내졌는데 내용은 다음과 같았다.

패러티 궤도 정거장의 우주 비행사 1-2와 2-1에게. 이 메시지는 현재 태양계 밖에 나가 있는 패러티 우주 비행사 1-2와 2-1에게 아무런 행동도 취하지 말도록 경고하기 위한 것임. 귀관들은 옵뜨세누쁘르에서의 좀 더 특별한 지시 사항들을 기다리며 현 위치에서 그대로 대기할 것.

이 메시지를 보낸 뒤 특별 전권 위원들은 지체 없이 그 위기의 해결을 위한 양측의 입장과 제안을 표명할 준비가 되었다.
항공모함 컨벤션호는 끊임없이 밀어닥치는 태평양의 파도 한가운데서 뱃머리를 바람맞이로 두고 멎어 있었다. 세상에서는 누구도 그때 그 항공모함 위에서 지구의 운명이 결정되고 있다는 것을 알지 못했다.

여기서 기차들은 동쪽에서 서쪽으로, 서쪽에서 동쪽으로 지나간다.
철길 양편에는 널따랗게 펼쳐진 광대한 불모지 — 중앙아시아의 노란 스텝 지대, 사리-오제끼가 놓여 있다.
여기서는 모든 거리가 철도로 재어진다. 그리니치 본초 자오선으로부터 경도가 정해지듯.
그리고 기차들은 동쪽에서 서쪽으로, 서쪽에서 동쪽으

로 지나간다.

아나-베이뜨 묘지까지는 두 시간 거리밖에 남지 않았다. 장례 행렬은 여전히 사로제끄 사막을 지나며 여행을 계속하고 있었다. 부란니 예지게이가 낙타 등에 앉아 길을 인도했고 그의 낙타 까라나르는 여전히 기운차게 지칠 줄 모르는 속보로 걷고 있었다. 그 뒤에서는 까잔갑의 사위, 즉 아이자다의 남편이 혼자서 참을성 있게 장인의 시신을 모시고 앉아 있는 트레일러가 딸린 트랙터가 달려왔고, 또 그 뒤로 벨라루시 굴착기가 따랐다. 그리고 옆으로는 가슴이 커다랗고 녹슨 빛깔을 한 주제넘고 자신만만한 개 졸바르스가 앞섰다 뒤처졌다, 무슨 중요한 볼일이라도 있는 듯 멈춰 섰다 하며 따라붙었다.

태양은 중천으로 떠올라 뜨겁게 타고 있었다. 노정의 절반 이상은 벌써 그들 뒤로 지나갔고 거대한 사로제끄 사막은 지나온 언덕들과 저 멀리로 지평선까지 뻗쳐 나간 새로이 드러나는 불모지들을 거느린 채 끝없이 광활하게 펼쳐져 있었다. 아주 먼 옛날 이곳에서는 사로제끄 지역으로 쳐들어와서 오랫동안 이 지역을 장악하고 지배했던, 기억조차도 하기 싫은 츄안츄안족이 살았었다. 그리고 다른 유목 민족들도 목장과 우물을 차지하려고 끊임없는 전쟁을 치르며 같이 살았었다. 한 부족이 북쪽 지역을 또 다른 부족이 그 지역을 차지하곤 하면서, 그러나 정복자들과 피정복자들은 그들이 살아가는 지역에서의 지분을 얼마간은 잃고 얼마간은 얻고 하면서 자기네들의 영토에 그대로 남아 있었다. 그래서 옐리자로프는 늘 사로제끄의 생활 공간은 투쟁의 보상이라는 말을 하곤 했다.

그 시기에는 봄가을에 많은 비가 내렸었고 그 덕분에 크고 작은 많은 가축들이 목초지에서 풀을 뜯을 수 있었다. 그때는 또 대상들이 이 지역을 지나며 장사를 벌이기도 했었다. 그러나 갑자기 기후에 변화가 생긴 모양이었다. 비가 줄었고 우물이 말랐고 초목이 시들었다. 그곳에서 살던 부족들은 뿔뿔이 흩어졌고 츄안츄안족도 완전히 종적을 감추었다. 그 종족은 에질 강, 그러니까 현재의 지명으로 하자면 볼가 강 쪽으로 옮아갔는데 그들이 영겁 속으로 사라져 버린 것은 그 근처 어디에선가였다. 누구도 그들이 어디로부터 왔고 어느 곳으로 사라졌는지를 알아내지 못했다. 전해 오는 말로는 그들에게 저주가 내려서 얼어붙은 에질 강을 건너고 있을 때 강의 얼음이 움직이고 갈라져 그들 모두가 밑으로 사라졌다는 것이었다. 그들이 데리고 가던 가축들과 함께…….

사로제끄의 원주민들인 까자흐 유목민들은 기후가 바뀐 뒤에도 자기네들의 땅을 떠나지 않고 새로 판 우물이 물을 만나는 곳에서 머물렀다. 그러나 사로제끄 사막에서 가장 바쁜 시기는 물 운반 차량이 선을 보인 최근의 전후 시기와 더불어 찾아왔다. 한 대의 물 운반차는, 만일 운전사가 그 지역을 잘 안다면, 서너 군데의 외딴 지점들에 물을 공급할 수 있었다. 그리고 사로제끄 목초지의 임대인들과 인근 지방의 집단 농장 및 국영 농장들에서는 사로제끄에 양 떼를 방목하기 위한 영구 기지의 건설을 고려하는 중이었고 그런 계획을 추진하는 데 필요한 비용을 평가하고 산정하느라 바빴다. 그러나 다행히도 그들은 충분한 시간을 두고 서두르지 않았다. 거의 알아차리지도 못한 사이에 아나-베이뜨 근처에는 〈우체통〉이라고밖에는 이름이 알려지지 않은 도시가 하나 생겨났다. 사람들은 〈나 우체통에 갔다 왔어……〉나 〈우체통에 가 있었어……〉, 〈우리 이걸 우체통에서 샀어……〉, 〈나 우체통에서 그런 걸 봤어……〉 하는 등등의 말을 하곤 했다. 〈우체통〉은 점점 더 크게 팽창했고 건물이 세워졌고 — 그리고 다음에는 외부 사람들에게 차단되었다. 한줄기의 아스팔트 포장도로가 그 도시를 한쪽 방향에서 로켓 발사 기지 또는 우주선 발사 기지와 연결시켰고 다른 방향으로는 철도역이 연결되었다. 그리하여 사로제끄에 새롭고 현대화된 거주 지역이 성장해 갔다.

과거의 유적으로는 낙타의 쌍봉처럼 생긴 두 봉우리 — 에기즈와 쭈베 — 위에 자리 잡은 아나-베이뜨 묘지만이 남았다. 그곳은 사로제끄 전체에서 가장 이름 높은 묘지였다. 그래서 옛날에는 사람들이 때로는 아주 먼 — 그곳까지 오는 길에 황량한 스텝에서 하룻밤을 보내야 할 정도로 그렇게 먼 — 곳에서도 시신을 모셔 오곤 했었다. 그리고 바로 그 이유로 아나-베이뜨에 묻힌 사람의 후손들은 당연히, 자기네들의 조상의 영전에 그토록 특별한 경의를 표했다고 자랑스러워할 수가 있었다. 사실 거기에는 그 부족에서 가장 존경받고 가장 잘 알려진 사람들 — 오래도록 장수를 누린 사람들과 학식이 높은 사람들, 그리고 언행으로 명예를 얻은 사람들 — 이 묻혀 있는데 그런 사정을 잘 알고 있던 엘리자로프는 그래서 그 묘지를 사로제끄의 판테온 신전이라고 불렀다.

그날 낙타와 트랙터와 굴착기와 개로 이루어진 괴상한 장례 행렬은 보란리-부란니 간이역으로부터 그 묘지로 다가가고 있었다.

아나-베이뜨 묘지에는 츄안츄안족이 사로제끄를 정복하는 과정에서 포로가 된 전사들을 눈 뜨고는 볼 수 없이 잔인하게 다루었던 시기로까지 거슬러 올라가는 그 자체의 역사가 서려 있었다. 이웃 나라에 노예로 팔려 간 사람들은 그래도 다행이라고 생각되었다. 왜냐하면 조만간 그들은 도망을 치든가 해서 자기네들의 고향 땅으로 돌아올 수가 있었기 때문이었다. 그러나 츄안츄안족에게 걸려든 노예들에게는 끔찍한 운명이 기다리고 있었다. 그들은 노예들에게 소름 끼치는 고통 — 희생자의 머리 위에 〈시리〉를 씌우는 — 을 가함으로써 기억을 말살시켜 버리는 것이었다. 이 운명은 전쟁에서 사로잡힌 젊은 남자들 몫이었다. 우선 먼저 포로들의 머리가 면도날로 철저하게 밀리고 남은 머리칼은 한 올 한 올 뿌리까지 뽑힌다. 그 일이 다 끝나면 츄안츄안족의 솜씨 좋은 백정이 근처에 있던 어미 낙타를 죽여 가죽을 벗겨 내기에 앞서 털이 숭숭한 묵직한 유방부터 도려낸다. 그런 다음 그것을 몇 조각으로 나누어 아직 더운 기가 가시지 않은 상태에서 면도로 박박 민 포로의 머리에다 씌운다. 그러면 그것은 당장에 씌워진 자리에 접착제처럼 들러붙는데 그 모습은 어찌 보면 오늘날의 수영 모자와도 비슷했다. 그리고 이어서 끔찍한 형을 겪게 되는데 그런 형을 당한 사람은 고통을 견딜 수 없어서 죽거나 또는 과거의 기억을 깡그리 잊어버린다. 살아남더라도 그는 과거의 삶을 기억할 수 없는 〈만꾸르뜨〉라는 노예가 되는 것이다.

유방 하나에서 떼어 낸 가죽으로는 다섯 개나 여섯 개의 시리가 만들어진다. 시리가 씌워진 뒤에 형을 선고받은 사람에게는 각각 족쇄가 채워지고 땅에 머리를 대지 못하도록 목에 큰칼이 씌워진다. 그런 상태에서 포로들은 다른 사람들의 귀에 영혼을 찢는 울부짖음 소리가 들리지 않도록 사람이 사는 곳에서 멀리 떨어진 곳으로 끌려간다. 그런 다음 그들은 손발이 모두 묶인 채 살을 태우는 땡볕 아래서 물도 음식도 없이 풀 한 포기 없는 맨땅에 넘겨뜨려진다. 그 고문은 사나

홀 동안 계속된다. 그리고 포로들이 아직 살아 있을 동안 같은 부족 사람 중에서 누군가가 그들을 도와주려고 할 경우에 대비하여 희생자들에게로의 접근을 차단하기 위해 증원된 순찰병들이 배치된다. 그러나 포로들의 생명을 구하려는 시도는, 사방이 다 트인 스텝에서는 어떤 움직임이라도 당장에 알아볼 수가 있기 때문에 자주 벌어지지는 않는다. 만일 나중에 누군가가 츄안츄안족의 손에 넘어가 만꾸르뜨가 되었다는 소문이 들리면 그때는 가장 가깝고 가장 사랑하는 사람들이라도 그를 구하려거나 몸값을 치르려고 하지 않았다. 아무리 회생을 시켜 본댔자 그것은 고작 모습만 그대로인 살아 있는 시체일 뿐이기 때문이었다.

아들의 그런 운명을 순순히 받아들이려 하지 않았던 나이만 부족의 어머니는 단 하나, 전설에 나이만-아나라는 이름으로 전해지는 부인이었다. 사로제끄의 전설은 그 일을 모두 이야기하고 있는데 그 이야기로부터 아나-베이뜨 — 어머니의 안식처 — 라는 이름이 생겨났다.

그 무시무시한 고통을 당하도록 허허벌판에 버려진 사람들은 대부분이 사로제끄의 땡볕 아래서 죽어 갔고 다섯 명이나 여섯 명의 사람들 중에서 단지 한두 사람만이 살아남아 만꾸르뜨가 되었다. 그러나 그들은 굶주림으로도, 더구나 목이 타서 죽는 것도 아니었다. 그들은 그들의 머리에 씌워진 낙타의 생가죽이 말라 가면서 죄어드는 압력으로 죽어 가는 것이었다. 뜨겁게 타오르는 햇살 아래서 시리는 사정없이 수축하여 노예가 될 사람들의 박박 밀린 머리에 죄어드는 쇠테처럼 압박을 가한다. 게다가 다음 날이 되면 희생자들의 박박 밀린 머리에서 머리칼이 자라기 시작하는데 뻣뻣하고 잘 구부러지지 않는 아시아인들의 머리칼은 낙타의 생가죽 속으로 파고들었다가 대개는 굳어 버린 가죽을 뚫지 못하고 뒤쪽으로 구부러진다. 그리고 더욱더 극심한 고통을 가하면서 사람의 머리 가죽 속으로 다시 파고든다. 이 마지막 시련이 희생자를 기억 상실과 죽음의 고비로 몰아가는 것이다.

5일째가 되어서야 츄안츄안족은 포로들 중에 누가 살아남았는지를 보려고 벌판으로 나온다. 그런 고통을 받은 포로들 중에 단 한 명이라도 살아 있으면, 만족한 결과를 얻은 것으로 여긴다. 그들은 생존자에게 물을 주고 결박을 풀고 적당한 기간 동안 기력을 회복시킨다. 그렇게 해서 얼마 후에는 기억을 강제로 빼앗겨 버린 만꾸르뜨 노예가 생겨나는데, 그런 노예는 기억을 박탈당하지 않은 건강한 노예보다 열 곱은 더 쓸모가 있었다. 그래서 심지어는 어쩌다 싸움이 벌어져 만꾸르뜨 노예가 하나 죽으면 그 손해에 대한 배상은 기억을 박탈당하지 않은 자유인에 대한 배상의 세 배로 한다고 정한 법률까지도 있었다.

만꾸르뜨는 자기가 누구였는지, 언제 어느 부족으로부터 왔는지는 물론, 자기 이름조차 몰랐고 그의 어린 시절과 어머니 아버지도 기억하지 못했다. 한마디로 그는 자기를 인간으로 인식할 수가 없었다. 자아에 대한 이해를 모두 박탈당한 만꾸르뜨는 주인 입장에서 본다면 이점이란 이점은 다 갖춘 노예였다. 그는 말 못하는 짐승이나 마찬가지여서 주인 말에 절대 복종이었고 안전했다. 또 절대로 도망 같은 것을 생각하지도 않았다. 어느 노예 주인에게나 가장 두려운 것은 노예들이 반란을 일으킬지도 모른다는 가능성이었다. 노예들은 그 하나하나가 잠재적인 반란자였다. 그러나 만꾸르뜨는 예외였다. 그는 반란을 일으키자는 어떤 선동에도 절대적으로 무관심했고 지극히 단순해서 그런 감정이 무엇인지도 알지 못했다. 그래서 가두어 둘 필요도, 감시할 필요도, 심지어는 어떤 나쁜 생각을 품고 있다는 의심을 할 필요조차 없었다. 만꾸르뜨는 개처럼 주인만을 알아보았고 다른 사람들과는 아무런 관계도 없었다. 그의 모든 생각은 배를 채운다는 욕구를 충족시키는 것에만 국한되어 있었다. 그 밖에는 다른 걱정거리가 아무것도 없었다. 그는 자기에게 주어진 일을 맹목적으로 기꺼이, 그리고 전심전력을 기울여 해냈다.

만꾸르뜨에게는 아주 더럽고 힘든 일 아니면 엄청난 참을성이 요구되는 가장 지겹고 따분한 작업이 맡겨졌다. 오직 만꾸르뜨만이 한 떼의 낙타들 외에는 어느 것과도 친구가 되지 못하고 완전히 격리된 채 사로제끄의 끝없는 정적과 공허를 견딜 수 있었다. 또 그는 혼자서 일꾼 몇 사람 몫을 할 수 있었지만 필요한 것은 다만 음식을 주는 것뿐이었고 그렇게만 해주면 그는 여름이건 겨울이건 교대해 줄 사람도 필요 없이 스텝에 나가 있을 수가 있었다. 그는 혼자 있기를 무서워하지 않았고 부족한 것이 있어도 불평을 하지 않았다. 만꾸르뜨에게는 주인의 명령과 지시가 무엇보다도 더 중요했다. 그리고 음식과 스텝에서 얼어 죽지 않을 정도의 옷만 제외하고는 아무것도 바라지 않았다.

포로를 복종시키려면 그저 누군가의 목을 자른다거나 다른 위해를 가해 겁을 주는 편이 훨씬 더 쉬웠을 것이었다. 그러나 츄안츄안족은 그러는 대신 포로의 기억을 말살시키고 그의 이성을 파괴하고, 그렇게 하지 않았더라면 마지막 숨을 내쉬는 순간까지 유일무이한 자신으로 남아 한 인간과 함께할, 그리고 육신과 함께 죽어 다른 사람들에게 이를 수 없는 정신을 송두리째 뽑아 버리기로 했다. 이 야만의 가장 잔인한 형태는 인간이라는 신성한 존재를 잠식했던 유목민 츄안츄안족의 어두운 과거로부터 되살아났다. 그들은 노예에게서 살아 있는 기억을 제거해 버리는 방법을 찾아냈고 그런 식으로 인간에게 상상할 수 있거나 상상할 수 없는 해악들 중에서도 가장 끔찍한 해악을 끼쳤던 것이다. 만꾸르뜨로 변해 버린 아들을 보고 나이만-아나는 괴로워하며 미칠 듯한 슬픔과 절망 속에서 이렇게 한탄했다.

「저들이 네 머리를 집게로 호두를 깨듯이 짓누르고, 말라가는 낙타 가죽의 더딘 뒤틀림으로 네 두개골을 조이며 너의 기억을 앗아 갔을 때, 공포에 질려 눈물로 채워진 네 안구에서 눈을 뽑아내려고 그 보이지 않는 고리로 네 머리를 조였을 때, 사로제끄의 타는 목마름이 너를 찢는데도 하늘에서 네 입술을 축일 빗방울 하나 떨어지지 않았을 때, — 그때 네게는 어찌 모든 사람들에게 생명을 준 태양이 우주 만물 중에서도 가장 가증스럽고, 무지막지하고 사악한 것이 아니었겠느냐?

죽음보다 더한 고통으로 네 비명이 사막을 가득 채웠을 때, 밤낮으로 애타게 신을 부르고 몸부림치며 헛되이 하늘의 도움을 기다렸을 때, 네 고통받는 몸에서 뿜어져 나온 가래로 숨길마저 막히고 네 발작으로 뒤틀린 몸의 역겨운 배설물로 더럽혀졌을 때, 그 더러운 오물에 빠져 이성을 잃고 구름 같은 파리 떼에게 시달리며 뜯어 먹힐 때 — 그때 네가 어찌 마지막 숨을 몰아 이 버려진 세상에 우리들 모두를 태어나게 한 신을 저주하지 않았겠느냐?

어둠의 그늘이 고통으로 갈가리 찢긴 네 영혼을 영원히 덮어 갈 때, 억지로 부서진 네 기억이 지난날과의 연상을 영원히 잃어 갈 때, 거친 몸부림 속에서 네 어미의 모습과, 네가 어릴 적 뛰어놀던 산중의 개울물 소리를 잊어 갈 때, 네 황폐

한 의식 속에서 네 자신의 이름과 네 아버지의 이름을 잊고 네가 둘러싸여 자랐던 사람들의 얼굴이며 네게 얌전히 미소 짓던 처녀의 이름마저 희미해져 갈 때 — 그때 너는 어찌 바닥 모를 망각의 구렁텅이 속으로 떨어져 내리면서 고작 이런 날을 살게 하려고 너를 자궁 속에 품었다가 신의 빛 속으로 내질렀다며 가장 지독한 욕설로 네 어미를 저주하지 않았겠느냐?」

이 이야기는 츄안츄안족이 남쪽 지방에서 아시아 유목민들을 몰아내고 북쪽으로 쳐 올라가고 있던 그 시기로부터 전해 내려온다. 사로제끄를 손에 넣고 오랫동안 그 지역을 장악하면서 그들은 지배하는 영토를 늘리고 더 많은 노예를 얻을 목적으로 끊임없는 전쟁을 치렀다. 처음엔 그들은 불시에 기습을 감행하여 사로제끄 근처의 지역에서 남자들은 물론 여자고 아이들이고 닥치는 대로 잡아갔다. 그러나 낯선 침략자들에 대한 저항은 점점 드세어졌고 싸움은 격렬해지기 시작했다. 물론, 츄안츄안족은 그들이 사로제끄에서 얻었던 것을 포기할 생각은커녕 그와는 반대로 넓게 펼쳐진 스텝에서 그들의 세력을 확고히 하는 데 혈안이 되어 갔다. 그들 편에서 보자면, 그 지역의 부족들은 자기네들의 땅을 잃고서도 순순히 참으려고는 하지 않을 것이었고, 조만간 침략자들을 몰아내기 위해 그들의 권리와 의무를 다하리라고 결의를 다질 것이었다.

크고 작은 싸움에서 양측 모두 얻기도 하고 잃기도 했지만, 이 끝없는 소모전의 와중에서도 이따금씩은 평온한 시기가 있었다. 그런데 그 평온한 시기들 중의 어느 한때에, 짐 실은 낙타들을 끌고 나이만 땅을 찾아왔던 몇몇 대상들이 차를 마시며 앉아 있다가 자기네들이 어떻게 여러 우물에서 츄안츄안족 사람들의 부당한 간섭을 받지 않고 사로제끄 스텝을 지나왔는지 이야기했다. 그리고 곁들여서 사로제끄 한복판에서 만났던, 꽤 많은 낙타들을 돌보는 젊은 목동의 이야기도 꺼냈다. 대상들은 그에게 말을 붙였다가 그가 만꾸르뜨라는 것을 알게 되었다. 그는 튼튼하고 건강한 모습이었으며 그런 운명을 겪었다는 것이 놀라울 지경이었다. 언젠가 한때는 그도 다른 누구나 마찬가지로 밝고 떠들어 대기 좋아하는 젊은이였을 것이었다. 그는 아직 나이가 어려서 이제 겨우 턱수염이 돋아났고 대체로 보아 용모도 훌륭했다. 그러나 몇 마디 이야기를 나누어 보자 그는 마치 갓 태어난 아이 같았다. 그 불쌍한 젊은이는, 그의 아버지나 어머니의 이름은 물론 자기의 이름조차도 기억할 수 없었다. 그리고 츄안츄안족이 자기에게 어떤 짓을 했는지, 또 자기가 어디로부터 왔는지도 알지 못했다. 그에게 어떤 질문을 하건 그는 〈그렇다〉, 〈아니다〉라는 대답밖에는 하지 않았고 이야기를 하는 동안 내내 머리에 단단히 들러붙은 모자를 움켜쥐고 있었다. 비록 그러는 것이 못된 짓이기는 해도, 사람들은 때때로 그런 불행을 비웃었다. 또 머리에 군데군데 사람의 피부 속으로 낙타 가죽이 끼여 들어간 만꾸르뜨들이 있다는 사실까지도. 그런 만꾸르뜨에게는 가장 지독한 형벌이 머리에 김을 쐬겠다고 해서 겁을 주는 것이었다. 그들은 다른 사람들이 머리를 만지려고 하면 미친 말처럼 대들었다. 그리고 낮이건 밤이건, 심지어는 잠을 자면서도 그 모자를 벗지 않았다.

그런데 대상들의 말을 따르자면, 이 만꾸르뜨는 제정신을 잃어버리기는 했어도 내내 자기 일에 몰두하고 있었다는 것이었다. 그의 경계하는 눈길은 낙타 떼가 풀을 뜯고 있는 곳에서 대상들이 비켜설 때까지 그들을 쫓고 있었다. 그때 낙타 끄는 사람 하나가 낙타를 타고 떠나기에 앞서 그 만꾸르뜨에게 농담을 한마디 던지기도 했다.

「우린 앞으로 먼 길을 가야 돼. 누구한테다 네 안부를 전해 줄까? 어떤 처녀에게? 하지만 어디서 살지? 말해 봐! 어쩌면 우린 네게서 스카프를 한 장 받아 가지고 그 처녀에게 전해 줄 수도 있어.」

그 만꾸르뜨는 한참 동안 낙타 끄는 사람을 물끄러미 쳐다보고 있다가 이렇게 대답했다. 「매일 밤마다 나는 달을 보고 달은 나를 봐. 그렇지만 우리는 서로 얘기를 알아듣지 못해. 저기 위에 누가 있는데……」

대상들이 이 이야기를 하고 있을 때 천막집에 있던 한 여인이 그들에게 차를 내왔다. 나이만-아나였다. 사로제끄 전설에서는 그녀가 이 이름으로 전해 내려온다. 손님들이 거기에 있는 동안 나이만-아나는 아무런 반응도 보이지 않았다. 사실 누구도 그녀가 대상들의 이야기로 얼마나 큰 충격을 받았는지, 또 그녀의 안색이 어떻게 변했는지를 알아차리지 못했다. 그녀는 대상들에게 이 젊은 만꾸르뜨에 대해서 몇 가지 묻고 싶은 생각이 간절했지만 이미 말한 것 이상을 알아내기가 두려웠다. 그러나 또 한편으로 그녀는 침묵을 지킬 줄 알았고 놀라움을 억누를 줄도 알았다. 마치 그녀가 비명을 지르는 다친 새이기라도 한 것처럼 점점 더 커가는 놀라움을…….

그때쯤 이야기는 뭔가 다른 주제로 옮아갔다. 누구도 그 만꾸르뜨의 운명에 대해 더 이상 관심을 갖지 않는다. 그런 불행은 세상에 흔한 일이었다. 그러나 나이만-아나는 그녀의 가슴을 온통 휘저은 두려움을 이겨 내려고, 떨리는 손을 진정시키려고 안간힘을 쓰고 있었다. 그녀는 마치 그 다친 새가 정말로 자기 몸속에서 비명을 지르는 것만 같았지만 아무런 내색도 하지 않았다. 다만 그녀는 오래전부터 반백이 된 머리에 쓰고 있던 검은 스카프를 내려 얼굴을 가렸을 뿐이었다.

상인들은 제 갈 길로 낙타를 몰고 떠났다. 그 뒤로 잠 못 이루는 밤 동안 나이만-아나는 사로제끄 사막 한가운데로 그 만꾸르뜨 목동을 찾아가서 그가 자기의 아들이 아니라는 것을 직접 확인하기 전에는 마음의 평화를 얻을 수 없으리라고 확신했다. 끈덕지게 따라붙는 무시무시한 생각이 ― 어렴풋한 예감으로 오랫동안 감추어 왔던, 들었던 대로 아들이 전쟁터에서 죽지 않았을 거라는 의구심이 그녀의 가슴속에서 되살아났다. 그리고 물론, 끊임없는 두려움과 고통과 의심으로 괴로워하기보다는 아들을 두 번 장사 지내는 편이 더 나을 것이었다.

그녀의 아들은 사로제끄에서 츄안츄안족과 벌였던 어느 전투에서 죽었다. 그보다 한 해 먼저 나이만 부족의 유명한 인물이었던 아버지를 잃은 뒤, 그 원수를 갚기 위해 처음으로 싸움에 나갔다 죽은 것이었다. 물론 전사자를 전쟁터에 버려두도록 되어 있지는 않았다. 시신을 집으로 모셔 오는 것은 같은 부족 사람들의 의무였다. 그러나 이 젊은이에 대해서는 그러기가 불가능할 것 같았는데, 그 싸움에 같이 참가했던 많은 전사들이 전해 준 말은 이러했다. 그들이 적과 교전하고 있을 때 그녀의 아들이 그가 타고 있던 말의 갈기 위로 넘겨졌는데 그 짐승은 전쟁 통의 소란에 흥분하고 놀라서 달아나기 시작했다. 그리고 다음에는 그가 안장에서 떨어졌지만 한쪽 발이 등자에 걸려 있어서 그 짐승의 한쪽 옆구리에 그대로 매달렸는데, 그 때문에 말이 더욱더 놀라서 숨을 거둔 시체를 끌고 전속력으로 스텝을 질주해 갔다. 게다가 그 말은 설상가상으로 적이 장악하고 있는 영토 쪽으로 달아나 버린 것이었다. 한 사람도 빠짐없이 전투에 참가해야 되었던 그 격렬하고 피비린내 나는 싸움의 와중에서도 부족 사람 둘이서 말을 붙잡아 시체를 거두어 오려고 뒤쫓아 갔다. 그렇지만 계곡에 매복해 있던 한 패의 츄안츄안족 기마병들이 함성을 지르며 그들을 가로막았다. 한 사람이 화살에 맞아 죽었고 또 한 사람은 심하게 부상을 당해서 같은 부족 사람들과 다시 합류하기도 전에 말에서 떨어졌다. 하지만 나이만 부족에게는 습격을 당한 것이, 가장 결정적인 순간에 측면 공격을 개시하려던 츄안츄안족의 매복 장소를 알 수 있게 되었으므로 오히려 도움이 되었다. 나이만 부족 사람들은 전열을 재정비하기 위해 서둘러 퇴각했다가 다시 진격해 들어갔다. 물론, 그때쯤엔 아무도 그들의 동료이자 나이만-아나의 아들인 젊은이의 운명에 관심을 가질 수 없었다.

결국에는 다시 말에 오를 수 있었던 부상당한 나이만 전사는 나중에 자기가 나이만-아나의 아들이 탔던 말을 쫓아가려고 했지만 결국 그 짐승은 사라져 버렸다고 했다.

그 뒤로 며칠 동안 나이만 부족의 전사들은 그의 시신을 찾으려고 여기저기로 돌아다녔다. 하지만 그들은 그의 흔적도, 말도, 무기도, 또 그 밖의 다른 실마리도 찾지 못했다. 설령 그가 부상만 당했을 뿐 죽지는 않았다 할지라도 그 무렵 같이 건조한 계절에는 갈증이나 피의 부족으로 스텝 어딘가에서 죽었을 것이었다. 나이만 부족 사람들은 그를 애도했고, 인적 없는 사로제끄 스텝에 그들의 젊은 동료가 묻히지 못한 채 누워 있다는 것을 슬퍼했다. 그것은 누구에게나 부끄러운 일이었다. 여자들은 나이만-아나의 천막집에서 울부짖으며 남편들과 형제들을 비난했다.

「독수리들이 그의 뼈에서 살을 쪼고 자칼들이 그의 뼈를 훑었어요. 이런 일이 있은 뒤에도 당신들은 어떻게 감히 머리를 들고 돌아다닌단 말인가요!」

그렇게 해서 나이만-아나에게는 텅 빈 세상에서의 공허한 날들이 흘러갔다. 그녀는 사람들이 전쟁터에서 죽는다는 사실은 체념하고 받아들일 수 있었지만 아들이 전쟁터에 버려진 채 누워 있으며 그의 시신이 흙으로 돌아가지 못했다는 생각에 번민이 가시지 않았다. 그 어머니는 끊임없이 떠오르는 끔찍한 생각들로 고통을 겪고 있었지만 그녀에게는 괴로움을 함께 나누고 그럼으로써 슬픔을 누그러뜨려 줄 만한 친구 하나 없었다. 그리고 신 한 분만 빼놓고는 누구에게 의지할 데도 없었다.

그 끔찍한 생각들을 모두 떨쳐 버리려면 아들의 죽음을 자기 눈으로 직접 확인하는 도리밖에 없었다. 그런 다음에는 누구라서 운명의 뜻을 거역하려 들겠는가? 무엇보다도 그녀는 아들의 말이 흔적도 없이 사라졌다는 것이 이상했다. 그 말은 부상을 입었던 것이 아니라 단지 놀라서 달아났을 뿐이었다. 그렇다면 전쟁터로 나갔던 다른 말들처럼, 그 말도 얼마쯤 뒤에는 등자에 발이 얽힌 제 주인의 시신을 끌고서 제가 늘 뛰어 돌아다니던 눈에 익은 장소로 돌아왔어야 하지 않을까? 물론 그것은 분명히 처참한 광경이겠지만, 적어도 그녀는 손톱으로 얼굴을 찢고 마침내는 하늘에 계시는 신이 그녀의 울음소리에 지칠 때까지 한탄을 늘어놓으며, 아들의 시신 위에서 울부짖을 수 있었을 것이다. 그리고 다음에는 그 말 못할 의심들을 더 이상 가슴 속 깊은 곳에다 묻어 두지 않고 냉철한 이성을 되찾아, 희망 없는 삶에 연연하여 붙잡고 늘어지기보다는 어느 때라도 죽음이 찾아오기를 기다리며 삶을 마감할 준비를 했을 것이었다. 그러나 아들의 시체는 발견되지 않았고 그가 탔던 말도 돌아오지 않았다.

다른 부족 사람들이 점차로 그 전쟁을 잊어 가기 시작하고 있었음에도 나이만-아나는 여전히 의구심으로 시달리고 있었다. 전쟁에서 잃어버린 것들은 얼마쯤 시간이 흐르고 나자 마음에 덜 사무치게 되었고 차츰차츰 잊혀 갔지만 그녀는 아들의 죽음을 초연하게 잊을 수가 없었다. 그녀의 생각은 쳇바퀴 돌듯이 돌고 또 돌았다. 그가 탔던 말은 어떻게 되었을까? 마구는 어디 있고 또 무기는? 그런 것들을 언뜻 보기만 했더라도 그녀는 아들이 어떻게 되었는지를 알 수 있을 것이었다. 물론, 그 말이 붙잡힐 만큼 지쳤을 때 츄안츄안족이 사로제끄 어딘가에서 그 말을 사로잡았을 가능성도 없지는 않았다. 훌륭하게 마구가 갖춰진 말은 상당한 전리품이 되었을 것이었다. 하지만 그들은 등자에 걸려 끌려간 그녀의 아들을 어떻게 했을까? 그를 묻었을까? 아니면 들짐승들이 찢어발기도록 내던졌을까? 또 만일 어떤 기적 같은 일이 생겨서 그가 살아 있었다면? 저들은 그를 한칼에 베어 죽였을까? 아니면 땅에서 숨을 거두도록 끌어내렸을까? 그렇다면…….

그녀의 의혹에는 끝이 없었다. 물론 장사꾼들은 그들이 사로제끄에서 만났던 젊은 만꾸르뜨의 이야기를 하고 있었을 때 자기네들의 이야기가 고통받는 나이만-아나의 영혼에 불을 붙였다고는 생각도 하지 못했을 것이겠지만, 그녀의 가슴은 이제 불안한 예감으로 두근거리고 있었다. 이 만꾸르뜨가 그녀의 잃어버린 아들일지도 모른다는 생각이 점점 더 확실하게 강하게 그녀의 생각과 마음을 사로잡은 것이었다. 이제 그녀는 자기가 이 만꾸르뜨를 찾아가서 그가 잃어버린 아들이 아니라는 사실을 직접 확인하기 전까지는 마음이 평온해지지 못하리라는 것을 알고 있었다.

나이만 부족이 여름 동안 사는 스텝 가장자리의 언덕들 사이에는 돌바닥에 조그만 개울들이 흐르고 있었다. 나이만-아나는 사로제끄의 적막 속으로 길을 떠나기에 앞서 밤새도록 거기에 앉아 콸콸대며 흘러가는 물소리를 들었다. 그녀는 사막으로 혼자 나간다는 것이 얼마나 위험한 일인지를 알고 있었지만 누구에게도 자신의 계획을 털어놓고 싶지 않았다. 그녀와 가장 친하고 가장 가까운 사람들일지라도 그 계획에 찬성하지 않을 것이었다. 그런데도 어떻게 그녀가 오래전에 죽은 아들을 찾아 나설 수 있을까? 그리고 만일 어떤 우연으로 그가 아직 살아 있지만 만꾸르뜨로 바뀌었다면, 공연히 가슴을 찢으려고 그를 찾아 나선다는 것은 더더욱 생각할 수 없는 일이었다. 만꾸르뜨란 단지 겉모습, 예전 사람의 껍데기에 불과했으므로······.

떠나기 전날 밤 그녀는 몇 번씩이고 천막집 밖으로 나와 귀를 기울이고 정신을 집중시키고 하면서 주위를 둘러보았다. 한밤중의 달이 고르고 은은한 빛으로 온 세상을 채우며 구름 없는 하늘에 높이 걸려 있었고, 달빛 아래로는 여러 채의 하얀 천막집들이 시끄러운 물소리를 내며 흐르는 개울 둑 옆 언덕 기슭에 커다란 새 떼들이 홰를 튼 것처럼 여기저기 흩어져 있었다. 마을 밖으로 양 떼들을 모아 둔 곳과 좀 더 멀리 말 무리가 풀을 뜯고 있는 계곡들로부터 개 짖는 소리와 무슨 말인지 알 수 없는 사람들 목소리가 들려왔다. 그러나 무엇보다도 마을 가까이에 있는, 울을 친 목양장 옆에서 즐겁게 노래를 부르는 계집아이들의 목소리가 귀에 먼저 들어왔다. 그 노랫소리에 나이만-아나는 가슴이 찡해졌다. 그녀가 기억할 수 있는 나이만 부족은 그녀가 이곳으로 시집을 온 이래 해마다 여름이면 그곳에 머물렀었다. 그녀의 온 생애가 그런 곳들에서 보냈던 것이다.

집안이 번성해 가면서 그들의 천막집은 네 채 — 한 채는 요리를 위해, 또 한 채는 손님들을 받기 위해, 그리고 두 채는 생활하고 거주하기 위해 — 로 불어났다. 그러나 츄안츄안족의 공격을 받고 난 뒤에는 그녀의 천막집만 남게 되었다. 그런데 이제 그녀는 한 채뿐인 천막집을 떠나려 하고 있었다. 그 전날 밤, 그녀는 여행할 채비를 미리 갖춰 두었다. 그녀는 식량을 꾸려 쌌고, 사로제끄를 질러 가다가 우물을 찾지 못할 경우를 대비하여, 물을 더 길어다 두 개의 가죽 부대에 가득 채웠다. 그리고 천막집 옆에는 그녀의 희망이자 길동무인 하얀 암낙타 아끄마야가 매어져 있었다. 만일 그녀에게 튼튼하고 발 빠른 아끄마야가 없었다면 그녀는 감히 혼자서 적막한 사로제끄로 들어갈 엄두도 내지 못했을 것이었다. 그해에 아끄마야는 새끼를 낳지 않고 두 번째의 새끼를 낳은 뒤에 쉬는 중이어서 타고 여행을 하기에는 더없이 좋은 상태였다. 호리호리한 몸에 튼튼한 다리, 그리고 굳센 발바닥. 그 낙타는 아직 무거운 짐에 시달리거나 나이가 들어 몸이 망가지지 않았고 한 쌍의 튼튼한 혹에다 힘차고 억센 목 위에는 잘생긴 머리가 보기 좋게 얹혀 있었다. 그리고 항상 씰룩이는 코는 길을 갈 때면 숨을 들이쉬느라 나비의 날개처럼 가볍게 벌름거렸다. 한마디로, 하얀 암낙타 아끄마야는 한 떼의 범상한 짐승들 이상 가는 가치가 있었다. 그렇게 발 빠르고 힘 좋은 낙타 한 마리를 손에 넣기 위해, 사람들은 살쪄 가는 어린 짐승들을 수십 마리라도 내놓으려 할 것이었다. 그 낙타는 나이만-아나가 지닌 마지막 보물 — 그녀가 예전에는 부유했다는 마지막 기억 — 이었다. 그 나머지 것들은 손에서 씻겨 나간 먼지처럼 사라져 버렸다. 결국, 그녀가 뒤에 남겨 둔 것은 그녀의 의무 — 이제 그녀가 찾아 나서려는 실종자, 즉 그녀의 아들을 위한 40일간의 추모 기도 — 뿐이었다.

나이만-아나는 그때까지도 엄청난 피로와 슬픔을 느끼고 있었다. 바로 얼마 전에 멀리서 찾아온 나이만 부족 사람들까지 모두 참석한 가운데 마지막 추모식이 열렸기 때문이었다.

새벽녘에 그녀는 지체 없이 떠날 준비를 차렸다. 그러고는 문턱을 넘어서려다 생각에 잠겨 문기둥에 기대선 채, 잠든 마을 주위로 눈길을 던지다가 천막집을 나섰다. 아직도 보기 좋은 몸매와 예전의 아름다움을 그대로 간직한 나이만-아나는 허리띠를 단단히 졸라매고 있었다. 그것은 긴 여행을 떠나기에 앞서 하는 관례였다. 그녀는 통 넓은 바지에 부츠를 신었고, 헐렁한 상의에다 조끼를 받쳐 입은 위에다 어깨 둘레로 느슨하게 숄을 걸쳤다. 그리고 머리에 두른 하얀 스카프는 끝부분이 뒷덜미에 쑤셔 넣어져 있었다. 그녀는 밤사이에 하얀 스카프를 쓰기로 작정했었다 — 결국, 그녀가 살아 있는 아들을 보려고 기대한다면, 무슨 이유로 상복 차림을 하고 떠나야 할까? 또 만일 그녀의 기대가 실현되지 않는다고 해도, 검은 스카프로 머리를 덮을 시간은 얼마든지 있을 것이었다.

어둠이 가시지 않은 그 시간쯤에는 새벽빛이 그녀의 희끗희끗한 머리칼과 얼굴에 서린 깊은 슬픔의 흔적 — 그 어머니의 슬픈 얼굴에 깊이 팬 주름살들 — 을 가려 주었지만 그녀의 눈은 젖어 있었다.

그녀는 깊은 한숨을 내쉬었다. 자기가 그런 시련을 겪으면서 살아가리라고 생각, 아니 짐작이라도 해보았을까? 그러나 이제 그녀는 자신의 모든 용기를 불러 모았다. 그러고는 속삭이듯 기도문의 첫 번째 구절을 외웠다.「천지간에 알라 신만이 계시니.」

그 구절을 마음속에 새긴 채 그녀는 결연히 낙타에게로 가서 앉으라고 명했다.

나지막하게 으르렁거리는 소리를 내며 아끄마야가 천천히 자세를 낮춰 가슴을 땅에 대었다. 나이만-아나는 재빨리 낙타 등을 가로질러 몇 개의 가방을 걸쳐 놓고는 안장에 올라 뒤꿈치로 낙타를 재촉했다. 아끄마야가 다리를 쭉 뻗치고 일어서면서 제 주인을 땅 위로 높이 들어 올렸다. 이제 아끄마야는 제 앞에 여행길이 놓여 있다는 것을 알고 있었다.

마을 사람들은 누구도 나이만-아나의 출발을 알지 못했으므로, 잠이 덜 깨서 연방 하품을 해대는 그녀의 시누이 집 하녀 외에는 아무도 그녀를 전송하지 않았다. 그 하녀는 전날 저녁에 나이만-아나에게서 친척들을 만나 보러 갈 예정이며 그다음에는 순례자들을 만나게 되면 자기도 그 사람들 틈에 끼여 성자 야사비의 신전에서 기도를 드리러 킵차크 땅까지 갈 것이라는 말을 들었었다. 그녀는 사람들에게서 질문을 받지 않기 위해 되도록 일찍 떠나려는 것이었다.

마을을 빠져나와 얼마쯤 간 뒤에 나이만-아나는 사로제끄 쪽으로 방향을 바꾸었다. 전도에 무엇이 놓여 있을지 아무런 암시도 주지 않는 그 텅 빈 사막으로…….

여기서 기차들은 동쪽에서 서쪽으로, 서쪽에서 동쪽으로 지나간다.

이곳의 철길 양편에는 널따랗게 펼쳐진 광대한 불모지 —

중앙아시아의 노란 스텝 지대, 사리-오제끼가 놓여 있다.

여기서는 모든 거리가 철도로 재어진다. 그리니치 본초 자오선으로부터 경도가 정해지듯.

그리고 기차들은 동쪽에서 서쪽으로, 서쪽에서 동쪽으로 지나간다…….

항공모함 컨벤션호 선상에서는 암호로 된 또 다른 메시지를 패리티 궤도 정거장의 우주 비행사들에게 보냈다. 이번 메시지 역시 똑같은 경고조로 그들 두 우주 비행사는 태양계 밖으로 나가 있는 패리티 우주 비행사 1-2 및 2-1과 무선 연락을 해서는 안 되며 또 전(前) 우주 비행사들이 궤도 정거장으로 돌아올 수 있도록 그들과 상의를 해서도 안 된다는 명령이었다. 그리고 추후로도 그들은 옵뜨세누쁘르로부터의 명령을 기다려야 했다.

대양에는 거센 바람이 불고 있었고 항공모함은 태평양의 파도가 그 거대한 선박의 후미 주위에서 부서지는 동안 앞뒤로, 좌우로 흔들렸다. 그런데도 태양은 여전히 파도 머리를 덮은 하얀 거품 위로 끊임없이 끓어오르는 드넓은 바다를 비추고 있었다. 바람이 고른 숨결처럼 계속 불어왔다. 조종사들과 안전 요원들까지 포함된 컨벤션호의 전 승무원들은 만반의 준비를 갖추고 경계 태세에 들어가 있었다.

이제 하얀 낙타 아끄마야가 평탄한 사로제끄와 계곡들을 따라 걷기 시작한 지도 한참이 지났다. 그 낙타는 이제 단조롭게 푸르릉거리는 소리를 내며 발굽 스치는 소리도 거의 없이 나아가고 있었지만 그 주인은 뜨거운 사막을 빨리 가로지르며 끊임없이 낙타를 재촉했다. 그녀와 낙타는 밤이 내리고 난 어떤 외딴 우물에 당도했을 때에야 걸음을 멈췄다. 그리고 다음 날 아침에는 사로제끄 어딘가에서 눈에 띌 거대한 낙타 떼를 찾아 다시 길을 떠났다. 몇 킬로미터에 걸쳐 뻗어 있는 붉은 사토질의 말라꿈지샵 지역인 그 벼랑으로부터 멀지 않은 여기, 이곳에서 대상들은 지금 나이만-아나가 찾고 있는 양치기 만꾸르뜨를 만났었다. 그녀는 벌써 이틀 동안이나 츄안츄안족과 맞닥뜨리게 될까 봐 가슴을 졸이며 말라꿈지샵 근처를 헤매고 돌아다녔다. 그러나 어디를 가보아도 그녀는 단지 텅 빈 스텝과 신기루만을 보았을 뿐이었다. 그리고 한번은 그런 신기루에 속아 첨탑과 성벽들이 공중에서 흐늘거리는 어떤 도시를 향해 먼 길을 돌아가기도 했었다. 어쩌면 그녀는 거기, 노예 시장에서 아들을 찾아내게 될지도 몰랐다. 그렇게만 된다면 아들을 그녀 뒤에, 아끄마야에 태우고 나서 쫓아올 테면 쫓아와 보라고 도망을 칠 수도 있을 텐데······. 사막에 나가 있기란 괴로운 일이었다. 어쩌면 그 때문에 신기루가 그처럼 현실 같아 보이는지도 모르지만······.

물론 사로제끄에서는 단 한 사람도 찾아내기가 어려웠다. 거기에서는 사람이 한 알의 모래와도 같았다. 그러나 만일 그가 넓은 지역에서 풀을 뜯는 한 떼의 가축들을 데리고 있다면 조만간 멀리서라도 짐승을 한 마리쯤 보게 될 것이고 그다음에는 다른 짐승들도 눈에 띌 것이었다. 그리고 가축 떼가 있는 곳에 그 목동도 같이 있을 것이었다. 그것이 나이만-아나의 바람이었다. 나중 일은 어떻게 되더라도.

그러나 아직까지 그녀는 어디에서도, 아무것도 찾지 못했다. 그녀의 마음속에서는 벌써 가축 떼들이 어디론가 다른 곳으로 몰려갔거나 츄안츄안족이 낙타들을 모두 키바나 부하라로 팔러 보냈을지도 모른다는 걱정이 들어서기 시작했다. 그렇다면 그 목동이 그렇게 멀리 먼 곳에서 다시 돌아올까? 그녀가 근심과 의혹으로 시달리다 못해 마을을 떠났을 때, 그녀에게는 단 한 가지 꿈 ─ 비록 아들이 만꾸르뜨일지라도 살아 있는 아들을 만나 보겠다는 ─ 밖에는 없었다. 만일 그가 아무것도 기억 못하고 아무것도 알지 못해도 그녀의 아들이기만 하다면, 다만 살아 있기만 하다면…….

그것은 운명에 물어보아야 할 일이었다. 그러나 사로제끄로 깊이 들어갈수록, 그래서 얼마 전에 대상들이 지나다 만났다는 그 목동이 있음 직한 곳으로 접근해 갈수록, 그녀는 정신이 불구가 된 아들을 보게 되리라는 생각으로 점점 더 마음이 산란해졌다. 감당할 수 없는 두려움에 짓눌려 그녀는 그 만꾸르뜨가 자기 아들이 아니라 다른 어떤 불행한 사람이기를 신께 기도하기 시작했고 심지어는 이제 그녀의 아들은 없으며 더 이상 살아 있을 수 없다는 생각을 기꺼이 받아들이려고까지 했다. 하지만 그러면서도 나이만-아나는 이 만꾸르뜨를 단 한 번만이라도 보고 나서 그녀의 의심이 헛된 것이었다는 확신을 얻으려고 계속해서 돌아다니고 있었다. 만일 그런 확신만 얻게 된다면 그녀는 고향으로 돌아가 더 이상 고통받지 않고 운명이 정해 준 대로 나머지 삶을 살았을 것이다.

그러나 한 번 더 다시 그녀는 사로제끄에서 다른 누가 아니라 그녀의 아들을 찾아내려는 갈망으로 압도되기 시작했다. 그 대가가 어떠하더라도…….

그런 상반된 생각들과 씨름하면서 경사진 능선을 막 지나던 참에 그녀는 별안간 넓은 계곡 전체에 걸쳐 한가히 풀을 뜯는 수많은 낙타들을 보게 되었다. 살쪄 가는 갈색의 낙타들이 조그만 덤불들과 가시식물들 사이를 돌아다니며 순을 뜯어 먹고 있었다. 나이만-아나는 아끄마야에 전속력으로 박차를 가했다. 처음엔 그녀는 마침내 목동을 찾아냈다는 기쁨으로 숨이 막힐 지경이었지만 나중에는 갑자기 무서워졌고 오싹하는 전율이 등줄기를 스쳤다. 어쩌면 만꾸르뜨로 변해 버린 아들을 보게 될지도 모른다는 생각으로 너무도 두려웠던 것이다. 그러다가 그녀는 다시 기뻐했고 그다음에는 자기의 마음속에서 무슨 생각이 일고 있는지를 알려고도 하지 않았다.

풀을 뜯는 짐승들은 거기에 있었지만 목동은 어디에 있을까? 분명히 그는 어딘가 가까운 곳에 있을 것이었다. 바로 그때 계곡 건너편에서 어떤 남자의 모습이 눈에 들어왔다. 그러나 거리가 꽤 멀었으므로 나이만-아나는 그가 누구인지를 알아볼 수 없었다. 그 목동은 한 손에는 기다란 지팡이를 들고 다른 한 손으로는 그가 타고 다니는 낙타 — 짐이 담긴 바구니들을 싣고 바로 그 뒤에 서 있는 — 의 고삐 끈을 쥔 채 눈 위에까지 꽉 덮어씌워진 모자 밑으로 그녀가 다가오는 모습을 잠자코 지켜보며 서 있었다. 그에게로 가까이 다가가서 아들임을 알아보았을 때, 나이만-아나는 자기가 어떻게 낙타에서 내렸는지도 알 수 없었다. 그녀는 틀림없이 떨어지듯 뛰어내렸겠지만 그런 것은 조금도 문제가 되지 않았다.

「애야, 이 녀석아! 너를 찾아서 이 근방을 다 돌아다녔어!」 그녀가 아들에게로 달려갔다. 「나다, 네 어미다!」

그러나 다음 순간 그녀는 모든 것을 알아차리고 발을 구르면서 처절하게 울기 시작했다. 그녀의 입술은 아무리 억누르려고 애를 써도 열병에 걸린 듯이 마구 떨렸고 마음을 진정시킬 수도 없었다. 그녀는 어떻게든 그대로 서 있으려고 무심한 아들의 어깨를 움켜쥐었다. 그러고는 오랫동안 억눌려 있다가 한꺼번에 터져 나오는 슬픔을 이기지 못해 울고 또 울면서 눈물 고인 눈으로 젖어서 들러붙은 머리칼 틈새로, 떨리는 손가락 사이로 아들의 낯익은 모습을 응시했다. 눈물범벅이 된 얼굴에서 여행길에 덮어쓴 먼지를 훔쳐 내는 동안 내내 아들이 자기를 알아보리라는 헛된 기대로 그의 눈길을 붙잡으려고 하면서……. 분명히 그것은 ― 자기 어머니를 알아보기란 ― 너무도 쉬운 일이 아니었을까?

그러나 어머니의 출현도 그 아들에게는 아무런 감동을 일으키지 못했다. 그의 태도는 마치 그녀가 자주 거기로, 날마다 스텝으로 그를 보러 오기라도 하는 듯한 그런 기색이었다. 그는 그녀가 누구인지, 왜 울고 있는지조차 묻지 않았다. 느닷없이 그 목동이 자기의 어깨에서 그녀의 손을 떼어 내더니, 그가 타고 다니는 짐 실린 낙타를 끌고서 물러섰다. 그러고는 어린 낙타들이 장난을 치다가 너무 멀리까지 달아나는 일이 없도록 해두려고 다른 쪽에 있는 낙타들에게로 걸어갔다. 나이만-아나는 있던 그 자리에 쪼그려 앉아 얼굴을 손에 묻고서 고개도 들지 않고 흐느껴 울었다. 그러다 있는 힘을 다 짜내어 평온하게 보이려고 안간힘을 쓰면서 아들에게로 걸어갔다.

만꾸르뜨가 된 그녀의 아들은 생각도 감정도 없는 눈길로, 덮어쓴 모자 아래서 그녀를 쳐다보았다. 바로 그때 바람으로 거칠어지고 검게 탄 그의 메마른 얼굴에 잠깐이나마 희미한 미소가 스쳐 갔다. 그러나 그의 눈길은 어느 일에건 철저한 무관심을 보이면서 여전히 무심한 채로 남아 있었다.

「앉아라, 얘기 좀 하자꾸나.」 나이만-아나가 한숨을 내쉬며 말했다.

그들은 땅에 앉았다.

「나를 알아보겠느냐?」 어머니가 물었다.

만꾸르뜨는 고개를 저었다. 「저자들이 널 뭐라고 부르지?」

「만꾸르뜨.」 그가 대답했다.

「그건 지금 너를 부르는 이름이고, 하지만 옛날 이름은 기억하지 못하겠니? 네 진짜 이름을 기억하려고 해봐.」

만꾸르뜨는 잠잠했다. 그러나 나이만-아나는 그가 기억을 떠올리려고 안간힘을 쓰고 있다는 것을 알았다. 그의 미간에 구슬땀이 맺혔고 그의 눈이 안개 서린 듯한 표정으로 채워졌기 때문이었다. 그러나 현재와 과거 사이에는 그가 건널 수 없는, 눈에 보이지 않는 장벽이 가로막혀 있었다.

「네 아버지 이름이 뭐지? 또 네 이름은? 너 어느 부족 출신이지? 어디서 태어났지? ― 그걸 알겠니?」

하지만 그가 기억할 수 있는 것은 단 한 가지도 없었다. 그는 아무것도 알지 못했다.

「저자들이 네게 무슨 짓을 한 거냐?」 그의 어머니가 속삭이듯 물었다. 그녀의 입술이 한 번 더 걷잡을 수 없이 떨리기 시작했다. 그러나 이번에는 분노와 증오와 슬픔이 뒤섞인 때문이었다. 그녀는 어떻게든 마음을 진정시키려고 하면서도 다시 흐느끼기 시작했다. 그러나 어머니의 이 슬픔도 결코 그 만꾸르뜨의 마음을 움직일 수는 없었다.

「저자들이 네 땅, 네 재산, 아니 네 생명까지도 앗아 갈 수 있겠지만.」 그녀가 울면서 말했다. 「하지만 누가 감히 네 기억을 망가뜨렸으리라고 생각이나 했겠느냐? 아아, 신이시여! 당신이 정말로 계시다면 어째서 사람들에게 그런 힘을 주셨나요? 세상에 이처럼 엄청난 죄악이 또 어디에 있을까요?」

그 말을 한 뒤에 그녀는 만꾸르뜨가 된 아들을 바라보면서 태양에 대해, 신에 대해, 그녀 자신에 대해 저 유명한 회한의 말들을 남겼다. 오늘날까지도 사로제끄의 역사가 거론될 때면 사람들이 암송하곤 하는 그 말들을.

그러고 나서 그녀는 한탄을 하기 시작했다.

「멘 보따시 올겐 보즈 마야 뚜리빈 껠립 이스께겐(나는 새끼를 잃고 밀짚으로 채워진 새끼 낙타의 가죽 냄새라도 맡으러 찾아온 어미 낙타)……」

다음에는 그녀의 가슴속 깊은 곳으로부터, 적막하고 끝없는 사로제끄에 오래도록 메아리친, 가슴을 찢는 울부짖음이 끝없이 터져 나왔다.

그러나 그 울음도 만꾸르뜨가 된 그녀의 아들에게는 아무런 의미가 없었다.

마침내 나이만-아나는 그녀의 아들에게 그가 전에는 누구였고 지금은 누구인지를 떠올려 주려면 자꾸 묻기만 하는 것보다는 알려 주는 편이 더 낫겠다고 생각했다.

「네 이름은 졸라만이야. 그런 이름 들어 봤니? 너는 졸라만이야. 네 아버지 이름은 도넨바이였고. 너 분명히 네 아버지는 기억하겠지? 네가 어렸을 적에 그분은 네게 활 쏘는 법을 가르쳐 주셨어. 나는 네 어머니고 너는 내 아들이야. 너는 나이만 부족 출신이고, 알아듣겠니? 너는 나이만 부족 사람이야.」

나이만-아나가 그런 말을 하는 동안에도 그는 아주 무관심하게, 마치 그녀가 아무 말도 하지 않은 것처럼 — 마치 풀숲의 귀뚜라미 소리를 듣는 것처럼 — 서 있었다.

그러나 나이만-아나는 그녀의 아들에게, 만꾸르뜨에게 물었다.

「네가 여기로 오기 전에 무슨 일이 있었지?」

「몰라.」 그가 대답했다.

「그게 낮이었니, 밤이었니?」

「몰라.」

「너 누구하고 얘기하고 싶니?」

「달하고. 하지만 우린 서로 알아듣지 못해. 저기에 누가 있어.」

「더 가지고 싶은 건 뭐냐?」

「내 머리에다 돼지꼬리(변발). 우리 주인처럼.」

「저자들이 네 머리에다 무슨 짓을 했나 좀 보자.」 나이만-아나가 그에게 손을 뻗쳤다.

만꾸르뜨가 재빨리 펄쩍 뒤로 물러나더니 모자를 감싸 쥐고 어머니에게서 눈길을 돌렸다. 그녀는 순간적으로 자기의 실수를 알아차렸다.

바로 그때 멀리서 사람 모습이 나타났다. 그는 낙타를 타고서 그들 쪽으로 오고 있었다.

「저 사람이 누구냐?」 나이만-아나가 물었다.

「나한테 먹을 걸 갖다줘.」 그녀의 아들이 대답했다.

나이만-아나는 겁이 났다. 츄안츄안족 사람이 그녀를 보기 전에 재빨리 숨어야 했으므로 그녀는 낙타를 앉히고 안장 위로 올라탔다.

「아무 말도 하지 마라. 곧 돌아올 테니까.」 그녀가 다짐을 두었다. 하지만 그녀의 아들은 묵묵부답이었다. 그는 언제나처럼 무관심한 모습일 뿐이었다.

나이만-아나는 곧 자신의 실수를 알아차렸다. 풀을 뜯는 짐승들 사이로 낙타를 타고 가다니! 그러나 이미 때가 너무 늦어 있었다. 낙타 떼 쪽으로 다가오고 있던 그 츄안츄안족 사람은 틀림없이 하얀 암낙타를 타고 멀어져 가는 그녀를 보았을 것이었다. 그녀는 풀을 뜯는 짐승들 사이로 몸을 숨기며 걸어서 멀어졌어야 했다.

낙타들이 풀을 뜯는 곳으로부터 얼마쯤 멀어진 뒤에 나이만-아나는 향쑥이 무성하게 자란 깊은 계곡으로 들어갔다. 그러고는 낙타에서 내린 뒤에 아끄마야를 계곡 바닥에 남겨두고 벼랑을 다시 기어 올라가서 일이 어떻게 되어 가는지를 살펴보았다. 그랬다 — 그 사람은 그녀를 본 것이 틀림없었다. 그렇지 않고서야 이내 낙타를 재촉해서 쫓아왔을 리가 없었다. 그 츄안츄안족 사람은 창과 활로 무장을 하고 있었는데 사방을 둘러보며 하얀 낙타를 탄 사람 — 그는 그녀를 똑똑히 보았었다 — 이 어느 곳으로 사라졌는지를 알아내려고 하는 것으로 보아 여간 신경이 쓰이지 않는 게 분명했다. 그는 어느 쪽으로 쫓아가야 할지 마음을 정하지 못하고서 이쪽저쪽으로 우왕좌왕하다가 마지막에는 계곡 아주 가까운 곳에까지 다가왔다. 나이만-아나가 아끄마야의 주둥이를 스카프로 동여매 놓았던 것이 다행이었다. 만일 그 낙타가 울음소리를 냈더라면 그걸로 끝장일 것이었다.

벼랑 가장자리에 자란 향쑥 덤불 뒤에다 몸을 숨긴 나이만-아나는 그 츄안츄안족을 똑똑히 볼 수 있었다. 그는 보잘것없는 낙타를 타고 지나가면서 이쪽저쪽을 살피고 있었는데 얼굴은 잔뜩 살이 쪄서 부풀어 있었고 머리에는 양끝이 접혀 올라간, 배처럼 생긴 모자를 쓰고 있었다. 그리고 머리 뒤에는 두 겹으로 땋은 검고 윤기 없는 변발이 늘어져 있었다. 등자를 딛고 일어서서 활시위를 당긴 채 이쪽저쪽 둘러보며 눈알을 번뜩이는 그 츄안츄안족 사람은 사로제끄를 침략하여 적지 않은 사람들을 노예 상태로 몰아가고 그녀의 집안에 말할 수 없는 불행을 안겨다 준 원수들 중의 하나였다. 그렇지만 무기도 하나 없는 여자인 그녀가 어떻게 그 사나운 츄안츄안족 전사를 대적할 수 있을까? 그녀는 정말로 무엇 때문에 이 사람들이 그토록 잔인해지고 노예의 기억을 말살시킬 정도로 야만스럽게 되었는지를 도무지 알 수가 없었다.

그 츄안츄안족 사람은 이쪽저쪽으로 달려왔다 달려갔다 하다가 이내 낙타 떼들이 있는 곳으로 돌아갔다. 때는 이미 저녁이라서 해는 졌지만 붉게 타는 석양이 한동안 스텝에 걸려 있었다. 그러고 나서 갑자기 어둠이 내렸고 밤의 고요가 내려앉았다. 나이만-아나는 불쌍한 만꾸르뜨 아들이 있는 곳으로부터 멀지 않은 스텝에서 온 밤을 혼자 보냈다. 아들에게로 돌아가기가 두려웠기 때문이었다. 어쩌면 그 츄안츄안족 사람이 낙타 떼와 함께 밤을 보내려고 머물러 있을지도 모를 일이었다.

그녀는 아들을 노예 상태로 남겨 둘 것이 아니라 그를 설득하여 함께 데려가야겠다는 결정을 내릴 수밖에 없었다. 비록 그 애가 지금은 만꾸르뜨일지라도, 그래서 아무것도 이해할 수 없다 할지라도, 고향으로 돌아가서 같은 부족 사람들 사이에 있게 된다면 텅 빈 사로제끄에서, 츄안츄안족 사람들 밑에서 목동 노릇을 할 때보다는 훨씬 더 나아질 거야. 그것이 나이만-아나를 재촉하는 어머니의 마음이었다. 그녀는 자식을 노예 상태로 놓아둘 수는 없었다. 눈에 익은 환경에서는 그의 정신이 되돌아올 것이며, 그는 어린 시절을 기억할 것이었다.

다음 날 아침, 나이만-아나는 다시 아끄마야에 올라탔다. 그리고 오랫동안 멀리서 주위를 맴돌다가 낙타 떼가 있는 곳으로 다가갔다. 낙타 떼는 밤사이에 얼마쯤 옮겨 가 있었다. 낙타 떼를 찾아내자, 그녀는 한동안 근처에 츄안츄안족이 없는지를 확인했다. 그리고 아무도 없다는 것을 분명히 알게 되자 아들의 이름을 외쳐 불렀다.

「졸라만! 졸라만! 나다, 어미다!」 그녀의 아들은 어머니가 기뻐서 외치는 소리에 고개를 돌렸지만 그녀는 곧 그가 단지 어떤 목소리에 반응했을 뿐이라는 것을 알아차렸다.

나이만-아나는 또다시 아들이 잃어버린 기억을 되살리려고 했다.

「네 이름을 기억해 보거라 — 제발 네 이름을 기억 좀 해 봐라!」 그녀가 애원했다. 「네 아버지 이름은 도넨바이였어. 너 그걸 모르겠니? 네 이름은 만꾸르뜨가 아니라 졸라만이야. 그건 〈여행길에 신의 도움으로〉라는 뜻인데 우리는 네가 나이만 부족이 이주하는 동안 길에서 태어났기 때문에 그런 이름을 지어 준 거야. 네가 태어났을 때는 모두들 사흘 동안 여행을 중단하고서 기뻐하고 축하를 해주었지.」

그런 말에도 만꾸르뜨가 된 그녀의 아들은 아무런 표정도 짓지 않았지만 그의 어머니는 아들의 무의식 속에서 기억이 섬광처럼 되살아날지도 모른다는 희망으로 이야기를 계속했다. 그러나 그녀는 굳게 닫힌 문을 두드리고 있는 셈이었다.

그녀는 같은 말을 몇 번씩이고 되풀이했다. 「네 이름을 알겠니? 네 아버지 이름은 도넨바이였어.」 그러고 나서 그녀는 아들을 배불리 먹이고 자기의 물을 나누어 준 뒤에 자장가를 불러 주기 시작했다. 그는 그 노래를 좋아했다. 그녀가 불러 주는 노래를 들으며 즐거워하는 그의 검게 탄 얼굴에 생생하고 따뜻한 표정이 잠깐씩 스쳐 갔다. 그의 어머니는 그곳을 떠나자고, 츄안츄안족을 떠나 그녀와 함께 고향으로 돌아가자고 다시 아들을 설득하기 시작했다. 하지만 그 만꾸르뜨는 어떻게 해야 자리를 털고 갈 수 있는지조차 알지 못했다. 낙타 떼들은 어떻게 하고? 아니 — 그의 주인은 그에게 언제나 낙타 떼들과 함께 있으라고 했었다. 그것이 그가 들은 말이었다. 그는 다른 곳으로 떠날 수가 없었다. 낙타들을 남겨 두고는…….

다시, 또다시 나이만-아나는 아들의 망친 기억이라는 문을 부수려고 애썼다.

「네가 누구 아들인지 기억해 보겠니? 네 아버지 이름이 뭐지? 네 아버지는 도넨바이였어.」

나이만-아나는 그렇게 헛된 노력을 들이면서 시간이 얼마나 흘러갔는지도 알아차리지 못했다. 그녀는 단지 낙타 떼들 저편으로 낙타를 탄 츄안츄안족이 갑자기 나타났을 때에야 시간이 흘렀다는 것을 기억했다. 이번엔 그는 훨씬 더 가까이 와 있었고 그녀를 붙잡을 생각으로 빠르게 달려오고 있었다. 나이만-아나는 지체 없이 아끄마야에 올라탔다. 그러나 바로 그때 다른 방향에서 역시 낙타를 탄 두 번째 츄안츄안족이 나타났다.

나이만-아나가 아끄마야에 박차를 가해 그 두 사람 사이를 빠져나갔고, 발 빠른 하얀 낙타 아끄마야는 소리를 지르고 창을 던지고 하면서 맹렬히 뒤쫓아오는 츄안츄안족들을 따돌리고 도망쳤다. 그들은 도저히 아끄마야를 따라잡을 수 없었다 — 그들의 보잘것없는 낙타로는 점점 더 뒤처지는 것이 당연했다. 한편 아끄마야는 잠시 숨을 돌려 기력을 되찾은 뒤에, 놀라운 속도로 추적자들을 벗어나 나이만-아나를 태우고서 사로제끄를 빠르게 지나가고 있었다.

나이만-아나로서는 화가 난 츄안츄안족들이 돌아가서 그만꾸르뜨를 얼마나 잔인하게 때렸는지 알 도리가 없었다. 그러나 만꾸르뜨가 했던 말은 이 말뿐이었다.

「그 여자가 우리 엄마라고 했어.」

「그 여자는 네 엄마가 아니다. 네겐 엄마 같은 건 없어. 너 그 여자가 뭣 하러 왔는지 알아? 그걸 알아? 그 여자는 네게서 모자를 벗겨 내고 네 머리에다 김을 쐬려는 거야!」

그렇게 그들은 불쌍한 만꾸르뜨에게 겁을 주었다.

그 말을 듣자 만꾸르뜨는 핏기를 잃고 검은 얼굴이 잿빛으로 변했다. 그가 모자를 꽉 움켜쥐면서 양어깨 사이로 목을 움츠리고 겁에 질린 동물처럼 사방을 둘러보기 시작했다.

「겁낼 거 없다! 이리 와, 이걸 잡아!」 좀 더 나이 든 츄안츄안이 그의 손에 활과 화살을 들려 주었다.

「자, 겨냥해!」 그러고 나서 젊은 츄안츄안이 그의 모자를 하늘 높이 던져 올렸다.

화살은 그 모자를 꿰뚫었다.

「저것 봐!」 모자 주인이 놀라서 외쳤다. 「아니 — 네 손은 아직 기억을 잃지 않았구나!」

둥지에서 쫓겨난 새처럼 나이만-아나는 어떻게 해야 할지, 무엇을 생각해야 할지 모르고 사로제끄의 그 지역을 맴돌았다. 만일 츄안츄안족이 그녀의 아들과 함께 낙타 떼를 모두 다른 곳으로 몰아간다면? 만일 그들이 만꾸르뜨를, 그녀의 아들을 그녀가 갈 수 없는 곳으로, 그들 자신의 낙타 떼들이 있는 곳 근처로 보내 버린다면? 또 만일 그들이 그녀를 쫓아와 붙잡으려고 한다면? 갖가지 추측에 잠긴 채 그녀는 몸을 숨기며 이리저리 돌아다니다가, 마침내 기쁘게도 츄안츄안족 사람들이 가축 떼가 있는 곳으로부터 떠났다는 것을 알았다. 사실, 그들 중 한 사람은 그녀 가까이로 낙타를 타고 지나갔지만 주위를 둘러보지는 않았다. 한참 동안 나이만-아나는 그들을 지켜보다가 그들이 멀리 사라지자 아들에게 돌아가기로 작정했다. 그리고 무슨 일이 있어도 아들을 함께 데려가기로 마음먹었다. 그가 지금 어떻게 되었고 또 앞으로 어떻게 될지라도, 운명이 그에게 등을 돌린 것은, 그의 적들이 그를 멸시하고 경멸하는 것은, 그의 잘못이 아니었다. 그의 어머니는 그를 노예 상태로 놓아두지 않을 것이었다. 나이만 사람들에게 침략자들이 사로잡힌 〈지지뜨〉들을 어떻게 불구로 만들어 놓았는지, 또 그자들이 그들을 어떻게 학대하고 그들에게서 어떻게 이성을 빼앗아 버렸는지 알게 해야 돼. 내 아들의 모습을 보여 주어서 그들을 분기시켜 무기를 들게 해야 돼. 이건 단지 땅에 관한 문제가 아니야. 땅은 누구에게나 얼마든지 있으니까. 츄안츄안족이 저지른 죄악을 그냥 넘길 수는 없어. 그자들과 접해 보지 않은 이웃 사람들까지도.

그런 생각을 하면서, 그리고 바로 그날 밤 아들을 함께 데려가려면 어떻게 그를 설득할 것인가를 생각하면서 나이만-아나는 아들에게로 돌아갔다.

거대한 사로제끄에는 이미 어둠이 깔리기 시작했다. 무수히 많은 과거와 미래를 연결해 주는 또 다른 밤이 계곡들과 언덕들 위로 눈에 띄지 않게 몰래 다가서면서, 불그스름한 황혼의 색조를 띠며 내려앉고 있었다.

하얀 암낙타 아끄마야는 수많은 가축들이 있는 곳으로 제 주인을 가뿐히 안락하게 실어 날랐다. 기울어 가는 저녁 햇살이 낙타의 두 혹 사이에 앉은 그녀의 모습을 똑똑히 드러냈다. 나이만-아나는 내내 경계를 풀지 않은 데다 극도로 불안해서 창백하고 굳은 표정이었다. 그녀의 희끗희끗한 머리칼과 얼굴의 주름살, 불안해하는 표정은 그녀의 끝없는 고통을 지켜본 증인인 사로제끄의 황혼과도 같은 그녀의 눈에 서린 표정 그대로였다.

가축 떼가 있는 곳에 당도하자 그녀는 풀을 뜯는 짐승들 사이를 지나면서 사방을 둘러보기 시작했다. 하지만 아들이 있는 기척은 없었다. 그의 낙타는 짐을 실은 채, 무슨 이유에선지 고삐 끈을 땅에 끌면서 제멋대로 풀을 뜯고 있었다. 그러나 아들은 거기에 없었다.

그 애에게 무슨 일이 생긴 것일까?「졸라만! 애야, 졸라만! 어디 있니?」나이만-아나가 아들을 부르기 시작했다. 그러나 아무도 나타나지 않았고, 그녀의 부름에 대답하는 소리도 없었다.

불안스럽게 주위를 둘러보면서도 그녀는 자기의 아들이, 그 만꾸르뜨가 낙타 그늘에 몸을 숨긴 채 벌써 무릎을 꿇고 앉아 활시위를 당겨 화살을 겨누고 있는 것을 보지 못했다. 그녀의 아들은 지는 햇살 때문에 목표물을 겨누기가 어려웠고 그래서 화살을 날리기에 적당한 순간을 기다리고 있었다.

「졸라만! 애야!」나이만-아나가 아들에게 무슨 일이라도 생겼을까 두려워하며 그를 불렀다. 그러고는 안장에서 몸을 돌려 그를 보았다.「쏘지 마!」그녀는 고작 낙타에 박차를 가하며 얼굴을 돌릴 수밖에 없었다. 하지만 그전에 화살이 바람을 가르며 날아와 그녀의 왼쪽, 팔 아래에 꽂혔다.

치명적인 한 방이었다. 나이만-아나는 낙타의 목을 부여쥔 채 앞으로 앞으로 쓰러져 갔다. 그러나 바로 전에 그녀의 머리에서 하얀 스카프가 떨어져 내려 하얀 새로 변했다. 그리고 그 새는 이렇게 지저귀면서 날아갔다.「네가 누구 자식인 줄 아니? 네 이름이 뭐지? 네 아버지는 도넨바이였어! 도넨바이! 도넨바이!」

그 이후로, 전해 오는 말에 의하면 사로제끄 사막에서는 밤이 되면 도넨바이라는 새가 날아다니는데, 그 새가 여행자를 만나게 되면 가까이 날아와서 이렇게 묻는다는 것이었다.

「네가 누구 자식인 줄 아니? 네가 누구지? 네 이름이 뭐지? 네 아버지는 도넨바이였어. 도넨바이, 도넨바이, 도넨바이, 도넨바이……」

나이만-아나가 묻힌 곳은 사로제끄에서 아나-베이뜨, 즉 〈어머니의 안식처〉라는 묘지로 알려지게 되었다.

하얀 암낙타 아끄마야는 후손들을 많이 남겼는데, 그 낙타로부터 직계로 내려온 암낙타들은 널리 알려져 있듯이 머리가 하얀 것들이었지만 수놈들은 그와는 대조적으로 오늘날의 부란늬 까라나르처럼 검고 힘찬 머리통을 갖고 있었다.

이제 그들이 아나-베이뜨 묘지로 모셔 가고 있는 까잔갑은 생전에 늘, 부란늬 까라나르는 예사 낙타가 아니라 나이만-아나가 죽은 뒤에도 사로제끄에 남았던 저 유명한 하얀 암낙타, 아끄마야의 혈통을 이어받은 것이라고 했었다.

예지게이는 당연히 까잔갑의 말을 그대로 다 믿었다. 안 그럴 이유가 어디 있었을까? 부란늬 까라나르는 그만한 가치가 있었다. 그들은 좋은 시절, 곤란한 시절을 거치며 얼마나 많은 시련들을 겪어 왔던가! 그런데도 까라나르는 그런 시련들을 다 이겨 냈다. 하지만 근년에 와서 그 낙타는 발정기가 닥쳐오면 — 그 시기는 항상 가장 추운 계절에 찾아왔다 — 다루기가 몹시 힘들었고 그 혹독한 겨울 바로 그것만큼이나 사납게 날뛰었다. 그 일은 2년 동안 연달아 일어났는데 그런 시기에는 사는 것이 사는 게 아니었다. 그리고 한번은 그 낙타가 예지게이를 쓰러뜨려 짓밟았던 적이 있었는데 만일 예지게이가, 이렇게 말해도 될지 모르겠지만, 인간적이 아니라 논리적인 존재였다면 그는 부란늬 까라나르를 결코 용서하지 않았을 것이었다. 하지만 그 발정기 동안 낙타에게서 무엇을 기대할 수 있을까? 부란니 까라나르를 어떻게 비난할 수 있을까? 까잔갑은 그러한 것들을 잘 알고 있었다. 그리고 거기에 대해서 자기의 판단을 말해 주었다. 그렇지 않으면 일이 어떻게 되어 갈지 누가 알 수 있었겠는가?

7

부라니 예지게이는 1952년 늦여름과 초가을을 행복했던 지난날들 중에서도 특히 좋았던 시절로 떠올리곤 했다. 날씨는 마치 요술처럼 그가 예언했던 대로 꼭 맞아떨어졌다. 사로제끄의 도마뱀들마저도 햇볕을 피해 바로 집 문턱까지 기어들곤 했던 그 살인적인 더위가 지난 뒤에, 8월 중순으로 접어들면서 별안간 날씨가 바뀐 것이었다. 견딜 수 없었던 무더위가 하룻밤 새에 물러가더니 점차로 서늘한 날씨가 찾아들었고, 그 덕에 이제는 밤잠이라도 편히 잘 수 있게 되었다. 물론 그런 혜택은, 해마다는 아니더라도, 거의 매년 사로제끄를 찾아오는 것이기는 했지만 겨울은 언제나 똑같아서 예외 없이 혹독하게 추웠다. 그러나 여름에는 간간이 축복받은 서늘한 날들이 끼어들곤 했는데, 그런 날씨는, 옐리자로프의 말에 따르자면, 기류의 상층에서 강력한 변화가 일어나서 바람의 성향이 바뀔 때 생겨난다는 것이었다. 옐리자로프는 그런 일들에 대해서 이야기하기를 좋아했다. 그는 하늘 저 위에서 눈에 보이지 않는 큰 강들이 둑 사이로 도도히 흐른다고 생각했다. 끊임없이 흐르는 그런 강들이 지구 주위를 씻어 내고 그리하여 지구는 바람으로 둘러싸인 채 궤도를 돌고 돌아 시간이 흘러간다는 것이었다. 옐리자로프의 이야기는 언제 들어도 그렇게 재미있을 수가 없었다. 그런 사람을 찾아내기란 쉽지가 않았다. 그는 정말로 보기 드문 인품을 지닌 사람이었다. 부라니 예지게이는 그를 존경했고 그 역시 예지게이를 존경했다. 어쨌건, 옐리자로프의 얘기는 이런 거였다. 사로제끄로 서늘한 공기를 몰아 내려오는 하늘의 강이 어찌어찌해서 하늘 높이에 있던 자기 자리에서 내려오는 길에 히말라야 산맥을 만난다. 이 히말라야 산맥이 얼마나 먼지는 신만이 알 일이지만 그래도 전 지구를 기준으로 따진다면 꽤나 가까운 곳에 있다. 그런데 기류의 강은 히말라야에 부딪혔다가 인도나 파키스탄으로 넘어가지를 못하고 다시 튕겨 나온다. 즉, 거기에서는 열기가 그대로 지속되고 기류는 사로제끄 상공으로 되돌아 흘러오는데, 그것은 사로제끄가 바다나 마찬가지로 아무런 장애물도 없는 텅 빈 공간이기 때문이다. 그렇게 해서 이 기류의 강이 히말라야 산맥으로부터 서늘한 공기를 가져다주는 것이고…….

원인이야 어찌 되었건, 그해 늦여름과 초가을에는 더없이 좋은 날씨가 계속되었다. 사로제끄에서는 비가 내리는 일이 여간 드문 게 아니어서 언제 비 구경을 했는지 까마득할 지경이었다. 그러나 그해에 내렸던 그 특별한 비는 예지게이가 평생을 두고 기억할 만한 것이었다. 처음엔 구름이 겹겹이 쌓이면서 — 뜨겁고 숨 막히는 오지 사로제끄의 하늘에 구름이 뒤덮이는 것을 보기란 절대로 흔한 일이 아니었다 — 공기가 견딜 수 없이 후덥지근해지고 답답해지기 시작했다. 그날 예지게이는 화차들을 연결시키는 일을 하고 있었다. 간이역의 측선에는 그 전날 자갈과 한 무더기의 소나무 침목들을 부리고 난 세 대의 목판차[16]가 세워져 있었는데, 짐을 부릴 때 그들은 여느 때나 마찬가지로 급히 서둘러서 하역하라는 지시를 받았었다. 그러나 나중에 보니까 그렇게 서둘러야 할 필요는 조금도 없었다. 짐을 다 부리고 나서 열두 시간이 지난 뒤에까지도 그 목판차들은 여전히 측선에 세워져 있었으니까. 모든 사람들이 그 〈긴급한〉 작업에 동원되었다. 까잔갑, 아부딸리쁘, 자리빠, 우꾸발라, 그리고 부께이까지. 그 당시는 모든 일을 손으로 해치워야 되었다. 게다가 그 더위라니! 대관절 무슨 이유로 그놈의 목판차들은 그렇게 삶아 대는 날씨에 기어든 것일까? 하지만 어차피 해야 할 일이라면 해야 했으므로 그들은 일에 달라붙기 시작했다. 얼마 안 가서 우꾸발라가 현기증을 느끼고 구역질을 하기 시작했다. 뜨거운 침목들에서 풍겨 나는 송진 냄새를 견딜 수 없었던 것이다. 그들은 그녀를 집으로 돌려보낼 수밖에 없었다. 그리고 여자들 모두가 그 숨 막힐 듯한 더위에 지쳐 늘어져 있던 아이들을 돌보기 위해 집으로 돌아간 뒤에 남자들만이 남아서 죽을 둥 살 둥 기를 쓰고 그 일을 다 해냈다.

다음 날 비가 오고 있을 때, 그들은 빈 목판차들을 연결시켜 꿈벨리 역으로 되돌려 보내야 했다. 화차들을 측선으로 밀어 넣어 연결시키는 동안 예지게이는 마치 군대의 한증탕 속에 들어 있는 것처럼 더위와 습기로 정신을 차릴 수 없었다. 게다가 같이 일을 해야 되었던 기관사까지 하는 일마다 감질나게 찔끔거리면서 늑장을 부렸다. 생각 같아서는 그자를 목판차 밑에다 집어 처넣고 싶은 심정이었다. 예지게이는 그 기관사에게 얻어먹어 마땅한 욕설을 있는 대로 다 퍼부었고 그 기관사도 얻어먹은 만큼 되돌려 주었다. 사실, 그 역시 기관차 화실 옆에서 곤욕을 치르고 있었다. 사람들 모두가

16 지붕도 가두리도 없는 화차.

그 지독한 열기 때문에 제정신이 아니었다. 그러나 다행히도 그 화물 열차는 목판차들을 매달고 꺼져 주었다.

이제 비가 붓듯이 쏟아지고 있었다. 그 타는 듯이 가물었던 날들을 보상해 주려는 폭우였다. 온 대지가 요동을 치는가 싶더니 금세 물웅덩이로 덮였다. 그러고도 비는 미친 듯 퍼부으며, 내리고 또 내렸다. 만일 옐리자로프의 말을 그대로 믿는다면 눈 덮인 히말라야 산맥으로부터 막대한 양의 차가운 습기를 몰아오면서.

그 산중에는 얼마나 엄청난 힘이 잠복해 있을까!

예지게이는 집으로 달려갔다. 왜 그렇게 달려가는지는 몰랐다. 그저 그렇게 했을 뿐이었다. 비를 만난 사람은 언제나 집이나 아니면 제일 가까이에 있는 피신처로 달려간다. 그것은 습관이었다. 하지만 그런 비에 피할 곳은 왜? 그는 꾸찌바예프네 식구들 — 아부딸리쁘, 자리빠, 그리고 두 아들 다울과 에르메그 — 이 자기네 오두막 근처에서 손에 손을 잡고 노박이로 비를 맞으면서 춤추고 뛰고 하는 것을 보고 놀라서 멈춰 섰다. 그러나 놀란 것은 그들이 빗속에서 뛰고 즐거워해서가 아니었다. 비가 내리기 전에 아부딸리쁘와 자리빠가 선로를 따라 곧장 집으로 돌아갔었기 때문이었다. 이제 그는 알았다. 그들은 비가 내릴 때 아이들과 함께 있고 싶었던 것이다. 예지게이는 전엔 그런 일을 한 번이라도 생각해 본 적이 없었다. 그런데 그들은 거기에서, 빗속에서 미역을 감으며 아랄 해의 물오리들처럼 춤추고 소리치고 있었다. 그들에게는 이것이, 하늘로부터 내리는 샤워가 진정한 축제였다. 사로제끄의 열기에 지쳐 그들은 이 비가 내리기를 얼마나 기다리고 갈망했었을까! 예지게이는 기뻤지만 동시에 슬프고 놀라웠다 — 그리고 보란리-부란니 간이역에서 그들의 삶이 즐거우려면 쏟아지는 비를 맞아야 한다는 사실이 안타까웠다.
「예지게이, 얼른 이리 와서 끼여요!」아부딸리쁘가 퍼붓는 빗속에서 헤엄을 치듯 손을 흔들며 외쳤다.
「예지게이 아저씨!」이번에는 아이들이 그에게로 달려왔다. 이제 겨우 두 살을 넘긴 작은아이 에르메끄 — 예지게이는 그 아이를 몹시 귀여워했다 — 가 입을 크게 벌리고 빗물을 삼키면서 예지게이를 끌어안으려고 팔을 활짝 벌린 채 그에게로 달려왔다. 그 아이의 두 눈은 형언할 수 없는 기쁨과 자랑과 흥분으로 가득 차 있었다. 예지게이가 그 아이를 번쩍 안아 올려 빙빙 돌리다가 어떻게 해야 할지를 모르고 멈춰 섰다. 그는 이 가족의 유희에 끼어들 생각이 아니었다. 그러나 바로 그때 모퉁이 근처에서 그의 두 딸 사울레와 샤라빠뜨가 기쁨에 들떠 꺅꺅 소리를 지르면서 튀어나왔다. 꾸찌바에프네 식구들이 떠들어 대는 소리를 듣고 달려 나온 것이었다. 또 그 아이들도 기쁘기는 마찬가지였다.「아빠 우리 달려요!」아이들이 졸라 댔다. 그 말에 예지게이는 망설임을 떨쳐 버렸다. 이제 그들은 모두 하나가 되었고 줄기차게 쏟아지는 폭우 아래서 소란을 피우기 시작했다.
예지게이는 에르메끄를 물웅덩이에 떨어뜨리지 않으려고 꼭 끌어안았고 아부딸리쁘는 예지게이의 작은딸 샤라빠뜨를 어깨에 태웠다. 그러고 나서 그들은 아이들에게 겁을 주려고 냅다 달렸다. 에르메끄가 예지게이의 품속에서 소리를 지르고 몸을 뒤틀다가 숨이 좀 막히자 얼른 그 조그맣고 젖은 얼굴을 예지게이의 목에 꼭 눌렀다. 가슴이 뿌듯해진 채, 예지게이는 몇 번인가 아부딸리쁘와 자리빠의 고마워하는 눈길과 마주쳤다. 그들은 작은아들이 예지게이 아저씨에게 안겨 그렇게도 좋아하는 것이 기쁘고 고마웠던 것이다. 그러나 예지게이와 그의 딸들 역시 꾸찌바예프 가족이 벌이기 시작한 이 빗속에서의 소란에 끼인 것이 무척이나 즐거웠다. 그러다 자기도 모르게 예지게이는 자리빠가 얼마나 아름다운지를 알아차렸다. 검은 머리칼이 비에 젖어 얼굴과 목과 어깨에 착 달라붙은 그녀의 젊고 건강한 육체를 타고 목과 팔과 허벅지와 장딴지를 그대로 드러내며 빗물이 흘러내리고 있었다. 그녀의 눈은 즐거움과 흥분으로 반짝였고 그녀의 하얀 이가 행복한 듯 빛을 발했다.

사로제끄에서 내리는 비는 말먹이로 저장한 건초와는 다르다. 눈 녹은 물은 조금씩 조금씩 땅속으로 스며들지만 사로제끄에서의 비는 손바닥 위에서 구르는 수은처럼 지표 위를 흐른다. 그리고는 요란스럽게 콸콸대며 계곡이나 골짜기로 들어갔다가 사라져 버린다.

폭우가 시작된 지 채 몇 분도 안 되어 거품을 일으키며 거칠고 빠르게 흐르는 시내와 급류가 생겨났고 보란리 사람들은 밖으로 뛰쳐나와 펄쩍펄쩍 뛰어 돌아다니면서 대야며 여물통 따위를 물에 띄우기 시작했다. 다울과 사울레는 대야를 타고 냇물을 따라 흘러 내려갔고 그 아이들이 한 여물통에다 같이 태운 동생들도 함께 떠내려갔다.

비는 계속 내렸다. 대야를 타고 내려가는 여행에 재미가 들린 아이들은 간이역이 시작되는 지점의 철둑 아래까지 흘러갔다. 바로 그때, 보란리-부란니 간이역을 지나가고 있던 여객 열차의 승객들이 그 이상스럽고 불행한 사막 주민의 아이들을 보려고 활짝 열린 창문과 출입문 밖으로 고개를 내밀었다. 그러고는 아이들에게 소리쳤다. 「빠져 죽지 마라!」 그들은 마냥 웃었고 휘파람을 불었으며 그리고 한 번 더 웃었다. 사실 열차 아래쪽의 그 아이들은 아무리 좋게 보아도 우스워 보였다. 열차는 비에 말끔히 씻긴 채 승객들을 태우고 지나가 버렸다. 아마도 하루나 이틀쯤 뒤에 그들은 다른 사람들에게 자기네들이 보았던 것을 이야기해 줄 것이다.

예지게이는 만일 자리빠가 울고 있다는 낌새를 채지 못했더라면 그때의 일을 별것 아닌 일로 치부해 버렸을 것이다. 얼굴에 빗물이 흐르고 있을 때면 우는 것인지 아닌지를 알아내기가 어렵다. 그러나 자리빠는 분명히 울고 있었다. 비록 그녀가 웃는 시늉을 하고 있었어도, 미칠 듯 행복한 척하고 있었어도. 그녀는 흐느낌 소리를 죽인 채 웃음과 환호성에 섞어 눈물을 흘리면서 정말로 울고 있었다. 아부딸리쁘가 그녀의 손을 잡았다.

「왜 그래? 기분이 좋지 않아? 집으로 돌아갈까?」

「아뇨, 그저 딸꾹질이 난 것뿐이에요.」 자리빠가 대답했다. 그러고 나서 그들은 다시 아이들을 즐겁게 해주기 시작했다. 이 갑작스럽게 내리는 비의 선물을 할 수 있는 한 즐기면서.

예지게이는 마음이 편치 못했다. 그들로서는 이곳 생활을 견디기가 얼마나 어려울까 하는 생각에서였다. 그들로부터 찢겨 나간 다른 종류의 삶이 — 비가 오는 것이 특별한 사건이 아니라 수시로 있는 일이고 사람들이 깨끗하고 맑은 물에서 목욕하고 헤엄치는, 그리고 아이들을 즐겁게 해줄 다른 상황과 다른 물건들이 있는 그런 삶이 존재한다는 것을 아는 그들로서는······.

그러나 예지게이는 여전히 그 놀이에 계속 끼어 주었다. 아부딸리쁘와 자리빠를, 이제 막 아이들을 위해 유희를 시작했을 뿐인 그들을 난처하게 해주고 싶지 않았던 것이다.

그들은 제풀에 지쳐서 멈출 때까지 놀이를 계속했지만 그

때까지도 비는 여전히 내리고 있었다. 꾸찌바예프네 식구들이 집으로 달려가기 시작했다. 예지게이는 측은한 눈길로 그들이, 아버지와 어머니와 아이들이 함께 달리는 모습을 지켜보고 있었다. 그들은 모두 흠뻑 젖어 있었지만, 그래도 사로제끄에서치고는 행복한 날이었다.

예지게이는 작은딸을 안고 큰딸은 손을 잡고서 자기 집으로 돌아갔다. 우꾸발라가 그들을 맞으러 나왔다가 깜짝 놀라 손을 내저었다.

「아니, 도대체 뭘 하다 온 거예요? 물에 빠진 생쥐 꼴을 하고서!」

「놀랄 것 없어, 진정하라고.」예지게이가 아내를 안심시키고 나서 껄껄 웃었다. 「늙은 낙타가 술에 취했을 땐 새끼들하고 같이 노는 거라고.」

「아, 알겠어요 — 이제 보니 당신 꼭 늙은 낙타 같네요.」 우꾸발라도 같이 웃었지만 그녀의 목소리에는 은근히 나무라는 기색이 배어 있었다. 「그렇게 비 맞은 닭처럼 서 있지 말고 젖은 옷이나 벗어요.」

비는 곧 멎었지만 밤중에도 멀리서 묵직하게 우르릉거리는 천둥소리가 들려오는 것으로 보아 사로제끄의 깊숙한 오지 어디에선가는 새벽까지도 비가 내리고 있는 것 같았다. 예지게이는 천둥소리에 몇 번씩 잠을 깼다. 그것은 아무리 생각해 보아도 놀랄 일이었다. 아랄 해 근처에서 살 때는 바로 머리 위에서 폭풍우가 몰아쳐도 잠 한 번 깨지 않고 내처 자지 않았던가. 잠을 설친 채 예지게이는 반쯤 감은 눈으로, 멀리서 스텝 곳곳의 하늘을 가르며 구름 사이로 희미하게 비치는 번개가 창문 유리에 어른거리는 동안, 그것이 얼마나 멀리서 치는지를 가늠해 보려고 했다.

그날 밤 예지게이는 또다시 자기가 전선에서, 빗발처럼 퍼붓는 폭탄 아래서 꼼짝없이 엎드려 있는 꿈을 꾸었다. 폭탄들은 소리 없이 떨어져 내렸다. 그리고 폭발은 대기를 뚫고 천천히 무겁게 떨어져 내리는 소리 없는 검은 구름들이었다. 그런 폭발들 중의 하나가 그를 공중으로 던져 올렸고, 그는 심장 박동이 점점 느려지면서 무시무시한 공허 속으로 끝없이 떨어져 내리는 것을 느꼈다……. 다음에 그는 적진을 향해 달려가고 있었다. 회색 군복을 입은 다른 병사들 역시 공격을 하고 있었지만 그들의 얼굴은 알아볼 수가 없었다. 마치 회색 군복들이 저절로 달리고 화기들은 자동으로 불을 뿜는 것 같았다. 갑자기 예지게이 앞에 있던 군복들이 외쳤다.「만세!」그러고 나서 자리빠가 비에 젖어 웃으며 나타났다. 이건 좀 이상했다. 어쨌든 그녀는 무명 드레스를 입었고 흠뻑 젖은 머리칼을 얼굴에 들어붙인 채 쉬지 않고 웃고 있었다. 예지게이는 공격에 가담하고 있었기 때문에 멈춰 설 수가 없었다.「왜 그렇게 웃고 그래요, 자리빠? 그래서 좋을 게 하나도 없어요!」그가 외쳤다.「하지만 전 웃고 있지 않아요. 전 울고 있어요.」그녀가 대답했다. 그러고도 쏟아지는 빗속에서 계속 웃고 있었다…….

다음 날 그는 아부딸리쁘와 자리빠에게 꿈 이야기를 해주고 싶었지만 생각을 고쳐먹었다. 그것은 좋지 않은 꿈이었다. 괜한 소리로 다른 사람을 조심시켜야 할 이유가 어디 있을까?

그 큰비가 내린 뒤에 사로제끄에서는 그해의 더운 기간이 다 지나갔는데 까잔갑의 말대로라면 여름의 장난질이 끝났다는 것이었다. 더운 날이 며칠은 더 있었지만 그 정도는 견딜 만했다. 그리고 나서 차차로 가을이, 사로제끄의 은총과 기쁨이 들어섰다. 보란리의 아이들은 살인적인 더위에서 풀려나 활기를 되찾았고 그 아이들의 목소리가 쨍쨍 울려 퍼졌다. 그때 꿈벨리 역으로부터 전갈이 왔다. 끄질-오르다산(産)의 수박과 멜론이 입하되었으니까 보란리 사람들이 알아서 하라는 것이었다 — 그들은 자기네의 몫을 보내 달라고도 할 수 있었고 가서 골라 올 수도 있었다. 예지게이는 후자 쪽을 택했다. 그러고 나서 자기네들이 꼭 가야 한다고, 그렇지 않으면 저쪽에서 먹지도 못할 수박을 보내 줄지 어떻게 아냐고 간이역 책임자를 설득했다. 간이역 책임자는 그의 말에 찬성했다. 「좋습니다. 꾸찌바예프하고 같이 가서 제일 좋은 놈으로 골라 오시오.」 그것이 바로 예지게이가 바랐던 대답이었다. 그는 단 하루만이라도 아부딸리쁘와 자리빠와 두 아이들을 보란리-부란니 밖으로 데려가고 싶었다. 다른 곳 바람을 좀 쐬게 해준다면 그들에게도 좋을 것이었다. 그래서 그들은, 예지게이와 아부딸리쁘의 가족들은 가장 좋은 옷들을 차려입고 아침 일찍 지나가는 꿈벨리행 열차를 얻어 타고서 떠났다.

무척 좋은 날씨였다. 아이들은 저희들이 어떤 요술 나라로 간다고 생각했다. 그래서 기차를 타고 가는 동안 내내 신이 나서 묻고 또 묻고 했다.

「거기엔 나무들이 자라나요?」

「그럼.」

「거기엔 파란 풀도 있나요?」

「암, 있고말고. 그리고 꽃들도 있지.」

「그럼 거기엔 커다란 집들도 있고 길거리에 차들이 다니나요?」

「그런데 거기엔 참외하고 수박이 있나요? 또 거기엔 아이스크림도 있나요? 그리고 거기엔 바다도 있나요?」

화물 열차 앞쪽에서 맞불어온 바람이 고르고 상쾌한 기류를 일으키며 열린 문들로 흘러들었다. 문들 사이의 트인 곳은 아이들이 떨어지지 않도록 나무 궤짝들로 가로막혀 있었지만 그래도 예지게이와 아부딸리쁘는 잡담을 나누거나 아이들이 묻는 말에 대답을 해주거나 하면서 그 빈 궤짝들 옆에 앉아 있었다. 부란니 예지게이는 그들이 함께 여행을 하고 있다는 것이 기뻤다. 날씨는 좋았고 아이들은 즐거워하고 있었다. 그러나 무엇보다도 더 기꺼웠던 것은 꼬마들 때문이 아니라 아부딸리쁘와 자리빠 때문이었다. 그들의 얼굴은 환하게 개어 있었다. 그들은 처음으로, 적어도 한동안이나마 끊임없는 근심과 마음속의 걱정거리로부터 풀려난 것이었다. 예지게이는 생각에 잠겨 있다가 느닷없이 이런 생각을 떠올렸다. 어쩌면 아부딸리쁘는 그가 좋아하는 한 오래오래 사로제끄에서 살 수 있을 것이라고. 제발 신이시여, 그렇게만 해주소서!

자리빠와 우꾸발라가 집안일에 대해서 사이좋게 이야기를 주고받는 모습도 참으로 보기가 좋았다. 그들 역시 즐거워하고 있었다. 바로 이래야 되는 거야, — 너무 많은 걸 바라지 않고……. 예지게이는 꾸찌바예프네 식구들이 만일 그들에게 달리 선택할 길이 열리지 않는다면 모든 고통을 잊고 좀 더 강해져서 보란리에서의 이 생활에 익숙해지기를 진심으로 바랐다. 그는 아부딸리쁘가 옆에 앉아 있어서 어깨가 맞닿는 것이 흐뭇했다. 또 아부딸리쁘가 자기를 믿을 수 있는 사람이라고 안다는 것이, 그리고 말하지 않는 편이 더 나은 미묘한 문젯거리들을 끄집어내서 쓸데없는 말로 그런 것들을 집적거리지 않고서도 서로를 이해할 수 있다는 것이 기뺐다. 예지게이는 아부딸리쁘의 지혜와 자제력을 존중했지만 그보다도 특히 가족에 대한 애착심을 더욱 높이 평가했다. 그는 식구들을 위해 살았고 그들을 포기하려 들지 않았고 그들로부터 힘을 얻었다. 아부딸리쁘의 이야기를 들으면서 예지게이는 누군가가 다른 사람들을 위해 할 수 있는 가장 훌륭한 일은 자식들을 가치 있는 사람들로 키우는 일일 것이라는 생각이 들었다. 다른 누군가의 도움을 받아서가 아니라 그 자신의 노력으로 날마다 한 걸음씩, 할 수 있는 한 많이, 되도록 오래 아이들과 함께 있기 위해서 자기의 모든 노력을 들이는 것이.

사비찬을 보라. 그는 어렸을 적부터 어디에서건, 기숙 학교에서, 대학에서 교육을 받았고 여러 과정의 공부를 거치면서 항상 발전하고 있는 것처럼 보였다. 그리고 까잔갑은 불쌍하게도 사비찬이 누구보다도 잘살게 하려고 벌거나 손에 넣은 것을 모조리 다 바쳤었다. 하지만 그게 무슨 소용이었던가? 그는 뭐든 다 아는 척만 하는 쓸모없는 인간일 뿐이고 앞으로도 늘 그런 식일 것이었다.

예지게이가 꿈벨리로 수박을 가지러 가면서 하고 있던 생각은 그런 것 — 아부딸리쁘 꾸찌바예프가 보란리-부란니에 정착한다면 그보다 더 나은 일이 없으리라는 — 이었다. 그는 집을 수리하고 가축을 좀 구하고 사로제끄에서 할 수 있는 한 두 아들을 훌륭히 키워야 할 것이었다. 물론 예지게이는 아부딸리쁘에게 그런 것들을 시시콜콜 이야기해 주고 싶지는 않았지만 오간 이야기로부터 아부딸리쁘가 그런 일을 좋아하고 그럴 생각이 있다는 느낌을 받았다. 그는 감자 줄기를 어떻게 모아야 하는지, 그 자신은 가죽 장화로 겨울을 날 것이면서도 아내와 아이들에게 겨울을 날 털 장화 —

발렝끼 — 를 사주려면 어디가 제일 좋은지를 묻고 있었다. 그는 또 꿈벨리에 도서관이 있는지, 그리고 시외에서 살고 있는 사람들에게 책을 빌려주는지도 알고 싶어 했다.

그날 저녁 그들은 지방 교역 조합에서 보란리 사람들을 위해 따로 떼어 둔 멜론과 수박을 받아 가지고 또 다른 화물 열차를 얻어 타고서 집으로 돌아갈 예정이었다.

저녁때쯤 아이들은 지칠 대로 지쳤지만 무척 흡족해했다. 그들은 꿈벨리에서 또 다른 세상을 보았고 장난감을 샀으며 아이스크림을 먹었고 그 밖의 온갖 일들을 해보았다. 그렇지만 그곳의 이발소에서 조그만 사건이 하나 일어났다. 아이들의 머리를 깎아 주려고 했다가 에르메끄 차례가 되었을 때 소리를 지르고 울고불고하는 소동이 벌어진 것이었다. 누구도 어떻게 손을 써볼 도리가 없었다. 모두들 아이를 달래느라 정신이 없었지만 에르메끄는 겁이 나서 빠져나가려고 버둥대며 제 아버지를 불렀다. 마침 그때 아부딸리쁘는 근처에 있는 가게로 물건을 사러 갔기 때문에 거기에 없었다. 자리빠는 어떻게 해야 할지를 모르고 부끄러워서 얼굴이 빨개졌다 하얗게 질렸다 했다. 그러고는 아이가 태어난 뒤로 머리를 깎아 준 적이 한 번도 없어서 그렇다고 미안해했다. 또 그렇게 너무 곱슬머리라서 깎기가 힘들겠다고도 했다. 사실 에르메끄의 머리칼은 꼭 제 엄마처럼 보기 드물게 빽빽했고 곱슬거렸다. 대체로 그 아이는 자리빠를 닮았는데 그들 모자는 둘 다 그저 머리를 감고 빗질만 해도 아름다워 보였다.

그래서 우꾸발라는 사울레의 머리를 깎아 주기로 했다. 「봐라, 조그만 여자 애도 안 무서워하잖니!」 그 말에 어느 정도 효과가 있는 것도 같았지만 이발사가 가위를 집어 들자마자 또다시 울고불고하는 난리가 시작되었다. 에르메끄는 빠져나오려고 버둥대다가 아부딸리쁘가 들어서는 것을 보자마자 제 아버지에게로 달려갔다. 그가 아들을 들어 올려 꼭 끌어안았다. 그리고 이내 아이를 더 괴롭혀서는 안 된다는 것을 알아차렸다. 「미안합니다.」 그가 이발사에게 사과했다. 「아무래도 다음에 깎아야 되겠군요. 그때는 이 애가 겁을 내지 않도록 해두겠습니다. 그동안은 어쩔 수 없이 이렇게 하고 돌아다녀야겠지요. 서두를 건 없습니다. 다른 때 해도 될 테니까……」

항공모함 컨벤션호에서 특별 전권 위원들의 임시 회의가 열리는 동안 양측 위원들은 패리티 궤도 정거장으로 암호화된 또 다른 무선 신호를 보내야 한다는 데 동의했다. 현재 행성 레스나야 그루지에 가 있는 패리티 우주 비행사 1-2와 2-1에게 중계하기 위한 것이었다. 그리고 암호 명령을 통하여 두 우주 비행사는 옵뜨세누쁘르로부터 특별한 지시가 있을 때까지 절대로 아무런 행동도 취하지 말고 있으라는 지시를 받았다.

전과 마찬가지로 회의는 비공개로 열렸다. 그리고 항공모함 컨벤션호는 샌프란시스코와 블라지보스또끄로부터 항로로 정확히 등거리를 유지하며 태평양의 알류샨 열도 남쪽 고정 위치에 정박해 있었다. 세상에서는 누구도 그 예외적인 은하계 간의 사건 — 지구인들과의 교류를 희망하는 지성의 존재들이 이룩한 외계 문명의 발견 — 이 생겨났다는 사실을 모르고 있었다.

그 임시 회의에서 양측은 이 예외적이고 예기치 못했던 문제를 충분히 숙의했다. 각 위원들 앞의 책상에는 여러 종류의 다른 서류들 외에도 패리티 우주 비행사 1-2와 2-1이 보낸 메시지를 충실히 번역한 내용이 담긴 일건 서류가 놓여 있었다. 하나하나의 생각들이 검토되었고 보고서에 적힌 말 한마디 한마디가 고찰되었다. 행성 레스나야 그루지에서의 삶에 관한 하나하나의 세목들은 그로 인해 생겨날 수 있는 결과와 적합성이라는 견지에서 또는 달리 말하자면 지구 상의 문명과 행성 지구를 이끄는 국가들의 이익을 고려한 관점에서 검토되었다. 회의에 참석한 사람들 누구도 이러한 성질의 문제를 다루어 본 적이 없었다. 그러나 어떤 조치가 취해져야 할지를 긴급히 결정해야만 했다.

태평양에서는 여전히 기세가 꺾이지 않고 폭풍이 계속되었다.

꾸찌바예프 가족이 사로제끄에서 가장 지독했던 그 여름의 더위를 겪고 나서도 좌절해서 짐을 꾸려 가지고 보란리-부란니를 떠나지 않자 보란리 사람들은 그곳에 정착하여 오래 버티어 나갈 집이 또 하나 생겼다는 것을 알게 되었다. 아부딸리쁘 꾸찌바예프는 이제 눈에 띄게 자신감이 붙었고 보란리에서의 그 매일같이 힘든 일에 좀 더 열심히 뛰어들었다. 이제 그는 간이역에서의 생활 방식에 길든 것이었다. 물론 그도 다른 사람들처럼, 보란리는 이 세상에서도 가장 고약한 곳이라고, 심지어는 물까지도 철도를 통해 탱크차로 날라 와야 한다고, 그리고 정말로 깨끗한 물을 실컷 마시고 싶은 사람은 가죽 부대를 챙겨 가지고 낙타 등에 올라 예지게이와 까잔갑 외에는 누구도 찾아갈 엄두를 내지 못하는 그 〈이역만리 떨어진〉 곳에 있는 우물들 중의 한 곳으로 가야 한다고 불평을 늘어놓았다. 그랬다. 그것이 50년대와 60년대로 접어들었을 무렵까지의 사정이었다. 나중에 가서는 물론 풍력 발전기로 구동되는 전기 펌프를 땅속 깊숙이 박았지만 당시는 누구도 그런 것을 꿈도 꾸지 못했었다. 그러나 갖가지 어려움에도 불구하고 아부딸리쁘는 결코 보란리-부란이 간이역이나 사로제끄를 진심으로 저주하지는 않았다. 그는 나쁘면 나쁜 대로 좋으면 좋은 대로 받아들였다. 또 누가 뭐래도 그 땅이 욕을 얻어먹을 이유란 없었다. 거기에서 살 것이냐 말 것이냐는 개개인이 결정할 일이었으므로…….

사람들은 그 땅에서 정착하여 가능한 한 안락하게 살아가려고 애썼다. 꾸찌바예프의 가족들이 마침내 자기네들의 고향은 여기, 보란리-부란이며 그들은 더 멀리 떠날 필요가 없고 그곳에 영원히 정착해야만 한다는 확신을 갖게 되었을 때, 그들은 집안이 제대로 돌아가게 하려면 교대 근무를 더 해야 했고 자유 시간에는 언제나 할 일이 끝없이 밀려 있었다. 아부딸리쁘는 내내 바빴다. 그리고 겨울 날 준비를 하느라 땀깨나 흘려야 했다. 그는 난로를 고치고 문틈을 봉하고 창틀을 바로잡고 하는 일에는 별난 재주가 없었지만 예지게이가 연장과 필요한 물건들을 가지고 와서 그를 도와주었다. 무슨 일이건 그 혼자서만 감당하게 내버려 두지만은 않겠다는 점을 분명히 보여 준 것이었다. 그들이 헛간 옆에다 지하 창고를 파기 시작했을 때는 까잔갑도 같이 와서 거들었다. 그들 세 사람은 조그만 지하실을 파고 덮개로는 낡은 침목과 짚과 진흙을 입혔다. 그리고 어떤 가축도 구덩이 속으로 빠지지 않도록 윗부분을 최대한으로 단단히 보강했다. 그들이 무슨 일을 하고 있건 아부딸리쁘의 어린 두 아들은 언제나 바로 옆에 있었다. 그래서 때로는 일을 하는 데 방해가 되기도 했지만 그래도 아이들이 근처에 있는 편이 더 즐겁고 유쾌했다. 예지게이와 까잔갑은 아부딸리쁘가 그의 〈농장〉

을 만들도록 도와줄 생각이었고 이미 그에게 몇 가지 필요한 것을 주기도 했다. 그리고 봄이 되면 젖 짜는 낙타도 한 마리 주기로 결정을 보았다. 가장 급선무는 그에게 젖 짜는 법을 가르치는 것이었다. 낙타 젖을 짜기란 소젖을 짜는 일과는 달라서 낙타를 일으켜 세우고 젖을 짜야 한다. 그리고 또 낙타를 따라 스텝까지 쫓아가기도 해야 되는데 그것은 주로 젖을 빠는 새끼 낙타를 지켜보면서 제때에 젖을 먹이고 알맞은 때에 어미에게서 떼어 놓기 위한 것이다. 또 그 밖에도 생각할 일이 많았고 그 모든 일들이 제대로 이루어져야 했다…….

그러나 부란니 예지게이를 가장 기쁘게 해주었던 것은 그동안 내내 아부딸리쁘가 집을 고치고 양쪽 집의 아이들을 떠맡느라 — 그와 자리빠는 아이들에게 읽기와 그리기를 가르쳐야 했으므로 — 바쁘면서도 보란리의 거친 생활에 익숙해지기 위해 더 많은 노력을 들이고 있다는 것이었다. 하지만 그에게는 또 자신의 일에 몰두할 시간도 있어야 했다 — 아부딸리쁘 꾸찌바예프는 배운 사람이기 때문이었다. 그는 책을 읽고 글을 쓰곤 했다. 그것이 그의 세계였다. 예지게이는 자기에게 그런 친구가 있다는 사실이 자랑스러웠고 그에게 무척이나 마음이 끌렸다. 이 우정은 자주 그곳을 찾곤 했던 사로제끄의 지질학자 옐리자로프와의 우정이나 마찬가지로 절대로 우연히 맺어진 것이 아니었다. 예지게이는 배운 사람들, 학자들, 지식 있는 사람들을 존경했다. 그리고 아부딸리쁘도 비록 그가 자기의 지혜를 여간해선 드러내 보이지 않더라도 옐리자로프처럼 아는 게 상당했다.

그러나 언젠가 한번 그들은 특별히 진지한 대화를 나눈 적이 있었다. 어느 날 저녁 그들은 선로를 따라 일터에서 집으로 돌아가고 있었다. 그날 그들은 눈만 내렸다 하면 바람에 불려 온 눈이 엄청나게 쌓이곤 하는 7킬로미터 지점에 눈 막이 울타리를 세워야 했었다. 이제 겨우 가을의 문턱에 들어섰을 뿐이라고는 해도 일하기 좋은 때에 미리미리 손을 써두어야 했기 때문이었다. 아무튼 그들은 일터로부터 집으로 돌아오고 있었다. 이야기를 나누기엔 꼭 좋은, 맑게 갠 저녁이었다. 그런 저녁이면 사로제끄는 온 주위가 석양의 저녁놀 속에서, 물 밑으로 들여다보이는 아랄 해의 밑바닥처럼, 보일 듯 말 듯 아스라이 가물거렸다.

「그런데 아부, 저녁때마다 지나가면서 보니까 창틀 위로 당신이 머리를 숙이고 있는 게 보이던데, 뭘 쓰거나 고치고 있는 거요? 당신 옆에 늘 등불이 켜져 있어서 말이오.」 그것이 예지게이의 질문이었다.

「아, 그거 말이군요.」 아부딸리쁘가 삽을 한쪽 어깨에서 다른 쪽 어깨로 고쳐 메면서 선선히 대답했다. 「내겐 뭘 쓰거나 할 만한 책상이 없잖습니까. 애들이 잠들고 나면 자리빠는 책을 읽고, 난 내가 겪었던 일들 중에서 아직까지 기억할 수 있는 것들을 적어 둡니다. 전쟁, 특히 유고슬라비아에서 보냈던 몇 년 동안에 대해서지요. 지금도 시간은 흐르고 과거는 더 멀리 사라져 가고 있지 않습니까.」 그가 잠시 말을 끊었다가 다시 이었다.

「나는 늘 애들을 위해서 내가 뭘 해줄 수 있을지를 생각합니다. 분명히 난 그 애들을 먹이고 입히고 가르치지요. 내가 해줄 수 있는 일이라면 무엇이든 다 하면서 말입니다. 하지만 나는 너무 많은 일들을 겪었습니다. 다른 사람들이라면 백년 동안에도 겪지 못할 그런 일들을요. 그런데도 난 아직 살아 있고 건강합니다. 이건 틀림없이 운명이 내게 어떤 목적을 가지고 그런 경험을 시킨 겁니다. 그래서 어쩌면 나는 다른 사람들에게, 우선 먼저 내 아이들에게, 그 일들을 얘기해 줄 수 있겠지요. 물론 누구에게나 다 해당되는 일반적인 진실이 있긴 하지만 사람은 각자 이런저런 일들을 자기 나름대로 이해하기 마련인데 그런 이해는 당사자의 죽음과 함께 사라져 버립니다. 만일 어떤 사람이 전 세계적인 분쟁의 와중에서 삶과 죽음 사이를 넘나들었고 까딱하면 죽을 뻔했던 일들을 수도 없이 겪었지만 아직까지도 살아 있다고 칩시다. 그 사람은 아마도 많은 걸 알게 되었을 겁니다. 선과 악에 대해서, 그리고 진실과 거짓에 대해서도……」

「잠깐만요, 내가 이해할 수 없는 게 좀 있는데.」 예지게이가 어리둥절해져서 말을 잘랐다. 「아마 당신 얘기가 옳긴 하겠지만, 당신 애들은 아직 코흘리개 꼬마들이지 않소. 이발사가 가위를 든 것만 봐도 무서워하는 애들이 그런 걸 어떻게 이해하지요?」

「바로 그 때문에 그 일들을 모두 적고 있는 겁니다. 애들을 위해서 그걸 보존하고 싶은 거지요. 내가 얼마나 더 살지는 누구도 모릅니다. 지금까지 난 사흘 동안 쭉 그런 생각을 해왔고 그러다 바보같이 하마터면 기차에 치일 뻔도 했지요. 마침 까잔갑이 있다가 나를 선로에서 밀쳐 냈지만 말입니다. 하지만 그러고 나서는 호되게 야단을 칩디다. 이러더군요. 〈자네 애들이 신께 무릎 꿇고 감사해야 될 게야!〉」

「그분 말이 옳아요. 내 벌써 전부터 경고를 했었잖소. 그리고 또 자리빠에게도 얘기했었고.」 예지게이가 나무랐다. 그러고 나서 하고 싶은 말을 다시 꺼냈다. 「왜 그렇게 선로를 따라 걷는 거요? 어떻게 보면 꼭 당신이 지나가게 내버려 두도록 기차더러 선로를 벗어나라는 것 같습디다. 안전 규정이라는 게 있어요. 당신은 배울 만큼 배운 사람인데 — 우리가 얼마나 더 이런 말을 해야 되지요? 지금도 당신은 시장 거리를 돌아다니듯이 선로 위를 걷고 있잖소. 당신 언젠가 크게 한번 당할 거요 — 이건 농담이 아니오.」

「글쎄요, 무슨 일이 일어난다면 그건 내 잘못이겠지요.」 그가 침울한 소리로 수긍했다. 「하지만 먼저 내 말부터 듣고 나서 다음에 얘기해요.」

「내 할 얘긴 다 했소. 자, 계속해 보쇼!」

「옛날엔 사람들이 죽을 때 자녀들에게 물건들을 남겨 주었죠 — 그게 좋은 건지 나쁜 건지는 모르지만 언제나 유산이라는 게 있었어요. 그 시절에 대해서 얼마나 많은 책이 쓰였고 극장에서 얼마나 많은 연극들이 상연됐습니까? — 그들이 어떻게 이권을 분할했고 유산을 받은 사람들에게는 또 어떤 일이 있었습니까? 그런데 어째서 그런 일이 생겼던 걸까요? 그건 이 유산이라는 게 대개는 다른 사람들의 고통과 노력 또는 사기의 결과로 얻은 것들이고 그래서 불행과 죄악과 불의를 가져다주었기 때문이지요. 하지만 나는, 우리는 다행히도 그렇지 않다는 걸 위안으로 삼고 있습니다. 내 유산은 누구에게도 아무런 해를 끼치지 않을 겁니다. 내 유산은 내 영혼과 내가 쓴 글이고 그 속에는 내가 전쟁으로부터 이해하고 배운 모든 것들이 담겨 있지요. 내겐 아이들에게 남겨 줄 그보다 더 큰 재산이 없어요. 여기 이 사로제끄 사막에서 나는 삶이 나를 여기로 인도해 왔다는 생각을 하게 됐습니다. 내가 사람들에게서 잊히고 사라진 다음에 아이들을 위해 내가 생각하고 일해 왔던 모든 것들을 다 적어 놓을 수 있도록 말이죠. 그렇게 해서 나는 내 아이들의 마음속에 살아남을 겁니다. 어쩌면 그 애들은 내가 하지 못했던 걸 이루어 낼 수 있겠지요……. 그 애들은 현재 우리보다도 살아가기가 더 어렵다는 걸 알게 될 겁니다. 그러니까 아이들이 아직 어렸을 때 많은 지식을 갖게 해줘야지요.」

그들은 얼마 동안 자기만의 생각에 잠긴 채 말없이 걸었다. 그런 말을 듣고 보니 예지게이는 기분이 이상했다. 그는 이승에서의 삶에 그런 식으로 의미를 부여할 수 있다는 것이 놀라웠다. 하지만 그러면서도 그는 자기를 그토록 놀랍게 한 것이 정확히 무엇이었는지를 분명하게 알고 싶었다.

「라디오에서 하는 얘기를 들으니까, 우리 애들은 장차 더 안락하고 더 편한 생활을 하게 될 거라고 하던데 말이요. 하지만 당신은 분명히 그 애들이 우리보다도 사정이 더 나빠질 거라고 생각하는 모양인데, 그렇다면 핵전쟁이라도 벌어진다는 겁니까?」

「글쎄요, 그럴 수도 있고 아닐 수도 있겠죠. 하지만 이건 원자 폭탄하고만 관계되는 얘기가 아닙니다. 어쩌면 전쟁이라고는 없을지도 모르죠, — 혹시 일어나더라도 한동안은 아닐 겁니다. 또 내가 말하려는 건 식량 문제와 관련된 것도 아닙니다. 다만 시간의 수레바퀴가 점점 더 빨라지고 있다는 거지요. 우리 애들은 무슨 일에건 제 힘으로 제 자신의 머리를 써서 접근해야 할 거고, 또 어느 정도까지는 우리가 과거에 했던 일에 대해서도 답을 해줘야 할 겁니다. 하지만 해야 할 일을 생각해 내기란 항상 어렵지요. 그래서 나는 그 애들의 삶이 우리보다도 더 어려울 거라고 하는 겁니다.」

예지게이는 그가 어째서 할 일을 생각해 내기가 언제나 어렵다고 생각하는지를 구태여 알아보려고는 하지 않았다. 그러나 묻지 않았던 것이 불찰이었다. 나중에 그는 그 대화를 떠올리면서 그러지 않았던 것을 후회하게 될 것이었다. 그는 좀 더 물어보고 아부딸리쁘가 어떤 생각을 하고 있었는지를 알아냈어야 했다…….

「이렇게 얘기할 수도 있겠지요.」아부딸리쁘가 예지게이의 의문을 풀어 주기라도 하려는 듯 이야기를 계속했다.「어린아이들에게는 어른들이 언제나 슬기로워 보이고 그럴 법한 말을 하는 것처럼 여겨집니다. 하지만 나중에 그 애들이 자라나면 우리 세대의 선생님들이 아는 게 그리 많지 않았고, 생각했던 것처럼 그렇게 슬기롭지도 않았다는 걸 알게 됩니다. 어쩌면 그 선생님들의 생각을 완전히 시대착오적이라고 비웃게 될지도 모르지요. 시간의 수레바퀴는 점점 더 빨리 돌고 있습니다. 하지만 우리는 우리들 자신에 대한 마지막 말을 남겨야 합니다. 우리 선조들은 전설 속에서 그렇게 하려고 했지요. 그들은 후손들에게 자기네들이 한때는 위대했다는 걸 밝히고 싶었던 겁니다. 그리고 우리는 선조들을 그들의 정신으로, 그 정신이 보여 주는 대로 판단합니다. 바로 이게 내 아이들이 자라나는 동안 내가 하고 있는 일이지요. 내 전설들은 내가 전쟁을 치렀던 몇 년 동안에 있습니다. 나는 그것들을 내 〈빨치산〉 노트에 적고 있어요. 내가 보았던 것, 내가 겪었던 것 모두를 있는 그대로 말입니다. 그 애들이 자라났을 때 도움이 될 수 있도록요. 하지만 그것 말고 또 다른 것들도 있지요. 우리 애들은 사로제끄에서 커야 합니다. 그런데 나는 그 애들이 자라났을 때 저희들이 이 텅 빈 사막 지대에서 살았었다고는 생각하게 하고 싶지가 않습니다. 그래서 나는 여기서 수집한 옛 노래들을 적고 있지요. 그렇게 하지 않으면 그것들도 잊힐 테니까요. 노래란 내가 알기로는 과거로부터 내려온 전언이지요. 당신 부인도 그런 노래를 많이 알고 있는 것 같습니다. 그리고 내게 다른 노래들도 알려 주겠다고 약속했어요.」

「아마 그럴 거요. 그 여잔 아랄 출신이니까.」예지게이가 자랑스럽게 대답했다.「아랄 까자흐들은 바닷가에서 살고 있는데 바다로 나가면 노래를 부르기가 좋거든요. 바다는 뭐든 다 알아들으니까. 무슨 얘기를 하건 마음속에서 우러난 모든 말이 다 통하지요.」

「맞아요. 바로 그겁니다. 얼마 전에 나는 적어 두었던 어떤 글을 소리 내어 읽은 적이 있는데 그때 자리빠도 나도 눈물을 흘릴 뻔했었죠. 옛날엔 사람들이 얼마나 아름답게 노래를 불렀는지. 노래란 그 하나하나가 온전한 한 페이지의 역삽니다. 당신은 그런 사람들을 상상하고 그들을 보고 그들과 하나가 되고 싶어 할지도 모르죠. 그들처럼 고통을 받고 사랑도 하고……. 그게 바로 그들이 자기네들 스스로를 위해 남긴 일종의 기념비인 겁니다. 언젠가 나는 까잔갑의 부인에게 이런 말을 했었지요. 〈까라깔빠끄의 노래들을 기억해 봐요. 내 그 노래들을 별도로 다른 노트에다 그러니까 까라깔빠끄 노트에다 적어 둘 테니까요〉라고 말입니다.」

그런 이야기들을 나누면서 그들은 선로를 따라 천천히 걸었다. 드물게 한가한 저녁이었다. 초가을의 하루를 마감하는 시간이 긴 한숨처럼 평화롭고 한가하게 다가왔다. 비록 사로제끄에 숲이나 강이나 들판이 없다곤 해도 스텝 위로 드리워진 명암의 움직임 덕분에 지는 해가 한 폭의 완벽한 풍경화와도 같은 인상을 주고 있었다. 드넓게 펼쳐진 공간에서 희미하게 흐르는 푸름이 영혼을 사로잡고 생각을 고양시켰던 것이다. 보는 이로 하여금 오래 살고 길게 생각하고픈 욕망을 느끼게 하면서…….

「그런데 말입니다, 예지게이.」아부딸리쁘가 묻기에 적당한 시간이 올 때까지 한옆으로 제쳐 두었던 문제를 끄집어내면서 다시 말을 꺼냈다. 「몇 가지 꼭 물어보고 싶었던 게 있습니다. 그 도넨바이라는 새 — 그걸 어떻게 생각합니까? 세상엔 진짜로 도넨바이라고 불리는 새가 있습니까? 그런 새 본 적이 있나요?」

「아, 그건 그저 전설에 나오는 새일 뿐이오.」

「그건 압니다. 하지만 전설이 사실과 겹치는 경우가 종종 있거든요. 예를 들자면 언덕 중턱의 정원들에서 하루 종일 〈내 사랑은 누구일까?〉 하고 세미레치예의 노래를 부르는 꾀꼬리 같은 것 말입니다. 그건 단지 소리가 비슷하게 들린다는 자연의 장난일 뿐이겠지만 어째서 그 새가 그런 노래를 부르는지를 설명해 주는 전설도 있거든요. 그러니까 어쩌면 이 이야기에도 비슷한 근거가 있겠지요. 어쩌면 스텝에서 우는 소리가 〈도넨바이〉라고 부르는 소리와 비슷한 새가 있어서 그 때문에 그 새가 전설 속으로 끼어들었을 수도 있겠고요.」

「그건 모르겠는데요. 거기에 대해선 생각해 본 적이 없어요.」 예지게이는 자신이 없었다. 「하지만 난 이 근처라면 꽤 많이 돌아다녀 봤는데 그렇게 불리는 새를 본 적은 없었어요. 내 생각으로는 없는 것 같은데요.」

「어쩌면……」 아부딸리쁘가 생각에 잠겨서 말끝을 흐렸다.

「하지만 그런 새가 없더라도 그걸 가지고 꼭 전설을 의심해야 할 필요는 없는 거 아니오?」 예지게이는 좀 귀찮아졌다.

「그럼요. 그럴 이유가 어디 있겠습니까? 전설은 아나-베이뜨 묘지가 왜 거기 있는지를 설명해 주는데 그건 거기에서 분명히 무슨 일이 일어났었다는 얘깁니다. 나로서는, 난 아직도 그런 새가 있고 언젠가는 누군가가 그 새를 보게 될 거라고 생각합니다. 그게 바로 내가 아이들을 위해서 이런 걸 모두 적어 주는 이유지요.」

「글쎄, 만일 그게 애들을 위한 거라면.」 예지게이가 말을 잘랐다. 「그렇다면 아무 상관 없겠지만……」

부랸이 예지게이가 기억하는 한 나이만-아나에 관한 사로제끄의 전설을 적었던 사람은 단 두 사람뿐이었다. 그 첫 번째 사람은 아부딸리쁘로서, 자기 아이들을 위해, 그들이 자라났을 때를 위해 1952년 말에 적은 것인데, 그러나 이 원고는 사라져 버렸다. 그 뒤로 얼마나 많은 슬픔을 견뎌야 했던가! 정말로 얼마나 많은 슬픔을……. 그리고 몇 년 뒤인 1957년에 아파나시 이바노비치 옐리자로프가 그 전설을 적었다. 이제는 그도 — 옐리자로프도 죽었다. 그의 원고는 아마도 알마-아따에 그가 남긴 초고들 사이에 끼여 있겠지만 분명히 그럴 것이라고 누가 장담할 수 있을까? 어쨌건 그 두 사람 모두 까잔갑의 입에서 흘러나오는 말을 그대로 받아 적었다. 물론 그때 예지게이도 같이 있었지만 그는 주로 기억을 떠올려 주고 이야기를 보충하는 역할을 맡았었다.

〈아아! 그 시절은 다 지나갔어. 벌써 오래전 일이야.〉 마의로 덮인 까라나르의 두 혹 사이에서 흔들리며 예지게이는 생각했다. 지금 그는 까잔갑의 시신을 아나-베이뜨 묘지로 모셔 가는 중이었다. 그것은 마치 고리가 채워진 것과도 같았다. 전설을 이야기해 주던 사람, 그 이야기를 보전하여 다른 사람들에게 전해 주던 사람은 이제 묘지에서 마지막 안식처를 얻게 될 것이었다.

〈우리만이, 나와 아나-베이뜨만이 남았어. 이제 얼마 안 있으면 이 묘지로 보내지는 건 내 차례일 테지. 삶은 다만 무덤을 향해 이끌릴 뿐……〉 그것이 예지게이가 낙타 등에서 흔들리며 장지로 가는 중에 했던 생각이었다. 이상한 장례 행렬 — 트랙터와 그 뒤를 바짝 따라오는 벨라루시 굴착기 — 을 이끌고 스텝을 가로지르면서, 그 행렬에 끼어들었던 녹슨 빛깔을 한 개 졸바르스는 어떤 때는 앞서서, 어떤 때는 뒤처져서, 또 어떤 때는 한옆에서 가다가 잠깐씩 어디론가 사라지곤 했다. 그 개는 마치 제가 그 행렬 전체를 책임지기라도 한 것처럼 잔뜩 경계를 하고 이쪽저쪽을 바쁘게 둘러보면서 꼬리를 흔들어 댔다.

해는 이제 중천에 걸려 있었다. 한낮이었다. 아나-베이뜨까지는 갈 길이 얼마 남지 않았다.

8

 1952년 말, 아니 좀 더 정확히 얘기하자면 가을과 초가을 — 그해 겨울은 늦었고 눈보라도 없었다 — 은 보란리-부란니 간이역의 몇 안 되는 주민들이 겪어 본 중에서 가장 좋은 시절이었다. 나중에 예지게이가 종종 그 시절을 회상하곤 했을 정도로.

 그 당시 보란리 사람들의 지도자 격이었던 까잔갑은 언제나 매우 신중했고 다른 사람들의 일에 끼어드는 법이라고는 없었다. 그리고 여전히 힘이 넘쳤으며 건강도 썩 좋았다. 사비찬은 아직 꿈벨리의 기숙 학교에 다니고 있었다. 그때쯤엔 꾸찌바예프 일가도 사로제꾸에 굳건히 뿌리를 내렸다. 겨울이 되자 그들은 바라끄 오두막을 따뜻하게 덥혔고 감자를 저장했고 자리빠와 아이들이 신을 털 장화를 구했고 꿈벨리에서 밀가루도 한 자루 가득 사들였다. 예지게이가 한창 힘이 좋아져 가고 있는 젊은 낙타 까라나르를 끌고 공급반으로 가서 자기 손으로 한 짐 잔뜩 실어 왔던 것이다. 아부딸리쁘는 이제 한 사람 몫을 충분히 해내고 있었다. 그리고 전과 다름없이 모든 여가 시간을 아이들과 함께 보냈고 밤이면 거기, 등불 밑에서 그가 쓰고 있던 글을 부지런히 써내려갔다.

그 역에는 다른 노무자 가족들도 두세 집 더 있었지만 그들은 단지 일시적으로 그 간이역에 와 있는 것 같아 보였다. 당시 그곳 책임자는 아빌로프라는 사람으로 나쁜 친구는 아니었다. 어쨌든 이제는 아무도 보란리를 지켜워하지 않았다. 일은 계속되었고 아이들은 자라고 있었다. 그리고 겨울이 오기 전에 미리 손봐 두어야 할 선로 보호 작업과 필요한 수리 작업도 예정대로 진척되었다.

사로제끄치고 보기 드물게 좋은 날씨가 이어졌고 가을색은 빵껍질 같은 갈색이었다. 그러고 나서 겨울이 성큼 다가오자 온 주위는 순백의 눈으로 덮였는데 — 그 경치 또한 아름다웠다. 철길은 거대한 흰빛의 정적 사이로 검은 실처럼 뻗어 나갔고 그 실을 따라 여느 때처럼 기차들이 오갔다. 그리고 철도 한옆에는 눈 덮인 야트막한 언덕들 사이에 그 조그만 마을 — 보란리-부란니 간이역에 딸린 마을 — 이 웅크리고 있었다.

지나가는 열차의 승객들은 기차간에서 무관심한 눈길을 던지거나 때로는 그 간이역의 외로운 주민들에 대해 잠깐씩 스쳐 가는 동정심을 느꼈다. 하지만 그들이 그렇게 느낄 필요는 없었다. 보란리-부란니 사람들은 오래전에 지나가 버린 숨 막히는 여름만 제외하고는 썩 좋은 한 해를 보냈으니까. 전쟁이 끝난 뒤의 그 몇 년 동안 살아가는 형편이 대체로 어디에서나 — 약간씩 차질이 있긴 해도 — 조금씩 조금씩 나아져 가고 있었다. 보란리 사람들 역시 새해가 되면 식량과 공산품들을 좀 더 싼 값에 살 수 있을 것이었다. 비록 가게의 선반이 빽빽이 채워지려면 아직 멀었다고는 해도, 사정은 해마다 향상되고 있었다.

보란리 사람들은 대개가, 일부러 자정까지 기다렸다가 새해를 맞으려고는 하지 않았다. 그도 그럴 것이, 간이역에서의 일은 늘 하던 대로 계속되었고 기차들은 여전히 지나갔으므로 언제 어디서 밝아 오는 새해를 맞을 것이냐를 생각할 틈 같은 것이 있을 리 없었다. 게다가 겨울이면 집에서 할 일도 더 많았다. 방목장에 나가 있거나 우리에 갇힌 짐승들을 더 신경 써서 돌봐야 했고 난롯불 시중도 들어야 했다. 누구든 해도 떨어지기 전에 지치기 마련이었다. 그래서 일이 끝난 뒤에는 편히 쉬다가 일찍 자는 것이 상책이었다.

한 해 한 해가 그런 식으로 지나갔다.

그러나 1952년 제야에는 보란리-부란니에서 진짜 축제를 보게 되었다. 물론 그 축제는 꾸찌바예프 가족들의 손으로 마련된 것이었다. 그리고 예지게이 역시 새해맞이 채비의 마지막 손질을 하는 데 한몫 거들었다. 그 축제는 꾸찌바예프 부부가 자기 아이들에게 새해맞이 나무를 선물하기로 작정하면서부터 시작되었다. 하지만 어떻게 사로제끄에서 단 한 그루라도 나무를 구할 수 있었을까? 차라리 화석으로 변한 공룡 알을 찾아내기가 더 쉬울 것이었다. 그런데 말이 나왔으니까 얘기지만, 옐리자로프는 지질 조사를 하러 돌아다니다가 사로제끄에서 정말로 수백만 년이나 묵은 공룡 알을 몇 개 찾아냈었다. 크기가 수박만 한 그 알들은 물론 돌로 변해 있었지만 어쨌건 그 알들은 알마-아따 박물관에 기증되었고 신문에서는 그 사건을 보도했었다.

결국은 아부딸리쁘 꾸찌바예프가 지독한 추위를 뚫고 꿈벨리까지 가서 그곳의 지역 위원회 사무실에다 큰 역으로 보낼 다섯 그루의 나무들 중에 한 그루를 보란리-부란니에 대신 달라고 부탁할 수밖에 없었다. 그리고 그의 청이 받아들여져서 그 일이 벌어지기 시작했다.

스텝에서 불어오는 바람으로 잔뜩 녹이 슨 네 축짜리 유개 화차들을 매단 기다란 화물 열차가 귀청을 찢을 듯한 브레이크 소리를 내면서 1번선으로 들어와 멎었을 때 예지게이는 막 새 작업용 장갑을 끼고서 창고 옆에 서 있던 참이었다. 아부딸리쁘가 가죽 장화 속으로까지 스며든 냉기로 다리가 뻣뻣하게 굳은 채 간신히 몸을 움직여 맨 마지막 화차의 열린 승강단으로 기어 내려왔다. 그리고 뒤이어 커다란 양가죽 코트에 털모자를 단단히 눌러쓴 경비원이 어설픈 동작으로 승강단을 내려와 아부딸리쁘에게 뭔가 큼직한 물건을 하나 건네주었다. 〈저건 나무가 틀림없어!〉 놀라운 중에도 예지게이는 그런 생각이 들었다.

「이보쇼, 예지게이! 당신 말이요, 부라니! 와서 좀 거들어 주쇼!」 경비원이 화차 발판에서 고개를 빼고 그에게 소리쳤다.

예지게이는 서둘러 그리로 달려갔다가 깜짝 놀랐다. 아부딸리쁘가 눈썹에 서리를 하얗게 얹은 채 온몸이 가루 같은 눈으로 덮여 있었다. 그는 몸속까지 파고든 한기로 얼어붙어서 입술도 제대로 움직이지 못했고 손 역시 움직일 수 없는 건 마찬가지였다. 그의 옆에는 하마터면 그를 저 세상으로 가게 할 뻔했던 새해맞이 나무 — 잎이 뾰족뾰족한 전나무 — 가 놓여 있었다.

「여기 사람들은 대관절 어떤 사람들이기에 옷을 이렇게 입고 돌아 다니는 거요?」 경비원이 화가 나서 투덜거렸다. 「이 사람 까딱했으면 저 세상 구경할 뻔했단 말이요. 내 코트라도 벗어 주고 싶었지만 그랬단 내가 얼어 죽었을 테고.」

그때까지도 아부딸리쁘는 입술도 제대로 움직일 수 없었지만 그래도 어떻게든 사과는 했다. 「미안하게 됐습니다. 지금 바로 몸을 녹이지요. 우리 집은 바로 저기니까.」

「내 저 사람에게 이 얘기까지 했소.」 경비원이 투덜거렸다. 「난 양가죽 코트에다 그 밑에 누비옷을 껴입고 털 장화에 털 모자까지 썼지만 출발 신호를 하려고 발을 내디딜 때마다 추워서 눈알이 튀어나올 정도라고 말이오. 도대체 저 사람 저렇게 하고 어떻게 견디지?」

예지게이는 어쩔 줄을 몰랐다. 「옳은 얘기요. 다음부턴 제대로 입었나 확실히 알아보겠소. 뜨로필! 고맙소. 자, 그럼 좋은 여행 되시오.」

그가 나무를 들어 올렸다. 차가웠다. 아주 큰 놈은 아니어서 꼭 어른 키만 했고 겨울 소나무 숲 냄새가 났다. 예지게이는 가슴이 두근거리기 시작했다. 그는 전선에서의 그 소나무 숲들을 떠올리고 있었다. 탱크들에 짓이겨지고 포탄으로 찢긴 소나무들이 지천으로 널려 있던 그 숲들을. 거기에서라면 분명히 누구도 소나무 숲의 냄새를 즐기는 값이 그처럼 비싸게 먹히리라고는 생각하지 않았을 것이었다.

「갑시다.」 그러고 나서 예지게이가 아부딸리쁘를 돌아다보며 나무를 어깨에 둘러메었다. 아부딸리쁘의 얼굴은 잿빛으로 일그러졌고 뺨은 찬바람을 맞아 흘린 눈물로 번들거렸지만 하얗게 서리가 얹힌 눈썹 밑에는 생생하고 기쁘고 승리감에 넘치는 두 눈이 빛나고 있었다. 예지게이는 느닷없이 불안해졌다. 아이들이 제 아버지가 이토록 힘들여 마음 써준 걸 알아줄까? 살다 보면 사정이 기대와는 정반대로 되는 일이 너무도 잦다. 고마워해야 할 자리에서 시큰둥해하거나 싫은 기색까지 보이는 일이. 〈신이시여, 제발 그렇게 되지 않도록 해주소서. 이 사람은 다른 걱정거리로도 벅찹니다.〉 예지게이는 생각했다.

그 나무를 처음 본 것은 꾸찌바예프의 큰아들 다울이었다.

그 아이가 기뻐서 소리를 지르며 오두막 문으로부터 뛰쳐나왔고, 그 뒤로 자리빠와 에르메끄가 겉옷도 걸치지 않고서 따라 나왔다. 「나무다! 나무다! 야, 정말 멋진 나문데!」 다울이 신이 나서 펄쩍펄쩍 뛰었다. 자리빠도 그에 못지않게 기뻐했다.

「정말 구하셨군요! 굉장해요!」 하지만 에르메끄는 새해맞이 나무를 본 적이 없었다. 그 아이는 예지게이 아저씨가 날라 오고 있는 물건을 눈 한 번 떼지 않고 빤히 쳐다보고 있었다. 「엄마, 저거 나무지, 그렇지? 저거 좋은 거지, 그렇지? 저거 우리하고 같이 집 안에서 살 거야?」

「자리빠.」 예지게이가 말을 걸었다. 「러시아 사람들 말로 하자면 이 〈욜까빨까(전나무)〉 때문에 이 사람 까딱했으면 얼어 죽을 뻔했습니다. 얼른 안으로 들어서 몸을 녹여 줘요. 우선 먼저 장화부터 벗겨야 되겠어요.」

장화가 얼어서 발에 들러붙어 있었다. 아부딸리쁘는 장화를 벗겨 내리려고 할 때마다 이를 악물고 신음 소리를 내면서 얼굴을 찡그렸다. 특히 아이들이 열심이었다. 그 아이들은 고사리 같은 손으로 무거운 장화를 움켜쥐었지만 아무 소용이 없었다 — 장화들이 얼어붙은 돌덩이처럼 그의 발에 들러붙어 있었기 때문이었다.

「얘들아, 방해하지 말고 있어. 내가 할 테니까.」 자리빠가 아이들을 한옆으로 밀쳤다.

예지게이는 그녀에게 귓속말을 해줘야겠다고 생각했다. 「저 애들 못하게 하지 말아요, 자리빠. 해보게 둬요. 애들도 거들게 합시다.」 속으로 그는 이 정성 — 두 자식들의 사랑과 열성 — 이야말로 아부딸리쁘가 받을 수 있는 최상의 선물이라고 느꼈다. 그것은 아이들이 벌써 저네들 스스로 생각할 수 있을 만큼 컸다는 뜻이었다. 그 어린 녀석들의 모습은 우습기도 했지만 너무도 감동적이었다. 무슨 이유에서인지 에르메끄는 제 아버지를 〈아부지〉라고 불렀다. 그러나 누구도 고쳐 주려고는 하지 않았다. 그것은 그 아이가 인간의 언어에서 가장 영원하고 기본적인 단어들 중의 하나를 제 나름대로 부르는 식이었다.

「아부지! 아부지!」 에르메끄는 힘이 들어서 얼굴이 빨개져 있었다. 그리고 눈에는 해내고야 말겠다는 열의가 타오르고 있었지만 그 모습이 너무도 진지해서 웃지 않을 수가 없었다. 그 아이들이 뜻을 이루도록 해주려면 다른 방도를 취해야 했다. 예지게이가 방법을 한 가지 찾아냈다. 그때쯤엔 장화가 녹기 시작해서 아부딸리쁘에게 고통을 주지 않고서도 비틀 수가 있었다.

「자, 얘들아. 내 뒤에 앉아라. 우리 기차처럼 차례차례 매달려서 끌어당기는 거다. 다울, 너는 나를 붙잡아라. 에르메끄, 너는 다울을 붙잡고.」

아부딸리쁘가 예지게이의 생각을 알아차리고 추운 데서 있다가 따뜻한 곳으로 들어와서 눈물이 솟은 눈에 웃음기를 띠면서 고개를 끄덕였다. 예지게이가 아부딸리쁘 맞은편에 앉았고 아이들은 그 뒤에서 〈기차〉를 만들었다. 그리고 모두들 준비가 되자 예지게이는 장화를 벗겨 내기 시작했다.

「자, 얘들아. 더 세게, 힘껏 당겨! 아저씬 혼자서 못하거든. 그렇게 힘이 세지 않단다. 자, 다울, 에르메끄! 더 세게 당겨라.」

아이들이 그의 뒤에서 힘껏 도우려고 숨을 씩씩거렸고 자리빠는 선수들을 응원하듯 아이들의 힘을 돋우었다. 예지게이는 그 일이 굉장히 힘든 척했다. 그래서 한쪽 장화가 벗겨지자 아이들이 환호성을 질렀다. 자리빠가 급히 털실천으로 남편의 발을 문지르려는데 예지게이가 모두에게 잠시 멈추라고 했다.

「자, 얘들아, 그리고 자리빠. 지금 뭐 하는 거요? 누가 나머지 장화를 벗겨 낼 거요? 너희 아버지를 이대로 그냥 둘래? 한쪽 발은 맨발, 다른 쪽 발은 차가운 장화 속에다. 그러는 게 좋아?」

모두들 웃음을 터뜨렸다. 그리고 데굴데굴 구르면서 한참을 웃었다 — 특히 아이들과 아부딸리쁘가.

부라니 예지게이는 나중에, 그가 끔찍한 수수께끼를 풀려고 했을 때 그 순간을 종종 떠올리곤 했다. 그걸 누가 어떻게 알 수 있을까? 어쩌면 바로 그 순간, 보라리-부라니로부터 멀리 떨어진 어딘가에서 아부딸리쁘 꾸찌바예프의 이름이 한 번 더 관리처럼 보이는 어떤 익명의 사람에게 떠올랐는지도 몰랐다. 아니, 어쩌면 그때 이미 꾸찌바예프 가족의 운명이 결정되고 있었는지도 몰랐다.

그 비극은 슬며시 그들을 덮쳤다 — 어쩌면 이런 문제에 좀 더 경험이 많고 노련한 예지게이는 마음속으로 어떤 위험이 다가오고 있다는 불길한 예감을 느꼈거나 어렴풋이 눈치를 챘을지도 모르지만.

그러나 곤란할 게 뭐 있겠는가? 해마다 연말쯤이면 검열관이 한 사람 그 간이역으로 나왔다. 그는 이 역에서 저 역으로 옮겨 다니는 사람이었다. 그는 매번 올 때마다 2, 3일 동안 머물면서 직원들이 급료를 어떻게 받고 어느 정도의 물자들이 사용되었고 하는 등등을 점검하곤 했다. 그리고 나서는 자기의 보고서에다 간이역 책임자와 함께 서명을 한 뒤에 노무자들 중 누군가가 부서를 하고 나면 가장 먼저 오는 열차를 잡아타고서 다음 예정지로 떠나는 것이었다. 그렇게 조그만 간이역에서도 검열을 받아야 할 것들이 얼마나 많았던지! 예지게이는 언제나 노무자 대표로서 검열관의 보고서에 서명을 하는 사람이었다.

이번에는 검열관이 보란리-부란니에서 사흘을 보냈고 잠은 주건물 옆의 당직실 — 그곳에는 통신 센터와 당직자들이 쓰는, 보통은 좀 그럴싸하게 〈사무실〉이라고 부르는 조그만 방이 있었다 — 에서 잤다. 아빌로프는 검열관에게 차를 단지째로 끓여다 주는 등 내내 법석을 떨면서 돌아다녔다. 예지게이도 붙들려 가서 검열관을 만났는데, 그는 담배를 피우면서 무슨 서류를 들여다보고 앉아 있었다. 예지게이는 검열관이 전에 왔던 사람, 그러니까 안면이 있는 사람일 것이라고 생각했지만 아니었다. 이번 검열관은 처음 보는 사람이었다. 불그죽죽한 뺨에 이는 다 빠져나가 몇 개 남지 않았고 머리가 하얗게 세어 가는 중늙은이, 그의 눈에서는 이상하게 끈적끈적한 웃음기가 번뜩였다.

그들은 그날 저녁 늦게 다시 만났다. 예지게이는 그때 교대 근무를 마치고 돌아오는 길이었는데 고개를 들고 보니 그 검열관이 당직실 옆의 등불 밑에서 거닐고 있었다. 그는 양가죽 코트 깃을 세우고 양가죽 모자에다 안경을 쓰고 있었는데, 생각에 잠겨 담배를 피우면서 발밑의 모래땅을 꾹꾹 밟고 있었다. 「안녕하십니까. 담배 피우러 나오셨나요? 오늘 일은 잘 보셨습니까?」 예지게이가 붙임성 있게 물었다.

「아, 물론이오.」 상대편이 웃음기를 띠고 대답했다. 「쉽지는 않지만.」 다시 그 반쯤 웃는 미소.

「그야 물론 그러셨겠죠.」 예지게이가 공손히 수긍했다.

「나 내일 떠납니다.」 검열관이 알려 주었다. 「17호 열차가 들어와서 서면 그걸 타고.」 그가 다시 반쯤 웃는 미소를 지었다. 그의 목소리는 약간 억지로 짜내는 듯하면서도 조용했다. 그러나 눈은 꿰뚫는 것처럼 강렬했다. 「당신이 예지게이 잔겔리진 맞지요?」 검열관이 물었다.

「예, 바로 접니다.」

「그럴 거라고 생각했소.」 검열관이 남아 있는 잇새로 자신만만하게 담배 연기를 내뿜었다. 「사병으로 복무했고 여기서는 1944년부터 일했지요? 선로 일을 하는 노무자들이 당신에게 〈부란이〉라는 별명을 붙였고.」

「예, 그렇습니다.」 예지게이가 짤막하게 대답했다. 그는 검열관이 자기에 대해서 그렇게 많이 알고 있다는 것이 기뻤지만 그러면서도 이 사람이 무슨 이유로 그걸 모두 알아냈는지 — 게다가 기억까지 하고 있는지 — 가 궁금했다.

「당신에게 좋은 인상을 받았소.」 검열관이 예지게이의 생각을 읽고 있기라도 했던 것처럼 말을 이었다. 「나도 글을 쓰고 있지요. 여기서 일하는 꾸찌바예프처럼 말이오.」 그가 불이 밝혀진 창문 쪽으로 담배 연기를 훅 불면서 고개를 끄덕였다. 거기에는 언제나처럼 아부딸리쁘가 종잇장 위로 고개를 숙이고 있었다. 「저걸 본 게 오늘로 사흘째요. 내가 보기엔 저 사람 내내 쓰고 또 쓰고 하는 것 같더구먼, 나도 글을 쓰고 있어서 말이오. 단 나는 시를 쓰지만. 철도 잡지에는 거의 달마다 내 시가 실리지요. 또 내가 운영하고 있는 문학 서클도 하나 있고, 내가 쓴 시들 중에서 몇 편은 지방 신문에서도 실렸는데, 한 번은, 그러니까 금년 5월 1일에는 〈국제 여성의 날〉에도 실렸었지.」

그러고 나서 대화가 끊겼다. 예지게이는 인사를 하고 나서 집으로 갈까 했지만 검열관이 다시 말을 꺼냈다.

「저 사람 유고슬라비아에 대해서 쓰고 있지 않소?」「솔직히 저는 잘 모릅니다.」 예지게이가 대답했다. 「어쩌면 그럴 수도 있겠지요. 거기서 오랫동안 빨치산으로 싸웠으니까요. 자기 아이들을 위해서 쓰고 있다던데요.」

「나도 그렇게 들었소. 여기서 아빌로프에게 물어봤으니까. 저 사람 전쟁 포로였던 것 같은데. 다음엔 몇 년 동안 선생 노릇을 했었고. 이제 펜으로 재주를 발휘해 볼 생각인가?」 그가 목쉰 소리로 껄껄 웃었다. 「내 장담하지만 그게 보이는 것처럼 그렇게 간단하지가 않아요. 나 역시 좀 더 거창한 작품을 생각하고 있지. 전방과 후방, 그리고 내가 했던 일에 대해서 말이오. 하지만 어디 그럴 시간이 있어야지. 노상 이 일로 여기저기 돌아다니고만 있으니까…….」

「저 사람도 밤에만 씁니다. 낮에는 종일 일을 하고요.」 예지게이가 대답했다.

대화가 다시 끊겼다. 그러나 이번에도 예지게이는 물러갈 수가 없었다. 「그러니까 쓰고 또 쓰고 하느라고 머리를 들지 않는다 이건가?」 검열관이 다시 반쯤 웃는 미소를 짓고 나서 창문에 비친 아부딸리쁘의 윤곽을 건너다보았다.

「글쎄요, 뭘 좀 어떻게 해주셔야 할 겁니다.」 예지게이가 말했다. 「누가 뭐래도 저 사람은 배운 사람이니까요. 주위에 아무것도 없거든요. 그래서 글을 쓰는 겁니다.」

「아하, 그거 그럴듯한 생각이오. 주위에 아무것도 없다.」 검열관이 뭔가를 상상하려는 듯 이마를 찌푸리고 중얼거렸다. 「그래서 자유로우니까, 마음대로 — 아무도, 아무것도 없다…….」

그러고 나서 그들은 헤어졌다.

다음 며칠 사이에 예지게이는 아부딸리쁘에게 검열관과 우연히 주고받게 되었던 이야기를 알려 줄 생각이었다. 그러나 그럴 틈을 내지 못했고 결국에는 그 일을 모두 잊어버렸다.

겨울이 본격적으로 닥치기 전에 해두어야 할 일이 많은 데다 까라나르가 수놈 행세를 시작했기 때문이었다. 그것이 주인에게는 얼마나 큰 시련, 얼마나 지독한 형벌의 시기였던가! 젊은 수놈 낙타 까라나르는 2년 전에 다 자랐지만 그 2년 동안에는 성욕이 충분히 일깨워지지 않았으므로 소리를 질러서 진정시키거나 겁을 주거나 명령에 따르게 할 수도 있었다. 또 보란리의 낙타 떼들 중에서 나이 든 수놈이, 그러니까 까잔갑의 낙타들 가운에 한 마리가 오랫동안 까라나르를 제 밑에 두고서 그놈을 차고 물어뜯고 하여 암낙타들이 있는 곳에서 쫓아 버렸다. 그러나 스텝은 광대했다. 까라나르는 어느 한 곳으로부터 쫓겨나더라도 어딘가 다른 곳에서 제 욕망을 채웠고 나이 든 수놈 낙타는 하루 종일 까라나르를 쫓아다녔지만 마침내는 제풀에 지쳐 버렸다. 결국, 젊고 혈기 왕성한 아딴샤(젊은 수놈 낙타) 까라나르는 발정기 때의 싸움에 이겨서라기보다는 발 빠른 주력 덕분에 제 뜻을 이루는 것이었다. 그러나 이번 발정기에는, 낙타들의 피가 태곳적부터 전해 내려온 자연의 부름에 잠을 깨는 겨울 추위가 다가오자 까라나르가 보란리 낙타 떼들의 우두머리가 되었다. 그놈은 강력해졌고 대단한 힘을 키웠다. 그리고 까잔갑의 늙은 낙타를 텅 빈 스텝 저편에 있는 계곡으로 몰아내 반쯤 죽을 때까지 발로 차고 짓밟고 물어뜯었다. 다행히 누군가가 그 소동이 벌어진 현장까지 쫓아가 두 놈을 떼어 놓기는 했지만. 자연은 무자비했다. 그것은 어떤 대가를 치르더라도 제 길을 가려고 했다. 그리고 이제는 까라나르가 자손을 번식시킬 차례였다.

까잔갑과 예지게이가 처음으로 말다툼을 벌였던 것은 그

일 때문이었다. 까잔갑은 계곡에서 짓밟힌 늙은 낙타의 비참한 몰골을 보자 화를 억누를 수 없었다. 그는 머리끝까지 화가 뻗치고 속이 뒤집혀서 방목장으로부터 돌아오자마자 예지게이에게 소리를 질러 댔다.

「자네 어떻게 그런 일이 벌어지도록 놔둔 거지? 그것들은 짐승들이지만 우린 사람들이야! 자넨 까라나르가 그렇게 흉포해지기 시작했는데도 아무 생각 없이 그냥 스텝으로 내보내지 않았냐 말이야!」

「그놈을 내보낸 게 아닙니다, 까자께. 그냥 제멋대로 나간 거죠. 무슨 수로 그놈을 우리에다 가둬 놓습니까? 쇠사슬로요? 그놈은 그걸 끊어 버렸습니다. 옛말에도 이런 말이 있지 않습니까? 힘만 있으면 제 아비도 몰라본다고요. 이제 그놈 때가 온 겁니다.」

「그게 그렇게도 기꺼운가? 하지만 자네 알아 둬. 곤란한 일이 한참 더 생길 거니까. 자넨 그놈이 안돼서 콧구멍을 뚫고 주둥이에다 〈시시(나뭇조각)〉를 끼워 넣지 않으려고 하지만 저놈 뒤를 쫓아다니려면 눈물깨나 흘리게 될 게야. 저놈은 여기 있는 낙타들만 가지고는 성이 차지 않을 테니까. 온 사로제끄를 휩쓸고 돌아다니면서 쌈질을 할 거라고. 게다가 저놈을 붙잡아 둘 도리라고는 없을 테고. 그때 가서는 내 말을 기억하게 될 걸세…….」

예지게이는 까잔갑에게 대거리를 하지는 않았다. 그는 까잔갑을 존경했고, 또 그의 말이 옳다는 것도 알고 있었다. 그래서 조용히 이렇게만 대답했다. 「나한테 젖먹이였던 놈을 줄 때는 언제고 이제 와선 또 욕을 합니까? 어쨌든 알겠습니다. 저놈이 못 그러게 무슨 수를 쓰지요.」

하지만 까라나르처럼 그렇게 잘생긴 짐승을 망치다니 ―

콧구멍을 뚫고 시시를 끼워 넣으라고? 예지게이는 절대로 그렇게는 할 수 없었다. 물론 나중에 가서는 종종 까잔갑의 그 말을 떠올렸고 미칠 정도로까지 화가 나서 그놈을 어떻게 해버려야겠다고 맹세한 적도 여러 번 있었지만 사실상 그는 자기 낙타에 손 하나 대지 않았다. 그리고 또 언젠가는 까라나르의 불알을 까버릴까도 생각했지만 그렇게도 할 수가 없었다. 자기도 모르게 인정이 끌리는 것을 어쩔 수 없어서였다. 그 덕에 해마다 겨울이 되어 발정기가 시작되면 욕망으로 달아오른 까라나르를 끝없이 찾아다녀야 하긴 했어도.

모든 일은 겨울과 함께 시작되었다. 예지게이가 까라나르를 애서 단속하고 그놈을 좀 더 안전하게 가두려고 우리를 보강하고 하는 사이에 새해가 다가왔다. 그때쯤 꾸찌바예프 부부는 새해맞이 나무로 파티를 열 계획을 짜기 시작했는데 보란리의 모든 아이들에게는 그것이 하나의 커다란 사건이었다. 우꾸발라와 그녀의 딸들은 꾸찌바예프의 바라끄 오두막으로 가서 파티를 준비하고 트리를 장식하고 하면서 온종일을 보냈다. 그리고 예지게이도 일을 하러 나가기 전이나 일을 마치고 돌아오면 맨 처음 하는 일이 꾸찌바예프네 집에 있는 트리가 어떻게 되어 가고 있는지를 들여다보는 일이었다. 트리는 날이 갈수록 점점 더 아름다워졌고 리본들이며 집에서 만든 갖가지 장난감들로 덮였다. 그 일을 해낸 공로는 자리빠와 우꾸발라에게 돌려야 했다. 그들은 아이들을 위해 기적을 만들어 냈고 그 일에 가진 재주를 다 쏟았다. 그들로서는 그것이 단순한 트리가 아니라 새해를 맞는 그들의 희망, 즉 온 마을 사람들이 바로 가까이에서 행복을 찾게 해주려는 기대의 상징이었던 것이다.

아부딸리쁘는 그러나 트리만으로는 만족하지 않았다. 그

는 아이들을 밖으로 데리고 나가 커다란 눈사람을 만들기 시작했다. 예지게이는 처음엔 그들이 눈 장난을 하는 것쯤으로 생각했지만 결과를 보고 나서는 아주 흡족해했다. 검은 눈이며 석탄을 박아 만든 눈썹, 빨간 코, 웃는 입, 거기에다 머리에는 낡아 못 쓰게 된 까잔갑의 말라까이 모자까지 얹힌 거의 어른 키는 되게 커다란 그 눈사람은 간이역 앞을 지키고 서서 기차들을 기다리고 있었다. 한 손에는 〈행복한 새해 — 1953년〉이라고 쓰인 널빤지를 들고서. 멋진 작품이었다. 그 눈사람은 1월 1일이 지난 뒤에도 여전히 거기에 서 있었다.

그 저물어 가는 한 해의 12월 31일 밤까지 보란리의 아이들은 트리 주위와 바깥에서 뛰어놀았다. 그리고 당직이 아닌 어른들도 그곳으로 와서 모였다. 아부딸리쁘는 예지게이에게 그날 아침 일찍, 그가 아직도 깊이 잠든 척하고 있는 동안 아이들이 침대로 기어들어 코를 쿵쿵거리고 법석을 떨었던 얘기를 해주었다.

「일어나, 아부지. 일어나!」 에르메끄가 그를 깨웠다. 「겨울 할아버지가 금방 이리로 온대. 우리 그 할아버지 만나러 가!」

「좋지.」 아부딸리쁘가 대답했다. 「자, 이제 일어나서 씻고 옷 입고 만나러 가자꾸나. 그 할아버지가 틀림없이 오시겠다고 약속했거든.」

「어떤 기차로?」 다울이 물었다. 「그 할아버지는 어떤 기차로도 올 수 있이.」

아부딸리쁘가 대답했다.

「겨울 할아버지는 우리 간이역에서도 어느 기차나 다 서게 할 수 있거든.」

「그러면 우리 얼른 일어나야 되겠네!」

「그래 우린 예의를 갖춰서 그 할아버지를 공손히 맞아야지.」

「그런데 엄마는?」 다울이 물었다. 「엄마도 할아버지 보고 싶지 않아?」

「그럼 보고 싶어 하고말고. 가서 엄마 불러오너라.」

그들은 모두 함께 집을 나섰다. 아이들이 앞질러 당직실로 뛰어갔다. 거기서 아이들은 여기저기 다 찾아봤지만 할아버지의 기척은 없었다.

「아부지, 그 할아버지 어디 있지?」 에르메끄가 물었다.

「잠시 기다려 봐라.」 아부딸리쁘가 대답했다. 「그렇게 서두르지 말고, 내가 가서 당직자하고 얘기를 해볼 테니까.」

그러고 나서 아부딸리쁘는 그 전날 밤에 미리 선물 봉지와 겨울 할아버지에게서 온 편지를 숨겨 두었던 당직실로 들어갔다. 그가 다시 밖으로 나오자마자 아이들이 물었다. 「어떻게 됐어, 아부지?」

「그게 이렇게 됐구나.」 그가 설명했다. 「겨울 할아버지가 너희들에게 편지를 써두고 가셨어. 자, 여기 있다. 이렇게 쓰여 있어. 〈귀여운 다울과 에르메끄에게. 내가 오늘 새벽 5시에 이 유명한 보란리-부란늬 간이역에 도착해 보니 너희들은 아직 자고 있더구나. 날씨가 몹시 추웠는데, 나도 추웠단다 — 내 수염이 얼어붙은 양가죽처럼 뻣뻣해졌지 뭐냐! 기차는 2분밖에 서지 않지만 그래도 내가 이 편지를 쓰고 너희들에게 줄 선물을 남겨 놓을 틈은 있구나. 가방 속에 이 간이역의 아이들 모두에게 하나씩 돌아갈 사과와 두 알씩 돌아갈 호두가 들어 있다. 그러니 내가 기다리지 않았다고 화내지 마라. 내겐 할 일이 많단다. 다른 아이들도 보아야 하거든. 그 아이들도 나를 기다리고 있단다. 내년에 또 오도록 하마. 우리가 만날 수 있도록 그때까지 잘 있어라. 너희들의 아이야즈-아따, 겨울 할아버지로부터.〉」

「잠깐만.」아부딸리쁘가 말했다. 「뭐라고 좀 더 쓰여 있구나. 급히 휘갈겨 썼는데 아마 기차가 떠나려고 했나 보다. 어디 보자……. 〈다울, 네 조그만 강아지를 때리지 마라. 언젠가 네가 고무신으로 그 강아지를 때렸을 때 그놈이 깽깽 울었다는 말을 들었다. 하지만 그 뒤로는 그런 말을 듣지 못했는데, 아마도 네가 이제는 강아지를 때리지 않는 모양이지? 그러면 됐다. 잘 있어라. 네 아이야즈-아따로부터.〉 기다려라. 여기 뭐라고 휘갈겨 쓴 게 더 있는데……. 〈네 눈사람 아주 멋지더구나. 참 잘 만들었어. 나 네 눈사람과 악수했단다.〉」

어쨌건, 아이들은 물론 기뻐했다. 편지를 곧이곧대로 믿었기 때문이었다. 그 아이들은 겨울 할아버지를 보지 못했다고 해서 투덜거리거나 할 생각이라고는 없었다. 다만 선물 자루를 누가 들고 갈 것이냐로 말다툼을 벌이기 시작해서 자리빠가 끼어들어야 했다.

「다울이 형이니까 먼저 열 발짝 가져가고, 다음엔 에르메끄, 네가 동생이니까 열 발짝을 가져가고, 그렇게 하려무나.」

그 이야기를 들었을 때 예지게이는 진심으로 유쾌하게 웃었다. 「만일 내가 그 애들이었대도 그렇게 믿었을 거요!」

그날 저녁, 예지게이 아저씨는 아이들에게 인기 절정이었다. 그는 까잔갑의 낡은 썰매로 아이들에게 드라이브를 시켜 주기로 했다. 그리고 까잔갑의 낙타들 중에서 마구가 가슴에 채워지더라도 온순하게 끌어 줄 조용한 낙타를 한 마리 골랐다. (까라나르는 물론 그런 일에는 전혀 어울리지 않을 것이었다.) 낙타에 마구가 채워지자 그들은 요란스럽게 떠들면서 출발했고 예지게이가 낙타를 몰아가는 동안 아이들은 모두 그의 옆에 바짝 붙어 앉아 열심히 졸라 댔다. 「빨리요, 더 빨리 가요!」 아부딸리쁘와 자리빠는 옆에서 걷거나 뛰거나 하다가 언덕을 내려올 때는 썰매 가장자리에 앉았다. 그들은 간이역으로부터 2킬로미터쯤 떨어진 곳까지 나가서 언덕 마루를 한 바퀴 돌고는 집에까지 내내 언덕길을 내려왔는데 낙타가 몹시 지쳤으므로 그들은 이따금씩 낙타를 쉬게 하려고 멈춰야 했다.

참으로 즐거운 날이었다. 눈길이 닿는 한, 소리가 미치는 한, 끝없이 눈 덮인 사로제끄에는 하얗고 깨어지지 않은 태초의 고요가 내려 있었다. 사방으로 스텝이 — 비탈과 언덕과 계곡과 하늘이 펼쳐진 사로제끄에 짧은 한낮의 온기를 주었던 부드러운 빛이 스러지자 귀를 간질이는 미풍이 불어왔다. 그들 앞쪽으로 철길에서는 나란히 연결된 두 대의 기관차들이 연기와 증기를 뿜어 대며 기다랗고 울긋불긋한 열차를 끌고 들어왔다. 연기가 고리 모양으로 천천히 흩어지며 공중에 걸려 있었다. 열차가 첫 번째 신호대에 접근하자 앞쪽의 기관차가 길고 힘차게, 모든 사람들이 다 알아들을 수 있도록 기적을 두 번 울렸다. 그것은 속도를 늦추지 않고서 간이역을 그대로 통과해 지나간다는 신호였다. 요란스럽게 우르릉거리는 소리를 내며 신호대들과 선로 옆에 옹기종기 모인 대여섯 채의 조그만 집들을 지나 열차가 사라져 버리자 온 주위는 다시 조용하고 평화로웠다. 어느 것 하나 움직이지 않았다. 다만 난로에서 피어오르는 검은 연기만이 보란리에 있는 집들의 지붕 위로 빙빙 돌며 얽히고 있을 뿐 모두들 조용했다. 썰매 여행으로 잔뜩 부풀어 오른 아이들까지도. 그때 자리빠가 남편에게만 들리게 소곤거렸다. 「오오, 정말 아름다워요. 하지만 그래도 너무 무서워요.」

「당신 말이 옳아.」 아부딸리쁘가 조용히 대답했다.

예지게이는 고개를 돌리지 않고 곁눈질로 그들을 쳐다보

앉다. 그들은 거기에 그렇게 서 있으니까 꼭 닮아 보였다. 자리빠가 나지막이 입 밖에 낸 말이, 비록 그의 귀에 들리도록 한 말은 아니었더라도, 예지게이는 걱정이 되었다. 그는 순간적으로 그녀가 어떤 슬픔과 두려움을 느끼며 이 조그만 집들의 지붕 위로 연기가 떠오르는 장면을 바라보고 있는지 알아차렸다. 그러나 예지게이가 그들을 도와줄 방법이라고는 없었다. 그들이 살아가야 할 유일한 곳은 철길 옆의 그 마을뿐이었으므로.

예지게이가 채찍을 휘둘러 낙타를 재촉했고 썰매는 다시 간이역으로 향했다.

그 새해를 맞는 날 저녁, 보란리 사람들 모두가 며칠 전에 약속해 두었던 대로 우꾸발라의 집으로 모였다.

「꾸찌바예프 씨 집에서 파티며 아이들을 위한 새해맞이 나무를 준비했으니까 이번엔 우리가 수고를 아끼지 말아야 할 차례예요.」 그것은 우꾸발라가 했던 말이었는데 예지게이는 그 말이 썩 마음에 들었다.

물론 사람들 모두가 한꺼번에 다 올 수는 없었다. 어떤 사람은 근무 중이었고 또 어떤 사람은 저녁 모임이 진행되는 중에 근무를 하러 나가야 될 것이었다. 기차들은 여느 때나 마찬가지로 계속 오갔으므로 그들에게는 휴일이건 평일이건 조금도 다를 것이 없었다. 까잔갑은 파티가 시작되었을 무렵에만 자리를 함께하다가 9시 좀 못 미쳐서 당직을 서야 할 곳으로 떠났다. 그리고 예지게이는 1월 1일 오전 6시부터 교대 근무를 시작하기로 되어 있었다. 그것은 어쩔 수 없이 해야만 하는 일이었다. 하지만 그렇다고 해도, 그날 저녁은 무척이나 즐거운 시간이었고 모두들 유쾌한 기분이 되었다. 그곳에 모인 사람들은, 비록 그들이 매일같이 열 번씩은 만난다고 해도 마치 자기네들이 먼 곳에서 온 손님들인 것처럼 그 모임을 위해 가장 좋은 옷으로 차려입었다. 그리고 우꾸발라는 있는 껏 솜씨를 발휘해서 갖가지 맛있는 음식을 마련했다. 보드까와 샴폐인이 실컷 마실 만큼 충분히 준비되었고 슈바뜨를 좋아하는 사람들을 위해 낙타 젖으로 만든 겨울 슈바뜨도 내어졌다.

그러나 파티는 첫 번째 요리 접시들이 선보이고 첫 잔이 빈 뒤에야 본격적으로 시작되었고 사람들은 노래를 부르기 시작했다. 이제 주인들이 처음에 느꼈던 불안은 말끔히 가셨다. 손님들은 편안한 마음이 되어 모두들 걱정거리를 잊고 그 드물게 기쁜 시간과 좋은 술과 대화를 즐길 수 있었다. 물론 손님들은 서로를 날마다 보았고 서로를 잘 알았지만 파티란 사람들을 바꾸어, 그들의 새로운 면을 드러내 주는 힘을 갖는 법이다. 물론 때로는 그 변화가 더 나빠질 수도 있지만 그것은 여기, 보란리 사람들 사이에서는 통하지 않는 얘기였다. 사로제끄에서 사는, 그리고 난장판을 벌이는 타입의 사람들과는 여간해서 상종을 않기로 정평이 나 있는 보란리 사람들에게는…… 있을 법하지도 않은 일이었!

예지게이는 술기운이 약간 돌았지만 사람들과 어울리기에는 오히려 그 편이 좋았다. 우꾸발라 역시 별 걱정은 하지 않고 단지 이렇게만 남편을 상기시켰다. 「잊지 말아요. 당신 아침 6시에 일하러 나가야 된다는 것 말이에요.」

「알았어, 우꾸. 메시지 받았고 이해됐다고!」 그가 대답했다. 예지게이는 우꾸발라 옆에 앉아 그녀의 목에 팔을 걸치고 노래를 부르기 시작했다 — 알고 있겠지만, 가락으로 부르는 것이 아니라 감정으로. 그는 맑은 머리와 거나한 술기운이 알맞게 조화되어 더할 나위 없이 기분이 좋았다. 노래를 부르면서, 그는 손님들 하나하나에게 가슴에 와 닿는 행복한 미소를 지어 보였고 그들의 얼굴을 다정하게 바라보았고 그들 모두가 자기만큼이나 그 파티를 즐거워한다고 믿었다. 다정한 미소를 띤 그의 모습이 잘생겨 보였다 — 아직은 검은 눈썹에 검은 수염, 그리고 반짝이는 회색빛 눈에 희고 튼튼한 치아가 가지런한 부란니 예지게이. 상상력이 아주 풍부한 사람이 아니더라도 나중에 그가 늙었을 때 어떤 모습이 될지를 미리 알 수 있었다. 그는 사람들 모두에게 마음을 써 주었다. 그리고 부께이를 보란리의 어머니라고 부르며 통통하고 친절한 그 여인의 어깨를 두드리다가 축배를 들자면서 그녀를 위해 옛날 아무다랴의 강둑에서 살았던 모든 까라깔빠끄 사람들을 위해 건배했다. 그는 또 까잔갑이 파티에 없다고 속상해하지 말라며 그녀를 위로해 주기도 했다.

「난 그 사람이라면 신물이 난다우!」 부께이가 받아넘겼다.

그날 저녁 예지게이는 우꾸발라를 위해 이름대로 우꾸발라시 — 올빼미의 아이 또는 올빼미의 새끼 — 라고 불렀다. 그리고 함께 있는 사람들 하나하나에게 마음에서 우러난 말을 해주었다. 거기에 모인 사람들 모두가, 그에게는 사랑하는 형제자매였다 — 그 간이역의 책임자인 아빌로프까지 포함해서. 아빌로프는 사로제끄에서 선로 노무자 일을 견뎌 내기가 어렵다는 것을 알고 있었다. 그리고 안색이 창백한 그의 아내 사껜은 임신 중이었는데 얼마 안 있으면 꿈벨리에 있는 철도 조산원으로 가야 할 것이었다. 예지게이는 진심으로 자기가 뗄 수 없이 가까운 친구들에 둘러싸여 있다고 믿었다. 그렇게 믿지 말아야 할 이유가 어디 있었을까?

잠시, 노래를 부르고 있다가 예지게이는 눈을 감아야겠다는 생각이 들었다. 그는 마음의 눈으로 눈 덮인 광활한 사로제끄와 그의 집에서 한가족처럼, 모여 있는 보란리 사람들을 보았다. 그러나 무엇보다도 그는 아부딸리쁘와 자리빠가 함께 있는 것이 기뻤다. 그들 부부는 당연히 가장 돋보이는 사람들이었다. 자리빠는 맑게 울리는 목소리로 노래를 불렀고 신속히 한 가락에서 다른 가락으로 선율을 따라가며 만돌린을 연주했다. 그리고 아부딸리쁘는 가슴 깊은 곳에서 울려 나오는 나지막한 저음으로 노래를 이끌었다. 그들은 함께 활기차게, 특히 따따르족의 민요들을 〈알마끄-깔마끄〉 스타일로, 즉 서로 화답하는 식으로 불렀는데, 그들이 노래를 부르는 동안에 다른 사람들도 끼어들었다. 그들은 벌써 많은 옛 노래와 새로운 노래들을 불렀지만 싫증을 내기는커녕 갈수록 더욱더 열심이었다. 예지게이는 자리빠와 아부딸리쁘 맞은편에 앉아 계속 그들을 지켜보면서 감동을 받았다. 그들은 언제나 그랬을 것이었다. 만일 그들의 마음에 평화를 가져다 주지 않는 그 쓰라린 운명만 없었더라면…….

그해 여름 살인적인 더위가 기승을 부렸을 때 자리빠의 얼굴은 불에 그을린 나무처럼 잿빛이었고 갈색 머리칼은 뿌리까지 하얗게 세었었다. 그리고 입술에는 시커멓게 엉긴 피가 말라붙어 있었다. 그러나 이제 그녀는 아주 딴사람이었다. 검은 눈이, 그 두 눈이 반짝였고 훤하고 매끈한 동양적인 얼굴이 밝게 빛났다. 오늘 그녀는 아름다웠다. 자리빠의 다감하고 변화무쌍한 눈썹이 그녀의 느낌을 가장 명확하게 보여 주었다. 노래의 곡조에 따라 그 눈썹이 때로는 치켜 올라갔다 때로는 찌푸려졌다 했고 이제는 옛 노래의 풍부한 선율을 따라 자유롭게 오르내리고 있었기 때문이었다. 흥에 겨워서 그녀는 단어 하나하나마다 강세를 두었고 아부딸리쁘는 몸을 좌우로 흔들면서 그녀의 노래를 따라 불렀다.

……말 옆구리에 남겨진 안장 끈 흔적처럼
이제는 멀어진 사랑의 추억은
기억 속에 영원히 남아 있으리…….

  자리빠가 만돌린의 현을 뜯는 동안 그녀의 손가락들은 제야에 모인 가까운 친구들 사이에서 밝게 울렸다, 고통으로 신음했다 하는 화음을 이끌어 내고 있었다. 그녀는 노래의 선율에 따라 떠올랐고, 그것이 예지게이에게는, 어둠 속에서 희미한 만돌린 소리가 들려오는 가운데 하얀 칼라가 달린 라일락꽃 빛깔의 실로 짠 블라우스를 입은 그녀가 먼 곳 어디에선가 가볍게 숨을 쌔근거리며 달리다 사로제끄의 눈 위를 자유롭게 거닐다 하는 것처럼 느껴졌다. 그녀의 목소리가 더욱 멀어지면서 그녀는 안개 속으로 사라졌고 만돌린 소리만이 들렸다. 그러나 이내 그녀는 보란리 간이역에서 자기를 그리워할 사람들이 있다는 것을 떠올리고 다시 돌아와 그들과 함께 어울렸다. 테이블에서 노래를 부르며…….

  다음에는 아부딸리쁘가 어깨동무를 하고서 발로 박자를 맞추는 빨치산들의 춤을 보여 주었다. 자리빠가 펄쩍펄쩍 뛰었다 앉았다 하는 동안 아부딸리쁘는 선동적인 세르비아인들의 노래를 불렀고 다음에는 사람들 모두가 어깨동무를 하고 둘러서서 〈오뽈랴! 오뽈랴!〉를 외치면서 춤을 추었다.

  그 뒤에도 그들은 노래를 불렀고 잔을 부딪치며 술을 좀 더 마셨고 서로에게 새해를 축복해 주었다. 어떤 사람들은 자리를 떴고 어떤 사람들은 파티에 끼려고 찾아들었다. 아빌로프와 그의 임신한 아내는 춤이 시작되기 전에 돌아갔다. 그리고 시간은 계속 흘러갔다.

  자리빠가 맑은 공기를 마시러 나가자 아부딸리쁘가 그녀

를 따라 나갔다. 우꾸발라는 사람들이 밖으로 나갈 때마다 따뜻한 곳에 있다가 한데로 나가서 감기에 걸리는 일이 없도록 코트를 입게 했다. 그러나 자리빠와 아부딸리쁘는 한참이 지나서도 돌아오지 않았고 결국은 예지게이가 그들을 찾아오기로 했다. 그들이 없다면 파티는 흥이 나지 않을 것이었다.

그가 밖으로 나가려는데 우꾸발라가 그를 불러 세웠다. 「당신 코트 입어야지요, 예지게이. 그렇게 하고 어딜 나가려는 거예요? 그러다 감기 걸리려고요.」

「금방 돌아올 거야.」 그러고 나서 예지게이는 차갑고 맑은 밤공기 속으로 걸어 나갔다. 「아부딸리쁘! 자리빠!」 그가 사방에다 대고 불렀다.

그러나 아무 대답도 없었다. 집 뒤에서 무슨 이야기 소리가 들렸다. 그는 어떻게 해야 할지를 몰라서 멈춰 섰다. 그 두 사람을 그대로 두고 들어가야 할 것인가, 아니면 그들에게로 가서 데리고 들어가야 할 것인가? 둘 사이에 뭔가 일이 생긴 것 같았다.

「……당신이 눈치채게 하고 싶지 않았어요.」 자리빠가 흐느끼고 있었다. 「미안해요, 갑자기 너무 슬퍼졌어요. 용서해 주세요!」

「이해해.」 아부딸리쁘가 그녀를 위로했다. 「나도 다 이해해. 하지만 나로서는 그렇게 할 수밖에 없었어. 이게 나 자신의 문제이기만 하다면. 하지만 내 일이 곧 당신 일이니……. 우리가 서로 이렇게 가깝지만 않았더라면…….」 그가 잠시 말을 끊었다가 다시 이었다. 「우리 애들은 자유로울 거야. 내 모든 희망은 거기에 있어.」

그것이 무엇을 두고 하는 말인지도 모르는 채, 예지게이는 추위서 어깨를 움츠리고 발끝걸음으로 소리 없이 돌아왔다. 그가 집 안으로 들어섰을 때는 즐기던 기운이 다 가셨고 파티는 끝나 있었다.

1953년 1월 5일 오전 10시, 한 여객 열차가 보란리-부란니 간이역에 정차했다. 앞쪽의 선로에 마주 오는 열차가 없어서 늘 그랬듯이 서지 않고 그대로 통과할 수 있었는데도 불구하고. 그 열차는 1분 30초 동안 멎었지만 정차 시간은 그것으로 충분했다. 세 사람의 제복 — 똑같이 새까맣고 번쩍거리는 가죽 장화를 신은 — 이 열차에서 내리더니 곧장 당직실 쪽으로 걸어갔다. 그들은 말 한마디 없이, 두리번거리지도 않고 단호한 태도를 보였지만 눈사람 옆에서는 잠시 멈춰 서서 합판 조각에 쓰인 인사말과 눈사람의 머리에 얹힌 우스꽝스러운 말라까이, 즉 까잔갑의 낡아서 못 쓰게 된 모자를 쳐다보았다. 그러고 나서 그들은 사무실로 들어갔다.

잠시 뒤에 간이역 책임자인 아빌로프가 서둘러 밖으로 나왔다. 그러고는 하마터면 눈사람과 부딪칠 뻔했다가 욕을 해대고 나서 거의 뛰다시피 급하게 서둘렀다. 평소 같으면 그가 절대로 보이지 않았을 그런 태도였다. 10분쯤 뒤에 그는 숨을 헐떡이며 다시 돌아왔다. 그의 옆에는 작업장에서 찾아낸 아부딸리쁘 꾸찌바예프 — 그는 안색이 창백했고 손에 모자를 벗어 들고 있었다 — 가 따라오고 있었다. 그들은 함께 당직실로 들어갔지만 바로 뒤에 아부딸리쁘는 번쩍거리는 가죽 장화를 신은 두 사내와 다시 밖으로 나왔고, 세 사람 모두가 꾸찌바예프의 오두막집으로 들어갔다. 그들은 잠시 후에 다시 나왔는데 두 사내는 아부딸리쁘 옆에 바짝 붙어 선 채 그의 집에서 들고 나온 종잇장들을 갖고 있었다.

그러고 나서 모든 것들이 다시 잠잠해졌다. 아무도 당직실을 들락거리지 않았다.

예지게이는 그 소식을 우꾸발라에게서 전해 들었다. 아빌로프의 지시로 그녀는 선로 노무자들이 작업을 하고 있던 4킬로미터 지점까지 달려갔고, 그 즉시로 예지게이를 한옆으로 불러냈다.

「사람들이 아부딸리쁘를 심문하고 있어요.」

「누가?」

「모르겠어요. 기차로 온 사람들인데요, 그런데 아빌로프가 당신에게 일러 주라고 했어요. 저 사람들이 묻지 않으면 아부딸리쁘와 자리빠가 마련했던 새해맞이 파티에 대해서는 아무 얘기도 하지 말라고요.」

「그게 무슨 소리지?」

「모르겠어요. 그냥 그러라고만 했어요. 그리고 당신도 2시까지 거기로 와야 된대요. 저 사람들이 아부딸리쁘에 대해서 당신한테 뭘 좀 물어볼 게 있다나 봐요.」

「저 사람들이 알고 싶어 하는 게 뭐래?」

「그건 모르겠어요. 나를 찾아왔을 때 아빌로프는 꽤 겁이 나 있는 것 같았는데, 그 사람이 한 얘기는 내가 당신에게 알려 준 것뿐예요. 그러고 나서 나는 곧장 이리로 온 거고요.」

예지게이는 그 일이 아니더라도 2시에는 점심을 먹으러 가야 했다. 집으로 돌아오는 동안 내내 그는 무슨 일이 벌어지고 있는지에 대해서 생각을 짜내 보려고 했지만 짐작이 가질 않았다. 아마도 틀림없이 옛날, 그러니까 그가 전쟁 포로였던 시절을 다시 들추어내려는 게 아닐까? 저들은 오래전에 있었던 일까지도 모두 체크를 해왔을 테니까. 그렇다면 일이 어떻게 되어 갈까? 그는 걱정스럽고 불안했다. 그래서 점심도 〈랍샤〉를 두 순갈만 뜨고서 나머지 국수 접시를 한옆으로 밀어 놓았다. 그리고 시간을 보았다. 2시 5분 전이었다. 그들이 2시라고 했으니까 그때까지는 가야 했다. 그는 집을 나섰다. 당직실 근처에서는 아빌로프가 왔다 갔다 하면서 서성대고 있었다.

「무슨 일이오?」

「곤란하게 됐어요. 안 좋은 일입니다. 예지께.」 아빌로프가 겁먹은 표정으로 당직실 문을 흘끔거리면서 대답했다. 그의 입술이 파르르 떨렸다. 「저 사람들이 꾸찌바예프를 체포했어요.」

「뭣 때문에?」

「아부딸리쁘가 자기 집에서 쓰고 있던, 써서는 안 되는 글을 좀 찾아낸 모양입니다. 사실 그 사람은 매일 밤마다 뭘 쓰느라고 바빴죠 — 그건 모두들 다 알고 있어요. 이제 너무 많이 써버린 거죠.」

「그 사람은 단지 자기 아이들을 위해서 그런 걸 쓰고 있던 건데요.」

「그건 잘 모르겠습니다. 그 사람이 누굴 위해서 그걸 썼는지는 모르겠어요. 나는 아무것도 모릅니다. 아무튼 들어가봐요. 저 사람들이 당신을 기다리고 있어요.」

간이역 책임자의 조그만, 소위 〈사무실〉에는 예지게이 나이쯤 되었거나 좀 젊은 것 같기도 한 사람이 그를 기다리고 있었다. 그는 다부진 체격에 머리통이 컸고 머리를 짧게 깎았다. 그리고 콧구멍이 넓게 뚫린 큼직한 코에는 정신을 집중시키느라 힘이 들어서인지 땀이 나 있었다. 그는 몇 장의 서류를 읽고 있다가 손수건으로 코를 닦았는데 — 나중에 이야기를 하는 동안에도 그는 연방 콧등에서 땀방울을 훔쳐

냈다 — 그러자 머리가 벗겨진 그의 널찍한 이마에 주름살이 잡혔다. 그가 책상 위에 놓여 있던 〈까즈벡〉 담뱃갑에서 담배를 한 개비 뽑아 들더니 비비 틀어 가지고 불을 붙였다. 그러고는 매처럼 쏘아보는 눈길을 문간에 서 있던 예지게이에게 돌리며 날카롭게 외쳤다.

「앉으쇼!」

예지게이가 책상 앞에 놓인 조그만 의자에 앉았다.

「이래야 의심이 가지 않을 테니까…….」 그러면서 매눈이 공무원복 상의 포켓에서 갈색 수첩을 꺼내 폈다가 바로 다시 접었다. 〈딴지끄바예프〉 아니면 〈찌시끄바예프〉라는 글자가 언뜻 보였지만 예지게이로서는 그 이름을 정확히 알아볼 틈이 없었다.

「자, 그러면 본론으로 들어갑시다. 사람들 얘기로는 당신이 꾸찌바예프의 가장 친한 친구이자 동지라던데?」

「아마 그럴 겁니다. 한데 왜 그럽니까?」

「아마 그럴 거라?」 매눈이 그 말을 확인이라도 하려는 듯 담뱃갑에다 글자를 끼적거렸다. 「아마 그럴 거라…… 좋아, 그건 분명하군.」 그리고 나서 그가 예기치 않게도, 유리알처럼 반들거리는 눈에 유쾌해 보이려고 미리 작정이라도 해두었던 듯한 웃음기를 띠더니 날카롭게 물었다. 「그런데 말이요, 뭐라고 적어 넣을까?」

「적어 넣다니요? 난 무슨 말인지 모르겠는데요.」

「모르겠소? 그렇다면 생각해 보쇼.」

「난 당신이 무슨 말을 하는지 모르겠습니다.」

「꾸찌바예프가 뭐에 대해서 쓰고 있었지요?」

「모릅니다.」

「어떻게 당신이 모르나! 당신 말고는 누구나 다 알고 있는

데도 당신은 모른다는 거요?」

「그 사람이 뭘 쓰고 있다는 건 압니다. 하지만 그게 정확히 뭔지를 내가 어떻게 압니까? 그게 내 일입니까? 누가 뭘 쓰고 싶어 한다면 쓰게 놔둘밖에요. 그게 누구 일입니까?」

「그렇다면 그게 누구 일이지?」 매눈이 이마를 찌푸리고 꿰뚫는 듯한 눈길을 예지게이에게 고정시키면서 벌떡 일어났다. 「그러니까 누가 뭘 쓰고 싶어 한다면 당신 말로는, 쓰게 놔두라 이거요? 그자가 그렇게 얘기하던가?」

「그 사람은 그런 얘기 같은 건 안 했습니다.」

매눈은 그 대답을 들으려고도 하지 않았다. 그는 몹시 화가 나 있었다. 「그러니까 바로 이런 거로구먼! 적대적인 선동 — 당신은 이 너저분한 것들이 쓰이건 말건 그게 무슨 상관이냐고 했는데, 그게 무슨 상관이냐구? 그러니까 누구나 머릿속에 떠오르는 생각을 표현할 권리가 있다, 그런 얘기요? 누구한테서 그런 이단적인 사상을 주워들었지? 아니, 이거 보시라고. 우린 그걸 허용하지 않아. 그런 반혁명적인 경향이 그냥 무사히 넘어가서는 안 돼.」

예지게이는 자기에게로 던져진 그 말에 기가 차고 당황해서 아무 대꾸도 하지 않았다. 그는 자기 주위에서 변한 것이 아무것도 없고 모든 게 조금도 달라지지 않았다는 사실이 놀라웠다. 창문을 통해 그는 따시껜뜨행 열차가 지나가는 것을 볼 수 있었고 잠시 마음속으로 객실에서 앉아 있는 사람들을 그려 보았다. 언제나처럼 이런저런 볼일로 차나 보드까를 마시며, 또는 서로 이야기를 나누며 여행하는……. 그들 중 누구 한 사람도 바로 그 순간 자기네들이 지나가고 있는 보란리-부란니 간이역에서 예지게이가 어디서 왔는지도 모르게 불쑥 나타난 매눈과 마주 앉아 있다는 사실을 짐작도 하지 못할 것이었다……. 그는 가슴속에서 끓어오르는 분노로 고통을 느꼈다. 생각 같아서는 당직실 밖으로 뛰쳐나가 열차를 잡아타고 이 세상 끝까지 — 여기에 남아 있느니보다는 어디로든 다른 곳으로 — 가고 싶었다.

「그러면 이제 문제의 요점이 뭔지 확실해졌소?」 매눈이 물었다.

「그건 그런데……」 예지게이가 대답했다. 「한 가지 알고 싶은 게 있습니다. 그 사람이 원했던 건 다만 자기 아이들에게 회고록을 써주겠다는 거였는데요. 전선에서는 사정이 어땠고 그다음에 전쟁 포로였을 때와 빨치산이었을 때는 어땠는지 하는. 그게 뭐가 잘못됐습니까?」

「자기 애들을 위해서라고!」 매눈이 외쳤다. 「그래서 당신은 그걸 믿나? 누가 겨우 한 살밖에 안 된 애들을 위해서 그런 걸 쓴다는 거요? 말장난 같은 소리! 그게 바로 노련한 적들이 써먹는 수법이지. 그자는 주위에 아무도 없고 그래서 아무도 그자를 눈여겨보지 않는 시골구석에 숨어서 회고록을 쓰는 일에 착수한 거라 이 말이오!」

「하지만 그 사람이 원했던 건 단지……」 예지게이가 맞받았다. 「그 사람이 자기가 겪었던 일과 자기가 생각해 낸 걸 얼마쯤 그 사람 자신의 말로 표현하고 싶어 한 건 틀림없습니다. 그래서 애들이, 그러니까 그 애들이 컸을 때 읽을 수 있게 말입니다.」

「지금 그 사람 〈자신의 말〉이라고 했소? 대체 그게 무슨 소리지?」 책망하듯이 고개를 저으면서 매눈이 한숨을 쉬었다. 「〈그의 생각 중에 어떤 것〉 — 그게 당신이 얘기하려던 건가? 그 자신의 견해? 그 자신의 특별한 견해? 그런 건 허용될 수 없소. 일단 어떤 생각이 종이에 적히면 그건 벌써 개인을 떠난 거요. 펜으로 쓰인 건 도끼로도 잘라 낼 수 없어. 누구든 자기 생각을 표현하려고 하겠지. 하지만 그건 사치라고. 자, 여기 그자의 소위 〈빨치산 노트북〉이란 게 있소. 그자는 〈유고슬라비아의 낮과 밤〉이라고 부제를 붙였군. 창피스럽게도! 당신은 친구를 감싸려 들고 있지만 우린 그자의 가면을 벗겨 냈단 말이요!」 그가 두툼한 세 권의 노트를 테이블에다 팽개쳤다.

「그 사람 가면을 어떻게 벗겼습니까? 무슨 방법으로요?」 매눈이 의자에서 벌떡 일어서더니 한 번 더 유쾌하고 즐거운 듯한 기색을 보였다. 그러나 그의 눈은 여전히 차갑고 꿰뚫는 듯했다. 「우리가 그자의 가면을 어떻게 벗겼는지는 얘기하지 않겠소.」 그가 자신이 한 말의 효과에 흡족해하면서 말을 이었다. 「그건 우리 일이니까. 난 누구에게도 대답하거나 보고할 의무가 없어.」

「글쎄요, 뭐 그렇다면…….」 예지게이가 당황해서 얼버무렸다.

「저자의 기억은 국가에 적대적이고 그래서 반드시 억눌러야 되는 거요.」 그러고 나서 매눈이 뭔가 휘갈겨 적기 시작했다. 「그런데 난 당신이 똑똑하다고 생각했는데 ─ 우리들 중의 일원이라고 말이요. 뛰어난 노무자, 전에는 일선에서 싸운 군인. 그래서 나는 당신이 우리가 적의 가면을 벗기는 데 도움이 될 거라고 생각했는데.」

예지게이가 몸을 꼿꼿이 세우고 조용히, 그러나 의문의 여지를 남기지 않는 목소리로 분명하게 말했다. 「난 절대로 서명 같은 건 안 합니다. 그것만은 분명히 해둡시다.」

매눈이 그를 무섭게 노려보았다. 「당신 서명 따위는 필요 없소. 당신은 정말로 당신이 서명만 하지 않으면 이 문제가 그냥 넘어갈 거라고 생각하는 거요? 그렇다면 잘못 생각했소. 우리에겐 당신이 서명하지 않아도 그자에게 책임을 지울 자료가 얼마든지 있으니까.」

예지게이는 아무 말도 하지 않았다. 그는 모욕받고 유린당한 기분이었다. 그러자 마음속에서 분노가, 현재 벌어지고 있는 일에 대한 울분이 아랄 해의 파도처럼 치밀어 올랐다. 갑자기 그는 이 매눈을 미친 개인 양 목 졸라 죽이고 싶었다 — 그는 자기가 그렇게 할 수 있다는 것을 알고 있었다. 전에 그가 맨손으로 목을 졸라 죽였던 그 파시스트도 이 매눈처럼 근육질의 튼튼한 목을 갖고 있었다.

그 순간, 다른 방도는 없었다. 그들 두 사람은 소비에뜨 군대가 방어선에서 적을 몰아냈을 때 참호에서 예기치 않게 맞닥뜨렸는데, 소비에뜨 군대는 그때 측면 공격을 감행하여 참호에 수류탄을 까넣고 사방에다 자동 화기를 난사하고 있었다. 방어선은 완전히 소탕된 것처럼 보였고 그들은 서둘러 진격 중이었다. 그런데 바로 그 참에 느닷없이 그가 나타났다. 그는 분명히 근처의 대피호에서 끌어모아 온 총탄을 마지막 한 발까지 다 쏘아 버린 기관총 사수였을 것이다. 생포하는 게 제일 낫겠지. 그런 생각이 예지게이의 머릿속을 번쩍 스쳤다. 그러나 바로 그때 적병이 머리 위로 칼을 치켜들었다. 엉겁결에 예지게이는 헬멧으로 그의 얼굴을 후려쳤고 뒤이어 두 사람이 한데 엉켜 넘어졌다. 그의 목을 조르는 수밖에는 다른 도리가 없었다. 적병은 발버둥을 치고 캑캑거리면서 떨어뜨린 칼을 주우려고 필사적으로 버둥거렸다. 예지게이는 어느 순간에라도 칼날이 그의 등을 파고들 것 같은 기분이었고, 그래서 죽기 살기로 짐승 같은 힘을 짜내어 적병의 숨통을 단단히 움켜쥐고는, 안간힘을 쓰면서 그의 목을 조여 눌렀다. 적병의 이빨이 드러나더니 그의 얼굴이 점점 더 시커멓게 변해 갔다. 그리고 갑자기 그가 숨을 멈추는 순간 날카로운 지린내가 풍겨 났다. 예지게이는 정신없이 움켜쥐었던 손을 풀었다. 그러고는 먹었던 것을 한차례 토해 내고 나서 자기의 토사물을 덮어쓴 채 눈앞이 가물가물해져서 참호로부터 기어 나왔다. 그는 그때에도 또 나중에도 그 일을 아무에게도 말하지 않았다. 때때로 그는 악몽 속에서 그 장면을 처음부터 끝까지 다시 보곤 했는데, 그런 꿈을 꾸고 난 다음 날이면 어떤 일에도 정신을 쏟을 수 없었다. 살고 싶지도 않았고…….

예지게이는 차가운 오한을 느끼며 그 일을 떠올렸다. 그러나 매눈은 간교하고 영리해서 그렇게 당하지는 않으리라는 것도 알 수 있었다. 그것이 그를 미치게 했다. 상대편이 뭔가를 써내려가는 동안 예지게이는 매눈의 주장 가운데 모순점을 찾아냈다. 순간적으로, 매눈이 했던 말 중에서 논리가 결여된 얼토당토않은 말을 찾아냈던 것이다. 누가 적대적인 기억을 갖고 있다 해서 그를 비난하는 일이 어떻게 가능할까? 기억이란 과거에 언젠가 일어났던 일이며 현재에는 더 이상 존재하지 않는다. 달리 말해서, 사람은 이미 일어났던 어떤 것만을 기억할 수 있을 뿐이다.

「뭣 좀 물어보고 싶은데.」 예지게이가 흥분으로 인해 목이 뻑뻑해지는 것을 느끼면서, 그러나 할 말을 분명하게, 아니 그보다도 침착하게 발음하려고 애쓰면서 말했다. 「당신 말로는…….」 예지게이는 상대방에게 자기가 조금이라도 굽실거릴 생각이 있거나 위축되지 않았다는 것을 보여 주려고 일부러 그에게 존칭을 쓰지 않았다. 또 사실, 일이 아무리 잘못되어 봤자 사로제끄보다 더한 황무지로 추방될 수도 없었다.

「당신 말로는……」 그가 되풀이했다. 「그 사람 기억이 적대적이라 했소. 그런데 나는 그 말이 도무지 이해가 안 되는데? 기억을 가지고 어떻게 적대적이니 적대적이 아니니 하는 걸 따질 수 있다는 거요? 내가 알기론 사람은 오래전에 일어났던 일, 그리고 그게 어떻게 해서 일어났는지를 기억하는데 — 그건 뭔가 오래전 일이란 말이오. 아니면 이렇게 얘기해야 되나? 만일 어떤 일이 좋다면 그걸 기억하고 만일 어떤 일이 나쁘거나 부적당하다면 기억하지 말고 그냥 잊어버리라고? 그런 일이 있었던 것까지도? 가령 당신이 꿈을 꾸었는데, 그 꿈이 좋다면 그걸 기억하지만, 만일 그 꿈이 무섭고 나쁘고 누구에게도 좋을 게 없다면 그때는……」

「그러니까 당신이 그런 사람이었나? 귀신이나 물어 가라지!」 매눈은 놀란 기색이었다. 「당신, 따지고 드는 거 꽤나 좋아하는군. 아주 철학자가 되시지 그랬어? 아, 좋소. 내 얘기 해 주지.」 그가 말을 멈췄다가 마음속에서 뭔가 적당한 말을 가려내려고 하는 모양이었다. 마침내 그가 할 말을 찾아내고 엄숙하게 입을 열었다. 「살다 보면 어떤 의미로는 무슨 일이든 다 하나의 역사적 사건이 될 수 있겠지. 하지만 우리가 지금 관심을 두는 건 무슨 일이 일어났느냐가 아니라 그 일이 어떻게 일어났느냐 하는 거요. 그러니까 중요한 건 우리가 언제 과거를 기술하고 말하건 — 심지어는 과거에 대해서 적을 때에도 — 현재 요구되는 방식으로, 현재 우리에게 유리하도록 그런 일을 해야 된다, 이 말이오. 지금 현재 우리에게 소용없는 것들이 입 밖에 나와서는 안 돼. 만일 당신이 그런 것들을 입 밖에 낸다면 그건 당신이 적대적이고 반사회적으로 행동한다는 말이 되겠지.」

「난 그렇게 생각하지 않소.」 예지게이가 대꾸했다. 「그럴 수는 없는 거요.」

「누구도 당신더러 그렇게 생각해 달라고는 하지 않았소. 그래 봤자 그게 그러니까. 당신이 나한테 물었으니까, 그리고 내가 마음이 좋다 보니 설명을 해준 것뿐이오. 당신하고 그따위 논쟁이나 벌일 필요는 없는 거지만. 좋소. 그러면 다음엔 쓸데없는 얘긴 그만두고 실제적인 문제로 넘어가기로 하지. 자, 말해 보쇼, 꾸찌바예프가 터놓고 얘기를 하다가 그랬건 아니면 당신하고 같이 술을 마시다 그랬건, 영국 사람들 이름을 들먹였던 적이 없었소?」

「그런 걸 뭣 하러 묻는 거요?」 이번엔 예지게이가 놀랄 차례였다. 「그건 말이요.」 매눈이 아부딸리쁘의 〈빨치산 노트북〉 중에서 한 권을 펼치더니 빨간 색연필로 밑줄이 그어진 구절을 읽어 내려갔다. 「〈9월 27일, 영국인 시찰단이 우리 부대를 방문했다 — 대령 한 사람과 소령 둘이었다. 우리는 그들 앞에서 퍼레이드를 벌였고 분열식을 거행했다. 그리고 사열이 끝난 뒤에는 우리 중대 막사에서 그들과 식사를 같이했는데, 그것은 대령이 유고슬라비아인들과 함께 복무하는 외국인 빨치산들인 우리를 초대했기 때문이었다. 대령은 나를 소개받자 정중히 내게 악수를 청하고는, 통역을 통해 내가 어디 출신이며 어떻게 해서 그곳으로 오게 되었는지를 물었다. 그의 질문에 나는 몇 마디 말로 간략하게 대답한 다음, 포도주를 한 잔 건네받아 그와 함께 마셨다. 그러고 나서 우리는 오랫동안 이야기를 나누었는데, 나는 영국인들이 담백하고 솔직한 사람들이라는 사실을 알게 되어 기뻤다. 대령은 유럽에서 우리들 모두가 파시즘에 대항하기 위해 하나로 뭉쳤다는 것이 커다란 행운 — 그가 실제로 했던 말은 〈신의 섭리〉였다 — 이라고 하면서, 만일 그러지 않았더라면 히틀

러를 상대로 한 이 전쟁이 훨씬 더 어려워졌을 것이라고 했다. 만일 하나하나의 국가들이 고립 상태를 그대로 유지했더라면 전쟁이 비극으로 끝났을지도 모른다는 것이었다.〉 뭐 이런 따위의 헛소리들인데.」

매눈이 공책을 한옆으로 밀쳐 두고 까즈벡 담배에 불을 붙였다. 그러고는 담배 연기를 뿜어내면서 잠자코 앉아 있다가 다시 말을 이었다.

「그러니까 이걸 보면 꾸찌바예프는 그 영국인 대령에게 스딸린 동지의 천재성이 없었더라면 그자들이 아무리 오랫동안 빨치산들이건 아니면 다른 누구하고라도 같이 유럽을 설치고 돌아다녔어도 승리가 불가능했을 것이라는 말을 하지 않은 게 분명하오. 그렇다면 이 꾸찌바예프는 스딸린 동지를 가장 최우선으로 생각하고 있지 않았다는 얘기가 되는 거 아뇨! 내 말의 요점이 뭔지 알겠소?」

「아마 거기에 대해서도 무슨 말인가 했을 겁니다.」 예지게이가 아부딸리쁘를 변호하려고 들었다.

「그런 말이 어디 쓰여 있지? 당신이 한번 찾아내 보쇼! 게다가 우리는 꾸찌바예프가 유고슬라비아에서 빨치산으로 있다가 1945년에 돌아와 사정 위원회의 조사를 받게 됐을 때 제출한 증거 서류도 봤소. 거기에도 영국인 시찰단과 만났다느니 하는 얘긴 한마디도 없었어. 그건 거기에 뭔가 몹시 뒤가 켕기는 게 있다는 얘기요. 그자가 영국 정보부에 포섭되지 않았다고 누가 어떻게 믿지?」

또다시 예지게이는 속이 메슥거리는 것을 느꼈다. 그는 매눈이 뭘 노리고 그러는지를 알 수 없었다.

「자, 신중하게 생각해 보시오. 꾸찌바예프가 당신에게 영국에 대해서 무슨 말을 하지 않았소? 아니면 어떤 영국 사람들

이름을 들먹였거나. 우리로서는 영국인 시찰단 중에서 그자가 만났던 사람들이 누구였는지를 아는 게 꼭 필요하오.」

「그 사람들 이름이란 게 도대체 어떤 식으로 불리는 거요?」

「글쎄, 예를 들자면 존, 클라크, 제임스, 잭…….」

「그런 이름은 들어 본 적도 없소.」

매눈이 생각에 잠겨 눈을 내리깔았다. 예지게이를 상대로 한 이 심문에서는 모든 일이 그가 바란 대로 되어 주지를 않았다. 얼마쯤 뒤에 그가 다시 떠보는 투로 입을 열었다.

「내가 알기론 그자가 여기서 무슨 학교 비슷한 걸 시작했다던데, 어린아이들을 가르치는……?」

「도대체 뭘 가지고 학교라는 거요?」 예지게이는 웃지 않을 수가 없었다. 「그 사람한테는 어린 아들이 둘 있고 내게도 딸이 둘 있소. 그게 당신이 얘기하는 그 학교라는 것의 전부요. 큰 애들이래야 다섯 살이고 작은 애들은 둘 다 세 살인데, 그만한 나이에 우리 애들은 아무 데도 갈 데가 없소 — 사방이 온통 사막뿐이니까. 해서 그 사람하고 부인이 양쪽 집 애들을 모아 가지고 가르치는 거요. 누가 뭐래도 그 사람들은 예전에 선생님들이었으니까. 애들이 거기서 하는 거라곤 읽고 쓰고 셈하고 그리는 법을 배우는 것뿐이오. 그게 그 학교라는 데서 하는 일 전부요.」

「아이들이 부르는 노래란 게 어떤 것들이오?」

「아, 그야 애들이 부르는 노래지요. 내 기억할 순 없지만.」

「그자가 애들한테 뭘 가르쳤지? 애들이 뭘 썼소?」

「애들이야 글자를 배우지요. 그리고 나서는 기초적인 단어들도 좀 배우고.」

「예를 들자면?」

「그건 잘 모르겠소.」

「그렇다면 이걸 보쇼.」 매눈이 서류 틈에 끼워 두었던, 연습장에서 찢어 낸 종이를 몇 장 꺼내 들었다. 거기에는 괴발개발 그린 글자들이 적혀 있었다. 「이게 맨 처음에 배운 단어들이오. 이 종이에다 애들이 〈우리 집〉이라고 써놓았는데, 어째서 〈우리 승리〉가 아니냐 이거요. 생각해 보쇼. 오늘날 애들 입에서 제일 먼저 나와야 할 단어가 뭐겠소? 그건 분명히 〈우리 승리〉요. 안 그렇소? 하지만 무슨 이유에선지 이자의 머릿속엔 그런 생각이 들어 있질 않소. 승리와 스딸린은 불가분인데도 말이오.」

그 말에 예지게이는 당혹스러웠고 모욕감을 느꼈다. 그러나 무엇보다도 아부딸리쁘와 자리빠가 불쌍했다. 그들은 아이들 — 아직 그런 것들을 이해할 수 없는 아이들 — 을 가르치는 데 그렇게도 많은 노력과 시간을 들였었다. 「그렇다면 애들이 우선 먼저 〈우리 레닌〉부터 써야 할 거 아뇨.」 예지게이가 앞뒤도 재지 않고 불쑥 내뱉었다. 「누가 뭐래도 제일 앞에 와야 할 분은 레닌이니까.」

그 예기치 못한 반격에 매눈이 입을 쩍 벌렸다가 담배 연기에 숨이 막히자 벌떡 일어섰다. 분명히 다리를 좀 펴보려고 그런 것이겠지만 그 비좁은 사무실에는 그럴 여지도 없었다.

「스딸린이라고 하면 레닌도 포함되는 거요!」 그가 날카롭게 울리는 소리를 되받았다. 그러고 나서 얼마쯤 숨을 고른 뒤에 좀 더 회유적인 어조로 한마디 덧붙였다. 「좋소. 그렇다면 이 얘기는 없었던 걸로 해둡시다.」

그가 다시 자리에 앉았다. 무슨 생각을 하고 있는지 알 수 없는 그의 얼굴에서, 자신만만하게 반들거리는 눈이 한 번 더 다시 매의 눈처럼 번뜩였다.

「우린 꾸찌바예프가 아이들을 기숙 학교로 보내서 교육시키는 게 좋지 못하다고 비방했다는 증거를 갖고 있소. 거기에 대해서 당신은 뭐라고 할 거요? 그때 당신도 같이 있었소?」

「그런 얘기는 어디서 들은 거요? 누가 얘기합디까?」 예지게이는 깜짝 놀랐지만 바로 다음 순간 그 말을 한 장본인은 간이역 책임자인 아빌로프일 것이라는 생각이 들었다. 그런 얘기가 오갔을 때 아빌로프도 같이 있었던 것으로 미루어 짐작하건대, 그가 고자질을 한 것임이 분명했다. 그러나 예지게이의 그런 추궁에 매눈은 기분이 몹시 상한 모양이었다.

「이거 보쇼, 내 이미 당신한테 얘기했지만 — 우리가 어디서 정보를 얻고 또 무슨 정보를 얻느냐 하는 건 우리 일이오. 아무나 어중이 떠중이에게까지 알려 줄 필요가 없는 일이란 말이오. 기억해 내려고 해보쇼. 그자가 뭐라고 했소?」

「그 사람이 뭐라고 했냐고요? 기억해 보지요. 그런데 이 간이역에서 나이가 제일 위인 노무자, 그러니까 까잔갑 말입니다. 그 양반 아들이 꿈벨리에 있는 기숙 학교에 다니고 있습니다. 한데 그 아이가, 이건 분명해요, 거기서 못된 짓을 저지르는 데다 거짓말까지 한다는 겁니다. 지난 9월 1일에 개 아버지가 그 앨 낙타에 태워 가지고 학교까지 데려다 주러 갈 참이었는데, 그때 개 어머니가, 그러니까 까잔갑의 아내 부께이 말입니다, 울면서 이렇게 하소연을 합디다. 〈이 일을 어쩌면 좋아요. 저 애가 기숙 학교엘 들어간 뒤론 남처럼 돼 가고 있어요. 저 앤 이제 제 집이나 제 부모에게도 예전처럼 그렇게 애착이 없어요.〉 그게 바로 학교 문 앞에도 못 가본 여자 입에서 나온 소립니다. 물론 그 사람들 아들이 교육을 받긴 받아야 하지만, 그 앤 항상 집을 떠나 있고…….」

「거기까진 그렇다 치고…….」 매눈이 말을 잘랐다. 「하지만 무슨 이유로 꾸찌바예프가 그 일을 가지고 이러니저러니

한 거요?」

「그 사람도 거기에 같이 있다가 한마디 하게 됐던 거요. 그 사람이 애 어머니가 마음속으로 뭔가 잘못됐다는 걸 느낀 것 같다고 그럽디다. 그 애는 우리가 여기서 살아가는 형편이 어렵다 보니 기숙 학교엘 가야 했지만 그 기숙 학교란 게 사람을 갈라놓는, 그러니까 애를 제 집은 물론 제 부모하고도 갈라놓는 그런 거란 말이오. 꾸찌바예프는 입버릇처럼 그게 아주 어려운 문제라고 했지만, 달리 방도가 없는데 뭘 어쩔 수 있겠소? 난 그 사람 말에 수긍이 갑니다. 우리 애들 역시 자라고 있으니까, 우리도 마음이 편치 못했던 거요. 그렇게 떨어져 있다 보면 사정이 어떻게 되어 돌아가고 또 거기서 무슨 결과가 생겨나겠소? 당연히 좋은 일은 안 생길 거요.」

「그 얘긴 나중에 다시 합시다.」 매눈이 말을 가로챘다. 「그래서 그자가 소비에뜨 기숙 학교를 비방한 거요?」

「소비에뜨라고는 하지 않았소. 그저 기숙 학교라고만 했을 뿐이오. 저 꿈벨리에 있는 거 말이오. 나쁘다고 한 건 바로 나요.」

「그건 중요하지 않소. 꿈벨리도 소련 내에 있으니까.」

「그건 중요하지 않다니, 그게 무슨 소리요?」 예지게이는 화가 났다. 그는 상대방이 자기를 놀리고 있는 것 같은 느낌이었다. 「왜 그 사람이 얘기도 하지 않은 걸 적어 넣는 거요? 내 생각도 그 사람하고 똑같소. 만일 내가 이 간이역이 아니라 어디든 다른 곳에서 산다면, 난 무슨 일이 있어도 우리 애들을 기숙 학교로는 보내지 않을 거요. 그게 내 생각이오. 거기에 대해선 뭐라고 할 거요?」

「잠깐, 잠깐!」 매눈이 말을 중단시키려고 다시 입을 열었다. 그러고는 잠시 생각을 해보고 나서 말을 이었다. 「좋소.

이제 어떤 결론에 도달할 수 있을 것 같군. 그러니까 이자는 집단 교육에 반대했다, 그런 얘기가 되는 거 아뇨?」

「그런 일에는 반대한 적 없다잖았소!」 예지게이는 참을 수가 없었다. 「도대체 뭘 가지고 그런 소리를 하는 거요? 일은 안 봐도 뻔한 거 아뇨.」

「걱정할 거 없소. 잊어버리쇼.」 매눈이 더 이상 얘기할 필요가 없다고 생각했는지 그 문제를 한옆으로 제쳐 놓으려는 듯 손을 저었다. 「자, 얘기해 보쇼. 〈도넨바이 새〉라는 이 책은 뭐요? 꾸찌바예프 말로는 이게 까잔갑의 얘기를 듣고, 또 일부는 당신한테서도 듣고 해서 적어 둔 거라던데. 그게 사실이오?」

「그렇소.」 예지게이는 기운이 되살아났다. 「여기 사로제끄에는 전해 내려오는 얘기가 하나 있지요. 여기서 멀지 않은 곳에 나이만 묘지가 있는데 옛날에 한때는 그 묘지가 나이만 부족 사람들만을 위한 것이었지만 지금은 누구나 다 그 묘지를 쓸 수 있소. 우린 그걸 아나-베이뜨라고 불러요. 나이만-아나가 거기에 묻혀 있는데 ─ 그 여인은 만꾸르뜨가 된 자기 아들 손에 죽었고…….」

「그 얘긴 그만하면 됐소. 자, 여길 읽어 보고 이 새 뒤에 무슨 뜻이 숨겨져 있는지 봅시다.」 그러고 나서 매눈이 자기 멋대로 말을 끌어다 붙이면서 종잇장을 넘기기 시작했다. 「도넨바이 새라, 으흠. 좀 더 나은 걸 생각할 순 없겠소? 남자 이름을 가진 새, 그러니까 나는 새로운 작가를 하나 발굴해 낸 셈이로군. 무흐따프 아우조프 같은 작가가 하나 새로 등장하다. 한번 생각해 보쇼, 고대의 전설을 쓰는 작가를 말이오. 도넨바이 새라. 으흠…… 그자는 우리가 이것까지 조사하리라고는 생각도 못했겠지. 그러니까 아이들에게 읽힐 생각으로 조용히 은밀하게 이걸 썼다, 그거요? 당신은 이것도 애들이 읽을 만한 거라고 생각하오?」

매눈이 기름 먹인 천으로 겉장을 댄 또 다른 책을 예지게이의 얼굴에 들이댔다.

「그건 뭡니까?」 예지게이가 당황해서 물었다.

「이게 뭐냐구? 당신도 알 텐데. 이건 〈라이말리-아가가 동생 압질리한에게 남긴 말〉이라는 거요.」

「아, 그거 말이군요. 그건 또 다른 전설이오.」 예지게이가 말을 이었다. 「오래된 얘긴데 나이 든 사람들이라면 다들 잘 아는 거요.」

「아, 됐소. 나도 알고 있으니까.」 매눈이 말을 잘랐다. 「나도 그 얘긴 들어 봤소. 정신 나간 늙은이가 열아홉 살짜리 계집애하고 사랑에 빠진다는 얘기 아뇨. 그런 걸 읽어서 득 될 게 뭐지? 이 꾸찌바예프라는 자는 반동분자일 뿐 아니라 도덕적으로도 타락한 자인 것 같군. 그자가 이 너저분한 얘기를 별별 추잡한 대목까지 다 적어 놓으면서 무슨 짓을 했겠나 한번 생각해 보쇼.」

예지게이의 얼굴이 벌겋게 달아올랐다. 무안하거나 당황해서가 아니라 분노가 치밀어서였다. 아부딸리쁘를 두고 그런 모욕적인 말을 하다니! 도저히 그냥 넘길 수가 없는 일이었다.

「당신…… 당신이 어떤 자리에 있고 무슨 책임을 맡고 있는지는 내 알 바 아니지만.」 예지게이가 감정을 억제하지 못하고 내뱉었다. 「이거 한 가지는 분명히 해둡시다. 꾸찌바예프의 식구들은 그런 아버지, 그런 남편을 가졌다는 게 행복이고 여기 있는 어느 누구라도 당신한테 그 사람이 어떤 사람인지를 얘기해 줄 거요. 여기 있는 사람이래 봤자 손가락으로 꼽을 수 있을 정도니까 우린 서로를 속속들이 다 알고 있단 말이오.」

「좋소, 알았으니까 진정하시라고!」 매눈이 슬쩍 물러섰다. 「그자가 여기서 당신들 모두를 얼마나 선동시켜 놓았는지 알 수 있겠군. 적은 언제나 제법 그럴듯한 인물인 척하지. 하지만 우린 그자의 가면을 벗겨 낼 거요. 이제 얘긴 다 끝났으니까 그만 가보쇼.」

예지게이는 일어섰다. 그러나 모자를 집어 들면서 그는 불안한 생각이 들었다. 「그 사람 어떻게 되는 겁니까? 또 지금은 무슨 조사를 받고 있지요? 이 글 때문에 ― 단지 그것 때문에 형무소로 보내는 거요?」

매눈이 의자에서 벌떡 일어섰다.

「이거 보쇼, 다시 얘기하지만, 이건 당신 일이 아니오. 우리는 이런 일을 어떻게 처리해야 하는지 ― 적을 어떻게 알아내고 그자를 어떻게 처리하고 또 그자에게 어떤 벌을 줘야 하는지 훤히 알고 있단 말이오. 이 일로 골치 썩이지 말고 가서 당신 일이나 보시오. 가시라고!」

그날 저녁 늦게 여객 열차가 한 번 더 보라리-부라니 간이역에 정차했다. 다만 이번에는 반대 방향으로 가는 기차였다. 열차는 오래 서지 않았다. 딱 3분 동안이었다. 번쩍거리는 가죽 장화를 신은 세 사람이 다시 1번선에 서 있었다. 그들은 아부딸리쁘 꾸찌바예프를 함께 데려가려 하고 있었다.

그리고 또 한옆에는 세 관리들이 등으로 가로막아 아부딸리쁘와 격리시킨 부라니 사람들 ― 자리빠와 어린아이들, 예지게이와 우꾸발라, 그리고 기차가 30분이나 연착되는 바람에 괜히 수선을 떨면서 왔다 갔다 하는 간이역 책임자 아빌로프 — 이 모여 있었다. 저 친구 도대체 뭐가 좋아서 저 야단이지? 예지게이는 그런 생각이 들었다. 그는 조용히 마음을 진정시킬 수가 없었다. 게다가 아부딸리쁘의 집에서 발견된 불행한 전설들에 관해서 함께 심문을 받았던 까잔갑마저 전철기가 있는 곳으로 가 있었다 — 그것은 그가 자기 손으로 직접 아부딸리쁘를 사로제끄로부터 멀리 끌어가려는, 그 관리들이 타고 갈 열차를 떠나보내야 한다는 뜻이었다. 부께이는 예지게이의 어린 딸들과 함께 집에 남아 있었다.

바람을 막으려고 코트 깃을 세운 채, 등으로 아부딸리쁘를 가로막고 서서 그를 식구들과 격리시키고 있는 가죽 장화 차림의 그 세 사내는 답답할 정도로 말이 없었다. 그리고 아부딸리쁘에게 작별 인사를 하려고 모인 부란니 사람들도 똑같이 말이 없었다. 한차례 바람이 불어와 버스럭거리는 소리와 들릴락 말락 하게 휙휙거리는 소리를 내면서 땅을 휩쓸어 눈발이 비치는 대기를 몰아갔고 차가운 안개가 사로제끄의 불투명한 하늘로 거칠고 우중충하게, 휑하니 뻗쳐올랐다. 달빛은 그 안개 낀 대기를 뚫지 못해서 단지 흐릿한 반점으로만 보였다. 추위가 사람들의 뺨을 얼얼하게 물어뜯었다.

자리빠는 남편에게 주려고 꾸려 온 음식과 옷가지가 든 가방을 들고 서서 조용히 울고 있었다. 우꾸발라의 입에서 새어 나온 무거운 한숨이 안개구름처럼 피어올랐다. 그녀는 코트 자락으로 다울을 감싸 안고 있었다. 잠잠하기는 했어도 겁이 나서 우꾸발라 아주머니에게 착 들러붙어 있었다. 그러나 가장 곤란한 것은 예지게이가 바람을 맞지 않게 하려고 팔로 감싸 안고 있던 에르메끄였다. 그 아이는 사정이 어떻게 되어 돌아가는지를 전혀 눈치채지 못하고 있었다.

「아부지! 아부지!」 에르메끄가 제 아버지를 불렀다. 「이리

와서 우리랑 같이 있어. 우리도 같이 갈래.」

아들의 목소리에 깜짝 놀라서 — 사실 그럴 수밖에 없었다 — 아부딸리쁘가 고개를 돌려 무슨 말인가를 하려고 했다. 하지만 그들은 돌아다보는 것조차도 용납하려 들지 않았다. 셋 중 하나가 외쳤다. 「여기 서 있지 마쇼! 안 들려요? 물러났다가 나중에 오란 말이요!」

멀리서 기관차의 불빛이 시야에 들어왔다. 모두들 조금씩 움직이고 걷기 시작했다. 자리빠는 슬픔을 억누르지 못하고서 그때까지보다도 더 큰 소리로 흐느꼈다. 우꾸발라도 그녀와 함께 울고 있었다. 기차가 가까이 다가올수록 이별의 순간도 가까워지고 있었으므로. 차갑게 휘몰아치는 짙은 안개를 꿰뚫으며 헤드라이트 불빛과 더불어 무시무시하게 덜컹대는 시커멓고 거대한 물체가 다가왔다. 열차가 접근해 오는 동안 눈이 멀 듯한 헤드라이트 불빛과 다른 불빛들이 땅 위로 점점 더 높이 떠오르는 것처럼 보였고, 선로 위로 눈발이 비치는 대기가 빛줄기 속에서 점점 더 뚜렷해지며 크랭크와 피스톤의 묵직한 소음이 점점 더 커졌다. 이제 기관차의 윤곽이 보이고 있었다.

「아부지! 아부지! 저기 봐, 기차가 들어와!」 에르메꾸가 신이 나서 외쳐 대다가 제 아버지가 아무 대답도 해주지 않자 놀라서 잠잠해졌다. 그 아이가 한 번 더 제 아버지의 주의를 끌려고 했다. 「아부지! 아부지!」

간이역 책임자 아빌로프가 근처에서 부산스럽게 돌아다니다가 세 사내에게로 다가갔다. 「우편 열차는 맨 앞에 있을 겁니다. 이리로 오시지요. 저기 있네요!」

모두들 그가 가리키는 방향으로 뛰듯이 걸어갔다. 기관차가 벌써 앞쪽으로 지나쳐 갔기 때문이었다. 맨 앞에서는 서류 가방을 든 매눈이 똑바로 앞을 보며 걸었고 그보다 조금 뒤에서는 어깨가 딱 벌어진 두 부관이 아부딸리쁘를 호송했다. 그리고 약간 더 뒤에는 자리빠가, 그다음에는 다울의 손을 잡은 우꾸발라가 서둘러 쫓아갔다. 그 한옆으로 좀 더 떨어진 곳에서는 에르메끄의 손을 잡아 쥔 예지게이가 따라왔는데, 그렇게 걸어가는 동안 그는 억지로 눈물을 참고 있었다. 여자들과 어린아이들 앞에서 약한 모습을 보일 수가 없어서였다. 필사적으로 그는 목구멍에서 솟는 혹덩이를 삼키고 있었다.

「착하지, 에르메끄. 너는 똑똑한 아이야, 그렇지? 그러니 울면 안 돼. 알았지?」 아이를 꼭 끌어안으면서 그는 자기도 모르게 그런 말을 하고 있었다.

그러는 사이 기차가 멈추려고 속도를 늦췄다. 예지게이에게 안긴 아이는 어른들 키 높이로 들어 올려진 게 무서운지 몸을 떨었고 기관차가 갑자기 칙 — 하고 증기를 내뿜자 놀라서 펄쩍 뛰었다. 제동수의 날카로운 호각 소리가 들렸다.

「무서워할 거 없다. 겁내지 마라. 나하고 같이 있는 동안엔 무서워 할 거 없어. 내가 언제고 같이 있을 거니까.」

길게 끌리는 쇳소리를 내며 열차가 멈춰 섰다. 화차들은 서리와 눈을 맞아 녹이 슬고 창문들이 얼음으로 뒤덮여 있었다. 마침내 기차가 완전히 멎었고 그러자 온 주위가 고요해졌지만 얼마 안 가서 곧 기관차가 떠날 준비를 하면서 칙 — 하고 증기를 뿜어냈다. 우편 열차는 기관차 바로 뒤의 수하물차 다음에 붙어 있었고 창문들은 철망으로 가려져 있었다. 우편차 중간쯤의 안쪽 문이 열린 이중문 밖으로 우체부 모자를 쓰고 두껍게 누빈 바지와 따뜻해 뵈는 윗도리를 입은 어떤 남자와 여자가 고개를 내밀었다. 횃불을 들고 있는 여자가 책임자인 모양이었다. 그녀는 몸집이 우람했고 가슴이 엄청나게 컸다.

「누군가 했더니 당신이었군요.」 그녀가 주위에 있는 사람들 모두를 비춰 보려고 횃불을 머리 위로 높이 쳐들면서 말했다. 「기다리고 있었어요. 자리도 마련돼 있고요.」

커다란 서류 가방을 든 매눈이 먼저 올라탔다. 「빨리빨리 올라타! 시간 없어!」 다른 두 사내가 서둘러 그를 쫓아갔다.

「곧 돌아올 겁니다. 오해가 생긴 거니까요.」 아부딸리쁘가 재빨리 말했다. 「난 돌아올 겁니다. 그때까지만 기다려요.」

우꾸발라는 눈물을 참지 못하고서 작별 인사를 하다 말고 큰 소리로 울기 시작했다. 아부딸리쁘가 아이들을 힘껏 껴안아 뭐라고 하면서 키스를 해주었다. 아이들은 겁에 질려 있었지만 무슨 영문인지는 잘 모르는 듯싶었다. 기관차는 이미 김을 뿜어 올린 뒤였다. 한 번 더 열차를 따라 날카롭고 소름 끼치는 호각 소리가 울렸다.

「빨리빨리! 올라타서 앉아요!」 두 사내가 아부딸리쁘를 화차 발판으로 끌어올렸다.

예지게이와 아부딸리쁘는 그런 와중에서도 마지막 포옹을 할 수 있었다. 한 1초쯤 여위고 거칠어진 뺨을 맞대는 사이 그들의 마음으로, 가슴으로, 온몸으로 서로에 대한 이해가 오갔다.

「애들한테 바다 얘기를 해주세요!」 아부딸리쁘가 속삭였다.

그것이 그의 마지막 말이었다. 예지게이는 그의 말뜻이 무엇인지를 알았다. 그는 자기의 아이들에게 아랄 해에 대한 얘기를 해주라고 부탁한 것이었다.

「그만! 이리 와요! 빨리 와서 올라타요!」

그들은 강제로 떼내어졌다.

등 뒤에서 예지게이를 어깨로 밀어붙이며 두 관리가 아부딸리쁘를 화차 안으로 밀어 넣었고, 그때서야, 바로 그제야 아이들은 저희들이 아버지와 헤어지게 된다는 끔찍한 현실을 알아차렸다. 당장에 아이들이 한꺼번에 아우성을 치며 울음을 터뜨렸다.

「아부지! 아빠! 아부지! 아빠!」

예지게이는 에르메끄의 손을 잡고 화차 쪽으로 달려갔다.

「어디로 가는 겁니까? 어디로 가는 거요? 신께서 당신과 함께하시길!」

그러자 여자가 그의 가슴에다 횃불을 들이대고 그 육중한 어깨로 입구를 막으면서 그를 밀어냈다.

아무도 몰랐던 일이지만, 그 순간 예지게이는, 만일 그럴 수만 있다면, 아부딸리쁘 대신 자기가 잡혀가고 싶은 심정이었다. 그는 맨손으로라도 얼마든지 매눈의 목을 졸라 죽일 수 있을 것 같았다. 아부딸리쁘의 두 아이들이 우는 소리가 그로서는 도저히 못 견디게 고통스러웠다.

「거기 서 있지 마시오! 저리 비켜요! 물러나요!」 횃불을 든 여자가 소리쳤다. 담배 냄새와 양파 냄새가 뒤섞인 그녀의 입김이 예지게이의 얼굴로 훅 끼쳐 왔다.

그 서슬에 자리빠는 가방이 아직도 손에 들린 채 있다는 것을 깨달았다.

「여기요, 이걸 그이에게 전해 주세요. 음식이에요!」 그렇게 외치면서 자리빠가 가방을 화차 안으로 던져 넣었다.

그러고 나자 화차 문이 쾅 닫혔고 모두들 잠잠해졌다. 기관차가 기적을 울리고 나서 움직이기 시작했다. 기차가 출발하는 동안 처음에는 바퀴들이 구르고 미끄러지며 날카로운 쇳소리를 냈지만 곧이어 열차는 얼어붙은 대기 속에서 천천히 속도를 높여 갔다.

보란리 사람들은 문이 꼭꼭 처닫힌 화차 옆을 따라 걸으면서 떠나가는 열차를 뒤쫓아가지 않을 수 없었다. 우꾸발라가 맨 먼저 정신을 차리고 자리빠를 붙들어 세워 서로의 가슴이 미어져라 그녀를 꼭 끌어안았다.

「다울, 여기서 그대로 있어라! 여기서 네 엄마 손 꼭 쥐고 있어!」 그녀가 점점 더 속도를 높이며 굴러가는 바퀴들의 소음이 무색할 만큼 큰 소리로 외쳤다.

그러나 예지게이는 에르메끄의 손을 잡아 쥔 채 여전히 기차 옆을 따라 달리고 있었다. 그러다 마지막 화차가 지나쳐 간 다음에야 그는 멈춰 섰다. 기차는 제 갈 길로 떠나갔고 바퀴 소리가 사라지면서 불빛들도 천천히 흐릿해져 갔다. 마침내, 떠나가는 기관차에서 길게 뿜어내는 기적 소리가 울렸고 그제야 예지게이는 돌아섰다. 한참 동안이나 그는 어떻게도 우는 아이를 달랠 길이 없었다.

그들은 다시 집으로 돌아와 난로 옆에서 벙어리가 된 채 한밤중까지 앉아 있었다. 그러다 갑자기 예지게이는 아빌로프를 떠올렸고, 벌떡 일어나서 코트를 주워 입기 시작했다. 우꾸발라가 당장에 그의 생각을 눈치챘다.

「어딜 가려고요?」 그녀가 남편의 소맷자락을 붙잡았다. 「그 사람한테 손대지 말아요. 손가락 하나라도 건드리면 안 돼요. 그 사람 아내가 곧 아기를 낳게 된다고요. 그리고 또 어쨌건 당신에겐 그럴 권리가 없어요. 당신이 어떻게 그렇다는 걸 증명할 수 있죠?」

「걱정 마.」 예지게이가 조용하게 대답했다. 「그 사람한테 손을 대진 않을 거니까. 하지만 어딘가 딴 데로 가는 게 상책이란 건 그 사람도 알아 둬야 돼. 당신한테 약속하지만, 난 머리칼 하나 까딱하지 않겠어. 나를 믿어!」그는 아내의 손을 뿌리치고 집을 나섰다.

아빌로프의 집 창문에는 그때까지도 불빛이 비치고 있었다. 그들 역시 아직 잠들지 않고 있는 게 분명했다. 골목길에 쌓인 눈을 버석버석 밟으면서 예지게이는 차갑게 얼어붙은 문으로 다가가 요란스럽게 문을 두드렸다. 아빌로프가 문을 열었다.

「아, 예지께, 들어오십쇼, 들어오세요.」그가 겁에 질려 사색이 된 채 더듬거리다가 방문객이 들어서도록 한옆으로 비켜섰다. 예지게이는 한마디 대꾸도 없이 허연 입김을 내뿜으며 안으로 들어섰다. 그러고는 멈춰 서서 등 뒤로 손을 뻗쳐 문을 닫았다.

「당신 왜 그런 거요? 그 불쌍한 애들을 아비 없는 자식으로 만들어 버리고.」그 말을 하면서 예지게이는 감정을 억누르려고 안간힘을 써야 했다.

갑자기 아빌로프가 무릎을 털썩 꿇더니 기다시피 하면서 예지게이의 코트 자락을 부여잡았다. 「맹세코 저는 아닙니다, 예지께! 이 말이 거짓이라면 제 아내가 애를 낳지 못한대도 상관없습니다!」그가 자기는 무고하다고 맹세하면서 임신한 아내를 돌아다보았다. 그녀는 무슨 영문인지 몰라 겁먹은 얼굴을 하고 있었다. 아빌로프가 조급하게 더듬거리면서 다시 말을 이었다. 「하느님께 맹세코 저는 아닙니다. 예지께. 제가 어떻게 그런 짓을? 장본인은 바로 그 검열관입니다. 그 사람이 여기에 와 있을 때 이것저것 묻고 돌아다니다가 나중에 꾸찌바예프가 뭘, 왜 쓰느냐고 물었던 거 기억하시죠? 그 사람입니다 — 그 검열관이었어요! 제가 어떻게 그런 짓을 할 수 있습니까? 만일 그랬다면 제 아내가 이 애를 낳지 못한 대도 할 말 없지요. 기차 옆에 서 있는 동안 내내 저는 어디로 숨어야 할지를 몰랐습니다. 그런 꼴을 보느니 차라리 어디로든 사라져 버리고 싶었어요. 제가 어떻게 알았겠습니까? 만일 제가 알기만 했어도…….」

「그만 됐소.」 예지게이가 말을 중단시켰다. 「일어나시오. 부인도 계시고 한데 체면이나 좀 차리고 얘기합시다. 부인께서 순산하시길 빌겠소! 한데 당신으로선 어디엘 가 있건 다 마찬가지겠지만 우린 아마도 죽을 때까지 여기서 살게 될 거요. 그러니 생각해 보시오. 당신은 어딘가 다른 데로 자리를 옮기는 게 좋을 거요. 그게 내 충고요. 내가 할 말은 다 했소. 우리 이런 얘기 다시는 하지 맙시다.」

그 말을 남기고서 예지게이는 등 뒤로 문을 닫으며 집 밖으로 나왔다.

9

 태평양의 알류샨 열도 남쪽 해역은 이미 정오가 훨씬 지난 시각이었다. 폭풍은 여전히 쉼 없이 계속되었고, 성난 물결이 용틀임치며 끓어오르는 바다에서는 사방 어느 곳을 둘러보아도 눈길이 끝닿는 곳까지 하얀 물거품을 뒤집어쓴 채 차례차례 줄지어 몰아쳐 오는 파도뿐이었다. 항공모함 컨벤션호는 파도에 가볍게 흔들거리고 있었으나 여전히 예전의 그 위치, 즉 샌프란시스코와 블라지보스또끄에서 정확히 등거리인 해상에 그대로 머물러 있었다. 그리고 그 선박에 탑승한 국제적인 과학 탐사 계획의 모든 종사원들은 완전 경계 태세를 갖추고 있었다.
 바로 그 시각, 그 항공모함의 선상에서는 특별 전권 위원들의 임시 회의가 속개되어 제르자쩰리 은하계에 속한 외계 문명의 발견으로 인해 야기된 상황을 숙의하고 있었다. 임의로 궤도 정거장을 이탈했던 패리티 우주 비행사 1-2와 2-1은 아직도 여전히 레스나야 그루지에 있었지만 옵뜨세누쁘르로부터 3회에 걸쳐, 추후로 특별한 지시를 받기 전까지는 아무런 행동도 취하지 말라는 경고를 받은 터였다.
 옵뜨세누쁘르로부터 내려진 그러한 절대적인 명령은 사실

상 지구인들의 혼란한 정신 상태뿐 아니라 컨벤션호 선상에서의 예외적인 복잡하고 긴장된 상황을 반영하고 있었다. 점점 더 깊어져만 가는 양측 간의 의견 대립은 이제 협조 체제의 완전한 결렬, 그리고 더 나아가서는 직접적이고 전면적인 대결을 초래할 위험에 처해 있었다. 얼마 전까지만 해도 두 강대국을 하나로 묶었던 요인 — 데미우르고스 계획 — 이 이제 와서는 외계 문명의 발견으로 인해 야기된 문제점들과 비교해 본다면 하찮은 것으로 후퇴해 버린 것이었다. 위원회의 위원들은 한 가지 사실을 명백히 이해하고 있었다. 그것은 이번 발견이 세계적인 협조 체계와 인류가 지금까지 배워 온 모든 것, 말하자면 이제껏 전해 내려온 모든 문화와 수세기에 걸쳐 여러 세대의 의식 속에서 발전해 온 모든 자각에 대하여 지극히 중대한 도전을 의미하는, 놀랍고도 유례없는 발견이라는 것이었다.

하지만 그들은 외계의 행성과 교류를 맺는, 게다가 그러는 중에 어쩌면 지구의 안전을 위태롭게 할지도 모르는 조치를 감히 취할 수 있을 것인가?

이제 또다시, 역사상의 위기에는 언제나 그랬었듯이, 지구상에 존재하는 두 사회와 정치 체제 사이의 뿌리 깊은 갈등이 적나라하게 노출되어 있었다.

그 상황에 대한 고찰은 논쟁을 더욱 가열시켰다. 그리고 접근 방법에서의 의견 차이는 점점 더 타협할 수 없는 양상을 띠어 갔다. 이제 사태는, 만일 확대될 수만 있다면, 세계 대전으로 급변할지도 모르는 붕괴와 갈등을 향해 급속히 치닫고 있었다. 그래서 양측은 사태가 그처럼 발전될 경우의 섬뜩한 위험을 명심하고서 아슬아슬한 위기로부터 한 걸음 물러서기 위해 노력하고 있었다. 그러나 더욱 중대한 긴장 요인은 외계 문명을 발견했다는 뉴스가 일반 대중에 알려질 경우 초래될, 상상할 수 없는 결과였다. 누구도 사태가 그렇게 발전한다면 어떤 결과가 생겨날지를 명백히 알 수 없었다······.

결국은 상식이 승리를 거두었고 양측은 엄정한 평등이라는 기초 위에서 이루어진 불가피한 타협안을 찾게 되었다. 그리고 이 타협안에 의거하여 옵뜨세누쁘르로부터 패리티 궤도 정거장으로 다음과 같은 취지의 암호 메시지가 전달되었다.

우주 비행사 1-2와 2-1에게

귀관들은 지체 없이 패리티의 통신 시스템을 이용하여 현재 소위 제르자쩰리 은하계의 행성 레스나야 그루지에 가 있는 패리티 우주 비행사 1-2 및 2-1과 무선 연락을 취할 것. 귀관들은 즉시 궤도를 이탈한 두 우주 비행사에게, 그들이 발견했던 외계 문명에 관한 정보를 연구해 온 양측 위원들 간의 협정에 의거하여 옵뜨세누쁘르는 다음과 같은 번복할 수 없는 결정에 도달했다는 사실을 알릴 것.

(a) 이전의 패리티 우주 비행사 1-2와 2-1은 세계 문명에 바람직하지 못한 자들로서 지구로의 귀환은 물론 패리티 궤도 정거장으로의 귀환도 허용되지 않음.

(b) 행성 레스나야 그루지의 주민들에게, 그들과의 접촉은 여하한 형식을 취하건, 지구의 역사적 경험과 현재의 관심사 및 인간 사회의 특수한 발전 단계와 상충되는 관계로 거절한다는 우리의 입장을 통보할 것.

(c) 이전의 패리티 우주 비행사 1-2와 2-1 및 현재 그들과 접촉하고 있는 다른 행성의 인간들에게 지구인들과의 교신을 시도해서는 절대로 안 되며 최근에 외계인들이 트

램펄린 궤도의 패리티 궤도 정거장을 방문했던 바와 같이 지구 주위의 영역으로 들어오는 사태가 발생해서도 안 된다는 점을 엄중히 경고할 것.

(d) 그들에게 다음의 사실을 통보할 것. 지구 이외의 다른 행성에 기원을 둔 우주선들의 침입 가능성에 대비하여 옵뜨세누쁘르는 지구 주위의 공간을 격리시키기 위한 긴급 조처로서 〈오퍼레이션 후프〉라는 암호명의 예외적인 우주 방위 체제를 수립하기로 공표했는바, 이 체제는 정기 궤도에서의 순찰 임무를 띤 일련의 자동화된 군사 로켓들이 특정한 궤도에 배치되어 외계로부터 지구로 접근하는 모든 물체를 핵무기와 레이저 광선으로 파괴하기 위한 계획임.

(e) 임의로 다른 행성의 인간들과 접촉한 이전의 패리티 우주 비행사들에게 그들과의 여하한 교신도 허용되지 않는다는 점을 상기시킬 것. 이는 지구의 안전과 지구인들이 현재 유지하고 있는 지정학적 구조의 안정성을 지키기 위한 것임. 추후로, 이번 사건과 관련된 정보를 보존하고 이 이상의 여하한 접촉도 방지하기 위해 모든 안전 조치가 취해질 것임. 이를 위해 패리티 정거장의 궤도는 곧 변경될 것이며 무선 통신 채널의 코드와 프로그램도 변경될 것임.

(f) 레스나야 그루지의 거주자들에게 지구 주위의 오퍼레이션 후프 대(帶)에 접근할 경우의 위험을 재삼 경고할 것.

옵뜨세누쁘르,
항공모함 컨벤션호 선상에서

그러한 방어 조치를 취하면서 옵뜨세누쁘르는 행성 엑스를 개발하기 위한 데미우르고스 계획 전체를 무기한으로 연기할 수밖에 없었다. 패리티 궤도 정거장의 매개 변수들이 변경되었고 그 정거장이 수행할 역할 또한 일상적인 우주 관찰 임무로 대체되었다. 그리고 협동적으로 운영되는 항공모함 컨벤션호는 중립국 핀란드의 관리하에 두기로 결정되었으며, 그 선박의 모든 패리티 승무원들은 먼 우주로 로켓이 발사된 뒤에, 옵뜨세누쁘르의 활동이 변경된 이유에 대하여 죽을 때까지 입을 다물겠다는 서약서에 엄숙히 서명을 하고 풀려나게 될 것이다.

세계 도처의 언론사들에 대해서는, 데미우르고스 계획과 관련된 작업이 행성 엑스의 개발 프로그램에 대한 철저한 조사와 조정이 진행될 때까지 무기한 연기되었다고 발표하자는 안이 나왔다.

모든 작업이 세세하고 신중하게 진행되었고 거기에서 이루어진 모든 일은 임시 오퍼레이션 후프가 활동을 개시한 직후에 실행될 것이었다. 그에 앞서 위원들의 마지막 회의가 끝난 직후, 이전의 패리티 우주 비행사들과 관련된 모든 정보와 비망록 및 암호 기록문은 물론 이 슬픈 이야기와 조금이라도 관련이 있는 보고서와 필름, 그리고 서류들이 모두 파기되었다.

태평양의 알류샨 열도 남쪽 해역에서는 마지막 날이 다가오고 있었다. 날씨는 아직 견딜 만했지만 그래도 바다는 점점 더 거칠어졌고 컨벤션호는 심한 풍랑 속에서 거세게 요동하고 있었다.

항공모함의 갑판에서는 비행사들이 회의장을 나와 비행기들이 있는 곳으로 걸어오는 특별 위원회 위원들을 기다리고 있었다. 이제 그들은 회의장을 나서서 제각기 갈 곳으로 떠나려는 참이었다. 어떤 사람들은 첫 번째 비행기 쪽으로 갔고 다른 사람들은 두 번째 비행기 쪽으로 갔다. 모함이 요동하는데도 불구하고 이륙은 지장 없이 이루어졌다. 그리고 한 대의 비행기는 샌프란시스코를 향해 다른 한 대는 블라지보스또끄를 향해 방향을 잡았다.

상층 기류에 씻기며 지구는 정해진 궤도를 따라 공전을 계속했다. 우주의 무한한 영원 속에서 지구는 마치 한 알의 모래와도 같았다. 온 우주에는 그런 모래알들이 수없이 많았지만 인간은 오직 행성 지구에서만 존재했다. 그들은 할 수 있는 한 최선을 다해 살았고 알 수 있는 한 최선을 다해 알았다. 그리고 때로 호기심이 크게 발동할 때면 어딘가 다른 행성에 자기들과 같은 종족들이 살고 있는지를 알아내 보려고 했다. 그들은 논쟁을 벌였고, 가설을 세웠고, 달에 착륙했고, 다른 천체에 무인 탐사 위성을 쏘아 보냈다. 그러나 매번 그들은 태양계 내의 어느 천체에도 자기들과 같은 존재나 또는 비슷한 존재가 없다는 사실을 알아내고서 상당히 실망했다. 실로, 태양계 내에는 다른 생명의 흔적이란 아무것도 없었다. 그래서 결국 사람들은 그 의문을 망각해 버렸다. 사실 인간들에게는 그럴 시간도 없었을 뿐더러, 그들로서는 인생에서 성공하고 자기네들끼리 의견을 일치시키는 것만도 결코 쉬운 일이 아니었다. 게다가 먹고살 식량 또한 얻으려면 상당한 노력을 들여야 했다. 많은 사람들이 그 문제는 자기네들의 관심사가 아니라고 생각했다. 그리고 지구는 정해진 궤도를 따라 계속 돌았다.

그해 정월은 한 달 내내 몹시 추웠고 날씨가 흐렸다. 도대체 어디로부터 그 혹독한 추위가 사로제끄로 몰려오는 것일까? 열차들은 얼어붙은 굴대에 떠받쳐져서, 안은 훈훈해도 밖은 하얗게 얼음으로 뒤덮인 채 선로 위를 오갔다. 여느 때 같으면 검은색이어야 할 탱크차들이 하얀 된서리로 덮여 측선에 멎어 있는 모습은 보기에도 이상스러웠다. 날씨가 너무 추워서 기관차들은 화차들을 겨우겨우 움직이게 할 수 있을 뿐이었다. 두 량씩 연결된 기관차들이 얼어붙은 화차들의 바퀴를, 말 그대로 선로에서 뜯어내다시피 하면서 갑작스러운 충격을 가해 끌어당겼고, 그러는 사이 바퀴 소리는 요란하게 쇠가 갈리는 소음이 되어 밤중이면 보란리의 잠든 아이들을 깨우며 희박한 공기 속으로 멀리까지 퍼져 나갔다.

선로 위로 불려 온 눈이 겹겹이 쌓이기 시작하는 것도 그 무렵이었다. 사로제끄에는 바람이 장난질을 치기 딱 좋게 드넓은 공간이 펼쳐져 있어서, 눈보라가 어느 방향으로부터 몰아쳐 올지를 짐작조차 할 수 없었다. 보란리 사람들에게는 바람이란 것이, 마음만 먹으면 철길 어느 곳으로든 눈보라를 몰아올 수 있는 힘을 지닌 것처럼 보였다. 마치 눈보라를 몰아쳐 와 폭설로 선로를 덮기 위해 바람이 불 수 있는 곳을 찾는 것만 같았다.

예지게이와 까잔갑 그리고 다른 세 명의 선로 노무자들이 알고 있었던 것은 다만 그들이 선로 한쪽 끝의 눈을 치우자마자 다른 쪽으로 돌아가서 처음부터 다시 일을 시작해야 한다는 것뿐이었다. 낙타로 끄는 넉가래가 도움이 되었다. 그러나 넉가래로는 선로 위에 두껍게 쌓인 눈을 끌어내려 도랑 속으로 퍼넣을 수 있을 뿐, 그 나머지 일은 손을 써서 할 수밖에 없었다. 예지게이는 까라나르에게 이 일을 시켰고, 그 낙타에게서 기운을 다 빼버림으로써 폭풍 같은 힘을 가라앉힐 수 있게 된 것이 만족스러웠다. 그는 필요한 견인력을 얻기 위해 까라나르를 다른 낙타와 함께 매어 채찍으로 몰곤 했는데, 그러면 낙타들은 선로와 교차되게 눌러 놓은 널빤지를 당겨 눈 더미의 맨 윗부분을 걷어 내는 것이었다. 예지게이는 자신의 체중으로 널빤지를 누르면서 그 위에 서 있어야 했다. 그 당시에는 달리 쓸 만한 장비나 보조물이 하나도 없었기 때문이었다. 사람들 말로는, 이제 공장에서 기관차 앞에 달린 넉가래처럼 눈을 선로 옆으로 밀어내는 특수한 제설기가 생산되어 나온다고들 했다. 또 그런 기계들이 곧 도착할 것이라는 약속도 받았지만, 아직까지는 그런 약속이 실현되지 않고 있었다.

지난여름 그들은 두 달 동안이나 정신을 못 차릴 정도로 지독한 더위를 겪어야 했지만 이제는 날씨가 너무도 혹독해서 숨을 한번 들이쉴 때마다 허파가 터지는 것 같았다. 그러나 기차들은 여느 때나 다름없이 오가고 있었고 눈은 치워야만 했다. 예지게이는 턱수염이 삐쭉삐쭉 돋아나게 내버려 두었다. 그해 겨울 처음으로 그의 머리칼 여기저기에서 흰 터럭이 생겨났다. 그의 눈은 잠이 부족해서 퉁퉁 부었고 거울에 비친 그의 얼굴은 마치 주철로 빚은 것처럼, 무시무시한 모습이었다. 그 기간 내내 그는 언제나 짧은 양가죽 코트 위에다 거친 무명천으로 된 두건 달린 외투를 껴입고, 발에는 털장화를 신고 지냈다.

무슨 일을 하고 있건 아무리 열심히 일을 하건, 예지게이는 아부딸리쁘 꾸찌바예프가 어떻게 되었을까 하는 생각을 지울 수 없었다. 그 생각이 끊임없이 고통스럽게 그를 괴롭히고 있었다. 틈틈이 그와 까잔갑은 눈밭에 앉아 무슨 일이 생겼으며 또 그 일이 어떻게 끝날지를 추측해 보곤 했다. 그러나 까잔갑은 점점 더 말수가 줄어들었고 그저 이마를 찌푸리며 생각을 속으로 감추었다.

언젠가 그는 이런 말을 했다. 「사정은 언제나 똑같네. 그 사람들은 아마도 지금까지 그 사건을 심의하고 있을 걸세. 옛날엔 사람들이 꽤 그럴듯한 말을 하곤 했지. 〈한Khan은 신이 아니다. 그는 자기 주위에 있는 사람들이 뭘 하는지 알지 못하고 또 그 주위에 있는 사람들은 누가 시장에서 노략질을 하는지 알지 못한다〉고 말이네. 그건 지금도 마찬가지야.」

「그런 얘긴 혼자나 알고 있으슈! 보통 현명한 양반이셔야지!」 예지게이가 기분이 썩 좋지 않아서 비아냥거렸다. 「사람들이 한을 몰아낸 게 언젠데 — 여태까지 그럴 리가 없다고요!」

「그렇다면 어째서 그자들이 아부딸리쁘를 데려갔지? 무슨 이유로?」 까잔갑이 물었다.

「이유? 이유요?」 예지게이가 불끈해서 되물었지만 대답할 말이 없었다. 그는 머릿속에 든 문제를 풀 실마리를 찾지 못한 채 그저 맴돌고만 있었다.

잘 알려져 있다시피, 나쁜 일은 언제나 설상가상으로 덮치기 마련이다. 꾸찌바예프의 두 아들 중에 큰아이인 다울이 심한 독감에 걸린 것이었다. 그 아이는 열이 몹시 올라 혼수상태에 빠졌고 자리빠는 그 아이가 편도선염에 걸렸다면서 여러 가지 알약을 먹였지만 내내 아이들 곁에 붙어 있을 수가 없었다 — 그녀에게는 전철기를 조작하는 일이 맡겨져 있었고 또 어떻게든 살아야만 했으므로. 근무 시간은 어떤 때는 밤이었다가 또 어떤 때는 낮으로 옮겨졌다. 그래서 우꾸발라는 자기의 두 딸은 물론 남자아이들까지도 돌보아야 했지만 아부딸리쁘의 가족이 얼마나 절망적인 입장에 놓여 있는지를 알고 있었기에 기꺼이 그 일을 떠맡았다. 예지게이 역시 그가 할 수 있는 한 힘을 다해 도왔다. 아침 일찍 그는 헛간에서 석탄을 날라다 주었고 시간이 있으면 난롯불도 지펴

주었다. 석탄 난로에 불을 피우려면 상당한 요령이 있어야 한다. 불을 지피고 나면 그는 한 양동이 반 정도의 석탄을 개어 넣었는데, 그렇게 해두면 아이들은 하루 종일 따뜻하게 지낼 수 있었다. 그는 또 측선에 대어 놓은 탱크차에서 물을 길어다 주기도 했고 불쏘시개도 만들어 주었다. 그런 일을 해주는 것쯤은 아무것도 아니었다. 정말로 견디기 힘든 것은 감정적인 문제였다. 아부딸리쁘네 아이들의 눈을 들여다보며 그 아이들이 묻는 말에 대답을 해주기가 참으로 견디기 어렵게 고통스러웠던 것이다. 더구나 그동안 내내 큰아이는 병이 나 누워 있었다. 그러나 어쨌든 그 아이는 둘 중에서 좀더 차분했다. 문제는 작은아이 에르메끄였다. 그 아이는 제 어머니를 닮아 활발하고 정이 많은 데다 몹시 예민해서 며칠 전의 그 일로 깊은 상처를 입고 있었다. 아침에 석탄을 가지고 들어가서 난롯불을 지필 때면 예지게이는 아이들을 깨우지 않으려고 무척이나 애를 썼지만, 아이들에게 눈치채이지 않고 빠져나올 경우는 많지 않았다. 곱슬거리는 검은 머리칼을 한 에르메끄는 대체로 금방 잠이 깨었고 눈을 뜨자마자 첫 번째로 묻는 말은 이런 것이었다.

「예지게이 아저씨, 우리 아부지 오늘 돌아와요?」

작은아이가 맨발로, 잠옷 바람으로, 눈에는 억누를 수 없는 기대를 품고서 그에게로 달려왔다. 아부딸리쁘가 집으로 돌아와서 다시 그 아이들과 함께 있는 것을 볼 수만 있다면! 그렇게만 된다면 예지게이는 무슨 짓이라도 다 할 수 있을 것 같았다. 그가 가냘프고 따뜻한 작은 몸뚱이를 꼭 껴안아 에르메끄를 다시 침대에 눕히고 나서 마치 그 아이가 어른이기라도 한 것처럼 대답했다.

「그건 잘 모르겠구나, 에르메끄야. 네 아부지가 오늘 돌아오실지 어떨지는 나도 잘 모르겠다. 하지만 오시게 된다면 역에서 시간과 열차 번호를 알려 줄 게다. 너도 여객 열차가 여기선 서지 않는다는 걸 알고 있지? 그 열차들은 철도 일을 감독하는 높은 사람들의 지시가 있을 때만 서는 거니까. 내 생각으로는 이제 얼마 안 있으면 통지가 있을 게다. 그러면 우리 같이 가자꾸나, 다울이 나으면. 그래서 기차랑 네 아버지를 맞아야지.」

「그러면 〈아부지, 우리 여기 있어!〉라고 말할래요 — 바로 그래야 되는 거지요?」 에르메끄가 어른들이 만나는 장면을 상상하고 물었다.

「그럼! 그래야지!」 예지게이가 쾌활하게 대답했다.

하지만 그 어린 꼬마를 설득하기란 쉬운 일이 아니었다.

「예지게이 아저씨, 저번에 그랬던 것처럼 해요. 우리 화물 열차 타고 그 높은 사람 만나러 가요. 그래서 그 사람한테 아부지가 탄 열차를 여기다 세워 달라고 하면 되잖아요.」

예지게이는 말을 꾸며 내느라 진땀을 빼야 했다.

「하지만 그때는 여름이어서 따뜻했잖니? 지금 같아서는 화물 열차를 타고 갈 수가 없어. 날씨가 너무 추워서 말이다. 너도 창문들이 모두 두껍게 성에로 덮인 걸 볼 수 있지? 우린 거기까지 가기도 전에 얼음 조각처럼 얼어붙고 말 거야. 안 돼, 그건 너무 위험한 일이거든.」

에르메끄는 눈을 내리깔고 아무 말도 하지 않았다.

「거기에 누워 있어라. 아저씨는 건너가서 다울을 보고 올 테니까.」 안도의 한숨을 내쉬며 예지게이는 앓는 아이의 침대로 건너가 그 아이의 이마에 묵직하고 마디가 굵어진 손을 얹었다. 다울이 겨우 눈을 뜨고 힘없이 미소를 지었다. 그 아이의 입술이, 아직도 가라앉지 않은 열 때문에 갈라져 있었다.

「이불 걷어차지 마라 — 땀을 내야 하니까. 내 말 알아듣겠지, 다울? 그랬단 감기가 더 심해질 수도 있어. 에르메끄야, 너 형이 쉬하고 싶어 하면 단지를 갖다줘야 해. 그러면 침대 밖으로 나오지 않아도 되니까. 너희들 내 말 알아들었겠지? 이제 곧 너희 어머니가 돌아오실 거고 우꾸발라 아주머니도 곧 먹을 걸 가져다줄 게다. 다울이 조금 더 나아지면 그때는 우리 집으로 가서 사울레하고 샤라빠뜨랑 같이 놀도록 하고. 자, 아저씨는 이제 일하러 가야 되겠구나. 눈이 너무 많이 내려서 기차가 못 다닐 지경이거든.」

그러고 나서 예지게이는 곧 떠나려고 했지만 에르메끄는 아무래도 성이 차지 않는 모양이었다.

「예지게이 아저씨.」 예지게이가 문간까지 갔을 때 에르메끄가 그를 불러 세웠다. 「아부지가 탄 기차가 올 때 눈이 너무 많이 오면 나도 가서 눈 치우는 거 도와줄래요. 나 조그만 삽도 하나 있어요.」

예지게이는 답답하고 비통한 심정으로 그 집을 나섰다. 그는 분노와 연민으로 가슴이 찢어질 것 같았다. 그 바람에 무슨 일에건 화가 나서 그는 눈에다, 바람에다, 눈보라에다 대고 분풀이를 해대며 사정없이 낙타들을 몰았다. 그리고 자기 스스로도, 마치 혼자 힘으로 사로제끄의 눈보라를 멎게 할 수 있기라도 한 듯, 짐승처럼 일했다.

무지막지하게 떨어지는 빗방울처럼 하루하루가 지나갔다. 이제 1월이 지나갔고 추위도 조금씩 물러가기 시작했다. 그러나 아직도 아부딸리쁘 꾸찌바예프로부터는 아무런 소식이 없었다. 예지게이와 까잔갑은 그가 어떻게 되었는지 전혀 알 길이 없었지만 그 사건을 몇 번 씩이고 되새기면서 온갖 상상을 다 해보았다. 두 사람 모두 당국이 곧 그를 풀어 줄 것이라는 점에서는 생각이 같았다 — 누가 뭐래도 자신을 위해, 그리고 자기 아이들을 위해 뭘 좀 쓴 것이 무슨 큰 죄가 될 수 있을까? 그들은 단단히 그런 희망을 거머쥐었고, 자기네들의 그런 확신을 자리빠에게도 전해 주려고 온 힘을 다 쏟았다. 그녀가 기운을 되찾아 좌절하지 않도록 하기 위해서. 그녀는 아이들을 위해서라도 마음을 굳게 다져 먹어야 했다. 사실 그녀는 지금 아주 곤란한 지경에 빠져 입을 봉한 채 침묵을 지키고 있었다. 단지 그녀의 밝은 두 눈만이 그녀의 근심을 드러냈다. 그녀에게 얼마나 많은 자제력이 있는지 누가 알겠는가?

그 무렵 부란니 예지게이는 스텝으로 나가서 낙타 떼들이 풀을 잘 뜯고 있는지, 그리고 특히 까라나르가 어떻게 하고 있는지를 알아보기로 했다. 그놈이 다른 낙타들을 해치지는 않았을까? 발정기가 시작되지는 않았을까? 그때쯤이 바로 그럴 시기였다.

거리가 멀지 않았으므로 그는 스키를 타고 나갔다가 한참 뒤에 돌아왔다. 그러고는 먼저 까잔갑을 찾아가서 모든 일이 다 제대로 되어 가고 있으며 짐승들은 〈여우 꼬리〉 계곡에서 풀을 뜯고 있다는 — 거기엔 계곡 사이로 지나간 바람이 눈을 쓸어가 버렸기 때문에 풀들이 눈에 덮이지 않아서 걱정할 일이 아무것도 없다는 — 말을 해줄 참이었다. 그러나 예지게이는 우선 집으로 가서 스키를 벗기로 했다. 그의 큰딸 사울레가 밖을 내다보고 있다가 그가 문간으로 다가가자 얼른 귀띔을 해주었다. 「아빠, 엄마가 울고 있어요!」

예지게이는 걱정이 되어서 스키를 벗어던지고 곧장 집 안으로 들어갔다. 우꾸발라가 큰 소리로 울고 있었다.

「어떻게 된 거야? 무슨 일로 그래?」

「이 빌어먹을 놈의 세상 죄다 폭삭 망해 버리라지!」 우꾸발라가 울다 말고 눈물을 삼키면서 한탄했다.

예지게이는 그때껏 아내의 그런 모습을 본 적이 없었다. 그녀는 대체로 사려 깊고 침착한 편이었다.

「이건 당신 책임이에요, 모두가 다 당신 책임이라고요!」

「뭐가? 뭐가 내 책임이라는 거야?」 예지게이는 무슨 영문인지를 알 수 없었다.

「그 불쌍한 애들한테 당신 뭐라고 그랬어요? 바로 얼마 전에 여기서 여객 열차가 하나 섰는데 — 반대 방향에서 오는 열차가 먼저 지나가야 해서 그 열차를 통과시키려고 여객 열차가 섰던 거예요. 그 열차들이 왜 하필이면 우리 간이역에서 만났을까! 하여튼 그 여객 열차가 서는 걸 보더니 아부딸리쁘네 두 아이들이 〈아빠! 아부지! 아빠가 오셨어!〉 하고 소리치면서 달려 나왔어요. 그러고는 열차 쪽으로 마구 내달리기에 내가 뒤쫓아갔는데, 애들은 계속 이 칸에서 저 칸으로 달음질을 치더라고요. 내내 〈아빠! 아부지! 우리 아빠 어디 있어요?〉라고 외치면서요. 난 걔들이 기차 밑으로 떨어질까 봐 무서웠어요. 애들은 계속 저희 아버지를 부르면서 열차 끝에서 끝까지 달려갔지만 문이 하나라도 열릴 턱이 없죠. 그래도 애들은 계속 달렸어요. 어찌나 달음질을 치던지! 내가 작은애를 붙잡고 큰애 손을 잡아 쥐자마자 열차가 출발했어요. 그걸 보고 애들이 난리를 치더라고요. 〈우리 아부지 저기 있어, 기차에서 못 내렸어!〉 그러면서요. 그러고 나서는 얼마나 울어 대던지! 가슴이 미어지는 것 같았어요. 걔들이 그렇게 울부짖는 걸 보고 있으려니까 미치겠더라고요. 에르메끄는 그냥 놔뒀다간 큰일 나겠어요. 가서 그 애들을 좀 달래 주세요. 가요! 애들한테 여기서 여객 열차가 서면 아버지가 돌아올 거라고 한 게 당신이잖아요. 기차가 떠났는데도 애들 아버지가 안 보이자 무슨 일이 벌어졌는지를 당신도 봐야 했다고요! 그걸 당신이 봤더라면! 도대체 일이 왜 이렇게 돼 돌아가는 거예요? 어째서 애들하고 애 아버지가 서로 그렇게도 끔찍하게 애착을 가져야 하지요? 왜 이렇게 고통스러운 일이 많냐고요?」

예지게이는 마치 처형장으로 끌려가는 듯한 심정으로 아이들을 보러 나섰다. 그는 신에게 한 가지만 허락해 달라고 — 자비를 베푸시어 재치 없는 말로 천진난만한 어린아이들을 속인 자기를 벌하기 전에 용서해 달라고 — 기도했다. 당연히, 그는 아이들에게 상처를 줄 생각은 털끝만큼도 없었다. 하지만 아이들이 묻는 말에 무슨 대답을 해주어야 할까?

그가 나타나자 에르메끄와 다울 — 얼굴이 온통 눈물로 얼룩진 데다 알아볼 수도 없을 정도로 퉁퉁 부은 — 이 울부짖으며 그에게로 달려들었다. 그러고는 목이 멘 채 흐느끼고 울면서 외치다시피 서로 먼저 이야기를 하려고 했다. 기차가 간이역에서 섰는데도 아버지가 내리지 못했다고, 그러니까 예지게이 아저씨가 기차를 세워 주어야 한다고…….

「우린 아빠가 너무 보고 싶어요. 아빠가 걱정되어서 죽겠어요.」에르메끄가 끌어모을 수 있는 모든 신뢰와 희망과 슬픔을 다 끌어모아 그에게 도와주기를 애원하며 울부짖고 있었다.

「내가 다 알아봐 주마. 그만 진정하거라. 진정하고 울지 마라…….」

예지게이는 우는 아이들이 너무도 안쓰러워서 무슨 이유라도 둘러대어 어떻게든 그 아이들을 달래 주고 싶었다. 하지만 그는 눈물을 참는 데만도, 그 자신의 절망을 드러내지 않는 데만도 있는 힘을 다 쏟아야 했다. 아이들에게 나약하고 무기력한 모습을 보이지 않겠다고 마음을 굳게 다져 먹으면서…….

「자, 우리 나가자……. 우리 나가자…….」〈하지만 어디로 가야 하지? 어디로? 누구에게로? 뭘 어떻게 해야 하지?〉 그는 속으로 그렇게 묻고 있었다.

「우리 밖으로 나가서 얘기해 보자.」

그러나 예지게이는 어느 한 가지도 분명히 약속할 수가 없었다. 그는 다만 무슨 말이라도 하기 위해서 그 말을 하고 있을 뿐이었다.

집을 나서기 전에 그는 먼저 자리빠를 보러 갔다. 그녀는 침대에 엎드린 채 베개에 얼굴을 묻고 있었다.

「자리빠! 자리빠!」 예지게이가 그녀의 어깨를 흔들었다. 하지만 그녀는 고개도 들지 않았다. 「우리 지금 밖으로 나갈 겁니다. 잠시 좀 돌아다니다가 우리 집으로 갈 거요.」 그러고 나서 한마디 덧붙였다. 「애들은 내가 데려갑니다.」

아이들을 진정시키고 주의를 다른 데로 돌리기 위해, 그리고 자기 스스로도 생각할 시간을 갖기 위해 그가 생각해 낼 수 있는 것이라고는 그것뿐이었다. 그는 에르메끄를 안아 올려 업고 다울의 손을 잡아 쥐고서 그저 발길 닿는 대로 철길을 따라 걸었다.

부란니 예지게이는 그때까지 한 번도 그처럼 무겁고 괴로운 불행을 맛본 적이 없었다. 에르메끄는 여전히 등에 업힌 채 훌쩍거리며 그의 뒷덜미에다 뜨겁고 축축한 숨결을 토해 내고 있었다 ― 이루 말할 수 없는 고통과 슬픔에 짓눌리면서도 그 아이는 예지게이 아저씨에게 몸을 맡긴 채 그처럼 착 달라붙어 있는 것이었다. 예지게이는 그 아이에 대한 연민으로 가슴이 찢어질 것만 같아서 하늘에다 대고 소리라도 치고 싶은 심정이었다.

그렇게 그들은 사로제끄 사막 한복판에 놓인 철길을 따라 걸었고 그러는 사이 기차들은 양쪽 방향으로 천둥 치는 소리를 내며 지나갔다. 한 번 더 다시 예지게이는 그 아이들에게 거짓말을 해줄 수밖에 없었다. 너희들이 잘못 알았던 거라고, 멎었던 기차는 다른 방향으로 가다가 그저 우연히 섰던 거라고, 너희들 아빠는 반대 방향에서 오게 될 거라고…….

「하지만 너희 아빠가 바로 돌아오지는 않을 게다. 너희 아빠는 선원이 되어서 배를 타고 어딘가로 떠났는데, 그 배가 항구에 들어오기까지는 돌아올 수가 없거든. 그때까지 너희들은 기다려야 할 거야.」

예지게이의 생각으로는 그런 거짓말이, 진실에 의해 거짓으로 밝혀질 때까지는 아이들을 지탱시켜 줄 것 같았다. 사실, 예지게이는 단 한순간도 아부딸리쁘 꾸찌바예프가 돌아오리라는 사실을 의심치 않고 있었다. 시간은 흐를 것이고 그 사건은 다시 조사될 것이며, 그는 풀려나자마자 곧 돌아올 것이었다. 아부딸리쁘처럼 아이들을 지극히 사랑하는 아버지라면 단 1초라도 지체하지 않을 것이고, 그래서 예지게이는 그런 거짓말을 한 것이었다.

아부딸리쁘를 그 자신만큼이나 잘 알고 있는 예지게이로서는, 가족과 떨어져 있다는 것이 그에게는 얼마나 큰 고통일지를 능히 상상할 수 있었다. 다른 사람들이라면 누구라도 가족과 일시적으로 떨어져 지내는 일을 그렇게까지 고통스러워하지는 않을 것이며 얼마 안 가서 곧 돌아가게 되리라는 희망과 의지력으로 그럭저럭 버텨 나갈 수가 있을 것이다. 그러나 아부딸리쁘의 경우는 얘기가 달랐다. 예지게이는 이처럼 가족과 헤어져 지내는 기간이 그가 견뎌 낼 수 있는 가장 지독한 형벌이라는 사실을 믿어 의심치 않았다. 그는 아부딸리쁘가 몹시 걱정스러웠다. 과연 그가 견뎌 낼까? 그 사건이 재조사되는 동안 그는 기다릴 수 있을까?

그사이 자리빠는 〈권한 있는 당국〉에 남편의 안부에 대해서, 또 그를 방문할 수 있는지의 여부에 대해서 문의하는 편지를 몇 차례 썼지만 그때까지 아무런 답장도 받지 못하고 있었다. 그래서 까잔갑과 예지게이는 그 이유를 설명하려고 머리를 짜냈다. 그들은 소식이 지연되는 이유가 보란리-부란니 간이역으로는 우편물이 직접 전달되지 않기 때문이라고 믿고 싶었다. 그 간이역에서는 편지를 보내려면 누군가에게 꿈벨리 역에서 부쳐 달라고 맡기거나 아니면 그곳까지 직접 가서 부쳐야 했고, 또 그 간이역으로 오는 편지들도 마찬가지로 꿈벨리 역까지 직접 가서 가져와야 했다. 물론 그런 방법은 빠른 통신 수단이 못 된다는 게 분명했다 — 그리고 어쩌면 이번에도 그 때문에 소식이 늦어지고 있는 것일지도 몰랐다.

2월 말경의 어느 날 까잔갑은 기숙 학교에 있는 아들 사비찬을 보러 꿈벨리로 가게 되었다. 그는 거기까지 낙타를 타고 갔는데, 그것은 화물 열차를 타고 여행을 하기엔 날씨가 너무 추웠기 때문이었다. 화물차 안으로 들어가는 일이 허용되지 않아서 발판에 앉아 찬바람을 맞으려면 추위를 도저히 견딜 수 없었던 것이다. 그러나 낙타를 타고 갈 경우는 몸을 따뜻하게 잘 감싸기만 하면 그럭저럭 견딜 만했고 낙타를 재촉해서 빨리 서두른다면 한나절 동안에 그곳을 다녀오는 것은 물론, 시내에서 일을 볼 시간도 좀 얻을 수 있었다.

까잔갑은 당일로 그날 저녁때쯤 돌아왔는데, 예지게이는

낙타에게 내려서는 그의 표정이 수심에 차 있는 것을 알아차렸다. 그래서 아마도 사비찬이 학교에서 못된 짓을 저질렀거나 아니면 꿈벨리까지 낙타를 타고 갔다 온 뒤라서 좀 피곤한 모양이라고 생각했다.

「여행은 어땠습니까?」 예지게이가 물었다.

「괜찮았네.」 까잔갑이 바쁘게 짐을 풀어 내리면서 별일 없다는 투로 대답했다. 그러고는 돌아서서 잠시 생각을 해보다가 물었다. 「자네 오늘 밤 집에 있을 건가?」

「그럴 겁니다.」

「내 자네한테 할 말이 좀 있어서 그래. 잠시 후에 들르겠네.」

「알겠습니다. 바로 건너오십시오.」

까잔갑은 시간을 거의 지체하지 않았다. 그는 부께이와 함께 왔는데 그가 먼저 들어서자 그의 아내가 그 뒤를 따랐다. 그는 피곤해 보였고 그래서인지 목이 더 길어 보이는 데다 양어깨는 축 늘어져 있었다. 그리고 턱수염까지도 초췌해 보였다. 통통한 부께이는 숨을 가쁘게 몰아쉬고 있었다.

「두 분이서 꼭 싸우신 것 같아요. 설마 그러지는 않으셨겠죠?」 우꾸발라가 농담을 건넸다. 「화해하러 오신 건가요? 자, 앉으세요.」

「우리가 그저 말다툼이나 했더라면.」 부께이가 한숨을 내쉬었다.

까잔갑이 주위를 둘러보고 물었다. 「자네 딸들은 어디에 있지?」

「자리빠 집으로 건너가서 그 집 애들하고 노나 봅니다.」 예지게이가 대답했다. 「한데 건 왜 묻지요?」

「자네들한테 알려 줄 아주 나쁜 소식이 있네.」 그가 예지게이와 우꾸발라를 번갈아 보면서 말했다. 「아직은 애들 귀에 들어가선 안 돼. 정말로 슬픈 일이 생겼네. 우리 아부딸리쁘가 죽었어!」

「무슨 얘길 하는 겁니까?」 예지게이가 벌떡 일어섰다.

우꾸발라는 날카롭게 비명 소리를 냈다가 손으로 입을 가리면서 백지장처럼 하얗게 질렸다.

「그 사람이 죽어요? 죽다니요! 그 불쌍한 애들, 그 애들은 어떻게 하고!」 우꾸발라가 목이 메어 반쯤 속삭이는 듯한 소리로 한탄했다.

「어떻게 죽었답니까?」 예지게이가 겁에 질린 얼굴로 까잔갑에게 다가갔다. 그는 아직도 그 말을 믿을 수 없었다.

「역으로 서류가 와 있어.」 모두들 잠잠해졌다. 서로를 쳐다보지도 않았다.

「이런 끔찍하고 무서운 일이!」 우꾸발라가 머리를 감싸 쥐고 이쪽저쪽으로 흔들어 대며 신음처럼 웅얼거렸다.

「그 서류는 어디에 있지요?」 마침내 예지게이가 물었다.

「아직 정거장에 있네.」 그러고 나서 까잔갑이 무슨 일이 있었는지를 설명하기 시작했다.

「학교에 들렀다 돌아오려고 하던 참인데, 갑자기 역 대합실에 있는 가게엘 다녀와야겠다는 생각이 나더군. 부께이가 사다 달라고 한 비누를 몇 개 사려고 말이야. 내가 막 문간으로 들어서려는데 역장 체르노프가 나를 맞으려고 나왔어. 우린 서로 인사를 했고 — 우리는 몇 년 전부터 알고 지냈거든 — 그러고 나니까 역장이 나보고 이러더구먼. 〈마침 당신을 보게 돼서 다행이오. 내 사무실로 좀 들어오시오. 당신이 간이역으로 가져다줄 편지가 한 장 있으니까.〉 그러고 나서 사무실 문을 열어 주기에 안으로 들어갔더니 그 사람이 책상에서 겉봉에 타이프로 주소가 적힌 편지를 한 장 집어 들더군. 그러더니 〈아부딸리쁘 꾸지바예프가 당신이 일하는 간이역에서 같이 일했지요?〉 하고 묻더구먼. 그래서 〈예, 그런데 무슨 일입니까?〉 했더니 〈우린 사흘 전에 이 편지를 받았는데, 이걸 보란리-부란니로 가져갈 사람이 아무도 없어요. 자, 이겁니다. 이걸 그 사람 부인에게 좀 전해 주시오. 이게 그 부인의 질의에 대한 답인데……. 그 사람 죽었어요……. 여기에 그렇게 적혀 있어요.〉 그러더니 생전 처음 들어 보는 말을 하더군. 〈심근 경색〉이라고. 해서 내가 〈심근 경색이 뭡니까?〉 하고 물었더니 그 사람 대답이 〈그건 심장 마비의 일종이지요. 그 사람 심장이 그냥 터져 버린 겁니다〉 그러더라고. 난 거기에 그냥 서 있었어. 정신이 하나도 없어서 처음엔 그 말을 믿지 않았지. 편지를 집어 들고 보니까 거기에 이렇게 적혀 있더군. 〈꿈벨리 역장 전결. 이 편지를 보란리-부란니에 전해 주시오. 시민 모모의 질의에 대한 답변임.〉 그런 다음에 아부딸리쁘 꾸찌바예프는 심문을 받다가 심장 마비로 사망했다는 말이 계속 적혀 있었어. 그게 편지 내용이었지. 나는 그 편지를 끝까지 다 읽고 나서 무슨 말을 해야 할지 어떻게 해야 할지 몰라 역장을 쳐다봤지. 그랬더니 체르노프가 〈자, 그러니까……〉 하면서 허공에다 손을 젓고는 〈그걸 가져다 그 여자에게 전해 주시오〉 그러더군. 그래서 나는 〈아닙니다. 저는 그렇게 할 수 없습니다. 저는 나쁜 소식을 전하고 싶지 않습니다. 그 사람 애들도 아직 어린데 제가 어떻게 이 편지로 아이들 희망을 짓밟을 수 있겠습니까? 안 됩니다〉 그러고 나서 또 이랬어. 〈우린 보란리-부란니에서 우선 먼저 그 문제를 상의한 뒤에 결정하겠습니다. 우리들 중에 한 사람이, 그러니까 이런 끔찍한 소식을 전해 주기에 적당한 사람이 특별히 이 서류를 가지러 올 겁니다. 죽은 건 참새가 아니라 사람이에요. 아마도 그 사람 아내인 자리빠가 직접 와서 그걸 수령해 가고 싶어 할 겁니다. 그때 역장님은 그 여자에게 무슨 일이 있었는지를 설명해 주실 수 있겠지요.〉 그랬더니 역장이 이러더군.〈그 문젤 어떻게 처리하든 그건 당신 일이오. 하지만 내가 뭘 설명해 줄 수 있겠소? 나도 당신보다 더 자세히 아는 게 없는데 말이오. 내가 할 일은 이 서류를 누군가에게 건네주면 그걸로 그만이오〉라고 말이야. 그래서 내가〈글쎄요, 그렇다면, 미안합니다만 편지는 그냥 여기에 두십쇼. 그러면 제가 다른 사람들에게 얘길 해보고 나서 어떻게 할 건지를 결정하겠습니다〉 그랬더니 〈그건 당신이 가장 잘 알겠지요〉 하더군. 그래서 난 거길 나와 가지고 내내 낙타를 재촉하면서 돌아왔는데, 그래서 가슴이 뻐근해. 이 일을 어떻게 해야 하지? 우리 넷 중 누가 자리빠와 아이들에게 이 얘길 해줘야 하지?」

까잔갑이 말을 멈췄다. 예지게이는 마치 어깨에 산을 짊어지기라도 한 것처럼 고개를 푹 숙이고 앉아 있었다.「이제부터 일이 어떻게 될까?」까잔갑이 물었지만 아무도 대답을 하지 않았다.

「난 이런 일이 생길 줄 알았습니다.」 예지게이가 천천히 고개를 저었다.「그 사람은 아이들과 떨어져 있는 걸 견딜 수 없었을 겁니다. 그게 바로 내가 무엇보다도 더 걱정스러워했던 거였어요. 그 사람은 그저 아이들과 떨어져 있는 것, 바로 그걸 견딜 수 없었던 겁니다. 갈망이란 끔찍한 거지요. 그 사람 애들이 저희 아버지를 얼마나 애타게 그리워하는지 보십쇼. 차마 눈 뜨고 볼 수가 없을 지경입니다. 그 사람이 좀 달랐더라면……. 만약, 예를 들어서 그 사람이 뭔가를 얻으려고 했더라면 — 그게 뭔지는 몰라도 어쨌든 그랬더라면…….

글쎄요, 그랬다면 아마 한두 해 동안, 아니 그 기간이 아무리 길어도, 감옥에 앉아 있다가 집으로 돌아오게 됐겠죠. 아부 딸리쁘는 전쟁 때 독일에서 포로로 잡혀 있었어요. 나치 포로수용소에요. 그리고 또 다른 나라에서 빨치산들하고 같이 싸우기도 했으니까 두려움 때문에 죽었을 리도 없습니다. 그 사람은 그때 자기 혼자뿐이었으니까, 가족이 없었으니까, 꺾이지 않고 버텨 냈던 거죠. 하지만 이번에 그 사람을 자신의 살과 피로부터, 그 사람이 지닌 가장 소중한 것들로부터, 그러니까 아이들로부터 갈라놓은 겁니다. 바로 그 때문에 이런 비극이 일어난 거지요.」

「동감일세.」까잔갑이 감탄했다. 「나는 사람이 가족과 헤어졌다고 해서 죽는다고는 믿지 않지만 — 그리고 또 분명히 그렇지도 않을 거고 — 그 사람은 젊고 현명하고 배운 것도 많으니까. 아마 그 사람은 심문을 받는 동안엔 참고 기다렸을 걸세. 내 생각은 그러네. 그리고 다음엔 풀려났겠지. 그 사람은 절대로 죄가 없으니까. 물론 그 사람도 그쯤은 알고 있었겠지만 애들을 볼 생각을 하자 심장이 견뎌 낼 수 없었던 거지. 자기 애들을 너무도 사랑했던 탓에 목숨을 잃은 거야.」

그러고 나서 그들은 한동안 자기네들이 처한 상황을 곰곰이 생각하면서 자리빠에게 그 소식을 어떻게 전해 줄까 궁리하고 앉아 있었지만 아무리 앞일을 생각하고 또 예견해 보려고 해도 결국은 모두 한 가지 사실로 귀착되었다. 즉, 그 가족은 이제 아버지를 잃었으며 아이들은 아비 없는 자식이 되었고 자리빠는 과부가 되었다는 사실이었다. 그 사실에서 아무것도 더하거나 뺄 수가 없었다.

우꾸발라가 가장 그럴듯한 생각을 내놓았다.

「자리빠가 역으로 가서 직접 서류를 받도록 해요. 그리고 충격도 애들 앞에서가 아니라 거기서 받게 하고요. 아이들에게 바로 말해 줄지 아니면 좀 더 기다릴지는 그 여자가 결정하도록 해요 — 거기 역에서나 아니면 돌아오는 길에서나 일을 찬찬히 생각해 볼 시간이 있을 때 말예요. 아마도 자리빠는 아이들이 좀 더 커서 저희들 아버지를 얼마쯤 잊을 때까지 기다리기로 할 거예요. 어느 편이 더 나을지는 말하기 어렵네요.」

「당신 말이 옳아.」 예지게이가 아내의 생각에 찬성했다. 「자리빠가 저 아이들 어머니니까 애들한테 아부딸리쁘의 죽음에 대해서 당장 얘기할 거냐 나중에 얘기할 거냐는 그 여자한테 맡기기로 하지. 나는 그럴 수가……」 예지게이는 더 이상 말을 할 수가 없었다. 혀가 말을 듣지 않는 것 같았고 목이 메어서 그는 목청을 가다듬으려고 헛기침을 했다.

그들 모두가 동의하자 우꾸발라가 좀 더 충고를 해주었다. 「까자께, 자리빠에게 역 사무실에 그 여자 앞으로 온 편지가 있다고 그러세요. 전에 보냈던 문의 편지에 대한 답장인데 거기 사람들이 자리빠더러 직접 가지러 오랬다고, 꼭 그래야 한다고 했다고요. 또 한 가지는 자리빠가 그런 날 거기에 혼자 가게 해서는 안 된다는 거예요. 거기엔 가까운 친구나 친척들이 아무도 없어요. 그리고 슬플 때 가장 안 좋은 것은 혼자 있는 거예요. 그러니 예지게이 당신이 같이 가도록 해요. 이번엔 당신이 그 여자 옆에 있어 줘요. 그런 슬픈 순간에는 무슨 일이 벌어질지 몰라요. 당신도 역에 갈 일이 있다면서 같이 가자고 그러세요. 아이들은 우리 집에서 같이 있으면 돼요.」

「잘 생각했어.」 예지게이가 동의했다. 「내일 아빌로프한테 자리빠를 꿈벨리 역에 있는 병원으로 데려가야겠다고 해야겠어. 그 사람더러 지나가는 열차를 잠깐만 세워 달래야겠군.」

그렇게 결정은 되었지만 간이역장의 요청으로 기차가 설 수 있었던 것은 이틀이 지난 뒤였다. 그날은 3월 5일로 부란니 예지게이가 언제까지고 기억하게 될 날이었다.

그들은 객실이 따로 나뉘지 않은 열차를 잡아탔다. 사람들로 붐비는 기차간은 여행에 필요한 온갖 물건들을 챙겨 가지고 온, 아이들까지 딸린 가족들로 만원이었다. 사람들이 끊임없이 지나다녔고 여자들은 반 귓속말로 고생스러운 삶이며, 술주정뱅이 남편이며, 이혼이며, 결혼, 그리고 장례식에 대한 이야기를 하고 있었다. 웅성거리는 소리가 계속 이어졌다. 이 사람들은 긴 여행을 하고 있었고 모든 소지품들을 다 꾸려 가지고 나온 것처럼 보였다. 그들은 자기네들 자신의 문젯거리와 슬픔을 안고 있었다. 그리고 잠시나마 거기에 자리빠와 예지게이의 근심이 합쳐졌다.

자리빠는 물론 전혀 유쾌한 기분이 아니었다. 그녀는 걱정스러운 얼굴로, 기차를 타고 가는 동안 내내 한 번도 입을 열지 않았다. 역에서 그녀를 기다리고 있는 답장이 어떤 내용일지가 궁금해서인 것이 분명했다. 예지게이 역시 거의 내내 침묵을 지켰다.

그런데 세상에는 누군가에게 어떤 일이 잘못되었을 때 그것을 당장에 알아차리는 이해심 많고 예민한 사람이 있기 마련인 모양이다. 자리빠가 기차에 올라타고서 객차간을 지나 맨 끝에 있는 창문 곁에 섰을 때 예지게이의 맞은편에 앉아 있던 어떤 러시아 노파가 한때는 푸르렀을 것이나 이제는 나이가 들어 흐릿해진 눈으로 예지게이를 바라보더니 말을 걸었다.

「무슨 걱정이 있나 보지? 아내가 아픈가?」

예지게이가 펄쩍 뛰었다. 「아내가 아니라 동생입니다, 할머니. 병원에 데려가는 길이고요.」

「뭔지는 몰라도 걱정되는 게 있는 모양이구먼. 난 알 수 있어. 많이 여윈 데다 눈이 슬픔으로 흐려져 있거든. 틀림없이 자네 동생은 마음속으로 뭘 두려워하고 있구먼그래. 어쩌면 병원에서 끔찍한 병에 걸렸다는 진단이 나올까 봐 무서워하는 것도 같고. 에그, 산다는 게 뭔지! 그저 태어나 세상 빛을 보기가 무섭게 온갖 시련과 맞닥뜨려야 하니! 사는 게 다 그런 거지만. 그래도 하느님은 자비로우시거든. 자네 동생은 아직 젊으니까 아마 이겨 낼 거야.」

어떤 식으로든 그녀는 역이 점점 더 가까워져 올수록 자리빠의 마음을 채워 가고 있던 긴장과 슬픔을 느낀 것 같았다.

꿈벨리까지 가는 데는 한 시간 반이 걸렸다. 기차간에 있는 다른 사람들은 그들이 지나고 있는 곳에 대해서는 별 관심이 없었다. 그들은 맥 빠진 소리로 그저 다음 역이 어디냐고 물어볼 뿐이었다. 온 주위는 아직도 눈에 덮인 광막한 사로제끄, 끝없이 적막한 인적 없는 공간의 왕국이었다. 그러나 거기에도 겨울이 끝나 간다는 첫 조짐들이 보이고 있었다. 야트막한 산록이며 경사면에는 마치 기운 자리처럼 군데군데 눈 녹은 곳이 있었고 계곡 가장자리에서도 들쭉날쭉한 벼랑 끝이 드러나 보였다. 어느 곳에서나 눈은 3월과 함께 스텝으로 들어서고 있는 습기 차고 따뜻한 바람의 영향으로 사라지기 시작하려는 참이었다. 그러나 아직도 낮게 드리워진, 회색빛의 물을 품은 듯한 두꺼운 구름들에는 얼마간의 눈이 숨어 있었다. 아직 겨울이 다 지나간 것은 아니었다. 땅 위의 젖은 눈은 녹고 있을지 몰라도 또 다른 눈보라가 다시 몰아칠 수 있었다.

예지게이는 그 상냥한 노파의 맞은편에 앉아 때로는 이야기도 하고 때로는 창밖을 내다보기도 했지만 자리빠는 혼자 있게 내버려 두었다. 그의 생각으로 그녀는 얼마쯤 혼자 있어야 했고 창가에 서서 이런저런 일들을 숙고해 보아야 했다. 어쩌면 내면의 어떤 예감이 그녀에게 무슨 말을 해줄 수도 있었다. 또 어쩌면 그녀는 지난해 가을이 시작될 무렵 양쪽 집안 식구들 모두가 지나가는 화물 열차를 얻어 타고 꿈벨리로 수박을 가지러 갔던 그 여행을 회상하고 있는지도 몰랐다. 그때 그들은 무척이나 행복했었고 아이들로서는 잊을 수 없는 날이었다. 예지게이에게는 그날이 채 며칠도 지나지 않은 것 같았다. 그때 예지게이와 아부딸리쁘는 상쾌한 바람을 맞으며 화차의 열린 문간에 앉아 온갖 일들을 얘기했었고 아이들은 지나가는 경치를 구경하며 그들 주위에서 놀았었다. 그리고 두 아내들, 자리빠와 우꾸발라는 집안일에 대해 흥허물 없는 이야기를 즐기고 있었다. 그때 그들은 상점들과 작은 광장들을 둘러보며 돌아다녔고 영화를 보았고 이발소엘 갔었다. 그리고 아이스크림도 먹었었다. 그러나 가장 슬프고도 우스웠던 일은 그들이 힘을 합쳐 애를 썼음에도 머리를 깎도록 에르메끄를 달래지 못했을 때였다. 무슨 이유에서인지 그 아이는 제 머리에 가위가 닿는 것을 무서워했었다. 예지게이는 또 아부딸리쁘가 이발소 문에 나타나는 순간 그의 어린 아들이 그에게로 달려갔던 일, 아이 아버지가 본능적으로 이발사에게서 아이를 보호하려는 듯 에르메끄를 안아 올려 껴안았던 일도 기억했다. 아부딸리쁘는 그때 아이가 겁을 내지 않게 된 다음에 와서 머리를 깎이겠다고 했었다. 그들은 기다릴 것이었다. 그리고 에르메끄는 제 검고 곱슬곱슬한 머리칼과 더불어 자랄 것이었다. 그러나 에르메끄는 태어난 뒤로 아직껏 머리를 깎지 않았고 — 이제는 아버지를 잃어버렸다…….

한 번 더 부란니 예지게이는 아부딸리쁘 꾸찌바예프가 왜 죽었으며 어째서 그가 자기의 사건에 대한 조사가 다 끝날 때까지 기다릴 수 없었는지를 이해해 보려고 했다. 하지만 그는 이번에도 똑같은 결론, 즉 아이들에 대한 그의 집착이 심장을 파열시켰다는 결론에 이르렀다. 그 헤어짐, 그로 인한 상상할 수 없는 고통, 그가 살아가는 목적이자 의미인 아이들이 운명의 장난으로 그에게서 떨어져 인적 없는 사로제끄의 메마른 땅에, 그 외로운 간이역에 버려져 있다는 슬픈 인식 — 그것이 바로 그를 죽인 것이었다.

예지게이는 역 건물 맞은편의 작은 광장에 놓인 벤치에 앉아 자리빠가 돌아오기를 기다리면서 아직도 그 일에 대해 생각하고 있었다. 그는 자리빠가 역장실에서 편지와 서류들을 보고 있는 동안 그 자리에서 그녀를 기다리기로 약속했었다.

벌써 한낮이었지만 날씨는 여전히 궂었다. 낮게 구름 낀 하늘이 아직도 개지 않고 있었다. 이따금씩 하늘에서 때로는 눈송이가 때로는 빗방울이 떨어지곤 했다. 스텝으로부터 불어오는 바람은 습기 찼고 바람결 속에 녹아 가는 음습한 눈 냄새를 싣고 있었다. 예지게이는 한기를 느꼈고 기분이 언짢았다. 평소 같으면 — 멀리까지 갈 일도, 걱정할 일도 없어서 기차들을 바라보며 승객들이 기차에서 내려 플랫폼을 따라 서둘러 걷는 모습을 볼 수 있을 때면 — 그는 소란스러운 역에서 사람들을 바라보는 일이 즐거웠을 것이다.

그러나 이번에는 그 모든 것들이 아무런 흥미도 끌지 못했다. 그는 사람들의 얼굴 표정이 얼마나 따분하고 축 처져 있으며 그들이 얼마나 볼품없고 태만하게 보이는지, 그리고 얼마나 피곤한 기색이며 서로에게 무관심한지를 보고 놀랐다. 거기에다 안내 방송 스피커에서 흘러나오는 음악마저도 으슬으슬한 추위에 시달리는 것처럼 단조롭게 흘러나오는 음산한 소리로 역 광장 전체를 가득 채우며 비참한 기분을 더해 주고 있었다. 도대체 무슨 음악이 저렇지? 프로그램하고는! 당당하고 뻐기는 듯한 아나운서들의 목소리마저도 없었다. 그들은 다만 그 음악을 틀어 주고 있을 뿐이었다.

자리빠가 역 건물 안으로 들어간 지도 벌써 20분이나 그 이상이 지났다. 예지게이는 걱정이 되기 시작했다. 그래서 일이 어떻게 되어 가고 있는지를 알아보기 위해 역 건물 안으로 들어가 그녀를 찾아보기로 했다 — 비록 자리빠와 그 자리에서 그러니까 지난가을에 그들이 아부딸리쁘며 아이들과 함께 앉아 아이스크림을 먹었던 바로 그 자리에서 기다리기로 단단히 약속을 해두긴 했어도. 바로 그때 예지게이는 역 건물에서 나오는 그녀를 보았고 자기도 모르게 몸서리를 쳤다. 그녀는 들어가고 나오는 사람들 사이에서, 그녀 주위의 모든 것들로부터 뚝 떨어진 듯한 모습으로 서 있었다. 그녀의 얼굴이 죽은 사람처럼 창백했다. 잠시 뒤에 그녀가 꿈을 꾸듯 앞을 보지도 않고서 걸음을 떼어 놓기 시작했다. 그녀는 누구와도 또 어느 것과도 부딪치지 않았다. 마치 그녀 주위에는 아무것도 존재하지 않는 듯, 그녀는 슬픔에 질려 입술을 꼭 다문 채 머리를 똑바로 쳐들고서 사막을 향해 걸어 나가고 있었다.

그녀가 다가오기 시작하자 예지게이는 일어섰다. 그녀는 마치 꿈속에서처럼 오랫동안 그를 향해 걸어오고 있었다 — 눈을 내리깐 채 천천히 다가오는 그녀의 모습이 너무도 초연해 보여서 이상했다. 자리빠가 그에게로 가까이 올 때까지는 영겁처럼 긴, 참을 수 없이 오랜 기다림의 시간이 흐른 것처럼 보였다. 그녀의 손에는 까잔갑이 얘기했던 타이프로 주소가 적힌 조그만 봉투에 든 바로 그 서류가 들려 있었다. 가까이 다가서면서 그녀가 입을 열고 물었다.

「알고 계셨어요?」

그는 천천히 고개를 끄덕였다.

자리빠가 손으로 얼굴을 가리며 자리에 앉더니 마치 얼굴을 후벼파거나 산산조각 내기라도 할 것처럼 양손으로 얼굴을 세게 눌렀다. 그러고는 다른 사람들의 눈을 전혀 의식하지 않고서 자신의 고통과 상실감에 휩싸여 처절하게 울기 시작했다. 그렇게 우는 동안 그녀는 점점 더 깊이 그녀 자신에게로, 형언할 수 없는 고통 속으로 빠져 들면서 몸을 잔뜩 웅크린 채 어깨를 들먹이며 비통해하고 있었다. 예지게이는 내내 그녀 옆에 앉아 있었다. 그는 비밀경찰들이 아부딸리쁘를 끌어갔을 때 그 자리에 대신 들어서서 그의 고통을 떠맡고 싶었던 것보다도 더, 만일 그가 이 여자에게서 지금 이 순간 겪고 있는 고통을 벗겨 줄 수만 있다면, 무슨 일이라도 기꺼이 할 수 있을 것 같았다. 하지만 그러면서도 그는 억누를 수 없는 슬픔의 첫 번째 파도가 가라앉기까지는 그녀를 진정시키거나 위로해 줄 길이 없다는 것을 알고 있었다.

그렇게 그들은 역 건물 앞의 광장에 놓인 벤치에 앉아 있었다. 자리빠가 몸을 떨며 흐느끼다가 그 저주받을 서류가 들어 있는 구겨진 봉투를 한옆으로 밀어 놓았다. 이제 아부딸리쁘도 살아 있지 않은데 그 따위 서류가 누구에게 필요할까? 그러나 예지게이는 그 봉투를 집어 자기 주머니에 찔러 넣었다. 그러고는 일어서서 손수건을 꺼내 들고 억지로 자리빠의 손을 잡아 펴서는 눈물을 닦아 내도록 했다. 하지만 그것은 아무 소용도 없는 일이었다. 역 광장 전체에 울려 퍼지는 음악이 남편을 여읜 자리빠의 슬픔을 알아차리기라도 한 것처럼 몹시 애처롭고도 슬펐다. 그들의 머리 위로 회색빛을 띤 음산한 3월의 하늘이 걸려 있었고 스산하게 몰아치는 바람이 마음을 심란케 했다. 예지게이는 지나가는 사람들이 자기네들을 쳐다보며 어쩌면 심하게 말다툼을 했었을 거라고 여길지도 모른다는 생각이 들었다. 그렇다면 분명히 그는 자리빠를 모욕하는 셈이 되는 것이었다. 그러나 사람들 모두가 그런 식으로 생각하지는 않는다는 것이 밝혀졌다.

「울어요, 착한 양반들, 울어요!」 가까운 곳에서 슬픔에 찬 목소리가 들려왔다. 「우린 사랑하는 아버지를 잃었어요. 이제부터 무슨 일이 벌어지려나?」

예지게이는 고개를 들었다가 낡은 군복 상의를 걸친 어떤 여자가 목발을 짚고 걸어가는 것을 보았다. 그녀의 한쪽 다리는 엉덩이 바로 아래서 절단되어 있었다. 그는 그 여자를 이미 알고 있었다 — 전선에서 복무했던 적이 있고 지금은 매표소에서 일하는 여자였다. 그녀는 몹시 운 모양이었고 아직도 울고 있었는데 걸어가면서 같은 말을 되뇌었다.

「울어요! 울어요! 이제부터 무슨 일이 벌어지려나?」

그녀가 걸어가는 동안 두 개의 목발을 짚는 소리가 날 때마다 뒤이어 남아 있는 한쪽 발의 신발 바닥이 끌리는 소리가 들렸다. 그녀는 그 한쪽 발에 낡은 군화를 신고 있었다.

예지게이는 역 건물 앞에 모여 있는 사람들을 눈여겨본 뒤에야 마침내 그녀가 무슨 말을 할 것인지를 분명히 알 수 있었다. 사람들이 고개를 쳐들고서 몇몇 남자들이 사다리를 타고 올라가 군복 차림을 한 스딸린의 대형 초상화에 검은 상장을 드리우고 있는 것을 지켜보고 있었다.

이제 그는 스피커에서 흘러나오는 음악이 어째서 그처럼 슬프게 들렸는지를 알 수 있었다. 보통 때 같았으면 그는 이 위대한 사람 — 그가 없이는 아무도 지구가 그 축 위에서 회전한다고 믿지 않을 — 에게 무슨 일이 일어났는지를 알아보려고 자기도 역시 일어나서 군중들 틈으로 끼어들었을 것이었다. 그러나 지금은 그 자신의 슬픔만으로도 주체할 길이 없어서 그는 숫제 입을 떼려고도 하지 않았다. 더구나 자리빠는 누구에게도 또 어떤 것에도 전혀 관심이 없었다.

그러나 기차들은 세상에서 무슨 일이 벌어졌건 여느 때처럼, 마땅히 그래야 하듯, 오가고 있었다. 반 시간 뒤에 장거리 열차인 제17열차가 들어올 예정이었다. 다른 모든 여객 열차들과 마찬가지로 그 열차 역시 보란리-부란니 같은 간이역에서는 정상적으로라면 서지 않았다. 운행 예정표가 그러는 것을 허락하지 않았다. 그러나 이번만큼은 제17열차가 보란리-부란니에서 틀림없이 서게 될 것이었다. 예지게이가 아주 단호하고 침착하게 그 일을 실행하기로 작정했기 때문이었다.

「자리빠, 이제 곧 돌아가야 합니다.」 그가 말했다. 「타고 갈 기차가 떠날 때까지는 반 시간밖에 남지 않았어요. 그러니 앞으로 어떻게 할 건지 지금 아주 신중하게 철저히 생각해 둬야 합니다. 애들한테 아버지의 죽음을 지금 알릴 건지 아니면 좀 더 기다릴 건지 말입니다. 난 당신을 진정시키거나 충고를 해주려고 들진 않을 겁니다. 당신 일은 당신 스스로 결정해야 하니까요. 이제부터 당신은 아이들에게 아버지 노릇, 어머니 노릇을 다 해야 될 겁니다. 하지만 집에 닿기 전에 이 일을 아주 심각하게 생각해 봐야 돼요. 만일 애들한테 얘길 하지 않기로 작정한다면 마음을 단단히 먹고서 애들 앞에서 눈물을 흘리거나 해서는 안 됩니다. 그럴 수 있겠습니까?

그럴 용기가 있어요? 그리고 또 우리는 애들에게 어떤 행동을 보여야 하는지도 알아야 합니다. 그게 문젭니다 — 이해하시겠습니까?」

「알겠어요. 다 이해해요.」 자리빠가 눈물을 삼키며 대답했다. 「기차를 타고 가는 동안에 정신을 수습하고 어떻게 해야 할지 말씀드리겠어요. 저는 마음을 단단히 먹으려고 노력할 거예요.」

돌아오는 길에도 기차간은 여전했다. 가득가득 들어찬 사람들, 구름 같은 담배 연기, 사람들 모두가 고생고생하면서 그 넓은 땅의 한쪽 끝에서 다른 쪽 끝까지 아직도 여행을 하고 있었다.

자리빠와 예지게이는 칸막이가 쳐진 객실로 들어갔다. 거기에는 사람들이 좀 적어서였다. 그들은 다른 사람들이 지나가는 데 방해가 되지 않도록, 또 그들 자신의 일을 상의할 수 있도록 창가에 바짝 붙어 통로에 자리를 잡았다. 예지게이는 통로 벽에 붙은 접어 올리는 의자에 앉았고 자리빠는 창밖을 바라보며 그 옆에 서 있었다 — 예지게이가 자리를 권했지만 그녀는 서 있는 쪽을 택했다.

그녀는 아직도 자신의 양어깨 위로 떨어져 내린 비극을 되새기면서 이따금씩 흐느꼈지만 그러면서도 창문 밖을 내다보며 정신을 집중시키려고, 과부로서의 새로운 삶을 숙고하려고 애를 쓰고 있었다. 그전에는, 어느 날엔가 모든 일이 악몽에서 깨어난 것처럼 다시 정상으로 돌아갈 것이고, 이번 오해가 풀리고 나면 조만간 아부딸리쁘는 돌아올 것이며 그들은 다시 한 가족으로서 모두 함께 지낼 수 있을 것이라는 희망이 있었다. 그들은 힘을 합쳐 일할 것이고 아무리 어렵다 해도 살아갈 길을 찾을 것이며 아이들을 가르칠 것이었다. 그러나 이제 희망은 모두 사라져 버렸다. 그녀는 생각할 것이 너무도 많았다…….

부란니 예지게이 역시 생각에 잠겨 있었다. 그 가족의 앞날을 걱정하지 않을 수 없어서였다. 하지만 그는 자기가 그 어느 때보다도 더 자제를 하고서 침착한 모습을 보여야 하며, 그렇게 하는 것만이 자리빠에게 얼마간이라도 자신감을 줄 수 있는 유일한 길이라는 것을 알고 있었다. 그는 그녀를 재촉하려 들지 않았다. 그리고 그가 옳았다. 눈물을 흘리고 난 뒤에 먼저 이야기를 시작한 쪽은 자리빠였다.

「당분간은 애들한테 아버지가 죽었다는 사실을 비밀로 해야겠어요.」 자리빠가 망설이는 목소리로 아직도 여전히 눈물을 삼키면서 말을 이었다. 「지금은 애들한테 얘기할 수 없어요. 특히 에르메끄에게는요……. 어째서 그렇게도 애착이 강한지……. 그게 무서워요. 제가 어떻게 그 아이들 꿈을 깨뜨릴 수 있겠어요? 또 그랬다간 애들한테 무슨 일이 생기겠어요? 애들은 오직 저희 아버지가 돌아오기만을 기다리고 살아요 — 날이면 날마다 1분 1분을 기다리고 기다리면서요……. 적당한 때가 되면 저희는 여기서 떠나야 할 거예요. 어딘가 다른 데로 옮겨 가야겠지요. 하지만 그전에 애들을 좀 더 키워야 돼요. 저는 에르메끄가 몹시 걱정돼요. 걔는 분명히 좀 더 자라야 돼요……. 그런 다음에 애들한테 얘기하겠어요. 어쩌면 그때쯤엔 애들도 약간은 눈치를 채게 되겠죠……. 하지만 지금은 그럴 용기가 없어요. 제가 할 수 있는 일을 하게 해주세요……. 오빠하고 언니들에게 편지를 쓰겠어요. 그이의 가족들한테도요……. 이제 그 사람들이 뭣 때문에 우릴 꺼리겠어요? 이런 경우에라면 제 생각으론 그 사람들도 나서서 우릴 도와줄 거예요. 우리가 어딘가 다른 곳으로 옮겨 가도록요……. 그러고 나면 일이 좀 분명해지겠죠……. 이제 그이가 없는 지금, 제가 할 일은 오직 아부딸리쁘의 아이들을 키우는 거예요…….」

그녀는 이런 식으로 상황을 이해했다. 부란늬 예지게이는 그녀의 말이 마음속에서 소용돌이치는 모든 생각과 감정의 편린에 불과하다는 것을 알았기에 그녀의 말 뒤에 숨은 생각을 헤아리며 조용히 귀를 기울였다. 사실 그런 경우에 모든 생각을 다 말할 수는 없었다. 이야기의 범위를 넓히지 않으려고 애쓰면서 예지게이가 말을 받았다.

「내 생각으로는 그게 옳은 결정인 것 같군요, 자리빠……. 내가 걔들을 잘 모른다면 생각이 좀 달랐을지도 모르지만요. 하지만 내가 당신 입장이래도 나 역시 당신이 하려는 대로 했을 겁니다. 한동안 기다려야 돼요. 하지만 당신 친척들이 어떻게 나올지를 기다리는 동안 우리가 어떻게 할 건지는 의심하지 마십쇼. 우린 늘 해왔던 대로 계속 그렇게 할 겁니다. 당신은 지금까지 해왔던 것처럼 일을 할 수 있고 애들은 우리 애들하고 같이 있으면 됩니다. 당신도 우꾸발라가 그 아이들을 우리 애들만큼이나 사랑한다는 걸 알고 있겠죠. 그 나머지는 시간이 지나면 분명해질 겁니다…….」

깊은 한숨을 내쉬고 나서 자리빠가 몇 가지 생각을 더 말했다. 「삶이란 게 그렇기 마련인가 봐요. 너무도 무섭고 너무도 빈틈없고 모두가 서로 매여 있는……. 끝이 있고 시작이 있고 연속이 있고……. 아이들만 아니라면 정말로 저는 더 살려고 하지 않을 거예요. 구태여 그러려고 하지 않을 거예요! 제가 뭘 바라고 살겠어요? 하지만 제겐 애들을 키우고 돌봐야 할 책임이 있어요. 제가 그 짓을 하지 못하게 막는 건 바로 그 애들이에요……. 제가 죽지 않고 계속 살아가는 이유는 거기에 있어요. 힘겹고 쓰라린 운명이지만 그래도 저는 계속 살아야 돼요……. 애들이 사실을 알게 되면 어떻게 될까 하는 — 그걸 피할 수는 없겠죠. 우리 앞에 어떤 미래가 놓여 있을까를 생각하면 무서워요. 애들 아버지가 당한 일은 벌어진 상처처럼 언제까지고 애들을 따라다닐 거예요. 애들이 학교엘 가고 일터에 나가게 될 때면 그 애들은 사회라는 눈앞에서 어떻게든 저희들을 정당화해야 되겠죠. 그 이름을 지니고는 절대로 살아가기가 쉽지 않을 거예요……. 제겐 우리 앞에 넘어야 할 무한한 장벽이 놓여 있는 것처럼 보여요. 그래도 아부딸리쁘와 저는 그런 얘길 피했었죠. 저는 그 사람을 아꼈고 그 사람도 저를 아꼈으니까요. 전 그이가 있으니까 우리 아이들이 가치 있는 사람들로 자랄 거라고 확신했어요. 그 생각이 우리를 좌절과 어려움으로부터 구해 주었었죠. 하지만 이젠 모르겠어요……. 저는 애들에게 그이를 대신할 수 없어요. 그이는 — 그이니까요. 그인 애들한테 늘 그렇게도 많은 걸 해줬어요. 말하자면 애들에게 자신을 옮기고 애들의 일부가 된 거죠. 그게 그이가 죽은 이유예요 — 그 사람들이 애들한테서 그이를 앗아 간 탓이에요.」

예지게이는 열심히 자리빠의 말에 귀를 기울였다. 그녀가 가장 친밀한 사람이라 여기고서 그에게 말해 준 그 이야기들은 그의 마음속에서 어떻게든 그녀를 보호하고 돕겠다는 진실한 바람을 불러일으켰다. 그러나 자기에게는 아무 힘도 없다는 깨달음이 숨겨진 분노의 감정을 불러일으키며 그를 절망시켰다.

그들은 이미 보란리-부란니에 가까워지고 있었으며 부란니 예지게이가 그토록 많은 여름과 겨울 동안에 일을 했던 철로를 따라 그들이 잘 아는 곳을 지나고 있었다.

「거의 다 와 갑니다. 준비하십시오.」 그가 자리빠에게 말했다. 「그러니까 당분간은 애들한테 아무 얘기도 하지 않기로 한 겁니다. 그걸 알아 둬야 돼요. 무너져서는 안 됩니다. 이제 매무새를 고치고 객차 끝으로 가서 문 옆에 서 있으세요. 그리고 기차가 멎으면 곧바로 침착하게 내려서 나를 기다려요. 내가 내리면 같이 집으로 가는 겁니다.」

「뭘 어떻게 할 생각이세요?」

「걱정 마십시오, 나한테 맡겨 두시고. 어쨌건 당신은 기차에서 내릴 권리가 있습니다.」

언제나처럼 제17여객 열차는 그 간이역을 그대로 통과할 예정이었다. 그 열차는 그저 신호에 따라 속도를 약간 늦추었을 뿐이었다. 그러나 이번에는 기차가 보란리-부란이에 들어서자 갑자기 굴대통에서 끽끽거리며 무섭게 갈리는 소음과 함께 브레이크가 걸렸다. 사람들 모두가 놀라서 일어섰다. 열차 앞에서부터 맨 끝까지 고함 소리와 휘파람 소리가 일었다.

「무슨 일이야?」

「누가 비상 브레이크를 잡아당겼나?」

「누가 그런 짓을 했지?」

「어디야?」

「칸막이 방이 있는 객차야!」

그때쯤엔 예지게이가 자리빠에게 문을 열어 주어서 그녀가 내린 뒤였다. 그는 제동수와 차장이 객차 끝으로 올 때까지 기다렸다.

「멈춰요! 누가 비상 브레이크를 조작한 거요?」

「내가 했소.」 예지게이가 대답했다.

「당신 누구요? 왜 그걸 잡아당겼소?」

「그래야 했습니다.」

「그게 무슨 뜻이오, 그래야 하다니? 무슨 자격으로 그런 거요? 당신 고발당하고 싶소?」

「걱정할 거 아무것도 없습니다. 법원이건 아니면 어디로건 보낼 보고서에다 이렇게 쓰시오. 퇴역 군인이자 현재는 선로 노무자인 예지게이 잔곌리진이 — 여기에 내 신분증명서가 있소 — 스딸린 동지가 서거하신 날을 애도하는 표현으로 보란리-부란니 간이역에서 비상 브레이크를 조작해서 기차를 세웠다고 말이오.」

「그게 무슨 소리요? 스딸린이 죽었어요?」

「그래요. 라디오에서 발표됐어요. 당신들도 그걸 들었어야 했는데.」

「글쎄 뭐, 그렇다면 문제가 다르지요.」 그 두 사람은 어리벙벙해져서 예지게이를 억류하려 들지 않았다.

「자, 그럼 내리시오.」

몇 분 뒤에 제17열차는 다시 출발하여 운행을 계속하고 있었다.

그리고 기차들은 다시 동쪽에서 서쪽으로, 서쪽에서 동쪽으로 지나갔다.

그리고 이곳의 철길 양옆에는 어느 때나 마찬가지로 발길이 닿지 않은 사막의 공간 — 중앙아시아의 노란 스텝지대 사리-오제끼가 놓여 있다.

우주선 발사 기지 사리-오제끼-I은 당시엔 존재하지 않았고 사막 지역 내에는 그런 조짐마저도 없었다. 어쩌면 그것은 다만 미래에 우주여행 창조자들의 마음속에서만 존재할지도 몰랐다.

그리고 기차들은 여전히 동쪽에서 서쪽으로, 서쪽에서 동쪽으로 지나갔다.

1953년 여름과 가을은 부란니 예지게이가 겪어 본 중에서도 가장 견디기 힘든 계절이었다. 선로에 눈이 쌓이건, 사로제끄의 더위가 닥치건, 물이 부족하건, 아니면 다른 어떤 시련이나 고생, 아니 심지어는 전쟁 — 그는 쾨니히스베르크까지 진격했고 그러는 사이 부상을 당해 죽거나 병신이 될 뻔한 적도 수없이 많았다 — 까지도 부란니 예지게이에게 1953년의 그 나날들처럼 그렇게 많은 고통을 가져다주지는 못했었다.

아파나시 이바노비치 옐리자로프는 언젠가 부란니 예지게이에게 사태 — 두꺼운 지각에 아가리를 딱 벌린, 깊게 갈라진 틈을 남기고 발밑에서 땅을 낚아채 가며 모든 경사면이 붕괴되거나 또 때로는 산의 한쪽 면 전체가 무너져 내릴 때의 그 피할 수 없는 움직임 — 를 설명해 준 적이 있었다. 산사태의 위험은 대재난이 눈에 띄지 않게 점진적으로 진행된다는 데 있다. 땅속의 물이 점차로 하층토의 지반을 씻어 가고 그다음엔 단지 경미한 지진이 일거나 천둥이 치거나 또는 폭우가 내리자마자 산이 천천히 사정없이 아래쪽으로 흘러내리는 것이다. 대체로 흙이 무너져 내리는 현상은 예기치 않게 갑자기 일어나는 데다 그 위력이 너무도 엄청나서 무엇으로도 그것을 막아 낼 도리가 없다. 그와 매우 유사한 어떤 일이 사람에게도 일어날 수 있는데 그런 일은 저항할 수 없는 갈등을 지닌 채 혼자 남겨져 있을 때 생겨난다. 그런 일을 당한 사람은 자신을 주체하지 못하고 허우적거리며 정신이 너무도 혼란스러워서 누구에게도 자기의 고민을 말하지 못한다. 세상에 그를 도와주거나 이해해 줄 수 있는 사람이 아무도 없기 때문이다. 그는 그 점을 알고 그 때문에 두려워한다. 그리고 그 두려움이 그를 짓누르는 것이다…….

예지게이가 맨 처음으로 자기의 마음속에서 그런 움직임을 느끼고 그것의 의미가 무엇인지를 분명히 알아차리게 되었던 것은 자리빠와 함께 꿈벨리로 갔다 온 지 두 달이 지난 뒤였다. 그는 볼일이 있어서 다시 그곳에 가게 되었는데 그때 그는 자리빠에게 우체국에 들러서 그녀에게로 온 편지가 있는지를 알아보고, 만일 없으면 그녀가 주소를 적어 준 세 곳으로 세 통의 전보를 쳐주겠다고 약속했다. 그때까지 그녀는 가족들로부터 단 한 통의 답장도 받지 못하고 있었다. 이제 그녀는 다만 그들이 자기가 보냈던 편지를 받았는지 아닌지만을 알고 싶어 했다 — 그녀는 전보 문구에다가도 그렇게 썼는데, 그 내용은 그들이 편지를 받았는지 아닌지만을 묻는 진지한 요청이었다. 그녀의 오빠들이나 언니들은 그때까지도 아부딸리쁘의 식구들과는 편지 왕래마저도 원치 않는 것 같았다.

예지게이는 부라니 까라나르를 타고 갔다가 저녁때까지 돌아올 수 있도록 아침 일찍 출발했다. 물론 평상시 같으면 그에게 짐이 없고 혼자뿐일 경우 그가 아는 어떤 기관사라도 기꺼이 그를 태워 줄 것이고 한 시간 반 뒤에는 꿈벨리에 도착할 것이다. 하지만 그는 여객 열차를 타고서 여행을 하는 일에까지 세심하게 신경을 쓰기 시작했다. 아부딸리쁘의 아이들 때문이었다. 그 아이들은 큰아이건 작은아이건 할 것 없이 그때까지도 매일처럼 저희들의 아버지가 돌아올 날만을 기다리고 있었다. 그 아이들이 하는 놀이이며 이야기며 수수께끼는 물론 그리고 그림들에서까지도 — 한마디로 그 아이들의 천진하고 어린애다운 삶의 모든 면에서 — 아버지가 돌아온다는 것은 그 아이들의 생각과 행동을 지배하는 단 한 가지 주제였다. 또 그 시기에는 예지게이 아저씨가 그 아이들에게 가장 중요하고 권위 있는 인물임에 틀림없었다. 즉, 그 아이들이 믿기로는, 모든 것을 다 알고 저희들을 도울 수 있는 사람은 바로 그였던 것이다.

예지게이는 만일 자기가 없다면 보란리-부란니 간이역에서 그 아이들의 삶이 훨씬 더 어려울 것이며 그 아이들이 더욱 기운을 잃게 되리라는 것을 알았고, 그래서 자기의 모든 여가 시간을 아이들과 함께 보냄으로써 그 아이들의 마음속에 든 헛된 기대를 지우려고 했다. 아이들에게 바다에 대해서 얘기해 주라는 아부딸리쁘의 마지막 바람을 떠올리고서 그는 어린아이들을 위해 아랄 해와 관련된 실화와 전설을 엮어 온갖 이야기들을 해주었다. 그리고 이야기를 하는 중에 자기의 어린 시절과 어부였던 젊은 시절이 떠오르면 다시금 상세히 얘기를 보충하기도 했는데, 그럴 때마다 그는 그 아이들이 보여 주는 재능과 총기와 표현력과 기억력에 놀랐고 또 그 때문에 몹시 기쁘기도 했다. 왜냐하면 그것은 아부딸리쁘에게서 배운 교육의 효과가 나타난 것이기 때문이었다. 예지게이는 이야기를 할 때면 주로 어린 에르메끄에게 초점을 맞추었다. 그러나 그 아이는 절대로 제 형에게 뒤처지지 않았고 예지게이의 말을 듣는 네 아이들 — 양쪽 집의 아이들 — 중에서 비록 예지게이가 그 아이를 편애했던 것은 아닐지라도, 그를 가장 잘 따랐다. 에르메끄는 가장 흥미 있게 듣는 경청자였고 가장 이해가 빠른 해석자였다. 주제가 무엇이건 이야기에서 어떤 사건, 또는 어떤 재미있는 전기가 있기만 하면 그 아이는 즉시로 그것을 제 아버지에게 끌어다 붙였다.

그의 아버지는 무슨 일에서든 다 찾아볼 수 있었다. 예컨대 이런 이야기를 들 수 있을 것이다.

「……그런데 말이다. 아랄 해 근처에는 갈대들이 무성히 자란 늪지며 개울이 있고 그 갈대숲에는 총을 든 사냥꾼들이 숨어 있지. 그런데 해마다 봄이면 물오리들이 아랄 해로 찾아오거든. 겨울 동안 그놈들은 다른 따뜻한 나라에서 살았지만 아랄 해의 얼음이 녹기만 하면 밤낮으로 여행을 해서 할 수 있는 한 빨리 거기로 돌아오지. 그곳을 몹시 그리워하기 때문이야. 그 새들은 큰 무리를 지어서 나는데 오랫동안 난 뒤에는 헤엄도 치고 싶고 또 물로 뛰어들고 싶기도 해서 점점 더 낮게 물가로 내려오지. 그러면 갑자기 갈대숲에서 연기와 불길이 일고 — 빵! 빵! 사냥꾼들이 총을 쏘는 거야. 오리들은 총에 맞아 물 위로 떨어져 내리지. 맞지 않은 놈들은 바다 한가운데로 도망쳐 날아가서 어떻게 할지 어디서 살아야 할지를 모르고. 그래서 물 위를 맴돌면서 슬프게 우는 거야. 그 새들은 물가에서 헤엄을 치고 싶지만 이제는 거기로 다가가기가 무서우니까……」

「예지게이 아저씨, 하지만 그중에 한 마리도 제가 왔던 곳으로 돌아가지 않나요?」

「왜 거기로 돌아가야 되지?」

「그건요. 우리 아빠가 거기에서 선원으로 있으니까요. 거기서 큰 배를 타고 있잖아요. 아저씨가 우리한테 그랬잖아요.」

「그래, 그랬었지.」 예지게이가 또다시 발목이 잡힌 것을 알아차리고서 대꾸했다. 「그래서 다음엔 어떻게 되지?」

「그 오리가 우리 아빠를 찾아가서 갈대숲에 사냥꾼들이 숨어 있는데 자기들을 쏴서 이제는 살 곳이 없다고 얘기해요.」

「옳지, 옳지, 그래서?」

「그러면 아빠가 오리한테 아빠는 곧 두 아들, 그러니까 다울하고 에르메끄가 있고 또 예지게이 아저씨도 있는 이 간이역으로 돌아갈 거라고 얘기해요. 그리고 아빠가 돌아오면 우리가 모두 같이 아랄 해로 가서 갈대숲에 숨어 가지고 오리들에게 총을 쏘아 대는 사냥꾼들을 쫓아내요. 그러면 또다시 아랄 해에 있는 그 오리들은 아무 걱정도 없게 돼요. 그 오리들은 헤엄도 치고 다이빙도 하고 공중에서 발을 흔들기도 하고……」

이야기에 싫증이 나면 부란니 예지게이는 그 아이들에게 조약돌로 점치는 법을 보여 주었다. 그는 항상 크기가 모두 커다란 콩만 한 마흔한 개의 조약돌을 지니고 다녔는데 아주 오래된 이 점치는 방법에는 그 나름대로의 복잡한 상징과 용어가 있었다. 아이들은 예지게이가 조약돌을 늘어놓을 때면 주의 깊게 지켜보았고 그 조약돌에게 솔직하고 정확하게 대답해 달라고 부탁했다. 예지게이는 만일 아부딸리쁘라는 사람이 살아 있다면 지금 어디에 있으며 그가 곧 집으로 돌아올 것인가, 또 그의 얼굴에는 어떤 표정이 떠올라 있으며 그의 마음속에는 어떤 생각이 들어 있는지를 물었다. 그리고 아이들은 조약돌이 어떻게 놓이는지를 눈으로 좇으면서 조용히 귀를 기울였다.

그러던 어느 날 예지게이는 모퉁이 근처에서 무엇이 달그락거리는 소리와 조용한 말소리를 들었다. 그는 주의 깊게 주위를 둘러보고 나서 그것이 아부딸리쁘의 두 아들이라는 것을 알았다. 에르메끄가 혼자서 조약돌에게 점괘를 묻고 있었다. 그 아이가 돌들을 제가 아는 한 잘 늘어놓고서 하나씩 하나씩 제 입에 갖다 대며 이러는 것이었다.

「……그래서 난 널 좋아해. 넌 슬기롭고 착한 조약돌이야.

그러니까 실수하지 말고 더듬거리지도 말고 예지게이 아저씨의 조약돌처럼 그렇게 똑같이 솔직하고 숨김없이 얘기해 줘.」 그러고 나서 에르메끄가 제 형에게 예지게이가 했던 말을 똑같이 따라 하며 제가 만들어 낸 점괘의 의미를 말하기 시작했다. 「봐, 다울. 점괘는 대체로 나쁘지 않아. 조금도 나쁘지 않아. 이건 길이야. 하지만 길에 안개가 조금 끼어 있어. 안개가 끼었지만 그건 아무것도 아니야. 예지게이 아저씨는 그 정도의 어려움도 없는 여행은 절대로 없다고 했어. 아빠는 돌아올 준비가 되었어. 아빠는 안장에 앉고 싶지만 뱃대끈이 꽉 조여지지 않아서 좀 더 조여야 돼. 그건 뭔가가 아직도 아빠를 붙들어 두고 있다는 뜻이야, 다울. 그러니까 우린 기다려야 돼. 자, 이제 다시 봐. 오른쪽 갈비뼈는 어떻고 왼쪽 갈비뼈는 어떨까? 다치지 않았어. 아주 좋아. 그러면 아빠 이마는 어떻지? 아빤 우리를 걱정하고 있어. 다울, 심장에 있는 이 돌을 좀 봐. 아빠 심장에는 괴로움과 그리움이 있어. 아빠는 우리 집을 굉장히 그리워해. 그런데 아빠는 곧 돌아올까? 곧 돌아와. 하지만 한쪽 말굽이 좀 헐렁해. 그건 말굽을 갈아야 된다는 뜻이야. 우린 좀 더 기다려야 돼. 안장 가방은 어떨까? 아, 안장 가방에는 아빠가 시장에서 산 물건들이 들어 있어. 그러면 이제 별들은 좋은 자리에 있나? 자, 이 별은 황금 굴렌데. 거기에 끈이 매여 있어. 하지만 분명하지는 않아 — 그건 아빠가 곧 말을 풀어서 여행을 떠나야 한다는 뜻이야.」

부란니 예지게이는 가슴이 찡해져서 화나고 놀란 감정을 한꺼번에 느끼며 눈치채지 않게 그곳을 떠났다. 그리고 다음부터는 조약돌로 미래를 점치지 않으려고 애썼다.

그러나 애들은 역시 애들이기 마련이다. 그래서 예지게이는 다른 방법으로 그 아이들을 달래고 희망을 주고 평계를 대고 이따금씩 속이고 할 수는 있었다. 그러나 이제 예지게이의 마음과 영혼 속에는 한 가지 좀 더 슬픈 생각이 자리를 잡았다. 여건만 주어진다면 그 생각은 표출될 것이며 조만간 때가 되면 마치 산사태처럼 무너져 내리기 시작할 것이었다. 그리고 예지게이는 자기가 그것을 결코 멈추지 못하리라는 것을 알고 있었다.

그는 끊임없이 자리빠를 걱정하고 있었다. 비록 그들 사이에서는 일상생활의 문제점들에 대한 이야기들밖에는 오가지 않았어도 또 자리빠가 그에게 어떤 빌미도 주지 않았어도 예지게이는 내내 그녀를 생각하고 있었다. 하지만 그는 보란리 사람들이면 누구나 다 그렇듯, 그저 그녀를 안돼 하거나 동정하는 것만은 아니었다. 말하자면 그는 단순히 그녀를 둘러싸고 있는, 그가 보고 아는 모든 시련들 때문에 그녀를 측은해하는 것이 아니었다 — 그것만으로는 결코 근심이나 걱정을 불러일으킬 만한 이유가 되지 못했다. 아니, 그는 자리빠를 사랑하는 마음으로, 기꺼이 그녀가 살아가는 모든 일에서 믿고 의지할 수 있는 사람이 되겠다는 심정으로 그녀를 생각했다. 자리빠가 그것을 알아준다면 — 즉 부라니 예지게이가 그녀에게 가장 헌신적이며 이 세상에서 그녀를 가장 사랑하는 사람이라는 것을 알아주기만 한다면 — 그는 행복할 것이었다.

그녀에 대해서 아무런 특별한 감정도 느끼지 못하는 것처럼 행동해야 한다는 것이 고통스러운 일이었지만, 그러면서도 그는 자기와 그녀 사이에 무슨 일이 생겨서도 안 되고 또 그럴 수도 없다는 것을 알고 있었다.

꿈벨리 역까지 가는 동안 내내 예지게이는 그런 생각에 몰두해 있었다. 그는 자기가 처한 상황에 대해서 여러 가지로 생각을 해보았고, 그러면서 이상하게도 마음이 흔들리는 상태를 경험했다. 그것은 마치 처음엔 당장에라도 축복받기를 기대했다가 다음에는 피할 수 없는 질병에 걸리기를 바라는 것과도 같았다. 그런 상태에서 그는 마치 바다로 되돌아간 듯한 느낌이었다. 바다에서라면 사람은 물결이 잔잔하고 폭풍이 몰아칠 위험이 없더라도 육지에서 느끼는 것과는 다른 느낌을 갖는 법이다. 때로는 바다 위를 떠돌아다니는 것이 아무리 자유롭고 즐겁더라도, 배를 타고서 해야 할 일로 아무리 바쁘더라도, 또 잔잔한 물 위로 떠오르거나 지는 해의 반사광이 아무리 아름답더라도, 결국은 자기가 떠나온 포구건 아니면 다른 곳으로건 어디로든 해안으로 돌아가야 한다. 언제까지고 바다에서 머물러 있을 수는 없다. 그리고 육지에서는 전혀 다른 삶이 기다리고 있다. 바다는 일시적이고 육지는 영구적이다. 만일 바닷가로 돌아가기가 겁난다면 자기만의 장소가 되어 언제까지고 머무를 수 있는 섬을 하나 찾아내야만 한다.

부란니 예지게이는 그런 섬을 상상하기 시작했고, 그 섬으로 자리빠와 그녀의 아이들을 데려다 함께 사는 꿈을 꾸었다. 그는 아이들이 뱃길에 익숙해지도록 할 것이며 바다 한가운데에 있는 그 섬에서 자신의 운명을 한탄하지 않고 행복하게 나머지 생을 보낼 것이었다. 그가 원하는 것은 다만 그녀가 그곳으로 가리라는 것, 그리고 자기는 그녀가 필요로 하고 원하는 유일한 사람, 그녀에게 가장 소중한 사람이라는 것을 아는 것뿐이었다…….

하지만 곧이어 예지게이는 그런 생각을 품었던 자신이 부끄러워서 수십 리 주위로는 인적 하나 없는 그곳에서 얼굴을 붉히기까지 했다. 그러나 결국 그는 나이 어린 소년처럼 자신을 꿈에 맡겨 버렸다. 그는 그 섬으로 가기를 갈망했고 완전히 환상 속으로 빠져 들었다. 평생 동안 가족과 아이들과 일에, 철도에, 그리고 마지막으로는 미처 알아차리지도 못하는 사이에 그처럼 익숙해진 사로제끄에 손발이 묶였던 그가. 하지만 자리빠는? 그녀가 비록 그처럼 지독한 곤경에 빠져 있을지라도 그를 필요로 할까? 어째서 그는 항상 자신에 대해 생각해야 하며 어째서 그녀에게 소중한 사람이 되어야 할까? 아이들만 가지고 따진다면 그는 아무런 의심도 없었다 ― 그는 그 아이들을 귀여워했고 그 아이들 역시 그를 무척 따랐다. 그렇지만 자리빠는 무슨 이유로 그러기를 원해야 할까? 그리고 삶이 그를 이 한 곳에, 의심할 바 없이 그의 삶이 끝나야 할 곳에 단단히 묶어 두었을 때 그런 생각을 하는 것이 가당키나 한 일일까?

부란니 까라나르는 제게 그처럼 익숙한, 그처럼 자주 다녔던 길을 따라가면서 여정이 얼마나 남았는지를 정확히 알았고 그래서 제 주인의 재촉을 받을 필요도 없었다. 그 낙타는 힘차게 숨을 내쉬고 들이쉬며 빠른 걸음을 계속 유지했고, 드넓은 사로제끄를 가로질러 먼 거리를 주파하면서 봄을 맞은 경사 길과 언덕을 지나고 벌써 전에 이미 말라 버린 염호를 지났다. 그러나 예지게이는 고통스러워하고 있었다……. 그는 상반된 감정에 휩싸인 채 자신만의 생각 속에 갇혀 슬퍼하고 있었다. 그는 마음을 안정시킬 수 없었다. 그의 마음은 사리-오제끼의 광막한 공간에서 아무런 위안도 찾지 못했다. 그로서는 견딜 수 없는 고통이었다.

그처럼 괴로운 마음으로 그는 꿈벨리 역에 도착했다. 물론 그는 자리빠가 마침내 친척들에게서 편지를 받게 되길 원했지만 그러면서도 한편으로는 바로 그 친척들이 찾아와서 아버지 잃은 그 가족을 먼곳으로 데려가거나 아니면 자기네들이 있는 곳으로 와서 함께 살자는 편지를 보냈을지도 모른다는 생각으로 불안해졌다. 이번에도 또다시 예치 우편 창구의 서기는 그의 질문에 자리빠 꾸찌바예프에게 온 편지는 한 통도 없다고 대답했다. 예기치 않게도, 예지게이는 자기가 기뻐하고 있다는 것을 알았다. 자신도 모르게 좋지 못한 생각이 그의 마음속을 스쳐 갔던 것이다. 〈아무 답장도 없다니 얼마나 잘된 일이야!〉 어쨌건, 그는 충실하게 그녀의 부탁대로 세 통의 전보를 쳤고, 그 일이 끝나자 집을 향해 떠나 저녁 무렵에 돌아왔다.

그러는 사이 봄이 지나 여름이 왔고 사로제끄는 황금빛으로 변했다. 풀들은 꿈결처럼 사라져 버렸고 노란 스텝은 이제 한 번 더 노래졌다. 기온이 점점 더 높아지며 나날이 더운 계절이 다가오고 있었다. 그러나 아직까지도 꾸찌바예프의 친척들에게서는 아무런 소식도 없었다. 그들은 편지로도 전보로도 감감무소식이었다. 그래도 기차들은 보란리-부란니 간이역을 덜컹대며 지나갔고, 삶은 여느 때와 마찬가지로 계속되었다.

자리빠는 이제 더 이상 답장을 기다리지 않았다. 친척들에게서 도움을 기대해 봤자 소용없는 일이었고 또 그들에게 다시 편지를 하거나 도움을 청함으로써 부담을 줄 필요도 없었다. 그 점을 분명히 알아차리고서, 그녀는 조용한 절망 속으로 빠져 들었다. 이제 그녀는 어디로 가야 하며 무엇을 어떻게 해야 할까? 또 아이들에게는 아버지에 대해 뭐라고 해야 할까? 그녀의 망가진 삶은 어떻게 복구해야 할까? 아직까지도 자리빠는 그런 질문들에 대한 답을 찾지 못하고 있었다.

어쩌면 자리빠 못지않게 예지게이는 그녀의 모든 문제점

들을 마음에 새기고 있었다. 더구나 그는 이 가족의 비극에 직접적으로 영향을 받았기에 그녀와 특히 가까웠고 그들로부터 뚝 떨어져서 있을 수가 없었다. 날이 갈수록 그의 운명은 자리빠와 그 아이들의 운명과 풀릴 길 없이 묶이고 있었다. 물론 그는 자리빠의 가족에게 무슨 일이 일어날지에 대해서뿐만 아니라 그 자신에게 무슨 일이 생길지도 충분히 잘 알고 있었다. 하지만 그가 어떻게 그 자신에게 대처할 수 있으며 그의 내면에서 이는, 그녀에게로 향한 목소리를 어떻게 죽일 수 있을까? 그는 아무런 대답도 찾아낼 수가 없었다. 자기가 살아가는 동안 그런 처지에 놓인 자신을 발견하게 되리라고는 상상조차 하지 못했었기에…….

여러 번 예지게이는 하마터면 그녀에게 사랑을 고백할 뻔했다. 그는 간절히 그녀에게 자신의 감정이 어떤지를 밝히고 싶었고, 또 그녀의 모든 고통을 자신의 양어깨에 짊어질 준비가 되어 있으며 그녀와 아이들을 떠나보낸다는 것은 상상할 수도 없는 일이라고 말하고도 싶었다. 하지만 어떻게 그럴 수가 있을까? 자리빠가 그의 말을 이해해 줄까? 현재 그녀가 처한 상황에서는 그런 말을 듣게 된다면 너무도 큰 충격을 받게 될 것이 분명했다. 그녀는 오로지 혼자서 청천벽력같이 떨어져 내린 그 모든 고통에 직면해 있는데 이제 그가 슬금슬금 다가가서 자기의 모든 속생각들을 털어놓다니! 그래서 득이 될 게 뭘까? 그 문제와 씨름을 하면서 그는 점점 더 우울해졌고 좌절감을 느꼈다. 그리고 주위에 다른 사람들이 있을 때면 자신의 감정을 숨기기 위해 적지 않은 노력을 들여야 했다.

그러나 어찌 되었건, 그는 무슨 말을 하고야 말았다. 멀리서 양동이를 들고 물탱크 쪽으로 걸어가는 자리빠가 그의 눈에 띈 것은 선로를 점검하고 돌아오는 길에서였다. 그는 그녀에게로 가야 했고, 그래서 갔다. 물론 그녀 대신 물 양동이를 들어다 주겠다고 하는 것이 갖다 붙이기 쉬운 구실이었다. 그러나 거기에는 또한 그 이상의 어떤 의미가 있었다. 거의 이틀에 하루씩, 그리고 때로는 매일같이, 그들은 선로에서 나란히 일을 했으므로 하고 싶은 대로 얼마든지 이야기를 나눌 수가 있었다. 그러나 이 특별한 순간에 예지게이는 그녀에게로 다가가서 마음속에 묻어 두었던 생각들을 말해야 되겠다는 느낌이 들었다. 그 자신의 열정에 사로잡혀 있을 때 그러는 것이 최선의 길이라고 생각했다. 비록 그녀가 이해하지 못하더라도, 또 비록 그녀가 자기를 꺼리게 되더라도, 그는 마음이 편해질 것이며 그의 정신과 영혼이 진정될 것이다…….

그녀는 예지게이가 다가오는 소리를 듣지도, 다가오는 모습을 보지도 못한 채 그에게 등을 돌리고서 물탱크의 수도꼭지를 붙들고 서 있었다. 하나의 양동이는 가득 채워졌고 다른 양동이는 수도꼭지 아래서 넘치고 있었다. 그러나 자리빠는 끝까지 다 튼 수도꼭지에서 쏟아져 나오는 물이 거품을 내고 튀기며 주위의 진흙탕 속으로 흘러내리는데도 상심한 모습으로 탱크차에 어깨를 기대고 서서 그것을 알아차리지 못하고 있는 것 같았다. 그녀는 지난여름에 쏟아졌던 그 굉장한 폭우를 반겼을 때의 그 무명 드레스를 입고 있었다.

예지게이는 그녀의 곱슬머리에서 관자놀이와 귀 뒤로 늘어진 머리칼을 보았고 — 에르메끄는 그 곱슬곱슬한 머리칼을 그녀에게서 물려받았다 — 그녀의 얼굴과 가느다란 목과 늘어진 어깨와 허벅지에 놓여 있는 손을 보았다. 그 물소리가 그녀에게 산간의 계류와 일곱 강이 흐르는 지방의 관개 수로를 떠올려 주면서 그녀를 홀리고 있는 것일까? 아니면 단순히 그런 슬픈 회상으로 흩어진 마음을 안으로 돌렸던 것일까? 아무도 모를 일이었다.

그러나 예지게이는 그녀를 보자 가슴이 설레었다. 그녀의 모든 것이 영원히 그에게는 소중했다. 그는 그녀를 위로하고 보호하고 그녀를 짓누르는 모든 고통에서 해방시켜 주고 싶은 강렬한 욕망을 느꼈다. 하지만 그럴 수는 없었다. 그러는 대신 그는 재빨리 수도꼭지를 잠가 물의 흐름을 멈추었다. 그녀는 놀라지도 않고, 마치 그가 자기 앞에 서 있는 것이 아니라 어딘가 먼 곳에 있는 것처럼 꿰뚫어 볼 듯한 눈길로 한참 동안 그를 쳐다보았다.

「왜 그래요. 무슨 일입니까?」 그가 동정 어린 목소리로 물었다.

그녀는 아무 대답도 하지 않고 그저 입 한쪽 언저리로 웃으며 밝은 눈 위로 눈썹을 치켜 올렸다.

「살아가기가 어렵죠?」 예지게이가 물었다.

「어려워요.」 그녀가 꺼질 듯이 한숨을 내쉬며 대답했다.

예지게이는 당황해서 어깨를 으쓱했다.

「왜 그렇게 기운을 차리지 않는 겁니까?」 그의 목소리에는 뜻하지 않은 질책과 뒤섞인 연민이 배어 있었다. 「그렇게 얼마나 버틸 수 있겠습니까? 그래서 좋은 게 뭐가 있겠어요? 우리로서는……」 ─ 그는 〈나로서는〉이라고 말하고 싶었다 ─ 「당신을 바라보기가 힘듭니다. 또 아이들을 바라보기도 그렇고요. 내 말 잘 들으세요. 계속 이러실 필요는 없는 겁니다. 뭔가를 해야 돼요.」

그 말을 하면서 그는 자기가 그렇게도 하고 싶었던 말, 즉 이 세상 누구보다도 더 그녀를 안쓰러워하고 사랑하는 사람은 바로 자기라는 사실을 알리기 위해 말을 고르려고 애썼다.

「이걸 생각해 보십쇼. 그 사람들이 답장을 해주지 않으면 어떻습니까? 신이 그 사람들 편일지도 모르지만, 우리는 버텨 낼 겁니다. 우리 모두는……」 또다시 그는 〈당신과 나는〉이라고 말하고 싶었다. 「여기서 한가족이나 마찬가집니다. 그러니 낙담하지 마세요. 일하면서 버티는 겁니다. 그리고 아이들은 여기서, 우리들 사이에서 자랄 겁니다. 다 잘돼 나갈 거예요. 당신이 왜 떠나야 합니까? 여기 있는 우리들 모두는 한가족이에요. 아실 테지만 내가 당신 애들을 보지 않고 지나가는 날은 하루도 없습니다.」 그러고 나서는 그는 말을 멈추었다. 자기가 할 수 있는 말은 다 했다는 생각에서였다.

「그건 저도 다 알아요. 예지게이.」 자리빠가 대답했다. 「그리고 물론 고맙고요. 전 우리가 이런 곤경 속에서 버림받지 않으리라는 걸 알아요. 하지만 저흰 여길 떠나야 해요. 아이들이 여기서 일어났던 모든 일을 다 잊도록요. 그런 다음에 저는 아이들에게 진실을 얘기해 주겠어요. 아시겠지만 이런 상태가 계속될 수는 없어요……. 바로 그래서 저는 우리가 떠나야 한다고…….」

「그래요, 나도 그렇게는 생각합니다.」 예지게이는 동의할 수밖에 없었다. 「다만 서두르지는 마십시오. 좀 더 생각을 해봐요. 그 어린 것들을 데리고 어딜 갈 수 있겠습니까? 그리고 난 겁이 납니다. 여기서 내가 당신 없이 어떻게 지낼까를 생각하면…….」

그는 정말로 그들이 — 그녀와 그 아이들이 — 떠날까 봐 걱정스러웠고 그 때문에 하루 앞일을 내다보지 않으려고 애썼다. 그러나 다른 한편으로는 현재의 상황이 그리 오래 지속될 수 없으리라는 것 또한 알고 있었다.

그런 이야기가 오간 지 며칠 뒤에 예지게이는 자기의 속마음을 완전히 내보인 적이 있었는데, 그 때문에 나중에까지 오랫동안 그 일을 후회하고 고통스러워해야 되었다. 그는 자기의 행동을 용서할 수 없었다.

에르메끄가 이발사를 겁내어 죽어도 머리를 깎지 않겠다고 버티었던, 그들이 꿈벨리를 다녀온 그 기억할 만한 날이 지난 지도 벌써 여러 달이 되었다. 그때까지도 그 고집 센 꼬마 겁쟁이는 머리를 깎지 않은 채 돌아다녔는데, 비록 그 검은 곱슬머리가 보기엔 썩 좋다고는 해도, 이제 그 아이는 머리를 깎을 때가 훨씬 지났다. 예지게이는 그 꼬마 녀석을 볼 때마다 숱 많은 머리칼에 입을 맞추고 머리 냄새를 맡곤 했다. 에르메끄의 머리칼은 이제 어깨까지 늘어져 있어서 놀고 뛰어다닐 때면 거치적거리고 방해가 되었다. 그런데도 그 아이는 왜 머리를 깎아야 하는지 이해가 잘 가지 않는 모양이었다. 게다가 고집은 또 얼마나 센지 누구에게도 굽히려 들지를 않아서 나중에는 그런 사정을 알아차린 까잔갑이 아이를 설득해야 되었다. 그는 에르메끄에게 염소들은 머리가 긴 사람을 좋아하지 않으며 뿔로 받는다고 거짓말을 함으로써 그 아이를 겁먹게 했다. 그리고 다음에는 자리빠가 머리 깎는 일이 어떻게 시작되어 어떻게 끝나는지를 설명해 주었다.

그러나 결국에는 일이 벌어지고야 말았다 — 그것은 정말로 온 간이역이 다 떠나가는 소란이었다. 그들은 아이가 그처럼 심하게 버틸 거라고는 생각지도 못했었다. 에르메끄는 울면서 몸부림을 치기 시작했고 그 바람에 까잔갑은 완력을 쓸 수밖에 없었다. 그래서 아이를 양 무릎 사이에 단단히 끼고는 이발 가위로 일을 시작했다. 아이가 울부짖는 소리는 간이역 어느 곳에서건 다 들렸다. 일이 다 끝나자 인정 많은 부게이가 아이를 진정시킬 생각으로 그 아이에게 거울을 건네 주며 말했다.

「자, 봐라. 얼마나 잘생겨 보이니?」

그 아이가 거울을 한번 들여다보더니 거울에 비친 모습이 저인지를 알아보지 못하고 더 큰 소리로 울어 댔다. 예지게이가 그들과 마주친 것은 몇몇 어른들이 소리소리 지르며 우는 에르메끄를 데리고 까잔갑의 집으로부터 돌아오고 있을 때였다.

머리를 짧게 쳐서 가느다란 목이 드러나 보이고 귀가 비쭉 튀어나온 바람에 전과는 딴판으로 달라 보이는 에르메끄가 눈물범벅이 된 얼굴로 당장에 제 어머니 손을 뿌리치고 나서 예지게이에게로 달려왔다.

「예지게이 아저씨, 이것 좀 봐요! 어른들이 날 이래 놨어요!」

만일 부란니 예지게이가 그 아이의 반항이 어땠는지부터 들었더라면 그는 절대로 믿지 않았을 것이다. 그는 에르메끄가 당한 수난에 가슴이 찡해져서 마치 그 비극이 자기에게 떨어지기라도 한 것처럼 그 아이의 슬픔과 배신감을 함께 나누며 아이를 안아 올려 꼭 끌어안았다. 그러고는 아이에게 키스를 하고 나서 자기가 무슨 말을 하고 있는지도 알아차리지 못한 채 분노와 사랑이 뒤범벅되어 갈라진 목소리로 아이를 달래기 시작했다.

「진정하거라, 착하지. 울지 마라. 이제부턴 아무도 너를 다치지 못하게 할 테니까. 내 너한테 아빠가 되어 주마. 내 너를 친아버지처럼 사랑해 줄 거니까, 이제 울지 마라.」

그러나 자리빠 — 그녀는 이미 창백하게 질린 채 그 자리에 얼어붙어 있었다 — 를 건너다보고 그는 자기가 금지된 선을 넘었다는 것을 알아차렸다. 갑자기 그는 몹시 당황스러워 황급히 뒤로 물러섰다. 아직도 그는 아이를 안은 채 같은 말을 중얼거리고 있었지만 이제는 모두 다 뒤죽박죽이 되어 버렸다.

「울지 마라. 내 그 까잔갑을 혼내 줄 테니. 내 혼내 주겠어.」

그 일이 있은 뒤로 며칠 동안 예지게이는 자리를 피했다. 그리고 자리빠 역시 자기와 마주치지 않으려고 한다는 것도 알고 있었다. 그는 자기가 너무도 분별없이 그런 말을 했다는 것, 그 무고한 젊은 여자를 당혹케 했다는 것이 몹시 후회스러웠다. 그녀는 이미 감당하기 어려운 걱정과 근심거리를 안고 있는데 거기에다 그는 얼마나 더 많은 고통을 덧보태 주었던 것일까! 예지게이는 그런 자신을 용서하거나 그의 행동을 정당화시킬 수 없었다. 그러나 동시에 앞으로 오랫동안, 어쩌면 그가 마지막 숨을 내쉴 때까지, 온몸으로 그 연약한 아이의 고통을 함께 느끼고 가슴이 사랑과 분노로 뭉클해졌던 그 순간을 잊을 수 없을 것이었다. 그리고 이제 그는 자기의 생각 없는 말에 당황한 자리빠가 입술에 소리 없는 울음을 머금은 채 눈에는 슬픔을 담고서 그를 어떻게 바라보았는지도 기억했다.

그 일이 있은 뒤로 부란니 예지게이는 한동안 아무 말도 하지 않았고 그 자신의 마음속에 숨겨 억눌러야 하는 모든 열정을 아이들에게 쏟아 부었다. 그는 다른 방법을 찾아낼 도리가 없었다. 그래서 한가할 때면 언제나 아이들을 돌보았고 그 아이들에게 끊임없이 이야기를 들려주었다. 비록 나중에는 같은 말을 되풀이하기도 했지만 그러면서도 그는 끊임없이 아이들이 좋아하는 주제인 바다에 대하여 세세한 일들을 다시, 또다시 떠올리고 있었다. 갈매기며 물고기들이며 철새들에 대해서, 그리고 오래전에 어디론가 사라져 버린 진귀한 동물들이 아직도 살고 있는 아랄 해의 섬들에 대해서도……. 그런 것들을 아이들에게 말해 주면서 예지게이는 점점 더 아랄 해에서의 삶을 분명히 기억하게 되었다 — 그리고 특히 누구에게도 말할 수 없는, 실제로 잊었다가 떠올린 그 일은 분명히 아이들에게 해주어야 할 이야기는 아니었다. 단지 두 사람, 그와 우꾸발라만이 그 이야기를 알고 있었는데, 그들은 누구에게도 거기에 대해서는 입을 연 적이 없었다. 왜냐하면 그것은 이미 오래전에 죽은 그들의 첫 번째 아들과 관계된 일이기 때문이었다. 만일 그 아이가 살아 있더라면 보라리의 아이들보다는 훨씬 더 나이가 많았을 것이지만 — 까잔갑의 아들인 사비찬보다도 두 살이 더 많을 것이었다 — 그 아이는 이제 없었다. 물론 사람들은 언제나 아이가 순탄하게 태어나 오래오래 살기를 바라며 아기를 기다린다. 그 밖에 다른 바람을 가지고 아이들을 이 세상에 내놓는 일은 상상도 하기 어렵다.

전쟁이 일어나기 얼마 전의 젊은 시절, 예지게이가 어부였을 때 우꾸발라는 아주 이상한 사건, 평생 동안 단 한 번밖에 일어나지 않는 그런 이상한 일을 경험했다.

결혼한 뒤로 예지게이는 바다에 나가 있을 때면 언제나 빨리 집으로 돌아가고 싶어서 안달이 나곤 했었다. 아내가 자기를 기다리고 있다는 생각에 마음이 급해서였다. 그는 우꾸발라를 사랑했다. 당시만 해도 그가 더 이상 바랄 여자는 없었다. 그리고 되도록이면 빨리 집으로 돌아가고 싶다는 욕망은 그의 마음을 가득 채워 집을 떠나 있는 동안 내내 그의 모든 생각을 다 차지했다. 때때로 그는 자기가 하루 종일 아내 생각을 하며 시간을 보내기 위해 바다와 태양의 힘을 그 자신의 몸속으로 끌어모아 비축했다가 그 힘을 모두 그녀에게,

기다리는 아내에게 쏟아 주기 위해 존재하는 것 같은 생각이 들었다. 그렇게 자신을 나눠 줌으로써 그는 함께 누리는 행복, 그의 마음속 깊은 곳에서 이는 행복을 얻을 수 있었던 것이다. 밖에서 일어나는 모든 일은 다만 이 행복 — 태양과 바다에 의해 주어진, 함께 누리는 환희를 더해 주고 풍부하게 해줄 뿐이었다. 그리고 우꾸발라에게서 몸속에 무슨 변화가 생겼다는, 즉 그녀가 임신을 했으며 얼마 안 있으면 곧 어머니가 될 것이라는 말을 듣고부터는 바다로 나가기만 하면, 다시 보고 싶은 끝없는 기다림에 첫 번째 아이가 생기게 될 것이라는 기대가 덧보태졌다. 바로 그때가 그들의 삶에서 가장 맑게 갠 시기였다.

그해 가을, 겨울이 닥치기 바로 전 우꾸발라의 얼굴에는 자세히 들여다보아야 알아볼 수 있는 기미가 끼기 시작했다. 그리고 벌써 그녀의 배는 불러와 둥그레져 가고 있었다. 그런데 하루는 그녀가 알찐 메끄레 — 황금철갑상어 — 가 뭐냐고 물었다.

「그걸 듣긴 했지만 본 적은 한 번도 없어요.」 그녀가 말했다.

예지게이는 그녀에게 그 물고기는 아주 보기 드문 것으로서 철갑상어 형상을 하고 있으며 깊은 물에서 산다고 설명해 주었다. 그 물고기는 상당히 크지만 굉장히 아름다운 모습을 하고 있다. 그리고 몸체에는 푸른 반점이 찍혀 있으며 머리 끝부분과 지느러미, 그리고 머리에서부터 꼬리까지 등 쪽의 연골로 된 철갑은 순수한 황금빛을 띠어 눈부신 광채로 빛난다. 거기에서 그 물고기의 이름 알찐 메끄레, 즉 황금철갑상어가 유래했다고.

그 이야기를 나눈 다음 날 우꾸발라는 그에게 황금철갑상어 꿈을 꾸었다고 얘기했다. 그 물고기가 그녀 주위에서 헤엄을 쳤고 그녀는 그것을 잡아 보려고 했던 것 같다는 것이었는데, 그녀가 바란 것은 다만 그 물고기를 잡아, 만져 보고 나서 다시 그대로 놓아주려는 것뿐이었다. 어쨌건, 꿈속에서 그녀는 내내 그 물고기를 껴안아 보려고 쫓아다녔지만 한번 만져 볼 수도 없었다. 그리고 잠을 깬 뒤에도 그녀는 어떤 중요한 목적을 이루지 못한 것처럼 이상한 실망감이 들어서 오랫동안 마음을 진정시킬 수가 없었다. 그것은 분명히 이상한 꿈이었지만, 잠을 깬 뒤에까지도 그녀는 황금철갑상어를 붙잡아 만져 보지 못한 것이 내내 아쉬웠다.

예지게이는 바다에서 그물을 끌어당기며 아내의 꿈에 대해 생각해 보았고, 나중에 밝혀졌듯이 그녀의 바람, 즉 꿈으로 시작했지만 잠을 깬 뒤에도 남아 있었던 그 바람의 의미를 정확히 해석했다. 그는 무슨 일이 있어도 황금철갑상어를 한 마리 잡아야겠다는 생각이 들었다. 임신한 우꾸발라가 품고 있던 느낌은 그녀의 갈망 가운데 하나였기 때문이다. 많은 여인들이 아기를 가지면 어떤 형태로든 이루지 못한 갈망을 느끼는데 이런 갈망은 종종 뭔가 몹시 시고 짜고 맵거나 쓴 것을 먹고 싶다는 욕구로 나타난다. 그리고 또 어떤 여자들은 야생 짐승이나 야생 조류의 고기를 먹고 싶어 하기도 한다. 예지게이는 자기 아내의 별난 갈망에 놀라거나 하지는 않았다. 그녀가 어부의 아내라는 점을 생각한다면 그것은 아주 온당한 소망이었다. 신, 바로 그분께서 그녀에게 이 커다란 물고기의 황금빛 몸을 자기 눈으로 보고 자기 손으로 만지고 싶다는 갈망을 심어 준 것이었다. 예지게이는 또한 임신한 여자의 소망이 이루어지지 못하면 그것이 자궁 안에 있는 아이에게 해로울 수 있다는 말을 듣기도 했었다.

우꾸발라의 소망은 너무도 흔치 않은 것이어서 입 밖에 내기가 어려웠다. 그러나 예지게이 역시 그녀에게서 좀 더 정확한 말을 들으려고 캐묻지는 않았다. 아무래도 자기가 그런 보기 드문 고기를 잡을 수 있다는 확신이 서지 않아서였다. 그는 먼저 그 고기를 잡고 나중에 그것이 정말로 아내가 바랐던 것인지를 알아볼 작정이었다.

그때쯤 7월에서 11월까지 걸치는 아랄 해에서의 고기잡이 철이 그 해로서는 거의 끝나 가고 있었다. 이미 겨울의 차가운 숨결이 느껴지기 시작했고 예지게이와 함께 일하는 일단의 어부들은 얼음 구멍을 파고서 낚시질을 하는 겨울 어로 채비를 서두르고 있었다. 이제 곧 그 바다는 1천5백 킬로미터에 이르는 해안선을 따라 두꺼운 얼음으로 뒤덮일 것이고, 거기에 커다란 구멍들이 뚫리면 추 달린 그물들이 드리워져 사막에서는 없어서는 안 될 짐승인 낙타들의 도움을 받아 한 구멍에서 다른 구멍으로 끌어당겨질 것이다. 그리고 바람이라도 불어오면 그물에 걸린 고기들은 물 밖으로 나오는 순간 아랄 해의 추위에 꽁꽁 얼어붙을 것이다.

예지게이는 여름이건 겨울이건 동료들과 함께 오랫동안 별별 고기들을 다 잡아 왔지만 황금철갑상어가 그물에 걸렸던 일은 한 번도 기억할 수가 없었다. 아주 드물게 그 물고기는 낚시나 미끼에 걸리는데, 그것은 운 좋은 어부의 기념할 만한 사건일 것이었다. 그래서 어부들 사이에서는 황금철갑상어가 그것을 잡는 사람에게 그 사람이 누구이건, 행운을 가져다준다는 말이 돌고 있었다.

아침 일찍 그는 아내에게 얼음이 얼기 전에 고기를 좀 더 잡아야겠다는 말을 남기고 바다로 떠났다. 그 전날 저녁 우꾸발라는 남편에게서 그런 말을 듣자 그를 단념시키려고 했었다.

「이 집엔 온갖 종류의 생선들이 가득해요. 그런데도 나가야 하나요? 날씨가 벌써 찬데요.」

그러나 예지게이는 생각을 굽히지 않았다. 「집에 있는 건 있는 거고.」 그가 말했다. 「하지만 당신, 사긴 아주머니가 몹시 아프다고 그러지 않았어? 그 아주머니에게 필요한 건 갓 잡은 고기로 만든 뜨거운 수프야. 돌잉어나 뭐 그런 걸로. 그 아주머니 병에는 그게 가장 낫지만 내가 아니면 누가 고기를 잡으러 가지?」

그렇게 둘러대고서 예지게이는 황금철갑상어를 잡기 위해 그날 아침 될 수 있는 대로 일찍 떠났다. 그는 전날 밤에 미리 자기가 쓰기로 한 방법에 알맞은 낚싯줄과 낚시 도구를 챙겨 두었다. 그것들은 모두 뱃머리에 놓여 있었다. 그는 옷을 단단히 차려입고 거기에다 방수 코트에, 머리에는 두건까지 쓰고서 바다로 나섰다.

그날은 가을과 겨울이 어중간한 안개 낀 날이었다. 큰 파도를 비스듬히 건너면서 예지게이는 그가 생각하기엔 철갑상어들의 먹이터라고 여겨지는 탁 트인 바다로 노를 저어 나갔다. 모든 것은 운에 달려 있었다. 단봉 낚시로 물고기를 잡는 것보다 더 가망 없는 일은 없었으므로, 육지에서는 아무리 어렵더라도 상황이 달라서 사냥꾼은 적어도 사냥물과 같은 활동 영역에 있다. 즉, 사냥꾼들은 짐승을 따라가 접근해서 몸을 숨기고 기다리다가 총을 쏘면 되는 것이다. 그러나 어부에겐 그런 유리한 점이 없다. 그저 낚싯대를 드리우고 앉아서 고기가 나타날 때까지 기다려야 한다. 또 설사 고기가 나타났더라도 그것이 미끼를 문다는 보장도 없다.

그러나 예지게이는 마음속으로 성공을 확신하고 있었다. 왜냐하면 이번에는 보통 때처럼 돈벌이를 하기 위해서가 아니라 임신한 아내의 소망을 이루어 주기 위해서 바다로 나온 것이기 때문이었다. 마음속으로 그런 생각을 하면서 힘차고 튼튼한 젊은 노잡이 예지게이는 지칠 줄도 모르고 파도와 조류를 고르게 밀어내며 소용돌이 — 아랄 해의 어부들이 이렉 똘꾼 또는 〈한쪽으로 기울어진 파도〉라고 부르는 불완전한 파도 — 를 헤치고 넓게 트인 바다로 배를 저어 나갔다. 이렉 똘꾼은 폭풍이 다가온다는 이른 조짐이었지만 그 자체로는 위험하지 않았고, 그래서 바다로 좀 더 나가는 것을 두려워할 이유도 없었다.

그가 육지로부터 점점 더 멀어질수록 가파른 진흙 낭떠러지와 해안으로 밀려가서 사정없이 부서지는 흰 파도가 흐릿해지면서 점점 더 작아 보였다. 그리고 얼마 안 가서는 어렴풋한 선으로 바뀌어 때로는 사라지기도 했다. 구름은 거의 움직이지 않고 하늘에 걸려 있었지만 그 구름들 밑에서는 눈에 띄게 바람이 강해져서 출렁이는 물결을 핥고 있었다.

두 시간 뒤에 예지게이는 배를 멈추고 노를 걷어 올린 뒤 낚시 도구를 배열하기 시작했다. 그는 두 개의 낚시얼레와 낚싯줄을 팽팽하게 유지시켜 주는, 집에서 만든 도구를 갖고 있었다. 그것들 중의 하나를 그는 선미(船尾)에 고정시켜 낚싯줄을 늘어뜨리고 포크 동가리에다 줄을 걸어서 1백 미터쯤 풀어 준 뒤에 20미터쯤은 남겨 놓았다. 그리고 다른 낚싯줄을 뱃머리에다 걸었다. 그런 다음 그는 다시 노를 집어 들었다. 배가 바람과 조류에 밀려가지 않도록, 그리고 물론 두 낚싯줄이 서로 엉키지 않도록 하기 위해서였다.

그리고 나서 그는 기다리기 시작했다. 그의 생각으로 황금 철갑상어는 여기에서 나타날 것이었다. 그러나 물론 어떤 증거가 있는 것은 아니고 그 자신의 직관이었다. 예지게이는 그 고기가 나타날 거라고 — 반드시 나타날 거라고 믿었다. 그 고기를 잡지 않고서는 집으로 돌아갈 수가 없었다. 그는 단지 즐기기 위해서가 아니라 매우 중요한 이유로 그 물고기가 필요했다.

얼마쯤 시간이 흐른 뒤에 고기가 입질을 시작했지만 바라던 놈은 아니었다. 처음에는 돌잉어가 낚였다. 예지게이는 낚싯줄을 당기면서 그것이 황금철갑상어가 아니라는 것을 알았다. 황금철갑상어가 맨 첫 번째로 문다는 것은 있을 수도 없는 일이었다. 그것은 땅에서의 삶이 따분하지는 않아도 너무 단순해진다는 뜻일 것이었다. 예지게이는 낚시질을 계속하면서 기다릴 준비가 되어 있었다. 다음에도 그는 커다란 돌잉어를 한 마리 더 낚았다. 아랄 해에서 가장 나은 놈은 아닐지라도 썩 쓸 만한 놈이었다. 그놈을 예지게이는 한 대 후려쳐서 기절시키고 배 밑창으로 던져 넣었다. 지금껏 잡은 것만으로도 사긴 아주머니에게 수프를 끓여 주기에는 충분하고도 남았다. 다음에 그는 뜨란 — 아랄 해의 도미 — 을 낚아 올렸다. 대체로 뜨란은 수면 가까이에서 잡히는데, 그놈은 예지게이가 낚시를 드리운 깊은 곳에서 무엇을 하고 있었을까? 어찌 되었건, 걸려든 것은 순전히 그놈 잘못이었다. 그 다음에는 기다리는 시간이 오랫동안 이어졌다.

〈아니, 난 끝까지 기다리겠어.〉 예지게이는 속으로 다짐했다. 〈내가 아무 말 안 했더라도 아내는 내가 황금철갑상어를 잡으러 나왔다는 걸 알고 있겠지. 그러니까 난 아내 배 속에 든 아이가 고통을 받지 않도록 한 마리라도 꼭 잡아야 돼. 우리 태어날 아기는 제 어머니가 손에 황금철갑상어를 안아 보길 바라고 있어. 어째서 아이가 그걸 원하는지는 아무도 모르지만, 그래도 애 엄마가 원하고 있고 난 아버지야. 그러니 소

원이 이루어지는 걸 보기 위해서라면 무슨 일이든 해야겠지.〉

이렉 똘꾼이 배를 한옆으로 기울이면서 — 그것은 한쪽으로 기울어진 불안정한 파도였으므로 — 장난질을 쳤다. 예지게이는 가만히 앉아 있다 보니 으슬으슬 추워지기 시작했지만 그러면서도 내내 낚싯줄을 열심히 지켜보고 있었다. 줄이 당겨지나? 갈퀴에 걸린 줄이 움직이나? 아니, 뱃머리 쪽에도 선미 쪽에도 그런 조짐은 없었다. 그러나 예지게이는 인내심을 잃지 않았다. 그는 황금철갑상어가 반드시 자기에게로 오리라는 것을 알고 믿었다. 한 가지 걱정은 바다도 좀 더 참을성이 있어야 한다는 것이었다. 이미 한쪽으로 기울어진 파도가 장난질을 치기 시작하고 있었다. 그렇다면 분명히 얼마 안 가서 곧 폭풍이 일지 않을까? 거의 분명히 그 폭풍은 저녁 무렵이나 밤중에 닥칠 것이었다. 아발라시 또는 〈울부짖는 파도〉가 닥쳐오면 아랄 해는 한쪽 해안에서 다른 쪽 해안까지 무시무시하게 끓어오르며 하얀 거품으로 뒤덮일 것이고 그러면 누구도 감히 바다로 나가지 못할 것이었다. 그러나 아직까지는 괜찮았다. 아직은 바다 한가운데서 머물러 있을 시간이 있었다…….

옷깃을 잔뜩 세우고 얼어붙은 듯 앉아 주위를 둘러보며 예지게이는 원하는 고기가 물리기를 기다렸다.

〈뭘 기다리는 거냐? 왜 그렇게 늦지? 제발 부탁인데 무서워하지 마라. 널 다시 놓아주겠다고 약속할 테니까. 넌 그런 일은 없을 거라고 하겠지? 글쎄. 그렇다면 네가 잘못 생각했어 — 그런 일이 분명히 있을 거니까. 난 널 먹으려는 게 아냐. 우린 집엔 식량도 충분하고 고기도 잔뜩 있으니까. 그리고 벌써 이 배 밑창에만도 다른 고기들이 세 마리나 있어. 내가 그저 한번 맛을 보려고 널 기다린다고 생각하니, 황금철갑상어야? 천만에. 우린 첫 번째 아이를 기다리고 있어. 그리고 바로 얼마 전에 우리 아내가 네 꿈을 꾸었는데 그때부터 아내는 마음이 편치 못해 — 그렇다고 얘기하지는 않아도 난 그걸 알 수 있어. 어째서 그런지는 설명할 수 없지만 우리 아내는 꼭 너를 보고 손으로 잡아 봐야 해. 그러니 내 약속하마. 아내가 그러고 나면 너를 다시 바다로 돌려보내 주겠다고. 사실 넌 아주 특별하고 보기 드문 고기니까 말이야. 넌 머리 윗부분과 지느러미, 꼬리, 그리고 등까지도 황금빛이지. 우리 생각을 알아주려고 해봐. 우리 아내는 너를 있는 그대로, 실물로 보고 싶어 해. 그 여잔 네 감촉이 어떤지를 알아보려고 자기 손으로 너를 만지고 더듬어 보길 바라고 있어. 황금철갑상어야! 네가 물고기라고 해서 우리와 아무 인연도 없다고는 생각하지 마라. 비록 네가 물고기일지라도 우리 아내는 아기를 낳기 전에 네가 동생이나 형제자매인 것처럼 너를 몹시도 보고 싶어 해. 그리고 배 속에 있는 아기도 기뻐할 거야. 내가 널 잡으려는 이유는 그것뿐이야. 그러니 날 도와줘. 제발 부탁이니 내게로 와. 너를 해치지 않겠다고 약속할게. 내가 너를 해칠 생각이라면 너도 그걸 알 거야. 낚싯바늘마다 나는 커다란 고깃덩어리를 달아 놓았어. 아무거나 골라. 그 고기는 냄새가 좋으니까. 멀리 떨어져서도 알 수 있을 거야. 가까이 와봐. 그리고 나를 나쁘게 생각하지 마. 만일 내가 미끼를 썼다면 네가 더 쉽게 달려들지는 몰라도 그건 옳지 못한 짓일 거야. 넌 아마도 그걸 삼켜 버릴 테고, 그러면 내가 널 바다로 돌려보내 줄 때 네 배 속에 쇳조각이 들어 있게 될 테니까. 그러면 너를 속이게 돼. 난 정직하게 낚시를 던졌어. 네 입술이 조금은 상하겠지만 그것뿐이야. 그러니 걱정 마. 난 큼직한 양가죽을 가져왔는데 거기에다 물을 채우면 넌 한동안 거기에 누워 있을 수 있어. 그리고 나중에는 다시 네 마음대로 헤엄치게 될 거야. 하지만 너를 잡지 않고는 여길 떠날 수가 없어. 시간이 지나가고 있어. 바람이 거세져서 파도가 일기 시작하는 것도 모르겠니? 분명히 너도 첫아이를 아버지 없는 아이로 만들고 싶진 않겠지? 그걸 잘 생각해 봐. 그리고 날 도와줘……〉

초겨울의 차갑고 황량한 회색 바다에는 이미 어둠이 깔리고 있었다. 배는 한순간 물마루 위로 올라갔다가 다음에는 물마루 사이의 골로 사라지곤 하면서 넘나드는 흰 파도를 헤치고 어렵게 어렵게, 그러나 꾸준히 해안 쪽으로 나아가고 있었다. 바다는 이미 점점 더 끓어오르고 요동치고 폭풍을 일으킬 힘을 끌어모으며 시끄러워지고 있었다. 예지게이의 얼굴에 차가운 물보라가 날렸고 노를 잡은 손이 물에 젖어시렸다.

우꾸발라는 바닷가를 따라 걷고 있었다. 얼마 전부터 몹시 걱정이 되어 물가에서 남편을 기다리려고 내려온 것이었다. 그녀가 어부와 결혼하기로 했을 때 스텝에서 사는 유목민들인 그녀의 친척들은 이런 말을 했었다.

「승낙을 하기 전에 잘 생각해 봐라. 넌 그런 힘든 생활에 길들지 못했어. 넌 바다와 결혼을 하는 거고, 바다 때문에 기도를 드리면서 여러 번 눈물로 세수를 하게 될 거야.」

그러나 우꾸발라는 예지게이의 청혼을 거절하지 않았다. 그녀는 단지 이렇게만 말했다.

「제 남편이 어부라면 저도 그렇게 될 거예요…….」 그리고 결국 그렇게 되었다.

그러나 이번에는 그가 다른 어부들과 함께 나간 것이 아니라 혼자서 나간 것이었다. 그리고 이제 날은 빨리 저물어 가고 있는 데다 바다는 시끄럽고 거칠었다.

그때 파도가 이는 바다에서 두 개의 노가 번쩍이더니 예지게이의 배가 파도 위로 솟구치고 있었다. 머리에 스카프를 두른 채 불룩 나온 배를 안고 있던 우꾸발라가 바로 물까지 내려가서 예지게이가 다가오기를 기다렸다. 힘차게 솟구치는 파도가 배를 얕은 여울로 날라다 주었다.

예지게이가 당장에 물로 뛰어들어 마치 황소를 끌 듯이 배를 해안으로 끌어당겼다. 그리고 온통 물과 소금기에 젖어 있는 동안 우꾸발라가 그에게로 다가가서 차갑고 뻣뻣한 방수 외투 밑으로 그의 목을 끌어안았다.

「눈이 빠지게 기다렸어요. 왜 이렇게 오래 걸렸어요?」

「그놈이 하루 종일 안 나타나다가 마지막에 가서야 미끼를 물더군.」

「그러면 황금철갑상어를 잡으러 갔던 거예요?」

「그래. 난 그놈이 와 달라고 빌었지. 이제 그놈을 볼 수 있어.」

예지게이가 물이 채워진 묵직한 가죽을 집어 들더니 그것을 풀어서 자갈 위에다 황금철갑상어와 물을 한꺼번에 쏟아 부었다. 크고 힘차고 아름다운 고기였다. 그 물고기가 젖은 자갈을 사방으로 튀기면서 몸부림치고 튀어 오르고 황금빛 꼬리를 사납게 퍼덕거렸다. 그리고 동시에 장밋빛 입을 벌리고서 제 자신의 생활 영역으로, 해안에서 부서지는 파도로 돌아가려고 기를 쓰며 바다 쪽으로 몸을 돌렸다. 한 1, 2초 동안 그놈이 갑자기 요동을 멈추고 조용해지더니 깜빡이지 않는 동그랗고 맑은 눈으로 비난하듯 주위를 둘러보며 제가 놓이게 된 새로운 세계에 적응하려고 했다. 초겨울날의 어둑어둑한 저녁이었는데도 그 황금철갑상어의 머리에 마치 꽃이 핀 것 같았다. 그 물고기는 제 위로 몸을 굽히고 있는 두 사람의 반짝이는 눈과 한 자락의 해안과 하늘을 보았다. 그리고 바다 너머 저 멀리로 엷은 구름 뒤의 수평선에서 눈이 멀 듯이 환한 석양빛도 알아볼 수 있었다. 그놈이 다시 숨을 헐떡이기 시작하더니 한차례 펄쩍 뛰어올랐다. 그러고는 다시 기를 쓰며 바다로 돌아가려고 퍼덕거리며 몸을 뒤틀었다. 예지게이가 아가미 아래쪽을 쥐고 그 황금철갑상어를 들어 올렸다.

「손을 내밀어서 이걸 받아 봐.」 그가 우꾸발라에게 말했다.

우꾸발라가 양손으로 아기를 안듯 그 물고기를 받아서 가슴에다 대고 눌렀다.

「굉장히 단단한 고기네요.」 우꾸발라가 압축된 스프링 같은 그 물고기의 힘을 느끼며 감탄했다. 「마치 통나무처럼 무거워요. 거기다 바다 냄새가 얼마나 향긋한지! 정말 아름다워요. 그러니까 당신은 나 때문에 이걸 잡아왔군요. 난 너무 기쁘고 너무 행복해요. 내 소원은 이루어졌어요. 이제 얼른 이놈을 다시 물에다 놓아줘…….」

예지게이가 무릎까지 차게 밀려오는 파도를 건너가서 그 황금철갑상어를 바다에다 풀어 주었다. 어둑어둑하고 푸르스름한 저녁 공기 속에서 황금철갑상어가 물에 떨어지는 한순간 동안 머리부터 꼬리까지 온통 황금빛인 그 물고기의 광채가 번뜩였다. 그런 다음 번개처럼 그 고기는 재빠른 몸놀림으로 물살을 가르며 또다시 심연 속으로 헤엄쳐 들어갔다.

그날 밤 바다에는 굉장한 폭풍이 일었다. 바다가 담장 너머에서, 절벽 아래에서 아우성을 치고 있었다. 한 번 더 예지게이는 한쪽으로 기울어진 파도가 다가오는 폭풍의 전조라는 말이 헛말은 아니라는 사실을 깨달았다. 이미 밤은 깊어 한밤중이었다. 반쯤 잠이 깬 채 그는 해안에서 거칠게 부서지는 파도 소리를 들었고 그러면서 그 소중한 황금철갑상어를 떠올렸다. 지금쯤 그 고기는 어디 있을까? 틀림없이 깊은 어둠 속에 숨어 제 머리 위로 수면에서 요동치는 파도 소리를 듣고 있을 것이었다. 그런 생각이 들자 예지게이는 행복한 미소를 지었다. 그리고 잠 속으로 빠져 들면서 아내의 옆구리에 팔을 걸쳤다. 그 순간, 그는 아내의 몸속에서 태동을 느꼈다. 그의 첫 번째 아이가 제 존재를 느끼게 하고 있었다. 그 감촉에 예지게이는 한 번 더 미소를 지었고, 평화롭게 잠이 들었다.

그는 1년도 채 못 가서 전쟁이 터질 것이며 그의 온 생애가 돌이킬 수 없이 바뀌리라는 사실은 꿈에도 알지 못했다. 또 자기가 영원히 바다를 떠날 것이며 그 바다는 단지 그의 기억 속에서만 남아 있으리라는 사실도 — 특히 어려운 시기가 찾아오거나 할 때면…….

여기서 기차들은 동쪽에서 서쪽으로, 서쪽에서 동쪽으로 지나간다.
이곳의 철길 양편에는 널따랗게 펼쳐진 광대한 불모지 — 중앙아시아의 노란 스텝 지대, 사리-오제끼가 놓여 있다.

부란니 예지게이에게는 참으로 끔찍했던 1953년, 그해 겨울은 일찍 찾아왔다. 사로제끄에서는 그처럼 일찍 추위가 닥친 적이 한 번도 없었다. 10월 말경이 되자 온 천지가 눈에 덮였고 추위가 시작되었던 것이다. 그런 일이 생기기 전에 예지게이가 꿈벨리로부터 자기 집 식구들과 자리빠와 아이들이 겨울을 날 감자를 가져올 수 있었던 것은 다행스러운 일이었다. 추위가 닥쳐오리라는 것을 알자마자 그는 시간을 지체하지 않았던 것이다. 그해의 마지막 여행을 그는 낙타를 타고 했다. 지나가는 화물 열차를 타고 간다면 운반을 해오는 동안 바람막이도 없는 무개화차에서 감자가 얼 것이고, 언 감자는 아무에게도 소용이 없을 것이기 때문이었다. 그는 부라니 까라나르를 타고 꿈벨리까지 가서 까라나르의 등에 두 자루의 감자를 실었다. 혼자 힘으로는 그 자루들을 들어 올릴 수 없었지만 다행히도 다른 사람들이 그를 도와주었다. 그리고 추위를 막기 위해 펠트 천을 머리에다 뒤집어쓰고 바람이 들어오지 않도록 천 끄트머리를 목덜미에다 쑤셔 넣은 다음 감자 자루 사이에 올라앉아 보란리-부란니를 향해 출발했다.

 그렇게 까라나르의 등 위에 올라앉아 있으니까 그는 마치 코끼리를 타고 있는 것처럼 보였다. 정말로 예지게이는 그런 생각이 들었다. 얼마 전까지만 해도 그곳 사람들은 코끼리를 타거나, 심지어 어떻게 타는 것인지에 대해서도 생각해 보지 않았었다. 그러나 바로 얼마 전에 첫 번째 인도 영화가 그곳에서 상영되었는데, 그러자 어린애고 어른이고 할 것 없이 꿈벨리 사람들 모두가 한 번도 못 가본 그 나라에 대한 호기심에서 영화를 보러 왔었다. 그 영화는 끝없는 노래와 춤은 물론 사람들이 호랑이를 잡으러 어떻게 밀림으로 들어가며, 또 코끼리를 타고서 그런 일을 어떻게 하는지도 보여 주었다. 예지게이와 보란리-부란니 간이역의 책임자는 그곳 대표자들로서 노동조합 총회에 참석했다가 회의가 끝나자 정거장 회관에서 그 인도 영화를 보았었다. 그 얘기는 거기서부터 시작되었다. 철도 종사자들은 인도 사람들이 코끼리를 타고 다니는 것에 깜짝 놀랐고 극장을 떠나면서 여러 가지 얘기들이 시작되었다.

누군가가 큰 소리로 떠들었다. 「그 코끼리들 굉장하더구먼, 안 그래? 하지만 예지게이의 부란니 까라나르도 그 못지 않게 훌륭하지. 예지게이를 태우고 일어서서 가는 걸 보면 영락없이 코끼리처럼 보이거든!」

「그래, 맞아!」 사람들이 웃었다.

또 다른 목소리가 외쳤다. 「그깟 코끼리가 무슨 소용이야? 그건 더운 나라에서만 살 수 있는데 겨울에 사로제끄에서 한 번 살아 보라고 해봐! 그러면 앞발 뒷발 다 들고 발랑 자빠질걸? 까라나르하고야 경쟁이 안 되지!」

「이거 봐요, 예지게이. 당신도 인도 사람들이 그러는 것처럼 까라나르 등 위에다 오두막을 한 채 세우면 어떻겠소? 그러면 당신도 그 부유한 마하라자(인도의 회교 군주)들처럼 타고 돌아다닐 텐데 말이오.」

예지게이는 웃었다. 그의 동료들은 농담을 한 것일지도 모르지만 그래도 역시 자기의 그 유명한 낙타가 그런 칭찬을 듣게 되니 기분이 좋았다. 그러나 또 한편으로 예지게이는 까라나르 덕분에 지독한 근심과 고통과 슬픔을 맛보아야 했다.

그 일은 모두 겨울이 닥치면서 시작되었다. 그날 예지게이가 집으로 돌아오는 중에 첫 번째 눈보라가 그를 덮쳤다. 처음엔 작은 눈송이들이 몇 차례 떨어졌다가 금방 녹아 없어졌다. 그러나 다음에는 정말로 폭설이 내리기 시작했다. 회색빛의 두꺼운 구름이 사로제끄의 하늘을 빽빽이 덮으며 바람이 일더니 커다란 눈송이들로 함박눈이 펑펑 쏟아지는 것이었다. 날씨는 혹독하게 춥지는 않았어도 습기 차고 불쾌했다. 그러나 가장 곤란한 일은 사방 어느 곳을 둘러보아도 전혀 분간이 되지 않는다는 것이었다. 그는 어떻게 해야 할까? 사로제끄에는 가던 길을 멈추고 날씨가 개기를 기다릴 데라고는 없었다. 대처할 방법은 한 가지뿐이었고, 그것은 부란니 까라나르의 튼튼한 다리와 방향 감각에 몸을 맡기는 것이었다. 그 낙타는 예지게이와 짐을 안전하게 집까지 실어다 줄 것이었다.

예지게이는 낙타에게 판단을 맡긴 채 옷깃을 올리고 모자를 눌러쓰고 두건을 꼭 여몄다. 그러고는 참을성 있게 가는 길 양편에서 어떤 이정표나 눈에 익은 물건이 있는지를 알아보려고 하면서 그대로 앉아 있었다. 그러나 보이는 것이라고는 뚫을 수 없는 눈의 장막뿐이었다. 까라나르는 조금도 속도를 늦추지 않고 휘몰아치는 눈 속으로 계속 걸었다. 그 낙타는 제 주인이 이제 더 이상 방향을 지시하지 않는다는 것을 알아차린 것 같았는데 그것은 어쩌면 예지게이가 아무 간섭도 하지 않고 짐 위에 그저 조용히 앉아만 있었기 때문일지도 몰랐다. 그러나 까라나르 역시 그처럼 무거운 짐을 싣고 눈보라 속에서 스텝을 가로지르려면 그 엄청난 힘을 다 들여야 했다. 제 주인을 싣고 더운 입김을 내뿜으며, 그 힘센 짐승은 소리를 지르고 으르렁거리며 이따금씩은 길게 끌리는 나팔 소리 같은 울음을 토해 냈지만 그러면서도 내내 멈추지 않고 계속 걸었다. 앞쪽으로부터 날아오는 눈을 뚫고서…….

그 여행이 예지게이에게 무척 길게 느껴진 것도 이상한 일은 아니었다. 좀 더 일찍 출발했더라면……. 그는 생각했다. 그러고도 속으로 집에서는 자기가 그런 날씨에 밖에 있다는 것을 알고 있으니 얼마나 걱정을 할까 하는 생각을 해보았다. 우꾸발라는 그를 몹시 걱정하겠지만 아무 말도 하지 않을 것이다. 그녀는 자기의 생각을 모두 입 밖으로 내는 그런 성격이 아니었다. 자리빠 역시 무슨 일이 생긴 것일까 해서 걱정을 하고 있을까? 물론 그럴 것이다. 하지만 그녀는 우꾸발라보다도 더 아무 말이 없을 것이고, 게다가 그를 피하고 있었다 — 아니, 숫제 이야기도 하지 않으려 들었다. 하지만 그들 사이에 심각한 일은 아무것도 없었는데 도대체 이유가 뭘까? 말로든 행동으로든 예지게이는 누구에게도 그들 사이에 뭔가 찜찜한 게 있다는 어떤 기색도 내보이지 않았다. 예전과 달라진 것은 아무것도 없었다. 그들 사이에서 일어났던 일은 고작 인생행로를 따라가는 두 여행자가 같은 길을 가다가 주위를 한번 둘러본 것뿐이었다······. 그리고 그들은 계속해서 자기의 길을 가고 있었다. 있었던 일은 그것뿐이었다. 다만 그가 마음속으로 느끼는 감정, 그것이 그의 문젯거리였다······. 그것이 그가 타고난 운명이었다. 의심할 바 없이, 그는 두 불꽃 사이에서 찢길 운명이었다. 그러나 아무에게도 상처를 입혀서는 안 되었다. 그처럼 쓰린 가슴을 안고서 어떻게 살아갈 수 있을까 궁리하는 것은 그 자신의 문제였다. 그랬다. 그는 어린애가 아니었다. 어떻게든 그는 이 단단한 매듭을, 이제 그 자신의 잘못으로 더욱 단단하게 조이고 있는 이 매듭을 풀 것이었다······.

그것은 생각만 해도 끔찍한 일이었지만 거기서 도망칠 구석이라고는 없는 것 같았다. 사로제끄엔 이미 겨울이 닥쳤는데도, 그는 여전히 자리빠를 잊을 수 없었고 생각만으로라도 우꾸발라를 포기할 수도 없었다. 그 두 사람을 동시에 다 필요로 한다는 것이 그의 불행이었다. 그들은 분명히 그의 생각을 알아차리고서 그가 자신의 운명을 빨리 결정하도록 상황을 급박하게 몰아가지 않으려고 애쓰고 있었다. 겉보기로는 모든 일이 예전과 똑같았다. 그 두 여인 사이의 허물없는 관계며 양쪽 집안의 아이들 — 그들은 마치 그 간이역에서 함께 자란 한가족 같았고 그 두 집안의 아이들은 언제나 때로는 이쪽 집에서, 때로는 저쪽 집에서 함께 놀았다. 그렇게 여름이 지나갔고 이제 가을도 끝났다…….

부란니 예지게이는 눈보라 속에서 의지할 곳이라고는 아무 데도 없는 천애의 고아 같은 심정이었다. 눈은 계속 내렸고 사방은 온통 텅 빈 허허벌판이었다. 이따금씩 까라나르가 걸음을 늦추지 않은 채 갈기에서 눈을 털어 내거나 으르렁거리는 소리와 울음소리로 정적을 깨곤 했다.

예지게이는 그 여행길에서 괴로워하고 있었지만 자신의 감정을 어찌 해볼 도리가 없었다. 그는 마음을 진정시킬 수도, 무엇을 분명히 볼 수도, 혼란스럽고 우울한 기분에서 벗어날 수도 없었다. 그는 터놓고서 자리빠에게 사랑을 고백할 수도, 우꾸발라를 포기할 수도 없었다. 그는 자신에게 지독한 욕설을 퍼붓기 시작했다.

「짐승 같은 놈. 넌 낙타만도 못해. 돼지! 개새끼! 미친놈!」

가장 지독한 저주와 그 비슷한 말들로 자신을 욕하면서 그는 혼미한 상태에서 벗어나 정신을 차리고 침착하게 생각해 보기 위해 자신을 꾸짖고 있었다……. 그러나 모두 허사였다. 이제 바야흐로 산사태가 일어나려는 참이었다. 그를 기다리고 있는 단 한 가지 즐거움은 아이들을 보게 되리라는 기대였다. 그 아이들은 따지지 않고 그를 있는 대로 받아들였으며 그에게 아무런 문젯거리도 안겨 주지 않았다. 그 아이들을 돕고, 그 아이들에게 뭔가를 가져다주고, 그 아이들을 위해 집에 있는 물건들을 수선해 주는 것 — 그것이야말로 지금 그가 두 개의 커다란 자루에 담긴 월동용 감자를 까라나르에 실어 그 아이들에게 가져다주려는 것처럼 그에게 가장 큰 기쁨을 주는 일이었다. 그는 또 그들이 겨울을 날 땔감을 대주겠다고도 장담했었다.

예지게이에게는 일종의 도피처인 아이들을 생각하자 그는 마음속에 평화를 얻을 수 있었다. 그는 자기가 보라리-부란니로 돌아가면 아이들이 그가 오는 소리를 듣고 어떻게 집 밖으로 뛰어나올 것이며, 눈이 내리고 있다 하더라도 아이들을 집 안으로 몰아넣기가 얼마나 어려울 것인지 상상해 보았다. 그 아이들은 큰 소리로 외치고 뛰어 돌아다니며 〈예지게이 아저씨가 돌아오셨어! 까라나르를 타고 있어! 감자를 실어 오셨어!〉 하고 소리칠 것이었다. 그는 낙타에게 앉으라고 명령함으로써 아이들에게 자기가 얼마나 엄격하고 강해질 수 있는지를 보여 줄 것이고 다음에는 눈에 뒤덮인 채 까라나르의 등에서 내려와 눈을 털어 내고 나서 아이들의 머리를 쓰다듬어 줄 것이다. 그리고 감자 자루를 내린 뒤에 자리빠가 근처에 있는지 둘러볼 것이다. 물론 그는 자리빠에게 별다른 말을 하지 않을 것이고 그녀 역시 아무 말도 않겠지만, 그녀의 얼굴을 보기만 하면 그것으로 행복할 것 같았다. 그러나 곧이어 그는 자기가 거기서 어디로 갈 수 있을 것인가 하는 생각 때문에 속이 상하고 슬퍼지기 시작할 것이었다. 그러는 사이 아이들은 일을 방해하고 이따금씩 낙타가 으르렁거리는 소리에 놀라 그에게 달려들곤 하면서 근처에서 뛰어놀다가 두려움이 사라지면 그를 도우려고 할 것이며, 그것은 돌아오는 길에 겪은 모든 고생에 대한 보답이 될 것이었다…….

그렇게 예지게이는 아부딸리쁘의 아이들과 만나는 장면을 상상하고 있었다. 그는 또 아이들, 언제나 애타게 듣고 싶어 하는 그 아이들에게 해줄 이야기에 대해서도 미리 생각해 보았다. 그 애들한테 아랄 해에 대한 이야기를 해줘야 할까?

아이들이 좋아하는 이야기는 바다에서 생긴 일들과 관련된 것이었는데, 이야기를 해주고 나면 아이들은 어떻게든 거기에다 제 아버지를 갖다 붙일 것이다. 그런 식으로 아이들은 제 아버지와 계속 끈을 맺고 그에 대한 기억을 새롭게 하기 위해 저희들도 모르는 새에 고안을 해내고 있었다. 예지게이는 벌써 그 아이들에게 자기가 바다에 대해 알고 있는 모든 것, 그러니까 황금철갑상어에 관한 이야기만을 제외하고는 모든 것들을 서너 차례나 되풀이해서 얘기해 주었었다. 하지만 어떻게 그 얘기를 해줄 수 있을까? 오래전에 실제로 일어났던 그 이야기를 자기 이외의 다른 사람에게 설명할 수가 있을까?

그런 생각을 하면서 예지게이는 그 눈 오는 날 집으로 돌아오고 있었다. 그는 마음속에서 이는 의심과 갖가지 상념을 몰아낼 수 없었고, 그러는 동안 내내 눈은 계속 내리고 있었다······.

그 눈은 때 이르게 그리고 애초부터 으스스하게 사로제끄의 겨울이 시작된다는 것을 알렸다. 추운 날씨가 닥치자 부란니 까라나르는 괜히 들떠서 화를 내고 초조해하기 시작했다. 또다시 그 낙타의 수놈 본능이 몸속에서 반란을 일으킨 것이었다. 누구도, 또 어느 것도 그 낙타의 자유를 속박할 수 없었다. 그 시기에는 제 주인까지도 때로는 꼼짝없이 물러날 수밖에 없었다.

눈이 온 뒤 사흘째 되던 날 사로제끄에는 찬바람이 몰아쳤고 그러자 갑자기 스텝 위로 마치 개울처럼 두껍고 차가운 안개가 드리워졌다. 멀리에서도 눈을 밟는 발소리가 들렸고 어떤 소리라도, 아무리 가볍게 버스럭거리는 소리라도 바람결을 타고서 아주 똑똑하게 들려왔다. 그리고 기차들이 선로를 따라 오가는 소리도 몇 킬로미터나 멀리 떨어져 있을 때부터 들을 수 있었다.

동이 틀 무렵 예지게이는 부란니 까라나르가 우리에서 잠을 깨어 으르렁거리는 소리와 그놈이 발을 굴러 대며 집 뒤의 담장을 요란스럽게 흔드는 소리를 들었다. 그는 이제부터 자기가 곤경에 빠지리라는 것을 너무도 잘 알고 있었다. 그래서 서둘러 옷을 주워 입고는 어둠 속으로 나가서 우리 쪽으로 걸어갔다.

「이게 도대체 무슨 짓이냐! 이 세상이 다시 끝나기라도 한다더냐!」 그가 외쳤다. 그의 목소리가 얼얼한 추위로 갈라졌다. 「너 내 피를 말리고 싶어서 안달이냐? 이 색마 같은 짐승놈아!」

하지만 그는 괜히 쓸데없는 소리를 지껄이고 있었다. 잠을 깨고 있는 욕정으로 흥분한 그 낙타는 제 주인 생각 따위는 조금도 해주지 않았다. 무슨 일이 있더라도 그 낙타는 제멋대로 할 것이다. 까라나르가 콧김을 내뿜고 무섭게 이빨을 갈더니 담장의 일부를 무너뜨렸다.

「그러니까 바람결에서 무슨 냄새라도 맡은 거냐?」 예지게이의 화난 말투가 꾸지람으로 바뀌었다. 「넌 분명히 낙타 떼들이 있는 곳으로 나가고 싶겠지. 네놈은 거기서 암낙타들이 널 기다린다고 생각하는 거냐? 그러냐? 아서라! 아서! 도대체 신께서는 네놈을 왜 이 모양으로 만드셨을까! 차라리 1년에 한 번만이 아니라 매일이라도 좋으니 이렇게 소란법석을 떨지 않게 만드셨으면 좋잖아? 네놈은 아무 상관 없다고 생각할 테지만 ― 그래, 네놈이 그 짓을 할 수 없다면 이 세상도 끝나는 거겠지!」

부란니 예지게이는 그것이 자기 힘으론 어쩔 수 없는 일이라는 것을 너무도 잘 알고 있었다. 거기에 대해서는 어떻게 손을 써볼 도리도 없었고 괜히 허공에다 대고 떠들어 대는 것도 소용없는 짓이어서 그는 별수 없이 문을 열어야 했다. 그가 통나무로 엮어 만든, 높이가 사람 키만큼이나 되고 튼튼한 쇠사슬로 잠긴 문을 채 다 열기도 전에 까라나르가 그를 밀쳐 넘어뜨리더니 사납게 울부짖고 으르렁거리며 그 길쭉한 다리를 한껏 뻗어 달려 나왔다. 그러고는 탄탄하고 검은 혹을 흔들어 대며 쏜살같이 스텝으로 내달았고, 잠시 뒤에는 발굽에 채어 오른 구름 같은 눈에 가려 흐릿해지며 시야에서 사라졌다. 「저 염병할 놈!」 낙타 주인이 뒤에다 대고 욕을 해댔다. 그러나 다음에는 진심 어린 동정이 배어들었다. 「그래, 달려라! 서둘러라, 이 바보야. 안 그러면 너무 늦을 게다!」

그날 아침 예지게이는 일을 하러 가야 했고 그 바람에 까라나르가 일으킨 반란의 결과에 대해서는 나중에까지 손을 쓸 수 없었다. 만일 그가 그 일이 어떻게 끝날지를 알았더라면……. 그는 절대로 낙타를 풀어 주지 않았을 것이었다. 하지만 누가 예지게이 없이 그 미친 낙타를 대적할 수 있을까? 아니, 해야 할 일은 다만 그 낙타를 할 수 있는 한 멀리 보내는 것뿐이었다. 그는 까라나르가 자유롭게 뛰어 돌아다니면서 신선한 공기를 좀 마시고 나면 뜨거운 피가 얼마쯤은 식으리라고 기대했었다.

정오에 까잔갑이 그를 찾아와서 한편으로는 웃으면서, 또 한편으로는 안됐다는 투로 말했다. 「그런데 말일세, 자네 정말 큰일 났어. 내 지금 막 방목장에 다녀오는 길이네. 까라나르가 내 생각으론 긴 여행이 될 길을 떠났어. 아마도 여기 있는 젊은 암놈들로는 성이 차지 않는 모양이야.」

「그놈이 도망쳤다고요? 어디로요? 농담 말고 사실대로 얘기해 주십쇼.」

「난 진담일세. 분명히 얘기하네만 그놈은 다른 낙타 떼를 쫓아갔어. 바람결 속에서 뭔가를 느낀 거야. 난 그놈을 풀어 주면 일이 어떻게 되어 갈지 보고 싶었네. 그래서 큰 골짜기로 들어가 주위를 둘러봤는데, 내가 뭘 본 줄 아나? 웬 짐승이 지축을 흔들면서 스텝을 휘젓고 뛰어 돌아다니더라 이걸세 — 바로 까라나르 그놈이었어. 그놈 눈이 기관차 헤드라이트처럼 튀어나와 목청껏 으르렁거리면서 주둥이에서 침을 질질 흘리고 있더구먼. 꼭 기관차가 달려오는 것 같더라니까! 그놈 뒤에서는 정말로 폭풍이 일고 있었어. 난 그놈이 나를 짓밟을까 봐 무서웠지만 그놈은 나를 보지도 못하고 그냥 달려가 버리더군. 말라꿈지샵 쪽으로 가고 있었어. 거기엔 절벽 밑에 우리 것보다 훨씬 더 큰 낙타 떼들이 있거든. 그놈은 이 근처에 있는 것들엔 흥미가 없는 모양이야. 좀 더 크게 놀아 보고 싶은 거지. 하긴 힘이 한창 좋을 때니까.」

예지게이는 정말로 당황스러웠다. 그는 이 일로 생겨날 골치 아프고 불쾌한 일들을 당장에 떠올릴 수 있었다.

「걱정 말게. 거기에도 힘센 수놈들이 있으니까. 그놈하고 싸울 거고, 그러면 그놈은 흠씬 두들겨 맞은 개처럼 쫓겨날 걸세.」

까잔갑이 예지게이를 위로하려는 듯이 말했다.

다음 날이 되자 까라나르가 저지른 짓에 대해서 전쟁 통에 전선으로부터 보고가 들어오듯 소식이 흘러들기 시작했다. 눈앞에 떠오르는 광경은 조금도 걱정을 덜어 주지 못했다. 보란리-부란니에서 기차가 서기만 하면 기관사건 소방수건 제동수건 가릴 것 없이 까라나르가 철로를 따라 역과 간이역들 주위에서 다른 낙타 떼들에게 저지른 흉포하고 난폭한 짓에 대해 앞을 다투어 떠들어 댔다. 그들 말로는 까라나르가 말라꿈지샵에서는 두 마리의 수놈 낙타를 죽도록 짓밟았고 다음에는 네 마리의 암낙타를 몰고서 스텝으로 달아났다는 것이었다. 그 주인들이 마침내는 공중에다 대고 총을 쏘고 해서 간신히 까라나르에게서 암낙타들을 떼어 놓을 수 있기는 했지만, 그리고 또 다른 곳에서는 까라나르가 어떤 암낙타 주인을 안장에서 끌어내려 동댕이친 다음 그 암낙타를 데리고 가기에 앞서 그를 쫓아 버렸다고도 했다. 타고난 멍텅구리인 그 낙타 주인은 까라나르가 제 욕심을 실컷 채우고 나면 암낙타를 고이 보내 줄 것이라는 생각에 두 시간을 기다렸다. 그런데 어쩐 일인지 그 암낙타는 이 뻔뻔한 수놈 낙타에게서 떨어질 생각을 하지 않았다. 그래서 낙타 주인은 암낙타를 붙잡아 끌어려고 가까이 다가갔는데 그러자 까라나르가 마치 야수처럼 달려들어 그를 다시 쫓아 버렸다. 그 낙타는 만일 그 남자가 깊은 구덩이 속으로 뛰어들어 거기서 몸을 숨기고 죽었는지 살았는지 모르게 생쥐처럼 꼼짝도 하지 않았더라면 그를 짓뭉개 버렸을 것이다. 어쨌건, 그는 정신이 들자 마지막으로 까라나르를 보았던 곳으로부터 상당히 떨어진 계곡을 따라서 똥줄이 빠져라 집으로 도망쳤다. 목숨을 구한 것만도 다행이라고 여기면서.

사로제끄의 전보 통신문들이 까라나르의 흉포한 행동에 대해서 비슷한 이야기들을 전해 왔지만 가장 걱정스럽고 위협적인 내용은 아끄-모이낙 간이역에서 날아들었다. 그러니까 부란니 까라나르, 그 낙타는 꿈벨리를 지나서 아끄-모이낙까지 간 것이었다. 꼬스빤이라는 사람이 그 간이역에서 급보를 보냈던 것인데 그 기막힌 내용은 이러했다.

존경하는 예지게이-아가 귀하. 비록 귀하가 사로제끄에서는 유명한 분이라 하더라도 좀 언짢은 소식을 전해야 되겠습니다. 저는 귀하가 성정이 강한 분이라고 생각했습니다. 그런데 어째서 그 집채만 한 까라나르를 풀어 주셨습니까? 저희는 귀하가 그런 일을 하리라고는 예상 못했습니다. 까라나르는 여기서 엄청난 두려움을 끼친 것은 물론, 우리 수놈 낙타들을 병신으로 만들었고, 가장 나은 암낙타 세 마리를 끌고 가버렸습니다. 게다가 이곳으로 왔을 때도 저 혼자가 아니라 제 앞에 안장이 얹힌 암낙타를 몰고 왔는데, 그 암낙타의 주인은 안장에서 떨어져 내린 게 분명합니다. 그렇지 않고서야 어떻게 그 암낙타가 안장을 얹은 채 돌아다니겠습니까? 이제 귀하의 낙타는 세 마리의 암낙타를 스텝으로 몰고 가서 사람이건 짐승이건 근처에 얼씬거리지도 못하게 하고 있습니다. 이런 상태에서 무슨 좋은 일이 생기겠습니까? 우리의 젊은 수놈 낙타들 중에 한 마리는 이미 죽었습니다 — 갈비뼈가 박살난 것입니다. 저는 우리 암낙타들을 되찾기 위해 공포를 쏘아서 까라나르를 겁주고 싶었지만 그래 봤자 무슨 소용이 있겠습니까? 두려운 게 아무것도 없는데 말입니다. 그 낙타는 제 볼일을 방해받지 않기 위해서 사람이건 뭐건 가릴 것 없이 물어뜯으려 듭니다. 그놈은 먹지도 마시지도 않고 그저 암낙타들에게 올라타기만 하는데 그 짓을 할 때면 땅이 흔들립니다. 얼마나 난폭하게 교미를 하는지 보고 있으려면 민망할 지경입니다. 게다가 그 짓을 할 때면 세상에 종말이 오기라도 한 것처럼 온 스텝이 쩡쩡 울리게 으르렁대는 겁니다. 우리에겐 그런 소리를 참고 견뎌 낼 여력이 없습니다. 제가 보기엔 그놈은 백년 동안이라도 쉬지 않고 계속 그럴 수 있을 것 같습니다. 저는 이제껏 그런 괴물을 본 적이 없습니다. 이곳 사람들 모두가 겁에 질려 있습니다. 여자와 아이들은 집에서 멀리 나가기를 두려워합니다. 그래서 저는 귀하가 즉시 이곳으로 오셔서 까라나르를 끌어가 주셨으면 합니다. 기한을 정하겠습니다. 만일 이틀 내에 귀하가 여기로 와서 저희들의 고통을 해소시켜 주지 않는다면, 그때는 화내지 마십시오. 제게는 대구경의 총이 있습니다. 그 총탄은 곰이라도 쓰러뜨릴 수 있습니다. 저는 증인들이 보는 앞에서 그놈의 머리에다 총을 쏠 것이며 그것으로 일은 다 끝날 것입니다. 가죽은 벗겨서 지나가는 화물 열차 편으로 보내 드리겠습니다. 저는 이 낙타가 부란이 까라나르인지 아닌지 상관하지 않겠습니다. 저는 제 말대로 밀고 나갈 계획입니다. 너무 늦기 전에 오십시오.

아끄-모이낙의 후배
꼬스빤으로부터

그러니까 일은 그런 식으로 벌어지고 있었다. 비록 그 편지가 유머 감각을 지닌 사람의 손으로 쓰였다고는 해도 그 내용에 담긴 경고는 심각했다. 예지게이는 까잔갑과 그 일을 상의해 보고 나서 자기가 지체 없이 아끄-모이낙 간이역으로 떠나야 한다는 데 의견의 일치를 보았다.

그러나 말은 쉬워도 실행에 옮기기는 쉽지 않았다. 그는 아끄-모이낙까지 찾아가서 스텝으로 나가 까라나르를 붙잡고, 그다음에는 어느 때라도 눈보라가 몰아칠 수 있는 혹독하게 추운 날씨를 뚫고 돌아와야 했다. 가장 손쉬운 방법은 될 수 있는 대로 두껍게 옷을 껴입은 다음, 지나가는 열차를 얻어 타고 아끄-모이낙까지 가서 낙타를 빌려 스텝으로 나가는 것이었다. 그러나 지금쯤엔 까라나르가 제 후궁들을 데리고 스텝으로 얼마나 깊숙이 들어갔는지 모를 일이었다. 또 편지의 어조로 판단하건대, 그곳 사람들이 화가 잔뜩 나서 낙타를 빌려주지 않을 수도 있었고, 그럴 경우에는 설상가상으로 눈보라를 뚫고 걸어서 까라나르를 뒤쫓아가야 했다.

예지게이는 아침에 출발했다. 우꾸발라가 여행 중에 먹을 음식을 마련해 주었고, 그는 솜을 넣어 누빈 바지와 따뜻한 조끼에 양피 외투로 옷을 단단히 챙겨 입었다. 그리고 발에는 털 장화를, 머리에는 여우가죽으로 만든, 세 면을 접어 올리게 된 — 뒤쪽과 양옆으로 바람을 막고 머리 전체와 목덜미를 털로 감싸는 그런 종류의 — 말라까이 모자를 썼고 손에는 따뜻한 양피 장갑을 꼈다. 그가 아끄-모이낙까지 타고 갈 암낙타에 안장을 얹고 있을 때 아부딸리쁘의 두 아들이 달려왔다. 다울의 손에 뜨개질한 털목도리가 들려 있었다.

「예지게이 아저씨. 엄마가 그러는데 이게 아저씨 목을 춥지 않게 해줄 거래요.」 그 아이가 스카프를 건네주며 말했다.

기쁨에 넘쳐 예지게이는 그 아이를 끌어안고 키스를 하기 시작했고 그러면서 너무도 가슴이 벅차올라 잠시 동안 말을 잃었다. 그의 마음은 소년처럼 환희로 가득 채워졌다. 그도 그럴 것이, 그 선물은 자리빠가 처음으로 보인 관심의 표시였다.

「네 어머니에게 이르려무나.」 그는 떠나면서 아이들에게 말했다. 「내 곧 돌아올 거라고 말이다 — 신의 뜻이 그러하시다면 내일쯤 돌아올 게다. 내 꼭 가 있어야 할 시간보다 1분도 더 지체하지 않으마. 그리고 돌아오면 우리 차나 함께 마시자꾸나.」

예지게이는 얼마나 그 황량한 아끄-모이낙에서 돌아와 자리빠를 다시 보고 싶었던가! 그녀의 눈을 들여다보며 이 목도리가 그저 우연한 선물이 아니라는 것을 확인하기를……. 그는 조심스럽게 목도리를 접어서 상의 안주머니에 넣었다. 그리고 낙타를 출발시켜 집에서 꽤 멀어진 뒤에까지도 그는 자꾸만 뒤를 돌아다보지 않을 수 없었다. 망할 놈의 까라나르! 이 꼬스빤인가 하는 사람 말대로 그놈을 쏘아 버리고 가죽을 돌려보내게 둬버려? 따지고 보면 지금까지 난 얼마나 오랫동안 이 야수 같은 놈에게 자애로운 유모처럼 굴었던 거냐 말이야! 그놈이 어떻게 되건 상관 말고 내버려 두자! 그놈은 그렇게 당해도 싸! 그런 생각들이 그가 길을 떠나면서 했던 것들이었다. 그러나 얼마 안 가서 곧 그는 부끄러운 생각이 들었다. 이대로 그냥 돌아갔다가는 진짜 바보가 되고 말겠지. 다른 사람들 앞에서, 특히 우꾸발라와 자리빠 앞에서 고개를 들지 못하게도 될 테고. 이 조바심을 해결할 길은 되도록 빨리 아끄-모이낙까지 갔다가 돌아오는 길뿐이야.

그런 생각으로 마음을 달래면서 그는 갈 길을 재촉했다. 날씨가 꽤 추운 데다, 고르기는 해도 강한 바람이 계속 불고 있었다. 바람결에 실려 온 서리가 그의 얼굴을 덮었고, 특히 여우 가죽으로 된 말라까이 모자 털에는 새털 같은 된서리가 앉았다. 갈색 암낙타의 숨결에서 뿜어 나온 입김으로 그 낙타의 목에서부터 양 어깨뼈 사이의 튀어나온 곳까지 하얗게 서리가 덮였다. 이제 바야흐로 동장군이 기승을 부리기 시작한 것이었다. 저 멀리 앞쪽에는 안개가 끼어 있었는데, 예지게이는 앞으로 나아가는 동안 내내 눈길이 끝닿는 지평선에서 그를 따라 움직이는 것처럼 보이는 희미한 선 — 그 선은 그가 접근하는 것과 같은 속도로 뒤로 물러났다 — 을 볼 수 있었다. 겨울의 사로제끄는 텅 비어 가혹하게 보였고, 바람에 쓸려 하얀색으로 얼어붙고 있었다.

젊고 발 빠른 암낙타는 그를 안장에 편히 싣고서 미답의 땅을 가로질러 힘차게 나아가고 있었다. 그러나 예지게이에게는 그 낙타의 걸음걸이가 이제껏 익숙해진 그런 속도가 못 되었다. 만일 까라나르였다면 좀 더 달랐을 것이었다. 그 낙타의 숨은 더 강했고 걸음걸이도 비교가 되지 않았다. 옛 시가 공연히 쓰인 것은 아니었다.

이 말은 저 말보다 어디가 더 나을까?
걸음걸이가 더 훌륭해서지.
이 신랑감은 저 신랑감보다 어디가 더 나을까?
마음씨가 더 훌륭해서지.

앞으로도 갈 길은 멀었고, 가는 동안 내내 그는 그 혼자뿐일 것이다. 예지게이는 자리빠가 선물해 준 목도리가 아니었더라면 못 견디게 적적했을 것이었지만, 길을 가는 동안 내내 그 소박한 선물이 뿌듯하게 와 닿는 감촉을 느끼고 있었다. 그는 이제껏 오랜 세월을 살아왔으면서도 그처럼 하잘것없는 물건이, 사랑하는 여자에게서 선물로 받은 것일 때는, 가슴을 얼마나 따뜻하게 해줄 수 있는지 전혀 알지 못했었다. 그는 내내 그런 생각을 소중히 간직한 채 코트 안으로 손을 집어넣어 목도리를 쓰다듬었고, 흐뭇한 미소를 지었다. 그러나 다음에는 다른 생각이 떠올랐다. 그는 어떻게 해야 할까? 장차 그의 삶을 어떻게 조정해야 할까? 그의 앞에는 넘을 수 없는 장애물이 가로놓여 있는 것 같았다. 그는 어떻게 그것을 극복할 수 있을까? 남자는 자기 앞에 어떤 목적을 가지고 살아야 하며 그 목적을 이룰 수단 또한 갖추고 있어야 한다.

하지만 이 경우엔 그는 어떻게도 할 수 없었다.

그러자 비참한 예감이 차가운 안개에 싸인 사로제끄의 적막한 경치처럼 부란니 예지게이의 시야를 흐리게 했다. 자기의 딜레마에 대한 해답을 찾지 못한 채, 그는 혼란스럽고 괴롭고 낙담이 되었다. 그리고 다시 한 번 가망 없는 꿈으로 희망을 돋워 보려고 했다.

갑자기 그는 온전한 정적 속에 자기 혼자뿐이라는 사실이 너무도 두려웠다. 어째서 그는 이제껏 그런 삶을 영위해 왔을까? 어째서 손털고 사로제끄를 떠나지 못했을까? 어째서 이 몹쓸 운명으로 괴롭힘을 당하는 불행하고 불운한 가족이 보란리-부란니로 찾아들었을까? 그들만 아니었다면 그는 지금처럼 심한 고통을 당하지 않고서 조용하고 안락한 삶을 꾸려 갔을 것이었다. 그러나 이제 그의 영혼은 무책임했고 손에 넣을 수 없는 것을 원하고 있었다……. 게다가 광기를 부리고 있는 까라나르 역시 그가 짊어져야 할 부담이었으며 신이 내린 형벌이었고 그에게 아무런 행운도 가져다주지 않았다. 아니, 실로 그의 삶에는 행운이라고는 없었다.

예지게이는 거의 저녁때가 다 되어서야 아끄-모이낙에 도착했다. 그가 타고 간 낙타는 기진맥진했다. 길고도 힘든 여행을 한 끝이었으니 그럴 만도 했다.

아끄-모이낙 간이역은 물을 댈 우물이 있다는 것만 빼놓고는 보란리-부란니 같은 다른 간이역들과 똑같았다. 그 밖에는 사로제끄 어느 곳에서나 마찬가지로 다른 점이 없었다.

간이역 쪽으로 다가가면서 예지게이는 누군가에게 어디로 가야 꼬스빤을 만나 볼 수 있는지 물었고 꼬스빤은 아직 근무 중이라는 말을 들었다. 그래서 부란니 예지게이는 곧장 당직실을 찾아갔다. 그가 당직실 앞에 이르러 낙타에서 내리려는 참에 선선해 뵈는 중키의 남자가 웃음기를 띠고 문간으로 나왔다. 그는 누군가에게서 빌려 입은 것이 분명한 양가죽 상의를 입고 있었다. 그의 털 장화는 꿰맨 것이었고 머리에는 낡은 말라까이 모자가 삐딱하게 얹혀 있었다.

「아, 예지게이-아가! 보란리에서 오셨군요!」 그가 당장에 예지게이를 알아보고 밖으로 달려 나왔다. 「그러니까 정말 오신 거군요! 우린 오실까 안 오실까 궁금해하면서 기다리고 있었습니다.」

「올 수밖에 없지 않습니까.」 예지게이가 웃었다. 「당신이 그런 협박장을 보냈으니 말입니다.」

「정말 그렇군요! 하지만 그 편지에 적힌 건 벌어진 일에 비하면 절반도 채 못 됩니다, 예지게이-아가. 편지는 그저 종이쪽지일 뿐이지요. 하지만 여기서는 굉장한 일이 벌어지고 있어요. 우리를 얼른 그 두통거리 까라나르에게서 구해 주셔야겠습니다. 정신을 못 차릴 지경이거든요. 우린 스텝으로 나갈 수도 없습니다. 그놈이 멀리서 누굴 보기만 하면 미친 듯이 달려들어서 병신을 만들려고 드는 바람에요. 정말 엄청난 놈입디다. 근처에 그런 아딴(수낙타)이 있다는 게 끔찍해요.」 그가 말을 멈추고 예지게이를 바라보았다. 「그런데…… 아무것도 없이 맨손으로 그놈을 다루실 생각입니까?」

「그게 무슨 소립니까? 맨손이라니요?」 예지게이가 안장 가방들 중의 하나에서 손잡이에 가죽 끈을 둘둘 만 채찍을 꺼내 들었다.

「그 조그만 채찍을 쓰시려고요?」

「그럼, 뭘 썼으면 좋겠습니까? 대포? 그놈은 기껏해야 낙타요.」

「우린 총을 사용하지 않습니다. 모르겠군요 — 어쩌면 그놈은 제 주인을 알아보겠죠. 하지만 그놈 어째 눈이 좀 흐려진 것 같아서요.」

「글쎄요. 알게 되겠지요.」 예지게이가 대답했다. 「하지만 시간을 허비하지는 맙시다. 당신이 분명히 꼬스빤이겠지요? 그렇다면 그놈이 어디에 있는지 좀 알려 주시오. 그 나머지는 내게 맡기고.」

「좀 떨어진 곳에 있습니다.」 꼬스빤이 주위를 둘러보며 대답하고는 시계를 들여다보았다. 「보십쇼, 예지게이-아가. 너무 늦었습니다. 우리가 거기에 당도할 때쯤이면 벌써 한밤중일 겁니다. 한밤중에 그놈을 잡을 순 없지요. 아니, 그건 도리가 아닙니다. 저희는 당신 같은 분을 지나가게 할 수 없습니다. 우리 손님이 되어 주십시오. 그리고 내일 아침이 되면 좋을 대로 하셔도 됩니다.」

예지게이로서는 생각지도 못했던 일이었다. 그는 까라나르를 붙잡기만 하면 곧 꿈벨리로 돌아가 역 근처에서 친구들과 밤을 보낸 뒤에 동이 트자마자 집을 향해 출발할 예정이었다.

예지게이가 떠나려 한다는 것을 알아차리고 꼬스빤이 그를 붙잡았다.

「안 됩니다, 예지게이-아가. 그러시면 안 됩니다. 편지를 보냈던 건 죄송하게 됐습니다만 달리 방법이 없었습니다. 어쩔 도리가 있어야지요. 하지만 그냥 가시게 할 수는 없습니다. 이런 말씀 드리긴 뭣하지만 만일 한밤중에 텅 빈 스텝에서 무슨 일이라도 생기게 되면 어쩝니까? 저는 사리-오제끼에 있는 사람들 모두에게 책망을 듣고 싶지 않습니다. 저희와 같이 지내시고 아침이 되면 좋을 대로 하십시오. 저희 집은 마을 끝에 있습니다. 저는 한 시간 더 근무를 해야 되니까 그동안 저희 집으로 가셔서 편히 계십시오. 낙타는 우리에 넣으시고요. 사료도 준비되어 있습니다. 그리고 물도 있으니까 마음대로 쓰십시오.」

겨울이어서 날은 금세 어두워졌다. 꼬스빤과 그 가족은 알고 보니 썩 괜찮은 사람들이었다. 그의 집에는 노모와 그의 아내, 그리고 다섯 살짜리 사내아이(그 위의 큰딸은 꿈벨리의 기숙 학교에 가 있었다)가 있었는데 꼬스빤을 포함해서 온 집안 식구들은 손님을 편안하게 해주려고 마음을 써주었다. 집 안 분위기는 따뜻했고 활기가 넘쳤으며 부엌에서는 겨울에 갓 잡은 고기가 끓고 있었다. 식사가 준비되는 동안 그들은 차를 마셨다. 꼬스빤의 노모가 그의 잔에다 차를 가득 따라 주었고 그러면서 쉴 새 없이 예지게이에게 가족과 아이들에 대해서, 그리고 생활이며 날씨, 또 어느 곳 어느 부족 출신인지 등을 물었다. 그리고 이번엔 그들이 언제 어떻게 해서 아끄-모이낙 간이역으로 오게 되었는지를 얘기해 주었다. 예지게이는 그녀의 질문에 찬찬히 대답했고, 노르스름하게 녹은 버터의 맛이 훌륭하다고 칭찬하면서 그것을 납작하게 구운 빵조각에 발라 입에 넣었다. 사로제끄에는 우유로 만든 버터가 귀했다. 양이나 염소 또는 낙타의 젖으로 만든 버터도 그리 나쁘지는 않았지만 우유로 만든 버터가 더 맛있었다. 그 버터는 꼬스빤의 친척이 우랄 지방에서 보내준 것이었다. 예지게이는 버터 바른 빵을 실컷 먹었고 그러면서 목장의 풀 냄새까지도 맡을 수 있을 것 같다고 했는데 그 말이 꼬스빤의 노모 마음에 꼭 든 모양인지 그녀가 자기의 고향 — 우랄 강 지방, 아니 그녀가 말한 대로라면 야이츠끼 강 지방 — 과 그곳의 풀이며 숲이며 강들에 대해서 이야기를 하기 시작했다.

그러고 있을 즈음에 그곳 간이역의 책임자인 에를레뻬스가 찾아왔다. 그는 부란니 예지게이와 만나 보도록 꼬스빤의 초대를 받았었다. 에를레뻬스가 자리에 앉자 남자들은 자기네들의 일, 즉 운송 문제와 선로에 쌓이는 눈 더미에 대해서 이야기를 하기 시작했다. 예지게이는 지난번 모임에서 에를레뻬스를 만난 적이 있어서 그를 조금 알고 있었는데 — 그는 오랫동안 철도 일을 해왔다 — 이제 그들은 서로를 더 잘 알게 될 기회를 갖게 된 것이었다. 에를레뻬스는 예지게이보다 나이가 위였고 전쟁 말기부터 아끄-모이낙 간이역 책임자로 있었는데 예지게이는 그가 함께 일하는 사람들로부터 존경받고 있다는 것을 알 수 있었다.

날은 이미 어두워진 뒤였다. 보란리-부란니에서처럼 이따금씩 기차들이 창문을 흔들며 요란스럽게 지나갔고 바람이 덧문에서 휘파람소리를 냈다. 그럼에도 불구하고, 그 간이역은 똑같은 사로제끄 노선에 있으면서도 완전히 다른 장소인 것 같았고 예지게이는 자기가 생판 남인 사람들 사이에 앉아 있다는 사실을 의식했다. 거기서 그는, 비록 까라나르의 미친 짓 때문에 그곳을 찾게 되었다고는 해도, 손님으로서 상당한 환대를 받았으며 에를레뻬스가 자리를 함께한 뒤로는 더욱 편안한 기분을 느꼈다. 에를레뻬스는 함께 이야기를 나누기 좋은 사람이었고 까자흐의 역사를 잘 알고 있었다. 대화는 물론, 유명한 사람들과 유명한 이야기들로 넘어갔다.

그날 저녁 예지게이는 아끄-모이낙에서 새로 사귄 친구들과 매우 가까워졌는데, 그렇게 된 데에는 함께 나누었던 대화뿐 아니라 친절한 집주인과 안주인 덕이 컸고, 또 맛있는 음식과 술의 덕도 적지 않았다. 차가운 곳에서 곧장 들여온 보드까가 나오자 예지게이는 반 잔을 비우고 나서 안주로 약간의 오르꼬츠 — 어린 낙타의 육봉에서 뺀 기름으로 짜꾸스끼 접시들 중의 하나에 담겨 있었다 — 를 먹었다. 당장에 온몸이 후끈해지는 듯한 느낌이 들면서 행복감이 밀려왔다.

부란니 예지게이는 얼근히 취했고 기분이 좋아져서 자기도 모르게 미소를 지었다. 에를레뻬스가 손님을 위해 건배를 제의했다. 그 역시 거나한 기분이 되어 있었다.

「수고스럽겠네만 꼬스빤, 우리 집으로 가서 내 돔브라를 좀 가져오게.」 그가 꼬스빤에게 부탁했다.

「그거 좋은 생각입니다.」 예지게이가 찬성했다. 「어렸을 적부터 저는 돔브라를 켤 줄 아는 사람들이 부러웠지요.」

「썩 잘 켠다고는 할 수 없습니다.」 에를레뻬스가 웃옷을 벗고 소매를 걷어 올리면서 말했다.

사교적이고 부산스러운 꼬스빤과 비교할 때 에를레뻬스는 좀 더 침착했다. 그는 자신감 넘치는 훤한 얼굴에 몸집이 큼직한 사내였는데, 돔브라를 집어 들고 연주에 몰두하는 동안은 사람들이 자신의 소중한 기예에 몰두하고 있을 때면 흔히 그렇듯, 나날의 일상사를 송두리째 잊은 것처럼 보였다.

악기를 조율하고 나서 에를레뻬스가 슬기로운 눈으로 한참 동안 예지게이를 바라보았다. 그의 검은 눈에 마치 바다에서 반사된 듯한 어렴풋한 빛이 떠올랐다. 그런 다음 그는 길쭉한 손가락들을 돔브라의 기다란 목 아래위로 움직이면서 현을 뜯기 시작했고, 모든 음역의 소리를 만들어 내는 동시에 테마가 전개될 때면 현들로부터 풍부하게 울려 나오는 새로운 화음들을 이끌어 내며 종횡으로 악기를 구사했다.

그 음악을 들으면서 예지게이는 자기에겐 그 음악이 쉽지도 않을 뿐더러 해석하기가 편하지도 않다는 것을 알게 되었다. 처음엔 그는 느긋한 기분으로 손님 노릇을 하면서 편안하게 들을 작정이었지만 돔브라에서 울려 나오는 첫 번째 음이 그에게 다시 자신을 일깨워 주었고, 그를 즉시 슬프고 괴로운 생각들의 심연 속으로 밀어 넣었다. 어째서였을까? 그 음악을 작곡했던 사람들은 마치 오래전에 어떻게든 부란니 예지게이에게 무슨 일이 일어날지 또 그가 태어날 때부터 어떤 긴장과 고통이 닥칠지를 미리 알았던 것 같았다. 그렇지 않고서야 어떻게 그들이 에를레뻬스가 연주하고 있는 음악을 통해 예지게이의 느낌을 그토록 완전하게 표현할 수 있었을까? 예지게이의 영혼이 일깨워져 위로 떠올라 신음했고, 한순간에 그의 기쁨과 슬픔, 이런저런 상념과 어렴풋한 욕망, 그 모든 세계의 문들이 활짝 열렸다…….

에를레뻬스는 돔브라의 달인이었다. 옛사람들의 오래전에 사라져 버린 느낌들이 현들을 통해 다시 살아났고 마른 장작에 불이 붙듯 다시 불타올랐다. 이따금 예지게이는 상의 안주머니에 숨겨진 목도리를 더듬으며 이 세상에 자기가 사랑하는 한 여인이 있다는 사실을 떠올렸다. 그녀를 생각한다는 것, 그것은 곧 기쁨인 동시에 고통이었다. 그는 그녀 없이 살 수 없었고 그러므로 언제까지고 그녀를 사랑할 것이었다. 에를레뻬스의 손에 들린 돔브라가 울려 퍼지다가 잠잠해지는 듯하더니 그 사랑의 이야기를 한 번 더 들려주며 다시 울렸다. 한 소리에 이어 다른 소리가 뒤따랐고 하나의 가락이 다른 가락 속으로 흘러들었다. 그리고 예지게이의 영혼은 마치 물 위에 뜬 배처럼 음악 위를 떠다니고 있었다. 한 번 더 다시 그는 자기가 아랄 해로 되돌아간 듯한 느낌이었다. 그는 해안에서 보이지 않는 조류(潮流), 그 움직임은 다만 물결에 따라 여인의 머리칼처럼 너울거리는, 그러나 한 곳에 그대로 머물러 있는 길고 두꺼운 해초 가닥들로만 알 수 있는 그 조류를 기억했다. 한때는 우꾸발라의 머리칼도 그렇게 무릎 아래까지 내려올 만큼 길게 자랐었다. 그래서 헤엄을 칠 때면 그녀의 머리칼은 조류에 흔들리는 그 해초들처럼 한옆으로 떠서 흘렀었다. 그때 그녀는 행복하게 웃었고 가무잡잡한 살결이 아름다웠다.

부란니 예지게이는 감동이 되어 입을 약간 벌린 채 앉아 있었다. 돔브라 소리를 다시 듣게 된 것이 그는 참으로 기뻤다. 단지 그 소리를 듣기 위해서만이라도 겨울에 사로제끄를 가로질러 여행할 가치가 충분히 있었다. 〈까라나르가 여기로 온 게 얼마나 다행인가!〉 예지게이는 생각했다. 〈그놈이 나를 여기까지 오게 했으니 — 난 그냥 올 수밖에 없었지만 내 가슴은 한 번 더 돔브라 소리를 즐기고 있어. 에를레뻬스는 얼마나 멋진 사람인가! 그리고 얼마나 훌륭한 연주자인가! 난 이런 일은 생각도 못했는데.〉

에를레뻬스의 연주를 들으면서 예지게이는 이런저런 생각을 해보기에 바빴다. 그는 자기의 삶을 위에서 조망하려고, 날개를 쫙 펼쳐 상승 기류를 타고 스텝 위로 떠올라 아래를 내려다보는, 높이 날아오른 솔개처럼 그의 삶 위로 높이 떠오르고 싶었다. 그의 눈앞에 겨울철 사로제끄의 드넓은 경치가 보이는 듯했고 거의 알아보지 못할 정도로 철로가 굽이진 곳에 몇 채의 건물들과 불빛들이 모여 있었다.

보란리-부란니 간이역이었다. 그 집들 중의 한 곳에 우꾸발라와 아이들이 있었다. 그들은 이미 잠들었겠지만 우꾸발라는 어쩌면 아직 자지 않고 생각에 잠긴 채 그녀의 마음속에서 이는 소리에 귀를 기울이며 누워 있을 것이다. 그리고 다른 집에는 자리빠와 그녀의 아이들이 있었다. 그리고 그녀 앞에는 더 큰 슬픔이 놓여 있었다. 아이들이 아직껏 저희 아버지에 대해서 알지 못하고 있는 이상, 어느 곳으로 간다고 해도 그녀는 진실에서 도피할 수가 없었다…….

그는 요란한 굉음을 내며 불빛을 번쩍이고, 미세한 눈가루를 구름처럼 피워 올리며 어둠을 뚫고 질주하는 기차들을 상상했다. 그런데도 온 주위에 얼마나 고요하고 끝없는 밤이 내려앉았는가! 그가 지금 돔브라 소리를 들으면서 손님으로 앉아 있는 곳으로부터 멀지 않은 곳에서, 눈과 바람에 쓸린 스텝의 어둠 속에서 까라나르는 돌아다니고 있었다. 그놈에게는 잠도 평화도 없을 것이었다. 한 해 내내 그놈은 힘을 비축해 왔고 낮이건 밤이건 그 힘센 턱으로 끊임없이 먹이를 씹었다. 바로 그 때문에 그놈의 밥통은 되새김질을 하도록 되어 있었다. 그게 바로 낙타들이 생겨 먹은 구조였다. 낙타들은 걸을 때도 심지어는 잠을 잘 때도 되새김질을 하는데 그것은 모두 육봉에 힘을 비축하기 위한 행동이다. 수놈들은 육봉이 힘차고 충실하고 강력할수록 지방층이 더 두껍고 그만큼 더 겨울의 발정기 동안 강해질 수 있는 것이다. 그때가 되면 눈과 추위는 낙타에게 아무런 영향도 미치지 못하고 다른 사람들은 물론 제 주인도 어찌 해볼 도리가 없다.

이제 까라나르는 길들여지지 않은 힘에 취해 사나워졌다. 그 낙타는 짜르요, 지배자였으며 걱정도 두려움도 느끼지 못하고 있었다. 이 세상의 어느 것도 — 그 엄청나고 손쓸 수 없는 욕정을 만족시킬 필요를 제외하고는 먹이도 물도 아무것도 — 그놈에게는 문제가 되지 않았다. 그 낙타는 한 해 동안 내내 그 목적을 위해 살았고 그 목적을 위해 나날이 힘을 비축해 왔었다. 그리고 이제는 부라니 예지게이가 손님으로서 따뜻한 곳에 앉아 잘 먹고 마시고 음악을 들으며 즐기고 있는 동안 근처 어딘가에서 제 피의 부름에 따라 사납게 날뛰며 돌아다니고 있었다. 모든 침입자들로부터 방심 않고 제 암낙타들을 보호하기 위해, 어떤 짐승도, 하다못해 새까지도 저희들에게도 가까이 오지 못하도록 하기 위해 검은 갈기와 무시무시한 수염을 흔들어 대고 으르렁거리면서…….

돔브라 소리를 들으면서 예지게이는 그런 생각을 하고 있었다.

그 음악이 그의 생각을 과거로부터 현재로, 그리고 내일 그를 기다리고 있을 시련으로 이끌어 갔다. 그의 마음속에는 자기에게 소중한 모든 것들을, 온 세상을 위험으로부터 숨기고 보호하고 싶은 욕망이 일고 있었다. 그는 그것들이 고통으로부터 벗어나는 상상을 해보았다. 그러자 그의 삶과 관련이 있는 모든 사람들의 불행은 얼마간 자기 탓 때문이라는 어렴풋한 느낌이 마음속에서 은밀한 후회를 불러일으켰다…….

「용서하시오.」에를레뻬스가 사려 깊게 웃으며 말했다. 그는 마지막 곡의 끝부분으로 접어들어 가볍게 현을 뜯고 있었다.「긴 여행을 했으니 피곤할 텐데 말이오. 당신은 쉬어야 하는데 내가 여기서 돔브라를 뜯고 있으니.」

「별말씀 다 하십니다. 에를레께!」예지게이가 놀라서 가슴에 손을 갖다 대었다.「그 말씀과는 정반대로 저는 오랫동안 이렇게 즐거웠던 적이 없습니다. 피곤하지 않으시다면 부디 계속하십시오. 선생께서는 제게 너무도 큰 기쁨을 주고 계십니다. 부디 좀 더 연주해 주십시오.」

「그러면 어떤 곡을 좋아하시오?」

「그건 선생께서 가장 잘 아시겠지요, 에를레께. 무슨 곡을 연주할지는 연주하시는 분 자신이 가장 잘 아니까요. 물론 저는 옛날 것들을 좋아합니다. 제겐 그것들이 더 친근하게 들려서요. 왜 그런지는 모르겠습니다만 옛날 곡들은 마음을 감동시키고 생각을 채워 주거든요.」

에를레쁴스가 알겠다는 듯이 고개를 끄덕였다. 그러고는 평소와는 다르게 조용해진 꼬스빤을 바라보며 싱긋이 웃다. 「우리 꼬스빤은 돔브라를 들을 때면 넋을 잃고 전혀 딴판인 사람이 되지요. 안 그런가, 꼬스빤? 하지만 오늘은 손님이 계시네. 그걸 잊지 말게. 자, 좀 더 따르라고!」

꼬스빤이 정신을 차리고 그들의 잔에 새로 술을 따르자 그들은 좀 더 마시고 먹었다. 잠시 뒤에 에를레쁴스가 돔브라를 집어 들고 현들을 울려 악기가 조율이 되어 있는지 다시 확인했다.

「당신이 옛날 노래들을 좋아한다니까…….」 그가 예지게이를 돌아다보며 말했다. 「내 당신에게 옛이야기를 하나 기억나게 해드리리다, 예지께. 많은 노인들이 이 얘길 알고 있는데 당신도 알고 있을 거요. 우연히도 당신네 까잔갑이 그 얘길 썩 잘하지요. 하지만 그 사람은 암송만 하는데, 난 그걸 노래로도 부릅니다 — 완전히 연극조로 말이오. 자, 그럼 당신을 위해서 예지께, 〈라이말리-아가가 동생 압질리한에게 남긴 말〉을 연주해 드리지요.」

예지게이가 고개를 끄덕여 감사를 표하자 에를레쁴스는 돔브라로 연주를 시작했고 그 유명한 서곡에 이어 본장으로 접어들고 있었다. 또다시 예지게이의 마음이 괴로워졌다. 그의 마음속에서, 이번에는 특별한 느낌과 공감을 가지고 그 이야기에 담긴 모든 의미가 다시 떠올라서였다.

돔브라 소리에 맞춰 에를레쁴스는, 저 유명한 스텝의 음유시인 라이말리-아가의 비극적인 운명을 그린 이야기에 아주 걸맞은, 굵직하고 깊은 목소리로 노래를 불렀다. 라이말리-아가가 젊은 처녀, 그러니까 열아홉 살 난 가수 베기마이와 사랑에 빠졌을 때는 예순이 넘었지만 그녀는 그의 인생행로에서 별처럼 빛났다. 아니, 좀 더 정확히 말하자면 그녀는 그와 사랑에 빠졌다. 그러나 베기마이는 자유로웠고 그녀 자신의 소망이 있었으며 자기가 하고 싶은 대로 할 수 있었다. 사람들은 라이말리-아가를 좋게 말하기도 하고 비판하기도 했다. 그들의 사랑 이야기 뒤에는 항상 두둔하는 사람들과 비난하는 사람들이 있었다. 누구도 그들의 사랑으로 영향을 받지 않을 수 없었던 것이다. 어떤 사람들은 그들의 사랑을 두고 볼 수 없어서 라이말리-아가를 욕하고 그의 이름을 지워야 한다고 주장했다. 그러나 또 어떤 사람들은 그에게 동정을 느껴 그의 고통을 함께 나누고, 사랑에 빠진 이 노인의 쓰라리고 슬픈 이야기를 보존하여 그것을 다음 세대에 전해 주었다. 그렇게 해서 라이말리-아가의 이야기가 살아남게 된 것이었다.

예지게이는 그날 밤 매눈이 〈라이말리-아가가 동생 압질리한에게 남긴 말〉을 적은 아부딸리쁘 꾸찌바예프의 원고를 조사할 때 그가 얼마나 부당하고 악의에 차 있었는지를 기억했다. 아부딸리쁘는 그러나, 이 이야기를 매우 높이 평가하면서 스텝 지방의 괴테가 쓴 한 편의 시라고 했었다 — 그것을 보면 분명히 독일에도 역시 젊은 처녀와 사랑에 빠졌던 현명한 노인이 있는 모양이었다. 아부딸리쁘는 라이말리-아가의 이야기를, 그의 두 아들이 자라서 읽게 되리라는 희망에서 까잔갑이 불러 주는 대로 받아 적었는데, 그의 말에 따르면 세상에는 인류의 재산이 되는 어떤 일, 또는 어떤 이야기들이 있다는 것이었다. 그 가치가 너무도 크고 담긴 내용이 너무도 의미심장해서 비록 그 이야기가 원래는 한 사람이 경험한 것이라 할지라도, 동시대의 사람들뿐만 아니라 후세에 올 사람들에게까지도 나뉘고 공유될 수 있는 그런 것들이······.

그의 앞에는 에를레뻬스가 노래를 부르고 영감으로 돔브라를 연주하며 앉아 있었다. 이 남자는 그 간이역의 책임자였고 그의 첫 번째 임무는 철로의 일정한 구간을 관리하는 일이었다. 그런데 어째서 그는 자기의 마음속에 먼 옛날의 이 가슴 아픈 이야기를, 불행한 라이말리-아가의 이야기를 보존해야 했을까? 어째서 그는 자신이 마치 라이말리-아가의 처지가 된 것처럼 고통받기를 선택했을까? 예지게이에게는 그것이 모든 진정한 노래와 음악에 담긴 메시지라는 생각이 들었다. 그 순간을 위해 이야기되고 사멸하고 다시 태어날 준비가 되어 있는······. 아아, 그 빛이 언제나 영혼을 밝혀 줄 수 있다면, 그 빛으로 세상을 명확히 보고 자신에 대해서 최선의 방법으로 자유롭게 생각할 수 있다면······.

낯선 곳으로 와 있다는 느낌 때문인지 예지게이는, 잠자리에 들기 전 밖으로 나가서 신선한 공기를 마셨고 또 집주인이 깨끗한 시트가 깔린 안락하고 따뜻한 침대를 마련해 주었음에도, 잠을 제대로 이룰 수가 없었다. 그는 창문 가까이에 누워서 지난 일들을 떠올리거나 살랑거리는 바람 소리에 귀를 기울이며 양쪽 방향으로 오가는 기차 소리를 들었고 그러면서 제멋대로 구는 까라나르를 굴복시켜야 할 새벽이 오기를 기다렸다. 그 낙타를 붙잡기만 하면 그는 될 수 있는 대로 일찍, 온 길을 되짚어 떠날 것이며 양쪽 집의 아이들이 그를 기다리고 있는 보란리-부란니로 서둘러 돌아갈 것이었다. 그는 네 아이들 모두 똑같이 사랑했고, 그 아이들 모두가 자기와 더불어 행복할 수 있도록 이 세상을 살아가고 있었다.

그는 까라나르를 굴복시키려면 어떤 방법이 가장 좋을지를 생각하고 있었다. 그것은 분명히 다른 사람들이 관여할 문제가 아니었다. 이 세상에서 가장 거칠고 가장 완고한 그 낙타의 주인은 바로 그였기 때문이다. 사람들은 그 낙타를 보기만 해도 무서워했고 이제는 어느 때라도 총을 쏠 준비가 되어 있었다. 까라나르는 크고 강했으며 어떤 장애물에도 눈 하나 꿈쩍하지 않았다. 그놈은 누구든 제 앞길을 가로막으면 짓밟아 버릴 것이다. 그렇다면 어떻게 까라나르를 다루고 손아귀에 넣을 수 있을까? 그는 까라나르에 사슬을 묶어 겨울 내내 그놈을 가둬 놓거나 아니면 그놈의 사나운 머리를 날려 버려야 했다 ─ 그렇지 않으면 꼬스빤이나 다른 누군가가 그놈을 쏘아 버릴 것이다. 그 밖에 다른 도리라고는 없었다.

  잠 속으로 빠져들면서 그는 한 번 더 에를레뻬스의 노래와 그의 돔브라 연주 솜씨를 떠올렸다. 또 그와 함께 보냈던 저녁 시간이 어떠했는지도. 음악이 연주되는 동안 라이말리-아가가 오래전에 겪었던, 사랑으로 인해 몰락으로 이끌린 그 고통이 돔브라를 통해 소생되어 예지게이의 마음속으로 파고들었다. 그리고 비록 그와 자리빠 사이의 곤경에는 그 사랑 이야기와 정확히 비교될 만한 것이 아무것도 없다 할지라도, 예지게이는 자기네들의 고통에도 어딘지 모르게 좀 비슷한 구석이 있다는 것을 분명히 느꼈다. 라이말리-아가가 몇 백 년 전에 겪었던 고통은 이제 사로제끄 사막에 살고 있는 부란니 예지게이의 마음속에서 메아리처럼 울리고 있었다. 예지게이는 깊은 한숨을 내쉬고 침대에서 몸을 뒤척였다. 그 모든 혼란과 불확실성 때문에 슬프고 비참한 생각이 들어서였다. 그는 어디로 가야 할까? 그의 앞일은 어떻게 될까? 그는 자리빠에게 무슨 말을 해야 하며 우꾸발라에게는 뭐라고 대답해야 할까? 아니 그는 한 가지 해결책도 찾아낼 수가 없었다. 그는 길을 잘못 들어 휩쓸려 버린 것이었다.

잠이 들려는 참에 그는 어느 사이엔가 다시 아랄 해로 나가 있었다. 그의 머리는 견딜 수 없는 푸른빛과 바람에 어질어질해졌고, 그는 예전에 어렸을 때처럼, 갈매기가 되어 파도 위를 자유롭게 떠다닌다고 상상하며 바다를 향해 달려가는 중이었다. 기쁨에 넘쳐서 그는 드넓은 바다 위로 떠올랐다. 그리고 에를레뻬스가 라이말리-아가의 불행한 사랑 이야기를 노래하는 동안 내내 돔브라가 울리는 소리를 듣고 있었다……. 다음에 그는 한 번 더 황금철갑상어를 바닷물 속으로 놓아주는 꿈을 꾸었다. 그 철갑상어는 온순하지만 묵직했는데, 그놈이 물로 옮겨지는 동안 제 생활 영역으로 되돌아가려고 버둥거렸을 때, 예지게이는 그 물고기의 살아 있는 육체를 너무도 생생히 느꼈다. 그는 해안에서 부서지는 파도, 그를 향해 다가오는 바다를 건넜고 바람을 향해 웃었고 그러고는 팔을 벌렸다. 황금철갑상어는 어둑어둑한 푸른빛 속에서 무지개 빛깔을 번뜩이며 끝없이 바다를 향해 미끄러져 가는 것처럼 보였다. 그러는 동안 내내 어디에선가 음악 소리가 계속 들려왔고 누군가가 그들의 운명을 슬퍼하며 한탄하고 있었다.

그날 밤 스텝에는 차가운 바람이 휘몰아쳤다. 날씨가 훨씬 더 추워지고 있었다. 그 낙타들의 배 밑으로 눈발이 스치며 지나갔고 그러는 사이 낙타들은 서로를 따뜻하게 해주기 위해 다른 낙타의 목에 머리를 얹고 바짝바짝 붙어 서 있었다. 그러나 만족할 줄 모르는 털북숭이 군주 까라나르는 그 암낙타들을 편안히 내버려 두질 않았다. 그놈은 내내 거칠게 콧김을 내뿜고 빈틈없이 사방을 경계하면서 이리저리 돌아다니고 있었다. 어쩌면 그놈은 휙휙 스쳐 가는 구름 사이로 비친 달까지도 경계를 하는 것 같았다. 까라나르의 욕정은 가라앉을 줄을 몰랐다. 그래서 두 개의 혹이 솟은 데다 기다란 목에는 이빨을 드러내어 으르렁거리는 텁수룩한 머리가 얹힌 그 시커먼 짐승은 가루처럼 바삭바삭한 눈 위에서 발을 굴러 대고 있었다. 그놈은 얼마나 강력한가! 끊임없이 그놈은 처음엔 이 암낙타를, 다음에는 다른 암낙타를 괴롭히고 못살게 굴면서, 또 그 암낙타들을 앞뒤로 물어뜯고 서로 떼어 놓으면서 쉬지 않고 교미를 계속하고 싶어 했다. 암낙타들은 도저히 견딜 수가 없었다 — 그 낙타들은 까라나르에게 순순히 복종했던 낮 동안에 물릴 만큼 그 짓을 한 뒤라서 밤에는 좀 편히 있고 싶었다. 그래서 암낙타들 역시 까라나르가 보이는, 달갑지 않은 관심에 대항해 싸우며 사납게 소리를 질렀고 까라나르가 제멋대로 하도록 놓아두려고는 들지 않았다. 밤 동안만이라도 그 낙타들은 좀 편안해지고 싶었다.

동틀 무렵이 가까워 오자 부란니 까라나르는 얼마쯤 진정이 되어 조용해졌다. 이제 그 낙타는 이따금 선잠을 깬 듯 이빨을 드러내고 거칠게 주위를 둘러보며 암낙타들 곁에 서 있었다. 그때쯤 네 마리의 암낙타들은 모두가 못 잔 잠을 좀 자두려고 목을 길게 뻗어 머리를 낮춘 채 서로에게 몸을 바짝 붙이고 눈 위에 누워 있었다. 그 암낙타들은 벌써 배 속에 들어 있는, 어딘지도 모를 곳으로부터 와서 다른 수놈들을 몰아내고 저희들을 차지한 이 검은 수낙타에게서 태어날, 어린 새끼 낙타들의 꿈을 꾸고 있었다. 그리고 또 여름철의 향쑥 냄새와 젖꼭지에 매달린 새끼들의 부드러운 감촉을 꿈꾸고 있었다. 그 암낙타들은 젖이 나오리라는 조짐을 알리며 어두운 심연으로부터 오는 고통으로 젖꼭지가 좀 아파 왔다…….
그리고 부란니 까라나르는 언제나처럼 텁수룩한 털을 바람에 나부끼며 망을 보고 서 있었다.

그러는 사이 지구는 상층 기류에 씻기며 태양 주위로 그 궤도를 계속 돌았고 마침내 사로제끄에 아침이 찾아왔다. 갑자기 부란니 까라나르는 한 마리의 낙타에 올라탄 두 사람이 가까이 오고 있는 것을 보았다. 예지게이와 꼬스빤이었다. 그리고 꼬스빤은 총을 들고 있었다.

부란니 까라나르는 격분해서 몸을 떨고 소리를 지르며 불같이 달아올랐다. 어떻게 사람들이 감히 제 영토로 들어온단 말인가? 어떻게 감히 제 후궁들에게로 가까이 온단 말인가? 무슨 권리로 제 욕정을 방해하려 든다는 말인가? 까라나르는 길길이 날뛰며 요란하게 울부짖더니 그 무시무시한 아가리를 쫙 벌려 용처럼 이빨을 드러내고는 기다란 목에 얹힌 머리를 홰홰 내둘렀다. 그 낙타의 입에서 더운 숨결이 차가운 공기 속으로 연기처럼 뿜어져 나와 시커멓고 텁수룩한 머리털에 하얀 된서리가 되어 내려앉았다. 잔뜩 흥분한 낙타가 바람결 속으로 오줌 줄기를 날리며 오줌을 누기 시작했고 그러자 고약한 지린내가 풍기면서 예지게이의 얼굴로 차가운 물방울들이 튀었다.

예지게이가 낙타에서 뛰어내려 가벼운 조끼와 누비바지 차림으로 자유롭게 움직일 수 있도록 양가죽 코트를 눈 위에 벗어던졌다. 그러고는 채찍 손잡이에서 채찍을 풀었다.

「보십쇼, 예지께. 만약 일이 잘못된다면 제가 저놈을 쏘아 버리겠습니다.」꼬스빤이 총을 쏠 채비를 하고 있었다.

「아니, 그런 일은 절대로 없을 겁니다. 내 걱정은 하지 말아요. 난 저놈 주인이니까 무슨 일이 생기더라도 내가 감당할 겁니다. 총으로는 당신 자신을 보호하도록 하십쇼. 만일 저놈이 당신에게 대든다면 그때는 얘기가 달라지니까요.」

「알겠습니다.」 낙타에 그대로 올라탄 채 꼬스빤이 대답했다.

채찍을 날카롭게 휘둘러 총을 쏘듯 요란한 소리를 내며 예지게이는 까라나르에게 접근했다. 그것을 보자 까라나르는 점점 더 격분해서 으르렁거리고 침을 뱉어 대며 천천히 예지게이에게로 다가왔다. 그러는 사이 암낙타들은 이제껏 있던 구덩이에서 일어나 불안스럽게 돌아다니기 시작했다.

쉬지 않고 채찍을 내리치면서 — 그가 눈 더미를 치울 때 낙타들을 몰면서 쓰곤 했던 바로 그 채찍이었다 — 예지게이는 까라나르가 자기 목소리를 알아들으리라는 희망으로 그 짐승에게다 대고 계속 소리를 지르며 눈 위를 걸었다.

「아서, 아서, 까라나르! 바보짓 하지 마! 바보짓 말라고! 나다! 이런, 눈멀었냐? 분명히 얘기하는데, 나라고 이놈아!」

그러나 까라나르는 그의 목소리에 반응을 보이지 않았다. 예지게이는 잔뜩 성질이 돋은 그 털북숭이 낙타, 등 위로 솟은 혹을 흔들어 대는 그 육중하고 시커먼 덩어리가 자기를 향해 달려오기 시작하는 것을 보자 가슴이 철렁했지만 즉시 말라까이 모자를 벗어던지고 채찍을 쓰기 시작했다. 그 채찍은 7미터쯤이나 되었고 기름 먹인 무거운 가죽을 꼬아 만든 것이었다. 낙타가 비명을 지르더니 그를 짓밟을 정도로 이빨로 물어 넘어뜨리려고 하면서 달려들었다. 그러나 예지게이는 낙타가 자기에게 가까이 오지 못하도록 막았다. 그는 몸을 돌렸다가 뒤로 물러났다가 다시 앞으로 나아갔고 그러는 동안 내내 그 짐승이 정신을 차려 자기를 알아보리라는 기대로 그 짐승에게 계속해서 소리를 질러 대고 있었다. 그렇게 예지게이와 까라나르는 제각기 최선을 다해, 그 나름대로의 권리를 지키려고 맞붙어 싸웠다. 예지게이는 그 수놈 낙타의 굽힐 줄도, 줄어들 줄도 모르는 투지와 제 자유를 지키려는 철석같은 의지에 놀랐다. 그는 자기가 낙타에게서 그 행복을 빼앗아야 한다는 것이 마음에 걸렸지만 그 밖에는 달리 방법이 없었다. 그는 다만 한 가지만 걱정하고 있었다. 까라나르의 눈을 때려서는 안 된다는 것이었다 — 그 외에는 어디를 때리건 상관없었다.

예지게이의 결의가 마침내 낙타의 고집을 꺾었다. 채찍을 휘두르고 소리를 지르며 까라나르에게로 가까이 다가간 그는 낙타의 윗입술을 꽉 움켜쥠으로써 — 너무도 세게 움켜쥐어서 까딱하다간 찢어질 정도로 — 그 짐승에게 바짝 붙었고 다음에는 교묘한 손놀림으로 가지고 있던 코비틀개를 끼웠다. 단단히 조여드는 코비틀개가 일으키는 참을 수 없는 고통으로 까라나르가 비명을 지르다가 신음을 토해 냈다. 그 짐승의 부릅뜬 눈에서 예지게이는 마치 거울에 비친 듯한 자신의 섬뜩한 반사상을 보았고 그 모습에 놀라 하마터면 움찔 뒤로 물러설 뻔했다 — 인정사정없는 표정이 그의 분노에 찬, 땀에 젖은 얼굴을 일그러뜨리고 있었다. 그리고 온 사방에는 눈이 휘저어져 있었다 — 그는 이 모든 것을 까라나르의 미칠 듯이 괴로워하는 눈동자에서 단 한순간에 보았다. 그 순간, 예지게이는 모든 것을 다 팽개쳐 버리고 그 무고한 짐승을 괴롭히기보다는 도망쳐 버리고 싶었다. 그러나 바로 다음 순간 그는 생각을 고쳐먹었다. 보란리-부란니 간이역에는 그를 기다리는 사람들이 있지 않은가! 까라나르가 아끄-모이낙 사람들의 총에 맞아 죽도록 내버려 두고 돌아갈 수는 없었다. 그는 자신을 극복했다. 그러고는 의기양양하게 외치며 낙타를 땅바닥에 꿇어앉히려고 위협을 하기 시작했다. 이제 그는 안장을 얹어야 했다. 부란니 까라나르는 여전히 소리를 지르고 콧김을 내뿜고 습기 찬 숨결로 제 주인을 덮어 싸면서 버티고 있었지만 예지게이는 물러서지 않고 강제로 그 낙타를 진정시켰다.

「꼬스빤, 그 안장을 이리로 던지고 이놈이 암낙타들을 볼 수 없도록 저것들을 언덕 뒤로 몰고 가요!」 예지게이가 외쳤다.

꼬스빤이 즉시로 안장을 던져 주고 나서 까라나르가 데리고 있던 암낙타들을 쫓아 버렸다. 그러는 사이에 일은 모두 마무리되었다. 예지게이는 재빨리 까라나르에 안장을 얹었고, 꼬스빤이 벗어던져 두었던 양빨가죽 외투를 집어 들고 돌아왔을 때쯤엔 그 옷을 입고 지체 없이 까라나르에 올라탈 수 있었다.

화가 안 풀린 까라나르는 한 번 더 암낙타들에게로 돌아가려 들었고 고개를 한옆으로 홱 돌려 제 주인을 물려고까지 했다. 그러나 낙타가 아무리 으르렁거리고 화가 나서 소리를 지르고, 또 격분해서 날뛰고 끊임없이 끙끙거려도 예지게이는 사정없이 눈 덮인 스텝 위로 낙타를 몰았다. 그러는 동안 내내 낙타가 좀 정신이 들도록 끊임없이 이야기를 하려고 애쓰면서.

「그만둬! 됐어!」 그가 소리쳤다. 「닥쳐! 네놈은 돌아갈 수 없어, 이 환장한 짐승아! 내가 널 해치려 든다고 생각하냐? 내가 아니었더라면 넌 지금쯤 위험한 미친 짐승으로 여겨져서 벌써 총에 맞아 죽었을 거다. 거기에 대해선 뭐라고 할 테냐? 넌 분명히 미쳤어, 그건 정말이야. 그렇지 않고서야 네가 이런 식으로 나왔을 리가 없지. 네가 사는 곳에도 암낙타들이 충분히 있지 않느냐 말이다. 너, 우리가 집에 닿기만 하면 네가 다른 가축 떼들을 따라 돌아다니는 것도 그걸로 끝장이다. 내 너한테 사슬을 묶어 가지고 한 발짝도 네 마음대로 못하게 할 거니까. 이제 네가 어떤 놈인지는 분명히 드러났어.」

부란니 예지게이가 그렇게 으름장을 놓았던 이유는 오히려 자기 눈에 비친 자신을 정당화하는 데 있었다. 그는 억지로 까라나르를 아끄-모이낙의 암낙타들로부터 떼어 놓았지만 그것은 참으로 옳지 못한 처사였다. 만일 그 짐승이 예지게이를 아끄-모이낙까지 태우고 갔던 낙타처럼 좀 더 온순한 짐승이었다면 얘기가 달라졌을 것이었다. 예지게이는 타고 갔던 그 낙타를 꼬스빤에게 맡겨 두었는데 그는 기회가 생기면 그 암낙타를 보란리-부란니까지 데려다 주겠다고 약속했다 — 그리고 거기에는 아무 문제도 없을 것이었다. 그러나 이 망할 놈의 짐승하고라면 말썽이 생기지 않을 수 없었다.

얼마쯤 시간이 지나자 부란니 까라나르는 제게 한 번 더 안장이 얹히고 다시 주인의 통제하에 들어갔다는 사실에 순순히 복종했다. 그 낙타는 이제 소리를 덜 질렀으며 걸음걸이도 빨라지기 시작했다. 그리고 얼마 안 가서는 곧 가장 적당한 속도에 도달하여 마치 태엽 장치로 달리는 것처럼 빠른 속도로 사로제끄를 가로질렀다. 예지게이 역시 진정이 되었다. 그는 바람을 막기 위해 몸을 잘 감싼 뒤에 말라까이 모자를 내려 여몄고, 그런 다음에는 낙타의 두 혹 사이에 좀 더 편안히 앉아서 보란리-부란니로 돌아갈 생각에 조바심을 내고 있었다.

그러나 집에까지 당도하려면 아직 갈 길이 꽤 많이 남아 있었다. 날씨는 바람이 좀 불고 구름이 약간 끼긴 했어도 그럭저럭 견딜 만했다. 앞으로 몇 시간 내에 눈이 내릴 가능성은 별로 없었지만 밤중이 되면 아마도 눈보라가 몰아칠 것이었다. 집으로 돌아가면서 예지게이는 까라나르를 붙잡아 마구를 채울 수 있었던 것이 만족스러웠고, 특히 그 전날 밤을 꼬스빤과 함께 에를레뻬스의 돔브라 연주와 노래를 들으며 보냈던 것이 기뻤다.

그러나 다음에 예지게이는 어쩔 수 없이 그의 힘겨운 삶에 대한 생각들로 되돌아갔다. 그의 집에서는 참으로 곤란한 일이 그를 기다리고 있었다. 누구에게도 고통을 주지 않으려면 그는 어떻게 행동해야 될까? 고통을 안으로만 숨기지 않고 자리빠에게 〈사실은 말입니다, 자리빠, 난 당신을 사랑합니다!〉라고 솔직하게 털어놓는다면? 아부딸리쁘의 아이들은 저희 아버지의 성을 물려받아 가지고는 출세를 할 수 없을지도 몰랐다. 그러나 자리빠만 괜찮다고 한다면 그 아이들은 예지게이의 성을 물려받을 수 있다. 그는 다울과 에르메끄에게 자기의 성을 물려준다면 기쁘기만 할 것이다. 그렇게만 된다면 그 아이들이 살아가는 데 아무런 어려움도, 어떤 장애도 닥치지 않을 것이다. 그 아이들은 저희들 자신의 노력과 능력으로 성공을 거둘 수가 있다. 하지만 아이들이 그것 때문에, 그러니까 저희들 아버지의 성을 포기했다고 해서, 슬퍼하기라도 한다면? 그런 것들이 부란니 예지게이가 낙타를 타고 돌아오면서 생각했던 것이었다.

벌써 날이 저물어 가고 있었다. 지칠 줄 모르는 까라나르는 아직 화가 덜 풀리기는 했어도 이제 저에게 안장이 얹힌 이상 충직하게 제 주인을 실어 나르고 있었다. 앞쪽으로는 보란리 근처의 기다란 언덕들, 이제는 눈으로 덮인 눈에 익은 구릉들이, 그리고 저편으로는 나지막한 산의 주된 능선이 펼쳐져 있었고, 그의 눈앞으로 철길이 구부러진 곳에 보란리-부란니 간이역 건물이 서 있었다. 굴뚝들에서 연기가 피어오르고 있었다. 그의 사랑스러운 가족들은 어떻게 하고 있을까? 그는 단 하루 동안 집을 떠나 있었지만 너무도 염려가 되어서 1년 내내 그들 곁을 떠나 있었던 듯한 느낌이었다. 그는 가족들이, 특히 아이들이 너무도 보고 싶었다.

눈앞에 마을이 보이자 까라나르가 속도를 높이기 시작했다. 그 낙타는 이제 몸이 더워져서 땀을 흘리면서도 다리를 쭉쭉 내뻗었고, 내쉬는 입김이 구름처럼 뿜어 나왔다. 예지게이가 집으로 다가갈 때쯤 두 대의 화물 열차가 그 간이역에서 만났다가 하나는 서쪽으로 다른 하나는 동쪽으로 지나갔다.

예지게이는 까라나르를 곧장 우리에 넣을 작정으로 집 뒤에서 낙타를 세웠다. 그러고는 낙타에서 내려 한끝에 추를 달아 땅에 묻어 둔 묵직한 사슬을 집어 들고 그것으로 까라나르의 앞다리를 묶은 다음 그 낙타를 혼자 남겨 두었다. 좀 진정을 시키고 나서 안장을 내려야 되겠다는 생각에서였다. 또 한편으로는 마음이 몹시 급해서이기도 했다. 곱은 등과 다리를 펴자마자 예지게이는 우리를 나서려고 했다. 바로 그때 큰딸 사울레가 그에게로 달려왔다.

양가죽 외투를 입은 채로 힘겹게 몸을 움직이며 예지게이가 서둘러 딸에게로 다가가 입을 맞추었다.

「너 감기 걸리겠다.」그가 말했다. 사울레가 얇은 옷만 입고 달려 나왔기 때문이었다. 「집으로 뛰어가거라. 나도 곧 들어갈 테니까.」

「아빠……」사울레가 제 아버지에게 매달리며 말했다. 「다울하고 에르메끄가 가버렸어요.」

「걔들이 가버렸다고? 어디로?」

「얼마 전에 떠났어요, 걔네 엄마하고 같이요. 기차를 타고서 가버렸어요.」

「떠났다고? 언제?」딸이 한 말을 믿을 수 없어서 그 아이의 눈을 들여다보며 그가 같은 말을 되물었다.

「오늘 아침에요.」

「그랬었구나!」 예지게이가 외쳤다. 그의 목소리가 떨리고 있었다. 「넌 집으로 뛰어가.」 그가 딸아이에게서 손을 빼냈다. 「내 곧, 금방 가마. 집으로 가거라, 지금 당장!」

사울레가 집 안으로 사라졌다. 예지게이는 우리 문을 닫으려고도 하지 않고서 양가죽 외투를 그대로 걸친 채 자리빠의 바라끄 집으로 향했다. 거기까지 가는 동안에도 그는 자기 귀로 들은 말을 믿을 수가 없었다. 분명히 딸아이가 뭘 잘못 알았을 것이다. 그런 일은 있을 수도 없었다.

그 집의 입구 근처에 쌓인 눈에는 발자국이 어지럽게 찍혀 있었다. 예지게이는 문을 홱 열어젖히고 안으로 들어섰다. 그리고 필요 없는 물건들이 널린, 썰렁하게 버려진 방을 보았다. 거기에는 아이들의 흔적도 자리빠의 흔적도 없었다.

「어째서? 왜?」 예지게이는 여전히 벌어진 일을 이해하려 들지 않고서 허공에다 대고 속삭였다. 「이 사람들이 어떻게 정말로 가버릴 수가 있지?」 하지만 그런 말을 하면서도 예지게이는 그것이 현실이라는 것을 알고 있었다.

그는 산산이 부서진, 그가 이제껏 평생을 살아오는 동안 그 어느 때보다도 더 산산이 부서진 느낌이었다. 그는 외투를 그대로 걸친 채 어떻게 해야 할지, 이제 무엇을 기대해야 할지, 또 마음속으로부터 터져 나오는 슬픔과 배신감과 상실감을 어떻게 멈출지도 모르고 방 한가운데에, 차갑게 식은 난로 곁에 서 있었다. 창턱에는 에르메끄가 깜빡 잊고서 놓아두고 간 점치는 조약돌들 — 그 아이들이 저희의 죽은 아버지가 언제 돌아올지를 알아보려고 했던 그 똑같은 마흔한 개의 사랑과 희망이 밴 조약돌들 — 이 놓여 있었다. 예지게이는 돌무더기를 끌어모아 움켜쥐었다. 남겨진 것은 그것뿐이었다. 그에겐 더 이상 버티고 서 있을 힘도 없었다. 그는 벽 쪽으로 돌아서서 뜨겁고 슬픔에 젖은 얼굴을 차가운 널빤지에다 누르고 비통하게 울었다. 그렇게 울고 있는 동안 그의 손에서 조약돌들이 하나 또 하나 바닥으로 떨어져 내렸다. 그는 떨리는 손으로 안간힘을 쓰며 그 조약돌들을 놓치지 않으려고 했지만 모두 허사였다. 그 조약돌들은 하나하나 둔탁한 소리를 내며 바닥으로 떨어져 텅 빈 방 안 구석구석으로 굴러가고 있었다.

다음에 그는 벽을 따라 기었고, 양가죽 외투를 그대로 걸친 채 말라까이 모자를 눈 아래까지 내려 쓴 채 벽에 등을 기대고 쭈그려 앉았다. 그리고 비통하게 울다가 호주머니에서 그 전날 자리빠가 선물해 준 스카프를 꺼내 눈물을 닦아 냈다.

얼마 동안 그는 텅 빈 집에 그렇게 앉아서 무슨 일이 벌어졌던 것인지를 가늠해 보려고 했다. 자리빠는 일부러 그가 없을 때를 틈타 아이들을 데리고 떠난 것 같았다. 어쩌면 그녀는 예지게이가 자기를 떠나 보내 주려고 하지 않을까 봐 무서웠을 것이다. 만일 그랬다면 그녀의 생각이 옳았다. 그는 어떤 일이 있더라도 그들을 떠나보내려 들지 않았을 것이다. 만일 그가 거기에 있었더라면 나중에 결과가 어찌 되든 그는 절대로 그들을 보내지 않았을 것이다. 그러나 이제 그런 상상을 해보기에는 때가 너무 늦었다. 그들은 거기에 없었다. 자리빠는 거기에 없었다! 아이들도 거기에 없었다! 그는 그들을 잃은 것이었다! 자리빠는 그가 없는 사이에 떠나는 편이 더 낫다는 것을 알고 있었던 게 분명했다. 그녀로서는 그렇게 떠나는 편이 더 쉬웠을 것이다. 하지만 그녀는 단 한 번도 그런 생각을 내비친 적이 없었고, 그 텅 빈 집을 보게 되는 것이 예지게이로서는 얼마나 끔찍한 일인지를 염두에 두지도 않았다. 그리고 누군가가 그녀를 위해 기차를 세운 게 틀림없었다. 그것이 누구인지는 분명했다. 까잔갑! 바로 그 사람이었다. 다만 그는 스딸린이 죽던 날 예지게이가 그랬던 것처럼 비상 브레이크를 잡아당겼던 것이 아니라 간이역 책임자에게 지나가는 열차를 멈춰 달라고 요구했을 것이었다. 그리고 분명히 우꾸발라 역시 그들이 되도록 빨리 떠나는 데 한몫 거들었을 것이었다.

 복수를 해야겠다는 울분이 억눌린 채 시커멓게 그의 머릿속에서 들끓고 있었다. 이제 그가 바라는 것은 오직 있는 힘을 다 끌어모아 보란리-부란니라는 이 저주받을 놈의 간이역에 있는 모든 것들을 싹 쓸어서 하나도 남김없이 박살내 버리는 것뿐이었다. 그런 다음에 그는 까라나르에 올라타고서 사로제끄로 깊숙이 들어가 거기서 굶고 얼어 죽을 것이었다. 그 휑하니 버려진 집에 앉아 있는 동안 그는 자기가 없는 사이에 일어난 일로 철저히 거세되고 버림받고 유린당한 느낌이었다. 그런데도 아직 일말의 의심이 그림자를 드리우고 있었다. 그 여자는 어째서 가버렸을까? 어디로 가버린 걸까?

 마침내 그는 집으로 돌아갔다. 우꾸발라가 말없이 그의 양가죽 외투와 모자를 받아 들고 털 장화를 한쪽 구석으로 갖다 놓았다. 돌처럼 차갑게 회색빛을 띤 부란니 예지게이의 얼굴을 보고서는 그가 무슨 생각을 하고 있으며 무슨 일을 벌이려고 하는지 알기가 어려웠다. 그의 눈은 마치 자제를 하기 위해 초인적인 노력을 들이고 있는 것처럼, 아무것도 보이지 않는 듯한 표정 없는 눈이었다. 우꾸발라는 그를 기다리는 동안 사모바르에 몇 번씩이나 불을 지폈고 지금은 이글거리는 숯불 위에서 차가 끓어 넘치고 있었다.

「뜨거운 차예요.」 그녀가 말했다. 「방금 불에서 내린 거예요.」
 예지게이가 아무 말도 없이 그녀를 바라보고는 얼마나 뜨거운지도 알아차리지 못한 채 델 듯이 뜨거운 차를 계속 마셨다.
 「자리빠하고 애들이 여길 떠났어요.」 우꾸발라가 마침내 입을 열었다.
 「나도 알아!」 예지게이가 찻잔에서 고개도 들지 않고 불쑥 내뱉었다. 그리고 여전히 고개를 들지 않은 채 잠시 침묵을 지키다가 물었다. 「어디로 갔대?」
 「얘기해 주지 않았어요.」 우꾸발라가 대답했다.
 다시 침묵이 흘렀다. 예지게이의 머릿속에 떠오르는 생각은 단지 어떻게 하면 분노를 폭발시키지 않느냐, 그래서 마을을 박살내고 아이들을 놀라게 하고 모두에게 재난을 안겨주지 않느냐 하는 것뿐이었다.
 차를 다 마시고 나자 그가 밖으로 나갈 채비를 차리고서 털 장화를 신었다.
 「어딜 가려고요?」 우꾸발라가 물었다.
 「낙타를 보러 가려고.」 그가 문간에서 등 뒤에다 대고 소리쳤다.
 그때쯤엔 짧은 겨울날이 다 저물어 온 주위가 눈에 띄게 어두워졌고 추위가 심해지면서 회오리바람이 일고 있었다. 예지게이는 침울하게 우리 안으로 들어갔다. 그리고 까라나르의 성난 눈길과 마주치자 낙타에다 대고 소리를 지르기 시작했다. 그 낙타는 사슬을 끊으려고 버둥거리고 있었다.
 「네놈은 언제고 으르렁거리지! 그 버릇을 지금도 못 버리고! 잠깐만 기다려라, 이 염병할 놈! 우리 얘기 좀 하자. 이제부터 내가 널 어떻게 할지 그건 나도 모른다!」

분노가 치밀어 올라 예지게이는 까라나르의 옆구리를 후려치면서 사납게 욕설을 퍼부었고 안장을 들어 올려 한옆으로 팽개친 다음, 낙타의 다리에서 사슬을 풀었다. 그러고는 한 손으로 고삐 끈을, 다른 한 손으로는 손잡이에 감긴 채찍을 들고서 뒤에서 으르렁거리며 따라오는 까라나르를 잡아끌고 스텝으로 나갔다. 몇 번인가 예지게이는 주위를 둘러보며 까라나르가 으르렁거리지 못하도록 팔을 휘둘러 겁을 주기도 하고 고삐 끈을 잡아당겨도 보았지만 어떻게 해도 소용이 없자 침을 뱉고 나서 더 이상 상관하지 않았다. 이제 그는 낙타가 으르렁대는 소리를 참을성 있게 견디며 바람을 뚫고서 걷고 있었다. 황혼에 덮인 스텝은 이제 점점 어두워져서 차츰차츰 윤곽을 잃어 가는 중이었다. 그는 길게 쌓인 눈을 헤치느라 거친 숨을 몰아쉬고 있었지만 마음을 단단히 도사려 먹고서 고개를 푹 숙인 채 멈추지 않고 계속 걸었다. 그리고 마침내 간이역에서 멀리 떨어진 언덕 위에 이르자 까라나르를 세운 다음 잔인하게 복수를 할 채비를 했다. 그는 코트를 벗어던지고 나서 달아나지 못하게 하는 동시에 양손이 자유로워지도록 누비바지 혁대에 고삐 끈을 붙들어 맸다. 그러고는 양손으로 채찍 손잡이를 움켜쥐고서 그 지독한 슬픔을 안겨다 준 대가로, 품은 원한을 한꺼번에 터뜨리며 그 짐승을 채찍으로 후려 때리기 시작했다. 사납게 인정사정없이 연달아 채찍을 내리치고 고함을 지르고 욕설과 저주를 퍼부으면서…….

「네놈은 맞아야 돼! 맞아야 돼! 망할 놈의 짐승! 이건 모두 네 탓이야! 모두가 다 너 때문이라고! 조금 이따가 네놈이 어떤 빌어먹을 데로든 가고 싶어 하는 데로 가게 놔주겠지만 먼저 네놈을 병신 만들어 버리고 말겠어! 맞아라! 또! 이 탐

욕스러운 놈! 여태까지도 네놈은 물리지가 않아서 도망을 쳤다 이거지! 그사이에 자리빠가 애들을 데리고 가버렸단 말이다! 네놈이 나한테 그런 못할 짓을 하다니! 이제부터 난 어떻게 살란 말이냐? 네놈이 상관없다면 나도 상관없어! 그러니 이거나 받아라! 또 이것도! 이 나쁜 놈!」

까라나르는 쏟아지는 채찍질 아래서 미친 듯이 소리를 지르며 줄을 끊으려고 길길이 날뛰었다. 그러다가 두려움과 고통에 눈이 뒤집혀서 제 주인을 넘어뜨려 가지고 눈 위로 끌면서 내닫기 시작했다. 거세고도 엄청난 힘으로 그 낙타는 제 주인에게서 벗어나려고, 제가 억지로 끌려왔던 곳으로 되돌아가려고 그를 개처럼 끌면서 달리고 있었다.

「서라! 서!」예지게이가 눈에 파묻힌 채 낙타에 끌려가면서 숨 막힌 소리로 외쳤다. 모자가 벗겨져 나갔고 머리며 얼굴이며 배가 눈에 쓸려 뜨거운지 차가운지 모를 정도로 얼얼했다. 그는 혁대에서 고삐 끈을 풀기 전까지는 어떻게도 그 짐승을 멈추게 할 수가 없었다. 그리고 낙타는 공포에 사로잡혀 달아나는 것만이 목숨을 건지는 길이라 믿고서 그를 끌고 계속 달렸다. 만일 예지게이가 기적적으로 고삐 끈을 잡아당겨 줄을 풀고 그럼으로써 목숨을 구하지 못했더라면 그 일이 어떻게 끝났을지는 누구도 알 수 없었다. 아마도 틀림없이 그는 눈 더미 속에서 죽었을 것이었다. 고삐 끈을 제대로 잡은 뒤에 그는 낙타가 제 주인의 마지막 남은 힘에 붙잡혀 멈춰 서기 전까지 3, 4미터를 더 끌려갔다. 마침내 예지게이는 정신을 차렸고 눈에 쓸려 얼얼해진 채, 후들거리는 다리로 일어섰다.

「바로 그렇게 한다 이거지!」그가 숨을 돌리려고 애쓰며 으르렁거렸다.「그렇담 꺼져 버려, 이 짐승 놈아! 내 눈앞에서 썩 사라져! 가! 꺼져 버려, 이 망할 놈의 짐승! 다시는 내 눈앞에 얼씬거리지도 마! 흔적 없이 영원히 사라져 버려! 이 망할 놈! 썩 꺼져 버리라고! 그 사람들이 네놈을 쏘아 버리게! 그 사람들이 너를 미친개처럼 죽여 버리게! 이게 모두 다 너 때문이야! 스텝으로 나가 뒈져 버려!」

까라나르가 소리를 지르며 아끄-모이낙 쪽으로 달려가기 시작했다. 예지게이는 그때까지도 채찍을 내리치며 낙타를 뒤쫓았지만 다음에는 마침내 낙타를 풀어 주었고, 제멋대로 욕정을 발산할 수 있도록 놓아 보냈다. 셈을 치르고 헤어질 시간이 되었던 것이다.

「사라져 버려, 이 악마 같은 짐승 놈아! 꺼져 버려! 그리고 거기서 뒈져 버려! 이 만족할 줄 모르는 짐승 놈아! 네놈 대갈통에 총이나 한 방 맞아라!」

까라나르는 어스름이 깔린 땅 위로 점점 더 멀어져 갔고 이내 흐릿한 눈발 속으로 사라져 버렸다. 트럼펫 소리 같은 그 낙타의 울부짖음도 멀리 사라져 가고 있었다. 틀림없이 그놈은 눈보라를 뚫고서 곧장 아끄-모이낙의 암낙타들에게로 돌아갈 것이었다.

「지옥에나 떨어져 버려!」 예지게이는 비명처럼 고함을 지르고 나서 눈 속에 자기의 몸이 끌려 파인 자국을 따라 집으로 돌아오기 시작했다. 모자도 양가죽 외투도 다 잃어버린 채 그는 얼굴과 손의 피부가 화끈거리는 중에도 채찍을 휘두르며 어둠 속을 계속 걸었고 그러다 갑자기 끝없는 공허감과 무기력감이 엄습해 오자 눈 속에 무릎을 꿇고서 머리를 감싸쥐고 소리 없이 울었다. 사로제끄 한복판에서 오직 혼자 무릎을 꿇은 채 그가 들을 수 있던 소리는 스텝 위를 질주하거나 휙휙거리면서 눈을 휘젓는 바람 소리, 그리고 점점 드세어지는 눈발이 내리는 소리뿐이었다. 조용히 사르락거리며 내려앉는 수백만 개의 눈송이 하나하나가 헤어지는 아픔을 덜어 줄 길은 없다고, 사랑하는 사람 없이는 살아갈 도리가 없다고, 다른 아버지들이 친자식을 대하는 것보다도 더 애지중지했던 그 아이들이 없이는 살아갈 이유가 없다고 속삭이는 것 같았다. 그는 거기에서 죽어 눈으로 덮이고 싶었다.

〈세상에 신 같은 건 없어! 삶에 대해서 뭣 한 가지도 이해하려 들지 않는 신이 어디 있어? 또 다른 사람들에게선 도대체 뭘 기대할 수 있지? 신 같은 건 있지도 않아!〉

그것이 그날 밤 사로제끄의 사무치는 고독 속에서 그가 자신에게 한 말이었다. 그는 전엔 결코 그런 말을 한 적이 없었다. 아니, 그는 종종 신에 관한 이야기를 하고 했던 옐리자로프에게서, 과학적 견지에서는 신이 존재하지 않는다는 말을 들었을 때조차 그 말을 믿지 않았었다. 그러나 이제 그는 믿었다······.

그리고 지구는 상층 기류에 씻기며 그 궤도를 계속 돌았다. 그렇게 지구는 눈 속에서 무릎을 꿇고 엎드린 채 눈 덮인 사막 한가운데서 잊힌 한 남자를 싣고 축 위에서 자전하며 태양 주위로 운행을 계속했다. 영토와 세력을 잃은 어떤 왕도, 황제도, 통치자도 부란니 예지게이가 사랑하는 여자와 헤어졌던 그날 그랬던 것처럼 그렇게 절망에 빠져 무릎을 꿇지는 않았을 것이었다. 그리고 아직도 지구는 계속 돌았다.

사흘 뒤에 까잔갑이 창고에서 예지게이를 불러 세웠다. 거기에서 그들은 수리하기로 되어 있는 선로 밑에 들어갈 못과 좌철(座鐵)을 수령하고 있었다.

「자네 왜 그렇게 아는 척도 않는 건가?」 까잔갑이 밀차에다 쇠로 된 부속들이 담긴 자루를 얹고 있다가 지나가는 말처럼 물었다. 「자넨 날 피하고 있어. 거기에는 분명히 무슨 이유가 있을 텐데.」

예지게이가 험악한 눈길로 까잔갑을 노려보았다.

「우리가 얘길 시작한다면 난 그 자리에서 당신을 목 졸라 죽일 거요. 당신도 그쯤은 알 텐데요.」

「그야 분명히 알지. 하지만 왜 그렇게 화를 내는 건가?」

「그 여자를 억지로 떠나보낸 게 당신이잖습니까?」

예지게이가 그 며칠 동안 그를 괴롭히며 털끝만한 평온도 가져다 주지 않았던 감정들을 처음으로 입 밖에 내었다.

「나 이거야 원.」 까잔갑이 설레설레 고개를 저었다. 그의 얼굴이 화가 나서인지 아니면 민망해서인지 벌겋게 달아올랐다. 「만일 그게 자네 머릿속에 든 생각이라면 자네는 우리뿐 아니라 그 여자까지도 잘못 생각하고 있다는 얘기가 되네. 자네는 그 여자가 자네보다 훨씬 더 지혜롭다는 걸 고맙게 여겨야 할 걸세. 자네 이 일이 모두 어떻게 끝날지 생각이나 한번 해봤나? 안 해봤겠지? 그래서 그 여자는 너무 늦기 전에 떠나기로 결심하고 실행에 옮긴 걸세. 그리고 나는 그 여자가 부탁을 하기에 떠나도록 도와주었고, 난 그 여자가 애들을 데리고 어디로 가는지 묻지 않았네. 그 여자도 아무 말 없었고. 그건 누구도 아닌 신만이 알아서 해주신 일이지. 자네 내 말 알아듣겠나? 그 여자는 자기 자신의 인격과 자네 아내의 인격을 손상시키지 않고 떠난 걸세. 그리고 정말 배운 사람답게 작별 인사를 했어. 자네는 그 둘에게 자네를 재난으로부터 구해 주었다고 머리 숙여 감사해야 될 게야. 자넨 어디서도 우꾸발라 같은 아내를 또다시 찾을 순 없을 걸세. 다른 여자가 그런 입장에 있었더라면 자네가 이 세상 끝까지, 자네의 그 까라나르보다 더 멀리 도망칠 수밖에 없도록 한바탕 난리를 피웠을 테니까.」

예지게이는 한마디도 대꾸하지 않았다. 그가 무슨 말을 할 수 있었을까? 대체로 까잔갑은 옳은 말만 하는 편이었다. 그렇지만 이해는 하지 못하고 있었다. 그것은 그가 경험해 보지 못한 일이었다. 그래서 예지게이는 그에게 노골적으로 무례한 태도를 보였다.

「잘 알았시다.」 그가 비웃듯이 한옆으로 침을 뱉으며 말했다. 「말이야 구구절절이 옳지요. 원체 현명하신 양반이니까. 하지만 당신은 여기서 별 파탄 없이 조용한 삶에 크게 주름살 질 일 없이 23년이나 처박혀 있었다고요. 그런 사람이 어떻게 내 처지를 알 수 있단 말입니까? 그런 얘기엔 질렸습니다. 또 이따위 얘길 들을 시간도 없고요.」

그렇게 말을 딱 잘라 버리고 그는 가버렸다.

그런 말을 주고받은 뒤에 예지게이는 이 지긋지긋해진 보란리-부란니 간이역을 떠나야 되겠다고 심각하게 생각하기 시작했다. 그는 아무리 해도 자리빠를 잊을 수 없었고 평온을 되찾을 수도 없었다. 그리고 마음을 갉아먹는 고통도 극복할 수 없었다. 자리빠와 그녀의 아이들이 없는 지금은 주위에 있는 것들 모두가 시들하고 텅 비고 따분했다. 그랬으므로, 예지게이 잔겔리진은 그 모든 고통으로부터 벗어나기 위해 간이역 책임자에게 자기와 가족들을 될 수 있는 한 먼 곳으로 보내 달라고 공식적으로 요청할 작정이었다. 그는 도저히 거기에 남아 있을 수가 없었다. 도대체 그가 무슨 이유로 언제까지고 이 저주받을 놈의 간이역에 묶여 있어야 할까? 다른 곳 — 도시나 마을 — 에서 사는 대부분의 사람들은 이런 곳에서라면 단 한 시간도 살려고 들지 않을 것이다.

무슨 이유로 그가 사로제끄에서 자신의 삶을 망쳐야 할까? 또 그에게 무슨 잘못이 있어서 거기에 처박혀 있어야 할까? 아니, 그는 이제 질릴 대로 질려서 그곳을 떠나 아랄 해로 돌아가거나 아니면 까라간다나 알마-아따로 떠날 작정이었다. 이 세상에 살 곳은 얼마든지 있었다. 그는 훌륭한 노무자였고 건강도 썩 좋았다. 그리고 아직도 양어깨 위에 머리가 붙어 있었다. 그는 모든 것들에 침을 뱉고 떠날 것이다.

예지게이는 어떻게 하면 우꾸발라에게 그 이야기를 꺼낼 것인가, 어떻게 그녀를 설득할 수 있을 것인가에 대해서 생각하기 시작했다 — 일단 그 일만 해치워 버리고 나면 그다음에는 아무 문제도 없을 것이다. 그러나 말을 꺼내기에 적당한 때를 기다리는 사이 한 주일이 지나갔고 바로 그즈음엔 주인에게서 풀려나 방치됐던 부란니 까라나르가 갑자기 모습을 나타냈다.

예지게이는 집 뒤에서 개가 짖고 있는 소리를 들었다. 그 개는 계속해서 뛰어 돌아다니며 짖어 대다가 다시 집 쪽으로 달려오곤 하는 것으로 보아 뭔가 이상한 것을 본 게 분명했다. 예지게이는 무슨 일이 생겼나 알아보려고 밖으로 나갔다. 그리고 우리 근처에서 뭔지 모를 짐승을 한 마리 보았다. 그것은 낙타였지만 꼼짝도 하지 않고 서 있는 아주 이상한 낙타였다. 예지게이가 그 낙타가 까라나르임을 알아차린 것은 그 앞까지 다가가서야였다.

「그러니까 이게 너였단 말이냐? 네 꼬라지가 어떤지를 좀 봐라! 네 몰골이 얼마나 비참한지를 말이다! 이번에는 아주 여윌 대로 여위었구나!」

예전의 부란니 까라나르는 이제 가죽과 뼈뿐이었다. 그 커다란 머리는 가련하게도 축 늘어져 있었고 목은 뼈마디가 드러난 데다 초라한 털은 마치 장난으로 갖다 붙인 것처럼 무릎 아래까지 늘어져 차라리 가발처럼 보였다. 그리고 한때는 두 개의 검은 탑처럼 솟았던 혹들이 이제는 늙은 여인의 늘어진 유방처럼 한옆으로 축 처져 있었다. 한때는 그렇게도 당당했던 그 수낙타가 이제는 너무도 쇠약해져서 겨우겨우 그 우리의 담장에까지 이르러 쉬려고 멈춰 서 있었다. 그놈은 마지막 피 한 방울까지, 마지막 세포 하나까지 온 힘을 다 짜내어 버리고 이제 빈 자루처럼 집으로 기어든 것이었다.

「아서라, 아서, 아서!」 예지게이는 까라나르의 몸을 구석구석 둘러보고 놀랐지만 그때까지도 악의가 다 가시지는 않았다.

「그러니까 네가 이런 꼴이 되어 버렸단 말이지? 개도 너를 알아보지 못했잖느냐! 전에는 그렇게 멋지고 훌륭한 수놈이었는데! 좋아, 좋아! 그러니까 네가 돌아왔다는 거지? 부끄러운 줄도 모르고 양심도 없이? 네 불알은 아직 거기에 있냐? 도중에 그걸 잃어버리지는 않았어? 이 고약한 냄새! 네 다리가 오물로 뒤덮여 있어! 네 궁둥이에 오물이 어떻게 얼어붙어 있는지를 좀 봐라! 이 형편없는 놈! 넌 이제 정말로 그 짓 다 한 거야!」

까라나르는 움직이지도 못하고 서 있었다. 그 낙타에게는 예전의 힘도 또 예전의 당당함도 없었다. 처량하고 불쌍하게 그저 머리를 저으며 제 발로 버텨 서려고 안간힘을 쓰고 있을 뿐이었다. 느닷없이 예지게이는 그 짐승이 불쌍해졌다. 그래서 집으로 들어가 귀리를 한 접시 가득 담아서 소금을 반 줌쯤 뿌려 가지고 나왔다.

「이리 와, 이걸 먹어!」 그가 먹이를 낙타 앞에다 놓았다. 「이걸 먹으면 좀 힘이 생길 거다! 그다음에 너를 우리에다 넣어 주마. 거기에 누워 있으면 기분이 좀 나아질 게다.」

그날 예지게이는 까잔갑의 집을 찾아갔다.

「얘기할 게 좀 있어서 왔습니다. 놀라지 마십쇼. 어제만 해도 난 얘기하고 싶지도 않았고, 또 내가 못마땅해하는 일이나 얘기하려고 들었지만 오늘은 다릅니다. 이건 중요한 일입니다. 이제 까라나르를 형님에게 돌려주고 싶습니다. 아주 오래전에 형님은 젖먹이였던 그놈을 내게 줬었죠. 고맙습니다. 그놈은 날 잘 섬겼어요. 하지만 얼마 전에 난 그놈을 내쫓았습니다 — 내 인내심이 바닥났던 거죠. 오늘 그놈이 다시 기어들어 왔습니다. 간신히 다리를 끌고서요. 지금 그놈은 우리에 누워 있습니다만 두 주일만 지나면 다시 예전처럼 튼튼하고 강해질 겁니다. 이제 잘 먹여 주기만 하면……」

「잠깐.」 까잔갑이 말을 잘랐다. 「자네 지금 무슨 말을 하려는 건가? 어째서 갑자기 까라나르를 내게 돌려줄 작정이지? 내가 그래 달라고 했나?」

예지게이는 그에게 마음에 품은 생각을 모두 말해 주었다. 즉, 자기는 가족과 함께 떠날 생각이며 사로제끄에는 이제 신물이 났고 바로 지금이 살기가 좀 더 나은 어딘가로 옮겨 갈 때라고.

까잔갑이 주의 깊게 그의 말을 듣고 나서 말했다.

「글쎄, 그건 자네 일이겠지. 하지만 내가 보기엔 자네는 뭘 하려는지도 모르고 있는 것 같군. 좋아, 자네가 떠난다고 해 보세. 하지만 자넨 자네 뒤에다 자신을 남기고 싶진 않을 걸세. 어딜 가든 자네는 고통을 떨쳐 버릴 수 없을 거야. 항상 자네를 따라다닐 거란 말일세. 아니, 예지게이 자네가 진짜 사내라면 자넨 여기서 자신을 극복하려고 해야 돼. 다른 데로 떠난다, — 그래 봤자 좋을 게 하나도 없어. 어떤 바보라도 도망을 칠 수 있지만 누구나 다 자신을 극복할 수는 없는 걸세.」

예지게이는 그의 말에 동의하지는 않았지만 다투려고도 하지 않았다. 그는 다만 거기에 앉아서 깊은 한숨을 내쉬며 곰곰이 생각을 해보았다. 그의 생각은 이런 것이었다. 〈만일 내가 정말 어딘가로 떠난다면 잊어버릴 수 있을까? 그 여잔 어떻게 되었을까? 지금 그 여잔 아이들과 어디에 있을까? 그 불쌍한 녀석들, — 무슨 일이 일어났는지 알기에는 너무도 어린……. 걔들 주위에 무슨 일이 잘못되기라도 한다면 이해하고 도와줄 사람이 있을까? 우꾸발라로서는 어려웠겠지 — 내 이상한 행동과 우울한 기분을 참아 내려 했으니. 그러면서도 말 한마디 하지 않았어. 그런데 무슨 이유로 그랬을까?〉

까잔갑은 부란니 예지게이의 기분을 이해했고 상황을 완화시키려고 애썼다. 그래서 예지게이의 주의를 끌려고 헛기침을 하면서 이렇게 말했다.

「내가 자네를 설득하려고 해봤자 그게 무슨 소용이겠나, 예지게이? 그러니 내가 이 얘기를 해서 뭘 어떻게 해보겠다는 생각은 아닐세. 자네 스스로 알아서 할 수 있을 테니까. 자네는 라이말리-아가가 아니고 나 역시도 압질리한은 아닐세. 그리고 또 이 주위로 수백 리까지는 내가 자넬 묶어 둘 수 있는 자작나무 한 그루도 없어. 자넨 얼마든지 자네 마음대로 할 수 있네. 다만 자네가 여길 떠나기 전에 한 번 더 잘 생각해 보게.」

까잔갑의 그 말은 그 뒤로도 오래오래 예지게이의 기억에 남았다.

10

 라이말리-아가는 홍안(紅顔)에 벌써 명성을 떨쳤던 당대의 유명한 소리꾼이었다. 신의 자비로우신 은총으로, 타고난 소리꾼들의 세 가지 중요한 자질을 두루 갖추었던 그는, 시인이었고 자기가 부르는 노래의 작곡자였으며 숨을 조절하는 능력이 대단했던 가수이자 연주자였다. 그래서 지라우, 즉 스텝 지방의 음유 시인이었던 라이말리-아가는 동시대 사람들의 찬탄을 불러일으켰다. 단지 그가 현에 손을 대기만 하면 청중들 앞에서 즉흥적으로 작곡된 노래가 흘러나왔고 다음 날이면 그 노래가 모든 사람들의 입에 오르내리게 되는 것이었다. 라이말리-아가의 입에서 흘러나오는 그 노래를 들었던 사람들 하나하나가 주변 마을 사람들과 목동들에게 그 노래를 전파시켰기 때문이었다. 그 당시에 지지뜨들은 이런 노래를 부르곤 했었다.

 갈증 난 말아, 너는 차가운 물맛을 알고 있으니,
 네가 산에서 내려와 개울가로 갈 때,
 내가 안장에서 내려 네 입술을 만질 때,
 나는 세상 사는 기쁨을 알겠노라.

라이말리-아가는 밝은 빛깔의 옷들을 화려하게 차려입었다 — 신께서 직접 그렇게 하도록 명하셨다. 그는 특히, 가장 질 좋은 모피로 테를 두른 값진 모자를 쓰기 좋아했는데, 겨울에 쓰는 것과 여름에 쓰는 것, 그리고 봄에 쓰는 것이 제각기 달랐다. 그에게는 또 그와는 떼어 놓을 수 없는 말 — 저 유명한 황금빛의 얼룩얼룩한 말, 즉 아할쩨끼네쯔종(種)으로서 어느 큰 축제에서 어떤 터키 사람들이 그에게 준 사랄라 — 도 한 필 있었다. 사람들은 사랄라를 그의 주인 못지 않게 칭찬했다. 그리고 말에 대해서 아는 사람들은 그 말의 경쾌하고도 당당한 걸음걸이를 특히 칭찬했으며, 재담가들은 라이말리의 모든 행동과 재산이 그가 연주하는 돔브라 소리와 사랄라의 걸음걸이라는 말을 하곤 했었다.

사실 그랬다. 라이말리-아가는 거의 모든 시간을 말안장 위에서 손에 돔브라를 들고 보냈다. 하지만 그런 명성에도 불구하고 그는 별로 부유하지가 못했다. 자기의 모든 시간을 잔치와 축하 모임에서 5월의 나이팅게일처럼 보내길 좋아했던 탓이었다. 그러나 사람들은 어느 곳에서건 그를 존경과 친절로 맞았으며 그의 말을 배불리 먹여 주었다. 하지만 그를 좋아하지 않는 대단한 부자들도 있었다. 그들은 그가 들판에서 부는 바람처럼 무책임하고 쓸모없는 삶을 산다느니 하면서 등 뒤에서 그를 욕했다.

그러나 라이말리-아가가 성대한 잔치에 나타나 돔브라에서 첫 음을 끌어내어 노래를 부르기만 하면 모두들 잠잠해져서 — 심지어는 그가 살아가는 방식을 달가워하지 않는 사람들까지도 — 마법에 홀린 듯 그의 손가락과 그의 눈과 그의 얼굴을 지켜보았다. 그들은 라이말리-아가의 손이 현에서 끌어내어 음악으로 표현하지 못하는 감정이 없었기에 그의 손을 지켜보았고, 그의 눈에는 모든 생각과 영혼의 힘이 끊임없이 표정을 바꾸며 불타올랐기에 그의 눈을 바라보았고, 그의 모습이 너무도 수려하여 영감을 불러일으켰기에 그의 얼굴을 쳐다보았다. 그가 노래를 부르고 있을 때면 그의 얼굴은 바람 부는 날의 바다와도 같이 변화무쌍하게 바뀌었다…….

그의 아내들은 참다못해서 결국엔 실망하고 그를 떠났지만 다른 많은 여자들이 밤이면 그를 생각하며 몰래 울었다.

그렇게 라이말리-아가의 삶은 노래에서 노래로 결혼식에서 결혼식으로, 잔치에서 잔치로 이어지며 지나갔고, 그러는 사이에 노령이 살금살금 그를 덮쳐 처음엔 구레나룻에 흰 터럭이 조금씩 나타나더니 다음에는 턱수염까지도 희끗희끗해지고 말았다. 사람이라도 언제까지고 항상 예전 같지는 않아서 몸이 쇠약해졌고 꼬리와 갈기의 털이 성기어졌다. 그 말이 한때는 훌륭한 말이었다는 것은 걸음걸이만 보고도 알 수 있었다.

라이말리-아가는 도도한 고독 속에서 말라 가는, 우뚝 솟은 미루나무처럼 인생의 겨울로 접어들고 있었다. 하지만 그에게는 가족도, 집도, 가축도, 그 밖의 다른 재산도 없었다. 그래서 그의 동생 압질리한은, 비록 부족 사람들이 모인 사사로운 자리에서는 형의 그런 행동에 대해 불쾌감과 분노를 드러내고는 했어도, 형을 거두지 않을 수 없어서 그에게 거처할 유르따를 내주었고 식량을 대주었으며 사람을 시켜 옷을 세탁해 주었다.

라이말리-아가는 이제 노령을 주제로 한 노래를 부르기 시작했고 죽음을 생각하기 시작했다. 위대하고도 슬픈 노래들은 그 무렵에 지어진 것들인데, 그것은 이제 그가 생각에 잠길 때면 사색가들의 근본적인 문제, 즉 인간은 왜 이 세상에 태어나는가라는 문제를 이해하려고 노력할 차례가 되었기 때문이었다. 이제 그는 연회장이며 결혼식장으로 전처럼 그렇게 자주 돌아다니지 않았고, 집에서 돔브라를 연주하며 보내는 시간은 점점 더 많아졌다. 그리고 지난 일들에 대한 회상 속에서 살아가며 점점 더 자주 노인들과 자리를 함께했다. 덧없는 세상의 본질에 대해 이야기를 나누면서…….

그런데 신께서도 분명히 아실 일이지만, 라이말리-아가는 기울어 가는 세월에 그를 뒤흔들어 놓은 사건만 일어나지 않았더라면 나머지 생을 평화롭게 살고 갔을 것이었다.

어느 날 라이말리-아가는 그 적적한 삶이 더 이상 견딜 수 없었다. 그래서 지루함을 덜기 위해 늙은 말 사랄라에 안장을 얹고는, 여느 때처럼 돔브라를 집어 들고 어느 성대한 결혼식장으로 떠났다. 상당히 존경받고 있는 어떤 사람들이 결혼식에 참석해 달라고 간곡히 청했던 것인데, 노래를 부르지는 않더라도 그저 손님으로라도 와달라는 것이었다. 그 점을 염두에 두고 라이말리-아가는 되도록 일찍 돌아올 생각에서 가벼운 마음으로 길을 떠났다.

결혼식장에 당도하자 그는 극진한 환대를 받았고 가장 훌륭하게 꾸며진 하얀 유르따 안으로 안내되었다. 그리고 거기서 지체 높은 사람들과 둘러앉아 꾸미스를 마시며 격조 있는 대화를 나누었고, 그런 다음에는 축하 연설까지도 해주었다.

마을에서는 성대한 축하연이 벌어지려는 참이어서 사방으로부터 노랫소리와 웃음소리, 젊은이들이 게임을 하면서 즐겁게 떠드는 소리들이 들려왔다. 라이말리-아가는 사람들이 신혼부부를 축하하기 위해 경마 준비를 하는 소리와 요리사들이 화덕 옆에서 바쁘게 돌아다니는 소리, 말 떼가 자유로

이 뛰어다니는 소리를 들을 수 있었다. 개들도 신이 난 듯 장난질을 치면서 돌아다녔고, 스텝으로부터는 꽃을 피운 풀 냄새가 실린 바람이 불어오고 있었다……. 그러나 무엇보다도 라이말리-아가가 부러움을 느꼈던 것은 근처의 유르따에서 들려오는 음악 소리와 노랫소리 그리고 처녀들의 웃음소리였다…….

라이말리-아가의 영혼은 지쳐 있었어도 그는 뭔가를 애타게 그리워하고 있었다. 그래서 비록 아무런 내색도 하지 않았지만 그 늙은 가수는 과거를 거슬러 그가 젊고 잘생겼던 옛날로, 젊고 힘찬 사랄라가 발굽으로 풀을 짓밟으며 그를 태우고 질주하던 옛날로 돌아갔다. 그때는 태양이 그의 노래를 듣고서 그를 맞으러 나왔고, 가슴에 찬바람을 맞아도 기침이 나지 않았으며 그의 노래를 듣는 사람들 모두의 가슴 속에서 피가 뜨거워졌었다. 그리고 돔브라에서는 황홀한 선율이 울려 나왔으며, 그의 입에서 흘러나오는 노래는 한 구절 한 구절이 모두 열의에 차 있었다. 그때 그는 사랑을 할 줄도 고통스러워할 줄도, 자신을 탓할 줄도, 그리고 등자에 올라 작별 인사를 할 때면 눈물을 흘릴 줄도 알았었다. 하지만 그 모든 것이 무엇을 위해서였던가! 그가 나이 들어 희끄무레한 재 밑에서 사그라지는 불꽃처럼 시들어 가도록 하기 위해서! 라이말리-아가는 슬펐다. 그는 점점 더 말을 잃었고 안으로 움츠러들었다. 그러다 갑자기 그는 유르따로 다가오는 발소리와 목소리, 목걸이가 짤랑거리는 소리, 그리고 귀에 익은 치맛자락 끌리는 소리를 들었다. 누군가가 수놓은 가리개를 천막 입구 위로 높이 들어 올리자 가슴에 돔브라를 안은 어떤 처녀가 문간에 나타났다. 당겨진 활시위처럼 그린 듯 예쁜 눈썹에, 천진난만하고 장난스러우면서도 오만한 표정을 띤 그녀의 얼굴이 활짝 개어 있었다. 이 흑발의 미녀는 그 자태며 행동거지 하나하나에서 지극히 단호한 성격을 드러내 보였고, 마치 능숙한 장인의 손길로 그렇게 빚어진 것 같았다. 그녀가 문간에 서서 들러리로 따라온 처녀들, 그리고 몇 명의 젊은이들과 함께 너그러이 용서해 달라며 둘러앉아 있는 유명한 사람들에게 고개를 숙였다. 그러나 그 처녀가 라이말리-아가를 돌아다보고 자신 있게 돔브라의 현을 뜯으며 환영의 노래를 부르기 시작했을 때까지도 아무도 감히 입을 열지 못했다.

「갈증 난 목을 축이려고 멀리서 샘을 찾아 낙타를 타고 온 여행자처럼, 저는 이제 명성 높으신 라이말리-아가를 뵙고 제 환영의 말씀을 드리겠습니다. 시끄럽게 무리를 지어 왔다고 저를 꾸짖지 말아 주세요. 이곳에는 잔치가 벌어졌고 결혼식에서는 즐거움이 최고니까요. 사랑을 고백하듯 떨리는 가슴으로, 은밀한 두려움을 안고 감히 노래를 부르며 선생님 앞에 나타난 제 당돌한 짓에 놀라지 말아 주세요, 라이말리-아가. 저를 용서해 주세요, 라이말리-아가. 저는 화약이 실린 총처럼 당돌한 생각으로 가득 차 있으니까요. 비록 제가 연회장과 결혼식장을 따라다니며 자유롭게 살고 있을지라도, 저는 조금씩 조금씩 꿀을 따 모으는 벌처럼 제 평생 동안 이 만남을 기다려 왔습니다. 운명으로 정해진 시간에 활짝 피어날 꽃봉오리처럼 그렇게 기다리면서요. 그리고 이제 그 시간이 온 거예요.」

라이말리-아가는 그녀가 누구인지를 묻고 싶은 생각이 간절했지만 차마 그녀의 노래를 중도에 끊을 수 없었다. 더구나, 그는 놀랍고 기쁜 마음으로 그녀에게 끌려들면서, 가슴속에서는 심장이 두근거렸고 살은 뜨거운 피로 채워지고 있었다. 만일 그때 사람들이 특별한 시력을 가졌더라면, 그가 마치 하늘로 날아오르려는 황금빛 독수리처럼 동요되어 있다는 사실을 알아차렸을 것이었다. 그의 눈이 생생하게 되살아나 빛나고 있었기 때문이었다. 그는 마치 하늘에서 갈망하던 부름을 들은 것처럼 정신이 번쩍 들었고, 그러자 자신의 나이도 잊은 채 고개를 치켜들었다.

그러는 사이에도 처녀는 노래를 계속하고 있었다.

「제 말을 들어주세요, 위대한 음유 시인이시여, 또 제가 얼마나 일찍부터 이 길에 들어섰는지도 알아주세요. 어렸을 적부터 저는 신께서 보내 주신 가수 라이말리-아가를 흠모해 왔었지요. 그리고 선생님이 노래를 부르시는 곳이면, 선생님이 가시는 곳이면 어디든지 따라다녔어요. 저를 꾸짖지 말아주세요. 제 꿈은 선생님처럼 위대한 시인이 되는 것이니까요, 선생님은 아직도 노래의 대가이시니까요, 라이말리-아가. 저는 선생님의 말씀을 한 마디도 놓치지 않고, 부르시는 노래를 기도문처럼 되뇌고, 한 구절 한 가락을 주문처럼 외면서 보이지 않는 그림자처럼 선생님을 따라다녔어요. 저는 꿈을 꾸었지요. 그리고 어느 행복한 날에 오래도록 지속된 제 흠모의 표시로 선생님을 만나 제 사랑을 고백할 수 있도록, 제게 크나큰 재능을 내려 주시길 신께 기도했어요. 저는 선생님 앞에서 노래를 부르고 곡을 짓고 심지어는 — 신께서 제 당돌함을 용서해 주시길 — 제가 꺾이는 한이 있더라도 예술의 거장이신 선생님과 경쟁할 수 있는 힘을 달라고 간곡히 빌었어요. 오오, 라이말리-아가! 저는 다른 처녀들이 결혼을 꿈꾸고 있을 때 그것을 꿈꾸어 왔어요. 하지만 저는 하잘것없고 선생님은 너무도 유명하시며 모든 이들의 사랑을 받으시고, 그처럼 큰 영광과 명예에 둘러싸여 계시는걸요.

그런 꿈을 꾸었던 게 어리석었어요. 선생님은 군중 틈에 있는 하찮은 처녀인 저를 눈여겨보지 않으시고 잔치에서도 저를 알아보시지 못할 테니까요. 하지만 그래도 저는 제 자신을 가득 채우고 선생님의 노래에 깊이 취해 겸허함으로 불타올라 은밀히 선생님을 꿈꾸며 그 앞에 나아가 당돌하게 선을 보일 수 있도록 빨리 자라서 한 여인이 되기를 갈망했어요. 저는 선생님의 질타하는 눈길을 두려워하지 않고 선생님을 맞아 그 앞에서 제 사랑을 고백하고 선생님께 도전할 수 있도록, 말의 기예에 정통하고 음악의 본질을 깊이 배우고 제 스승이신 선생님처럼 노래 부르는 법을 배울 수만 있다면 제 자신에게 맹세하겠어요. 저는 이제 여기에서, 선생님 앞에서 심판을 기다립니다. 제가 한 여인이 되기를 갈망하는 동안 시간은 너무도 천천히 흘러갔지만 마침내는 이번 봄에 열아홉 살이 되었으니까요. 오오, 라이말리-아가! 저희 처녀들의 세상에서는, 비록 머리칼이 좀 희어지긴 했어도 선생님은 아직 여전하세요 — 머리칼이 희어졌다고는 해도 그것이 선생님을 사랑하는 데 장애가 되지는 않으니까요. 처녀들이 아직 머리칼이 희어지지 않은 젊은 사람을 사랑할 수밖에 없는 거나 마찬가지로요. 선생님은 저를 어린애라고 쫓아 보내실 수 있지만 가수라면 그러실 수 없어요. 저는 말로써 사람을 감동시키는 기술을 선생님과 겨루려고 왔으니까요. 제 도전을 받아 주시려나요? 이제 말씀을 하셔야 돼요.」

「하지만 그대는 누군가? 어느 부족 출신이지?」 라이말리-아가가 자리에서 일어서며 물었다. 「이름은 뭔가?」

「제 이름은 베기마이입니다.」

「베기마이? 그렇다면 여길 찾아오기 전에는 어디에 있었는가? 어디서 왔지?」 라이말리-아가의 입에서 자기도 모르게 그런 질문이 튀어나왔다. 그러나 뒤이어 그는 표정이 어두워진 채 고개를 숙였다.

「말씀드렸다시피, 라이말리-아가, 저는 어렸습니다. 저는 자라고 있었어요.」

「나도 그건 아네만…….」 그가 말을 받았다. 「하지만 내가 이해할 수 없는 게 한 가지 있어. 그게 내 운명이겠지. 그대는 어째서 그토록 아름답게 자라났는가? 그것도 내 겨울날의 석양이 질 무렵에, 어째서지? 이제껏 내게 있었던 모든 일들을 다 무의미하게 하려고? 내가 하늘로부터 그대를 알고 그대의 말을 듣고 그대를 생각하는 그런 환희에 찬 기쁨을 보상으로 얻게 되리라는 사실도 알지 못한 채 헛되이 살아왔다는 것을 증명하려고? 어째서 운명은 이렇게도 잔인한가!」

「선생님은 이유 없이 쓰라린 생각을 하고 계세요, 라이말리-아가.」 베기마이가 말했다. 「비록 운명이 제 모습을 빌려 나타났다 해도 저를 의심하지 마세요, 라이말리-아가. 제게는 당신께 제가, 젊은 처녀인 제가 애무와 노래와 마음에서 우러난 사랑으로 기쁨을 드릴 수 있다는 것을 아는 것보다 더 소중한 게 없으니까요. 저를 의심하지 마세요, 라이말리-아가. 하지만 그 의심을 떨칠 수 없으시다면, 비록 선생님이, 선생님을 그토록 사랑하는 제 앞에서 마음을 닫으신다 해도, 저는 선생님과 기예를 겨룰 수 있다면 그것을 특별한 명예로 생각하겠어요. 저는 어떤 시험이라도 치를 준비가 되어 있어요.」

「그대는 무슨 말을 하는가? 사람의 마음을 감동시키는 시험이라니, 베기마이? 그보다 훨씬 더 열정적인 시험, ― 우리가 사는 사회에서 누구나 다 주시할 사랑의 시험이 있는데 기예를 겨루어서 무슨 소용이 있겠는가? 아니, 베기마이, 나는 그대와 말재주로 겨루고 싶지는 않네. 그것은 내가 힘이 없어서도 아니고 나의 마음속에서 말할 능력이 사라져서도 아니고 내 목소리가 시들어서도 아니네. 그런 것 때문은 아니라네. 그건 다만 내가 그대와 함께 있는 것만으로도 기쁘기 때문이지, 베기마이. 나는 목숨을 걸고 사랑할 수 있으니, 베기마이, 다만 그대와 사랑으로 겨루려네, 베기마이.」

그 말과 함께 라이말리-아가는 돔브라를 집어 들고 다른 조(調)로 악기를 조율하여 새로운 노래를 부르기 시작했다. 그는 지난날에 그랬던 것처럼, 때로는 풀잎 사이를 스치는 은밀한 발소리처럼, 때로는 청천벽력과 함께 우르릉거리는 폭풍우처럼 불렀다. 그 노래는 오늘날까지도 이 세상에 남았다 —「베기마이의 노래」였다.

「만일 그대가 샘물을 마시려고 먼 곳으로부터 왔다면, 나는 바람처럼 그대에게로 달려가 그대 발밑에 엎드리리, 베기마이. 그리고 비록 이날이 내게 주어진 마지막 날이라 할지라도, 나는 죽지 않으리, 베기마이. 몇백 년이라도 나는 죽지 않으리, 베기마이. 일어나서 다시 살아나, 베기마이, 그대와 함께 있으려네, 베기마이. 그대가 없으면 눈 먼 봉사나 마찬가지리니, 베기마이.」

그날은 사람들의 기억 속에 오래오래 남았다. 그리고 당장에 라이말리-아가와 베기마이에 대한 논쟁이 불붙었다. 마을 사람들이 잔치를 벌이기 위해 세운 하얀 유르따들 사이로 기수들과 환호하는 군중들에 둘러싸여 신부를 신랑에게로 데려다 줄 때, 라이말리-아가와 베기마이는 축가를 부르며 행렬을 이끌었다. 그들은 아름답게 어울리는 모습으로 등자를 딛고 서서 나란히 말을 몰았고, 신과 행운의 여신을 향해 새로 결혼한 한 쌍의 행복을 빌었다. 그들은 돔브라를 연주했고 피리를 불었고 노래를 불렀다. 처음엔 그가, 다음엔 그녀가, 그다음엔 그가, 또 다음엔 그녀가……. 주위에 둘러서 있던 사람들은 그들의 노랫소리에 깜짝 놀랐다. 주변에 있는 풀들까지도 웃었고, 새들은 이리저리 날아다녔고 사내애들은 두 살짜리 말을 타고 즐겁게 뛰어다녔다. 사람들은 그 늙은 가수가 라이말리-아가인지를 여간해선 알아볼 수가 없었다. 한 번 더 그의 목소리가 옛날처럼 울려 퍼졌고 그의 손놀림이 또다시 옛날에 그랬던 것처럼 유연하고 능란해졌다. 심지어는 그의 말 사랄라까지도 목을 꼿꼿이 펴고서 다시 당당해졌다.

그러나 모든 사람들이 다 그런 광경을 보고 기뻐한 것은 아니었다. 그들 중에는 라이말리-아가를 보고 침을 뱉는 사람들도 있었다. 특히 그의 혈족들, 즉 같은 부족민들 — 그들은 불리는 대로 하자면 바라ㄲ바이 부족이었다 — 은 그의 행동에 큰 충격을 받았고, 결혼식에 참석한 바라ㄲ바이 사람들 모두가 격노했다.

「저런 짓을 해서 무슨 좋은 일이 생긴다고 저러지?」그들은 떠들어 댔다. 「라이말리-아가는 노망이 들어서 돌아 버렸어!」

그들은 라이말리-아가의 동생인 압질리한에게로 달려가 고하기 시작했다.

「우리가 어떻게 당신을 대족장으로 지명할 수 있겠습니까? 저 늙은 개 라이말리가 우리를 수치스럽게 한다면 다른 부족 사람들이 선거에서 우리를 비웃을 겁니다. 저 사람이 무슨 노래를 부르는지 들어 보십쇼! 어린 애송이 녀석들처럼 시시덕거리고 있지 않습니까! 창피하고 더러운 일입니다! 그것도 사람들 모두가 보는 앞에서 말입니다. 저래서 좋은 일이 생길 리 없습니다. 도대체 어째서 저 사람은 저런 천박한 계집에게

홀딱 빠진 거지요? 마을 밖으로 나쁜 소문이 흘러 나가지 않도록 저 사람을 붙들어 둬야 합니다.」

압질리한은 그가 보기에 방탕한 사람이라고 여겨지는, 그리고 오래전부터 목적 없는 삶을 살아온 형에 대해서 오래전부터 반감을 품고 있었다. 얼마 전까지만 해도 그는 형이 나이가 들어 조용해졌다고 생각했었지만, 이제 그는 바라끄바이 부족 전체에 부끄러움을 주고 있었다.

그래서 압질리한은 말에 박차를 가해 형에게로 달려가서 채찍을 휘두르며 외쳤다.

「정신 차리고 집으로 돌아가시오!」

그러나 라이말리-아가는 그의 말을 들으려고도, 그를 보려고도 하지 않았다. 자신의 황홀한 노랫소리에 너무도 깊이 빠져 있었기 때문이었다. 앞에 올라탄 기수들 주위에 구름처럼 몰려 있던, 라이말리-아가를 칭송하는 사람들이 한 구절 한 구절에 귀를 기울이고 있다가 당장에 압질리한을 한옆으로 밀어냈다. 그리고 어떤 사람들은 채찍으로 그의 목을 때리기까지 했다. 압질리한은 격분해서 말을 타고 떠났다.

그러나 노래는 계속 이어지고 있었다. 바로 그때 새로운 노래가 하나 생겨났다.

> 사랑에 취한 수사슴이 아침결에 제 암사슴을 부를 때,
> 낭떠러지의 벽들이 그 부르는 소리를 메아리로 되뇌네.

그것은 라이말리-아가의 노래였다.

> 수놈 백조가 제 짝인 암놈 백조와 헤어질 때,
> 그리고 아침결에 태양을 바라볼 때, 그 백조에게 보이는

것은 다만 검은 동그라미뿐.

그것은 베기마이의 화답이었다. 그들은 그렇게 젊은 신혼부부를 위해 노래 불렀다. 처음엔 그가, 다음엔 그녀가, 그다음엔 그가, 또 그다음엔 그녀가.

라이말리-아가는 음악에 너무도 열중해서 동생 압질리한의 가슴속에서 어떤 분노가 들끓고 있는지 알 길이 없었고, 그를 따라왔던 바라ㄲ바이 부족의 모든 혈족들이 가슴에 분노와 복수심을 품었다는 것도 알지 못했다. 또 그들이 자기에게 어떤 벌을 주기로 합의했는지……. 그리고 노래는 여전히 계속되었다. 처음엔 그가, 다음엔 그녀가, 그다음엔 그가, 또 다음엔 그녀가…….

그렇게 그들은 장소에 따라 알맞은 노래들을 부르며 결혼식 행렬을 인도했고, 한 번 더 축하와 작별의 노래들을 불렀다. 그리고 라이말리-아가는 사람들을 둘러보면서 운명이 자기에게 보답으로서, 그와 대등한 음유 시인, 젊은 베기마이를 보내 준 그 축복받은 날을 볼 수 있도록 살아온 것이 기쁘다고 말했다. 그는 또 부싯돌을 치는 것만으로 불꽃을 일으킬 수 있듯이, 시인들은 말의 기예를 겨루는 것만으로 완성에 이를 수 있다고도 했다. 그러나 무엇보다도 그는 세상이 창조된 이래 비축되어 온 모든 힘으로 태양이 빛나는 석양에서처럼, 사랑을 찾아냄으로써 그가 태어난 이래로 알지 못했던, 가슴속으로부터 우러난 그런 힘을 갖게 된 것이 기뻤다.

「라이말리-아가!」 베기마이가 화답했다. 「제 꿈은 실현되었어요. 이제 저는 선생님을 따르렵니다. 선생님이 어디에 계시든 저는 돔브라를 들고 당장에 나타날 거예요. 노래에 노래가 합쳐질 수 있도록요. 저는 선생님을 사랑하고 선생님께 사랑받기 위해 아무 생각 없이 제 삶을 바치겠어요.」

그렇게 노래들이 불렸다. 그리고 라이말리-아가와 베기마이는 스텝의 모든 사람들 앞에서 이틀 뒤에 장터에서 만나 노래를 불러 주기로 약속했다.

결혼식장에서 돌아온 사람들은 라이말리-아가와 베기마이가 장터에서 만나 노래를 부르기로 했다는 소식을 온 지방에 다 퍼뜨렸고, 그렇게 해서 소식이 퍼져 나갔다.

「장터로 가세!」

「말에 안장을 얹고 장터로 떠나세!」

「장터로 노래 들으러 오게!」

「거 정말 굉장한 잔치겠구먼!」

「즐거운 일이 우리를 기다리고 있어!」

「무슨 창피한 짓이야!」

「파렴치 바로 그거라고!」

말을 타고 떠나기에 앞서 라이말리-아가와 베기마이는 작별 인사를 나누었다.

「장이 서는 날까지 안녕, 소중한 베기마이!」

「그때까지 안녕히 계세요, 라이말리-아가!」

날이 저물어 가고 있었다. 거대한 스텝이 여름의 희뿌연 어스름 속으로 평화롭게 잠겨 들려는 참이었다. 풀들은 이제 다 자라서 희미하게 시들어 가는 냄새를 풍기고 있었다. 비가 갠 뒤 산중에는 서늘한 기운이 감돌았고 솔개들은 해가 지기 전에 유유히 낮게 떠서 날았다. 작은 새들은 평화로운 저녁을 찬양하며 지저귀었고······.

「이 정적! 이 축복!」 라이말리-아가가 말갈기를 쓰다듬으며 감탄했다. 「오, 사랄라, 내 오랜 친구, 내 훌륭한 말, 삶이란 게 아름답지 않으냐? 마지막 날들까지도 그렇게 사랑할 수 있다는 걸 생각하면…….」

사랄라는 서두르지 않고 히힝거리며 걷고 있었다. 그 말은 얼른 집에 닿아서 피곤한 다리를 쉬고 싶었다. 안장이 얹힌 채로 하루 종일 돌아다닌 참이어서 이제는 개울에서 물을 마시고 다음엔 달빛을 받으며 목장에 나가 있고 싶었다.

라이말리-아가는 곧 냇물이 굽이진 곳 옆에 있는 마을에 도착했고 유르따들이며 모닥불에서 피어오르는 정겨운 연기를 보았다. 그리고 말에서 내려 마목(馬木)에다 고삐 끈으로 말을 매어 두었다. 그는 곧장 유르따 안으로 들어가기보다는 밖에 피워 놓은 불 곁에 앉아 있고 싶었다. 그러나 어떤 이웃 사람의 아들이 그에게로 다가왔다.

「라이말리-아가, 유르따 안으로 들어오시래요.」

「어떤 사람들이?」

「모두 같은 부족 사람들이에요. 모두 바라끄바이 사람들요.」

유르따 안으로 들어서면서 라이말리-아가는 부족의 원로들이 반원형으로 촘촘하게 모여 앉아 있는 것을 보았다. 그들 중에는 중간에서 약간 옆으로 치우친 곳에 그의 동생 압질리한도 앉아 있었다. 그는 마치 형의 눈길을 피하려는 듯 눈을 내리깔고 있었다.

「그대들에게 평화가 임하기를!」 라이말리-아가가 혈족들에게 인사를 건넸다. 「분명히 무슨 불행 같은 건 없겠지요?」

「우린 당신을 기다리고 있었소.」

족장이 입을 열었다.

「그래서 내 여기 있지 않소?」 라이말리-아가가 응수했다. 「자, 그럼 나도 자리를 잡겠소.」

「멈추시오! 입구에 그대로 있으시오! 그리고 무릎을 꿇으시오!」

라이말리-아가는 깜짝 놀랐다.

「아니, 그게 대체 무슨 소리요? 내가 이제 이 유르따의 주인이 아니오?」

「아니, 당신은 이제 주인이 아니오! 머리가 돌아 버린 늙은이는 주인이 될 수 없소!」

「지금 무슨 소리를 하고 있는 거요?」

「그러니까 말이오 ― 다시는 노래를 부르지 않을 것이며 다시는 잔치에서 잔치로 돌아다니지 않을 것이고, 또 그보다도 더 중요한 건데 당신의 머릿속에서 오늘 당신하고 같이 그 음란한 노래를 불렀던 계집을 몰아내겠다고 엄숙히 맹세하시오. 당신의 행동은 파렴치한 것이었소! 당신은 우리의 명예와 당신 자신의 명예를 모두 더럽혔단 말이오! 그러니 맹세하시오! 다시는 그 계집의 눈앞에 나타나지 않겠다고 맹세하시오!」

「그건 이러니저러니 할 필요도 없는 얘기요. 나는 모레 사람들 앞에서 그 처녀와 노래를 부르기로 약속했소.」

그러자 아우성이 시작되었다.

「저자는 우리 얼굴에 먹칠을 하고 있소!」

「너무 늦기 전에 그 계집을 포기하시오!」

「저 사람 정신 나갔어!」

「조용! 조용히!」 족장이 소란을 가라앉혔다. 「자, 라이말리, 하고 싶은 말 다 한 거요?」

「다 했소.」

「바라끄바이의 후예들이여! 우리 혈족이면서도 이 형편없는 라이말리가 뭐라고 했는지 다들 들었소?」

「들었습니다!」

「그렇다면 라이말리, 내가 이제부터 하는 말을 잘 들으시오. 당신은 잔치가 벌어지는 곳을 따라 돌아다니고 돔브라를 켜느라 말 한 마리밖에 없는 빈곤 속에서 당신의 삶을 허비했소. 당신은 가면을 쓴 시골뜨기였던 거요. 당신은 다른 사람들을 즐겁게 하는 데 당신의 삶을 다 써버렸소. 우리는 당신이 젊었을 적엔 당신의 부질없는 짓을 용서했지만, 이제 당신은 나이가 들었는데도 여전히 웃음거리니 우리는 당신을 경멸하오. 당신은 지금 죽음을 생각하고 조용히 물러날 때요. 하지만 그러는 대신에 당신은 그 계집하고 같이 돌아다니면서 다른 마을들에서 추잡한 소문이 생길 소지를 주었소. 들뜬 숫염소처럼 당신은 전통적인 행동 규범을 비웃었고 이제는 뻔뻔스럽게도 우리의 충고까지 무시하고 있소. 신께서 당신을 벌하더라도 그건 순전히 당신 탓이오. 그리고 이제 두 번째로 할 말이 있소. 일어서시오, 압질리한! 당신은 이 사람과 같은 피를 나누고, 같은 부모에게서 태어난 형제이자 우리의 기둥이며 희망이오. 우리는 당신이 모든 바라끄바이 사람들의 이름으로 대족장이 되는 걸 보고 싶소. 하지만 당신의 형은 마침내 정신이 돌아서 자기가 무슨 짓을 하는지도 모르고 또 당신이 얻은 기회를 망칠 수도 있소. 그러니 당신에겐 이 사람을 처분할 권리가 있고, 이 사람이 다른 부족 사람들 앞에서 우리를 창피스럽게 하지 않도록 필요하다면 무슨 조치든 다 취할 수 있소. 아무도 당신 눈에 침을 뱉지 않을 것이오. 또 아무도 바라끄바이 부족을 조롱할 수 없을 것이오!」

「누구도 예언자가 되거나 나를 심판할 수는 없소.」 압질리한이 채 뭐라고 말을 꺼내기도 전에 라이말리-아가가 먼저 말했다. 「나는 여기에 앉아 있는 사람들과 있지 않은 사람들 모두를 유감스럽게 생각합니다. 당신들은 중대한 실수를 저질렀어요 — 이렇게 여러 사람들이 모인 자리에서 논의되어서는 안 될 문제를 입 밖에 냈단 말입니다. 당신들은 진실이 어디에 놓여 있고 이 세상의 행복이 어디에 있는지도 모릅니까? 노래를 불러야 할 때 노래를 부르는 게 정말 그렇게도 창피스럽습니까? 영원히 지속하도록 신께서 내려 주신 사랑이 찾아왔을 때 사랑을 한다는 게 그렇게도 부끄럽습니까? 사랑하는 사람들을 보고 기뻐하는 것이 이승에서의 가장 큰 행복이 아닙니까? 당신들은 내가 사랑의 노래를 불렀다고 해서 나를 미쳤다고 생각합니다. 내게는 늙어서야 사랑이 찾아왔어요. 나는 그걸 부정하지는 않지만 그래도 그 처녀와 함께 있으면 행복합니다. 그래서 나는 당신들을 떠날 겁니다. 난 가렵니다 — 세상은 넓고 넓으니까요. 나는 사랄라에 올라타고 그 처녀에게로 가든가 아니면 내 노래가 행동으로 여러분들에게 누를 끼치지 않도록 그 처녀와 함께 먼 나라로 떠날 겁니다.」

「아니, 형은 아무 데로도 못 갑니다!」 그때까지 침묵을 지키고 있던 압질리한이 위협하듯 목쉰 소리로 외쳤다. 「형은 절대로 여길 못 떠납니다. 어떤 장터로도 못 갑니다! 우린 억지로라도 형이 정신이 들도록 할 겁니다.」

그 말과 함께 압질리한이 음유 시인의 손에서 돔브라를 낚아챘다.

「잘 봐요!」 그가 돔브라를 땅에다 팽개치고 미친 황소가 목동을 짓밟듯이 그 섬세한 악기를 짓밟았다. 「이제부터 노래를 부를 생각일랑 하지도 마시오! 이봐, 거기! 그 형편없는 사랄라를 이리 끌어와!」

그가 손짓을 하자 밖에서 대기하고 있던 사람들이 재빨리 사랄라가 매여 있던 곳에서 말을 끌어왔다.

「안장을 벗겨 내! 그걸 이리로 던져!」 압질리한이 명령을 내리고 나서 숨겨 두었던 손도끼를 뽑아 들어 안장을 산산조각내 버렸다.

「이제 형은 절대로 못 갑니다! 어떤 장터로도 못 갑니다!」

미친 듯이 화를 내며 그가 고삐를 쪼개고 등자 끈을 조각조각 잘라 덤불 속으로 던졌다.

그러는 사이 사랄라는 놀라서 뒷다리로 일어서 있다가 다음에는 저를 기다리고 있는 운명을 알아차리기라도 한 것처럼 안절부절못하면서 쪼그리고 앉았다.

「그러니까 말을 타고 장터로 갈 생각이란 말이죠? 사랄라를 타고서? 그렇다면 이걸 잘 봐요!」

압질리한은 화가 뻗쳐 완전히 미쳐 있었다. 잠깐 사이에 부족 사람들이 사랄라를 꿇어앉히고 올가미로 단단히 붙들어 맸다. 압질리한이 그 짐승의 콧구멍 속에다 다섯 손가락을 모두 밀어 넣고 사랄라의 머리를 뒤로 젖히고 그 저항할 수 없는 짐승의 목을 칼로 쫙 그었다.

있는 힘을 다 해서 라이말리-아가가 그를 붙들고 있던 사람들을 뿌리쳤다.

「안 돼! 내 말을 죽이지 마!」 하지만 그의 탄원은 너무 늦게 나왔다. 칼 밑에서 뜨거운 피가 솟구치며 한낮의 암흑처럼 그의 눈에 핏방울이 튀었다. 더운 김이 솟는 사랄라의 피로 뒤덮인 채 라이말리-아가가 비틀거리며 일어나 외쳤다.

「그래 봤자 소용없어! 난 걸어서라도 가겠어! 아니, 기어서라도 가겠어!」 그러고 나서 그가 옷으로 얼굴을 닦아 냈다.

「아니, 그렇게는 못합니다!」 압질리한이 도살된 사랄라를 내려다 보고 있다가 벌떡 몸을 일으켜 세우며 외쳤다. 이빨을 드러낸 그의 모습이 험악했다. 「형은 여기서 한 발짝도 못 나갑니다!」 그가 조용한 목소리로 덧붙이고 나서 다시 외쳤다. 「이 사람을 붙잡아! 이 사람을 봐! 미쳤어! 묶어 두지 않으면 누굴 죽이고 말 거야!」

고함 소리가 일었다. 사람들 모두가 서로 부딪치며 떼를 지어 빙빙 돌았다.

「그 밧줄을 이리 넘겨!」

「손을 등 뒤로 묶어!」

「더 단단히 졸라 매!」

「이 사람은 미쳤어! 천벌을 받은 거라고!」

「저 눈 좀 봐! 완전히 제정신이 아냐!」

「이 사람을 저기 자작나무로 끌고 가!」

달은 벌써 높이 떠올랐고 하늘과 땅이 고요해졌다. 몇 사람의 마법사들이 와서 불을 흩뜨리고 요란스럽게 춤을 추며 위대한 시인의 마음을 어둡게 한 악령을 몰아냈다.

그러나 라이말리-아가는 여전히 양손을 등 뒤로 묶인 채 자작나무에 매여 있었다.

다음에는 율법 학자가 와서 코란에 나오는 기도문을 읽어 내리고 라이말리-아가에게 그가 저지른 잘못과 올바른 길을 알려 주었다.

동생 압질리한을 바라보며 라이말리-아가가 노래를 부르기 시작했다.

「마지막 남은 어둠을 몰고 밤이 가버리면 아침과 함께 새로운 날이 다시 온다네. 하지만 내게는 한줄기 빛도 없어. 네가 내게서 태양을 앗아 갔으니, 내 가엾은 동생, 압질리한. 너는 승리감에 들떠 기쁜 척해도 마음은 우울하지. 내 노년에 신께서 보내 주신 사랑을 갈라놓았으니 너는 내가 아직 숨을 쉬고 심장이 멈추지 않은 지금 내게 어떤 기쁨이 있는지를 알지 못해. 너는 나를 묶어 이 나무에다 붙들어 맸지만 나는 더 이상 여기에 있지 않아, 내 가엾은 동생 압질리한. 여기에 있는 것은 내 육신뿐, 내 영혼은 마치 바람처럼 우리 사이의 거리를 없애 주지. 땅으로 내리는 비처럼 나는 한순간도 그 처녀와 떨어져 있지 않아. 그녀의 머리칼, 그녀의 숨결같이. 새벽에 그녀가 잠을 깰 때면 나는 한 마리 산양처럼 그녀에게로 달려가리. 그녀가 유르따에서 나올 때까지 단단한 바위 위에서 기다리리. 그녀가 말을 타고 개울을 건널 때면 나는 말발굽 아래서 튀어 오르는 물방울 속에 있으려네. 나는 그녀의 얼굴과 손에 튀는 물방울이 되려네. 그녀가 노래를 부를 때 나는 그녀의 노래가 되어……」

그의 머리 위로 아침 햇살 속에서 나뭇가지들이 버스럭거리고 있었다. 다시 날이 밝은 것이었다. 이웃 사람들이 라이말리-아가가 미쳤다는 소문을 듣고 호기심에서 그를 보러 나왔다. 그들은 내리지 않고 멀리서 떼를 지어 모여 있었다.

라이말리-아가는 찢어진 옷을 걸치고 양손이 뒤로 묶인 채 자작나무에 붙들어 매어져 있었다. 그때 그는 나중에 그토록 유명해진 노래를 불렀다.

검은 산에서 목동들이 내려올 때,
내 손을 풀어 주렴, 내 동생, 압질리한.
푸른 산에서 목동들이 내려올 때,
나를 자유롭게 해주렴, 내 동생, 압질리한.
네가 나를 묶으리라고는 상상도 못했었지,
손과 발을.

검은 산에서 목동들이 내려올 때
푸른 산에서 목동들이 내려올 때
내 손을 풀어 주렴, 내 동생, 압질리한.
자유롭게 되어 나는 하늘로 올라가리……

검은 산들에서 목동들이 내려올 때.
나는 장터로 가지 못하오, 베기마이.
푸른 산들에서 목동들이 내려올 때,
장터에서 나를 기다리지 마오, 베기마이.
그대와 나는 장터에서 노래를 부를 수 없고 내 말이 나를 데려다 주지 못하니,
나는 거기에 가지 못하리.

검은 산에서 목동들이 내려올 때,
푸른 산에서 목동들이 내려올 때,
장터에서 나를 기다리지 마오, 베기마이.
자유롭게 되어 나는 하늘로 올라가리…….

그러니까 그 이야기의 내용은 그런 것이었다. 그리고 부란니 예지게이는 마지막 길을 떠나는 까잔갑을 모시고 아나-베이뜨 묘지로 가면서 거의 내내 그 이야기를 회상하며 보냈다.

11

 여기서 기차들은 동쪽에서 서쪽으로, 서쪽에서 동쪽으로 지나간다.
 이곳의 철길 양옆에는 널따랗게 펼쳐진 광대한 불모지 — 중앙아시아의 노란 스텝 지대, 사리-오제끼가 놓여 있다…….
 여기서는 모든 거리가 철도로 재어진다. 그리니치 본초 자오선으로부터 경도가 정해지듯…….
 그리고 기차들은 동쪽에서 서쪽으로, 서쪽에서 동쪽으로 지나간다.

이제 그들은 옛날에 나이만-아나가 〈만꾸르뜨〉로 변해 버린 아들을 찾아서 방황했던 말라꿈지샵의 붉은 모래 낭떠러지를 따라 긴 여정을 거쳤고, 이제는 아나-베이뜨 묘지에 점점 더 가까워지고 있었다. 부란니 예지게이는 수시로 먼저 시계를 들여다보고 다음에는 사로제끄 상공에 떠 있는 태양의 위치를 가늠해 보고 하면서 여행이 예정대로 되어 가는지를 연거푸 확인하곤 했다. 모든 일이 순조롭게 진행된다면 그들은 매장이 끝난 뒤에 집으로 돌아가서 사람들을 불러 모아 까잔갑을 추모하며 밤샘을 하기에 충분한 시간을 가질 수 있을 것이다. 물론 그것은 어두워진 다음의 일이겠지만, 매장을 한 바로 그날 밤샘을 하는 것이 중요했다. 삶 — 삶이란! 까잔갑은 이미 아나-베이뜨 묘지에서 영원히 잠들어 누워 있을 때 그들은 집에서 애정 어린 회고담으로 그를 또다시 기억할 것이었다.

그들은 여전히 똑같은 순서로, 즉 선두에는 장식 술이 달린 마의로 빈틈없이 치장된 까라나르에 올라탄 예지게이가, 그 뒤에는 트랙터와 트레일러가, 그리고 다음에는 벨라루시 굴착기가 따라오는 순으로 여행을 하고 있었다. 이제 그들은 말라꿈지샵 낭떠러지를 뒤로하고서 아나-베이뜨 평원을 가로지르는 중이었고 그때까지도 녹슨 빛깔을 한 개 졸바르스는 태평스럽게 혀를 내민 채 그들 옆을 따라 달리고 있었다.

그들이 첫 번째 장애물과 마주친 것은 말라꿈지샵을 떠나 채 얼마도 못 간 데에서였다. 그들은 장벽, 즉 가시철망 쪽으로 달려갔다.

맨 먼저 예지게이가 멈춰 섰다.

「아니, 이게 어떻게 된 거야!」 그가 등자를 딛고 일어서서 좌우로 둘러보았다. 눈길이 미치는 한 스텝 한끝에서 다른 끝으로, 삼중 사중으로 늘어선 데다 모두가 5미터 간격으로 땅에 박힌 네모난 콘크리트 기둥에 고정이 되어 있어서 도저히 뚫을 수 없는 가시투성이 철망이 구불구불 이어져 있었다. 그 담장은 튼튼하고 견고했으며 어디서 시작되어 어디서 끝나는지도 알 수 없었다. 어쩌면 끝이 없었을지도 몰랐. 그 철망을 둘러 갈 길이라고는 없을 것 같았다. 이제 그들은 어떻게 해야 될까? 어떻게 더 나아갈 수 있을까?

그러는 사이에 트랙터가 뒤에서 멈춰 섰다. 먼저 사비찬이 그리고 다음에는 꺽다리 에질리바이가 운전석에서 뛰어내렸다.

「이게 다 뭡니까?」 사비찬이 철망을 가리키며 손가락질을 했다. 「우리가 제대로 온 게 분명합니까?」 그가 예지게이에게 물었다.

「분명하다마다! 한데 누가 이 망할 놈의 철망을 쳐놓은 것뿐이야. 이런 건 개나 물어 가라지!」

「전에는 이게 없었습니까?」

「분명히 없었어.」

「하지만 이제 어쩔 거죠? 더 나갈 수가 없잖습니까?」

예지게이는 아무 대꾸도 하지 않았다. 어떻게 해야 할지 아무 생각도 떠오르지 않았다.

「이봐요, 당신! 엔진 좀 끄쇼! 그 빌어먹을 소음엔 질렸단 말이요!」 사비찬이 트랙터의 운전석에 기대어 서 있던 깔리벡에게 화난 소리로 외쳤다. 그는 트랙터 엔진을 껐다. 다음엔 굴착기 엔진도 꺼졌다. 사방이 쥐 죽은 듯 고요해졌다.

부란니 예지게이가 침울하게 낙타 등에 주저앉았다. 사비찬과 꺽다리 에질리바이가 낙타 옆에 서 있는 동안 운전사 깔리벡과 쭈마갈리는 운전석에 그대로 앉아 있었다. 하얀 천으로 싸인 까잔갑의 시신은 트레일러에 놓여 있었고 그 곁에는 술주정뱅이 사위, 즉 아이자다의 남편이 앉아 있었다. 녹슨 빛깔을 한 졸바르스가 여행이 중단된 틈을 타서 트레일러 바퀴로 다가가 한쪽 다리를 치켜들었다.

광대한 사로제끄는 하늘 아래로 땅 한끝에서 다른 한끝까지 펼쳐져 있었지만, 아나-베이뜨로 통하는 길이라고는 없었다. 그들은 모두 거기, 가시철망 앞에서 어쩔 줄을 모르고 서 있었다.

「저, 예지께, 그러니까 전에는 이게 없었습니까?」

「없다마다! 나도 이걸 본 건 이번이 처음이야.」

「그렇다면 아마도 로켓 발사 기지 때문에 특별히 설치한 모양이군요.」 껑다리 에질리바이가 넘겨짚었다.

「그게 틀림없겠지. 대체 무슨 이유로 스텝 한복판에다 담장을 쳐야 하지? 저자들이 뭘 생각하고 무슨 일을 하건 간에 그런 건 개나 물어 가라지!」 예지게이가 욕을 해댔다.

「그렇게 욕해 봤자 소용없는 일입니다. 이렇게 먼 여행을 떠나오기 전에 먼저 이런 게 있다는 걸 알아 뒀어야 했다고요.」 사비찬이 침울한 소리로 투덜거렸다.

잠시 어색한 침묵이 흘렀다. 부란니 예지게이가 화난 표정으로 사비찬을 내려다보았다.

「좀 참을성이 있어 봐. 그렇게 야단 떨지 말고!」 그가 억지로 화를 누르며 대꾸했다. 「전엔 여기에 철망 같은 건 없었어. 이런 게 생긴 걸 내가 무슨 수로 아나?」

사비찬이 화가 나서 콧방귀를 뀌고는 고개를 돌려 버렸다.

다시 한 번 무거운 침묵이 흘렀다.

「이제 어쩌죠, 예지께?」 껑다리 에질리바이가 물었다. 「어떻게 해야 되지요? 묘지로 통하는 다른 길은 없나요?」

「틀림없이 있을 걸세. 그래, 저쪽으로, 그러니까 오른쪽으로 5킬로미터쯤 떨어진 곳에 길이 하나 또 있어.」 예지게이가 주위를 둘러보며 대답했다. 「그리로 가세. 길이 아주 없을 리는 없어.」

「그렇단 말이죠, 그런 길이 있는 게 분명합니까?」 사비찬이 확실히 해두려고 물었다. 「그게 없어지지 않은 게 분명한가요?」

「있어, 있다니까.」 예지게이가 그를 안심시켰다. 「자, 이제 움직이자고. 시간 허비하지 말고.」

그들은 다시 떠났다. 트랙터와 굴착기가 뒤에서 덜컹대며 철망 담을 따라오고 있었다. 예지게이는 그 일로 몹시 당황했고 기가 팍 꺾였다. 그는 사람들이 그 지역을 차단하고서도 묘지로 가는 길을 알리는 표지판조차도 세워 두지 않은 것이 참으로 괘씸했다. 하지만 그에게는 아직도 남쪽으로 해서 지나갈 길이 있으리라는 일말의 희망이 있었다.

그리고 정말로 길이 있기는 있었다. 그들은 곧 통로를 가로막은 차단기를 보았고 그곳으로 접근했다. 예지게이는 영구 설치물, 즉 완강하게 버티고 선 검문소를 눈여겨보았다. 길가에 커다란 콘크리트 블록들이 나란히 늘어 놓인 출입 통로 바로 옆에 사방이 훤히 내다보이도록 창문을 낸 벽돌 건물이 서 있었고, 그 건물 지붕에는 밤중에 길을 밝히기 위한 두 개의 서치라이트가 설치되어 있었다. 아스팔트 길이 저 멀리까지 뻗어 있었다. 예지게이는 그러한 설치물을 보자 걱정이 되었다.

그들이 가까이 다가가자 소년티를 겨우 벗은 금발의 젊은 병사가 총신을 아래로 한 채 자동 화기를 어깨에 걸쳐 메고 초소 밖으로 나왔다. 그러고는 뻐기는 투로 군복 상의를 팽팽히 당기고 모자를 고쳐 쓰면서 그들 쪽으로 걸어오더니 제지하는 표정을 띠고 차단기 중간쯤에 멈춰 섰다. 그러나 예지게이가 길을 가로질러 차단기 쪽으로 다가가는 사이 그의 인사에 답례는 해주었다.

「안녕하십니까?」 보초가 경례를 하고 나서 소년티가 나는 연한 푸른색 눈으로 예지게이를 바라보았다. 「누구십니까? 그리고 어디서 오시는 길입니까?」

「우리는 이곳 사람들일세.」 예지게이가 그 보초의 어울리지 않게 딱딱한 태도에 미소를 지으며 대답했다. 「우리는 웃어른들 중의 한 분을 매장하려고 모셔 오는 길일세.」

「출입증 없이는 들어오실 수 없습니다.」그 젊은 병사가 고개를 가로저었다 — 그 병사는 까라나르가 부지런히 되새김질을 하는 동안 신경이 약간 곤두서서 그 낙타의 입에서 멀어지려고 몸을 뒤로 젖히고 있었다. 「이곳은 금지 구역입니다.」그가 설명하듯이 한마디 덧붙였다.

「나도 그건 아네만, 우린 묘지로 가는 길일세. 여기서 멀지 않아. 그래서 안 될 게 뭐 있겠나? 우린 이분을 묻고 나면 곧 돌아올 걸세. 시간을 지체하지는 않을 거야.」

「저로서는 허락해 드릴 수 없습니다. 제겐 권한이 없습니다.」 보초가 대답했다.

「이보게나······.」예지게이가 훈장과 메달들이 좀 더 잘 보이도록 몸을 앞으로 숙였다. 「우린 타관 사람들이 아닐세. 우린 보란리-부란니 간이역에서 왔어. 자네도 물론 거기에 대해선 들어 봤겠지? 우린 이분을 묻어야 하네. 그저 묘지까지만 갔다가 돌아올 걸세.」

「예. 그건 저도 압니다만······.」경비병이 어깨를 으쓱했다.

그러나 바로 그때 불행하게도 사비찬이 자기가 대단한 사람이라도 되는 것처럼 서두르는 표정을 띠고 다가왔다.

「도대체 뭐가 곤란하다는 건가? 우릴 가로막는 이유가 뭐지? 나 오블라스찌 노동조합 협의회에서 온 사람인데······.」 그가 거드름을 피우며 말했다. 「우릴 잡아 두는 이유가 뭔가?」

「출입이 금지되어 있어섭니다.」

「내 분명히 얘기해 두겠는데, 보초 동무, 난 오블라스찌 노동조합 협의회에서 온 사람이야!」

「어디서 오셨건 그런 건 상관없습니다.」

「그게 무슨 소리지?」사비찬이 움찔 물러섰다.

「여긴 금지 구역입니다.」

「그렇다면 그만이지 무슨 잔말을 하는 건가?」 사비찬은 잔뜩 화가 난 기색이었다.

「누가 잔말을 합니까? 나는 당신이 아니라 낙타를 타고 계신 분에게 상황을 설명하는 중입니다. 저분이 사유를 이해하실 수 있도록 말입니다. 그리고 저는 근무 중엔 다른 사람들과 얘기할 수 없게 되어 있습니다.」

「그렇다면 여기서 묘지까지 갈 수 없다는 말인가?」

「그렇습니다. 묘지뿐만이 아닙니다. 여기는 아무리 높은 분이라도 들어올 수가 없습니다.」

「그러니까, 그렇다 이거지!」 사비찬이 화가 나서 시뻘게졌다. 「내 이럴 줄 알았어!」 그가 예지게이를 돌아다보았다. 「이런 말도 안 되는 일이 벌어질 줄 알았습니다! 거기로는 갈 도리가 없다는 걸 알았다고요! 아나-베이뜨! 아나-베이뜨! 그 아나-베이뜨엔 아저씨나 실컷 가십쇼!」

그렇게 내뱉고 나서 그가 성질을 못 이겨 침을 뱉으면서 가버렸다. 예지게이는 그 젊은 경비병 앞에서 그런 꼴을 당한 것이 창피스러웠다.

「용서하게나.」 그가 아버지 같은 어조로 말했다. 「자네가 근무 중이라는 건 분명히 아네만, 이 고인을 어쩌겠나? 이분을 그저 통나무처럼 아무 데나 던져두고 가버릴 순 없지 않은가?」

「그 점은 이해가 갑니다. 하지만 제가 어쩔 수 있겠습니까? 저는 명령을 받은 대로 행동할 수밖에 없습니다. 저는 이곳 책임자가 아닙니다.」

「그래⋯⋯ 그건 나도 아네.」 예지게이가 한마디 한마디를 길게 끌며 말했다. 「그런데 자네 어디 출신인가?」

「볼로그다 출신입니다, 영감님.」 경비병이 〈오〉음을 길게 빼어 강조하면서 대답했다. 그는 좀 당황한 듯 보였지만 그러면서도 미소를 지었고 그런 질문에 대답하기가 싫지 않다는 사실을 숨기려 들지 않았다.

「그런데 자네 고향 볼로그다에서도 똑같은가? 거기에도 경비병들이 묘지를 지키고 있는가?」

「아닙니다, 영감님. 그게 무슨 말씀입니까? 제 고향에서는 아무 때라도 얼마든지 묘지에 갈 수 있습니다. 하지만 문제는 그게 아닙니다. 이곳은 금지 구역이니까요. 저는 영감님이 군 복무를 하셨고 전투에도 참가하셨다는 걸 압니다. 하지만 영감님께서도 일이 어떻게 되어 가는지는 아시겠지요? 의무는 의무입니다. 저는 좋건 싫건 명령을 받았고 그 명령을 어길 수는 없습니다.」

「그야 물론 그렇지.」 예지게이가 동의했다. 「하지만 우린 고인을 어디로 모셔 가야 하나?」

그들은 잠잠해졌다. 젊은 보초가 곰곰이 생각을 해보고 나서 유감스러운 듯이 고개를 저었다.

「안 됩니다. 영감님. 저는 허락해 드릴 수 없습니다. 저로선 할 수 없는 일입니다.」

「글쎄 그렇다면.」 예지게이가 말을 꺼냈다가 당황해서 멈췄다. 그로서는 이제 같이 온 사람들을 돌아다보기가 민망했다. 사비찬이 점점 더 핏대를 올리고 있었기 때문이었다. 그는 이제 꺽다리 에질리바이에게로 가 있었는데 예지게이는 굴착기 옆에서 떠들어 대는 성난 말소리를 들을 수 있었다.

「내가 그러지 않았소? 고인을 그렇게 멀리까지 모셔 갈 필요가 없다고 말이오. 시신을 어디에다 묻든 다를 게 뭡니까? 그런데도 안 된다, 아나-베이뜨라야 된다! 그리고 당신도 나

없이 아버님을 모셔 가겠다고 했잖소. 그러니, 해보쇼. 지금 당장 아버님을 묻으라고요!」

껑다리 에질리바이는 아무 대꾸도 않고 그에게서 비켜섰다.

「자네, 나 좀 보세.」 에질리바이가 차단기 쪽으로 보초에게 다가가면서 말했다. 「나도 역시 군 복무를 해봤고 그래서 이 일을 어떻게 처리해야 할지 아네. 전화 있나?」

「예, 물론입니다.」

「그렇다면 이렇게 하게. 경비대장에게 전화를 걸어서 그분에게 이 지방 사람들 몇이 아나-베이뜨 묘지로 들여보내 주기를 요청한다고 보고하게.」

「무슨 묘지라고요? 아나-베이뜨요?」 보초가 물었다.

「그래, 아나-베이뜨, 그게 그 묘지 이름일세. 전화를 걸게, 다른 방법이라곤 없으니까. 경비대장이 직접 결정을 내리도록 할 수밖에. 그리고 우리에 대해서라면, 묘지엘 가는 것 외에는 다른 볼일이 아무것도 없다는 걸 자네도 분명히 알 걸세.」

경비병이 체중을 한 발에서 다른 발로 옮기며 생각을 해보다가 이마를 찌푸렸다.

「걱정 말게, 이건 모두 규칙에 따른 거니까. 어떤 낯선 사람들이 초소에 나타났다, 그러면 자네는 경비대장에게 보고를 해야 되네. 그건 당연한 절차야 — 그게 해야 할 일일세. 자넨 보고를 해야 돼.」

「알겠습니다.」 보초가 고개를 끄덕였다. 「곧 전화를 걸지요. 그런데 한 가지 문제는 경비대장님께서 내내 초소들을 순찰하고 계시다는 겁니다. 그분께서 관할하는 구역이 원체 넓거든요.」

「자네가 전화를 하는 동안 내가 초소 안에서 같이 있다가 필요할 때 몇 마디 보충해도 되겠나?」

「그렇다면 이리 오십시오.」 보초가 꺽다리 에질리바이에게 손짓을 했다.

그들은 초소 안으로 들어갔다. 문이 그대로 열려 있어서 예지게이는 보초가 하는 말을 모두 다 들을 수 있었다. 그는 누군가에게 전화를 걸어 경비대장을 대달라고 했지만 경비대장과 연결이 되지 않는 모양이었다.

「아닙니다……. 경비대장님과 직접 얘기해야 됩니다……. 아닙니다……. 중요한 일입니다.」

예지게이는 걱정이 되었다. 이 경비대장이라는 사람은 어디 가 있는 걸까? 그들은 운이 없었다. 정말로 운이 없었다. 마침내 경비대장과 연결이 되었다.

「중위님! 중위님!」 보초가 흥분된 목소리로 쩡쩡 울리게 외치고 나서 몇몇 지역 주민들이 옛 묘지에 사람을 묻으러 왔다고 보고했다. 경비대장이 어떻게 나올 것인가? 예지게이는 중위가 〈그 사람들 들여보내!〉라고 할 때를 기다리며 바짝 긴장이 되었다. 그리고 다음엔 그렇게 될 것이다. 꺽다리 에질리바이도 꽤 쓸모가 있다니까! 저 친구 일머리를 알고 있거든……. 그러나 통화가 계속 이어지고 있었다. 이제 경비병이 대답을 하고 있었다.

「예……. 몇 명이냐고요? 여섯 명, 그러니까 시체까지 해서 일곱입니다. 돌아가신 분은 나이가 꽤 많습니다. 일행 중에서 가장 연장자인 분은 낙타를 타고 계십니다. 그리고 트레일러가 딸린 트랙터와 그 뒤에는 땅 파는 기계, 그러니까 굴착기가 있습니다. 예, 그게 필요한 모양입니다 — 땅을 파야 하니까요. 뭐라고요? 제가 뭐라고 해야 합니까? 안 된다고요? 통과시킬 수 없다고요? 잘 알겠습니다. 명령대로 하겠습니다!」

그러고 나서 꺽다리 에질리바이의 목소리가 들렸다. 그는 전화를 가로챈 것이 분명했다.

「……중위 동무! 우리가 어떤 상황인지 이해할 수 있습니까? 중위 동무, 우리는 보란리-부란니 간이역에서 왔습니다. 이제 우리더러 어디로 가란 말입니까? 제발 우리 입장을 좀 이해해 주십쇼. 우리는 고인을 묻고 나면 곧 돌아갈 겁니다. 예? 뭐라고요? 물론입니다. 그렇다면 오십쇼. 와서 직접 보십쇼. 여기에 나이 든 분이 한 분 계신데 전선에서 복무했고 전투에도 참가하셨던 분입니다. 당신이 와서 그분에게 설명해 주십쇼.」

꺽다리 에질리바이가 걱정스러운 표정으로 초소에서 나와 중위가 와서 결정을 내릴 것이라고 알려 주었다. 그리고 다음에는 보초가 나와서 똑같은 말을 했다. 보초는 이제 결정을 내릴 책임을 경비대장에게 떠넘겨서 안심이 된 모양인지 줄무늬가 쳐진 차단기 옆에서 왔다 갔다 하기 시작했다.

부란니 예지게이는 생각에 잠겼다. 누군들 사태가 그처럼 바뀌어 버릴 줄 생각이나 할 수 있었을까? 에질리바이는 땅바닥에 앉아 중위를 기다렸고, 그러는 사이 예지게이는 낙타를 굴착기 쪽으로 끌고 가서 굴착삽에다 붙들어 맨 뒤에 차단기 쪽으로 돌아왔다. 트랙터 운전사 깔리벡과 쭈마갈리는 조용히 잡담을 나누며 담배를 피우고 있었다. 그리고 사비찬은 다른 사람들에게서 떨어져 자기 혼자 신경질적으로 왔다 갔다 하고 있었다.

「저, 예지께, 어떻게 될 것 같습니까? 우리를 들여보내 줄까요?」 아이자다의 술주정뱅이 남편이 그때까지도 여전히 트레일러의 시신 옆에 앉아 있다가 물었다.

「아마 그렇게 될 걸세. 책임자, 그러니까 중위가 오고 있어.

우릴 들여보내 주지 않을 이유가 없잖은가? 우리가 뭐 스파이라도 되나? 자네 내려서 다리를 좀 펴도록 하게.」

벌써 3시가 다 되었지만 그들은 아직껏, 비록 갈 길이 얼마 남지 않았다고는 해도, 아나-베이뜨 묘지에 당도하지 못하고 있었다. 예지게이가 다시 보초에게로 걸어갔다.

「이보게, 우리가 자네 대장님을 오래 기다려야 되나?」

「아, 아닙니다. 곧 차를 타고 이리로 오실 겁니다. 한 10분이나 15분쯤만 있으면 됩니다.」

「알겠네. 그렇다면 우린 기다려야겠지. 한데 이 철조망은 오래전에 설치됐나?」

「꽤 됐습니다. 저희가 이걸 설치했지요. 저는 여기서 벌써 1년이나 있었습니다. 저희가 그 일을 한 지도 6개월은 되었을 거고요.」

「그렇게 된 거로구먼. 난 여기에 이런 게 있는 줄 몰랐었네. 그 바람에 이런 일이 생긴 게야. 책임은 나한테 있는 것 같구먼. 내가 오랜 친구를 여기에다 묻어야 한다고 고집을 피웠거든. 이건 우리의 옛 묘질세. 자네도 알다시피, 이 아나-베이뜨 말이네. 우리가 모시고 온 까잔갑이란 분은 아주 훌륭한 분이셨지. 그분과 나는 간이역에서 30년 동안을 함께 일했어. 해서 우린 그분께 최선을 다해 드리고 싶네.」

그 병사는 부란늬 예지게이의 말에 얼마쯤 공감을 하는 것 같아 보였다. 「보십쇼, 영감님.」 그가 사무적인 어조로 말했다. 「저희 경비대장님이신 딴지끄바예프 중위님이 오실 겁니다. 그분에게 사정을 모두 말씀하십쇼. 그분도 인간이니까요. 그분에게 더 높은 분들께 보고해 달라고 부탁하시면 아마도 허락해 줄 겁니다.」

「친절히 도와줘서 고맙네. 그럴밖에 달리 뭘 더 어쩔 수 있겠나? 그런데 자네, 그 사람 이름이 뭐라고 했지. 딴지끄바예프? 그게 그 사람 성인가?」

「예, 그분은 저희하고 같이 오래 계시지는 않았습니다. 그분을 아실 것 같습니까? 아마 그분도 이 지역 출신일 겁니다. 어쩌면 영감님과 친척일지도 모르겠군요.」

「아, 아닐세.」 예지게이가 웃었다. 「여긴 자네 고향에 이바노프라는 성을 가진 사람이 흔한 것처럼 딴지끄바예프라는 성을 가진 사람들이 많지. 내가 물어본 건 그저 그 성을 가진 어떤 남자가 생각나서일세.」

그때 초소 안에서 전화벨이 울렸고 보초가 서둘러 전화를 받았다. 예지게이는 혼자 남겨지자 미간을 좁혔다. 그리고 차단기 저쪽에서 자동차가 눈에 들어오는지를 보려고 침울하게 둘러보다가 고개를 저었다. 〈그런데 만일 이자가 매눈, 그 친구 아들이라면?〉 그런 생각이 들자 그는 자신을 꾸짖었다. 〈내가 무슨 생각을 하는 거지? 그런 이름을 가진 사람이 수백 명은 될 텐데. 같을 리가 없어. 더구나 나는 그 딴지끄바예프에 대해서라면 훤히 알게 되었잖은가, 나중에……. 어찌 됐건, 세상에는 진실이 있는 거니까! 그리고 무슨 일이 생기더라고 진실은 언제나 있을 거고…….〉

그는 한옆으로 가서 손수건을 꺼내 들고 훈장과 메달, 그리고 노동 영웅 배지들을 닦았다. 그것들은 딴지끄바예프 중위가 똑똑히 볼 수 있도록 반짝거려야만 했다.

12

 매눈 딴지끄바예프가 어떻게 되었는지에 관해서는 다음과 같이 알게 되었다.

 1956년 봄이 거의 끝나 갈 무렵, 꿈벨리 역에서는 대규모 집회가 열렸고, 일손을 놓을 수 있는 사람들 모두가 회의에 소집되어 인근의 모든 역들과 간이역들로부터 노무자들이 모여들었다. 근무지에 남은 사람들은 열차를 운행시키는 데 꼭 필요한 직원들뿐이었다.

 부란니 예지게이는 평생 동안 많은 모임에 참석해 보았지만 그 집회만큼은 결코 잊을 수가 없었다. 회의가 열린 곳은 기관차 수리 공장이었는데, 집회장이 발 디딜 틈도 없을 정도로 초만원이어서 몇몇 사람들은 지붕 바로 밑에까지 기어 올라가 들보에 앉아 있어야 했다. 그러나 무엇보다도 더 기억에 남는 것은 거기에서 행해졌던 연설의 내용이었다. 베리야의 모든 죄상이 낱낱이 파헤쳐진 것은 물론, 그 저주받을 집행자의 악명 높은 이름이 여한 없이 실컷 들먹여졌던 것이다. 사람들은 저녁 늦게까지 목청을 돋우었고 심지어는 꿈벨리 역의 노무자들까지도 한마디 해보려고 연단으로 올라갔다. 참석자들은 누구도 회의장을 일찍 떠나지 않은 채 마치 앉은자리에 들러붙은 것처럼 보였다. 그리고 연사들의 목소리는 수리 공장의 아치형 천장 아래서 산중의 메아리처럼 울렸다.

예지게이는 그때 군중들 틈에 끼여 자기 옆자리에 앉았던 어떤 사람이 러시아 속담을 끌어다 대어 〈이건 꼭 폭풍이 치기 전의 바다로구먼!〉 하는 소리를 들었던 때의 기분이 어땠는지 회상했다. 사실 그랬다. 그는 전쟁 기간 중에 공격을 개시하기 전이면 늘 그랬던 것처럼 가슴이 몹시 뛰었고, 목이 말라 미칠 지경이었다. 하지만 주위에 온통 사람들이 그렇게 들어차 있는데 무슨 수로 물 한 모금이라도 얻어 마실 수 있을까? 수도꼭지에 입을 갖다 댈 차례조차 오지 않을 것이었다. 휴식 시간에 예지게이는 사람들을 헤치고 연단에 서 있는 전직 역장이자 현재는 당 조직책인 체르노프에게로 다가갔다.

「보십쇼. 안드레이 뻬뜨로비치, 제가 한마디 해도 될까요?」

「그러고 싶다면 그러게.」

「사실은 무척 그러고 싶습니다. 꾸찌바예프라고 우리 간이역에서 일했던 사람 기억나십니까? 아부딸리쁘 꾸찌바예프 말입니다. 그러니까, 어떤 검열관이 우리 간이역으로 왔다가 그 사람이 유고슬라비아와 관련된 회고록을 쓰고 있다는 보고서를 작성했어요. 아부딸리쁘는 거기서 빨치산들과 함께 싸웠었거든요. 그 검열관은 또 그 밖에도 온갖 다른 것들도 적어 갔습니다. 그 바람에 베리야의 부하들이 찾아와서 그 사람을 잡아갔고요. 꾸찌바예프는 그렇게 해서 죽은 겁니다 — 그자들 때문에 죽은 거지요. 기억나십니까?」

「그럼, 기억나고말고. 그 사람 부인이 와서 그 일과 관계된 서류들을 가져갔지.」

「맞았습니다! 그 뒤에 꾸찌바예프 일가는 보란리-부란리를 떠났지요. 그런데 저는 방금 전까지 연설을 듣고 있으면서 이런 생각을 해봤습니다. 우린 이제 유고슬라비아와 우방이고 — 아무런 불화도 없다고 말입니다. 어째서 무고한 사람들이 고통을 받아야 하지요? 아부딸리쁘의 어린아이들은 자라서 이미 학교에 다니고 있을 겁니다. 우린 그 문제를 다시 거론해 봐야 됩니다. 누구도 그 사람들을 괴롭히게 돼서는 안 되니까요. 그 어린 녀석들이 고통을 당했어요. 아비 없는 자식이 되어 버렸단 말입니다.」

「잠깐만, 예지게이. 자네는 그러니까 그 일을 가지고 얘기하려는 건가?」

「예.」

「그 검열관 이름이 뭐였지?」

「그건 모르겠습니다. 사실 저는 그 뒤론 그 사람을 본 적이 없습니다.」

「그렇다면 자넨 누구 얘길 듣고 그런 걸 알게 됐나? 그리고 또 그런 보고를 한 장본인이 그 사람이라는 문서상의 증거라도 있나?」

「그 사람이 아니면 누가 그랬겠습니까?」

「이보게, 부란리, 이런 일엔 사실에 입각한 증거가 있어야 돼. 만일 그렇지 않았다는 사실이 밝혀진다고 해봐. 그러면 문제가 생기게 된다고. 이보게, 예지게이, 말을 들어, 그 사건의 전모에 대해서 알마-아따로 편지를 쓰게. 일어났던 모든 일, 그러니까 사건의 전말을 모두 다 적어서 그걸 까자흐 공화국 중앙당 위원회로 보내도록 해. 그러면 거기서 조사해 줄 걸세. 지체 없이 말이네. 당은 이런 종류의 사건을 철저히 파헤치기 시작했어. 자네도 알 걸세.」

그 집회에서 부란니 예지게이는 모든 참석자들과 함께 큰 소리로 단호하게 외쳤다.

「당에 영광을! 우리는 당이 취한 노선에 찬동합니다!」

그러고 나서 회의가 끝나 갈 무렵 뒤쪽에 있던 누군가가 「인터내셔널의 노래」[17]를 부르기 시작했다. 몇몇 목소리가 즉시로 그 목소리에 합쳐졌고, 1분도 채 안 되어 모든 사람들이 그 수리 공장의 아치형 천장 밑에서 힘찬 목소리로 이제껏 억압당해 온 모든 민중들을 위한 그 위대한 찬가를 부르고 있었다. 예지게이는 이때껏 한 번도 그처럼 많은 사람들과 함께 노래를 부른 적이 없었다. 지상의 소금과 땀을 대표하는 사람들과 일체가 되었다는, 의기양양하고 자랑스러우면서도 동시에 쓰라린 느낌이 마치 파도를 탄 것처럼 그를 들어 올려 실어 갔다. 공산주의자들의 찬가는 점점 더 높아만 가며 예지게이의 마음을 고양시켰고, 그러는 사이 그의 가슴 속에서는 다수 인민들의 행복과 권리를 보호하고 확고히 하려는 용기와 소망이 끓어올랐다. 몹시 감동이 되었을 때면 자주 그랬듯이, 예지게이는 한 번 더 다시 아랄 해로 돌아간 듯한 느낌이었다. 그리고 거기서 그의 영혼은 자유롭게 나는 갈매기의 영혼처럼 하얀 물거품을 뒤집어쓴 파도 위로 떠올랐다.

그렇게 환희에 찬 기분을 느끼며 그는 집으로 돌아왔다. 그리고 아내와 함께 차를 마시며 그 집회에서 있었던 일들을 낱낱이 생생하게 말해 주었다. 그는 자기가 일어서서 연설을 하고 싶은 생각이 얼마나 간절했는지, 또 현재는 당 조직책인 체르노프가 뭐라고 충고해 줬는지 등등을 이야기했다. 그러는 사이 우꾸발라는 그의 잔에 계속 차를 따르며 남편의 말

---

17 1871년 프랑스에서 처음 불린 혁명가.

에 귀를 기울였고 그는 연거푸 차를 들이켜고 있었다.

「맙소사!」 그녀가 깜짝 놀랐다. 「당신 사모바르를 하나 다 비웠어요!」

「나 회의장에서 목말라 죽을 뻔했어. 갈증이 나서 미칠 지경이었지만 사람들이 그렇게 많은데 어떻게 움직일 수가 있어야지. 회의장을 나섰을 때도 여전히 목이 말랐지만 그때 마침 우리 간이역 쪽으로 출발하려는 열차가 보이더라고. 그래서 기관사가 누군가 보러 갔더니 또그레끄-땀에서 온 잔도스라고, 내가 잘 아는 사람이었어. 여기까지 오는 길에 그 사람이 마실 물을 좀 주긴 했지만 그걸로는 턱도 없지!」

「그래서 그랬군요.」 우꾸발라가 그의 잔에 새로 끓인 차를 다시 한 가득 부어 주고 나서 말을 이었다. 「잘했어요, 예지게이. 당신이 걔네들, 그러니까 아부딸리쁘네 아이들 생각을 한 거 말예요. 이제 시절이 바뀌었으니까 그 아버지 잃은 애들이 설움을 받아서는 안 돼요. 나는 당신이 걔들을 위해서 뭐라도 해주려고 하는 게 기뻐요. 그런데 알마-아따로 편지를 쓰는 것도 좋은 생각이지만 당신이 편질 쓰고 그게 거기에 도착해서 사람들이 그걸 읽고, 또 그 문제에 대해서 생각해 보고 하려면 몇 주일이 지나가 버릴 거예요. 그러니까 당신이 직접 알마-아따로 가는 게 더 낫겠어요. 그러면 당신은 그 사람들에게 여기서 일어났던 일을 모두 얘기할 수 있으니까요.」

「그러니까 당신 말은 내가 직접 알마-아따로 가야 된다는 거야? 곧바로 맨 위에 있는 사람들에게?」

「그래서 안 될 게 뭐죠? 이건 중요한 일이에요. 당신 친구 옐리자로프가 자주 전화를 걸었지만 아직 당신하고는 통화를 하지 못했잖아요. 그때마다 주소를 알려 줬어요. 내가 갈 수는 없어요. 집과 애들을 놔두고 어떻게 가요? 미루지 말아요. 휴가를 좀 청해 봐요. 당신은 여기서 몇 년 동안이나 휴가를 얻고도 가지 않았잖아요. 그러니까 이제 휴가를 좀 얻어 가지고 높은 사람에게로 가서 그 일을 모두 얘기해요.」

예지게이는 아내의 지혜에 놀랐다.

「당신 얘기도 일리가 있군. 내 한번 생각해 보지.」

「너무 오래 생각하진 말아요. 이런 일은 빨리 하면 빨리 할수록 더 좋으니까요. 아파나시 이바노비치가 당신을 도와줄 거고 당신이 어디로 가야 할지도 알려 줄 거예요. 그 양반이 제일 나아요.」

「그거 아주 좋은 생각인데.」

「그냥 그런 생각이 들었어요. 미루지 말아요. 그리고 당신 돌아올 때는 집에서 필요한 걸 좀 사올 수도 있을 거예요. 애들이 크고 있어요. 사울레는 가을이 되면 학교에 가게 돼요. 당신 거기에 대해서 생각해 본 적 있어요? 우린 걜 기숙 학교나 뭐 그런 데로 보내야 될까요? 당신 거기에 대해서 생각해 봤어요?」

「물론 거기에 대해서 생각하고 있어.」 예지게이가 자기의 큰딸이 벌써 그렇게 자라서 이제 곧 학교에 다니기 시작할 것이라는 놀라움을 숨기려고 하면서 더듬거렸다.

「글쎄요. 당신이 생각해 봤다면요.」 우꾸발라가 말을 이었다. 「그렇다면 가서 그 사람들에게 우리가 이 몇 년 동안에 겪었던 일들을 얘기해 줘요. 그 사람들이 그 애들 아버지가 누명을 벗도록 도와주게 해봐요. 그리고 당신은 시내를 둘러보면서 우리 애들하고 나한테 필요한 물건을 고를 시간도 좀 얻을 수 있을 거예요. 이제 나도 나이가 들어 가나 보네요.」

그녀가 무겁게 한숨을 내쉬며 말했다.

예지게이는 아내를 바라보았다. 내내 함께 있었으면서도 섬광처럼 느닷없이 그런 생각이 들기 전까지는 나이가 들기 시작한다는 사실을 알아차리지 못한 게 이상했다. 물론 그녀는 이제 젊지는 않았지만 그래도 할머니가 되려면 아직 멀었다. 어찌 되었건, 그는 아내에게 뭔가 새롭고 눈에 익지 않은 것이 있다고 느꼈다. 그러고 나서 그는 알게 되었다. 이제 그는 아내가 사물을 보는 방식에서 삶의 경험이 준 영향을 알 수 있었다. 그리고 처음에는 그는, 아내와 마주 앉아 이제껏 보고 겪었던 것들을 이야기하는 사이, 그녀의 이마에서 서너 가닥 — 그보다 더 많지는 않았다 — 의 흰 머리카락을 보았다.

이틀 뒤에 예지게이는 승객으로서 꿈벨리 역에 도착했다. 그는 알마-아따행 기차를 타기 위해서 보란리-부란니 간이역으로부터 서너 정거장을 거슬러 가야 했지만 개의치 않았다. 어쨌건, 그는 우선 옐리자로프에게 도착 시간을 알리는 전보를 쳐야 했는데, 그것은 꿈벨리처럼 간선 철도역에서나 가능한 일이었다. 전보를 치고 나자 모스끄바를 출발한 알마-아따행 열차가 들어왔다. 그는 열차에 올랐고, 그가 일하는 보란리-부란니 간이역을 지나 다시 여행을 하게 될 것이었다. 객실 칸의 2층 침대에 자리를 잡은 뒤에 그는 소지품들을 싣고 나서 곧장 복도로 나와 지나가는 여행자로서 자기가 일하는 간이역을 볼 기회를 놓치지 않으려고 창문 곁에 서 있었다. 보란리-부란니 간이역을 지난 다음에야 그는 자기 침대로 올라가서 눈을 붙일 것이었다.

처음엔 그는 알마-아따에 닿기까지 이틀 동안 기차 여행을 하게 된다는 사실이 즐겁기만 해서 바로 다음 날이면 자기가 그 여행이 어째서 그렇게 질질 끌리는지를 의아해하리라고는 생각지도 못했다. 그래서 다른 승객들이 침대칸에서 벌렁 누워 있거나 먹고 자는 외에는 아무 일도 하지 않는 것을 보고 몹시 이상한 생각이 들었다.

그러나 첫날은, 특히 처음 몇 시간은 얼마 동안 가족을 떠나 있어야 한다는 게 걱정되면서도 마음 한구석으로는 축제 기분을 느끼고 마음이 들떠서 허리를 꼿꼿이 편 채 창가에 서 있었다. 그는 여행할 경우를 대비하여 역 구내매점에서 산 새 모자를 썼고, 까잔갑이 전쟁 이후로 정성스럽게 간직해온 깨끗한 셔츠에다 단추를 다 채우지 않은 상의를 입고 있었다. 까잔갑은 그에게, 그런 차림을 하고 있으면, 특히 가슴에 훈장까지 달고 있으면 훨씬 더 나아 보일 것이라고 하면서 그 옷을 빌려주었다. 아니, 사실은 아주 준 것이나 마찬가지였다. 어쨌건, 거기에다 그는 승마 바지에 그럴싸한 관리들이 신는 것 같은 반짝반짝한 송아지 통가죽 부츠까지 신고 있었다. 그 부츠는 신는 경우가 많지는 않더라도 부란니 예지게이에게 커다란 즐거움을 가져다주었는데, 그것은 예지게이가 생각하기론 남자는 사람들에게 좋은 인상을 주려면 항상 훌륭한 부츠에 새 모자를 쓰고 있어야 했기 때문이었다. 오늘 그는 그 두 가지를 모두 갖추고 있었다.

예지게이는 그렇게 차창 옆에 서 있었다. 객차 통로를 지나가는 사람들이 정중하게 그를 피해 갔고 지나간 다음에는 그를 돌아다보았다. 그런 차림을 하고 있는 부란니 예지게이가 썩 그럴듯해 보여서였을 것이다. 그러나 자만스러운 표정과 그의 얼굴에 서린 근심도 한몫을 거든 게 틀림없었다.

기차는 봄을 맞은 사로제77의 탁 트인 벌판을 가로지르며 지평선의 날카로운 가장자리를 따라잡기라도 하려는 듯 전속력으로 달리고 있었다. 그 세계에서는 다만 두 가지 요소 — 하늘과 탁 트인 스텝 — 만이 보일 뿐이었다. 그 둘은 저 멀리서 밝은 선을 이루며 맞닿았고 특급 열차는 그곳을 향해 달려가고 있었다.

이제 보란리-부란니가 가까워 오고 있었다. 그곳에서는 굽이굽이 펼쳐진 모든 풍경, 돌멩이 하나하나가 그의 오랜 친구였다. 보란리-부란니 간이역이 눈에 들어오자 예지게이는 마치 자기가 마지막으로 그곳을 보았던 것이 몇 년 전이라도 되는 것처럼 수염 밑으로 미소를 지으며 창가로 바짝 다가섰다. 눈앞에 간이역이 다가오고 있었다! 신호대가 휙 스쳐 지나갔고 다음엔 집들이며 이런저런 건물들과 창고 옆에 쌓아 둔 레일과 침목 더미……. 기차가 지나가는 속도로 말미암아 그 모든 것들이 사방으로 광막하게 펼쳐진 스텝 한가운데서 철길 옆으로 더 가까이 놓여 있는 것처럼 보였다. 예지게이는 그의 어린 딸들까지도 볼 수 있었다. 당연히 그 아이들은 서쪽에서 동쪽으로 지나가는 여객 열차들을 빼놓지 않고 바라보며 거기에 서 있었다. 그 아이들이 저희들 아버지의 눈길을 끌려고 빠르게 지나가는 객차의 창문들을 향해 즐겁게 웃고 손을 흔들고 하며 펄쩍펄쩍 뛰고 있었다. 그 아이들의 땋은 머리가 우스꽝스럽게 뻗쳐올랐고, 그 아이들의 눈이 반짝이고 있었다. 예지게이는 본능적으로 창에 얼굴을 바짝 대고 그 아이들에게 손을 흔들며 뭔가 사랑이 담긴 말을 하고 있었다. 물론 두 아이 중 누구도 그를 보거나 알아낼 수는 없었다. 그러나 어쨌건, 그는 자기 딸들이 거기에서 그가 지나가는 것을 보기 위해 기다리고 있었다는 것이 기뻤다. 그와 함께 여행을 하던 승객들 중 누구도 그의 아이들과 그의 집, 그가 일하는 간이역이 이제 막 지나갔다는 사실은 상상도 하지 못했을 것이고 간이역 너머로 스텝에 나와 있는 한 떼의 낙타들 사이에 그의 유명한 까라나르가 걷고 있다는 사실은 더더구나 알 수 없었을 것이다. 예지게이는 멀리서 그 낙타를 당장에 알아보았고, 그러자 한순간 그의 눈에 따뜻한 표정이 떠올랐다.

열차가 몇 군데의 정거장을 지난 뒤에 예지게이는 꾸벅꾸벅 졸기 시작했다. 그리고 오랫동안 평화로운 바퀴 소리와 다른 승객들의 조용한 잡담을 들으며 잠이 들었다. 단잠이었다.

다음 날 저녁, 침껜뜨로부터 뻗어 나와 세미레치예, 즉 일곱 강들의 땅을 지나며 늘어서 있는 알라-따우 산맥이 다가왔다. 그것은 참으로 산다운 산맥이었다 — 그리고 얼마나 멋진 경치인가! 부란이 예지게이는 감탄스러운 눈으로 알마-아따까지 철길을 따라 뻗어 있는, 눈 덮인 산맥의 장엄한 파노라마를 지켜보았다. 그는 그 산맥들에서 눈을 뗄 수가 없었다. 사로제끄 스텝에서 살아온 그로서는 그 경치가 실로 놀랍고도 영원한 거울이었던 것이다. 알라-따우 산맥은 그의 마음속에서 그 장엄함으로 즐거움을 불러일으켰고 그 산맥을 바라보는 동안 생각할 필요성을 일깨워 주었다.

그는 눈앞에 산이 보일 때면 조용히 생각에 잠기기를 좋아했다. 그리고 이제는 생각에 잠겨 아직은 누군지 모르는, 권한을 가진 사람들과 만날 준비를 하고 있었다. 그들은 과거의 잘못이 반복되어서는 안 된다고 했으며, 그것이 바로 예지게이가 그들에게 아부딸리쁘 일가의 쓰라린 이야기를 해 주고 싶어 하는 이유였다. 그들로 하여금 조사를 하게 해서 어떻게 보상해야 할지를 결정하도록 하자. 아부딸리쁘, 그가 다시 살아날 수는 없지만, 그들은 누구도 감히 그 아이들을 모욕하지 못하도록, 또 그 아이들에게 모든 길이 다 열릴 수 있도록 보장해 줄 수는 있을 것이다. 큰아이 다울은 그해 가을이면 학교에 가게 될 것이었다. 그 아이가 아무것도 두려

위하지 않고 아무것도 숨기지 않게 해주자. 만일 그가 그 아이들이 지금 어디에 있는지를 알 수만 있다면! 그들은 어떻게 지내고 있을까? 그리고 자리빠는 어떻게 되었을까?

그런 생각들이 떠오르자 그는 한기를 느꼈고 가슴이 답답해졌다. 이제 과거는 잊히고 사라질 시간이었다. 그랬다, 사실 자리빠는 그녀에 대한 예지게이의 호감을 떨쳐 버리기 위해서 떠나 버린 것이었다. 그러나 무엇이 잊히고 또 무엇이 잊힐 수 없는지는 오직 신만이 알 일이었다. 예지게이는 슬퍼졌다. 자기가 운명에 굴복해야 한다는 사실이 가슴 아팠던 것이다. 그는 누구에게 그런 이야기를 할 수 있으며 또 누가 그의 고통을 이해해 주려고 할까? 하늘을 떠받치고 있는 저 눈 덮인 산들이? 하지만 그 드높은 산들은 땅에 얽매인 인간의 고통에 대해서는 분명히 아무런 관심도 없었다. 그게 바로 그 산들이 거대한 알라-따우 산맥인 이유였다. 인간들은 가고 올 수 있지만 산들은 영원히 그 자리에 남아 있으므로, 많은 사람들이 그 산들을 보고 생각하겠지만, 산 그 자체는 영원불멸이고 말이 없다…….

예지게이는 아부딸리쁘가 〈라이말리-아가가 동생 압질리한에게 남긴 말〉을 받아 적고 난 뒤에 그 전설에 대해서 얼마나 많은 생각을 했었는가를 떠올렸다. 언젠가 그는 예지게이와 이야기를 나누는 중에 삶의 여로에서 만났던 라이말리-아가와 베기마이 같은 사람들이 서로에게 행복만큼이나 커다란 슬픔을 안겨 준다는 말을 한 적이 있었다. 즉, 한 사람이 다른 한 사람을 해결할 수 없는 비극적인 상황, 말하자면 한 여자가 한 남자를 다른 사람들의 판단에서 벗어날 수 없는 상태로 몰아넣는다는 것이었다. 그래서 누군가에게 아주 밀접한 어떤 사람들은 라이말리-아가의 혈족들이 그랬던 것처럼 그들이 생각하기로는 상대방에게 가장 유익하다고 여겨지는 대로 행동하는 것이다.

그때만 해도 예지게이에게는 그 현명한 말들이 그저 현명한 말들일 뿐이었다. 적어도 그가 직접 그 말들이 얼마나 진실한지 깨닫기 전까지는 — 그 자신이 직접 고통을 받기 전까지는 그랬다. 자리빠와 그는 라이말리-아가와 베기마이가 처한 상황으로부터 별들이 땅에서 떨어져 있는 것만큼이나 멀리 떨어져 있었다. 그러나 어쨌건 그는 그녀를 생각했고 그녀를 몹시 사랑했었다. 그리고 결국 자리빠는 이러지도 저러지도 못하는 상태를 벗어나기 위해 자기편에서 먼저 손을 썼다. 자신의 뜻에 따라 그녀는 모든 관계를 한꺼번에 끊어버리기로 결정했던 것이다. 하지만 그렇게 하면서도 그녀는 아무런 낌새도 채지 못하게 했고 자기가 내린 결정이 그에게 어떤 영향을 미칠지도 알지 못했었다. 그가 아직 살아 있는 것이 다행이었다. 그리고 이제 그에게는 다만 그녀를 보기 위해서, 단 한 번이라도 더 그녀의 목소리를 듣기 위해서 이 세상 끝까지라도 갈 수 있을 것 같은 갈망이 엄습해 오고 있었다…….

예지게이는 또, 아부딸리쁘에게서 독일에는 아주 유명한 사람, 즉 위대한 시인 괴테가 있었다는 말을 들었을 때 얼마나 이상한 생각이 들었는지를 떠올리고 자신을 비웃기도 했다. 그의 이름은 까자흐의 발음으로는 별로 아름답게 들리지는 않았지만 그것은 중요한 문제가 아니었다. 사람들은 누구나 운명으로 정해진 이름을 갖기 마련이니까. 어쨌든 이 늙은 남자 괴테는 일흔이 넘었음에도 한 젊은 처녀와 사랑에 빠졌고, 그 처녀는 온 마음을 다해 그를 사랑했었다. 그리고 사람들은 어느 곳에서건 누구나 다 그런 사실을 알았지만,

아무도 괴테의 손발을 묶지 않았고 또 그를 미쳤다고도 하지 않았다. 그런데 라이말리-아가는 어떤 취급을 받았는가? 그의 종족들은 그를 욕보였고 그를 파멸시켰다……. 그러나 그들이 원했던 것은 다만 그를 위해 옳은 일을 해주자는 것이었다. 자리빠 역시 그녀 나름대로 예지게이를 위해 최선이 되는 일을 하고 싶어 했으며 그녀의 양심이 시키는 바에 따라 행동했다. 그러므로 그녀를 탓할 수는 없었다. 누구라서 자기가 사랑하는 사람을 탓할 수 있겠는가? 그보다는 차라리 자신을 비난하고 잘못을 자기에게로 돌리는 편이 더 나을 것이다. 그 여자를 나쁘게 생각하기보다는 차라리 내가 모든 괴로움을 감수하자. 그 여자가 나를 떠났다 하더라도 내가 여전히 그 여자를 기억하고 사랑하길 바랄 수 있다면…….

그런 생각을 하며 예지게이는 여행을 계속했다. 그녀를 기억하고 사랑하고 아부딸리쁘와 그의 아버지 없는 아이들을 떠올리면서…….

기차가 알마-아따로 접어들고 있을 때 예지게이는 갑자기 이런 생각이 떠올랐다 — 만일 옐리자로프가 집에 없다면? 그렇다면 정말 큰일이었다! 어떤 이유에서인지 그는 여행을 떠나기 전에 그 점을 미리 생각하지 않았었고 우꾸발라 역시 거기에는 생각이 미치지 못했었다. 그들은 매사를 단지 자기 입장에서만 생각했었다. 자기네들이 사로제끄에서 살고 있고, 아무 데로도 돌아다니질 않으니까 어디에 있는 누구건 다 똑같을 것이라고 생각했던 것이다. 그러나 아파나시 이바노비치가 집에 있지 않을 가능성은 상당히 높았다. 그는 학회에서 일을 보았고 사람들은 도처에서 그에게 자기네들을 방문해 달라고 요청했다. 그렇게 유명한 과학자는 많은 약속이 있을 것이고 찾아가 보아야 할 곳도 많을 것이었다. 어쩌면 그는 어느 곳에선가 장기 체류를 하게 되어 오랫동안 집을 비웠을지도 모를 일이었다. 〈그렇다면 정말 큰일인데.〉 그런 생각을 하면서 예지게이는 걱정이 되었다. 그러나 다음에는 만일 사정이 그렇다면 그가 구독하는 까자흐어 신문 — 매호 그 주소가 실려 있었다 — 의 편집인들에게 문의를 해봐야겠다는 생각이 들었다. 그들은 아마도 무슨 일을 해야 하며 어디로 가야 할 것인지 알려 줄 것이다. 그런 일을 아는데 신문사에서 일하는 사람들보다 더 나은 이들이 어디 있을까? 그가 집에 있을 때는 모든 일이 너무도 간단해 보였다. 그러나 이제 목적지로 다가가면서 부란이 예지게이는 몹시 걱정스러워지기 시작했다. 서툰 사냥꾼이 집에 앉아 있을 때 사냥 생각을 한다는 말은 옳았다. 그게 바로 그가 하고 있는 짓이었다. 그러나 물론 그는 옐리자로프에게 기대를 걸고 있었다. 옐리자로프는 그의 친구, 오래도록 변치 않는 친구였고 간이역으로 자주 그를 찾아왔으며 또 아부딸리쁘 꾸찌바예프 사건에 대해서도 알고 있어서 당장에 사정을 이해할 수 있을 것이다. 그가 어떻게 잘 알지도 못하는 사람들에게, 뭐라고 말을 걸어야 할지도 모르는 사람들에게 법정에서처럼 증거를 제시하고 진술을 할 수 있을까? 어떻게 그럴 수 있을까? 또 그들이 그의 말을 들어주려고나 할까? 그들은 대답으로 무슨 말을 하려 들까?

「그런데 당신은 누구기에 아부딸리쁘 꾸찌바예프의 무죄를 증명하려 드는 거요? 당신이 이 문제와 무슨 관련이 있지요? 그 사람 친구요? 아니면 처남이나 장인이오?」

그러는 사이 기차는 이미 알마-아따 교외를 지나고 있었다. 승객들은 소지품들을 끌어모아 가지고 복도로 나가서 기차가 멎을 때를 기다렸다. 예지게이도 역시 준비가 되었다. 이제 그는 역을 볼 수 있었다 — 그 역은 선로 끝에 있었다. 플랫폼에는 한 떼의 사람들, 즉 승객들을 마중 나왔거나 기차를 잡아타려고 하는 사람들이 서 있었다. 기차는 멈추어 서기 위해 점점 더 속도를 늦추고 있었다.

갑자기 부란니 예지게이는 창밖으로 스쳐 지나가는 얼굴들 중에서 옐리자로프를 보았고, 그러자 마치 아이처럼 뛸 듯이 기뻤다. 옐리자로프가 정답게 모자를 벗어 흔들고는 기차를 따라 걷기 시작했다. 얼마나 다행인가! 예지게이는 옐리자로프가 자기를 맞으러 역까지 나오리라고는 생각지도 못했다.

그들은 지난가을 이후로 한동안 서로를 만나지 못했다. 그러나 아파나시 이바노비치는 나이가 들어 가고 있기는 해도 별로 달라진 데가 없었다. 그는 예전 그대로 여전히 활동적이고 호리호리한 사람이었다. 까잔갑은 언젠가 그를 아르가막, 즉 순종이라고 불렀는데, 그 말은 실로 대단한 찬사였다 — 아르가막 아파나시! 옐리자로프는 그 말의 의미를 잘 알고 있었기에 선선히 그 별명에 동의했지만 한마디 덧붙였다 — 늙은 아르가막, 그러나 어쨌든 아르가막이었다. 그는 사로제끄를 찾아올 때면 보통 작업복에 질긴 가죽 장화, 그리고 당시에 흔히 볼 수 있던 낡은 모자 차림이었지만 여기서는 멋진 회색 양복 — 그의 몸에 잘 맞게 재단된 데다 이미 반백이 된 머리칼 색과도 잘 어울리는 — 에 넥타이까지 매고 있었다. 기차가 완전히 멈춰 서자 아파나시 이바노비치가 창가로 다가와서 예지게이에게 미소를 지어 보였다. 밝은 눈썹 아래서 반짝이는 그의 회색빛 눈에 그들의 만남을 진정으로 기뻐하는 표정이 떠올라 있었다. 그것이 예지게이를 푸근하게 해주었고, 그러자 모든 걱정이 순식간에 다 사라져 버렸다.

〈이거 시작부터 아주 좋은데.〉 그가 기쁨에 차서 생각했다. 〈신께서 이 여행이 잘 이루어지도록 허락하신 거야!〉

「야, 이거 자네 드디어 왔구먼! 대번에 특급 열차를 타고서! 잘 왔네, 예지게이! 잘 왔어, 부란니!」

예지게이가 기차에서 내리자 옐리자로프가 그를 반겼다.

그들은 서로를 다정하게 포옹했다. 예지게이는 많은 사람들 때문에, 그리고 또 재회의 기쁨으로 인해 좀 어리둥절해진 느낌이었다. 그들이 역 앞의 광장을 가로질러 걸어가는 동안 옐리자로프는 쉴 새 없이 질문을 퍼부어 대면서 보란리 사람들 하나하나의 안부를 물었다. 까잔갑은 어떤가? 우꾸발라는? 부께이는? 또 아이들은? 지금은 누가 책임자로 있는가? 심지어 그는 까라나르에 대해서까지도 물었다.

「그런데 자네의 그 부란니 까라나르는 어떤가?」 그가 묻기 바로 전에 무슨 생각이 났는지 싱긋이 웃고 나서 관심 있게 물었다. 「지금도 여전히 그놈 — 으르렁거리는 사잔가?」

「그럼요. 아직도 기운이 펄펄합니다. 저한테 무슨 일이 생기기만 하면 으르렁거리지요.」 예지게이가 대답했다. 「그놈 사로제끄에서 실컷 자유를 누리고 있어요. 더 바랄 게 뭐 있겠습니까?」

역 근처에 반짝반짝하게 닦여 광이 나는 커다란 검은색 승용차가 한 대 세워져 있었다. 예지게이가 그런 승용차를 본 것은 그때가 처음이었다. 그것은 ZIM으로 50년대에 나온 가장 훌륭한 차였다.

「이게 내 까라나르일세.」 옐리자로프가 농담을 건네었다. 「타게나, 예지게이.」 그가 문을 열었다. 「자, 이제 떠나 보자구.」

「운전은 누가 합니까?」 예지게이가 물었다.

「내가 하지.」 옐리자로프가 운전대 위에 앉으면서 대답했다. 「난 늙어서야 운전을 배웠네. 미국 사람들한테 뒤처져서는 안 되겠어서.」

옐리자로프가 자신 있게 시동을 걸었다. 그러나 출발을 하기에 앞서 그가 웃는 눈길로 예지게이를 돌아다보았다.

「그러니까 자네가 마침내 온 거로구먼. 그런데 얼마나 머물 예정인가?」

「전 볼일이 있어서 왔습니다, 아파나시 이바노비치. 일이 다 마무리될 때까지 여기에 있어야겠지요. 하지만 무엇보다도 선생님의 충고를 바랍니다.」

「내 그럴 거라고 생각했지. 그렇지 않고서야 누구도 자넬 사로제끄에서 끌어낼 수 없을 테니까! 자, 이렇게 하지. 우선 내 집으로 가자구. 자넨 우리 집에서 묵을 수 있어. 아니, 꼭 그래야 돼! 자네가 호텔에서 묵다니 안 될 말씀이지. 자넨 특별한 손님이니까 말일세. 내가 사로제끄를 찾아가면 자네 집에서 묵듯이 자네도 여기서는 우리 집에서 묵어야 돼. 까자흐 사람들 말대로 하자면 그게 상호 존경이지.」

「예. 바로 그렇습니다!」

예지게이가 동의했다.

「자, 그럼 그건 결정된 걸세. 더구나 그건 내게도 매우 즐거운 일이지. 내 아내 율랴가 아들을 보러 모스끄바로 갔거든. 바로 얼마 전에 우리 두 번째 손자가 태어났어. 그래서 아내가 젊은 애들과 즐거움을 함께 나누려고 서둘러 간 걸세」

「두 번째 손자요? 축하합니다!」 예지게이가 말했다.

「그래 벌써 두 번째지.」 옐리자로프가 어깨를 으쓱하며 대답했다. 「자네도 할아버지가 되면 내 기분이 어떤지 알게 될 걸세. 그러려면 아직 좀 더 기다려야 하겠지만, 내가 자네 나이 때는 눈썹이 바람에 휘날리도록 뛰어 돌아다녔지. 자네하고 내가 나이 차가 꽤 많은데도 서로 이해할 수 있다는 게 얼마나 즐거운 일인가. 자, 이제 떠나 볼까? 우리 도시를 가로질러 좀 더 높이 올라가야 되네. 저쪽에 눈 덮인 산맥이 보이지? 우리는 그리로, 산중으로, 메제오로 가는 걸세. 내 자네한테도 얘기했겠지만, 내 생각으로 우리 집은 교외에, 그러니까 마을이나 마찬가지인 곳에 있네.」

「기억합니다, 아파나시 이바노비치. 바로 강가에 있다고 하셨지요. 언제나 물소리가 들린다고요.」

「이제 곧 자네도 듣게 될 걸세. 자, 떠나자고. 아직 해가 있으니까 도시 구경도 좀 할 수 있을 걸세. 지금이 한창 보기 좋을 때지. 봄철이라서 어디에건 꽃이 피어 있거든.」

도시를 가로지르는 동안 역으로부터 똑바로 뻗은 도로가 끝이 없는 것처럼 보였지만, 얼마쯤 뒤에 그들은 차차 포플러나무들과 공원들 사이로 난 길을 따라 위쪽으로 올라가기 시작했다. 옐리자로프는 서두르지 않고 차를 몰았다. 그리고 가는 동안 내내 길잡이가 되는 경계표들 — 큰 건물들과 상점들 그리고 공동 주택 단지들 — 을 가리켰다. 도시 한복판의 사방이 훤히 트인 광장에는 예지게이가 사진에서 보았기 때문에 금방 알아볼 수 있는 건물 — 공화국 정부 청사 — 이 서 있었다.

「저 건물이 중앙당 위원회가 일하는 곳이지.」

그들은 다음 날이면 볼일이 있어서 그곳에 들르게 되리라는 생각을 하지 않고 그곳을 지나쳤다. 부란늬 예지게이는 그들이 탄 차가 똑바로 뻗은 길에서 왼쪽으로 돌 때 다른 빌딩 — 까자흐 오페라 하우스 — 도 하나 더 알아보았다. 그들은 두 블록을 더 간 뒤에 한 차례 더 돌았고 산 쪽을 향해 메제오로 접어들었다. 이제 그들은 도시의 중심가를 뒤로 하고 꽃들이 만발한 공원을 지나 집들과 정원들과 산곡에서 흘러내린 물이 철철 넘치는 관개 수로들 사이로 차를 몰고 있었다.

「정말 아름답군요!」예지게이가 감탄했다.

「자네가 마침 요맘때 온 게 정말 기쁘네.」엘리자로프가 대답했다. 「알마-아따는 이때보다 더 아름다운 때가 없지. 물론 겨울에도 아름답지만 지금이야말로 마음속에서 저절로 노래가 나올 때거든.」

「그래서 기분이 좋으신가요?」예지게이는 엘리자로프의 기분이 그처럼 좋은 것을 보고 기뻐했다. 엘리자로프가 약간 튀어나온 듯한 회색 눈으로 그를 바라보며 고개를 끄덕였다. 그러고는 좀 심각한 표정이 되어 잠시 이마를 찌푸렸지만 곧이어 눈가의 잔주름에 한 번 더 웃음기가 번졌다.

「이번 봄은 특별한 봄일세, 예지게이. 변화가 일고 있거든. 우리가 비록 나이를 먹어 가고는 있어도 지금 살아 있다는 게 흥겨운 일이지. 사람들은 생각을 고쳐먹었고 매사를 새롭게 보고 있어. 자네 병에 걸렸다가 삶에 대한 새로운 흥미를 느끼며 회복되었던 적 있나?」

「그런 기억은 없는데요.」예지게이가 솔직하게 대답했다. 「하지만 폭탄 충격을 받은 뒤에는 어쩌면……」

「아, 자넨 지금은 황소처럼 건강하다고!」엘리자로프가 웃었다. 「하지만 난 건강에 대해서 얘기하려는 게 아닐세. 그건 말하자면 비유적인 거지……. 아니, 그보다는 오히려 이런 쪽일 걸세. 당이 그 첫마디를 했어. 나는 그게 몹시 기쁘네. 비록 내가 개인적으로는 별 영향을 받을 일이 없는데도 말일세. 하지만 난 마치 젊었을 때처럼 마음속으로 기쁨을 느끼고 또 희망에 찬 기분이거든. 어쩌면 이것도 내가 나이를 먹어 가고 있기 때문일까?」

「아파나시 이바노비치, 제가 여기 온 것도 바로 그런 문제 때문입니다.」

「그건 무슨 소리지?」 옐리자로프는 잘 이해가 되지 않는 것 같았다.

「어쩌면 기억하실지 모르겠습니다만 — 제가 언젠가 아부딸리쁘 꾸찌바예프에 대해서 말씀드렸지요.」

「아, 그래 물론 들었지. 들었다마다! 지금도 기억하고 있는걸. 아하, 그렇게 된 거로구먼. 그러니까 자넨 이제부터 그 문제를 철저히 파헤치려는 거겠지? 좋은 생각일세! 자네 조금도 시간을 지체하지 않았군.」

「칭찬받을 사람은 제가 아닙니다. 제가 직접 여기로 와야 된다는 생각은 우꾸발라가 했으니까요. 그런데 어떻게 시작을 할까요? 어디부터 찾아봐야 되지요?」

「어떻게 시작하느냐……. 그건 생각해 봐야겠지. 우선 집으로 가서 차나 좀 마시고 그다음에 천천히 생각해 보세.」 옐리자로프가 잠시 말을 끊었다가 아주 의미심장한 어조로 말을 이었다. 「시대가 변하고 있어. 3년 전만 해도 그런 문제를 제기할 생각은 아무도 못했지. 하지만 이제는 두려워할 게 없어. 사실, 그건 원칙적으로 그렇게 되어야 하는 거지. 우리 모두는 하나같이 이 정의 관념을 지지해야 돼. 그리고 누구에게도 예외적인 것이 있어서는 안 되고. 그게 내 생각일세.」

「선생님께서는 학자시니까, 더 분명히 아실 수 있겠지요.」 예지게이가 말했다. 「꿈벨리 역에서 열린 집회에서도 사람들이 그런 얘기를 했었습니다. 그때 저는 당장에 아부딸리쁘를 생각했지요. 그 사람에게 일어났던 일들이 떠올라서 한참 동안이나 마음속으로 괴로워했습니다. 사실 저는 그 집회에서 그 얘기를 꺼내고 싶었어요. 하지만 문제는 잘잘못을 가리는 것만이 아닙니다. 아부딸리쁘는 두 아들을 남겼는데 그 애들은 지금 커 가는 중이고, 큰아이는 올가을이면 학교에 들어갈 겁니다.」

「그런데 그 아이들, 그러니까 그 가족은 어디에 있지?」
「저는 모르겠습니다. 아파나시 이바노비치. 떠나간 지 벌써 3년이 다 되어 가니까요. 저희는 모르겠습니다.」
「그걸 아는 덴 별 어려움이 없을 걸세. 찾아낼 수 있어. 추적을 해보면 되니까. 지금 중요한 문제는 법률가들 말대로 하자면 아부딸리쁘 사건을 재개하는 걸세.」
「바로 그겁니다. 아주 정확히 말씀하셨어요. 그게 바로 제가 선생님을 찾아온 이유입니다.」
「나도 자네가 아무 할 일 없이 왔다고는 생각하지 않았지.」

그 일은 결국 예지게이가 기대했던 대로 풀렸다. 얼마 지나지 않아서, 그러니까 예지게이가 집으로 돌아온 지 정확히 3주일 뒤에 알마-아따로부터 일건 서류가 배달되었는데 거기에는 심문 도중에 사망한 전직 보란리-부란늬 간이역의 노무자 아부딸리쁘 꾸찌바예프는 완전히 복권되었으며 그에게는 어떤 범죄 행위의 증거도 없다는 내용이 기재되어 있었다. 그 서류는 희생자가 당시에 근무하고 있던 집단 거주지의 모든 사람들에게 그가 무죄였다는 사실을 알리기 위해 보낸 것이었다. 그 서류가 배달된 것과 거의 때를 같이해서 아파나시 이바노비치 옐리자로프가 보낸 편지도 도착했다. 그것은 참으로 놀랄 만한 편지였는데, 예지게이는 그 편지를 평생 동안 그의 가장 소중한 기록들 — 출생증명서, 무공 훈장을 받을 때의 표창장, 그의 전상(戰傷) 관련 서류들과 업무를 훌륭히 수행한 공로로 받은 표창장들 — 과 함께 보관했다.

그 장문의 편지에서 아파나시 이바노비치는 우선 무엇보다도 먼저 아부딸리쁘 사건이 빠른 속도로 재조사되어 그가 복권되었다는 것이 기쁘다고 했다. 그런 사실 자체가 그 시대의 좋은 징조라는, 즉 그의 표현에 따르자면, 우리들 자신의 위대한 승리를 대변해 주는 징조라는 것이었다.

그는 또 이어서 예지게이가 떠난 뒤에 자신은 그와 함께 찾아갔던 사무실들을 다시 찾아갔으며 그럼으로써 또 다른 중요한 사실을 알아냈다고 적었다. 우선 심문자 딴지끄바예프는 있던 자리에서 떨려 났으며 그때까지 받았던 모든 상훈(賞勳)을 박탈당했고 그 사건과 관련하여 그가 취했던 행동에 대해 답변하라는 요구를 받고 있다고 했다. 그리고 두 번째로는 아부딸리쁘 꾸찌바예프 가족이 현재는 빠브로다르에서 살고 있다는 말을 들었는데, (그렇다면 그들은 얼마나 멀리 가버린 것인가!) 자리빠는 다시 학교 선생으로 복직했으며 재혼도 했다는 것이었다. 그것은 현재 그녀가 살고 있는 곳으로부터 온 소식이었다. 거기에 이어서 그는 다음과 같이 적었다.

〈그 검열관에 대한 자네의 의심은 사건을 재조사하는 중에 정당한 것으로 밝혀졌네. 아부딸리쁘 꾸찌바예프를 고발했던 장본인은 그 사람인 것 같네. 하지만 그는 어째서 그런 짓을 했을까? 무엇이 그로 하여금 그처럼 사악한 행동을 하게 했을까? 나는 내가 유사한 사건들에 관해서 알고 있는 것들, 또 자네가 내게 말해 준 것들을 모두 떠올리면서 그 점에 대해 많은 생각을 해보았네, 예지게이. 그리고 모든 상황을 다 고려해 본 뒤에 무엇이 그 검열관에게 그런 행동을 유발시켰는지를 이해하려고 노력도 해보았고, 하지만 그것이 무엇인지는 설명하기 어렵네. 무엇이 그에게 잘 알지도 못하는 한 남자에 대해서 그런 증오심을 불러일으킬 수 있었을까? 어쩌면 그것은 우리 역사의 그 시기에 사람들을 감염시켰던 어떤 질병, 말하자면 유행병이 아니었을까? 혹시 사람들에게는 점차로 그들을 무자비하게 만들어 잔인하게 행동하도록 이끄는 악성 시샘증 같은 기질이 있지나 않을까? 또 그렇다면 아부딸리쁘 꾸찌바예프라는 사람은 어떤 시기심을 불러일으켰을까? 그것이 내게는 수수께끼로 남아 있네. 쓰인 방법을 가지고 따진다면, 그것은 이 세상 자체만큼이나 오래된 것일세. 말하자면 누가 어떤 사람을 이교도라고 고발하기만 하면 그 고발당한 사람은 부하라의 시장에서건 아니면 유럽에서건 돌에 맞아 죽거나 말뚝에 묶여 화형을 당하는 그런 식이지. 자네가 여기에 있을 때 우리는 그 문제에 대해서 많은 이야기를 나누었네, 예지게이. 아부딸리쁘 사건을 재조사하는 과정에서 여러 가지 사실들이 밝혀진 뒤에 나는 사람들에게서 이 질병, 즉 어떤 사람의 개성에 대한 증오심이 없어지려면 아직도 오랜 시간이 더 지나야겠다는 점을 한 번 더 확인했네 — 얼마나 오래일지는 말하기 어렵네만. 하지만 그 모든 사실에도 불구하고 나는 정의가 이 세상에서 멸절될 수 없으리라는 믿음을 가지고 있네. 이번 일만 해도 정의가 승리를 거두었으니 말일세. 그 대가가 너무 비쌌는지는 모르지만 그래도 정의는 승리를 거둔 것이네. 그리고 이것은 세상이 존재하는 한 언제나 그럴 것일세. 그래서 나는 기쁘네, 예지게이. 자네가 이 사건에서, 특히 직접 관련되지도 않은 사건에서 정의를 성취했다는 사실이 말일세.〉

그 뒤로 며칠 동안 예지게이는 그 편지를 받은 감격 속에서 살았고, 자기가 어떤 식으로든 변했다는 것, 즉 자기에게 무엇인가가 덧보태져서 생각이 더욱 명료해졌다는 사실을 알게 되어 놀랐다. 그리고 난생처음으로 그는 산 너머 멀지 않은 곳에서 그를 향해 다가오고 있는 노령에 대비해야 할 시간이 왔다고 생각하기 시작했다.

옐리자로프에게서 온 편지는 그에게 하나의 이정표가 되어 주었다. 즉, 그에게는 편지를 받기 이전의 삶과 편지가 온 뒤의 삶이 있었던 것이다. 편지를 받기 이전의 삶은 모두 사라져 버렸고, 바다에서 보이는 해안처럼 희미한 안개에 가려 있었다. 그러나 편지를 받은 뒤에 생겨난 모든 일들은 그에게 살날이 아직은 많이 남아 있겠지만 영원하지는 않으리라는 사실을 깨우쳐 주면서 하루하루 빠르게 지나갔다.

하지만 그가 옐리자로프의 편지에서 알게 된 가장 중요한 것은 자리빠가 재혼했다는 사실이었다 — 그리고 예지게이는 그 때문에 다시 한 번 몹시 힘들고 억눌린 나날들을 보내야 했다. 그는 비록 자기가 그녀의 사는 곳이 어디며, 아이들은 어떻게 되었고, 또 그녀가 새로운 환경 속에서 어떻게 살아가는지는 몰랐을지라도, 어떤 식으로든 그녀가 재혼했으리라는 예감을 느꼈다는 사실로 자신을 위로했다. 예지게이가 그런 예감을 특히 강하게 느꼈던 것은 알마-아따로부터 기차를 타고 집으로 돌아오는 중이었는데, 그런 생각이 왜, 어떻게 해서 그의 머리에 떠올랐는지는 설명하기 어려웠다. 그러나 물론 기분이 우울해졌거나 해서는 절대로 아니었다. 아니, 그와는 반대로 그는 아주 기분 좋게 뿌듯한 가슴을 안고 알마-아따를 떠났었다. 그는 옐리자로프와 함께 어느 곳엘 가건 이해와 호의에 찬 환대를 받았고 그로 인해 자기가 선택한 길이 옳았다는 자신감과 성공적인 결과를 얻으리라는 희망이 더욱 부풀었다.

예지게이가 알마-아따를 떠나던 날 옐리자로프는 역 구내 식당에서 그에게 점심을 대접해 주었다. 기차가 출발하려면 시간이 아직 많이 남아 있어서 그들은 헤어지기 전까지 즐겁게 술을 마시며 허물없는 이야기를 나누었는데, 그때 아파나시 이바노비치는 예지게이가 지금까지도 그의 가장 소중한 생각으로 알고 있는 말을 했다. 그는 예전에 모스끄바 청년 공산당 동맹원으로서 1920년대에 뚜르께스딴의 끄라이 지방으로 와서 바스마치 반란에 대항해 싸웠고, 그 뒤로는 거기서 정착하여 여생을 지질학자로 일해 왔으며 세상이 10월 혁명에 헛되이 기대를 걸지 않았다는 게 그의 견해였다. 실수와 태만에 상당한 대가를 치러야 했지만 미지의 길로 나아가는 움직임은 멎지 않았다 — 그것은 역사적인 사실이었다. 그는 이어서 이제 그 움직임은 사회 정화의 흐름으로 도움을 받아 새로운 힘으로 전개될 것이라고도 했다. 「언젠가 우리는 서로 이 점에 대해서 얘기할 수 있을 건데, 그것은 우리에게 미래를 위한 힘이 있다는 뜻일세.」 옐리자로프가 강조했다. 그랬다. 그들은 그 점심 식사 때 훌륭한 토의를 했다.

그런 자신감을 안고서 부란니 예지게이는 사로제끄에 있는 집으로 돌아오기 시작했다.

한 번 더 눈 덮인 푸른 알라-따우 산맥이 그의 눈앞에 나타나자, 그는 멀리 세미레치예를 가로질러 뻗어 있는 그 장엄한 산맥을 응시했다. 그러고는 자기가 알마-아따에 있었던 일을 돌이켜 생각해 보며 어떤 내면의 목소리가 그에게 자리빠가 재혼했다고 속삭이는 것을 알아차렸다.

산맥을 바라보고 봄 경치를 조망하면서 예지게이는 세상에 옐리자로프처럼 말과 행동을 모두 믿을 수 있는 사람들이 있다는 게 참으로 고마웠다. 그런 사람들이 없다면 이 세상에서의 삶은 훨씬 더 어려울 것이었다.

아부딸리쁘 사건과 관계된 일로 관청을 찾아다니는 일이 다 끝나자 그는 역사의 아이러니, 즉 급격한 변화의 시기를 살아가는 일에 대해서 생각해 보았다. 만일 아부딸리쁘가 죽지 않고 살아 있었더라면 그들은 부당한 고발을 취소했을 것이고, 그는 또다시 행복하게 그의 아이들과 더불어 평화로운 삶을 살아갈 수 있었을 것이다. 만일 그가 살아 있기만 하다면! 그 이상 더 바랄 것은 없었다. 만일 그가 살아 남기만 했더라면, 자리빠는 물론 마지막 날까지 그를 기다렸을 것이다. 그랬을 것이 분명했다. 그녀와 같은 여자는 무슨 일이 있더라도 남편을 기다릴 것이다. 그러나 기다릴 삶이 아무도 없다면 젊은 여자가 언제까지고 자기 혼자서 살아갈 이유는 없었다. 그러므로 사정이 그러하고 또 그녀가 적당한 사람을 만났다면 그녀는 재혼을 해야 할 것이다 — 그래서 안 될 이유가 무엇인가?

예지게이는 그런 생각으로 혼란스러웠다. 그는 뭔가 다른 일에 관심을 집중시키려고, 숫제 아무 생각도 하지 않으려고, 상상이 제멋대로 비약하지 못하게 하려고 애를 써보았지만 아무 소용도 없었다. 그래서 생각을 다른 데로 돌리기 위해 그는 식당차로 건너갔다.

그곳에는 사람이 별로 없었고 기차가 막 출발한 참이어서 아직은 깨끗하고 산뜻했다. 예지게이는 창가에 앉아 시간을 보낼 구실로 맥주를 한 병 주문했다. 식당차의 커다란 창문을 통해 그는 산맥과 스텝과 그 위로 펼쳐진 하늘을 한꺼번에 다 볼 수 있었다. 한편으로는 이따금씩 무더기로 피어 있는 주홍색 꽃들, 그리고 다른 한편으로는 눈 덮인 장엄한 산맥과 더불어 드넓게 펼쳐진 푸른 대지가 손에 넣을 수 없는 갈망들로 그의 영혼을 들어 올렸다가 쓰라린 각성으로 끌어내렸다. 갑자기 그는 자기의 울적한 기분에 맞는, 뭔가 쓴 것을 좀 마셔야겠다는 생각이 들어서 보드까를 주문했다. 그러나 몇 잔의 보드까를 연거푸 마신 뒤에도 그는 전혀 술을 마시지 않은 것 같은 기분이었다. 그래서 다음엔 맥주를 좀 더 주문했고 창가에 그대로 앉아 깊은 생각에 잠겼다. 날이 저물어 가고 있었다. 봄날 저녁의 맑은 대기 속에서 시골 풍경이 빠르게 질주해 가고 있었다. 마을들과 정원들, 집이며 다리들, 그리고 가축 떼들이 언뜻언뜻 스쳐 갔다 — 하지만 그 어느 것도 예지게이를 감동시킬 수 없었다. 따분한 갈망이 그의 영혼을 슬프게 하고 짓누르고 희미한 예감을 불러일으키며 새로운 불기로 그를 덮었기 때문이었다.

그는 날이 어두워져서 사람들이 식당차로 몰려들어 담배 연기로 숨을 쉬기가 어려워질 때까지 거기에 그대로 앉아 있었다. 예지게이는 사람들이 어째서 그렇게 무관심해 보이는지 이해할 수 없었다. 그들은 어째서 그렇게 아무 쓸데 없는 얘기들을 지껄여 대는 것일까? 어째서 그들은 보드까를 마시고 담배를 피우는 데서 즐거움을 찾는 것일까? 남자들을 따라 들어온 여자들이 특히 그를 짜증스럽게 했고 그들의 웃음소리가 견디기 어려웠다. 그는 약간 비틀거리며 일어서서 쟁반을 나르고 있는 웨이트리스에게 계산을 치르고는 자기 객실 칸으로 돌아가기 시작했다. 그의 객실 칸까지 가려면 몇 칸을 더 지나가야 했다. 기차의 요동에 흔들리며 걸어가는 사이, 그는 점점 더 자기가 완전히 고립되고 소외되었다는 느낌으로 마음이 무거워졌다.

그는 무엇을 바라고 계속 살아가야 할까? 무슨 이유로 여행을 계속해야 할까?

 이제 그는 자기가 어디로, 왜 여행을 하고 있으며 또 급행 열차가 밤을 뚫고 어디로 달려가고 있는지 더 이상 관심이 없었다. 어느 복도 끝에서 그는 걸음을 멈추고 밖을 내다보지도, 그를 밀치고 지나가는 다른 승객들을 돌아다보지도 않으며 차가운 유리창에 뜨거운 이마를 누르고 서 있었다.

 기차는 계속 제 갈 길로 달려가고 있었다. 그는 문을 열 수 있었다 — 모든 선로 노무자들이나 마찬가지로 문을 열 수 있는 열쇠를 가지고 다녔기 때문이었다. 문을 열고 한 발짝만 내딛는다면…….

 어느 인적 없는 곳에서 예지게이는 멀리 손짓을 하는 듯한 두 개의 불빛을 보았다. 그것들이 사라지기까지는 꽤 오랜 시간이 걸렸다. 그것들은 어느 외딴집의 창문에서 흘러나온 불빛이었을까? 아니면 두 개의 작은 모닥불이었을까? 그 불빛들로 그는 어떤 사람들을 발견하게 될까? 그들은 누구였을까? 그리고 어째서 거기에 있었을까? 아아, 만일 자리빠가 아이들을 데리고 거기에 있기만 하다면! 그는 기차에서 뛰어내려 그녀에게로 달려가서, 쉬지 않고 그녀에게 달려가서 그녀의 발치에 쓰러져 부끄러운 줄도 모르고 울 것이었다. 마음속에 갇힌 고통과 갈망을 눈물로 씻어 내면서…….

 예지게이는 스텝 저편으로 보이는 그 불빛들을 바라보며 그런 생각의 무게에 눌려 신음하고 있었다. 이미 불빛들이 시야에서 사라져 가는 참이었다. 그는 거기 창가에 그대로 서서 고개를 돌리지도, 통로를 따라 걸어가는 다른 승객들이 떠드는 말소리를 듣지도 않고 흐느끼며 서 있었다. 그의 얼굴이 눈물로 젖어 있었다. 그는 아직도 문을 열고 발을 내디딜 수 있었다.

기차는 계속 흔들거리며 제 갈 길로 가고 있었다.

여기서 기차들은 동쪽에서 서쪽으로, 서쪽에서 동쪽으로 지나간다.

이곳의 철길 양편에는 텅 빈 광대한 불모지 — 중앙아시아의 노란 스텝 지대, 사리-오제끼가 놓여 있다.

여기서는 모든 거리가 철도로 재어진다. 그리니치 본초자오선으로부터 경도가 정해지듯.

그리고 기차들은 동쪽에서 서쪽으로, 서쪽에서 동쪽으로 지나간다.

말라꿈지샵 낭떠러지의 둥지에서 솟아오른 그 맹금, 흰꼬리독수리는 주변의 지역들을 둘러보기 위해 날아갔다. 그 새는 하루에 두 번 제 영토 주위를 둘러보는데, 한 번은 한낮이 되기 전에 그리고 또 한 번은 오후에 스텝의 지표면을 세심하게 내려다보고 그 아래서 움직이는 모든 것들, 심지어는 기어 다니는 무당벌레들과 밝은 빛깔을 한 도마뱀들까지 눈여겨보면서 날아다니는 것이었다. 그 새는 이따금 날개를 퍼덕여 스텝 저 너머까지 더 멀리 보려고 점점 더 고도를 높이면서, 그리고 동시에 제가 좋아하는 사냥터, 즉 금지 구역 쪽을 향해 매끄러운 원을 그리면서 조용히 날고 있었다. 이 넓은 지역에 울타리가 쳐진 뒤로는 조그만 동물들과 갖가지 종류의 새들이 더 많아졌는데 그것은 여우나 다른 떠돌이 육식 동물들이 감히 그 새로 설치된 장벽을 통과하려고 들지 않기 때문이었다. 하지만 그 독수리는 담장 때문에 곤란을 받거나 하지는 않았다. 아니, 그와는 반대로 그 새에게는 그것이 상당한 이득을 주기도 했다.

그러나 사정이 언제나 그런 것만은 아니었다. 사흘 전에 그 새는 하늘 높이 떠 있다가 조그만 토끼 새끼를 한 마리 보았다. 그러나 돌이 떨어지듯 덮여 내리는 순간 그놈은 철망 밑으로 뛰어 들어갔고 그 바람에 하마터면 곤두박이쳐서 철조망에 부딪힐 뻔했다. 그때 그 독수리는 가까스로 선회해서 가파르게 솟구치며 간신히 방향을 돌렸고, 날카로운 철조망에 몇 개의 깃털을 잃은 뒤에 잔뜩 약이 올라서 위로 떠올랐다. 그리고 나중에는 가슴에서도 얼마간의 털이 빠져나가 바람에 실려 떠갔다. 그런 일이 있은 뒤로 그 새는 이 위험한 철망으로부터 충분한 거리를 두려고 애썼다.

그래서 그 독수리는 마치 제가 통치자인 양, 위엄 있게 서두르지 않으며, 또 밑에 있는 사냥감들의 주의를 끌지 않기 위해서 불필요한 날갯짓을 하지도 않고 날고 있었다. 아침의 첫 번째 비행에서도, 그리고 지금 두 번째 비행에서도 그 새는 미사일 발사 기지의 콘크리트로 포장된 넓은 구역에서 사람들과 자동차들이 대단히 분주하게 움직이는 모습을 눈여겨보았다. 자동차들이 이리저리 바쁘게 돌아다녔고 로켓 발사대 주위에서는 그런 움직임이 특히 더 활발했다. 하늘을 향해 솟은 그 로켓들은 한동안 그 자리에 계속 놓여 있었고, 그래서 그 새는 벌써 전부터 그것들에 익숙해 있었다. 하지만 그날은 그 로켓들 주위에서 뭔가 심상치 않은 일이 벌어지고 있었다. 그 주위에 너무도 많은 자동차들과 너무도 많은 사람들, 그리고 너무도 많은 움직임이 있었다…….

낙타에 앉은 한 남자와 두 대의 덜컹대는 트랙터, 그리고 녹슨 빛깔의 털을 가진 개 한 마리로 이루어진, 스텝을 지나는 작은 행렬 역시 그 새의 눈길을 피할 수 없었다. 이제 그들은 더 나아가기가 불가능한 듯 철조망 옆에 멈춰 서 있었다. 녹슨 빛깔을 한 개가 그 한가로운 거동과 사람들 근처를 맴도는 몸짓으로 독수리를 짜증스럽게 했지만, 사실상 그 새는 개에게 별 관심이 없었다. 그 새는 다만 다음에는 무슨 일이 벌어질 것인지, 그리고 사람들 주위를 바쁘게 돌아다니며 꼬리를 흔들어 대는 이 개가 무슨 짓을 하려고 드는지를 관찰하며 그 위의 하늘을 맴돌 뿐이었다…….

예지게이가 고개를 쳐들고 하늘 높이 떠 있는 흰꼬리독수리를 보았다. 〈큰 놈이군.〉 그는 생각했다. 〈만약 내가 저 새라면 아무도 날 가로막지 못할 텐데…… 난 당장에 날아올라서 아나-베이뜨 묘지로 갈 텐데!〉

바로 그때 가까이 오고 있는 자동차 소리가 들렸다. 「그 사람이 오고 있어!」 부란니 예지게이는 기뻤다. 「제발 신이시여, 이제 모든 일이 수습되게 해주소서!」

군용 가지끄 차 한 대가 차단기 쪽으로 빠르게 달려와 초소 문 옆에서 급정거했다. 보초가 그 자동차를 기다리고 있다가 당장에 차려 자세를 취하더니 경비대장 딴지끄바예프가 GAZ-67에서 내리자 경례를 붙였다. 그리고 보고하기 시작했다.

「중위님께 보고합니다…….」

그러나 경비대장은 손짓으로 말을 중단시키고는, 보초가 재빨리 모자챙에서 손을 내리자마자 차단기 건너편에 서 있는 사람들을 돌아다보았다.

「당신들은 누굽니까, 첨 보는 사람들인데요? 내게 얘길 하겠다고 기다린 사람이 누굽니까? 당신입니까?」 그가 부란니 예지게이를 돌아다보며 물었다.

「그래, 바로 날세. 우리를 아나-베이뜨 묘지까지 통과시켜 주려고 하지 않아서 그랬네. 부탁일세. 우릴 좀 도와주게.」 예지게이가 자기의 훈장들이 젊은 장교의 눈에 잘 띄도록 하려고 애쓰면서 까자흐어로 말했다.

그러나 딴지끄바예프 중위에게는 그런 노력이 아무 소용도 없었다. 그는 다만 헛기침을 하고 나서 노인이 말을 이으려 하자 싸늘하게 말을 잘랐다.

「낯선 동무, 러시아어로 말하시오. 나는 근무 중이오.」 그가 가늘게 찢어진 눈 위의 검은 눈썹을 찌푸리며 딱딱거렸다.

부란이 예지게이는 몹시 당황스러웠다. 「아, 미안하네, 용서하게. 내게 잘못이 있다면 용서하게.」 그는 너무도 당황해서 말할 기력을 모두 잃고 무슨 말을 하려고 했는지도 잊어버렸다.

「중위 동무, 내가 우리의 요청을 대신 말하게 해주시오.」 꺽다리 에질리바이가 노인을 거들려고 끼어들었다.

「얘기하시오, 단 간단하게!」 경비대장이 경고했다.

「잠깐만요. 고인의 자제 분도 같이 얘기하게 해주시오.」 꺽다리 에질리바이가 사비찬을 돌아다보았다. 「사비찬, 사비찬, 이리로 와봐요.」

그러나 사비찬은 좀 떨어진 곳에서 서성거리며 화난 투로 손을 젓기만 했다. 「당신이 얘기하쇼.」

꺽다리 에질리바이가 얼굴을 붉혔다. 「미안합니다, 중위 동무. 저 사람은 지금 이 일로 속이 잔뜩 상해 있습니다. 저 사람이 고인, 그러니까 우리 까잔갑 노인의 아들입니다. 그리고 트레일러에 앉아 있는 사람은 그분 사위고요.」

자기가 필요하다는 생각을 해서인지 까잔갑의 사위가 트레일러에서 내리기 시작했다.

「그런 시시콜콜한 얘기는 관심 없습니다. 요점을 말하시오.」 경비대장이 말을 잘랐다.

「알겠습니다.」

「간단하게, 그리고 질서 정연하게 말하시오.」
「알겠습니다, 그러면, 간단하고 질서 정연하게 말하지요.」
꺽다리 에질리바이는 모든 사항 — 자기네들이 누구며 어디서 왔고 목적은 무엇이며 어째서 거기로 왔는지 등등을 설명하기 시작했다. 그가 이야기를 하고 있는 동안 예지게이는 딴지끄바예프의 중위의 얼굴을 지켜보면서 그에게 별 기대를 걸 수 없으리라는 것을 알았다. 그는 차단기 반대편에 서서 그저 에질리바이의 말을 듣는 척만 하고 있었다. 예지게이는 그런 행동의 의미를 알아차렸고, 그러자 마음이 어두워져 가는 느낌이었다. 까잔갑의 죽음과 관련된 모든 상황, 여행을 위한 모든 준비, 젊은 사람들이 고인을 아나-베이뜨에 묻도록 하기 위해서 그가 들였던 모든 노력, 그의 모든 생각과 그가 보아 왔던 모든 것, 고인을 사로제끄의 역사와 연결시키는 숙명적인 끈, 그 모든 것들이 한순간에 무위로 끝나 버렸고 소용없는 짓이 되어 버렸다. 딴지끄바예프에게는 그런 것들이 모두 아무런 의미도 없었다. 그들의 좋은 의도와 감정이 모두 무시당해 버린 것이었다. 바로 전날 밤에만 해도 보드까와 슈바뜨를 연달아 들이켜고 고대의 신들이며 라디오로 조종되는 사람들에 대한 이야기를 떠벌려 대면서 하찮은 지식으로 보란리 사람에게 감명을 주려고 했었지만 이제는 입을 열려고도 하지 않는 겁쟁이 사비찬을 바라보면서 예지게이는 우습기도 하고 눈물이 날 정도로 화가 나기도 했다. 그는 또 장식 술이 달린 마의로 얼토당토않게 치장된 부란니 까라나르를 보면서 우습기도 하고 화가 나기도 했다 — 그런 게 이제 누구에게 무슨 소용이 있을까? 모국어인 까자흐어로 말하고 싶어 하지 않거나 또는 그러기를 겁내는 딴지끄바예프 중위 — 그가 어떻게 까라나르가 화려한 마의를 입은 의미를 알 수 있을까? 그는 또 전날 밤에 술 한 방울 입에 대지 않았고, 시신을 모시기 위해 트레일러에서 흔들리며 그 먼 길을 온, 그러나 이제는 그들 옆에 서서 아직까지도 그들이 묘지를 갈 수 있도록 허락받으리라고 믿는 게 분명한, 까잔갑의 그 가엾은 술주정뱅이 사위를 보면서 우습기도 하고 화가 나기도 했다. 하다못해 녹슨 빛깔을 한 개 졸바르스까지도 부럽니 예지게이를 우습게도 하고 화나게도 했다. 어째서 이놈은 제멋대로 여행에 끼어들었을까? 그리고 또 어째서 이놈은 그들이 더 나아가기를 참을성 있게 기다리고 있을까? 어째서 이놈은 개 주제에 관심을 가져야 할까? 그러나 어쩌면 그 개는 제 주인에게 일이 잘 풀리지 않으리라는 것을 미리 예견하고서 그럴 때 주인과 함께 있기 위해 이 여행에 끼어들었던 것은 아닐까? 운전석에는 젊은이들, 그러니까 트랙터 운전사들인 깔리벡과 쭈마갈리가 앉아 있었다. 그는 그들에게 무슨 말을 할 수 있으며 이런 일이 있은 뒤에 그들은 무슨 생각을 하고 있을까?

그러나 비록 모욕감을 느끼고 당황해하면서도 예지게이는 가슴속에서 불쾌감이 치밀어 오르는 것을 느꼈다. 그의 심장으로부터 뜨거운 피가 거세게 뻗쳐 나가고 있었다. 그러나 참지 못하고 화를 낸다는 것이 얼마나 위험한지 알고 있었기에 그는 의지력으로 화를 억누르려고 안간힘을 쓰고 있었다. 아니, 그에게는 고인이 묻히지 못한 채 트레일러에 실려 누워 있는 한 화를 낼 권리가 없었다. 나이를 먹을 대로 먹은 노인이 화가 나서 언성을 높인다면 그것은 보기에도 좋지 못할 것이다. 그런 생각을 하면서 그는 자기의 마음속에서 일어나고 있는 일들을 말로나 몸짓으로 내보이지 않기 위해 이를 악물고 턱 근육을 긴장시켰다.

예지게이가 예상했던 대로 꺽다리 에질리바이와 경비대장 사이의 대화는 당장에 가망이 없어졌다.

「난 도와줄 수 없습니다. 이 지역으로의 출입은 관계자 이외는 원칙적으로 허용되어 있지 않습니다.」 꺽다리 에질리바이의 말을 들은 뒤에 중위가 대답했다.

「우린 그걸 몰랐습니다, 중위 동무. 그렇지 않았더라면 우린 여기로 오지도 않았을 겁니다. 하지만 우린 지금 여기에 와 있으니까 당신 상관한테 우리가 고인을 묻을 수 있도록 허락해 달라고 부탁 좀 해주십쇼. 우린 이분을 다시 집으로 모셔 갈 순 없습니다.」

「순찰을 하던 중에 벌써 보고했습니다. 그리고 누구건 어떤 구실로도 들여보내서는 안 된다는 지시를 받았습니다.」

「〈구실〉이라니, 그게 무슨 말이쇼, 중위 동무?」 꺽다리 에질리바이는 어이가 없는 모양이었다. 「우리가 〈구실〉을 대려고 든다는 겁니까? 우리가 무슨 이유로 그래야 하지요? 우리가 저기, 당신네 지역에서 뭘 염탐하려 들기라도 한단 말입니까? 만일 우리가 이 시신을 묻을 생각만 아니었다면 우린 여행을 떠나지도 않았을 겁니다.」

「한 번 더 얘기하겠습니다, 낯선 동무. 여기로는 아무도 들어올 수 없습니다.」

「낯선 사람들이라니, 그게 무슨 소리요?」 그때까지 잠자코 있던 술 주정뱅이 사위가 갑자기 끼어들었다. 「여기서 낯선 사람이 누구란 말이요? 우리요?」 그 말을 하는 사이 그의 축 늘어진, 술에 전 얼굴이 붉게 충혈되었다.

「이 사람 얘기가 옳소. 언제부터 우리가 낯선 사람이오?」 꺽다리 에질리바이가 그를 두둔하고 나섰다.

경계선을 넘지 않으려고 조심하면서 그 술주정뱅이 사위

가 언성을 높이지 않고 조용한 소리로 말했다. 자기가 러시아어를 잘하지 못해서 말을 할 때 더듬더듬 적당한 단어를 골라야 한다는 사실을 알고 있어서였다.

「여기는 우리 사로제끄 땅이오. 그리고 우리는 사로제끄 사람들이오. 우리는 고인을 여기에다 묻을 권리가 있소. 옛날에 사람들이 여기에다 나이만-아나를 묻을 때 아무도 여기가 금지 구역이 되리라는 건 알지 못했소.」

「당신과 말다툼을 벌일 생각은 없소.」 딴지끄바예프 중위가 잘라 말했다. 「당직 중인 경비대장으로서 당신에게 한 번 더 알려 주겠소. 여하한 이유로도 여기 이 금지 구역으로의 접근은 허용될 수 없고 허용되지도 않을 것이오.」

잠시 침묵이 흘렀다. 〈나 자신을 억제할 수만 있다면!〉 예지게이는 생각했다. 〈내가 저놈을 저주하고 욕하지 않을 수만 있다면!〉 자신을 억제하려고 마음을 가다듬으면서 그는 멀리 그 커다란 새가 맴돌고 있는 하늘을 올려다보았다. 또다시 그는 그 조용하고 힘찬 독수리가 부러웠다. 그는 자기네들이 더 이상 무모한 짓을 해서는 안 된다고 마음을 굳혔다. 그들은 떠나야 했으며 그 지역에 억지로 들어가려고 해서는 안 되었다. 새를 한 번 더 올려다본 뒤에 예지게이가 입을 열었다.

「중위 동무, 이제 우린 가겠네. 하지만 자네 상관들에게 얘기하게. 그 사람들이 장군이건, 그보다 더 높건, 이렇게 해서는 안 된다고 말일세. 늙은 병사로서 얘기하네만, 이건 옳지 못한 짓이야.」

「옳건 옳지 않건, 내게는 윗사람에게서 받은 명령에 이의를 제기할 권리가 없습니다. 그리고 당신도 나중에 알게 되겠지만, 나는 당신에게 아나-베이뜨 묘지가 철폐되어 평탄하게 골라질 예정이라는 말을 해주라고 지시를 받았습니다.」

「아나-베이뜨가요?」 꺽다리 에질리바이가 깜짝 놀랐다.

「그렇소. 그게 그렇게 불리는 거라면 말이오.」

「하지만 어째섭니까? 그 묘지가 누구에게 방해가 되기라도 한다는 겁니까?」 꺽다리 에질리바이는 몹시 화가 난 기색이었다.

「거기에는 새로운 소도시, 그러니까 새 행정 구역이 건설될 겁니다.」

「그거 우스운 얘기군!」 꺽다리 에질리바이가 삿대질을 했다. 「당신네들은 그걸 건설할 데가 거기밖에 없소? 그렇게도 자리가 없단 말이요?」

「여긴 계획된 기지요.」

「이보게, 자네 아버님이 누구신가?」 부란니 예지게이가 느닷없이 딴지ㄲ바예프에게 물었다.

그 사내는 어안이 벙벙한 모양이었다.

「그게 무슨 소립니까? 그게 당신하고 무슨 상관입니까?」

「자네는 우리에게 그런 말을 할 권리가 없네. 자네는 저쪽 사람들에게, 그러니까 우리 묘지를 파헤치기로 결정한 사람들에게 사실을 얘기해 줘야 돼. 자네 아버님 돌아가셨나, 아직 살아 계시나? 그분도 언젠가는 돌아가시지 않을 건가?」

「그건 이 문제하고 아무 상관도 없는 일입니다.」

「좋아, 그럼 자네에게 할 일을 알려 주지, 중위 동무. 난 자네가 이 일을 최고 상급자에게 보고할 것, 그리고 그 사람이 직접 내 말을 들어줄 것을 요구하네. 나는 내가 저쪽에서 책임을 맡고 있는 우두머리에게 내 불만을 얘기할 수 있도록 해달라고 요구하겠네. 그 사람한테 역전의 용사이며 사로제ㄲ에 거주하는 예지게이 잔겔리진이 몇 마디 하고 싶어 한다고 전하게.」

「그럴 순 없습니다. 이 문제를 어떻게 처리해야 될지 지시를 받았습니다.」

「그럼 도대체 당신이 할 수 있는 게 뭐요?」 술주정뱅이 사위가 절망적인 목소리로 끼어들었다. 「시장 거리를 돌아다니는 의용군이라도 이보단 나을 거요!」

「소란 피우지 마시오!」 경비대장이 하얗게 질려서 허리를 똑바로 폈다. 「그만두시오! 이 차단기에서 즉시 물러나서 저 트랙터들을 길 밖으로 치우시오!」

예지게이와 꺽다리 에질리바이가 술주정뱅이 사위를 트랙터 쪽으로 끌고 갔지만 그는 계속해서 외치고 있었다 — 이제는 까자흐 말로. 「네놈들에게는 길이 아무리 많아도 소용없어! 네놈들에게는 땅이 아무리 넓어도 소용없어! 망할 자식들!」

그때까지 내내 입을 봉한 채 좀 떨어진 곳에서 침울하게 서성거리고 있던 사비찬이 이제 자기를 과시하기로 작정했는지 그들 쪽으로 걸어왔다.

「이게 뭡니까? 문간에서 돌아서다니요! 내 이럴 줄 알았어! 지금 이게 도망을 친 게 아니고 뭡니까! 아나-베이뜨! 당신네들에겐 그것보다 더 좋은 게 없겠죠. 그런데도 이제는 두들겨 맞은 개처럼 도망을 치고 있잖습니까!」

「누굴 보고 얻어맞은 개라는 거야?」 술주정뱅이 사위는 머리끝까지 화가 뻗쳐 있었다. 「우리들 중에 개가 있다면 그건 바로 네놈이야, 이 형편없는 쓰레기! 저기 서 있는 저놈하고 네놈하고 다를 게 뭐지? 게다가 네놈은 〈난 정부 관리요〉라고 허풍이나 떨어 대고! 네놈은 인간도 아니야!」

「이 술주정뱅이, 아가리 닥쳐!」 사비찬이 외쳤다. 그러고는 자기 말이 검문소에까지 분명히 들리도록 그에게 을러댔다. 「만일 내가 저 사람들 입장이었다면, 난 당신 따위가 이 근처에서 악취를 풍기지 못하게 어디로든 쫓아 보냈을 거라고! 당신 같은 게 사회에 무슨 가치가 있지? 당신 같은 자들은 없어져야 돼!」

그 말을 하고 나서 사비찬은 마치 〈난 당신에게건 당신하고 같이 있는 사람들에게건 침을 뱉겠어!〉라고 말하기라도 하듯 등을 돌려 버렸다. 그러고는 갑자기 자기에게 지휘 능력이 있다는 것을 과시하려는지 운전사들에게 지시를 하기 시작했다.

「당신 거기서 입을 헤벌리고 뭐 하는 거요? 트랙터 출발시키쇼. 우린 왔던 길로 되돌아갈 거요! 이런 빌어먹을, 빨리 돌리란 말이요! 이 일엔 질렸어! 내가 바보들에게 걸려들었던 거지! 이제부터 책임자는 나요.」

깔리벡이 트랙터에 시동을 걸어 떠나려고 방향을 돌리기 시작했고 그러는 사이 술주정뱅이 사위는 시신 옆에 자리를 잡았다. 쭈마갈리는 예지게이가 굴착기의 굴착삽에서 까라나르를 풀 때까지 기다리고 있었다. 그러나 사비찬은 그것을 빤히 보면서도 계속해서 그를 다그쳤다.

「당신 왜 출발하지 않는 거요? 출발하라니까! 그런 데 상관하지 말고! 방향을 돌려요! 이게 고인을 묻는 거라니! 난 처음부터 이 일에 반대했어! 이제 질렸다고! 집으로 돌아갑시다!」

부라니 예지게이가 낙타에 오르는 동안 — 그는 우선 낙타를 앉게 한 다음 안장에 올라타고 나서 다시 그 낙타를 일으켜 세워야 했다 — 트랙터들은 지금까지 왔던 길을 되짚어 집 쪽으로 돌아가기 시작했다. 그들은 예지게이가 따라오기를 기다리지도 않았다. 트랙터에 맨 먼저 올라앉은 사비찬이 독촉을 해대고 있었기 때문이었다.

하늘에서는 그 똑같은 흰꼬리독수리가 녹슨 빛깔을 한 졸바르스를 내려다보며 맴돌고 있었다. 그 개는 어쩐 일인지 무의미한 행동으로 그 새를 이유 없이 짜증스럽게 하고 있었다. 독수리는 그 개의 모든 동작을 일일이 다 지켜보았지만, 어째서 그 개가 트랙터들이 움직이기 시작했을 때 그 트랙터들과 함께 앞쪽에서 달려가지 않고 남자가 낙타에 오르기를 기다리면서 그 남자와 낙타 가까이에 머물러 있다가 그 뒤를 쫓아가는지 이해할 수 없었다.

트랙터에 탄 사람들과 그들 뒤로 낙타를 탄 사람, 그리고 그 뒤의 녹슨 빛깔을 한 개는 달리고 뛰면서 다시 한 번 말라꿈지샵 낭떠러지 쪽으로 올라가고 있었는데, 거기에는 물이 마른 조용한 골짜기들 중 한 곳에 그 독수리의 둥지가 있었다. 다른 때 같았으면 그 새는 불안해져서 경계하는 울음소리를 내고는, 침입자들과 어느 정도 거리를 유지하면서도 그들에게서 눈을 떼지 않은 채, 재빨리 근처에 있는 제 몫의 영토 위에서 사냥을 하고 있는 짝에게로 날아가서 둥지를 방어해야 할 필요가 있을 경우에 가세해 달라고 불렀을 것이었다. 그러나 이제 그 새는 걱정이 되지 않았다. 새끼 독수리들이 오래전에 날 수 있게 되어 둥지를 떠났기 때문이었다. 호박색의 노란 눈에 갈고리처럼 뾰족한 주둥이를 한 그 새끼들의 날개는 날이 갈수록 점점 더 강해졌고 튼튼해졌으며 벌써 전부터 독립하여 제각기 사로제끄에서 영토를 가지고 있었다. 그리고 사실 그 새끼들은 제 부모가 저희들의 영토를 슬쩍 엿보기라도 하면 태도가 꽤나 적대적으로 바뀌었다.

독수리는 왔던 길을 되짚어 가는 사람들을 바짝 뒤쫓아갔다. 그 새는 제 영토 내에서 움직이는 모든 것들을 눈여겨보는 데 익숙해 있었지만, 아직도 일행 중에 끼여 있는 녹슨 빛깔을 한 털북숭이 개에 대한 호기심이 가시지 않았다. 개와 사람들 사이에 어떤 감정이 있을까? 어째서 저 개는 저 혼자서 사냥을 하지 않을까? 그 개는 사람들이 자기네 볼일로 바쁜 동안 내내 꼬리를 흔들면서 뒤쫓아 달려왔다. 어째서 그 개는 그러한 삶을 살아가고 싶어 할까? 하지만 그 새의 관심은 또한 낙타를 타고 있는 사람의 가슴에서 번쩍거리는 어떤 물체에도 끌렸다. 갑자기 그 새는 트랙터를 뒤따라가고 있던, 낙타에 탄 남자가 한옆으로 방향을 돌려서, 차들이 말라붙은 염호를 빙 돌아가는 사이에 그곳을 가로질러 달리는 것을 알아차렸다. 그는 채찍을 휘두르며 낙타를 점점 더 빨리 몰았고 그러는 사이에 그의 가슴에 달린 반짝이는 물체들이 쩔렁거리는 소리를 내며 위아래로 흔들렸다. 낙타가 다리를 길게 뻗어 넓은 보폭으로 성큼성큼 달리는 동안 녹슨 빛깔을 한 개가 뒤에서 따라붙고 있었다.

그런 상태는 낙타에 탄 남자가 트랙터를 앞질러 말라꿈지샵 계곡 입구에서 길을 가로막고 멈춰 설 때까지 한동안 계속되었다. 트랙터 역시 멈춰 섰다.

「어떻게 된 겁니까? 무슨 일이 생겼습니까?」 사비찬이 운전석에서 밖을 내다보며 물었다.

「별일 없어. 엔진을 꺼!」 예지게이가 외쳤다. 「할 말이 좀 있으니까.」

「무슨 할 말이 있다는 겁니까? 우릴 붙잡지 마세요! 우린 벌써 질리도록 돌아다녔다고요!」

「멈춰야 돼. 우린 여기에다가 매장을 할 거니까.」

「그런 농담엔 질렸습니다!」 사비찬이 시뻘게져서 자기 목에 맨 넥타이를 힘껏 잡아당겼다. 그 넥타이는 이제 배배 꼬여 있었다. 「난 아버님을 간이역에다 묻을 거니까 더 얘기할 거 없습니다! 됐다고요!」

「내 말 들어 봐, 사비찬. 누구도 우리가 매장하려는 분이 자네 아버님인 걸 부정하진 않아. 하지만 세상에는 자네 혼자만 있는 게 아니야. 이거 봐, 자네도 검문소에서 무슨 일이 벌어졌는지 보고 들었잖나. 우리들 중 누구도 그렇게 된 데는 책임이 없어. 하지만 생각해 봐. 고인을 매장지로 모셔 갔다가 집으로 그냥 되돌아가는 일이 세상 천지에 어디 있지? 절대로 그래서는 안 돼. 그건 머리를 못 들게 부끄러운 일이야. 그런 일은 몇백 년 동안 한 번도 일어나지 않았어.」

「난 그런 거 싹 무시해 버릴 겁니다.」 사비찬이 딱딱거렸다.

「그래, 지금은 무시할 수 있겠지. 잔뜩 화가 나 있을 때는 무슨 말이건 다 할 수 있는 거니까. 하지만 내일이면 자넨 부끄러워하게 될 거야. 이걸 생각해 봐. 자넨 절대로 그 부끄러움을 잊지 못하게 될 거라고. 매장을 하려고 집에서 떠내어 간 시신은 다시 모셔 가서는 안 돼.」

그때 껵다리 에질리바이가 굴착기 운전석에서 내렸고 술주정뱅이 사위와 굴착기 운전사 쭈마갈리 역시 무슨 일이 생겼나 알아보려고 다가왔다. 부란니 예지게이가 까라나르에 올라탄 채 그들을 멈춰 세웠다.

「들어 보게, 젊은이들.」 그가 말했다. 「관습을 거슬러서는 안 되네. 자연에 거슬려서는 안 돼. 시신을 묘지에서 집으로 다시 모셔 간 일은 여태껏 없었던 일이야. 매장하려고 집에서 떠내어졌다면 반드시 매장이 되어야 하네. 그게 관습이야. 여긴 말라꿈지샵 낭떠러질세. 여기 또한 우리 사로제끄 땅이지. 여기 말라꿈지샵에서 나이만-아나가 울었네. 내 말을 들어 보게, 이 늙은이 예지게이의 말을 말일세. 까잔갑의 무덤을 여기에다 쓰기로 하세! 그리고 내 무덤도 여기에다 쓰고. 신의 자비로우심으로 자네는 나도 여기에다 묻게 될 걸세. 자네가 그래 주길 내 간곡히 부탁하겠네. 그리고 지금도 너무 늦지는 않았어. 아직 시간이 있네. 저기에서, 저 낭떠러지 가장자리에서 우린 고인을 땅에 맡길 걸세.」

껑다리 에질리바이가 예지게이가 가리킨 곳을 쳐다보았다.

「글쎄요. 쭈마갈리, 굴착기가 저기까지 갈 수 있겠소?」 그가 물었다.

「아, 예, 갈 수 있습니다. 왜 못 가겠습니까?」

「기다려요! 이게 다 무슨 짓이오?」 사비찬이 행동을 중단시켰다. 「당신, 앞으로는 나한테 물어요.」

「묻고 있잖습니까?」 쭈마갈리가 대꾸했다. 「저분이 뭐라고 하시는지 들었잖습니까! 당신이 더 원하는 게 뭡니까?」

「내 말은 우리가 여태껏 헤맬 대로 헤맸다는 거요! 이건 모욕이오! 간이역으로 돌아갑시다!」

「글쎄요, 그게 당신 생각이라면, 만약 시신을 다시 집으로 모셔 갈 경우 진짜 큰일이 벌어지고 말 겁니다!」 쭈마갈리가 말했다. 「그걸 생각해 보라고요!」

모두들 잠잠했다.

「당신 좋을 대로 하십쇼.」 쭈마갈리가 다시 입을 열었다. 「하지만 난 무덤을 팔 겁니다. 될 수 있는 한 깊이 무덤을 파는 게 내가 할 일이니까요. 지금도 그럴 시간은 있습니다. 하지만 어두워지면 그 일을 할 수 없어요. 당신 좋을 대로 하십쇼!」

그러고 나서 쭈마갈리가 벨라루시 굴착기 쪽으로 걸어가더니 지체없이 시동을 걸었다. 그러고는 사람들을 비켜 길 한쪽 가장자리로 트레일러를 몰아 언덕으로 가서 거기서부터 말라꿈지샵 낭떠러지 꼭대기까지 올라갔다. 그 뒤를 따라 꺽다리 에질리바이는 걸어서, 그리고 부란니 예지게이는 낙타를 타고 그곳으로 올라가기 시작했다.

술주정뱅이 사위가 트랙터 운전사 깔리벡에게 으름장을 놓았다. 「당신이 만일 저기로 올라가지 않는다면…….」 그가 낭떠러지 꼭대기를 가리켰다. 「그렇다면 난 트랙터 밑에 누울 거요. 나한테 그쯤은 아무것도 아니오.」 그러면서 그가 운전사 앞에 버티고 섰다.

「그럴 필요 없습니다. 그럼 갈까요?」 깔리벡이 사비찬에게 물었다.

「모두들 쓰레기들뿐이야, 전부가 다 개들이라고!」 사비찬이 욕을 해댔다. 「앉아 있지만 말고 빨리 시동을 걸어서 저 사람들을 따라가요!」

흰꼬리독수리는 이제 하늘에서 낭떠러지에 있는 그 사람들이 하고 있는 일을 지켜보고 있었다. 기계들 중 한 대가 굴을 파고 있는 마르모트처럼 흙더미를 한쪽으로 쌓아 올리면서 땅을 파느라 흔들거리기 시작했다. 그러는 사이에 트레일러가 달린 트랙터가 다가왔다. 트레일러에는 한 남자가 앉아 있었고 그 남자 앞에는 이상하게 움직이지 않는 물체가 하얀 천으로 둘둘 말린 채 트레일러 한가운데 놓여 있었다. 녹슨 빛깔을 한 털북숭이 개는 아직도 사람들 사이에서 부산스럽게 돌아다니고 있었지만 거의 대부분의 시간을 낙타 옆에서 보냈다. 그 개는 이제 낙타 발치에 앉아 있었다.

그 새는 이 사람들이 낭떠러지에서 땅을 파며 한동안 머물러 있으리라는 것을 알아차리고 나자 한쪽으로 매끄럽게 활공하여 스텝 위로 커다란 원을 그리며 철조망이 쳐진 구역 쪽으로 날아갔다. 가는 길에 사냥을 하는 한편 미사일 발사 기지에서 무슨 일이 벌어지고 있는지도 알아볼 생각으로······.

이틀 동안 내내 그 발사 기지 곳곳에서는 심상치 않은 움직임이 일고 있었다. 일은 밤낮으로 끊임없이 계속되었고 밤이면 특수 구역은 물론 발사 기지 전 지역이 강력한 투광 조명으로 대낮처럼 밝혀져서 그곳의 땅바닥은 대낮보다도 더 밝았다. 그리고 수십 대의 무겁고 가벼운 특수 차량들과 일단의 과학자 및 기술자들이 오퍼레이션 후프를 수행하기 위한 준비로 바빴다.

외계의 우주선을 파괴할 목적으로 고안된 반(反)위성 로켓들은 오래전부터 발사 준비가 되어 있었고, 이제는 어느 때라도 특별 발사대에서 하늘로 떠오를 수가 있었다. 그러나 OSV-7(SALT-7)의 조건하에서 그 로켓들은 미국 측의 비슷한 로켓들이나 마찬가지로 특별 조항에 의해 동결되어 있었다. 이제 그 로켓들은 일련의 오퍼레이션 후프를 배치하는 작업과 관련되어 사용될 참이었다. 미국의 네바다 우주선 발사 기지에서도 비슷한 통제 로켓들이 똑같은 임무를 수행하기 위해 발사 준비가 되어 있었다. 발사 시간은 사로제끄 시각으로 20시였다. 정확히 그 시간에 로켓들은 발사와 발사 사이에 1분 30초의 간격을 두고 사로제끄로부터 우주 공간 깊숙한 곳으로 연달아 여덟 대가 발사될 것이었다. 그 로켓들의 임무는 다른 행성들로부터 온 우주선들이 지구의 대기권을 침투하지 못하도록 지구 둘레에 동서로 걸치는 영구적인 고리를 형성하는 것이었다. 그리고 네바다에서 쏘아 올린 로켓들은 남북에 걸치는 고리를 형성하게 될 것이었다.

정확히 오후 3시에 사리-오제끼-I 우주선 발사 기지는 5분 단위 체제에 돌입하기 시작했다. 5분마다 모든 스크린과 문자판, 그리고 모든 채널에 〈발사 네 시간 50분 전······〉 하는 음성 안내와 주위를 환기시키는 문자들이 나타났다. 그리고 발사 세 시간 전에는 1분 단위 체제가 도입되었다.

그러는 사이 패리티 궤도 정거장은 매개 변수들을 변화시켰고 그와 동시에 무선 통신 채널들 역시 패리티 우주 비행사 1-2와 2-1과의 여하한 통신 가능성도 배제하기 위해 주파수와 암호가 바뀌었다.

그동안 내내 머나먼 제르자젤리 은하계에서는, 황량한 우주에서 울부짖는 목소리처럼, 패리티 우주 비행사 1-2와 2-1로부터 끊임없이 신호가 오고 있었지만 그들의 노력은 완전히 헛수고였다. 절망적으로 그들은 자기들과의 연락이 차단되어서는 안 된다고 간청했다. 그러나 연락이 계속되기를 갈망하는 이유는 옵뜨세누쁘르의 결정에 이의를 제기하려는 것이 아니라 다만 레스냐야 그루지 문명과의 접촉 가능성에 대한 연구가 지구상에 존재하는 사람들의 이익을 위해 계속되어야만 한다는 점을 거듭거듭 강조하려는 것이었다. 그들은 자기들의 복권을 주장하지 않았고, 그들이 행성 레스냐야 그루지에 가 있음으로써 양쪽 태양계에 존재하는 사람들 모두에게 도움이 될 수 있도록 무슨 일이라도 할 준비가 되어 있었다. 하지만 그들은 오퍼레이션 후프와 그로 인해 발생한 고립에 대해서는 분명히 반대 의사를 표명했다. 그들의 견해로는 그 계획을 실험에 옮길 경우, 불가피하게 역사적, 기술적으로 은폐에 근거한 인간 사회의 속성이 지속될 것이며 인류의 발전을 수천 년이나 저지시키게 되리라는 것이었다. 그러나 지구에 있는 사람들은 아무도 그들의 말을 들을 수 없었고 따라서 누구도 그들의 목소리가 아직도 침묵의 한가운데서, 평화로운 우주 속으로 울려 퍼지고 있다는 것을 생각하지도 알지도 못했다.

그때쯤 사리-오제끼-I에서는 카운트다운이 분 단위 체제로 이행되어 〈후프〉 시스템의 발사 순간이 돌이킬 수 없이 가까워지고 있었다.

흰꼬리독수리는 마지막 순회 비행이 끝나자 다시 말라꿈지샵 낭떠러지 위로 날아왔다. 사람들은 이제 삽을 휘두르며 일하느라 분주했다. 굴착기는 이미 한 무더기의 흙을 파놓은 뒤였고 이제는 굴착삽을 땅속으로 깊이 내려 마지막 흙더미를 퍼내고 있었다. 곧이어 그 차량은 작업을 멈춘 뒤에 한옆으로 물러났고 그러는 사이 사람들은 구덩이 밑바닥에서 일을 계속했다. 낙타는 여전히 같은 곳에 서 있었지만 녹슨 빛깔의 개는 어디에도 보이지가 않았다. 그놈은 어디로 가버렸을까? 흰꼬리독수리는 땅으로 좀 더 가까이 내려와 오른쪽 왼쪽으로 선회하며 낭떠러지 위에서 맴을 돌다가 마침내 그 녹슨 빛깔의 개가 바퀴 옆에서 사지를 쭉 뻗고 트랙터 밑에 누워 있는 것을 보았다. 그 개는 땅에 배를 척 깔고 누워 있었는데, 아마도 조는 것 같았고 그 새에 대해서는 조금도 관심이 없는 게 분명했다. 얼마나 여러 번 그 새가 머리 위를 날았는데도 어째서 그 개는 하늘 한번 쳐다보지 않는 것일까? 마르모트라면 얼어붙은 듯 꼼짝 않고 있을 때라도, 우선 먼저 어떤 위험이 도사리고 있지나 않은지 알아보기 위해 사방을 둘러보고 위쪽을 쳐다볼 것이었다. 하지만 그 개는 사람들 근처에서 사는 데 익숙해 있고 아무것도 두려워하지 않는 게 분명했다 — 그것은 그 개가 트랙터 밑에 누워 있는 것만 보아도 분명히 알 수 있었다. 그 새는 날개를 쭉 펴고 잠시 하늘을 떠돌다가 그 개를 향해 뜨뜻하고 푸르죽죽한 배설물을 내갈겼다. 이거나 먹어라! 난 너를 그 정도로밖에 생각 안 한다고! 부란니 예지게이의 소매에 뭔가가 철썩 떨어졌다. 새똥이었다! 이게 도대체 어디서 떨어졌을까? 예지게이는 새똥을 털어내고 나서 하늘을 올려다보았다. 〈이번에도 저 흰꼬리독수리로군. 똑같은 놈인데……. 저놈은 어째서 내 머리 위에서만 맴을 돌지? 도대체 왜 저러나? 꽤 오랫동안 저러고 있었어. 그저 공중에 떠 있기만 하면서.〉 바로 그때 구덩이 밑바닥에서 들려온 꺽다리 에질리바이의 목소리가 그의 생각을 깨뜨렸다.

「좀 봐 주십시오. 예지게이! 충분히 깊이 판 겁니까? 아니면 좀 더 파야 할까요?」

예지게이가 침울한 표정으로 무덤 가장자리에서 몸을 굽혔다.

「그쪽 구석으로 가봐.」 그가 꺽다리 에질리바이에게 말했다. 「그리고 깔리벡, 자네는 잠시 비켜 봐. 고맙네. 그래, 깊이는 그 정도면 딱 됐어. 하지만, 에질리바이, 광(壙)이 좀 더 넓어야겠는걸. 여유가 좀 있어야 하니까.」

그렇게 조언을 하고 나서 부란니 예지게이는 조그만 물 깡통을 집어 들고 굴착기 뒤로 가서 기도를 하기 전의 관습에 따라 세정식을 거행했다. 비록 그들이 까잔갑을 아나-베이뜨에 묻을 수는 없었어도 그의 영혼은 이제 어느 정도 안정이 되었다. 적어도 그들은 시신을 묻지 않은 채 다시 집으로 모셔 가는 치욕만큼은 피한 것이다. 그러나 만일 예지게이가 그처럼 단호하지 않았더라면 시신을 다시 모셔 갈 수밖에 없었다. 이제 그들은 해가 떨어질 무렵까지 보란리-부란니로 돌아가기 위해서 시간이 늦지 않게 그 일을 마쳐야 했다. 물론, 집에 남아 있는 사람들은 그들이 어째서 그렇게 늦어질까 하고 궁금해하며 기다리고 걱정을 하고 있을 것이다. 그들은 늦어도 6시까지는 돌아오겠다고 약속을 했었고 그 시간에 밤샘이 시작될 예정이었다. 그러나 시간은 이미 4시 반이었다. 아직도 매장을 끝내야 하고 그다음에는 집까지 가야 하는데, 아무리 빨리 간다고 해도 두 시간은 걸릴 것이다. 그러나 서둘기 위해 매장 의식을 단축한다는 것은 옳은 처사가 못 되었다. 늦더라도 그들은 바로 그날 밤에 고인을 기억하게 될 것이다. 급히 서두를 이유라고는 없었다.

세정식이 끝나자 예지게이는 좀 더 편안한 기분이 되었고 마지막 의식을 치를 준비가 되었다. 깡통에 다시 코르크 마개를 끼우고 나서 그가 엄숙한 표정으로 수염과 구레나룻을 쓰다듬으며 굴착기 뒤에서 나타났다.

「사비찬, 자네는 고인의 아들이니까 내 왼쪽에 서게. 그리고 자네들 넷은 시신을 무덤가로 모셔 와서 머리가 서쪽으로 향하도록 놓게.」 그가 근엄한 목소리로 지시했다. 그리고 그 일이 끝나자 다시 입을 열었다. 「이제 우리 모두 메카를 향해, 신성한 카바를 향해 서야 하네. 손을 앞으로 펼치고 신을 생각하게. 그래야 우리의 말과 생각이 이 순간에 그분께 들릴 수 있으니까.」

어쩌면 이상하게 생각될지는 몰라도, 예지게이는 뒤에서 낄낄대는 소리나 투덜거리는 소리를 듣지 못했다. 사실 그는 뒤에 있는 사람들에게서 이런 소리를 듣게 될까 봐 무서웠다. 「그만둬요, 그래 봤자 다 쓸데없는 짓이라고요! 아저씨가 무슨 신자라도 됩니까? 고인을 빨리 묻고 나서 집으로 돌아가는 편이 더 낫다고요!」

예지게이는 앉아서가 아니라 의연하게 서서 기도문을 외기로 작정했다. 회교 의식을 아는 사람들로부터 그 종교가 유래한 아랍 지방에서는 사람들이 묘지에서만큼은 똑바로 서서 기도한다는 말을 들은 적이 있기 때문이었다. 어쨌든 그게 사실이건 아니건, 예지게이는 그의 머리가 되도록 하늘에 가깝기를 바랐다.

의식을 시작하기에 앞서 예지게이는, 사람들이 우연히 태어났다가 변함없는 낮과 밤의 순환과 더불어 사라져 가는 세상의 창조주에게 절을 하면서 오른쪽과 왼쪽, 그리고 땅과 하늘을 향해 고개를 돌렸고 그러다 한 번 더 눈앞에 떠 있는 흰꼬리독수리를 보았다. 그 새는 날개를 움직여 나선형으로 선회를 하는 중에 점점 더 고도를 높여 가며 미끄러지듯 하늘을 날고 있었다. 그러나 예지게이는 그 새로 인해 내면적인 평정이 흐트러졌던 것이 아니라 그와는 반대로 좀 더 쉽게 고매한 생각들에 마음을 집중시킬 수 있었다. 그들 앞으로 입을 딱 벌린 구덩이 가장자리에는 하얀 천에 싸인 까잔갑의 시신이 널빤지 위에 누워 있었다. 낮은 목소리로 장례식의 기도문, 이 세상이 끝날 때까지 내내 쓰이게 될 기도문들을 암송하면서 예지게이는 태곳적부터 인간의 피할 수 없는 운명을 서술한 말들을 되뇌었다. 그 말들은 몇 살까지 살았건 모든 사람들에게 똑같은 의미를 지녔고 아직 태어나지 않은 사람들에게도 똑같이 적용될 것이었다. 선지자들의 손으로 만들어져 전해 내려온 삶의 모든 규범을 포용하는 그 기도문을 외면서 부란니 예지게이는 또한 그의 마음속 깊은 곳으로부터 우러난 그 자신의 생각과 개인적인 경험으로 젊은 사람들을 깨우쳐 주고 싶었다. 인간은 아무 의미 없이 이 세상에 왔다 가지는 않을 것이다.

「신이시여, 제가 지혜의 책들로부터 선조님들의 말씀을 따라 되풀이한 기도문들을 들으셨다면 제 말씀도 들어주십시오. 그 두 가지가 서로 상치되지는 않을 것입니다.

저희는 여기 말라꿈지샵 낭떠러지에 까잔갑의 무덤 곁에,

금지되지 않은 황량한 장소에 서 있습니다. 고인이 자신을 묻어 달라고 부탁했던 묘지에 그를 매장할 수 없었기 때문입니다. 하늘에 떠 있는 저 새가 우리를, 손을 벌리고 까잔갑에게 작별을 고하며 여기에 서 있는 우리를 내려다보고 있습니다. 아아, 위대한 분이시여, 만일 당신이 존재하신다면 우리를 용서하시고 당신의 자비로우심으로 까잔갑이 여기에 묻히도록 허락해 주십시오. 그리고 만일 고인에게 그럴 만한 자격이 있다면 그의 영혼이 언제까지고 평안하도록 허락하십시오. 이제 저희가 해야 할 일은 다 했습니다. 이제 나머지는 당신께 맡깁니다. 그리고 이런 기회에 당신께 말씀드리오니, 제가 아직 살아 있고 생각할 힘이 있을 때 제 말을 들어주십시오. 사람들은 당신께 동정과 도움과 보호만을 청할 줄 아는 것이 분명합니다. 사람들은 당신께 너무도 많은 것을 기대하며 ― 또 그들이 옳건 그르건 경우를 가리지 않습니다. 심지어는 살인자라도 마음속으로 당신께서 자기를 보호해 주시길 원합니다. 그리고 당신은 내내 말이 없으십니다. 저희가 뭐라 할 수 있겠습니까? 저희는 그저 인간일 뿐입니다. 저희가 생각하기에는, 특히 사정이 어려울 때는, 당신께서 오직 도움을 주실 목적으로 거기, 하늘에 계신 것 같습니다. 저희의 기도가 끝이 없으나, 당신께서 분명히 힘겨우시리라는 것, 저는 이해할 수 있습니다. 그리고 당신께서는 유일한 신이십니다. 하지만 저는 아무것도 요구하지 않겠습니다. 저는 그저 제가 생각하고 있는 것을 말씀드리겠습니다.

저는 나이만-아나가 편히 잠들어 있는 우리의 소중한 묘지가 이제 더 이상 가까이할 수 없게 되었기에 마음이 산산이 부서졌습니다. 그래서 저는 제 동료가 여기 이 말라꿈지 샵에, 한때 나이만-아나가 거닐었던 이곳에 묻히기를 바랍니다. 이제 우리가 흙에 맡기려 하는 이 까잔갑 옆에 저도 누울 수 있도록 허락해 주십시오. 사후에 영혼이 다른 어떤 생물에게로 옮겨진다는 것이 사실이라면 제가 어째서 한 마리 개미가 되어야 합니까? 저는 흰꼬리독수리가 되어 저기 하늘에 떠 있는 저 새처럼 사로제끄 위를 날아다니며 제가 원하는 만큼 높은 곳에서 제 땅을 내려다볼 수 있기를 바랍니다. 그것뿐입니다.

이제 저는 제 유언을 말씀드리겠습니다. 저와 함께 여기로 온 젊은이들에게 말하겠습니다. 저는 이 사람들에게 저를 이곳에 묻을 의무를 주겠습니다. 다만 저는 누가 제 시신 위에서 기도문을 읽을지 알 수 없습니다. 이들은 신을 믿지 않고 기도문도 한 줄 모릅니다. 아무도 알지 못하고 또 과연 신이 계신지 알려고도 하지 않습니다. 어떤 사람들은 있다고 하고 다른 사람들은 없다고 합니다. 저는 당신이 계신다고, 그리고 제가 기도를 드림으로써 당신께로 갈 때면 당신이 제 생각 속에 계신다고 믿고 싶습니다. 사실 저는 제게 생각하는 재능이 주어진 그런 때 당신을 통하여 제 자신에게 이야기합니다. 마치 당신께서, 창조주께서 당신 스스로 제 이런 생각들을 생각하시는 것처럼 말입니다. 여기에 문제의 본질이 놓여 있습니다. 그러나 이 젊은이들은 그것을 알지 못하고 기도를 경멸합니다. 하지만 이들은 죽음을 맞는 숭고한 순간에 그들 자신을 위해서, 그리고 다른 사람들을 위해서 무슨 말을 할 수 있겠습니까? 저는 이 사람들을 긍휼히 여깁니다. 만일 사람들이, 각자가 신처럼 여겨지도록 생각을 불러일으킬 방법이 없다면, 이들이 어떻게 자기네들의 가장 깊고 비밀스러운 인간성을 알 수 있겠습니까?

제 불경함을 용서하십시오.

이 사람들 누구도 신이 될 수는 없습니다. 그렇게 된다면 당신께서 존재하지 않게 될 테니까요. 그러나 만일 어떤 사람이 당신께서 사람들을 위해 싸우셔야 하듯, 마음속으로 은밀히 다른 사람들을 위해 싸우는 신이라고 상상할 수 없다면, 그때도 당신께서는, 신께서는, 존재하실 수 없게 됩니다……. 그리고 저는 당신이 사라지기를 바라지 않습니다.

그것이 제 끈질긴 요구이며 제 슬픈 이야기입니다. 그러나 제 말이 틀렸다 할지라도 용서하십시오. 저는 그저 한 인간일 뿐입니다. 저는 제가 할 수 있는 한 최선을 다해 생각하고 있습니다. 이제 저는 신성한 책들에 적힌 말들로 기도를 마치고 장례를 마무리지으려 합니다. 이 일을 하는 저희들에게 축복을 내려 주시기를……」

「……아멘.」

부란니 예지게이는 기도를 마치고 깊은 부러움이 담긴 눈으로 말없이 한 번 더 독수리를 쳐다보았다. 그러고는 자기 옆에 서 있는 젊은이들의 얼굴을 둘러보았다. 방금 전 그는 신에게 그들에 대한 자기의 생각을 말했다. 이제 신과의 대화는 끝났다. 그의 앞에는 그와 함께 거기까지 왔고 이제는 마침내 길게 끌었던 장례식을 마쳐야 할 다섯 남자들이 서 있었다.

「이렇게 하는 걸세.」 그가 말했다. 「기도에서 해야 할 말을 나는 자네들을 대신해서 한 거야. 자, 이제 시작하자고.」

훈장들이 위로 가도록 상의를 벗어 놓고 나서 부란니 예지게이는 구덩이 안으로 내려갔다. 껑다리 에질리바이가 그를 받쳐 주었다. 사비찬은 고인의 아들로서 고개를 숙여 슬픔을 표하며 한옆에 서 있었다. 나머지 세 사람 — 깔리벡, 쭈마갈리, 그리고 술주정뱅이 사위 — 이 널빤지에서 시신을 들어 올려 그것을 구덩이 안에 있는 예지게이와 껑다리 에질리바이에게 내려 주었다.

〈이제 헤어질 시간이 다가왔군.〉 부란늬 예지게이는 까잔갑의 시신을 그의 마지막 영원한 안식처, 땅속 깊이 판 광 속으로 내리며 생각했다. 〈그렇게 오랫동안 당신의 안식처를 찾을 수 없었던 우리들을 용서해 주십시오. 우린 하루 종일 왔다 갔다 했습니다. 그래서 그렇게 된 거라고요. 우리가 당신을 아나-베이뜨에 묻지 못하는 건 우리 잘못이 아닙니다. 하지만 내가 그걸 그대로 놓아둘 거라고는 생각하지 마십시오. 난 필요하다면 어디든지 갈 겁니다. 내가 살아 있는 한 가만히 있지는 않을 겁니다. 나는 사람들에게 얘기를 할 거고 그러면 당신은 무덤에서 평화롭게 누워 계실 수 있을 겁니다. 세상은 넓고 끝이 없지만 당신이 보시다시피 당신 자리는, 한 길 아래 땅속으로 여기가 됐습니다. 하지만 당신은 여기서도 외롭진 않을 겁니다. 얼마 안 있으면 나도 여기로 올 거니까요, 까잔갑! 그저 잠시만 기다리십시오. 아무런 의심도 하지 마시고 내게 불행한 일이 생기지 않고 이대로 살다가 죽는다면 나도 이리로 올 거고 우린 또다시 같이 있게 될 겁니다. 그리고 우린 다시 함께 사로제끄의 흙으로 돌아가겠지요. 다만 우리가 거기에 대해서 모른다는 것뿐입니다. 사람들은 다만 살아 있을 때의 일밖에 모르니까요. 그래서 나는 당신한테 얘기하는 것처럼 하고 있지만 정말로는 나 자신에게 얘기하고 있는 겁니다. 당신은 이제 세상에 없습니다. 그러니까 우리는 현실에서 무(無)로 돌아가는 거지요. 그런데도 기차들은 사로제끄를 지나 달릴 거고 다른 사람들이 우리 자리를 대신 차지할 겁니다······.〉

그 대목에서 예지게이는 더 이상 자신을 억제하지 못하고 울음을 터뜨렸다. 보란리-부란늬 간이역에서 그 오랜 세월을 살아오는 중에 일어났던 모든 일들, 그 오랜 기간에 걸쳤던 엄청난 노력들, 그가 겪었던 모든 고통과 어려움과 기쁨들, 그 모든 것들이 매장을 하는 단 몇 분 동안에 몇 마디 작별의 말로 표현되어야 했다. 한 인간에게 얼마나 많은 것들이, 그러나 또 얼마나 적은 것들이 주어졌던가!

「자네 들었겠지, 에질리바이?」 좁은 공간에서 에질리바이와 어깨가 맞닿았을 때 예지게이가 물었다. 「자넨 내가 이분 곁에 있게 되도록 나를 여기다 묻어야 되네. 그리고 자네 손으로 나를 여기에다 내려 놓고, 내가 편히 쉴 수 있도록 우리가 오늘 했던 것하고 같은 일을 모두 다 해주게. 그러겠다고 약속해 주겠나?」

「그만두십쇼, 예지께, 그 얘기는 나중에 하시지요. 자, 이제 신의 환한 빛 속으로 나가십쇼. 여기 일은 제가 마무리할 테니까요. 진정하시고, 예지께, 올라가세요! 그렇게 슬퍼하지 마시고요!」

부란니 예지게이는 눈물에 젖어 흙투성이가 된 얼굴로 무덤에서 기어 나왔다. 다른 사람들이 눈물을 흘리고 몇 마디 위로의 말을 하면서 손을 뻗어 그를 끌어올렸다. 깔리벡은 노인이 얼굴을 씻을 수 있도록 물을 한 깡통 가져다주었다.

그런 다음에 그들은 흙더미 아래로 내려와서 바람을 등지고 무덤에 흙을 퍼 넣기 시작했다. 처음엔 그들은 삽을 사용했고 다음에는 쭈마갈리가 운전석에 올라타고서 불도저의 굴착삽을 써서 흙을 퍼 옮겼다.

그리고 마지막에는 다시 삽을 집어 들고 무덤에 봉분을 만들었다.

흰꼬리독수리는 아직도 아래쪽에서 피어오르는 흙먼지를 지켜보며 그들 위에 떠 있었다. 분명히 이 한 떼의 사람들은 말라꿈지샵 낭떠러지에서 뭔가 몹시 이상한 일을 하고 있었다. 그 새는 구덩이가 있던 자리에 새로운 흙더미가 쌓아 올려지기 시작하자 그들 사이에서 벌어지는 별난 행동을 눈여겨보았다. 녹슨 빛깔을 한 개는 이제 기지개를 펴고 트레일러 밑의 그 자리에서 나와 사람들 사이를 돌아다니고 있었다. 저놈이 바라는 게 뭘까? 장식 술들이 달린 양탄자 같은 천으로 장식된 늙은 낙타만이 꼼짝도 하지 않고 앉아서 끊임없이 턱을 움직이며 되새김질을 하고 있었다.

이제 사람들은 떠날 준비가 된 것 같았다. 그러나 아직도 그들 중의 한 사람, 그러니까 낙타 주인은 손으로 얼굴을 훔쳤고 다른 사람들도 똑같은 짓을 했다.

시간은 그들 편이 아니었다. 부란니 예지게이가 강렬한 눈길로 젊은 사람들을 하나하나 둘러보고 나서 입을 열었다.
「이제 다 됐군. 까잔갑은 좋은 분이셨지?」

「좋은 분이셨지요.」 그들이 대답했다.

「그분은 누구에게라도 빚을 진 게 아닌가? 여기 그분의 아들이 있으니, 이 사람이 아버지의 빚을 떠맡도록 하게.」

처음에는 아무도 대답을 하지 않다가 깔리벡이 그들 모두를 대신해서 말했다.

「아뇨, 그분은 누구에게도 빚이 없습니다.」

「그렇다면 사비찬, 자네는 까잔갑의 아들로 뭐라고 할 텐가?」 예지게이가 그에게 직접 대고 물었다.

「여러분 모두에게 감사합니다.」 대답은 간단했다.

「자, 그러면 이제 집으로 돌아가십시다!」 쭈마갈리가 서둘렀다.

「잠깐만, 할 말이 꼭 한마디 더 있어.」 부란니 예지게이가 그를 막아 세웠다. 「나는 여기 우리들 중에서 나이가 가장 많네. 그러니 내 자네들 모두에게 부탁할 게 하나 있어. 만일 내게 무슨 일이 생긴다면 나를 여기에다 까잔갑과 나란히 묻어주게. 내 말 들었나? 그게 내 바람일세. 자네들은 그걸 알아둬야 돼.」

「일이 어떻게 될지는 아무도 모릅니다, 예지께! 왜 벌써부터 그런 걸 생각하십니까?」 깔리벡이 물었다.

「언제 얘기해도 마찬가질세.」 예지게이는 굽히지 않았다. 「난 그 말을 하고 싶은 거고 자네들은 내 말을 들어주면 되는 걸세. 그런 일이 생기게 되면 그때는 내가 그렇게 원했다는 걸 기억해 주게.」

「그보다 더 큰 바람이 어디 있겠습니까? 그럼 지금 당장 그 소원을 들어드릴까요?」 껑다리 에질리바이가 긴장된 분위기를 풀려고 농담을 던졌다.

「웃지 말게.」 예지게이가 당황해서 말을 받았다. 「난 진담으로 하는 얘길세.」

「기억하겠습니다. 예지께.」 껑다리 에질리바이가 달래듯이 말했다. 「만약, 무슨 일이 생긴다면 원하시는 대로 해드리겠습니다. 걱정하지 마십쇼.」

「그게 바로 지지뜨다운 얘길세.」 예지게이가 말했다. 그의 목소리에 만족한 기색이 배어 있었다.

이제 트랙터들은 방향을 돌려 낭떠러지를 내려가기 시작했다. 고삐 끈을 쥐고 까라나르를 잡아끌면서 부러니 예지게이는 트랙터들이 아래쪽 평지에 닿을 때까지 사비찬과 나란히 걸어 내려왔다.

그는 사비찬과 단둘이서 마음을 몹시 불안케 하는 어떤 일에 대해서 이야기를 해보고 싶었다.

「이보게, 사비찬, 이제 우리는 할 일을 다 마쳤네만 자네한테 하고 싶은 말이 한 가지 있어. 우리 묘지, 그러니까 아나-베이뜨에 대해서는 어떻게 했으면 좋겠나?」

「이제 와서 뭘 어쩔 수 있겠습니까? 괜한 걱정 하지 마십쇼.」 사비찬이 대답했다. 「계획은 계획입니다. 그 사람들은 계획에 따라 거길 모두 평평하게 고를 겁니다. 그렇게밖엔 할 말이 없군요.」

「내 말은 그게 아니야. 그런 식으로 이 일에서 손을 싹 씻을 수도 있겠지. 하지만 자넨 여기서 태어났고 여기서 자랐어. 자네 아버님이 자넬 여기서 키웠네. 그리고 이제 우리는 그분을 묻었어. 하지만 그 무덤이 허허벌판에 있으니 — 한 가지 위안은 여기가 그분 고향이라는 거지만. 자네는 배운 사람이고 시당(市黨) 중앙에서 일하고 있으니까, 거기 있는 사람들에게 얘기해 볼 수 있을 걸세. 자네는 책도 많이 읽었고 하니까……」

「그게 무슨 말씀입니까?」 사비찬이 물었다.

「요점은 내가 그 사람들하고 얘기를 해보도록 자네가 좀 거들어 주면 된다는 걸세. 너무 늦기 전에, 할 수 있다면 내일이라도 우리가 그 지역 사령관이나 아니면 누구든 아주 높은 어떤 사람을 같이 찾아가 보면 어떨까 해서. 아나-베이뜨 묘지가 평평하게 골라져서는 안 돼. 그게 요점일세.」

「하지만 그건 모두 옛 전설입니다. 예지께. 여기서, 그러니까 우주선 발사 기지에서 전 세계적, 우주적 문제들이 결정되는 판인데 우리가 가서 어떤 옛 묘지에 대해 불평을 하다니요! 그런 얘길 누가 듣겠습니까? 그 사람들에겐 그건 단지 헛소리일 뿐입니다. 그리고 어쨌건 그 사람들은 우리를 들여보내 주려고도 하지 않을 겁니다.」

「우리가 그러려고 애쓰지 않는다면 그 사람들은 물론 우리를 들여보내 주려고 하지 않겠지. 하지만 우리가 요구한다면 그때는 들여보내 줄 걸세. 그리고 만일 안 된다면 적어도 책임을 진 사람이 나와서 우리를 만나 주겠지. 그 사람이 무슨 산도 아니고, 일어나서 걸을 수는 있을 테니까.」

사비찬이 몹시 짜증스러운 눈길로 예지게이를 쳐다보았다.

「그대로 두십쇼, 아저씨. 그래 봤자 소용없는 일이니까요. 제 도움일랑 기대하지 마십쇼. 저는 조금도 관심 없습니다.」

「자네가 할 말은 결국 그것뿐이구먼! 얘기는 끝났다! 그저 전설이다!」

「무슨 생각을 하시는 거죠? 제가 아저씨 말대로 뛰어 돌아다녀야 한다고요? 도대체 뭣 때문에요? 제게는 가족이 있고 아이들이 있고 일이 있습니다. 제가 왜 맞바람을 안고 오줌을 눠야 합니까? 그 사람들이 우리 상관에게 전화를 걸어서 제 목을 날려 버리라고 그러게요? 저는 관두겠습니다!」

「그놈의 〈관두겠다〉 소리가 입에 발렸군!」 부라니 예지게이가 그렇게 내뱉고 나서 거칠게 덧붙였다. 「모가지가 잘린다고? 네놈은 그렇게 당해도 싸!」

「아저씨라면 얼마든지 그럴 수 있겠죠. 아저씨가 누굽니까, 아무도 아니잖습니까? 하지만 우리는 제1인자를 쫓아다녀야 합니다. 그래야 우리 입에도 단것이 들어오니까요. 아저씨 마음대로 뭐라고 해도 좋지만 저한테서는 어떤 도움도 기대하지 마십쇼!」

「걱정 마라! 안 할 테니까. 내가 할 말은 이것뿐이야. 우린 밤샘만 하고 나면 다시는 네놈 꼴 보지 않게 해달라고 빌겠어!」

「그렇게 될 겁니다!」 사비찬이 얼굴을 찡그렸다.

그렇게 떨떠름하게 그들은 헤어졌다. 부라니 예지게이가 낙타에 올라타는 동안 트랙터 운전사들이 엔진에 시동을 걸어 놓은 채 그를 기다렸다. 그러나 예지게이는 그들에게 자기를 기다릴 것이 아니라 집에서 사람들이 밤샘이 시작되기를 기다리고 있을 테니까, 될 수 있는 대로 빨리 앞질러 가라고 시켰다. 그는 자기만이 아는 길을 따라서 혼자 돌아갈 것이었다 — 그는 낙타를 타고서라면 어디든지 갈 수 있었다.

트랙터들이 덜컹대며 가버린 뒤에 예지게이는 이제부터 무엇을 할 것인지를 생각하면서 오랫동안 거기에 머물러 있었다. 이제 그는 사로제끄 한복판에서 완전히 고립된 채 혼자였다 — 처음엔 출발하는 트랙터들을 뒤따라 달려갔다가 다음에는 제 주인이 그들과 함께 가지 않는 것을 알아차리고 되돌아온 충직한 개 졸바르스를 셈에 넣지 않는다면 그랬다. 그러나 예지게이는 그 개에게 아무런 관심도 보이지 않았다. 만일 그 개가 집으로 가버렸다고 해도 그는 여전히 그런 사실을 알아차리지 못했을 것이었다. 그는 다른 일에 온 정신이 다 쏠려 있었다. 세상은 친절하지가 못했다. 아무리 애를 써도 그는 사비찬과 이야기를 주고받은 뒤에 가슴속에서 불타오르는 고통을 억누를 수 없었고 그로 인해 생겨난 지독한 공허감을 삭일 수도 없었다. 그의 내면에서 이는 이 지독한 고통이 마치 거대한 공허, 단지 냉기와 안개만이 있는 계곡처럼 느껴졌다. 예지게이는 이제 자기가 그런 이야기를 꺼냈던 것이 몹시 후회스러웠다. 그것은 순전히 헛수고였다. 사비찬이 언제 단 한 번이라도 도움을 주고 충고를 해줄 만한 가치가 있는 사람이었던 적이 있는가? 그는 사비찬이 그래 줄 수 있을지도 모른다고 기대했었다. 어쨌건 사비찬은 배운 사람이니까. 권한이 있는 사람들과 얘기를 해보기가 좀 더 수월할 것이었다. 그러나 그 모든 과정과 학교를 다 거치면서 배운 결과라는 게 어떤 것인가! 어쩌면 그는 바로 그 배움 때문에 그렇게 되어 버린 것이 아닐까? 어쩌면 어딘가에 악마처럼 표독한 성질을 가진 어떤 사람이 있어서 사비찬이 다른 어떤, 좀 더 교양이 있는 사람이 아니라 지금 현재의 사비찬이 되도록 일부러 그렇게 부추겼던 것은 아닐까? 사비찬도 사비찬이려니와 라디오로 조종되는 사람들이니 어쩌고 하는 헛소리는 또 어떻고! 그런 시기가 오고 있다고 그는 말했다! 그렇다면 정말 큰일이다! 그런데 만일 보이지 않는 전능한 사람들이 벌써 그들을 무선으로 조종하고 있다면?

예지게이 노인은 그런 것들에 대해서 생각을 하면 할수록 점점 더 화가 나고 속이 상했다.

〈네놈은 만꾸르뜨야! 진짜 만꾸르뜨야!〉 그는 사비찬을 한편으로는 증오했고 또 한편으로는 동정하면서 마음속으로 그렇게 말했다.

그러나 예지게이는 그 일을 그대로 놓아두지는 않을 작정이었다. 그는 자기가 뭔가를 하고 어떤 조치든 취해야 하며 그저 고분고분하게 복종해서는 안 된다는 것을 알고 있었다. 그는 또 만일 그 일을 지금 포기하면 자기 눈에는 그것이 패배로 비치리라는 것도 알고 있었다. 하지만 그는 자기가 그날 벌어졌던 사건에 대해 뭔가를 해야 한다는 것을 알고 있으면서도 어떤 행동부터 취해야 할지 정확히 알 수 없었다. 그는 어디서부터 시작해야 할 것이며 또 아나-베이뜨 묘지에 대한 그의 관심이 정말로, 명령을 철회시킬 힘이 있는 사람들의 관심을 끌게 되리라고 어떻게 보장할 수 있을까? 그가 품고 있는 생각이 그들의 마음에 가 닿아서 그들을 납득시키고 그들의 생각을 효과적으로 바꿀 수 있을까?

그런 생각에 깊이 잠긴 채 예지게이는 까라나르에 올라탄 채 주위를 둘러보았다. 온 사방이 고요한 스텝이었다. 이른 저녁의 어스름이 벌써 말라꿈지샵 낭떠러지의 붉은 모래 위를 기어오고 있었다. 트랙터들은 벌써 오래전에 멀리로 사라져 이제는 소리도 들리지 않았다. 젊은이들은 덜컹대며 가버렸다.

도리를 아는 마지막 사람, 가슴속에 사로제끄의 역사를 간직한 마지막 사람인 까잔갑 노인은 이제 그 낭떠러지 위에서, 광대한 스텝의 한복판에 있는 외로운 무덤의 새로 만들어진 봉분 밑에 누워 있었다. 예지게이는 마음속으로 그 봉분이 차츰차츰 가라앉고 침식되어 마침내는 사로제끄의 향쑥으로 뒤덮여 가는 장면을 그려보았다. 이제 곧 그 무덤은 있던 자리를 알아내기가 점점 더 어렵게, 불가능하게 될 것이었다. 아무도 세상이 다하는 날까지 살 수는 없으며 누구도 그것을 피할 수 없는 것이다…….

태양이 그날의 마지막을 향해 가라앉으며 그 거대한 덩어리가 천천히 지평선 쪽으로 점점 더 기울어지고 있었다. 지는 해의 빛깔이 분마다 바뀌어 갔고, 그러는 사이 어둠이 슬금슬금 기어들어 초저녁의 푸르스름한 빛과 함께 훤히 밝혀진 황금빛 하늘로 스며들고 있었다.

자기의 입장을 곰곰이 생각해 본 뒤에 부란니 예지게이는 금지 구역의 입구에 있는 차단기 쪽으로 되돌아가야겠다고 작정했다. 그는 달리 행동할 방법을 생각할 수 없었다. 이제 매장이 끝났으므로 그는 누구에게도 구애받지 않고 그 자신의 힘 — 자연과 경험에 의해 그에게 주어진 힘 — 에 충분히 의지할 수 있었으며 이제는 그 자신의 책임하에서 필요하다고 생각되는 무슨 일이라도 다 할 수 있었다. 그의 첫 번째 목표는 경비병들로 하여금, 필요하다면 감시하에, 그를 금지 구역의 상급자에게로 데려가도록 하거나 그것이 불가능하다면 상급 지휘관을 차단기가 있는 곳으로 오게 해서 그, 즉 부라니 예지게이의 말을 들어주도록 하는 것이었다.

그러면 그는 자기가 하고 싶은 모든 말을 높은 사람 앞에서 직접 할 수 있을 것이었다…….

마음속으로 그런 계획을 짠 뒤에 그는 지체 없이 그 계획을 까잔갑의 장례식과 관련된 그 너무도 고통스러운 이야기를 직접적인 불평의 근거로 삼아, 실행에 옮기기로 작정했다. 그는 검문소에서 단호하고 끈질기게, 안으로 들어가서 높은 사람과 만나게 해줄 것을 요구하기로 단단히 결심했다. 보초에게 자기는 계급이 높은 장교 — 그저 딴지끄바예프 같은 장교가 아니라 고급 장교 — 가 그리로 나와 자기의 말을 들어줄 때까지는 목적을 달성하기 위해 물러서지 않으리라는 점을 분명히 해두겠다고…….

그 마지막 생각이 그의 결심을 굳혀 주었다. 〈자, 간다! 개한테 주인이 있다면 늑대에게는 신이 있어!〉 그렇게 용기를 북돋우고 새로운 자신감에 차서 그는 까라나르를 채찍질하며 검문소를 향해 출발했다. 그러는 사이에 해가 떨어져서 날이 급속히 어두워지기 시작했다. 이제 차단기까지는 반 킬로미터밖에 남지 않았고 앞쪽에서 그는 이미 검문소 주위에 있는 불빛들을 볼 수 있었다. 예지게이는 경비병에게로 가까이 가기 전에 낙타에서 내리기로 작정했다. 낙타 없이 가는 편이 더 나을 것 같아서였다. 그 짐승은 기껏 방해가 될 뿐이었다. 어떤 장교가 나서서 무슨 이유로 왔는지도 알아보려고 하지 않고 〈여기서 그 낙타하고 같이 물러나시오. 도대체 어디서 불쑥 나타난 겁니까? 아무도 당신을 받아들일 수 없습니다!〉 하면서 딱딱거리기라도 한다면? 그리고 또 어쩌면 검문소 안으로 들어가는 것마저 거절당할지도 몰랐다. 그러나 예지게이가 낙타를 뒤에 남겨 놓은 가장 중요한 이유는 그 일이 얼마나 오래 걸릴지, 결과를 얻기까지 얼마나 오래 기다려야 할지를 몰랐기 때문이었다. 까라나르를 남겨 놓은 채 걸어가는 편이, 그래서 그사이에 까라나르가 풀을 뜯을 수 있도록 스텝을 돌아다니게 하는 편이 더 나았다.

「넌 여기서 좀 기다려라. 난 가서 내가 할 수 있는 일이 뭔지 알아 볼 테니까.」 예지게이는 그 말을 까라나르에게 하기는 했어도, 그보다는 오히려 자기 자신에게 한 말이었다.

그는 우선 낙타를 땅에 앉혀야 했다. 안장 가방에서 끈을 꺼내 낙타의 다리를 묶어야 했기 때문이었다.

예지게이가 어둠 속에서 낙타의 다리를 묶느라 바쁜 동안 온 주위가 너무도 조용하고 그처럼 형언할 수 없는 정적이 깔려서, 그는 자신의 숨소리와 허공에서 곤충들이 찍찍대고 윙윙거리는 소리까지도 들을 수 있었다. 머리 위에서 무수한 별들이 빛나고 있었다 — 그 별들은 마치 별안간에 맑은 하늘에 나타난 것 같았다. 이제 바야흐로 무슨 일이 일어나려는 것처럼 온 주위가 쥐 죽은 듯 고요했다.

사로제끄의 정적에 익숙해진 졸바르스마저도 무슨 이유에선지 몹시 불안해하면서 낑낑거리고 있었다. 이런 정적 속에서 무엇이 그 개를 두렵게 할 수 있을까?

「무슨 짓을 하는 거야? 어째서 내 발밑으로 기어들고 그러지?」 예지게이가 화난 소리를 꾸짖었다. 그러고는 생각했다. 이놈은 어떻게 해야 될까? 한동안 그는 손으로 낙타의 족쇄를 점검하면서 생각을 해보았다. 개를 어떻게 해야 되나? 졸바르스가 그를 따라오리라는 것은 분명했다. 쫓아버린대도 다시 돌아올 것이다. 불만을 토로하고 요청을 하러 갈 때 개를 데리고 나타난다면 그것은 꽤나 우스운 꼴이 될 것이다.

그들은 예지게이가 입을 열기도 전에 속으로 웃으며 이런 생각을 할 것이다. 〈저 늙은이가 자기 권리를 지키겠다고 오는군. 개 한 마리만 달랑 데리고 말이야!〉 졸바르스가 따라오지 못하게 하는 편이 더 나았다. 그래서 예지게이는 기다란 고삐 끈으로 개를 낙타의 마구에다 묶기로 했다. 떠나 있는 동안 개하고 낙타를 한 끈에 묶어 두자. 그는 개를 불렀다.
「졸바르스! 졸바르스, 이리 와!」
그러고는 몸을 숙이고서 그 짐승의 목에 끈을 둘렀다.
바로 그 순간 하늘에서 무슨 일이 벌어졌다. 화산이 폭발하는 듯한 요란한 소리가 점점 더 크게 들려오고 있었다. 아주 가까운 곳에서, 우주선 발사 기지 내의 손에 잡힐 듯 가까운 어딘가에서 무시무시한 불꽃이 거대한 폭발을 일으키며 기둥처럼 하늘로 솟아오르고 있었다. 부란니 예지게이는 기겁을 해서 몸을 바짝 웅크렸고 낙타는 소리를 지르며 펄쩍 뛰어올랐다. 그리고 개는 겁에 질려 주인의 발치로 달려들었다.
지구 방위 시스템 후프를 위한 자동화된 작전 로켓들 중 첫 번째 로켓이 발사된 것이었다. 사로제끄 시각으로 정확히 오후 8시, 20시인 시간이었다. 그 첫 번째 로켓에 이어 두 번째 로켓이 솟아올랐고 그 뒤에는 세 번째, 그다음에는 또 다른 로켓이 그러고도 또 다른 것들이……. 그 로켓들은 어느 누구도 지구를 변화시키지 못하도록, 모든 것이 현 상태를 유지하도록 지구 주위로 연속적이고도 적극적인 장벽을 형성하기 위해 깊은 우주 속으로 떠오르고 있었다…….
하늘이 불꽃과 연기로 소용돌이치는 구름 속에서 갈라지며 그들의 머리 위로 무너져 내리는 것 같았다……. 예지게이와 낙타 그리고 개, 그 지극히 단순한 세 동물들은 겁에 질려 정신없이 도망쳤고, 공포에 사로잡힌 채 서로에게서 떨어질까 봐 무서워서 같이 뛰고 있었다. 스텝을 가로지르며 그들은 계속 달렸고 미친 듯이 달리는 그들의 진로는 가차 없고 거대하고 무시무시한 불꽃들로 밝혀졌다.

그러나 아무리 멀리 도망을 쳐도 그들은 마치 제자리에서 뛰고 있는 것 같았다. 그도 그럴 것이, 새로운 폭발이 일 때마다 눈이 멀 듯한 꿰뚫는 빛이 그들을 머리끝부터 발끝까지 뒤덮었고 그들의 온 주위는 산산이 부서지는 불협화음이었다.

그렇게 그들은 달렸다 — 사람과 낙타와 개가 뒤도 돌아보지 않고서. 그런데 갑자기 예지게이에게는 그들 옆에서 불쑥, 옛날에 언젠가 나이만-아나가 만꾸르뜨로 변해 버린 아들이 쏜 화살에 맞아 안장에서 떨어졌을 때, 그녀의 하얀 스카프였던 흰 새가 나타나는 것처럼 보였다. 그 흰 새는 그들 옆을 빠르게 날면서 고막이 터질 듯한 굉음과 눈이 멀 듯한 불빛 속에서 그에게 외치고 있었다.

「네가 누구 아들인지 아니? 네 이름이 뭐지? 네 이름을 기억해 봐! 네 아버지는 도녠바이야, 도녠바이, 도녠바이, 도녠바이, 도녠바이……!」

그 목소리는 그들 주위로 어둠이 내려앉을 때까지 한참이나 들렸다.

며칠 뒤 예지게이의 두 딸 사울레와 샤라빠뜨가 사로제끄의 고매한 노인 까잔갑의 타계를 알리는 전보를 받고서 남편과 아이들을 데리고 끄질-오르다로부터 보란리-부란니를 찾아왔다.

그들은 까잔갑을 추모하고 애도를 표하는 한편 하루 이틀 동안 부모와 함께 지내기 위해서 온 것이었다. 그것은 까잔갑에게 보답하려는 마음이 없더라도 고마운 일이었다.

그들이 기차에서 줄지어 내려 예지게이의 집 문 앞에까지

왔을 때, 그들은 아버지가 집에 없다는 것을 알았다. 그러나 우꾸발라가 서둘러 그들을 맞으러 나왔다. 그러고는 아이들을 껴안고 입을 맞추고 하면서 딸들과 손자들을 보고 기뻐서 어쩔 줄 몰랐다.

「아이구, 하느님도 고마우셔라! 이렇게 모두들 때맞추어 왔구나! 너희 아버지도 기뻐하실 게다. 너희들이 이렇게 다 와주다니, 기특도 하지. 그것도 너희들 모두가 한꺼번에. 너희들 만나서 같이 왔구나. 네 아버지도 기뻐하실 게다.」

「아버지는 어디 계세요?」 샤라빠뜨가 물었다.

「저녁때 돌아오실 게다. 오늘 아침 〈우체통〉으로 가셨어. 그곳 책임자를 만나 보시려고. 하지만 그건 모두 그 양반 일이고. 내 나중에 얘기해 주마. 그런데 너희들 왜 그렇게 서 있니? 이건 너희 집이야, 얘들아.」

여기서 기차들은 끊임없이 서쪽에서 동쪽으로, 동쪽에서 서쪽으로 지나간다.

이곳의 철길 양편에는 널따랗게 펼쳐진 광대한 불모지 — 중앙아시아의 노란 스텝 지대, 사리-오제끼가 놓여 있다.

촐뽄-아따에서,
1979년 12월~1980년 3월

지은이의 말

 우리는 누구나 근면이 인간의 미덕을 판단함에 있어 가장 중요한 척도들 중의 하나가 된다는 것을 알고 있다. 그런데 예지게이 잔젤리진, 또는 그를 아는 사람들이 부르는 대로 하자면 부라니 예지게이는 참으로 지극히 부지런하고 근면한 사람, 즉 〈세상의 소금〉과도 같은 인물이다. 그는 또한 엄밀한 의미에서 보자면 그가 살아가는 시대와 부합하며, 내가 아는 한 그의 전 인격이 시대에 포용된다. 즉, 그는 시대의 산물이다. 그런 이유 때문에, 나로서는 이 소설에서 다루어진 문제점들을 고찰하는 데 있어서 그의 눈, 말하자면 예전에는 전선에서 싸운 병사였다가 이제는 선로 노무자로 있는 사람의 눈을 통해 세상을 보는 일이 꼭 필요했다. 그래서 나는 할 수 있는 한 최선을 다해 그렇게 하려고 노력했다.

 사회주의 리얼리즘의 주된 목적은, 내가 알기로는, 노동자의 이미지를 제시하는 것이다. 그러나 물론 나는 〈열심히 일하는 노동자〉의 의미를 근면하게 땅을 갈고 가축들을 돌보는 〈소박하고 꾸밈없는 사람〉이라는 한 부류에 국한시킬 생각은 추호도 없다. 영원한 것과 현세적인 것 사이의 충돌에서, 열심인 노동자는 그가 독자적인 정신을 지닌 한 개인으로서 자기가 살아가는 시대를 반영하는 만큼, 흥미롭고도 중요하다. 그래서 나는 부란니 예지게이를 이야기의 중심, 즉 내게 관심이 끌리는 문제들의 중심에 두려고 노력했다.

부란니 예지게이는 천성적으로도, 또 그가 종사하고 있는 일의 직종 덕분으로도 열심히 일하는 노동자이다. 그는 근면한 정신을 지닌 사람이며 언제나 자기 스스로 문제점을 제기하고 일을 쉽게 쉽게 풀어가는 데 결코 만족하려고 들지 않는 사람이다. 즉, 그는 다른 사람들 — 양심적인 노동자이기는 하나 근본적으로 게으르고 자기네들이 얻을 수 있는 것을 취함으로써 그럭저럭 살아가는 사람들 — 과는 다르다.

부란니 예지게이와 같이 근면한 정신을 지닌 사람들은 형제애를 나누는 것처럼 보인다. 그들은 언제나 서로를 인식하고 이해할 수 있으며, 만일 이해를 할 수 없다면 적어도 사정을 숙고한다. 그리고 우리의 시대는 그들에게 이전의 어느 세기보다도 더 많은 생각할 문제들을 제공한다. 이미 인간의 기억이라는 실은 지구로부터 우주로 뻗어 나가고 있다.

20세기 후반의 가장 비극적인 모순은 인간의 재능이 무한한데도 그 재능이 제국주의에 기인한 정치적·이념적·인종적 장벽으로 사방에서 제한을 받고 있다는 사실이다. 오늘날 우리는 안전한 우주여행을 보장해 줄 과학적·기술적 능력뿐 아니라 그 여행에 긴히 요구되는 경제적·생태학적 필요성 또한 가지고 있다. 그렇다면 분명히, 국민들 간의 별 이유도 없는 갈등과 군비 경쟁을 위한 물질적 자원 및 정신적 노력의 낭비야말로 인류에 대한 가장 엄청난 죄악이 아닐까? 오늘날에는 단지 국제적인 긴장을 완화시키는 것만도 진보적인 정책으로 간주될 수 있다. 지구에서는 그보다 더 중요한 과업이 없다. 인간이 평화롭게 사는 법을 배우지 못한다면 인류가 멸망하기 때문이다. 상호 불신, 세계적인 긴장 및 대결의 분위기는 장차 인류의 복지에 대한 가장 중대한 잠재적인 위협들 중의 하나가 되는 것이다.

우리는 서로를 이해하고 참을 수 있지만 생각이 똑같을 수는 없다. 왜냐하면 우리들 각자는 그 고유의 인격적 특징을 가진 개개인들이기 때문이다. 인간에게서 특성을 박탈해 버리려는 시도는 고대로부터 현대에 이르기까지 제국주의 및 패권주의를 부르짖는 자들의 주장과 동반되어 왔다.

역사에 대한 감각이라든가 과거에 대한 기억이 없는 사람, 즉 어쩔 수 없이 세상에서의 자기 위치를 재고해야 되고 자기 나라의 국민들과 다른 나라 국민들의 역사적 경험을 박탈당한 사람에게는 조망이 결여되어 있다. 그는 단지 현재를 위해 하루하루를 살아갈 수 있을 뿐이다. 이 점을 명백히 알기 위해서는, 국민들의 의식을 조작하고 복잡 다양한 삶의 양식을 마오쩌둥(毛澤東)의 소위 〈붉은 책〉이라는 책자들에서 따온 인용구들의 범주로 축소시켰던 중국의 문화 혁명을 떠올리기만 하면 된다. 그 시기에, 그 나라 국민들의 옛 전통은 중국 정부의 패권주의적 정책과 충돌했지만 모순되게도 과거에 대한 부정 및 왜곡은 자기만족적으로 과장된 국수주의와 손을 잡았었다. 그리고 그 결과는 고립이었는데, 그 이유는 실제로 존재하거나 또는 비유적인 죽(竹)의 장막 뒤에서만 한 민족이 다른 어느 민족보다도 더 우월하다는 신화가 보존될 수 있었기 때문이다.

이전의 작품들에서와 마찬가지로 여기에서도 나는 앞서 간 세대들로부터 우리에게 전해 내려온 전설과 신화를 원용했으며, 또 그러한 전설 및 신화와 더불어, 내가 문필업에 종사한 이래 최초로, 소설의 부분 부분을 구성하기 위해 공상도 이용했다. 그러나 나로서는 공상이 그 자체로서 어떤 목적을 지닌 것이 결코 아니었으며, 단지 생각을 표현하는 한 방법, 즉 현실을 인식하고 해석하는 한 가지 수단이었다.

물론 이 책에 기술된 사건 — 외계 문명과의 접촉 — 은 절대로 사실적인 기초에 터 잡고 있지 않다. 사로제끄와 네바다의 우주선 발사 기지들은 실제로는 존재하지 않는다. 이 우주와 관련된 이야기는 다만, 잠재적인 위험으로 가득 찬 지구의 현 상황에 대하여 역설적이고 과장된 방식으로 주의를 끌려는 한 가지 목적을 위해 꾸며 낸 것이다.

오늘날의 세계에는 한 가지 이상한 역설이 존재한다. 즉 고대 그리스에서는 올림픽 기간 중에 전쟁이 중단되었었지만 현대의 올림피아드는 몇몇 국가들에 있어서는 냉전을 위한 하나의 구실이 되어 온 것이다.

환상의 의미에 관하여 도스또예프스끼는 자신이 활동하던 시절에 〈예술에서의 환상에는 그 한계와 법칙이 있다. 즉, 환상은 독자들이 그것을 거의 사실로 믿을 수 있을 만큼 현실에 끼어들어야 한다〉고 적었다. 실로 고대의 신화, 고골리, 불가꼬프, 또는 마르케스의 환상적 리얼리즘, 그리고 공상 과학 소설들 — 이 모든 것들은 현실을 다루는 것만큼이나 설득력이 있다. 공상은 현실의 어떤 측면들을 분명하게 밝혀주며 도스또예프스끼가 제시한 〈유희의 법칙들〉을 충실히 따를 경우에는 궁극적인 논리적 결론으로 발전되어 현실의 면면을 보여 준다.

공상은 또한 은유의 사용을 수반하며 그럼으로써 우리가 삶을 새롭고도 예기치 않은 관점에서 볼 수 있도록 해준다. 은유는 특히 현대에 와서 중요해졌는데, 그것은 예전 같으면 공상이었던 분야에서의 과학적·기술적 진보 때문만이 아니라 우리가 살아가고 있는 무상한 세계가 경제적·정치적·이념적·인종적 차이로 가득 차 있기 때문에도 더욱 그러하다.

이 소설에서의 사로제끄라는 은유가 노동자들에게 다시 한 번 더 우리 행성의 운명에 대한 책임감을 일깨워 주길 바라며…….

친기즈 아이뜨마또프의 『백년보다 긴 하루』

카테리나 클라크/황보석 옮김

친기즈 아이뜨마또프의 『백년보다 긴 하루』를 읽는 독자들은 아마도 이 소설이 어떻게 소련에서 출간될 수 있었는지를 궁금하게 여길 것이다. 왜냐하면 이 소설의 중심적인 내용은 결국, 우리가 예상할 수 있는 바와는 달리, 주어진 과업을 더욱 훌륭하게 달성하기 위해서가 아니라 오랜 친구를 까자흐인들의 전통적인 회교 의식에 따라 매장하기 위해 할 수 있는 일을 성의껏 다한 까자호 노동자인 예지게이에 초점이 맞추어져 있기 때문이다. 더구나 예지게이가 보인 행동은 러시아가 중앙아시아를 지배하기 이전으로까지 거슬러 올라가는 민족적 전통들의 부활을 옹호하는 것이 분명한 몇 가지 테마들 중의 하나에 불과하며, SF적 성격을 띤 부차적인 내용 또한 철의 장막이나 베를린 장벽을 공격하는 일종의 풍유로도 볼 수 있다. 즉, 부차적인 내용들을 이야기의 주된 흐름에 연결시키는 상호 관련된 모티프들(더욱 고도로 발달된 외계 문명의 유입을 막기 위해 지구 둘레에 배치한 로켓들의 고리와 사로잡힌 노예들에게서 기억과 자아를 박탈하며 머리통을 죄는 모자들)은 소련의 마인드 컨트롤 내지는 소련 내의 소수 인종 집단과 그들의 문화가 대러시아에 종속되는 과정을 암시한 것일 수도 있다.

어떤 독자들은 아이뜨마또프 그 자신이 『백년보다 긴 하루』가 처음 연재된 『노비 미르(신세계)』지의 편집 위원이었기 때문에 이 소설이 검열을 피해 출간되었다고 생각할지도 모른다. 그러나 사실상 이 소설은 첫눈에 보이는 것처럼 그렇게 이단적인 작품이 아니며, 그보다는 오히려 인쩰리겐찌야와 서구 해설자들의 상상력을 동시에 불러일으킨, 소비에뜨 문학 작품으로서는 드문 예들 중의 하나가 될 것이다.

사실상, 『백년보다 긴 하루』는 출간된 이후로 소비에뜨 문학권에서 지속적으로 인기를 끈 소설이었으며 작가 동맹 위원장인 게오르기 아르꼬프는 1981년에 개최된 제7차 작가 회의에서 이 작품을 최근에 나온 소설들 중에서 가장 탁월한 작품으로 꼽았다. 그 이후로 이 소설은 사회주의 리얼리즘의 규범적인 본보기로 격상되었을 뿐더러, 주인공 예지게이는 소비에뜨 문학에서 몇 안 되는 〈적극적인 영웅들〉의 모델에 오르게까지 되었는데, 일반적으로 보자면 그는 스딸린 사후 그 명단에 오른 유일한 인물이었다.

『백년보다 긴 하루』가 그런 정도로까지 독자들에게 호소력을 미칠 수 있었던 데는 두 가지의 주된 이유가 있다. 그 첫 번째는 이 소설이, 의심할 바 없이 작가가 일부러 그렇게 한 것이겠지만, 고도의 양면 가치를 지니고 있다는 점이다. 그리고 두 번째로 가장 중요한 이유는 시의 적절하다는 점이다. 이 소설은 1980년대 초기에 소련에서 진행되고 있었던 많은 비판적 논쟁들을 극화했는데, 그 시기는 변화기였으며, 브레즈네프의 사망 이전부터도 몇몇 근본 가치와 브레즈네프 통치하에서 유행했던 문학 양상에 대한 재평가가 시작되었던 터였다. 그리고 아이뜨마또프의 소설은 그런 변화들을 고려

하여 오늘날 소비에뜨 러시아인들의 마음을 지극히 잘 사로잡는 몇 가지 문제점들을 제기한다.

공식적인 소비에뜨 문학에서 1970년대 말기와 1980년대 초에 생겨난 가장 두드러진 단일한 변화는 브레즈네프의 재임 기간 동안 문학을 지배해 온 운동인 〈마을 문학*Villiage Prose*〉에 대한 반작용이었다. 〈마을 문학〉이란 그 명칭에서 알 수 있듯이 대개는 시골 생활을 주제로 한 작품들로 이루어져 있다. 그러나 사실상 〈마을 문학〉을 정의하는 것은 배경이나 주제라기보다는 오히려 그 작풍(作風)이며, 대체로 경제적·정치적 위업을 달성하는 초인적 영웅에 대한 숭배라는 소비에뜨 문학의 전통적 성격에 반대하는 입장을 보인다. 이 유파에 속하는 작가들은 작품의 주인공들을 옛날의 미덕을 구현하는 소박하고 보잘것없는 사람들로 설정하기를 좋아한다. 그리고 일반적으로 현대화·기계화 및 대도시 생활에 반대하는 경향이 현저하며, 심지어 물질적 발전이라는 소비에뜨 공식 이념에도 반대하는 자세를 취한다. 즉, 〈마을 문학〉 작가들은 그 정도로 다양하지만 혁명 이전의 전통적인 러시아 농부들의 삶에 이끌리는 경향이 있다.

1970년대 말기부터 소비에뜨 비평가들은 〈마을 문학〉을 〈노스텔지어 문학〉이라고 공격하면서, 문학은 마땅히 테크놀러지와 발전을 제시해야 한다고 주장했다. 그리고 아이뜨마또프는 그에 대한 반응으로 어느 정도 자세를 조정했다. 즉, 초기 작품인 『하얀 배』(1970) — 아이뜨마또프의 고향인 끼르기즈의 외딴 산간 마을을 배경으로 한 이 작품은 천진난만한 소년의 눈을 통해 자연과 옛 전통에 밀접한 끼르기즈인의 선량함을 현대적인 대도시 및 관료적인 세계와 동일시되는 사람들의 냉소주의, 잔인성, 도덕성의 결여 등과 대조시켰다 — 에서 그는 자신을 다소 〈마을 문학〉의 동반자로 자처한다. 그러나 본 소설에서는 작중 인물들의 삶을 향상시킨 기술적 발전을 강조했으며, 심지어는 전통적인 장례 행렬에 트랙터와 굴착기를 도입시키기까지 했다. 그는 또 자기의 소설에 나오는 주인공들의 열심히 일하는 삶과 일에서 얻는 도덕심의 앙양에도 많은 역점을 두었다.

이 소설의 배경, 즉 사로제끄 한복판에 있는 외떨어진 정착지인 〈마을 문학〉에 일반적으로 나타나는 배경의 한 변형으로 보일 수도 있다. 그러나 사실 그 정착지는 어떤 본질적인 〈마을〉이라기보다는 지선 철도의 간이역에서 일하는 사람들을 위한 주거지이기 때문에 스딸린 시대의 소설에서 즐겨 사용했던 배경인 일터로 분류될 수도 있다. 그리고 또 아울러, 어떤 사람들은 예지게이가 〈마을 문학〉에서 흔히 보이는 주인공, 즉 선량하지만 어느 쪽을 따라 행동할지를 모르는 경계인적 인물의 전통을 유지한다고 보지만, 몇몇 소비에뜨 비평가들은 그를 또 다른 빠벨 꼬르차긴(1934년에 간행된 오뜨로프스끼의 『강철은 어떻게 단련되었는가』에 나오는 인물), 즉 소비에뜨 문학에서 가장 유명한 초인적인 영웅들 중의 하나라고 주장하기도 한다.

아이뜨마또프는 〈마을 문학〉 작가군의 실질적인 구성원이라기보다는 동반자였는데, 그 이유는 〈마을 문학〉에 끼르기즈인인 아이뜨마또프와는 부합될 수 없는 신(新)슬라브 우월주의 경향이 있었기 때문이다. 즉, 〈마을 문학〉 작가들은 러시아 정교회 신자들이며(순수주의자들은 〈마을 문학〉 작가가 되기 위해서는 반드시 러시아 정교회 신자라야 한다고 주장한다) 그들의 작품은 흔히 대러시아 국수주의 또는 반(反)유대주의로 알려져 있다.

그러므로 〈마을 문학〉이 관계 일각에 경계심을 불러일으켰던 것은 그리 놀라운 일이 아니며, 특히 그중에서도 야단스러운 러시아 중심주의는 소련 내의 소수 민족 집단들이 중요한 문젯거리로 등장했던 당시에는 상당한 곤란을 야기했다. 그래서 1970년대 말과 1980년대 초에 비평가와 공직자들은 〈마을 문학〉을 공격하면서 작가들에게 소비에뜨 문학은 〈다민족적〉 문학이어야 하며 모든 소비에뜨 민족들 사이에서 통합이라는 주제에 역점이 두어져야 한다는 점을 상기시켰고, 문학잡지의 편집자들은 소수 민족 작가들의 작품을 더 많은 비율로 게재하도록 권고를 받았다. 그리고 어느 한 민족의 작가가 다른 민족에 관해서 쓴 작품들에 특별한 주의가 기울여졌는데, 그런 점에서는 이 책 — 끼르기즈인이 까자흐인에 대해서 쓴 — 이 하나의 예가 될 것이다.

실제로, 〈마을 문학〉은 민족적 소수 집단이라는 허구에서 피난처를 찾은 것처럼 보이며 초점을 옮김으로써 문제가 되는 민족의 과거를 파고들게 되었다. 그리고 작가들은 러시아인이건 비러시아인이건 과거를 〈향수〉로 보기보다는 민족적 문화적 유산, 역사 및 동질성이라는 의미에서 탐구한다. 따라서 오늘날에는 과거의 기억이 소비에뜨 문학의 주제가 되었으며 아이뜨마또프는 그 주제를 탐구하는 데서 주도적인 역할을 해왔다. 그리고 이 소설에서도 그는 무수히 많은 상호 연관된 모티프들(예지게이의 파란만장한 일생, 만꾸르뜨의 운명, 자신의 과거를 기록하려던 아부딸리쁘에 대한 억압, 더욱 고도로 발달된 외계 문명과 접촉했다는 이유로 우주 비행사들을 추방한 처사)에서 누군가의 과거를 알지 못한 탓으로 생겨난 결과와 역사가 반복될 수도 있다는 위험 — 우연히도 카를 마르크스 자신이 역점을 두었던 테마 — 을 탐구한다.

 혹자는 문학에서의 인종적 민족주의의 부활이 여러 민족들에 대한 소련의 공식적인 정책에, 특히 통합이라는 주제가 강조되고 있다는 점에서, 부합되지 않을 것으로 생각할지도 모른다. 그러나 사실은 최근에 와서 여러 민족들에 대한 공식적인 정책 그 자체가 바뀌었다. 말하자면 이제 그 목표는 모든 민족들이 서로에게 더 밀접히 끌려야 한다는 것이 아니라 그보다는 오히려 여러 민족들이 공산주의하에서 독자적인 방법에 따라 개별적인 민족 문화를 꽃피우면서 조화롭게 공존해야 한다는 것이다. 그러나 그런 구상은 무신론적인 국가의 신앙 체계에서 생겨나는 까다로운 문제점, 즉 어느 한 민족이 현대화라는 균일화된 힘 앞에서 그 개별성을 어떻게 유지할 것이며 한 민족의 문화와 러시아의 소비에뜨 모델 사이에서 균형점은 어디가 될 것이냐 하는 문제를 제기한다.

 까자흐스딴은 그런 문제점을 탐구하는 데 썩 훌륭한 배경을 제공한다. 더구나 러시아 사회주의 연방 소비에뜨 공화국 다음으로 큰 이 방대한 국가에서 벌어지는 일은 그 나라가 소련의 외교 정책에 막대한 중요성을 지닌 두 국가, 즉 중국과 아프가니스탄에 밀접해 있기 때문에 결코 무관한 문제가 될 수 없다.

 까자흐스딴이 러시아와 소비에뜨의 지배를 받는 동안 조상들과 윗사람들, 그리고 훌륭한 목동들을 존경했던 양치기 유목민들인 까자흐인들의 전통적인 생활양식은 점진적으로 말살되었다. 그러나 최근에 와서 까자흐 작가들은 과거의 전통과 이제까지 일어나 변화들을 논의하는 문학으로 돌았다. 흔히 문학에서는 역사책에서 논의될 수 없는 역사적 자료들을 도입하는 일이 가능했는데, 까자흐의 유산(遺産)에 관심이 있는 일군의 작가들은 모두 문학지 『쥴디즈*Zhuldyz*』를 중심으로 성장했으며 그 그룹의 작가들은 자기네들이 친기즈 아이뜨마또프에게 덕을 입었다고 인정한다.

아이뜨마또프는 물론 까자흐인이 아니라 끼르기즈인이다. 그런데 어째서 그가 까자흐인들의 삶에 관심을 가져야 했을까? 그 원초적인 이유는 아마도 그가 항상 자신을 단지 끼르기즈인이 아니라 소련 내에 있는 터키계 민족으로, 또는 중앙아시아인으로 인식해 왔기 때문일 것이다. 즉, 까자흐스딴은 그에게 있어 〈조국〉의 일부분이다. 또 끼르기즈는 까자흐스딴과 접경해 있으며(사실 아이뜨마또프는 국경에 인접한 지역 출신이다) 그 두 소비에뜨 공화국은 1936년 이래로 하나의 정치 단위였다. 그리고 비록 그 두 민족들은 역사상 여러 가지 면에서 충돌했던 적이 있지만 그들 사이에서는 소련 내의 다른 인종적 집단들, 예를 들자면 아르메니아인들과 그루지야인들 사이에 있었던 것과 같은 숙적 관계는 없었다. 그러나, 물론 그 두 민족 간에도 차이점은 있는데, 예를 들자면 그들은 각기 다른 터키계 언어를 사용하며 인종적으로도 꽤나 거리가 멀다. 또 끼르기즈의 문화는 산악 문화 쪽으로 편향되어 있는 반면, 까자흐 문화는 건조한 스텝 문화 쪽으로 좀 더 기울어져 있다.

그와 같은 차이점에도 불구하고 까자흐인들과 끼르기즈인들은 아이뜨마또프의 소설과 특별한 관련이 있는 몇 가지 경험들을 공유한다. 특히 러시아인들과 관련된 그들의 역사는 비교가 될 수 있는데, 두 민족 모두 전통적으로 회교도들이며 두 민족의 문명이 모두 동물과 조상들에 대한 인간과의 관계에 중점을 둔다. (마찬가지로 아이뜨마또프의 작품들 가운데도 많은 것들이 그런 관계를 중심적인 주제로 하고 있다.) 그래서 자기 민족과 과거의 관계를 어느 정도 중요시하고 싶었던 아이뜨마또프로서는, 다루려는 주제를 상이하지만 비교될 수 있는 배경에 설정함으로써 주제와 거리를 두려는, 옛날부터 쓰여 온 전략을 이용할 수 있었다.

이 소설에서는 집단화가 전통적인 생활양식에 끼친 폐해가 암시되어 스딸린주의자들의 억압이라는 주제가 상당히 넓은 범위를 차지한다. 그러나 다른 한편으로 보자면 아이뜨마또프는 소비에뜨화와 러시아화가 그의 민족에게 끼친 영향에 대해 매우 근심스러운 태도를 보인다. 예를 들면 그는 소비에뜨 생활에 대한 설명을 대부분 까자흐스딴이라는 지역에 국한시킬 정도로 조심성이 많다. 즉, 명령이 흘러나오는 수도는 모스끄바가 아니라 알마-아따이며 부정적인 인물들(예를 들자면 딴지끄바예프)은 까자흐인들인 반면, 소설 속에 등장하는 몇몇 러시아인들은 바람직한 성격을 지니고 있다. 또 이 소설의 까자흐인들에게는 중국이 소비에뜨 권력에 배치되는 더욱더 위협적인 극단주의자들, 즉 마인드 컨트롤러의 땅으로 나타난다.

까자흐인들이 그들 고유의 특징적인 문화를 잃게 되는 위험 속에서 창조적인 독립성을 유지하기 위해 어떻게 싸우고 있느냐 하는 등의 정치적으로 미묘한 주제들은 대체로 은유적인 방법을 통해 다루어졌는데, 그런 예는 예지게이가 위대하고 오랜 지역적 전통들 가운데서 마지막까지 남은 것들 중의 하나인 그의 낙타를 어떻게 칭찬했는가, 또 끝끝내 낙타를 거세하지 않았는가를 설명하는 대목에서 나타난다. 그러나 정치적으로 미묘한 그런 주제들은 다른 어느 대목에서보다도 아이뜨마또프가 까자흐인들의 민간 전설로 제시한 자료들 속에 묻혀 있다.

최근에 들어와서는 현재를 설명하고 과거와의 연속을 탐구하는 수단으로서 민간 구전과 전설들을 이용하는 일이 현저히 많아졌는데, 서구에서는 그런 경향이 존 캘빈 배첼러의 『남극 공화국의 탄생』과 같은 이상한 작품들에서 나타났다. 그리고 소련에서는 아이뜨마또프가 끼르기즈 고유의 신화라는 이야기를 중심으로 구성한 『하얀 배』로, 그러한 경향을 주도하는 작가였다.

소련의 몇몇 비평가들은 아이뜨마또프가 이 소설에서 사용한 여러 전설들이 부분적으로는 끼르기즈의 웅대한 서사시 『마나스』에 기원을 두었다고 주장한다. 25만 행 이상의 시로 구성되어 『일리아드』보다 16배가 더 긴 『마나스』는 소비에뜨 이전 시기에 대부분 문맹이었던 끼르기즈인들에게 그들의 과거를 보존하는 주된 보관소 역할을 해주었다. 그러나 우리가 알 수 있는 한, 아이뜨마또프는 중앙아시아의 전통문학에 나오는 진부한 어구들을 일반적으로 인용하기는 했어도 어떤 특정한 자료를 그대로 따르지는 않았다. 아나-베이뜨 묘지의 유래에 관한 이 소설의 주된 전설도 그와 같은 것으로 보이는데, 아이뜨마또프는 거기에다 다른 요소(사로잡힌 전사에게 가해지는 고통)를 결합시켜 중앙아시아에 전해 내려오는 서사시(사로잡힌 아들을 찾아 구해 내기 위해서 목숨을 바친 어머니)로부터 변화무쌍하게 이야기를 재창조했다.

민족 서사시로부터 따온 요소들을 문학적으로 전용한 작가들의 예는 유럽에서건 러시아에서건 얼마든지 찾아볼 수 있다. 그리고 사실, 아이뜨마또프가 이 소설을 쓰는 동안 중앙아시아에서 찾은 자료들의 덕을 보았다는 것이 한눈에 분명하기는 해도, 좀 더 심오한 영향은 서구, 특히 러시아의 작가들에게서 받은 것들이다. 러시아 문학을 애호하는 독자들이라면 이 소설에서 뿌쉬낀이나 체르니셰프스끼, 도스또예프스끼, 그리고 스딸린 후기 시대의 몇몇 유명한 소비에뜨 작가들의 흔적을 쉽게 알아볼 수 있을 것이다.

특징적인 인종적 동질성을 추구하는 작가인 아이뜨마또프는 대체로 자기 민족의 문화를 압도하는 문화의 전통에 찬사를 보냄으로써 그런 경향을 보이는데, 이 패러독스는 더욱 고도로 인종적 특징을 의식하려는 움직임에 참여한 소수 민족 출신의 여러 작가들에게서 볼 수 있는 근본적인 양면 가치적 성격을 예시한다. 대개는 러시아어와 함께 두 가지 언어를 사용하는 이 작가들은 지배 계층 출신으로서 지배 계층에 속해 있으며 자기 나라의 국민들 중에서 러시아에 동화된 교육받은 엘리트들의 비위를 맞춘다. 이 엘리트 계층에 속한 사람들은 러시아인들의 혜택을 받아 상당한 지위를 누리고 있으며 러시아인들이 그들에게 대규모로 세계적인 〈문명〉에 접하도록 해주었다는 점을 고맙게 여긴다. 아이뜨마또프 역시 이 엘리트 계층 출신이다. 그는 두 가지 언어를 사용하며 까자흐어와 러시아어로 작품을 쓴다. 사실상 그의 이력은 그 자체로도 소비에뜨 권력과의 동일화를 통한 사회적 신분 상승의 기회를 널리 알리는 일종의 광고가 될 수 있을 것이다.

아이뜨마또프의 이력에서 단 한 가지 흠은 그가 어린 시절에 당원이었던 아버지가 숙청되었다는 사실이지만 그런 이유로 해서 그가 1959년에 당원이 되는 데 방해를 받거나 하지는 않았다. 그러나 이 소설을 포함한 그의 여러 작품들에서 스딸린주의자들의 비행과 아버지를 잃은 아이의 상실감에 관한 내용이 현저히 눈에 띄는 것은 그 자신이 아버지를 잃었던 탓으로 돌릴 수도 있을 것이다.

스딸린주의자의 억압을 다룬 소설과 관련해서 우리가 가장 먼저 떠올리게 되는 작가는 솔제니쩐인데, 이 소설은 솔제니쩐의 영향을 보여 준다. 특히 아이뜨마또프는 소련의 역사 및 지리와 본질적으로 다른 상당량의 자료들에 대해 다른 관점으로 초점을 맞춘다는 점에서 솔제니쩐이 『이반 제니소비치의 하루』에서 사용했던 주요 기법을 차용한 듯 보인다. 즉, 솔제니쩐과 마찬가지로, 아이뜨마또프 역시 그런 자료를 주인공이 좁은 지역에서 단 하루 동안에(이 소설의 경우는 예지게이가 그의 동료를 제대로 매장하기 위해 간이역 근처의 사막에서 보낸 하루) 주인공이 지난날들을 회상하고 주위 사람들과 이야기를 하는 방식으로 제시한다. 그러나 아이뜨마또프는 시간과 공간이라는 매개 변수를 솔제니쩐보다 훨씬 더 넓혀서 동양과 서양은 물론 은하계 간의 여행이라는 무한한 시공(時空) 가능성과 시공을 뛰어넘는 전설까지도 포용했다.

이 소설에서 보이는 지극히 야심만만한 시간과 공간의 확장은 아이뜨마또프 자신이 고안해 낸 것이라고만 볼 수는 없다. 근년에 와서는 작품의 배경을 외떨어진 좁은 장소에 설정하는 〈마을 문학〉 작가들의 경향에 대한 반동으로 당국은 작가들에게 〈대규모〉로 〈세계적 조망〉을 가진 작품들을 쓰도록 목소리를 높여 왔다. 사실 아이뜨마또프의 소설에서 보이는 시간과 장소의 양상(즉, 배경으로 소련의 과거와 현재, 전설상의 시기, 서구 세계는 물론 우주 탐험까지도 포용하는 양상)은 오늘날 소련의 소설, 특히 공상 과학 소설에서 매우 흔히 발견된다. 그러나 최근에 나온 〈세계적 조망〉을 가진 소설들은 거의 대부분 냉전과 관련된 내용으로 발전되는데, 거기에서는 서구에서의 옳지 못한 삶과 그 근본적인 군국주의가 노정된다.

아이뜨마또프의 소설은 동서 간의 충돌을 예견하는 것도 아니고 단지 까자흐스딴이나 끼르기즈만 관계된 것도 아니다. 그는 자기 나라 주민들의 경험과 그 반향으로 전 세계인 모두의 경험에 특별한 의미를 줄 작품을 쓰고 싶어 했다. 그리고 『백년보다 긴 하루』라는 제목에 암시된 이원성과 비슷한 이원적 대조를 중심으로 소설을 구성함으로써 그 목적을 달성했다. 즉, 이 소설에서는 작은 시간과 공간의 단위들(까잔갑의 매장일과 까자흐 스텝에 있는 한 간이역)이 시공을 뛰어넘는 전설과 무한한 우주로까지 뻗어 나가는 훨씬 더 큰 단위들과 대조되는 동시에 상호 연관되기도 한다. 결국 이 소설은 〈마을 문학〉에서 볼 수 있는 축소성과 현장감은 물론, 현재 작가들이 그들의 작품에서 사용하리라고 기대되는 〈대규모성〉을 모두 포함한다. 즉, 간이역이라는 아주 좁은 지역에서 살아가는 사소한 인물들의 개인적인 삶이 까자흐인들의 운명에 반향하고 그다음에는 소련의 역사, 대다수의 인류, 그리고 우주에까지도 반향하는 것이다.

친기즈 아이뜨마또프는 1928년 끼르기즈 공화국의 딸라스 계곡에 위치한 세꼐르라는 산간 마을에서 태어났다. 그는 학교 교육을 6년밖에 받지 못했지만 2차 대전 중에는 불과 14세의 나이로 지방 소비에뜨 서기 및 세금 징수관이 되었으며 전쟁이 끝난 후에는 수의학을 공부했고 1953년에 졸업한 뒤로 실험 농장에서 근무했다.

1952년에 아이뜨마또프는 문학 쪽으로 눈을 돌렸다. 그해 1월 그는 『소비에뜨 끼르기즈』지에 「끼르기즈어의 용법에 관하여」라는 글을 실었는데, 거기에서 그는 끼르기즈어가 러시아어를 차용한 덕분에 얼마나 풍부해졌는지를 논했다. 그리고 이어서 몇 편의 단편들을 발표했으며 그 작품들에 힘입어 모스끄바 문학 대학에 들어갈 수 있었고 1958년에 그 학교를 졸업했다. 재학 중에 아이뜨마또프는 몇 편의 단편들을 출간했지만 괄목할 만한 성공을 거두지는 못했다. 그가 각광을 받기 시작한 것은 1958년에 『자밀랴』라는 소품이 나온 뒤였는데, 그 작품은 여러 나라 말로 번역되었으며 특히 그 작품을 프랑스어로 번역하고 서문을 쓴 루이 아라공의 격찬을 받았다.

『자밀랴』의 출간 이후로 아이뜨마또프는 주요 소비에뜨 작가, 지적인 성취를 이룬 인물로 떠올랐다. 그는 여러 문화 기관의 위원으로 재직하였으며 지난 20여 년 동안 끼르기즈 영화인 동맹의 위원장이었다. 그리고 1961년 이후로는 『쁘라브다』지의 중앙아시아 및 까자흐스딴 주재 순회 특파원이었다. 그는 소비에뜨 최고회의 위원을 역임했고 레닌 상, 국가 공로상, 사회주의 노동 영웅 메달 등을 포함하여 많은 국민 훈장들을 받았다. 그리고 고르바초프의 등장 이후로는 뻬레스뜨로이까의 기수로 활약하였다.

공직에 매여 있으면서도 아이뜨마또프는 진지한 작가가 되려는 노력을 멈추지 않았다. 『자밀랴』 이후로 출간된 그의 주요 작품들로는 소설 『굴리사리여 안녕!』(1966), 『하얀 배』(1970), 『백년보다 긴 하루』(1981), 『플라하』(1986) 및 희곡 『후지 산 등반』(1973) 등을 들 수 있다.

역자 해설
겨울 계곡 목초지로부터의 유목민적 이주

1937년 가을, 아홉 살 난 친기즈 아이뜨마또프Chingiz Aitmatov는 모스끄바의 까잔 역에서 어머니, 남동생, 두 여동생과 함께 기차에 오른다. 그의 아버지는 그들을 배웅하고 있다. 〈우리가 왜 떠나고 있는 걸까?〉 어린 친기즈는 영문을 몰라 한다. 아버지가 어째서 갑자기 그들 모두를 고향인 끼르기즈로 보내는 것인지 통 알 수가 없다. 고향 지역 사회에서 존경받는 인물이던 그의 아버지는 새로 설립된 끼르기즈 공산당 지도자들 가운데 하나였고 가족과 함께 모스끄바로 공부를 하러 와 있었다. 그러나 불행히도 천만 명의 목숨을 앗아 갔다고 하는 스딸린의 숙청이 시작된 참이어서 위험을 느낀 그의 아버지는 가족의 안전을 확보하기로 한 것이었다.

친기즈의 아버지는 기차 옆을 따라 걷다가 기차가 속도를 높여 가는 동안 점점 더 걸음을 빨리하면서 있는 힘을 다해 뛰기 시작한다. 아이들은 천진난만하게 손을 흔들어 그에게 작별 인사를 보낸다. 그 순간의 의미도 알지 못한 채. 친기즈 아이뜨마또프는 지금도 그 9월 1일을 기억하고 카잔 역을 지날 때마다 그 일을 떠올린다. 〈아버지, 우리의 마지막 작별 인사를 알고 계셨던가요……?〉

그의 아버지인 또레꿀 아이뜨마또프Torekul Aitmatov (1903~1937)는 끼르기즈 최초의 공산주의자들 가운데 하나로 지역 당 비서였지만 그가 가난에서 벗어나기 위해 벌였던 시도는 성공적이지가 못했다. 특권적인 지주들의 전횡, 예측할 수 없는 정치적 변화, 그리고 불운이 원흉이었다. 꾸꾸레우 강 유역의 중간 계층 농민 가정에서 태어난 그는 1917년에 고등학교(김나지움)를 졸업한 뒤 1920년에는 빈민 위원회 서기로 선출되었고 볼셰비끼 당에 입당한 1924년부터 모스끄바의 붉은 교수 양성소에서 공부를 하도록 모스끄바로 보내진 1935년까지 당 조직의 여러 위치에서 일했다. 그러나 끼르기즈의 첫 번째 공산주의자들 가운데 한 사람으로 문학에 정통한 인물이자 정치가였던 그는 모스끄바의 붉은 교수 요원 양성소에 다니고 있던 중인 1937년 체포되었고, 마침내는 부르주아 민족주의자로 몰려 처형을 당하고 만다.

끼르기즈로 돌아온 아이뜨마또프 가족은 사실상 유형자 신세가 되어 외떨어진 마을에서 냉대를 받으며 살아간다. 그의 어머니는 당에 남편이 어떻게 되었는지를 문의하지만 답변은 그가 편지를 쓰거나 받는 것이 허용되지 않은 채 감옥에 갇혀 있다는 것뿐이다. 그러나 사실 그는 이미 총살을 당한 뒤였다. 정거장에서 작별을 고한 지 불과 두 달 뒤에. 그때 그의 나이 겨우 서른다섯이었다.

마을 사람들 대부분은 그의 아버지가 형을 살고 있는 것은 틀림없이 뭔가 나쁜 짓을 했기 때문이라 여겼고, 그런 이유로 어린 아이뜨마또프는 한때 사람들에게 자기의 성이 무엇인지 알려 주려고 하지 않기까지 했다. 그러나 개중에는 그의 초등학교 선생님처럼 휘몰아치는 사건들의 소용돌이로 인해 아이들의 소망에 구름이 끼는 것을 용납하지 않는 사람도 있었다. 어느 날 그 선생님은 아이뜨마또프에게 이런 말을 해주었다. 「앞으로는 네 아버님의 이름을 말할 때 절대로 밑을 내려다보지 마라, 알겠지?」

그 덕분에 친기즈 아이뜨마또프는 수치심에 대처하고 가족을 결속시킬 힘을 얻을 수 있었다. 그는 이렇게 말한다. 「그 선생님이 내게 용기를 주었지요. 그분은 내게 이렇게 가르쳤어요. 인간다움을 고수하고 인간의 존엄에 가장 큰 중요성을 두라고……. 지금도 나는 누가 인간답지 못한 대우를 받거나 모욕당하는 것을 보면 피가 끓어오릅니다. 우리 세대는 어린 시절에 전쟁을 겪었습니다. 전쟁이 어떤 끔찍한 고통을 불러일으키고 어떤 굶주림과 슬픔을 안겨 주는지를 다 보았지요. 우리는 또 사람들이 파괴된 잿더미에서 새로운 시대의 빛을 찾아 어떻게 일어나는지도 보았습니다.」

2차 대전이 시작되자 아이뜨마또프 가족의 삶은 더더욱 힘들어졌다. 그들은 다 무너져 가는 오두막에서 살았고 어머니가 몸져눕는 일이 잦아서 그는 결국 다니던 학교마저도 중도에 그만두어야 했다. 하지만 글을 읽고 쓰는 데서 뛰어났던 덕분에 지역 당 위원회의 서기로 발탁될 수 있었다.

그 시기에 그가 가장 힘들어 한 일은 군대에서 보내온 전사자들의 사망 통지서를 전달하는 일이었다. 사랑하는 가족이 전쟁터에 나가 있는 사람들의 집에 그가 나타날 때마다 그들은 놀라고 불안한 얼굴로 그를 쳐다보곤 했지만 그렇더라도 그는 가방에서 소련 군대의 봉인이 찍힌 종이를 꺼내어 거기에 적힌 간단한 글귀를 읽어 주지 않을 수 없었다.

전사자의 어머니들은, 그의 말에 따르자면, 마치 돌산이 무너져 내리는 것처럼 무거운 한숨을 내쉬곤 했다. 그것은 한꺼번에 몰려오는 비탄과 고통으로 가득 찬 한숨이었다.「아, 내 사랑하는 아들을 이제 다시는 끌어안지 못하겠구나!」젊은 아이뜨마또프는 슬퍼하는 유족들의 모습을 차마 볼 수 없었지만 그렇다고 거기에서 떠날 수도 없었다. 또 그들을 위로해 줄 길도 없었다. 그가 할 수 있는 일이라고는 가슴속에서 억누를 수 없는 분노가 치미는 동안 그저 거기에 서 있는 것뿐이었다.

하지만 그 시기의 고통이 젊은 아이뜨마또프의 정신에 힘과 깊이와 넓이를 더해 주었다. 열네 살 나이에 학업을 포기하고 가족을 부양하기 위해 나선 뒤로 마을 소비에뜨 서기를 거쳐 세금 징수원, 하역 노동자, 기술자의 조수, 면화 계량인, 밀 수확자, 가축 사육자, 목동 등 여러 가지 힘겨운 일들에 종사하는 동안 그는 수많은 사람들과의 만남을 통해서 실제적인 지혜를 얻고 노력하며 살아가는 사람들의 삶과 예에서 많은 것을 배울 수 있었다.

또 그 시절에 겪었던 일들을 각색한 이야기들이 그의 작품에 실질적인 내용과 방향을 제공해 주기도 한다. 특히 그가 마을 소비에뜨 서기와 세금 징수원으로 일하면서 보고 들은 것들이 그 대표적인 예가 될 것이다. 그는 수많은 평범한 사람들의 삶, 이를테면 그의 조사에 응해서 집 안의 소유물을 하나도 빼놓지 않고 모두 항목별로 제시해야만 했던 다른 농민들의 삶에 바짝 다가가도록 해준 그런 경험들에 힘입어 자기의 소설에 등장하는 인물들의 사실성과 신뢰성을 더더욱 높일 수 있었다.

젊은 시절의 역경에도 불구하고 그는 러시아에서 가장 먼 지역들 중 한 곳이었던 끼르기즈가 소련의 일부가 된 시기에 살았던 덕분으로 소비에뜨 학교에서 다시 공부할 기회를 얻을 수 있었다. 2차 대전이 끝난 뒤 그는 끄르끼즈 농업대학 축산학과에 들어가고 졸업을 한 뒤에는 한동안 가축 전문가로 활동한다. 하지만 그 이후로 문학에 점점 더 흥미가 끌려서 마침내는 27세 때 고리끼 문학 대학에 입학하는데, 거기에서 〈작가란 자신의 영혼의 메아리에 귀 기울이기보다는 그 자신이 사회의 영혼의 메아리가 되어야 한다〉는 고리끼의 정의에 접하고 그것을 필생의 지침으로 삼는다.

그는 작가의 공헌에 대한 고리끼의 정의를 철저히 믿고 그 믿음을 이런 말로 표현한다. 「작가의 책임은 고통스러운 개인적 경험을 통해 사람들의 고통과 고뇌와 믿음과 희망을 포착하는 소설가의 언어로 표현하는 것이다. 그것은 작가가 동료 인간들을 대신해서 말할 책임을 지고 있기 때문이다. 이 세상에서 일어나는 모든 일은 내게 개인적으로 일어나고 있다.」

시대정신의 메아리가 되기 위해서 작가는 시대정신을 본질적으로, 깊이 이해해야 한다. 아이뜨마또프는 30년이 넘는 기간에 걸쳐 소비에뜨 문화와 중앙아시아 토착 문화 사이의 갈등과 상호 작용을 총체적으로 다루어 왔지만 그의 시각은 『자밀랴』에서 소비에뜨 방식을 극구 칭찬했던 것으로부터 『백년보다 긴 하루』에서 소비에뜨 방식을 극구 비난한 것으로 바뀌어 갔다. 그처럼 시각이 바뀐 이유는 그가 『자밀랴』에서는 사회주의를 제대로 이해하지 못하고 노동자 계급에 끌렸던 반면, 『백년보다 긴 하루』에서는 현실을 좀 더 잘 파악하고 사회주의와 노동자 계급을 보았기 때문이다.

자기의 직업에 투철한 현실주의 작가인 아이뜨마또프로서는 그 불일치를 무시할 수 없었을 것이고, 만일 무시를 했더라면 생명력 있는 해설자로서의 지위를 유지하기 어려웠을 것이다. 변화에 개방적인 그의 태도는 자기 직업에 대한 작가의 성실성을 나타내는 가장 훌륭한 척도가 된다. 물론 그 개방성은 우유부단으로 쉽게 혼동될 수도 있지만, 지난 30년 동안 그가 살아온 삶의 기록을 보면 그는 꾸준하고 견문이 넓고 자기의 직업에 충실한 작가임이 충분히 입증될 것이다.

아이뜨마또프는 러시아어와 끼르기즈어로 작품을 쓰지만 여러 해를 거치는 동안 끼르기즈어로 쓴 작품들은 점점 줄어들었다. 그것은 아마도 그 자신의 지평이 변화해 왔고 그의 작품에 담긴 철학적 과학기술적 범위가 이제는 더 이상 끼르기즈의 독자들에 의해서만 설정될 수 없다는 사실 때문일 것이다. 그의 작품 경향이 바뀌어 온 과정을 한마디로 요약하자면 겨울 계곡 목초지로부터의 끊임없는 유목민적 이주라고 할 수 있을 것이다.

아이뜨마또프는 자신의 생각을 전하기 위해 여러 가지 장치를 이용한다. 그의 작품에서는 함축된 비유로서의 우화, 신화, 공상 등이 자주 보이고 때로는 『백년보다 긴 하루』에서처럼 SF적 요소가 등장하기도 한다. 그는 또 인간의 조건을 논하기 위해 역사적 설명(특히 제2차 세계 대전의 회고담)이라든가 끼르기즈의 전설과 민간전승, 우리 시대의 과학 기술과 예술은 물론 비유와 상징 같은 기법들도 이용하는데, 민간전승과 상징과 우주 시대의 과학 기술이 결합된 그런 장치와 기법들은 특히 『백년보다 긴 하루』에서 두드러지게 나타난다.

아이뜨마또프의 작품들은 다양하고 광범위한 지식 외에 부족의 전통에 대한 깊은 존경도 반영한다. 그러한 전통에는 노래꾼의 전통과 끼르기즈 사냥꾼들의 전통도 포함되는데, 그 구체적인 예로는 그가 『자밀랴』에서 주민들의 점진적인 도시화 과정을 예시하기 위해 노래꾼의 전통을 도입해서 다니야르라는 인물을 구체적으로 표현한 것을 들 수 있을 것이다. 그러한 부족의 전통은 『하얀 배』와 『백년보다 긴 하루』에서 볼 수 있듯이, 한편으로는 아이뜨마또프의 사랑과 헌신을 전하고 다른 한편으로는 존엄과 인간성의 상실을 전하는 데 대단히 중요한 역할을 한다.

2차 대전 이전의 중앙아시아에서는 회교 문학이 높은 위치를 점하고 있었지만 전후에는 그 위치가 친기즈 또레꿀로비치 아이뜨마또프를 위시한 전후 세대 작가들의 지칠 줄 모르는 노력에 힘입어 끼르기즈 산문 소설로 넘어갔다. 따라서 아이뜨마또프의 작품 세계를 알기 위해서는 그가 성장한 끼르기즈의 사회 환경뿐 아니라 여러 세기에 걸쳐 끼르기즈 문화를 다듬어 온 문화적 기반, 그리고 그 문화가 새롭고 낯설기까지 한 풍조의 영향하에 놓였을 때에도 계속 이어지며 발전해 나갈 수 있도록 해준 관심사들을 이해해야 한다.

친기즈 아이뜨마또프는 1928년 12월 12일 끼로프 지방의 달라스 계곡에 있는 셰께 마을에서 또레꿀 아이뜨마또프와 나기마 아이뜨마또프Nagima Aitmatov의 장남으로 태어났다. 어린 시절에 그는 당시의 끼르기즈 사람들 대부분이 그랬던 것처럼 가족과 함께 유목민으로 떠돌았는데, 마을의 전통은 그에게 7대 조상에 대해서까지 알 것을 요구했고 그는 조상들 하나하나에 대해 그들 각자가 어떤 일을 했고 공동 사회에서 어떻게 받아들여졌는지를 배웠다.

그와 가장 가까운 친구이기도 했던 친기즈 아이뜨마또프

의 할머니는 그에게 끼르기즈의 문화를 가르치기 위해 손자를 전통적인 야외 축제와 결혼식에는 물론, 장례식 뒤의 추도 모임에까지 데리고 다녔다. 아이뜨마또프 역시 이야기꾼들, 음유 시인들, 노래꾼들을 만날 때면 할머니를 모시고 다녔다. 오늘날 그의 글이 끼르기즈의 전통과 전설을 다채로운 태피스트리처럼 누비고 나아가는 동안 보기 드문 경험들을 순차적으로 함께 엮어 나갈 수 있는 것은 그처럼 다양하게 키르기즈 문화를 두루 섭렵한 덕분일 것이다. 또 그런 연유로 그의 작품들에는 인간을 자연의 일부로 인식하는 범신론적 태도, 역사는 순환한다는 윤회 개념, 종교적 다양성 같은 끼르기즈의 유산들이 자주 나타나기도 한다.

아이뜨아또프의 작품에서 주된 주제는 전통적인 중앙아시아 사회에서 남성과 여성 사이에 존재하는 불평등이다. 그의 배경은, 이력에서도 분명하게 드러나듯이, 그 상황에 대해서 이야기할 요건을 충분히 갖추고 있다. 그의 작품들에는 여성들이 남자들, 지주들, 그리고 회교 율법 학자들로부터 받는 압제와 특히 시골 지역에 거주하는 여성들을 위한 교육 기회의 결여, 여성을 물건처럼 다루는 풍조, 일부다처제 등 전통 사회의 뿌리 깊은 편견을 비판하는 이야기가 자주 나온다.

아이뜨마또프는 그런 문제들에 정면으로 맞서서 『자밀랴』의 주인공인 자밀랴, 『굴리사리여 안녕!』의 자이다르, 「두이센」의 알띠나이 같은 기억에 남을 만한 특징적인 여성들을 다수 창조해 낸다. 그 의지 강한 여성들은 전통을 깨고 함께 고통받는 여성들을 위해 새로운 방향을 제시한다. 아이뜨마또프는 고아들, 특히 아버지가 없는 아이들에 대해서도 비슷한 정서를 보인다.

그 가장 좋은 예는 1958년에 출간된 『자밀랴』이다. 프랑스어판의 역자 루이 아라공이 세상에서 가장 아름다운 러브 스토리라고 극찬한 바 있는 그 소설의 주인공인 자밀랴는 그녀를 사랑의 대상이라기보다는 소유물처럼 대했던 남편이 전선으로 떠나 있는 동안 다른 남자와 사랑에 빠지고 결국 두 연인은 마을과 전통적인 관례를 버리고 함께 달아난다. 마치 운명짓기라도 한 것처럼 그녀는 시골 생활에, 심지어는 남편에게마저도 흥미를 잃고 낭만적인 인물인 다니야르를 따라 불확실한 미래로 들어서는 것이다.

그가 관심을 두는 또 한 가지 주제는 선과 악의 대립, 특히 선이 거의 언제나 악을 물리친다는 확신이다. 이 주제는 이데올로기 및 정치와 한데 엮여 때로는 자본주의에 대한 사회주의의 필연적인 승리로 해석되기도 한다. 그 주제를 발전시키기 위해 아이뜨마또프는 자신의 경험뿐 아니라 세계적인 전쟁의 비극, 자국의 이익을 위해 점증하는 전쟁, 핵전쟁의 위협, 그리고 여러 가지 평화 운동에 대한 희망적인 인식 등의 끊임없는 관심사를 제기한다. 과학 기술의 급속한 발달을 서구가 합리에 몰입한 탓으로 돌리면서 그는 과학 기술을 인간이 다른 인간과 천연자원을 착취하는 수단으로 본다. 비록 착취가 상층부에 있는 소수의 악행으로 시작되었다 하더라도 아이뜨마또프에 따르면 그것이 결국 하층으로까지 스며들어 대중을 타락시킨다는 것이다.

친기즈 아이뜨마또프의 작품들에는 어린 시절에 아버지를 잃은 탓으로 아버지에 대한 애착이 짙게 배어 있다. 자기 아버지가 이식-꿀 호수에서 하얀 증기선을 타고 있다고 믿는 한 고아 소년이 아버지를 만날 수 있도록 물고기가 되기를 꿈꾸는 이야기인 『하얀 배』와 『백년보다 긴 하루』에서 그 자신과 아버지의 이별 장면을 소설로 재구성한 부분이 그 전형적인 예라 할 수 있을 것이다.

또 어린 시절의 혹독한 가난과 고생으로 인해 그는 현실 타협적인 경향을 보이고 상반되는 입장을 드러내기도 한다. 그가 인간다움을 최고의 가치로 여기고 인간이 인간답지 못한 대우를 받거나 모욕당하는 것을 극도로 혐오하면서도 구소련의 인권 탄압에 항거하다 망명한 솔제니찐, 사하로프 같은 소설가들의 체제 비난에 반대하는 탄원서에 서명을 하고 소련 내 자유주의의 상징으로서 서구에 대항하는 등, 양면성을 보이는 것도 그런 맥락에서 이해할 수 있을 것이다.

어린 시절에 그는 아버지가 체포되어 사형당하는 불행을 겪지만 일찍부터 끼르기즈 문단에 데뷔하고 공산당에 가입함으로써 정치에 참여하여 체제 내에서 활동하는 공산당원으로서의 입지를 다지는 한편, 국제적으로도 문학적 경력을 쌓는다. 따라서 그의 문학적 스타일은 긍정적인 영웅을 주인공으로 해서 공동선을 위해 노력하는 사회적 현실주의이며 소비에뜨 국가에 대한 낙관적인 견해를 보인다. 때로는 그의 소설에 등장하는 긍정적인 영웅들이 소비에뜨 국가의 지시에 순종하지 않는 경우도 있지만 그는 영원하고 보편적인 인간의 가치에 대해 낙관적이다.

친기즈 아이뜨마또프는 수십 년 동안 자기 아버지의 운명에 대해서는 아무것도 알지 못했다. 그들이 까잔 역에서 아버지에게 작별을 고한 지 30여 년 뒤에 그의 어머니가 사망했고 그로부터 다시 20년 뒤에 갑자기 그의 아버지의 유해가 발견되었다. 1937년 스딸린에 의해 처형된 희생자들로 밝혀진 138구의 시신들을 포함하는 집단 매장지가 발굴된 것이었다. 그 유해들 가운데 총탄 구멍이 뚫리기는 했어도 뜨레꿀 아이뜨마또프라는 이름을 분명하게 알아볼 수 있는 기소장이 있었다.

54년이 지난 뒤에 아이뜨마또프는 마침내 아버지와 재회하지만 그의 가슴은 거짓된 기소로 죄를 뒤집어쓰고 거짓말에 의해 살해당한 아버지에 대한 고뇌와 남편이 어떻게 되었는지도 모르는 채 온갖 고생을 다 겪고 생을 마감한 어머니에 대한 고뇌로 갈가리 찢어지고 비겁한 거짓말쟁이들에 대한 증오, 권력을 향한 욕망과 그들을 광기로 내모는 지배 권력에 대한 증오로 들끓고 어머니들과 자식들에게 그런 고통과 불행을 가한 자들에 대한 분노로 불타오른다.

아이뜨마또프는 이렇게 선언한다.「결국 무엇이 옳은가? 무엇이 옳음과 그름 사이의 판별 기준이 되어야 할까? 나는 그것이 우리 인류에 대한 사랑, 이 행성에서 태어난 모든 사람들이 자유롭고 행복하기를 원하는 사랑이라고 믿는다. 그 어떤 이념이나 국가 조직도 그보다 더 중요하지는 않다. 그리고 사람들 모두가 영웅이 되는 것은 바로 사랑을 할 때이다.」이제 그는 어머니들의 결속이 권력이라는 악에 승리하는 새로운 시대를 보고 싶어 하는 모든 사람들의 편에 서 있다.

황보석

친기즈 아이뜨마또프 연보

1928년 출생 옛 소련 끼르기즈 공화국에서 태어남.

1937년 9세 아버지가 부르주아 민족주의자로 몰려 처형당함.

1943년 15세 이해부터 9년 동안 셰꺼 마을 소비에뜨 평의회 서기로 일하면서 번역 솜씨를 연마하여 까따예프의 『연대(聯隊)의 아들들』과 바바예프스키의 『하얀 자작나무』를 끼르기즈어로 번역했지만 두 작품 모두 이미 번역되어 있는 것들이었음.

1946년 18세 쁘룬제에 있는 끼르기즈 농업대학 축산학과에 입학.

1951년 23세 내과 의사인 께레스 샴시바에이와 결혼. 세 아들과 딸 하나를 두지만 그 결혼은 오래 지속되지 못함.

1952년 24세 러시아어로 된 두 편의 소설, 「신문 배달 소년 쥬요 Gazetchik Dziuio」와 「아심As'im」을 내어 자신의 문학 경력을 쌓기 시작함. 이해부터 1566년까지 가축 전문가로 활동하면서 끼르기즈 농업대학에 출강함.

1954년 26세 끼르기즈어로 쓴 첫 번째 소설 『하얀 비Ak jaan』 출간.

1956년 28세 「어려운 통과Trudnaia pereprava」 발표. 이해부터 1958년까지 모스끄바의 고리끼 문학 대학에서 수업.

1957년 29세 「대면Litsom k litsu」 발표.

1958년 30세 『자밀랴*Dzhamilia*』 출간으로 작가적 역량을 널리 인정받음. 이해부터 1964년까지 「쁘라브다」지 순회 통신원으로 일함.

1959년 31세 공산당 입당.

1962년 34세 「첫 번째 선생님Pervyi uchitel'」 발표.

1963년 35세 「자밀랴」와 「첫 번째 선생님」이 들어 있는 단편집 『산악과 스텝의 이야기*Poresti gor i stepei*』로 레닌 문학상 수상.

1964년 36세 끼르기즈 영화 동맹 제1서기 겸 의장이 됨.

1966년 38세 한 노인이 자신과 자기의 죽어 가는 늙은 말이 함께 살아온 삶을 회상하는 이야기인 『굴리사리여, 안녕*Proshchai, Gul'sary!*』 출간, 그 작품으로 소비에뜨 문학상 수상.

1967년 39세 소비에뜨 작가 동맹 집행 위원회 위원.

1970년 42세 『하얀 배*Belyi parokhod*』 출간.

1973년 45세 깔따이 무하메드자노프와 함께 쓴 이견(異見)의 억압을 다룬 희곡 「후지 산 등반Voskhozhdenie na Fudzhiiamu」이 모스끄바에서 무대에 올라 센세이션을 일으킴.

1977년 49세 소비에뜨 문학상 수상. 작품집 『해변을 따라 달리는 얼룩 개*Pegii pes, begushchii kraem moria*』 출간.

1978년 50세 사회주의 노동자의 영웅 칭호 받음.

1980년 52세 우나또프와 결혼. 중앙아시아의 평범한 사람들을 다루면서 우주 정거장, 외계인, 새로운 행성 같은 공상 과학적인 이야기를 엮어 넣은 『백년보다 긴 하루*I dol'she veka dlitsia den'*』 출간.

1983년 55세 소비에뜨 문학상 수상.

1985년 57세 끼르기즈 작가 동맹 의장이 됨.

1986년 58세 『플라하*Plakha*』 출간.

1988년 60세 지중해 문화 연구 센터의 〈황금 올리브 가지〉상 수상. 일본 동양 철학 연구회의 아카데미상 수상. 모스끄바 외국 문학 저널의 편집장이 됨.

1989년 61세 작품집 『해변을 따라 달리는 얼룩 개』(「가질 것과 잃을 것」포함) 출간.

1990년 62세 벨기에, 네덜란드, 룩셈부르크 소련 특사로 임명됨. 고르바초프 대통령의 자문으로 활동.

1991년 63세 소비에트 연방 해체 후, 유럽연합, 나토 유네스코, 베네룩스 3국 특사로 활동.

1994년 66세 오스트리아의 유럽 문학상 수상.

2008년 80세 신장 질환으로 고생하다가 병원에 입원한 지 1개월 만에 폐렴으로 세상을 떠남.

열린책들 세계문학 044 백년보다 긴 하루

옮긴이 황보석 1953년 충북 청주에서 출생하여, 서울대학교 불어 교육과를 졸업했으며 현재 전문 번역가로 활동하고 있다. 옮긴 책으로는 폴 오스터의 『공중 곡예사』, 『거대한 괴물』, 『달의 궁전』, 『우연의 음악』, 『고독의 발명』, 『뉴욕 3부작』, 『환상의 책』, 『신탁의 밤』, 『브루클린 풍자극』, 『기록실로의 여행』과 막심 고리끼의 『끌림 쌈긴의 생애』, 피터 메일의 『내 안의 프로방스』, 시배스천 폭스의 『새의 노래』 등 다수가 있다.

지은이 친기즈 아이뜨마또프 **옮긴이** 황보석 **발행인** 홍예빈·홍유진
발행처 주식회사 열린책들 **주소** 경기도 파주시 문발로 253 파주출판도시
전화 031-955-4000 **팩스** 031-955-4004 **홈페이지** www.openbooks.co.kr
Copyright (C) 주식회사 열린책들, 1990, *Printed in Korea.*
ISBN 978-89-329-0961-5 04890 **ISBN** 978-89-329-1499-2 (세트)
발행일 1990년 4월 15일 초판 1쇄 2006년 2월 25일 보급판 1쇄 2008년 11월 10일 보급판 4쇄 2009년 11월 30일 세계문학판 1쇄 2023년 12월 30일 세계문학판 7쇄

이 도서의 국립중앙도서관 출판예정도서목록(CIP)은 서지정보유통지원시스템 홈페이지(http://seoji.nl.go.kr)와 국가자료공동목록시스템(http://www.nl.go.kr/kolisnet)에서 이용하실 수 있습니다.(CIP제어번호:CIP2009003390)

열린책들 세계문학
Open Books World Literature

001 **죄와 벌** 표도르 도스또예프스끼 장편소설 | 홍대화 옮김 | 전2권 | 각 408, 512면

003 **최초의 인간** 알베르 카뮈 장편소설 | 김화영 옮김 | 392면

004 **소설** 제임스 미치너 장편소설 | 윤희기 옮김 | 전2권 | 각 280, 368면

006 **개를 데리고 다니는 부인** 안똔 체호프 소설선집 | 오종우 옮김 | 368면

007 **우주 만화** 이탈로 칼비노 단편집 | 김운찬 옮김 | 416면

008 **댈러웨이 부인** 버지니아 울프 장편소설 | 최애리 옮김 | 296면

009 **어머니** 막심 고리끼 장편소설 | 최윤락 옮김 | 544면

010 **변신** 프란츠 카프카 중단편집 | 홍성광 옮김 | 464면

011 **전도서에 바치는 장미** 로저 젤라즈니 중단편집 | 김상훈 옮김 | 432면

012 **대위의 딸** 알렉산드르 뿌쉬낀 장편소설 | 석영중 옮김 | 240면

013 **바다의 침묵** 베르코르 소설선집 | 이상해 옮김 | 256면

014 **원수들, 사랑 이야기** 아이작 싱어 장편소설 | 김진준 옮김 | 320면

015 **백치** 표도르 도스또예프스끼 장편소설 | 김근식 옮김 | 전2권 | 각 504, 528면

017 **1984년** 조지 오웰 장편소설 | 박경서 옮김 | 392면

018 **수용소군도** 알렉산드르 솔제니찐 기록문학 | 김학수 옮김 | 464면

019 **이상한 나라의 앨리스** 루이스 캐럴 환상동화 | 머빈 피크 그림 | 최용준 옮김 | 336면

020 **베네치아에서의 죽음** 토마스 만 중단편집 | 홍성광 옮김 | 432면

021 **그리스인 조르바** 니코스 카잔차키스 장편소설 | 이윤기 옮김 | 488면

022 **벚꽃 동산** 안똔 체호프 희곡선집 | 오종우 옮김 | 336면

023 **연애 소설 읽는 노인** 루이스 세풀베다 장편소설 | 정창 옮김 | 192면

024 **젊은 사자들** 어윈 쇼 장편소설 | 정영문 옮김 | 전2권 | 각 416, 408면

026 **젊은 베르테르의 슬픔** 요한 볼프강 폰 괴테 장편소설 | 김인순 옮김 | 240면

027 **시라노** 에드몽 로스탕 희곡 | 이상해 옮김 | 256면

028 **전망 좋은 방** E. M. 포스터 장편소설 | 고정아 옮김 | 352면

029 **까라마조프 씨네 형제들** 표도르 도스또예프스끼 장편소설 | 이대우 옮김 | 전3권 | 각 496, 496, 460면

032 **프랑스 중위의 여자** 존 파울즈 장편소설 | 김석희 옮김 | 전2권 | 각 344면

034 **소립자** 미셸 우엘벡 장편소설 | 이세욱 옮김 | 448면

035 **영혼의 자서전** 니코스 카잔차키스 자서전 | 안정효 옮김 | 전2권 | 각 352, 408면

037 **우리들** 예브게니 자먀찐 장편소설 | 석영중 옮김 | 320면
038 **뉴욕 3부작** 폴 오스터 장편소설 | 황보석 옮김 | 480면
039 **닥터 지바고** 보리스 빠스쩨르나끄 장편소설 | 박형규 옮김 | 전2권 | 각 400, 512면
041 **고리오 영감** 오노레 드 발자크 장편소설 | 임희근 옮김 | 456면
042 **뿌리** 알렉스 헤일리 장편소설 | 안정효 옮김 | 전2권 | 각 400, 448면
044 **백년보다 긴 하루** 친기즈 아이뜨마또프 장편소설 | 황보석 옮김 | 560면
045 **최후의 세계** 크리스토프 란스마이어 장편소설 | 장희권 옮김 | 264면
046 **추운 나라에서 돌아온 스파이** 존 르카레 장편소설 | 김석희 옮김 | 368면
047 **산도칸 — 몸프라쳄의 호랑이** 에밀리오 살가리 장편소설 | 유향란 옮김 | 428면
048 **기적의 시대** 보리슬라프 페키치 장편소설 | 이윤기 옮김 | 560면
049 **그리고 죽음** 짐 크레이스 장편소설 | 김석희 옮김 | 224면
050 **세설** 다니자키 준이치로 장편소설 | 송태욱 옮김 | 전2권 | 각 480면
052 **세상이 끝날 때까지 아직 10억 년** 스뜨루가츠끼 형제 장편소설 | 석영중 옮김 | 224면
053 **동물 농장** 조지 오웰 장편소설 | 박경서 옮김 | 208면
054 **캉디드 혹은 낙관주의** 볼테르 장편소설 | 이봉지 옮김 | 232면
055 **도적 떼** 프리드리히 폰 실러 희곡 | 김인순 옮김 | 264면
056 **플로베르의 앵무새** 줄리언 반스 장편소설 | 신재실 옮김 | 320면
057 **악령** 표도르 도스또예프스끼 장편소설 | 박혜경 옮김 | 전3권 | 각 328, 408, 528면
060 **의심스러운 싸움** 존 스타인벡 장편소설 | 윤희기 옮김 | 340면
061 **몽유병자들** 헤르만 브로흐 장편소설 | 김경연 옮김 | 전2권 | 각 568, 544면
063 **몰타의 매** 대실 해밋 장편소설 | 고정아 옮김 | 304면
064 **마야꼬프스끼 선집** 블라지미르 마야꼬프스끼 선집 | 석영중 옮김 | 384면
065 **드라큘라** 브램 스토커 장편소설 | 이세욱 옮김 | 전2권 | 각 340, 344면
067 **서부 전선 이상 없다** 에리히 마리아 레마르크 장편소설 | 홍성광 옮김 | 336면
068 **적과 흑** 스탕달 장편소설 | 임미경 옮김 | 전2권 | 각 432, 368면
070 **지상에서 영원으로** 제임스 존스 장편소설 | 이종인 옮김 | 전3권 | 각 396, 380, 496면
073 **파우스트** 요한 볼프강 폰 괴테 희곡 | 김인순 옮김 | 568면
074 **쾌걸 조로** 존스턴 매컬리 장편소설 | 김훈 옮김 | 316면
075 **거장과 마르가리따** 미하일 불가꼬프 장편소설 | 홍대화 옮김 | 전2권 | 각 364, 328면
077 **순수의 시대** 이디스 워튼 장편소설 | 고정아 옮김 | 448면
078 **검의 대가** 아르투로 페레스 레베르테 장편소설 | 김수진 옮김 | 384면
079 **예브게니 오네긴** 알렉산드르 뿌쉬낀 운문소설 | 석영중 옮김 | 328면

080 **장미의 이름** 움베르토 에코 장편소설 | 이윤기 옮김 | 전2권 | 각 440, 448면

082 **향수** 파트리크 쥐스킨트 장편소설 | 강명순 옮김 | 384면

083 **여자를 안다는 것** 아모스 오즈 장편소설 | 최창모 옮김 | 280면

084 **나는 고양이로소이다** 나쓰메 소세키 장편소설 | 김난주 옮김 | 544면

085 **웃는 남자** 빅토르 위고 장편소설 | 이형식 옮김 | 전2권 | 각 472, 496면

087 **아웃 오브 아프리카** 카렌 블릭센 장편소설 | 민승남 옮김 | 480면

088 **무엇을 할 것인가** 니꼴라이 체르니셰프스끼 장편소설 | 서정록 옮김 | 전2권 | 각 360, 404면

090 **도나 플로르와 그녀의 두 남편** 조르지 아마두 장편소설 | 오숙은 옮김 | 전2권 | 각 408, 308면

092 **미사고의 숲** 로버트 홀드스톡 장편소설 | 김상훈 옮김 | 424면

093 **신곡** 단테 알리기에리 장편서사시 | 김운찬 옮김 | 전3권 | 각 292, 296, 328면

096 **교수** 샬럿 브론테 장편소설 | 배미영 옮김 | 368면

097 **노름꾼** 표도르 도스또예프스끼 장편소설 | 이재필 옮김 | 320면

098 **하워즈 엔드** E. M. 포스터 장편소설 | 고정아 옮김 | 512면

099 **최후의 유혹** 니코스 카잔차키스 장편소설 | 안정효 옮김 | 전2권 | 각 408면

101 **키리냐가** 마이크 레스닉 장편소설 | 최용준 옮김 | 464면

102 **바스커빌가의 개** 아서 코넌 도일 장편소설 | 조영학 옮김 | 264면

103 **버마 시절** 조지 오웰 장편소설 | 박경서 옮김 | 408면

104 **10 1/2장으로 쓴 세계 역사** 줄리언 반스 장편소설 | 신재실 옮김 | 464면

105 **죽음의 집의 기록** 표도르 도스또예프스끼 장편소설 | 이덕형 옮김 | 528면

106 **소유** 앤토니어 수전 바이어트 장편소설 | 윤희기 옮김 | 전2권 | 각 440, 488면

108 **미성년** 표도르 도스또예프스끼 장편소설 | 이상룡 옮김 | 전2권 | 각 512, 544면

110 **성 앙투안느의 유혹** 귀스타브 플로베르 희곡소설 | 김용은 옮김 | 584면

111 **밤으로의 긴 여로** 유진 오닐 희곡 | 강유나 옮김 | 240면

112 **마법사** 존 파울즈 장편소설 | 정영문 옮김 | 전2권 | 각 512, 552면

114 **스쩨빤치꼬보 마을 사람들** 표도르 도스또예프스끼 장편소설 | 변현태 옮김 | 416면

115 **플랑드르 거장의 그림** 아르투로 페레스 레베르테 장편소설 | 정창 옮김 | 512면

116 **분신** 표도르 도스또예프스끼 장편소설 | 석영중 옮김 | 288면

117 **가난한 사람들** 표도르 도스또예프스끼 장편소설 | 석영중 옮김 | 256면

118 **인형의 집** 헨리크 입센 희곡 | 김창화 옮김 | 272면

119 **영원한 남편** 표도르 도스또예프스끼 장편소설 | 정명자 외 옮김 | 448면

120 **알코올** 기욤 아폴리네르 시집 | 황현산 옮김 | 352면

121 **지하로부터의 수기** 표도르 도스또예프스끼 장편소설 | 계동준 옮김 | 256면

122 **어느 작가의 오후** 페터 한트케 중편소설 | 홍성광 옮김 | 160면

123 **아저씨의 꿈** 표도르 도스또예프스끼 장편소설 | 박종소 옮김 | 312면

124 **네또츠까 네즈바노바** 표도르 도스또예프스끼 장편소설 | 박재만 옮김 | 316면

125 **곤두박질** 마이클 프레인 장편소설 | 최용준 옮김 | 528면

126 **백야 외** 표도르 도스또예프스끼 소설선집 | 석영중 외 옮김 | 408면

127 **살라미나의 병사들** 하비에르 세르카스 장편소설 | 김창민 옮김 | 304면

128 **뻬쩨르부르그 연대기 외** 표도르 도스또예프스끼 소설선집 | 이항재 옮김 | 296면

129 **상처받은 사람들** 표도르 도스또예프스끼 장편소설 | 윤우섭 옮김 | 전2권 | 각 296, 392면

131 **악어 외** 표도르 도스또예프스끼 소설선집 | 박혜경 외 옮김 | 312면

132 **허클베리 핀의 모험** 마크 트웨인 장편소설 | 윤교찬 옮김 | 416면

133 **부활** 레프 똘스또이 장편소설 | 이대우 옮김 | 전2권 | 각 308, 416면

135 **보물섬** 로버트 루이스 스티븐슨 장편소설 | 머빈 피크 그림 | 최용준 옮김 | 360면

136 **천일야화** 앙뚜안 갈랑 엮음 | 임호경 옮김 | 전6권 | 각 336, 328, 372, 392, 344, 320면

142 **아버지와 아들** 이반 뚜르게네프 장편소설 | 이상원 옮김 | 328면

143 **오만과 편견** 제인 오스틴 장편소설 | 원유경 옮김 | 480면

144 **천로 역정** 존 버니언 우화소설 | 이동일 옮김 | 432면

145 **대주교에게 죽음이 오다** 윌라 캐더 장편소설 | 윤명옥 옮김 | 352면

146 **권력과 영광** 그레이엄 그린 장편소설 | 김연수 옮김 | 384면

147 **80일간의 세계 일주** 쥘 베른 장편소설 | 고정아 옮김 | 352면

148 **바람과 함께 사라지다** 마거릿 미첼 장편소설 | 안정효 옮김 | 전3권 | 각 616, 640, 640면

151 **기탄잘리** 라빈드라나트 타고르 시집 | 장경렬 옮김 | 224면

152 **도리언 그레이의 초상** 오스카 와일드 장편소설 | 윤희기 옮김 | 384면

153 **레우코와의 대화** 체사레 파베세 희곡소설 | 김운찬 옮김 | 280면

154 **햄릿** 윌리엄 셰익스피어 희곡 | 박우수 옮김 | 256면

155 **맥베스** 윌리엄 셰익스피어 희곡 | 권오숙 옮김 | 176면

156 **아들과 연인** 데이비드 허버트 로런스 장편소설 | 최희섭 옮김 | 전2권 | 각 464, 432면

158 **그리고 아무 말도 하지 않았다** 하인리히 뵐 장편소설 | 홍성광 옮김 | 272면

159 **미덕의 불운** 싸드 장편소설 | 이형식 옮김 | 248면

160 **프랑켄슈타인** 메리 W. 셸리 장편소설 | 오숙은 옮김 | 320면

161 **위대한 개츠비** 프랜시스 스콧 피츠제럴드 장편소설 | 한애경 옮김 | 280면

162 **아Q정전** 루쉰 중단편집 | 김태성 옮김 | 320면

163 **로빈슨 크루소** 대니얼 디포 장편소설 | 류경희 옮김 | 456면

164 **타임머신** 허버트 조지 웰스 소설선집 | 김석희 옮김 | 304면

165 **제인 에어** 샬럿 브론테 장편소설 | 이미선 옮김 | 전2권 | 각 392, 384면

167 **풀잎** 월트 휘트먼 시집 | 허현숙 옮김 | 280면

168 **표류자들의 집** 기예르모 로살레스 장편소설 | 최유정 옮김 | 216면

169 **배빗** 싱클레어 루이스 장편소설 | 이종인 옮김 | 520면

170 **이토록 긴 편지** 마리아마 바 장편소설 | 백선희 옮김 | 192면

171 **느릅나무 아래 욕망** 유진 오닐 희곡 | 손동호 옮김 | 168면

172 **이방인** 알베르 카뮈 장편소설 | 김예령 옮김 | 208면

173 **미라마르** 나기브 마푸즈 장편소설 | 허진 옮김 | 288면

174 **지킬 박사와 하이드 씨** 로버트 루이스 스티븐슨 소설선집 | 조영학 옮김 | 320면

175 **루진** 이반 뚜르게네프 장편소설 | 이항재 옮김 | 264면

176 **피그말리온** 조지 버나드 쇼 희곡 | 김소임 옮김 | 256면

177 **목로주점** 에밀 졸라 장편소설 | 유기환 옮김 | 전2권 | 각 336면

179 **엠마** 제인 오스틴 장편소설 | 이미애 옮김 | 전2권 | 각 336, 360면

181 **비숍 살인 사건** S. S. 밴 다인 장편소설 | 최인자 옮김 | 464면

182 **우신예찬** 에라스무스 풍자문 | 김남우 옮김 | 296면

183 **하자르 사전** 밀로라드 파비치 장편소설 | 신현철 옮김 | 488면

184 **테스** 토머스 하디 장편소설 | 김문숙 옮김 | 전2권 | 각 392, 336면

186 **투명 인간** 허버트 조지 웰스 장편소설 | 김석희 옮김 | 288면

187 **93년** 빅토르 위고 장편소설 | 이형식 옮김 | 전2권 | 각 288, 360면

189 **젊은 예술가의 초상** 제임스 조이스 장편소설 | 성은애 옮김 | 384면

190 **소네트집** 윌리엄 셰익스피어 연작시집 | 박우수 옮김 | 200면

191 **메뚜기의 날** 너새니얼 웨스트 장편소설 | 김진준 옮김 | 280면

192 **나사의 회전** 헨리 제임스 중편소설 | 이승은 옮김 | 256면

193 **오셀로** 윌리엄 셰익스피어 희곡 | 권오숙 옮김 | 216면

194 **소송** 프란츠 카프카 장편소설 | 김재혁 옮김 | 376면

195 **나의 안토니아** 윌라 캐더 장편소설 | 전경자 옮김 | 368면

196 **자성록** 마르쿠스 아우렐리우스 명상록 | 박민수 옮김 | 240면

197 **오레스테이아** 아이스킬로스 비극 | 두행숙 옮김 | 336면

198 **노인과 바다** 어니스트 헤밍웨이 소설선집 | 이종인 옮김 | 320면

199 **무기여 잘 있거라** 어니스트 헤밍웨이 장편소설 | 이종인 옮김 | 464면

200 **서푼짜리 오페라** 베르톨트 브레히트 희곡선집 | 이은희 옮김 | 320면

201 **리어 왕** 윌리엄 셰익스피어 희곡 | 박우수 옮김 | 224면

202 **주홍 글자** 너대니얼 호손 장편소설 | 곽영미 옮김 | 360면

203 **모히칸족의 최후** 제임스 페니모어 쿠퍼 장편소설 | 이나경 옮김 | 512면

204 **곤충 극장** 카렐 차페크 희곡선집 | 김선형 옮김 | 360면

205 **누구를 위하여 종은 울리나** 어니스트 헤밍웨이 장편소설 | 이종인 옮김 | 전2권 | 각 416, 400면

207 **타르튀프** 몰리에르 희곡선집 | 신은영 옮김 | 416면

208 **유토피아** 토머스 모어 소설 | 전경자 옮김 | 288면

209 **인간과 초인** 조지 버나드 쇼 희곡 | 이후지 옮김 | 320면

210 **페드르와 이폴리트** 장 라신 희곡 | 신정아 옮김 | 200면

211 **말테의 수기** 라이너 마리아 릴케 장편소설 | 안문영 옮김 | 320면

212 **등대로** 버지니아 울프 장편소설 | 최애리 옮김 | 328면

213 **개의 심장** 미하일 불가꼬프 중편소설집 | 정연호 옮김 | 352면

214 **모비 딕** 허먼 멜빌 장편소설 | 강수정 옮김 | 전2권 | 각 464, 488면

216 **더블린 사람들** 제임스 조이스 단편소설집 | 이강훈 옮김 | 336면

217 **마의 산** 토마스 만 장편소설 | 윤순식 옮김 | 전3권 | 각 496, 488, 512면

220 **비극의 탄생** 프리드리히 니체 | 김남우 옮김 | 320면

221 **위대한 유산** 찰스 디킨스 장편소설 | 류경희 옮김 | 전2권 | 각 432, 448면

223 **사람은 무엇으로 사는가** 레프 똘스또이 소설선집 | 윤새라 옮김 | 464면

224 **자살 클럽** 로버트 루이스 스티븐슨 소설선집 | 임종기 옮김 | 272면

225 **채털리 부인의 연인** 데이비드 허버트 로런스 장편소설 | 이미선 옮김 | 전2권 | 각 336, 328면

227 **데미안** 헤르만 헤세 장편소설 | 김인순 옮김 | 264면

228 **두이노의 비가** 라이너 마리아 릴케 시 선집 | 손재준 옮김 | 504면

229 **페스트** 알베르 카뮈 장편소설 | 최윤주 옮김 | 432면

230 **여인의 초상** 헨리 제임스 장편소설 | 정상준 옮김 | 전2권 | 각 520, 544면

232 **성** 프란츠 카프카 장편소설 | 이재황 옮김 | 560면

233 **차라투스트라는 이렇게 말했다** 프리드리히 니체 산문시 | 김인순 옮김 | 464면

234 **노래의 책** 하인리히 하이네 시집 | 이재영 옮김 | 384면

235 **변신 이야기** 오비디우스 서사시 | 이종인 옮김 | 632면

236 **안나 까레니나** 레프 똘스또이 장편소설 | 이명현 옮김 | 전2권 | 각 800, 736면

238 **이반 일리치의 죽음 · 광인의 수기** 레프 똘스또이 중단편집 | 석영중 · 정지원 옮김 | 232면

239 **수레바퀴 아래서** 헤르만 헤세 장편소설 | 강명순 옮김 | 272면

240 **피터 팬** J. M. 배리 장편소설 | 최용준 옮김 | 272면

241 **정글 북** 러디어드 키플링 중단편집 | 오숙은 옮김 | 272면
242 **한여름 밤의 꿈** 윌리엄 셰익스피어 희곡 | 박우수 옮김 | 160면
243 **좁은 문** 앙드레 지드 장편소설 | 김화영 옮김 | 264면
244 **모리스** E. M. 포스터 장편소설 | 고정아 옮김 | 408면
245 **브라운 신부의 순진** 길버트 키스 체스터턴 단편집 | 이상원 옮김 | 336면
246 **각성** 케이트 쇼팽 장편소설 | 한애경 옮김 | 272면
247 **뷔히너 전집** 게오르크 뷔히너 지음 | 박종대 옮김 | 400면
248 **디미트리오스의 가면** 에릭 앰블러 장편소설 | 최용준 옮김 | 424면
249 **베르가모의 페스트 외** 옌스 페테르 야콥센 중단편 전집 | 박종대 옮김 | 208면
250 **폭풍우** 윌리엄 셰익스피어 희곡 | 박우수 옮김 | 176면
251 **어셴든, 영국 정보부 요원** 서머싯 몸 연작 소설집 | 이민아 옮김 | 416면
252 **기나긴 이별** 레이먼드 챈들러 장편소설 | 김진준 옮김 | 600면
253 **인도로 가는 길** E. M. 포스터 장편소설 | 민승남 옮김 | 552면
254 **올랜도** 버지니아 울프 장편소설 | 이미애 옮김 | 376면
255 **시지프 신화** 알베르 카뮈 지음 | 박언주 옮김 | 264면
256 **조지 오웰 산문선** 조지 오웰 지음 | 허진 옮김 | 424면
257 **로미오와 줄리엣** 윌리엄 셰익스피어 희곡 | 도해자 옮김 | 200면
258 **수용소군도** 알렉산드르 솔제니친 기록문학 | 김학수 옮김 | 전6권 | 각 460면 내외
264 **스웨덴 기사** 레오 페루츠 장편소설 | 강명순 옮김 | 336면
265 **유리 열쇠** 대실 해밋 장편소설 | 홍성영 옮김 | 328면
266 **로드 짐** 조지프 콘래드 장편소설 | 최용준 옮김 | 608면
267 **푸코의 진자** 움베르토 에코 장편소설 | 이윤기 옮김 | 전3권 | 각 392, 384, 416면
270 **공포로의 여행** 에릭 앰블러 장편소설 | 최용준 옮김 | 376면
271 **심판의 날의 거장** 레오 페루츠 장편소설 | 신동화 옮김 | 264면
272 **에드거 앨런 포 단편선** 에드거 앨런 포 지음 | 김석희 옮김 | 392면
273 **수전노 외** 몰리에르 희곡선집 | 신정아 옮김 | 424면
274 **모파상 단편선** 기 드 모파상 지음 | 임미경 옮김 | 400면
275 **평범한 인생** 카렐 차페크 장편소설 | 송순섭 옮김 | 280면
276 **마음** 나쓰메 소세키 장편소설 | 양윤옥 옮김 | 344면
277 **인간 실격·사양** 다자이 오사무 소설집 | 김난주 옮김 | 336면
278 **작은 아씨들** 루이자 메이 올컷 장편소설 | 허진 옮김 | 전2권 | 각 408, 464면

280 **고함과 분노** 윌리엄 포크너 장편소설 | 윤교찬 옮김 | 520면
281 **신화의 시대** 토머스 불핀치 신화집 | 박중서 옮김 | 664면
282 **셜록 홈스의 모험** 아서 코넌 도일 단편집 | 오숙은 옮김 | 456면
283 **자기만의 방** 버지니아 울프 지음 | 공경희 옮김 | 216면
284 **지상의 양식·새 양식** 앙드레 지드 지음 | 최애영 옮김 | 360면
285 **전염병 일지** 대니얼 디포 지음 | 서정은 옮김 | 368면
286 **오이디푸스왕 외** 소포클레스 비극 | 장시은 옮김 | 368면